Maarten 't Hart

Ein Schwarm Regenbrachvögel
Gott fährt Fahrrad

Zwei Bestseller in einem Band

Aus dem Niederländischen von
Waltraud Hüsmert und Marianne Holberg

W0226678

Piper München Zürich

Die Übersetzung von »Gott fährt Fahrrad« erschien mit freundlicher Unterstützung des Nederlands Literair Produktie- en Vertalingenfonds.

FSC

Dieses Taschenbuch wurde auf FSC-zertifiziertem Papier gedruckt. FSC (Forest Stewardship Council) ist eine nichtstaatliche, gemeinnützige Organisation, die sich für eine ökologische und sozialverantwortliche Nutzung der Wälder unserer Erde einsetzt (vgl. Logo auf der Umschlagrückseite).

Taschenbuchsonderausgabe
November 2006
© 1978 und 1979 Maarten 't Hart
Titel der niederländischen Originalausgaben:
»Een vlucht regenwulpen« und »De aansprekers«,
Uitgeverij De Arbeiderspers, Amsterdam 1978 und 1979
© der deutschsprachigen Ausgaben:
2005 Piper Verlag GmbH, München
Deutsche Erstausgaben: Suhrkamp Verlag, Frankfurt am Main 1988
und Arche Verlag AG, Zürich/Hamburg 2000
Umschlag/Bildredaktion: Büro Hamburg
Heike Dehning, Charlotte Wippermann,
Alke Bücking, Daniel Barthmann
Foto Umschlagvorderseite: Sven Paustian
Papier: Munken Print von Arctic Paper Munkedals AB, Schweden
Druck und Bindung: Clausen & Bosse, Leck
Printed in Germany
ISBN-13: 978-3-492-24827-3
ISBN-10: 3-492-24827-6

www.piper.de

SERIE PIPER

Ein Schwarm Regenbrachvögel

Der 10. Sonntag

27: Was verstehest du durch die Vorsehung Gottes?

Die allmächtige und allgegenwärtige Kraft Gottes, durch welche er Himmel und Erde samt allen Kreaturen, gleich als mit seiner Hand noch erhält, und also regieret, daß Laub und Gras, Regen und Dürre, fruchtbare und unfruchtbare Jahre, Essen und Trinken, Gesundheit und Krankheit, Reichtum und Armut, und alles nicht von ungefähr, sondern von seiner väterlichen Hand uns zukommt.

Mein Sommer

In diesem Raum habe ich den Sommer eingefangen. Insekten summen träge in der feuchten Wärme. Die Zeit verstreicht in ihrem Flügelschlag. Draußen, wo schon die Blätter fallen, wären die Hummeln und Schwebfliegen in den kalten Nächten längst umgekommen. Hier im Treibhaus zwischen den Weintrauben aber ist es noch Sommer, mein Sommer, meine verdiente Beute im Kampf gegen den Wechsel der Jahreszeiten, der Beweis, daß es mir gelungen ist, das Verrinnen der Zeit aufzuhalten. Und ich habe nicht nur meinen Sommer, sondern auch meine Jugend zurückgewinnen können. Es riecht hier nun genauso wie früher, bevor die Trauben durch Tomaten ersetzt wurden. Oh, dieser unvergleichliche Duft; wenn ich ihn ganz tief einatme, ist es, als ob ich erst vier Jahre bin, und jeden Augenblick kann meine Mutter hereinkommen und mir übers Haar streichen.

Behutsam schneide ich mit einer Schere einige Trauben ab und lege sie in einen mit blauem Papier ausgeschlagenen Korb. Heute abend werden sich die Gäste an den Trauben gütlich tun, und nur Jakob und ich werden wissen, welche Sorgfalt ich auf ihren Anbau verwendet habe. Es hat mich Jahre gekostet, die Rebstöcke wieder heranzuziehen, nachdem sie den Tomaten hatten weichen müssen. Ja, Jakob wird das Geschenk zu schätzen wissen; Jacqueline wird nur die Stirn runzeln. Ich kann nicht verstehen, daß er sie heiratet. Über die Jahre hin war er in sie verliebt und ist ihr so beharrlich nachgelaufen, daß er nun endlich mit ihr zum Standesamt gehen darf. Es ist unglaublich, was eine Frau einem Mann, der in sie verliebt ist, antun kann. Umgekehrt mag es genauso sein; ich glaube aber, daß Männer Frauen Kummer bereiten, nachdem eine Beziehung zustande gekommen ist, während Frauen Männern Kummer bereiten, bevor es soweit ist. Jakob hat hier oft übernachtet, wenn es zwischen beiden wieder einmal kriselte. Wir ruderten dann stundenlang durchs Reetland, zählten am frühen Morgen Vögel, er sprach pausenlos von ihr, und wenn er sich alles von der Seele geredet hatte, ging er wieder. Wird nun irgendwann sie kommen, um sich über ihn zu beklagen? Das scheint mir undenkbar.

Ich verlasse das Treibhaus und gehe über den Kiesweg zum Haus. Wie unter einem Zwang drehe ich mich noch einmal um und betrachte die gekalkten Scheiben meiner beiden Gewächshäuser. Sie stehen dort als Symbole unseres manischen Drangs zum Züchten. Ich stamme aus einer Familie, die sich der Vervollkommnung der Rebenzucht verschrieben hat. Meine Verwandten zogen Trollinger und Alicanter, köstliche Tafeltrauben, die für den Export bestimmt waren und auf den Versteigerungen hohe Preise erzielten. Das ist nun vorbei. Meine Onkel – die ohne Ausnahme Gärtner waren – haben alle anstelle der Reben Tomaten und Gurken gepflanzt, und sogar mein Vater hat schließlich aufgegeben und sich auf den Anbau von Nachtschattengewächsen verlegt. Warum? Manchmal glaube ich nur deshalb, weil die Fruchtansätze der Trauben während des Wachstums ausgedünnt werden müssen. Und dieses Ausdünnen gelingt eigentlich nur den feinen, schlanken Fingern von Frauen- und Kinderhänden. Sie waren einfach unentbehrlich. Vielleicht habe ich die Rebstöcke nur in der Hoffnung zurückgeholt, damit irgendwann Frauenhände – und möglicherweise sogar Kinderhände – zu verlocken, die heranreifenden Trauben auszudünnen.

Von Kindheit an habe ich den Beruf meines Vaters und meiner Onkel verachtet. Ich wollte kein Gärtner werden, ich wollte berühmt werden, auch wenn ich keine genauen Vorstellungen hatte, wie ich das schaffen sollte. Um überhaupt eine Chance zu haben, berühmt zu werden, mußte ich auf jeden Fall herausragende Leistungen aufweisen, und das tat ich auch, zuerst in der Volksschule, später im Gymnasium und danach als Student; aber bevor es soweit war, hatte ich mit meinem Vater zu kämpfen, der mich nach sechs Volksschuljahren in die Gärtnerei stecken wollte. Da kamen die Lehrer. Über die Wiesen fanden sie den Weg zu unserem Haus und redeten auf meinen Vater ein. Gegen seine Starrköpfigkeit kam keiner von ihnen an – bis auf den Rektor. Jedes Jahr nahm er sechs Wochen an Wehrübungen teil; er hatte den Rang eines Hauptmanns und trug die dazugehörige Uniform Tag für Tag auch in der Schule. Er führte die Klasse wie ein Regiment. Wenn er morgens hereinkam, rief er: »Habt . . . acht«, und sofort saßen wir kerzengerade, mit verschränkten Armen, in unseren Bänken. Dann ließ er einen Psalm singen, meistens Psalm 68: »Erhebet er sich, unser Gott, seht, wie verstummt der Frechen Spott, wie seine Feinde fliehen!« Anschließend sprach er jeden Tag dasselbe Gebet: »General im Himmel, zu Dir kommen wir am Morgen dieses Tages und erbitten Deinen Segen für unsere Arbeit. Oh, Du, Oberbefehlshaber der himmlischen Heerscharen, gib uns die Kampfeslust, auch heute zu rechnen, zu schreiben und zu lesen zu Deiner Ehre. Entzünde unseren Glauben wie Pulver in einer Kanone, die auf die Diener Satans abgefeuert wird. Bewahre uns vor Krieg. Nicht weil wir es verdienen, sondern nur aus Gnade. Amen. Rührt euch und holt die Bibeln hervor!«

Wir lasen das Alte Testament, Josua oder die Bücher der Könige, die Chroniken. Und danach, in der Geschichtsstunde, erzählte er von unserem Achtzigjährigen Krieg, damals im 17. Jahrhundert, vom Rauch der Kanonen und von wiehernden Pferden auf Schlachtfeldern. Dieser Mann redete mit meinem Vater. An einem Winternachmittag begleitete er mich nach Schulschluß über den schmalen Steinplattenweg quer durch die Wiesen zu unserem Haus. Meine Eltern waren beeindruckt von seiner riesenhaften Statur, seiner Uniform, seiner grauen, tadellos gekämmten lockigen Mähne, seiner donnernden Stimme. Er benutzte nur ein einziges Argument, verpackt in zwei Bibelzitate. Er sprach über das Gleichnis von den anvertrauten Talenten und vom Licht unter dem Scheffel. Mein Vater gab sich geschlagen, stellte aber eine Bedingung: während der großen Ferien sollte ich in der Gärtnerei arbeiten. So besiegte der Rektor meinen bibelfesten Vater mit Hilfe der Bibel.

Auf dem Gymnasium war ich selbstverständlich ein Musterschüler. Es war einfach undenkbar, daß ich faulenzte, den Lehrern das Leben schwermachte oder meine Hausaufgaben vergaß, denn ich wollte mein mühsam erworbenes Recht auf Weiterbildung nicht leichtsinnig verspielen. Wenn ich sitzengeblieben wäre oder wenn sich die Lehrer über mich beschwert hätten, wäre das für meinen Vater ein Beweis gewesen, daß ich die Talente nicht besaß, auf die der Rektor angespielt hatte, und er hätte mich von der Schule genommen. Die Gärtnerei war eine Drohung. Doch damit war es vorbei, als ich mein Abitur in der Tasche hatte. Mit dem Abitur in die Gärtnerei, das wäre eine Verschwendung von Talent gewesen. Aber was nun? Mein Vater wollte mich nur dann studieren lassen, wenn ich Arzt würde oder die Hochschule für Landwirtschaft in Wageningen besuchte. Diese praktischen Berufe reizten mich überhaupt nicht. Ich wollte Biologe werden. Nach längerem Hin und Her war er mit dem Studium der Biologie als minderwertige Alternative zur Medizin und Agrarwissenschaft einverstanden.

So wurde ich Biologe. Im September wurden wir zur Einführung in unser Studium durch die verschiedenen biologischen Institute geführt. Am letzten Nachmittag zeigte man uns auf dem Dachboden eines dieser Institute eine Gewebekultur. Eine Laborantin erzählte uns, daß die orangefarbenen Zellen, die wir sahen, aus einer einzigen Karottenzelle herangezogen waren. Diese primitive Züchtung machte einen überwältigenden Eindruck auf mich. Ich hatte eine Vision, sah eine schwindelerregende Perspektive vor mir. Ich erschauderte. Meine künftigen Kommilitonen stellten Fragen, lachten und plauderten. Der Blick durch die schmutzigen Fenster über den Botanischen Garten interessierte sie mehr als diese Züchtung. Ich starrte ängstlich auf das Reagenzglas. Ich durfte es halten und betrachtete den formlosen Zellhaufen. Den ganzen September über, als die meisten anderen ihre Einführungszeit bei den verschiedenen studentischen Vereinen verbrachten – ich nicht, ich war ein Einzelgänger –, dachte ich über die Gewebezüchtung nach. Ich half meinem Vater in der Gärtnerei. Morgens um fünf standen wir auf und pflückten Tomaten in den Treibhäusern, die sich nach und nach erwärmten. In der grüngelben Farbe der pflückreifen Tomate sah ich das fahle Orange der Zellen im Reagenzglas. Und auch wenn ich damals noch nicht wußte, warum, war ich mir ganz sicher, das gefunden zu haben, was ich tun und worüber ich mehr wissen wollte.

Das Studium war anders, als ich es mir vorgestellt hatte. Jeden Vormittag mußte ich zu Seminaren in den Nebenfächern: Physik, Chemie und Geologie; nachmittags zeichnete ich Querschnitte von Plattwürmern und Seesternen, Süßwasserpolypen und Pantoffeltierchen. Ich wohnte bei Onkel und Tante. Der Onkel war angeheiratet, also kein Züchter. Aber auch er war ein Gezeichneter; er hatte sich nämlich vorgenommen, ein Perpetuum mobile zu erfinden. Nach dem Abendbrot verschwand er regelmäßig im Schuppen hinterm Haus, und zuweilen hörten wir, wie er Schreie ausstieß; eines Tages kam er am späten Abend ins Wohnzimmer gerannt und rief: »Ich hab's, ich hab's.«

Mein ungläubiges Lächeln beachtete er nicht.

»Kommt«, sagte er.

Wir folgten ihm in den Schuppen. Im Halbdunkel sahen wir eine kreisförmige Bahn, die dadurch entstanden war, daß mein Onkel eine Schüssel aus glänzendem, polierten Metall mit einem Außenring aus demselben Material versehen hatte, das in dem Raum funkelte. Der Rand der Schüssel und der sie umgebende Ring, beide mit messerscharf geschliffenen Kanten, bildeten eine schmale Schiene, in der die Kugeln friedlich ihre Runden drehten. Sie bewegten sich, ohne daß auch nur die geringste Verminderung ihrer Geschwindigkeit zu bemerken war. Es war gleichzeitig ergreifend einfach und zutiefst rätselhaft, weil man ja erwartete, daß die Kugeln allmählich langsamer wurden. Neben der genial ausgetüftelten Konstruktion lagen noch einige unbenutzte Kugeln; ich nahm eine, sie war federleicht. Ich ließ sie über meine Hand rollen. Die Schwerkraft schien keinen Einfluß auf sie zu haben. Gebannt schaute ich den unermüdlich kreisenden Kugeln zu. Durch die Art und Weise, wie der Rand der Schüssel und der Außenring nebeneinander standen und eine Bahn freiließen, erfuhren die Kugeln nur eine minimale Reibung durch die beiden Außenkanten, die sie an ihrem Platz hielten. Und doch konnte ich nicht glauben, daß sie ewig weiterkreisen würden; gerade weil die Kugeln so leicht waren, müßte der Luftwiderstand ihre Bewegung schon bald beenden.

»Die beiden Punkte, wo die Ränder die Kugeln berühren und an ihrem Platz halten, sind so glattgeschliffen, daß so gut wie keine Reibung entsteht«, sagte mein Onkel.

An den folgenden Tagen hörte ich ihn diesen Satz oft gegenüber Besuchern wiederholen, stets mit der Wendung »so gut wie«, die mich immer wieder zweifeln ließ, auch wenn die Kugeln vor den Blicken der erstaunten Verwandten und Freunde mühelos und ohne eine für das Auge sichtbare Verzögerung weiterrollten.

Doch das Sonderbarste an diesem Perpetuum mobile, das keines sein konnte, war nicht, daß es tatsächlich immerwährend schien, sondern daß es meinen Onkel zum Müßiggang verurteilte. Jetzt, nachdem das Ideal erreicht war, blieb ihm weder etwas zu wünschen noch zu konstruieren übrig, und so saß er, wenn er seine kreisenden Kugeln mangels Besuchern nicht vorführen konnte, im Wohnzimmer am Fenster, die Hände in rastloser Bewegung auf dem Schoß, als hätten sie teil an der Bewegung in dem Schuppen hinterm Haus. Er baute zusehends ab, verkümmerte, mein Onkel. Es war, als könnte er wie Simeon sagen: »Jetzt lässest du deinen Knecht, oh Herr, nach deinem Wort in Frieden dahingehen; denn meine Augen haben dein Heil gesehen.« Davon, ob es tatsächlich ein Heil war, war ich nicht so ganz überzeugt. Aber die Kugeln kreisten weiter. Bald glaubte ich, daß sie aufgrund ihres geringen Gewichts jedesmal einen kleinen Stoß durch den Luftzug bekamen, der beim Öffnen der Tür entstand, einen Schub, der einem nie auffiel, weil man ja in diesem Moment im fensterlosen Schuppen nach dem Lichtschalter tastete; bald hatte ich den Eindruck, daß die Konstruktion selbst einen gewissen Luftzug in der Bahn bewirkte, der die Kugeln vorantrieb. Aber ich wagte es nicht, meine Hypothese zu überprüfen, weil ich mich nicht traute, in diese fragile Bewegung einzugreifen. Ich hielt meinem Onkel vor, daß man aus diesem Kreislauf keine Energie gewinnen könne, daß es sich um eine Bewegung ohne Sinn und Ziel oder nachweisbaren Nutzen handle. Mein Onkel lächelte frohgemut, als ich das sagte; es machte ihm nichts aus, er hatte gefunden, was er gesucht hatte, und konnte nun in Frieden dahingehen. Er starb während seines Mittagsschlafs. Er wachte einfach nicht mehr auf. Der Zufall wollte, daß ich an diesem Nachmittag kein Praktikum hatte; nie hätte ich gedacht, daß der Tod so unauffällig und still eintreten könnte. Es war nichts, über das man betrübt oder unglücklich zu sein brauchte; es geschah, weil es irgendwann einmal geschehen mußte.

So wohnte ich bei meiner Tante in dem geräumigen Haus mit dem Schuppen, in dem die Kugeln gar nicht mehr zum Stillstand kommen wollten, besuchte fleißig und aufmerksam die Seminare, machte pünktlich meine Scheine und anschließend das Vordiplom, hatte mit fast niemandem Kontakt und las abends am liebsten philosophische und theologische Werke und Bücher über moderne Physik und Radioastronomie, die meinem Verlangen nach Mystik außerordentlich entgegenkamen. Ich hatte noch immer Angst davor, wieder in das angestammte Milieu zurückzufallen – nicht, weil ich mich dieses Milieus schämte, sondern eher aus Furcht, derselben geisttötenden und erstickenden Mentalität zu erliegen, einer Mentalität der Initiativlosigkeit, die sich zufriedengibt mit dem Erreichten und nicht nach Veränderungen strebt und deren geistiger Horizont von den Erlösen der Versteigerungen und den Zinsen der Hypotheken, die auf den Treibhäusern lasten, gebildet wird. Doch ich mußte entdecken, daß es an der Universität nicht viel anders war. Nach einer einzigen wissenschaftlichen Leistung, meistens einer Doktorarbeit, verschanzte man sich hinter bürokratischen Tätigkeiten.

Einige Tage nach meinem Vordiplom starb meine Tante. Thrombose im linken Bein, der Blutpfropf im Herzen. Sie starb gefaßt, im Vertrauen auf Gott, den sie sich nicht als einen General, sondern als einen freundlichen Großvater vorstellte, vor dessen Thron sie im weißen Brautkleid bis in alle Ewigkeit Psalmen singen würde. Ihr folgte einige Monate später ihr dickschädeliger Bruder, mein Vater. Ich war nach dem Tod der Tante wieder in mein Elternhaus gezogen. Eigentlich wollte ich mir ein Zimmer suchen, aber als ich entdeckte, daß ich mit dem Auto meines Vaters nur eine Dreiviertelstunde zum Labor für Gewebezüchtung brauchte, wo ich meine Diplomarbeit vorbereitete, entschloß ich mich, weiterhin bei meiner Mutter zu wohnen. Die Gärtnerei war unser Eigentum. Ich verkaufte die Gewächshäuser. An einem Wintermorgen wurden sie demontiert und abgeholt. Zwei Rebentreibhäuser ließ ich stehen. In einem brachte ich das Perpetuum mobile unter, das sich in diesem Treibhaus freilich nicht bewegte und auch nicht mehr in Gang zu setzen war, außer für kurze Zeit wie ein normales System in dieser Welt, in der die beiden Hauptsätze der Thermodynamik unumstößlich sind.

In der Abteilung für Gewebezüchtung hatte ich mich unterdessen unentbehrlich machen können. Die Gewebekultur entsprach genau meinen Erwartungen, sie faszinierte und beflügelte mich. Ich übte mich nicht nur in der Technik des Züchtens – wobei ich mich bei den Laborantinnen unbeliebt machte, in deren Domäne ich einbrach –, sondern sammelte auch fieberhaft Artikel aus wissenschaftlichen

Zeitschriften über die Züchtung von Gewebekulturen. Nachdem ich mein Diplom gemacht hatte, starb meine Mutter an Kehlkopfkrebs. Jeden Tag wurde ihr die Luftröhre stärker abgeschnürt, so daß sie unendlich langsam erstickte. Während dieser schrecklichen und qualvollen Krankheit kehrte, weil ich Ihn hassen wollte, für einige Zeit mein Glaube an Gott zurück. Ich sah in Ihm einen Henker, der die Menschen verachtet. Im Grunde genommen kann ich das gut verstehen, und werde es Ihm doch immer übelnehmen, daß Er meiner Mutter ausgerechnet diese Krankheit zugedacht hatte, denn ich habe sie von ganzem Herzen geliebt.

Innerhalb kurzer Zeit wurde ich ein Experte auf dem Gebiet der Gewebezüchtung. Durch mehrere Publikationen machte ich auf mich aufmerksam. Die Universität sorgte für eine Unabkömmlichkeitserklärung, so daß mir das Soldatenleben erspart blieb, und nach dem Diplom setzte ich mich an meine Doktorarbeit. Drei Jahre nach der Diplomprüfung promovierte ich, und zwei Jahre später wurde ich außerplanmäßiger Professor und Leiter der Sektion für Gewebezüchtung. Bald wurden Stimmen laut, die ein eigenes Labor für die Abteilung forderten. Zu einem eigenen Labor gehört ein Lehrstuhl. Den bekam ich. Ich bin jetzt dreißig und ordentlicher Professor. Eine Blitzkarriere. Soweit mein bisheriges Leben. Weil ich dem Züchten entrinnen wollte, habe ich mich abgerackert, um Züchter zu werden.

Sonnenuhr

Auf dem Empfang versuchen die Kellner unentwegt, mir irgendwelche Getränke anzubieten, als ich nach den obligatorischen Höflichkeitsfloskeln einsam im großen Saal stehe und vor mich hinstarre. Wenn mich jemand anspricht, geht es fast immer darum, mich für eine Konferenz oder einen Kongreß zu ködern. Aber schon bald spricht mich keiner mehr an, denn ich habe sie alle abblitzen lassen, nachdem ich ihre von ständigem Lächeln begleiteten Fragen pflichtschuldig und mürrisch beantwortet habe. So kann ich unbehelligt durch den Raum schlendern. Es ist der Saal einer alten Burg, die zum Hotel-Restaurant umgebaut wurde. Durch die blauen Rauchschwaden gehe ich zu den Fenstern, die auf einen Innenhof, der von den Seitenflügeln der Burg umschlossen wird, hinausführen. Auf dem Hof spielen Kinder, die Kinder der Hochzeitsgäste. Sie rennen im Septembersonnenlicht umher, und ich höre ihre Stimmen. Unablässig fallen gelbe Blätter von den Kastanien und decken den friedlichen Platz zu. Er ist klein, zu klein für Platzangst, Gott sei Dank. In der Mitte ist ein Rasenfleck mit einer Sonnenuhr, auf der das Sonnenlicht auseinanderspritzt. Ich zähle die Kinder, es sind zwölf, die Mädchen in weißen Kleidchen, die Jungen in blauen Anzügen. Sie spielen ein Spiel, bei dem sie fortwährend von Baum zu Baum rennen. Es gibt zehn Bäume, so daß immer zwei Kinder ohne Baum sind, aber dem elften Kind dient die Sonnenuhr als Baum. Ich begreife, daß es darum geht, einen Baum zu haben. Immer ist ein anderes Kind ohne Baum, wenn sie herumgerannt sind und die Bäume gewechselt haben. Nie habe ich so ein Spiel gespielt. Aber vielleicht wäre ich immer ohne Baum gewesen. Die Gesichter der Kinder glühen. Bisweilen fallen Blätter auf sie, aber sie spüren es nicht, sie rennen über den Blätterteppich und langweilen sich nicht. Eigenartig, daß mich nichts so schmerzt wie der Anblick spielender Kinder! Ich trinke rasch meinen Portwein aus und wende mich ab, ich gehe zwischen den Menschen hindurch, nehme ein neues Glas und gehe zur anderen Seite des Saales. Auch hier ist ein großes Fenster, das durch schmale Holzleisten in kleine Scheiben unterteilt ist; man blickt auf eine kleine Insel mitten im Burggraben, ein Gärtchen im Wasser, wo Sträucher wachsen und Bläßrallen herumlaufen. Im Wasser zanken sich die Enten. Teichhühner laufen flügelschlagend über den Graben, quer über das sich im Wasser widerspiegelnde Sonnenlicht.

Ich leere rasch mein Glas, und mir wird die Gegenwart der vielen Menschen bewußt. Wie immer denke ich: Auch sie könnte hier sein. Ich denke es so oft, in überfüllten Zügen, auf Bahnhöfen und in Konzerten oder wie jetzt auf einem Empfang. Vielleicht ist Martha auch hier. Ich sehe mich um. Steht sie jetzt zwischen den Gästen? Plaudert sie mit einem von ihnen? Je mehr ich trinke, desto mehr Frauen und Mädchen gleichen ihr. Die Ähnlichkeit besteht meistens in einem Fältchen an derselben Stelle unter den Augen, in der gleichen Armbewegung, der gleichen Haarfarbe. Aber wenn ich etwas angetrunken bin, kann das genügen, um ein diffuses Glücksgefühl auszulösen, eine Art traurige Zufriedenheit über dieses schattenhafte Abbild von Anwesenheit. Ich muß hier so schnell wie möglich raus; ich habe dem Brautpaar gratuliert und meine Trauben abgeliefert. Was hält mich also noch? Jacqueline ist in der Tat sehr schön, und Jakob ist glücklich, wie mir scheint, obwohl er neben seiner prachtvollen Braut ein wenig verloren wirkt: eine Rohrdommel neben einem Purpurreiher. Plötzlich läßt er sie stehen, als beim Händeschütteln eine kurze Pause eingetreten ist, und windet sich durch die Menge. Er steht vor mir und sagt: »Heute abend feiern wir unsere Hochzeit in der Teestube beim Flugplatz. Du kommst doch auch?«

»So«, sage ich schroff, »du weißt doch, daß ich nie zu Festen gehe.«

»Ja, aber du weißt doch, wie oft ich dir schon gesagt habe, daß du auf diese Weise völlig vereinsamen wirst.«

»Das laß nur meine Sorge sein.«

»Maarten, was ist denn das für ein Fest, wenn meine besten Freunde nicht dabei sind?«

»Ich verspreche nichts«, sage ich.

»Du brauchst nichts zu versprechen, wenn du nur kommst.«

»Jakob, Jakob«, ruft Jacqueline.

»Ich muß zurück, bis heute abend.«

Eine junge Frau gratuliert dem Brautpaar; ich betrachte

das dunkle Haar, ihr Gesicht kann ich nicht sehen. Aber ihre Figur, ihre Haltung kommen mir bekannt vor. Ob es jetzt doch endlich passiert, oder habe ich vielleicht nur zuviel getrunken? Ich muß unbedingt ihr Gesicht sehen, ich werde noch einen Augenblick bleiben. Aber sie schaut nicht zu mir her, sie redet ununterbrochen mit der Braut. So, jetzt geht sie weiter, jetzt sehe ich ihr Gesicht, nein, sie ist es nicht, sie kann es unmöglich sein. Aber welche Ähnlichkeit! Ich versuche, mich so unauffällig wie möglich durch die Menge auf sie zuzubewegen. Sie steht allein bei einer halbgeöffneten Tür, hinter der schwitzende Menschen für den Nachschub an Speisen und Getränken sorgen. Ich kann sie nun sehr gut beobachten. Die Ähnlichkeit ist frappierend. Aber die Tatsache, daß ihr Gesicht nur ein ganz klein wenig anders und ihr Haar um eine Nuance dunkler ist als das Marthas, stimmt mich mißmutig. Zwölf Jahre lang habe ich versucht, mich an das Gesicht zu erinnern, zwölf Jahre lang gelang es mir nicht, mußte ich mir zuerst die Gesichter ihrer Freundinnen vergegenwärtigen, und erst dann sah ich manchmal ein Fragment, einen kleinen Teil ihres Gesichts, ihren Mund oder ihre Augen, aber nie das Ganze. Manchmal träumte ich von ihr, und wenn ich erwachte, sah ich ihr Gesicht noch für einen kurzen Augenblick, aber sobald ich es festhalten wollte, zersprang es in Fragmente. Auch jetzt fühle ich die Bestürzung über meine Unfähigkeit, mich zu erinnern. Dieses Gesicht aber ist fast wie das ihrige. Die Augen sind etwas zu gewöhnlich, sie hat nicht diese merkwürdigen, beinahe mongolischen Augen Marthas, diese hohen Wangenknochen. Sie hat nicht dasselbe Haar, es ist länger, nicht so lockig.

Zurück im Labor esse ich ein paar Brote. Ich betrachte die Zellwucherungen, die sich hinter Glas in einem von mir eigens konstruierten Brutschrank befinden. Ich denke an den langen Weg, den ich zurückgelegt habe. Zuerst habe ich mit Süßwasserpolypen gearbeitet; dabei gelang es mir, mit relativ wenig Aufwand aus einer einzigen Polypenzelle einen neuen, vollständigen Organismus zu klonen. Damals war mir allerdings noch nicht klar gewesen, warum ich überhaupt klonen, warum ich aus einer einzigen Zelle einen ganzen Organismus heranwachsen lassen wollte; vielleicht war es mir auch deutlich, in diesem Fall aber hatten meine Versuche wahrscheinlich eher den Zweck gehabt, mir selbst zu beweisen, daß es nicht ging, daß es nie möglich wäre – zwar mit einem Polypen, auch noch mit einem höheren Organismus, vielleicht sogar mit einem Tintenfisch – aber niemals mit einem Säugetier. Und doch kann ich es mittlerweile bereits mit der Zelle einer Wüstenmaus, und wenn ich so weitermache, werde ich es vielleicht einmal schaffen. Ich weiß, daß ich weitermache, daß ich weiterhin zu beweisen versuchen werde, daß es nicht geht, aber eigenartigerweise ist nach dem Empfang von heute nachmittag ein neues Element zu jenem Ideal hinzugekommen, das ich um jeden Preis nicht erreichen will. Schuld daran ist dieses Mädchen auf dem Empfang. Sie sah ihr ähnlich, aber sie war es nicht. Dadurch ist mir deutlich geworden, daß die Qual der großen Ähnlichkeit beinahe schlimmer ist als die Qual des Niemehrwiedersehens. Weshalb sollte ich also noch weitermachen? Aber wollte ich denn nicht nachweisen, daß es unmöglich ist? Warum wollte ich das? Nachdem ich nun dieses Mädchen gesehen habe, scheint es, als hätte ich doch eine schwache Hoffnung, daß es gelingen könnte. Wann werde ich mich jemals auch nur ansatzweise verstehen?

Wenn alles klappt, werden sich die Zellwucherungen über komplizierte Zwischenstufen in Wüstenmäuse verwandeln, die jeden Morgen die eingegangenen Kommissionsberichte und Fachbereichsprotokolle, Strukturpläne und Verwaltungsrichtlinien, Gutachten und Enqueteformulare zu unleserlichen Schnipseln zernagen werden. Es brauchte übrigens nur bekannt zu werden, daß ich schon soweit bin, daß ich bereits aus einer Eizelle Wüstenmäuse züchten kann. Welch ein Wust von Papier würde darüber nicht vollgeschrieben werden! Dennoch neige ich nach dieser Begegnung auf Distanz von heute nachmittag dazu, den Brutschrank abzustellen. Es ist ja doch alles sinnlos. Aber es ist nicht meine Art, die Arbeit von Jahren in einem einzigen Augenblick zu vernichten.

Die Teestube liegt weit draußen vor dem Dorf in den Dünen. Um dorthin zu gelangen, muß ich einer kurvenreichen, spärlich beleuchteten Straße folgen und bei der Gaststätte *Zum Flugplatz* links abbiegen. Bevor ich jedoch an diesem Punkt bin, sehe ich gleich hinter dem Dorf ein Mädchen in der Dunkelheit. Sie geht mit schnellen Schritten. Ich erkenne ihre Gestalt wieder. Ich verlangsame meine Fahrt und kurbele das rechte Fenster herunter.

Sie erschrickt kurz, aber bevor sie wirklich Angst bekommen kann, sage ich: »Gehen Sie auch zum Fest von Jacqueline und Jakob?«

»Eh . . . ja, allerdings.«

»Kann ich Sie mitnehmen, ich bin auch auf dem Weg zur Teestube, und es ist noch eine ganze Strecke.«

»Oh . . . ja, sehr gern.«

Ich öffne die Beifahrertür, und sie steigt ein. Im Halbdunkel ähnelt sie ihr so sehr, daß ich für einen Moment denke: jetzt sitzt sie neben mir. Mein Glücksgefühl ist so groß, daß ich schnell fahren muß, um meine Rührung hinter verbissener Aufmerksamkeit für die Kurven zu verbergen.

»Danke schön«, sagt sie.

Sogar die Stimme gleicht ihrer Stimme, auch wenn sie etwas tiefer, etwas heiserer ist. Aber der melodiöse Klang ist der gleiche.

»Kennen Sie Jakob und Jacqueline schon lange?« frage ich.

»Ich kenne Jacqueline sehr gut, wir sind zusammen in einer Arbeitsgruppe.«

»Ich bin ein Studienkollege von Jakob, auch Biologe.«

»Ulkig«, sagt sie.

Was ich darauf erwidern soll, weiß ich nicht, und wir fahren schweigend zur Teestube. Jakob begrüßt uns, er ist überrascht.

»Ihr zusammen?« fragt er.

»Ich habe sie unterwegs gesehen und ihr angeboten, mitzufahren.«

Weil ich nicht weiß, wie sie heißt, stottere ich, als ich von »ihr« spreche. Jakob begreift.

»Ihr kennt euch noch gar nicht?«

»Nein«, sage ich.

Er macht uns miteinander bekannt, und als ich ihren Nachnamen höre, denselben Nachnamen wie Marthas, bin ich so aufgeregt, daß ich ihren Vornamen sofort wieder vergesse. Sie muß eine Schwester oder eine Kusine Marthas sein, fährt es mir durch den Kopf; möglich wäre es, denn sie hatte Schwestern, die viel jünger waren als sie. Obwohl ich an nichts anderes denken kann, traue ich mich nicht, dieses Thema anzuschneiden, und so gehen wir schweigend durch die Teestube. Genau wie ich scheint auch sie niemanden der anwesenden Gäste zu kennen, so daß wir dazu verurteilt sind, zusammenzubleiben.

Eine dienstfertige Dame serviert Kaffee.

»Sollen wir uns hinsetzen?« fragt sie.

»Gut«, sage ich.

»Was machst du? Bist du noch immer an der Universität?«

»Ja, ich beschäftige mich mit Gewebezüchtung.«

»Gewebezüchtung? Aber dann bist du . . . dann sind Sie . . .« Sie schweigt verwirrt.

»Ja, ich bin Prof, ich kann auch nichts dafür, aber laß uns doch bitte schön beim Du bleiben.«

»Verrückt, einen Prof mit du anzureden.«

»Woher weißt du eigentlich, daß ich das bin?«

»Eine Freundin von mir hat gerade die Zwischenprüfung in der Gewebezüchtung gemacht, und sie hat mir erzählt, daß sie von einem noch sehr jungen Prof geprüft worden ist, und sie hat auch gesagt . . .«

Sie schweigt plötzlich und blickt beschämt zu Boden.

»Was hat sie noch gesagt?«

»Nein, das darfst du mich nicht fragen, das kann ich dir nicht erzählen.«

»Vielleicht darf ich dann etwas anderes fragen. Hast du eine Schwester, die Martha heißt? Du siehst einem Mädchen sehr ähnlich, mit dem ich zur Schule gegangen bin.«

»Ja, ich habe eine Schwester, die Martha heißt, sie ist fünf Jahre älter als ich, die zweitälteste.«

»Das muß dann dieselbe Martha sein. Du siehst ihr wirklich sehr ähnlich.«

»Das höre ich öfter, als mir lieb ist.«

»Wie geht es ihr denn?«

»Sehr gut, sie hat zwei goldige Kinder, einen Jungen und ein Mädchen.«

»Spielt sie noch immer so gut Klavier?«

»Ja, aber sie ist vom Konservatorium abgegangen, danach hat sie eine Zeitlang im Büro gearbeitet, aber sie spielt noch immer fabelhaft.«

»Spielt sie noch immer Haydn? Das spielte sie damals nämlich häufig.«

»Nein, sie spielt immer Brahms, jedenfalls . . . oft. Sie spielt wirklich sehr gut, viel besser, als ich es jemals könnte. Schade, daß sie nicht weitergemacht hat, nun ja, sie wollte heiraten. Blöd, zu heiraten, wirklich blöd. Ich möchte nie heiraten, höchstens mit jemandem zusammenleben. Mit einem Mal hat man für immer jemanden am Hals.«

Sie redet schneller als ihre Schwester. Ihre Gesten sind lebendiger, direkter. Als sähe ich ihre Schwester in einem Film, der etwas zu schnell abgespielt wird, und mich stört das zu große Tempo. Dennoch ist sie, vor allem, wenn sie die Augenlider niederschlägt, ganz Martha, und ich warte auf die Momente, die meinen Ärger in kurzzeitige Glücksgefühle verwandeln. Ich trinke mehr von der Oppenheimer Spätlese – Jakob weiß wenigstens, was er seinen Gästen schuldet –, als mir guttut. Als ob die Trunkenheit die

Unterschiede zwischen ihr und ihrer Schwester auslöscht, als ob ich mit Martha rede und ihre gelassene Anmut bewundere.

»Man kann doch nicht mit einem Menschen für immer glücklich werden«, sagt sie.

»Muß das denn sein«, frage ich, »glücklich werden?«

»Ja, natürlich, was denn sonst?«

»Ich weiß überhaupt nicht, was das ist: glücklich sein. Ich weiß nur, daß ich es sehr wichtig finde, soviel wie möglich hören und sehen und riechen zu können, daß meine Sinnesorgane möglichst gut funktionieren.«

»Wie meinst du das?«

»In diesem Frühjahr ging ich an einer ungemähten Straßenböschung entlang. Ganz hohes Gras. In der Spitze einer fast ausgewachsenen Segge sang ein Feldschwirl. Ich konnte ihn sehr gut sehen, meistens sieht man sie nämlich nicht, sondern hört sie nur. Aber das Verrückte war, daß ich ihn zwar sah und auch sah, daß er sang, denn er sperrte seinen Schnabel weit auf, aber ihn nicht hören konnte. Sein Gesang ist sehr hoch, wie das Zirpen einer Grille, und mein Gehör hat mittlerweile so nachgelassen, daß ich ihn nicht mehr hören kann. Siehst du, damals fühlte ich mich wirklich unglücklich – weil mir eine Möglichkeit der Wahrnehmung abgeschnitten war.«

»Könnte ich den Feldschwirl noch hören?«

»Bestimmt, aber verstehst du, worauf ich hinauswill? Eigentlich lebt man immer in der Vergangenheit oder in der Zukunft, nie in der Gegenwart, nie im Augenblick selbst. Der Moment muß Größe bekommen, man muß sehen können, daß die Schatten der Morgensonne anders sind als die der Mittagssonne, hören können, daß Insekten im Frühling anders summen als im Herbst, schmecken können, daß in Holzfässern gelagerter Wein anders schmeckt als Wein aus der Flasche.«

»Mir scheint, du hältst eine Vorlesung«, sagt sie etwas spöttisch, »meine Vorstellung vom Glücklichsein ist das jedenfalls nicht. Ich weiß auch nicht so genau, was zum Glücklichsein gehört, aber für mich hat es etwas damit zu tun, mit jemandem spazierenzugehen, nach dem man verrückt ist, oder zu spüren, wie einem der Wind durchs Haar streicht, oder Musik zu hören, die man mag, aber dann vor allem auch zusammen mit jemandem, in den man ein bißchen verschossen ist.«

So unterhalten wir uns den ganzen Abend, mal, um keine Stille aufkommen zu lassen, dann wieder, weil das Gespräch ganz von selbst einigermaßen im Fluß ist. Hin und wieder trennen wir uns kurz, aber es ist niemand da, mit dem ich länger als ein paar Minuten reden kann, und ihr geht es offensichtlich genauso; deshalb ist es fast selbstverständlich, daß ich sie später am Abend nach Hause bringe und mich, nicht zuletzt dank dem Oppenheimer, beim Abschied fragen höre: »Hättest du Lust, im Frühjahr einmal zu kommen und zu lauschen, ob du den Feldschwirl wirklich hören kannst?«

»Das würde mir gefallen.«

Sie sieht mich an, und ihre Augen zeigen etwas, das einem Lächeln gleicht, obwohl ihre Mundwinkel sich nicht daran beteiligen. Dennoch wage ich, wegen dieses Lächelns, noch eine zweite Bemerkung.

»Bis zum Frühjahr dauert es noch.«

Jetzt machen die Mundwinkel mit, aber das Lächeln hat auch etwas Spöttisches.

»Singt der Feldschwirl denn nur im Frühjahr?«

»Im Herbst und im Winter ist er nicht da, er ist ein Zugvogel.«

»Dann werden wir eben bis zum Frühjahr warten müssen.«

»Es gibt auch noch andere Vögel«, sage ich vorsichtig, »oder wenn du Lust hast, könnten wir auch zusammen in ein Konzert gehen. Ich habe ja nun mal das Auto, es ist eine Kleinigkeit für mich, dich abzuholen.«

»Nun, wenn es kein zu großer Umweg für dich ist, wäre es schon ganz praktisch.«

»Sollen wir dann etwas verabreden?«

»Weißt du etwas?«

»Ich muß in den nächsten Tagen nach Bern, zu einem Kongreß über Gewebezüchtung, aber danach vielleicht. Am Donnerstag, dem 15. Oktober, spielt zum Beispiel das *Concertgebouw*-Orchester, das weiß ich. Ich hole dich dann um halb sechs ab, zuerst essen wir etwas, und danach gehen wir ins *Concertgebouw.*«

»Das *Concertgebouw*, wie toll, dort war ich noch nie, ja gern, tschüs dann, mach's gut!«

Ich gehe zum Auto zurück, und sie steht in der Türöffnung des Hauses, in dem sie offenbar zur Untermiete wohnt. Während ich einsteige und meine Hand hebe und verwundert konstatiere, daß ich ihr zuwinke, sehe ich auf einmal die Mitglieder des *Concertgebouw*-Orchesters vor mir. Ich sehe vor allem die schwarzen Fräcke, nein, es sind keine Fräcke, es sind schwarze Überzieher, die Überzieher von Leichenbittern. Seltsam eigentlich, denke ich, daß ich immer, wenn etwas Besonderes passiert, unter Zwangsvorstellungen leide und daß sie immer durch eine Art Vision eingeleitet werden, durch ein Phantasie-Bild. Am Donnerstag, dem 15. Oktober, lebe ich nicht mehr, ich werde nicht mit ihr augehen können. Ich bin mir dessen plötzlich so sicher, daß ich viel vorsichtiger als sonst fahre, obwohl ich weiß, daß es eine Zwangsvorstellung ist, eine geistige Barriere gegen den Gedanken, mit einem Mädchen ausgehen zu müssen. Wenn ich tot bin, kann ich auch nicht mehr mit ihr ausgehen; ein beruhigender Gedanke. Gleich vor der Stadt parke ich bei einer Gaststätte, die glücklicherweise noch geöffnet hat. Ich trinke ein paar Tassen Kaffee und habe die Illusion, wieder etwas nüchterner zu werden. Warum sollte ich in vierzehn Tagen tot sein? Ich bin gesund. Werde ich vielleicht verunglücken? Ich werde vorsichtig sein. Nächsten Montag reise ich nach Bern. Ob ich dort sterben muß? Ich bin dreißig, ich habe mich zum ersten Mal mit einem Mädchen verabredet, mit Marthas Schwester. Wirft mich das so aus der Bahn, daß mein Unterbewußtsein nicht anders reagieren kann als mit der Zwangsvorstellung: du wirst bald sterben? Sich im Alter von dreißig mit einem Mädchen zu verabreden, ist noch merkwürdiger, als es nie zu tun. Im letzteren Fall erweckt man den Eindruck, man habe kein Interesse an Frauen. Aber wenn man sich mit dreißig zum ersten Mal verabredet, wird unmißverständlich klar, daß man eigentlich ein Trottel ist, ein schüchterner Tölpel. Und warum müssen zu alledem noch Zwangsvorstellungen hinzukommen? Ich hatte sie schon öfter, und soweit sie sich auf die Zukunft bezogen, sind es eigentlich fast immer Prophezeiungen gewesen, die sich erfüllt haben.

Ich zahle und fahre in südlicher Richtung. Noch immer beschäftigt mich der Gedanke des nahen Todes, er wird sogar fortwährend stärker. Bei einem Unfall, denke ich nicht ohne Ironie, hat man noch ein paar Augenblicke, in denen man sein Leben wie in einem Film an sich vorüberziehen sieht. Aber das ist mir ja heute bereits passiert! Heute nachmittag auf dem Gartenweg bin ich, mit den Trauben in der Hand, einen Augenblick stehengeblieben und habe mein Leben an mir vorüberziehen sehen. Doch das war nur der Teil meines Lebens, der im Grunde wenig oder nichts mit mir selbst zu tun hat. Nein, ich werde nicht sterben, so ohne weiteres stirbt man nicht. Aber wenn ich auch im Auto laut rufe: Es ist nicht wahr, ich werde nicht sterben, so bleibt dennoch diese unumstößliche Gewißheit: In vierzehn Tagen lebst du nicht mehr.

Ich versuche, an etwas anderes zu denken, an Marthas Schwester. »Ich weiß nicht einmal ihren Namen«, rufe ich plötzlich. Das Auto ist das einzige Beförderungsmittel, vielleicht sogar der einzige Ort, an dem man ohne Hemmungen laute Selbstgespräche führen kann. Obendrein ist man nie einsamer als allein in einem Auto, man ist sogar nicht einmal an einem bestimmten Ort; man bewegt sich fort, von Metall umschlossen, und führt vielleicht deswegen so oft laute Selbstgespräche. »Du hast sie nicht nach ihrem Namen gefragt«, sage ich zu mir selber, »du hast nicht einmal gefragt, was sie studiert, hast dich überhaupt nicht für sie interessiert, nur nach ihrer Schwester hast du sie gefragt. Du hast auf täppische Weise über deine unsinnigen Ideen zur Funktion der Sinnesorgane philosophiert.« Ich schweige, damit meine Worte wirken. Dann sage ich, nicht laut, aber mit großem Nachdruck: »Du bist ein egozentrischer Armleuchter.«

Ich bin zu Hause. Ich liege im Bett und kann nicht schlafen. Ich lausche den Geräuschen im Schilf. Außer dem Quaken der Enten und dem Rascheln des Rieds ist nicht viel zu hören. Ich kann nicht schlafen, weil ich fortwährend ans Sterben denken muß und an einen Satz aus einem Gedicht, von dem ich weder Titel noch Autor behalten habe: Wir leben unser ganzes Leben falsch. Falsch? Habe ich mein Leben bis jetzt falsch gelebt? Warum? Warum bin ich so geworden? Oder bin ich schon immer so gewesen? Liegt es an meiner Mutter und meinem Vater?

Meine Mutter

Sie beginnt ihren Tag auf dem Fußboden vor dem alten, dunkelroten Ofen mit geborstenen Glimmerscheiben und einem erstaunlich großen Aschenkasten, den sie herauszieht; jedesmal fällt dabei Asche auf den Boden, und sie brummelt dann etwas vor sich hin, nein, sie flucht nicht, fluchen könnte sie gar nicht. Sie steht auf und trägt den Aschenkasten durchs Zimmer, und während mein Vater und ich allein zurückbleiben, hören wir, wie die Schlacke, die vom Koks übriggeblieben ist, in den Mülleimer prasselt. Wenn sie aus der Waschküche wiederkommt, höre ich ihre ersten Worte. Aber bevor sie etwas sagt, ist die Stimme meines Vaters da: »Heute in den Blumenkohl«, und die Stimme meiner Mutter ist still, sanft und langsam: »Wann gehen wir hacken?«

»Nach dem Mittagessen.«

Während dieser Unterhaltung hat sie sich wieder vor den Ofen gekniet, in dessen geöffneten Bauch sie eine Zeitung stopft. Auf die Zeitung legt sie Holzscheite, und dann stemmt sie die schwere Petroleumkanne hoch; ein heller Strahl spritzt über Zeitung und Holz, und ich sehe dunkle Flecken auf dem Papier. Sie hält ein Streichholz daran. Sie steht auf und holt Kohlen aus der Waschküche. Ich denke nicht an sie, ich vergesse sie, weil ich die Flammen betrachte, wilde, gierige, launenhafte Flammen, feurige Zungen: der Heilige Geist im Ofen. Das Holz knistert. Manchmal ist es naß, und dann kräuseln sich dünne Rauchfäden hinter den Glimmerfenstern nach oben; durch die Risse in den Scheiben treten sie aus, so daß mein Vater hustet und sagt: »Schlechte Luft heute.«

Meine Mutter sorgt für die erste Enttäuschung des Tages, weil sie Koks auf die Flammen wirft, die dadurch zusammenschrumpfen. Meine Mutter setzt sich an den Tisch, und mein Vater steht auf und sagt: »So, ich gehe.«

Ich bin mit meiner Mutter allein. Es ist dunkel im Zimmer. Auf dem Tisch brennt das Teelicht im Stövchen, im Ofen sind kleine Flammen, und meine Mutter streicht Brote. Manchmal redet sie dabei, aber ich verstehe nicht, was sie sagt, und es ist auch nicht wichtig. Vielleicht redet sie von der Gartenarbeit, vom Hacken und Jäten, und sagt, daß ich es später auch lernen werde, und sie ißt ihr Brot, und immer ist da diese gleichmäßige, fast klanglose Stimme, und ich esse langsamer als sie, weil ich auf das Wunder warte. Damit das Wunder passiert, muß sich meine Mutter vor den Spiegel stellen, der über dem Kaminsims hängt. Ich betrachte ihr Gesicht, das im Spiegel so anders ist. Sie hat ein kleines, regelmäßiges Gesicht mit dunklen Augen, die immer etwas traurig und ergeben blicken, auch wenn sie mir im Spiegel zulächelt. Und dann geschieht es. Sie nimmt die Spangen aus ihrem Haar, das plötzlich weit über ihren Rücken hinabwallt und wie die Flammen von vorhin aussieht, nur umgekehrt. Ihr Haar ist glänzend schwarz und schwer, und sie schüttelt den Kopf, so daß es sich um ihre Schultern verteilt. Wie jung sie jetzt im Spiegel ist, wie schön sie jetzt ist! Sie betrachtet eine Weile ihr Spiegelbild. Sie geht durchs Zimmer, und das Haar wallt dabei über ihren Rücken, bewegt sich in einem eigenen, widerspenstigen Rhythmus. Auf dem Kaminsims liegt die Bibel, ein großes altes Buch, und auf der Bibel liegen Kamm und Bürste. Immer nimmt sie zuerst den Kamm aus der Bürste, und nie verstehe ich, warum sie nicht Kamm und Bürste zusammen ergreift. Langsam fährt sie mit der Bürste durch das glänzende Haar. Dabei breitet sie es weit aus, sie hält den Kopf schräg, so daß das Haar von ihrem Kopf gerade nach unten fällt. Ihre Bewegungen sind gemessen. Sie bürstet lange. Während des Bürstens und auch während des anschließenden Kämmens sitze ich reglos auf meinem Stuhl. Nichts von diesem Wunder darf mir entgehen. In dem halbdunklen Zimmer betrachte ich meine Mutter, betrachte das lange Haar, das sie in aller Ruhe kämmt. Mein Tee wird kalt. Der Koks im Ofen beginnt zu glühen, was das Zimmer heller und die Schatten tiefer macht: das schwarze Abbild meiner Mutter auf den rötlich schimmernden Wänden. Sie kämmt sich noch immer. Aber zum Schluß wickelt sie das Haar über einen schwarzen Drahtring nach oben: die zweite Enttäuschung. Sie steckt es fest und wirkt jetzt viel älter, sie dreht sich um und sagt: »Warum ißt du nicht?«

Später schrubbt meine Mutter die kleine Treppe vor dem Haus. Mit einem Gartenschlauch spritze ich Wasser über die Stufen. Über den schmalen Weg zwischen dem Wassergraben, der an unserem Haus vorbeiführt, und dem breiten Kanal (dieser Weg ist eigentlich nicht mehr als ein Treidelpfad) kommt der Petroleumhändler. Er schiebt einen Handkarren vor sich her. Die Räder rollen über das hohe Gras des Wegraines. Unter dem Karren ein schwarzer Hund in einem Geschirr. Vor unserem Haus halten sie an.

»Noch etwas nötig?« ruft er.

»Ja, Bart, bitte zehn Liter«, sagt meine Mutter. »Maarten, hol die Kanne.«

Ich gehe ums Haus herum zum Schuppen, hole die schwere, grüne Kanne und schleppe sie zum Karren. Ich setze mich unter den Karren und streichle den Hund. Ich rede mit dem Hund, der leise winselnd meine Hände leckt. Der Petroleumhändler und meine Mutter unterhalten sich lange, und sie nicken dabei bedächtig: von meinem Platz aus kann ich es durch die Speichen des Holzrades verfolgen. Der Petroleumhändler kommt über den Weg auf uns zu. Plötzlich nimmt er den Gartenschlauch und richtet den Wasserstrahl auf meine Mutter. Ich schaue auf das Wasser, das zwischen den Steinchen versickert, und auf meine Mutter, die über den Treidelpfad davonläuft. Fröhlich lachend schlägt sie die Hände vors Gesicht, und der Petroleumhändler spritzt in Richtung meiner flüchtenden Mutter. Ich renne durchs Haus in die Küche und drehe den Hahn zu, an den der Gartenschlauch angeschlossen ist. Ich höre ihre Stimmen, höre sie auch lachen. Ich sehe sie auf dem Treidelpfad stehen, und ich denke: Warum ist sie nicht böse auf ihn? Aber sie verabschieden sich, und meine Mutter winkt ihm nach. Ihre Wangen haben unregelmäßige rote Flecken. Ihre Augen, sonst mit einem so sorgenvollen Ausdruck, glänzen. Sie kommt über den Treidelpfad zur Treppe gelaufen, wo ich auf sie warte.

»Du hast mich gerettet«, sagt sie.

Sie streicht mir über den Kopf, sie drückt mich an sich.

»So ein gemeiner Kerl«, sage ich.

»Nein, das darfst du nicht sagen, der Petroleumhändler ist sehr unglücklich, seine Frau ist sehr schlecht zu ihm.«

»Er darf dich nicht naßspritzen«, sage ich.

»Nein«, sagt sie, »das darf er nicht.«

Wenn ich sechs Jahre alt bin, werde ich zur Schule gehen. Aber soweit ist es noch lange nicht. Ich bin noch nie von zu Hause weg gewesen, außer damals, als ich ganz klein war.

Aber daran kann ich mich nicht erinnern. Ich habe noch nie andere Häuser gesehen als unser Haus und das des Nachbarn, der schon sehr alt ist und ein ganzes Stück weiter weg wohnt. Und Schulen und Kirchen habe ich überhaupt noch nicht gesehen. Meine Mutter hat mir von Kirchen erzählt, es sind große Gebäude, viel größer als ein Haus, und sie stehen meistens an Plätzen. Ein Platz ist eine Wiese ohne Gras und Kühe, aber dafür mit Pflastersteinen, hat meine Mutter gesagt. Trotzdem kann ich mir einfach nicht vorstellen, wie das aussehen soll. Wenn ich ganz hinten im Garten stehe, beim Komposthaufen, kann ich den Turm einer Kirche sehen. Oft spähe ich zu dem spitzen Turm und sehne mich nach dem Dorf, aber ich habe auch Angst davor, vor den anderen Häusern und vor den fremden Menschen. Am meisten habe ich aber Angst vor den Plätzen: bestimmt sind sie schrecklich flach und leer, wenn dort nicht einmal Gras wächst. Ich denke lange darüber nach, wenn ich beim Komposthaufen stehe und zum Turm hinüberblicke, und dann fürchte ich mich so, daß ich mich schnell umdrehe und durch den Garten zurücklaufe. Ich esse von den winzigen Tomaten, die beim Sortieren als Ausschuß im Abfallkübel gelandet sind. Ich baue mir eine Hütte aus Gemüsekisten. Ich setze mich in die Hütte und denke über andere Jungen nach, die so klein sind wie ich, zu klein, um zur Schule zu gehen. Was sie wohl gerade machen? Ob sie auch in einer Hütte aus Gemüsekisten sitzen? Vielleicht nicht. Kleine Kinder können noch keine Kisten heben, sagt meine Mutter, aber ich kann es, ich bin so stark, viel zu stark für mein Alter, sagt sie. Ich reiße die Hütte ab, baue sie wieder auf, lasse sie zusammenstürzen. Was jetzt? Ich stehe auf dem Hof hinterm Haus. Meine Mutter geht durch die Küche, sie singt: Bestrahle mich mit deinem Lichte, damit ich deine Wahrheit seh.

»Spielst du nicht?« fragt sie, als sie mich sieht.

»Ich weiß nicht, was ich spielen soll«, sage ich.

»Bau dir eine Hütte aus Kisten.«

»Das habe ich schon getan.«

»Geh fischen. Wo ist dein Kescher?«

»Ich habe schon gefischt.«

»Dann geh Futter suchen für die Kaninchen.«

»Die kriegen von Vater Salat.«

»Im Wasser sind bestimmt noch andere Fische, geh doch fischen.«

»Warum wohnen hier keine anderen Kinder, mit denen ich spielen kann? Immer muß ich allein spielen.«

»Ich habe früher auch immer allein gespielt.«

»Ich will nicht allein spielen.«

Ich gehe durch die Gärtnerei und sehe mir die Lore an. Ich darf damit nicht fahren. »Wenn ich dich erwische, daß du mit der Lore fährst«, sagt mein Vater immer, »breche ich dir das Genick.« Hinten im Garten ist der Komposthaufen. Ich darf nicht darin herumwühlen, sagt meine Mutter. Ich setze mich an den Grabenrand dahinter, rupfe Gras aus und werfe es ins Wasser. Ich denke mir ein neues Spiel aus. Ich stehe auf und gehe durch den Garten in die Küche.

»Willst du mit mir spielen?«

»Ich soll mit dir spielen?« fragt meine Mutter.

»Ja, ich baue eine Hütte, und dann bin ich der Vater, und du mußt in der Hütte wohnen, und du bist die Mutter. Dann sind wir verheiratet, ja, miteinander verheiratet, und dann komme ich von der Versteigerung nach Hause, und dann sage ich: Guten Tag, Frau, und dann gebe ich dir einen Kuß, ja, laß uns das tun.«

»Ich muß doch die Hausarbeit machen, ich habe keine Zeit zum Spielen.«

»Dann arbeitest du in der Hütte, die ist dann dein Haus.«

»Gut, aber nur ganz kurz, bau erst mal deine Hütte.«

Ich baue eine Hütte. Die Gemüsekisten sind schwer, aber ich staple sie, so hoch es geht. Dann hole ich meine Mutter.

»Die Hütte ist fertig«, sage ich.

Meine Mutter geht mit mir über den Hof zur Hütte. Sie geht hinein, sie ist groß, meine Mutter, sie ragt über die

Kisten hinaus. Aber sie bückt sich, sie setzt sich hin. Trotzdem kann ich ihren Kopf sehen. Sie tut so, als sähe sie mich nicht.

»Ich komme«, rufe ich.

»Ja«, sagt sie.

Ich gehe hinein.

»Guten Tag, Frau«, sage ich, »da bin ich wieder, ich war auf der Versteigerung.«

»Guten Tag, Mann«, sagt meine Mutter, »wie war es auf der Versteigerung?«

»Nichts verkauft, alles mußte vernichtet werden, Blumenkohl, Tomaten, Bohnen, Salat, alles.«

»Oh je.«

Vorsichtig gehe ich auf meine Mutter zu. Sie beugt sich hinunter, nimmt mich in ihre Arme und küßt mich auf die Wangen.

»Nicht so«, sage ich ungeduldig, »ich bin kein Kind.«

»Wie denn?« fragt sie lächelnd.

Ich sehe meine Mutter an. Ich möchte sie umarmen, aber ich traue mich nicht, ich will sie küssen, so wie mein Vater sie küßt, kurz und schnell und achtlos.

»Was ist denn?« fragt sie.

Ich antworte nicht, ich atme tief ein, ich weiche zurück.

»Auf Wiedersehen, Mann«, sagt meine Mutter, »ich gehe wieder an die Arbeit.«

»Ja«, sage ich beklommen.

Der Morgen ist wie jeder andere. Ich baue eine Hütte, ich fange kleine Wasserkäfer und winzige Schleien, ich füttere die Kaninchen, ich laufe durch die Gärtnerei, und ich weiß nicht, was ich tun soll. Aber nach dem Mittagessen sagt meine Mutter: »Wir gehen ins Dorf.«

Ich blicke meine Mutter fragend an. Ins Dorf? Sie wollen also ins Dorf, mein Vater und meine Mutter, das kommt nicht oft vor. Muß ich dann zu den Nachbarn?

»Warum? Wer soll dann auf mich aufpassen?« frage ich.

»Nein, du gehst auch mit.«

»Ich ins Dorf?«

»Ja.«

»Was machen wir denn da?«

»Vater geht zur Versteigerung, und wir gehen zum Doktor.«

»Zum Doktor?«

»Ja, dir werden die Mandeln gekappt. Heute nachmittag kommt ein Doktor aus der Stadt, es stand in der Zeitung, er kommt extra, um kleinen Kindern die Mandeln zu kappen.«

Ich weiß nicht, was Mandeln sind. Ich frage nicht danach. Ich will meinen ersten Ausflug ins Dorf nicht durch Unwissenheit aufs Spiel setzen. Ich gehe also ins Dorf. Endlich, ich kann es kaum glauben. Aber nach dem Essen setzen sich meine Mutter und ich tatsächlich auf die Schute, mit der mein Vater das Gemüse zu den Versteigerungen transportiert. Mein Vater läuft über den Treidelpfad und drückt mit dem Staken gegen die Schute. Dann springt er mit dem Staken in der Hand von der hohen Brücke auf die Schute, und wir gleiten unter der Brücke hindurch zum breiten Wasser. Mein Vater läßt den Staken ins Wasser plumpsen und stemmt sich dagegen. Er läuft über die Schute nach hinten, kehrt mit dem Staken in den Händen zurück, läßt ihn wieder ins Wasser plumpsen und läuft wieder zum Ruder. Ängstlich umklammere ich die Hand meiner Mutter und betrachte das Reetland. Meine Mutter nennt mir die Namen der Vögel, die vor uns flüchten: Haubentaucher, Reiherenten, Bläßhühner und Teichrallen. Ich kann kein Wort sagen. Immer wieder muß ich schlucken. Ich blicke zu meiner Mutter, kann sie aber kaum sehen, weil meine Augen feucht sind. Ich reibe mir die Augen und höre die Wellen sanft gegen die Schute plätschern. Ich kann meine Blicke gar nicht von dem immer wieder ins Wasser plumpsenden Staken abwenden, von den prachtvollen Farben des aufspritzenden Wassers im Sommersonnenlicht. Ich drücke fest die Hand meiner Mutter. Sie lächelt. Nach ihrem Lächeln kommen mir die Tränen. Sie streicht mir übers Haar und fragt: »Was ist los?«

»Wie schön«, flüstere ich.

»Sieh doch, Maarten gefällt es«, ruft sie meinem Vater zu.

Mein Vater schaut kurz herüber und winkt mit einer Hand.

Es scheint, als ob ich langsam einschlafe und meine Augen fast geschlossen sind. Nicht die Schute fährt, sondern die Ufer fahren, die Schute steht still. Die Ufer gleiten in Richtung unseres Hauses vorbei, die Ufer bringen die Markthallen näher. Inzwischen sind auch andere Schuten auf dem Wasser. Manche von ihnen fahren schneller als unsere. Sie haben auf dem Deck einen kleinen Schornstein, aus dem blauer Rauch kommt, und es sieht so aus, als würde dieser Rauch sie vorwärtstreiben. Meine Mutter erzählt mir, daß sie von weit her kommen, daß sie einen Motor haben. Ich weiß nicht, was ein Motor ist, aber ich frage auch nicht danach, weil ich mich fürchte und doch alles sehen möchte und keine Zeit für Worte habe. Wir fahren unter einer blauen Brücke hindurch, für einen Moment wird es dunkel, und ich kralle meine Hände in die meiner Mutter. Genau über mir sehe ich die gerippten Bohlen dahinziehen, schneller als eben noch die Ufer.

»Keine Angst«, sagt meine Mutter.

Nach der Brücke sehe ich den Versteigerungsplatz. Es ist ein großer Raum zwischen hohen Hallen. Ich starre fassungslos auf die Fuhrwerke und die schrecklich vielen Menschen. Manchmal bleiben sie bei den Steigen stehen, betrachten das gerade über die Ränder hinausragende Gemüse und reden miteinander. Ich sehe, wie sie auf Dinge zeigen, die mir fremd sind: seltsame Gegenstände, die über dem Platz hängen. Unter einem ausladenden Vordach ist ein riesiges Zifferblatt mit einem Zeiger, der sich mit großer Geschwindigkeit dreht. Ich kenne die Uhr noch nicht, aber ich weiß, daß das eine Uhr sein muß. Während ich staune, wie schnell hier die Zeit vergeht, weiß ich zugleich, daß das so sein muß, weil hier soviel Betrieb und soviel Lärm ist, soviel Schnauben von Pferden, Hufscharren und sogar Gewieher und manchmal ein Urinstrahl, der zwischen den hastig auseinanderstiebenden Menschen über den Boden rinnt.

Mein Vater hebt mich von der Schute und stellt mich auf den Kai. Meine Mutter und ich gehen vom Platz weg, und ich atme erleichtert auf, als wir ihn verlassen haben. Nun gehe ich über Pflastersteine, echte Pflastersteine. Wie hart die Steine unter den Füßen sind, denke ich und stampfe mit meinen Schuhen auf den Boden.

»Nicht doch«, sagt meine Mutter.

Dann bemerke ich plötzlich ganz nah vor mir den spitzen Kirchturm, den ich von unserer Gärtnerei aus immer gesehen habe.

»Die Kirche, die Kirche, die Kirche«, rufe ich. Ich rufe es immer wieder, bis wir direkt vor der Kirche stehen. Ich spähe zum Turm hinauf, wo ein riesiges Zifferblatt mit goldenen Zahlen angebracht ist, die in der Sonne glänzen. Aber wie angestrengt ich auch spähe, ich kann keine Bewegung der Zeiger entdecken, sie stehen vollkommen still, und dazu paßt, daß der Platz um die Kirche völlig leer ist. Ich möchte etwas sagen, kann es aber nicht, weil mir die Angst die Kehle zuschnürt. Nicht eine Spur von Leben ist auf dem Platz wahrzunehmen, nichts, was sich regen könnte, kein Gras, kein Bäumchen, nichts, was das Sonnenlicht dämpfen könnte. Die Sonne bescheint den Platz, quer darüber fällt der schwarze Schatten des Turms, und in diesem schwarzen Schatten fehlt die Uhr. Das Licht scheint hier viel greller zu sein, und um den schwarzen Schatten scheint ein heller Rand zu sein, ein feuriger Streifen, der den Schatten um so kräftiger hervortreten läßt. Eine Hand halte ich vor die Augen, mit der anderen umklammere ich die Hand meiner Mutter. Ich muß immer wieder schlucken. Das Sonnenlicht ist gleißend und scharf, wie ich es noch nie erlebt habe, und es will mich verschlingen. Ich fange an zu zittern, als meine Mutter den Platz überqueren will, ich zerre an ihren Händen und sage: »An den Häusern entlang, Mutter, an den Häusern entlang.«

»Komm«, sagt sie ungeduldig.

»Nein, an den Häusern entlang.«

Aber sie zieht mich mitten über den Platz, und ich schließe die Augen, um die Leere nicht zu sehen, öffne sie aber sofort wieder weit, denn wir nähern uns dem schwarzen Schatten des Turms, und ich verkrampfe völlig.

»Mutter«, ich weine fast, »nicht über den Schatten, nicht über den Schatten.«

Sie will mich über den Schatten ziehen, aber ich sträube mich, und sie seufzt. Sie lächelt mir zu und sagt: »Aber was hast du denn?«

»Der Streifen, ich will nicht über den Feuerstreifen«, sage ich.

»Feuerstreifen?«

»Ja, bei dem Schatten.«

»Ich sehe aber gar keinen«, sagt sie gleichmütig.

Dennoch macht sie einen Umweg, sie weicht dem Schatten aus, und wir gehen direkt an ihm vorbei, so daß ich den Feuerstreifen aus nächster Nähe sehen kann. Ich erschauere, weil mein Schatten zum Teil mit dem des Turms verschmilzt und sich der Feuerstreifen jetzt auch um meinen eigenen Schatten gelegt hat. Um zum Haus des Doktors zu kommen, müssen wir ohnehin im Schatten der Häuser gehen, es gibt keinen anderen Weg, und ich atme erleichtert auf, als ich merke, daß mir in dem Augenblick, wo mein Schatten völlig in jenem der Häuser aufgeht, nichts passiert. Meine Mutter stößt eine Tür auf. Sie geht vor mir her in einen dunklen Korridor, in dem ich zuerst nichts sehen kann, und deshalb sind die Geräusche darin so beängstigend, Geräusche, die ich nicht einmal sofort unterbringen kann, die sich aber nach einiger Zeit, nachdem sich meine Augen an das Licht gewöhnt haben, als das Weinen von Kindern herausstellen. Auf einer Bank an der Wand sitzen Frauen mit Kindern auf dem Schoß. Am Ende des Korridors öffnet sich eine Tür, und eine Frau kommt aus dem Zimmer. Sie trägt ein Kind auf den Armen, das herzzerreißend weint. Das Kind blutet. Aus seinem Mund strömt so viel Blut, daß ich nichts anderes denken kann als: es stirbt, und dieser Gedanke hat etwas Beruhigendes; deshalb begreife ich nicht, daß die anderen Kinder so laut zu weinen anfangen, als sie sehen, wie das Blut auf den gekachelten Fußboden hinuntertropft.

»Du bist ein großer Junge, Maarten, du weinst nicht«, sagt meine Mutter.

»Nein«, sage ich unwirsch, und ich will nicht, daß sie mich auf den Schoß nimmt.

Ich kann gar nicht weinen, denn ich bin viel zu erleichtert, daß wir den Platz sicher verlassen haben. Ich staune über die weinenden Kinder. Das sind also Kinder, genau so wie ich. Es kommt mir vor, als ob sie alle viel kleiner sind als ich, als ob ich sie überrage, obwohl ich der einzige bin, der nicht auf dem Schoß sitzt. Eine Klingel ertönt. Die Frau und das Kind, die der Tür am Ende des Korridors am nächsten sitzen, gehen hinein, obwohl das Kind um sich tritt und kreischt. Nachdem sie verschwunden sind, hören wir zuerst nichts, dann plötzlich einen Aufschrei, gefolgt von lautem Weinen, und noch mal einen Schrei. Kurz darauf kommt das Kind, ein Mädchen, auf dem Arm ihrer Mutter wieder heraus; ihr Gesicht ist fast nicht zu sehen, weil auf ihrem Mund ein großer, weißer Wattebausch liegt, der sich immer mehr rötet.

»Der nächste bitte«, ruft ein Mann im weißen Kittel.

So geht es die ganze Zeit. Mal ertönt eine Klingel, mal ruft der Mann. Ich versuche herauszufinden, ob zwischen Rufen und Klingeln ein Unterschied besteht, ob die Kinder, die gerufen werden, weniger bluten als die Kinder, die durch die Klingel hereingebeten werden. Wir rutschen auf der Bank immer näher zur Tür, hinter der sich der Doktor befindet, während durch die Außentür neue Mütter mit Kindern hereinkommen. Sobald die neuen Kinder das Weinen der anwesenden hören, fangen auch sie an, heftig und laut zu schluchzen. Einige von ihnen schreien: »Ich will nicht, ich will nicht.«

Ich weine noch immer nicht, ich presse die Lippen fest aufeinander, ich balle die Hände. Vielleicht werde ich auch weinen, wenn wir an der Reihe sind und der Mann ruft: der nächste bitte, aber ich weiß genau, daß ich nicht weinen werde, wenn nur die Klingel ertönt. Und so ist es dann auch, als es soweit ist; das Geräusch der Klingel läßt mich hochfahren und vor meiner Mutter hergehen, auch wenn ich nicht weiß, warum ich lieber von der Klingel als vom Mann im weißen Kittel gerufen werde. Aber im Raum hinter der Tür ist er dann doch, und mein Mut sinkt allmählich, als ich zu ihm aufblicke.

»Ist das aber ein großer Junge«, sagt der Doktor.

Meine Mutter übergibt mich einer Frau mit einer langen, weißen Schürze und einem Häubchen auf dem Kopf. Sie setzt sich auf einen schwarzen Stuhl, und ich muß auf ihren Schoß. Als ich mich sträube, hält mich die Frau fest, und ich sehe meine Mutter zornig an.

»Kurz stillhalten«, sagt sie, »tapfer sein, es ist gleich vorbei.«

Auf der anderen Seite des Raumes ist eine Flamme. Der Doktor hält eine Zange hinein. Die Zange beginnt dunkelrot zu glühen. Der Doktor geht mit der Zange durchs Zimmer, aber die Zange macht mir weniger Angst als seine riesigen Handschuhe, die seine Hände so schrecklich groß erscheinen lassen. Er sagt: »Mund auf.«

Ich mache den Mund weit auf. Die Hitze der Zange treibt mir die Tränen in die Augen, aber noch bevor ich schreien kann, weil diese Hitze so furchtbar ist, spüre ich einen gräßlichen Schmerz, der so schlimm, so durchdringend, so überaus grimmig ist, daß ich gegen meinen Willen laut kreischen muß. Ich schmecke Blut im Mund, und dann spüre ich denselben Schmerz noch einmal. Ich kann nicht weinen, nur kreischen, ich bin zu überrascht, um zu weinen, und zu erschüttert. Wenn ich weinen würde, würde mich das erleichtern, aber so weit, daß ich mich erleichtert fühlen könnte, ist es noch lange nicht, denn der Feuerstreifen um den Turm verschmilzt mit dem rotglühenden Eisen der Zange, und jetzt verstehe ich, warum ich auf dem Platz eine solche Angst hatte. Die Krankenschwester legt mich in die Arme meiner Mutter, ich lasse mich tragen, weil ich nicht die Kraft habe, dagegen zu protestieren. Ich will etwas sagen, aber es geht nicht. Ich will sie fragen: warum hast du das zugelassen? Ich habe doch nicht geweint. Die Krankenschwester geht durchs Zimmer, nimmt einen Wattebausch und wischt das Blut weg, und deshalb kann ich ein wenig weinen.

Als wir übers Wasser zurückfahren und ich auf leeren Gemüsekästen liegend über diesen Nachmittag nachdenke, über meinen ersten Tag in der Welt, blute ich noch immer. Es kommt nicht mehr viel Blut, und ich weine auch nicht mehr, nachdem ich noch ein paarmal angefangen habe, mit tiefen Schluchzern, die ein längeres Weinen immer wieder unmöglich machten. Begreifen kann ich es nicht. Noch nie bin ich von zu Hause weg gewesen außer ganz früher, aber daran kann ich mich ja nicht mehr erinnern. An meinem ersten Tag in der Welt habe ich mich gut benommen, ich habe nicht geweint bei dem Feuerstreifen um den Turm, nicht auf dem Platz, nicht beim Doktor. Und doch hat er mich mit einer glühenden Zange bestraft. Der Schmerz in meinem Mund ist fürchterlich. Schlimmer noch ist der Verrat, den mein Vater und meine Mutter an mir begangen haben. Während wir in der Abenddämmerung übers Wasser gleiten, erzählt mir meine Mutter, daß es gut für mich ist, wenn die Mandeln gekappt sind. Zu meinem Vater sagt sie: »Er ist so tapfer gewesen, er hat nicht geweint, als sie ihm mit der Zange in den Mund fuhren. Furchtbar, es mitansehen zu müssen.«

Ihre Worte lindern den Schmerz. Nicht sie hat es getan. Der Doktor und die Frau waren es. Meine Mutter hält meine Hand und singt von Gott über den Sternen.

Abend

Ich liege im Bett und kann nicht schlafen. Ich lausche den Geräuschen von draußen. Ich höre das dumpfe Blaffen der Rohrdommeln und die Stimmen von Vater und Mutter im Wohnzimmer. Ich höre sie durch den Flur gehen, in die Waschküche, dann nach draußen. Ich stehe auf und rücke einen Stuhl ans Dachfenster. Ich stelle mich darauf und beobachte, wie meine Eltern durch den Garten gehen. Sie schlendern zwischen den Schienen der Lore umher. Hin und wieder bückt sich mein Vater und zupft Unkraut aus den Salatbeeten. Ich sehe, daß sie sich unterhalten. Mutter setzt sich auf die Lore, und Vater schiebt sie. Manchmal lachen sie, das kann ich hören. Als sie am Glashaus vorbeifahren und beim Komposthaufen hinten im Garten ankommen, steigt würdevoll ein Reiher auf. Mit langsamem Flügelschlag erhebt er sich in den vom Abendrot gefärbten Himmel. Er verschmilzt mit der dunkelblauen Luft und ist schon bald eine winzige, fast reglose Wolke. Mein Vater wirft das ausgezupfte Unkraut auf den Haufen. Er wühlt darin herum, legt sich auf den Boden vor das schon braun gewordene Unkraut und hält ein Streichholz an den Abfall. Das Feuer lodert auf. Meine Mutter steht zwischen den Flammen und mir, sie wirkt seltsam dunkel durch das Feuer vor ihr. Als die Flammen das frische Unkraut erreichen, wird der Rauch leichter und weißer. Er kräuselt sich in den Abendhimmel. Es ist fast windstill, der Rauch treibt langsam hinter dem Zaun über die Wiesen und löst sich in kleine, weiße Flocken auf, die im Abendrot verschwinden. Mein Vater legt den Arm um die Taille meiner Mutter, sie stehen reglos beim Komposthaufen, sie reden nicht, sie lachen nicht. Aber ich weiß, was jetzt kommen wird. Meine Mutter steht rechts neben meinem Vater. Sie nimmt seine linke Hand in die ihre, und sie legen die Finger übereinander. Meine Mutter neigt den Kopf nach links, zur Schulter meines Vaters, sie legt ihren Kopf an seine Schulter. Auch er neigt den Kopf zur

Seite. Sie küssen sich. Dann lassen sie einander los, mein Vater bückt sich und stochert im Komposthaufen. Von neuem steigen Rauchwolken auf. Mein Vater und meine Mutter fassen sich an der Hand und schlendern weg vom Rauch, zurück zu unserem Haus. Beim ersten Glashaus stolpert mein Vater über ein Brett, das auf dem Weg liegt. Geschieht dir recht, denke ich. Ich höre die Stimme meiner Mutter: »Wie kühl es schon ist.«

Ich höre Türen schlagen, die brummelnde Stimme meines Vaters, ich höre andere Geräusche, und ich klettere hinunter und gehe wieder ins Bett.

Mein Vater

Er sitzt in einem Lehnstuhl am Ofen. Er raucht Pfeife. Er redet nicht. Hin und wieder nimmt er die Pfeife aus dem Mund, als wolle er etwas sagen, aber die Pfeife aus dem Mund zu nehmen ist seine Art zu reden. Wenn er sie aus dem Mund genommen hat, sieht er einen ein paarmal aufmerksam an, als ob er mit einem reden würde. Dann kehrt die Pfeife in den Mundwinkel zurück, und er blickt wieder vor sich hin. Man weiß, daß er etwas gesagt hat, aber was, kann man meistens nicht erraten. Nur wenn er sich eine neue Pfeife stopfen muß, höre ich ab und zu seine Stimme: »Ich wollte, ich hätte hunderttausend Gulden.«

Das ist alles.

Unfall

Während ich schnell weiterfuhr und nicht viel sah, weil die Straße zu viele Kurven hatte, auf die ich achten mußte, und zu viele Schlaglöcher, denen ich, so gut es ging, auswich, kam es mir vor, als würde das Pflaster unter mir stottern. Ich nahm das Gespräch wieder auf, redete nicht mit der Straße, sondern mit Marthas Schwester. Es war, als säße sie noch immer neben mir und als könnte ich jetzt endlich das, wofür mir gestern die Worte gefehlt hatten, ausdrücken: »Weißt du, wie die heftigsten Gefühle entstehen? Man empfindet einen Mangel, der auf irgendeine Weise mit einem Geräusch, einem Duft, einem Bild verbunden ist, an das man sich noch nach Jahren erinnert. So sehe ich mich noch immer im Garten hinter unserem Haus stehen, am Sonntagnachmittag – verrückt übrigens, denn am Sonntagmorgen geschah es auch, aber die Erinnerung sagt: es war nur am Sonntagnachmittag – und die Glocken der katholischen und der reformierten Kirche läuten hören. Meistens konnte man das Läuten überhaupt nicht hören, nur bei einer bestimmten Windrichtung, und auch dann nur bei klarem Wetter, denn Wolken oder Nebel verschluckten es völlig. Und doch scheint es mir, als ob die seltenen Sonntagnachmittage, an denen die Sonne schien und der Wind günstig war, in meiner frühesten Jugend eine ununterbrochene Kette bilden und als ob es damals nie Tage mit Nebel oder mit ungünstigem Wind gegeben hätte. Zu diesen miteinander wetteifernden Glocken wollte ich unbedingt hinlaufen, weil ihr Klang so viel verhieß. Aber erst mit sechs Jahren ging ich zum ersten Mal über den Plattenweg in Richtung dieser Glocken, und im nachhinein kommt es mir so vor, als wäre ich damals viel älter gewesen, als hätte ich viel länger gewartet als diese paar Jahre, als ich hinten im Garten beim Komposthaufen dem Glockenläuten lauschte, das anscheinend den ganzen Nachmittag anhielt und doch nur höchstens eine Viertelstunde gedauert haben mag, dieses Läuten, das ein so starkes Gefühl des Mangels in mir auslöste, daß im Kontrast dazu alles um mich herum noch heller leuchtete und stärker duftete als davor oder danach. Und es kommt mir jetzt auch so vor, als sei ich vor meinem sechsten Lebensjahr nur ein einziges Mal im Dorf gewesen, und zwar als mir die Mandeln gekappt wurden, während ich doch – eigentlich kann es gar nicht anders sein – bestimmt öfter von meinen Eltern mitgenommen worden bin. Aber auch dieses eine Mal war es so; ich erinnere mich noch genau, wie unheimlich schön die untergehende Sonne das Wasser färbte, als wir nach Hause zurückfuhren, und dieses rotgoldene Licht bildete, zusammen mit dem Flüstern der Schilfhalme, den denkbar schärfsten Gegensatz zum abscheulichen Schmerz in meinem Hals, aber ohne diesen Schmerz hätte die Sonne bei weitem nicht so schön geschienen. Und das ist es auch, was ich gemeint habe. Was ist Glück? Man erlebt die Dinge um sich herum niemals schöner, niemals intensiver als dann, wenn man tief unglücklich ist oder Schmerzen hat oder krank ist, denn dann kann man nicht an die Vergangenheit oder an die Zukunft denken; Schmerz zu erleiden, körperlichen Schmerz zu erleiden, ist immer etwas Gegenwärtiges, und deshalb verleiht Schmerz dem Augenblick Größe. Aber er darf nicht zu groß sein, der Schmerz.«

Während ich so redete, laut, trotz der Leere neben und hinter mir, verschwanden die belustigten, spöttischen Blicke von Marthas Schwester, weil ich mit meinen letzten Worten das Bild meiner Mutter heraufbeschwört hatte. Ich sah ihre roten Wangen wieder vor mir, ich hörte die helle, aber sanfte Stimme, und ich spürte die verhaltene Fröhlichkeit hinter ihren immer etwas besorgten Blicken, die Fröhlichkeit, die, zugleich mit dem Kummer über sein Dahinscheiden, nach dem Tod meines Vaters plötzlich aufgeblüht war und doch nur der Auftakt der furchtbaren Schmerzen gewesen zu sein schien, die mein ganzes Gefasel von vorhin Lügen straften. Hatte die Krankheit ihr die Fähigkeit verliehen, die Dinge um sich herum intensiver zu erleben? Vielleicht nur in den letzten Wochen, als die Schmerzen plötzlich verschwanden und sie – obwohl sie abgemagert war – ständig flüsterte, sie würde wieder gesund werden. Und mir wird immer in Erinnerung bleiben, wie sie vor dem Fenster saß und sich über einen Sperling freuen konnte, der im Garten herumhüpfte.

Warum hatte sie auf diese Art sterben müssen? Bevor ich

darüber zum zehntausendsten Mal nachdenken konnte, bemerkte ich, daß ich eine rote Ampel überfahren hatte, die vorübergehend an einer Straßenhälfte stand, die ausgebessert wurde. Obwohl ich schon bremste, bevor der mir entgegenkommende Wagen sehr nahe war, streifte ich das vorderste Auto aus einer Reihe von Wagen, die das grüne Licht auf ihrer Seite rechtmäßig passierten. Ich fuhr auf den Randstreifen, und noch ehe ich meinen Wagen zum Stehen gebracht hatte, stand der Fahrer des nur leicht lädierten Wagens bereits auf der Straße. Es war ein kleiner, untersetzter Mann mit schwarzem Borstenhaar und einem schwarzen Schnauzbart. Die Wut, die in seinen kleinen Augen lauerte, reichte aus, um mich rasend zu machen.

Ich stieg aus und stand gelassen auf der holprigen Landstraße.

»Verdammt noch mal, hast du keine Augen im Kopf? Meine Stoßstange ist völlig im Eimer! Kahlköpfiger Penner, mach doch das Maul auf. Steht schon mit einem Bein im Grab und bringt es noch fertig, mich zu rammen. Und was hattest du da eigentlich vor dich hin zu brabbeln? Mit wem hast du dich denn so angeregt unterhalten? Du bist doch nicht ganz dicht, du bist doch gemeingefährlich mit deiner Spiegelbirne.«

Ich sah mir den Kratzer an seiner Stoßstange an, die angeblich völlig im Eimer war.

»Was wird das kosten?« fragte ich eisig.

»Mindestens fünfzig Gulden.«

»Wir können es sicher unter uns regeln, die Versicherungen lassen einen immer so lange warten.«

Ich holte lässig ein paar Fünfundzwanzig-Gulden-Scheine aus meiner Innentasche und gab sie dem Mann. Verdutzt starrte er auf das Geld, unterbrach kurz seine Schimpftirade und ließ mir die Zeit, ins Auto zu steigen und über den breiten Randstreifen an der Reihe der Autos vorbeizufahren, deren Fahrer alle ausgestiegen waren und mir nun, einer nach dem anderen, den Vogel zeigten; einen Moment lang hatte ich das Gefühl, daß es aufrechtstehende Dominosteine waren, von denen man nur dem ersten einen kleinen Schubs zu geben braucht, damit er gegen den nächsten fällt, der wiederum den darauffolgenden antippt. Denn die Fahrer tippten sich nicht nur an die Stirn, sondern tauchten nach dieser Geste sofort in ihre Autos, so als ob sie wie die Dominosteine fielen, und während ich schon wieder auf der normalen Straße fuhr, hatte ich das Bild noch immer vor Augen – ich saß wieder an regnerischen Nachmittagen im Wohnzimmer, es gab keinen, mit dem man etwas unternehmen konnte, und deshalb spielte ich mit den Dominosteinen; ich stellte sie hochkant zu einem Kreis und tippte einen von ihnen an, worauf sie einander mit einem leisen Klappergeräusch niedermähten, was so aussah, als würde sich der Kreis bewegen.

Sonderbar, dachte ich zugleich, daß ich eine derartige Angst vor solchen Männern habe. Ich wußte, daß es nicht die Angst vor ihnen war, sondern vor meiner eigenen Wut, nicht vor ihrer, sondern vor meiner Kraft; ich könnte so jemanden mühelos mit einem Fausthieb zu Boden strecken, vielleicht sogar umbringen, und das ist der Grund, warum ich mich in solchen Fällen bemühe, nicht die Beherrschung zu verlieren. Doch es scheint fast, als ob ich mich irgendwann einmal nicht werde beherrschen können, weil ich mich einmal zu sehr beherrscht habe. Am Abend, als das passierte, war ich bereits zwei Stunden durch die Straßen gelaufen, spät am Abend, angetrieben vom unbezwingbaren Drang, endlich einmal ein Mädchen anzusprechen, zu fragen: kommst du mit. Viele Abende habe ich solche Spaziergänge gemacht, vor allem, als ich bei meinem Onkel und meiner Tante wohnte, und an diesen Abenden wurde ich oft von Menschen angesprochen, die mich nach dem Weg fragten, aber nie, nie habe ich ein Mädchen getroffen, das mit mir ... Und nach diesem bewußten Abend hatte ich nicht mehr den Mut, ein Mädchen anzusprechen. Ich hatte das Mädchen bereits früher am Abend gesehen. Sie ging auf der gegenüberliegenden Seite einer Gracht, sie war allein, und ich sah ihr Spiegelbild im dunklen Wasser; ich ging einfach weiter, immer auf gleicher Höhe mit ihr. Zwischen uns war das Wasser, und bevor ich eine Brücke erreichte, war sie bereits in einer Gasse verschwunden. Später sah ich sie noch einmal, zuerst von weitem, und ich dachte: Sie gleicht Martha, sie hat den gleichen ruhigen Gang wie Martha. Ich ging schneller, um sie einzuholen. Ich folgte ihr durch dunkle, enge Straßen, und sogar ihr Gesicht hatte, soweit ich es sehen konnte, etwas von Marthas Gesicht. Oder schien es im Dunkeln nur so? Waren ihre Wangen wirklich so eingefallen wie die Wangen Marthas, oder sah es in der Dunkelheit nur so aus? Das Mädchen hatte hellblondes Haar, aber Martha ist dunkelblond. Das hellblonde Mädchen blieb an einer Kreuzung unter dem Licht einer Straßenlaterne stehen, und ich ging langsam auf sie zu und sagte: »Haben wir uns nicht schon einmal gesehen?«

Sie sah mich schweigend und voller Abscheu an. Sie antwortete nicht. Plötzlich kam ein gedrungener Mann aus einer der Gassen gerannt, es hätte der von vorhin sein können.

»Was hat er getan?« rief er.

»Nichts«, sagte das Mädchen.

Ich lief durch die Gasse davon; der Mann holte mich erst ein, als wir fast in einer belebten Einkaufsstraße waren, und schlug mir mit der Faust ins Gesicht. Ich hatte das Gefühl, mein Kopf würde sich verformen. Vielleicht schlug ich nicht zurück, weil ich mich schuldig fühlte, aber als er zum zweiten Mal zuschlug, fand ich, daß er zu weit ging. Ich wollte zurückschlagen, doch ein Polizist stieß ihn von mir weg. Es war das einzige Mal, daß ich es gewagt hatte, ein Mädchen auf der Straße anzusprechen, und das war nun die Folge.

Während ich noch über den Mann und das Mädchen in der Gasse nachdachte, fiel mir plötzlich ein: dieser Unfall ist ein Fingerzeig des Todes. Du hast jetzt noch vierzehn, nein, dreizehn Tage zu leben. Ich mußte über mich selber lachen. Was für ein Unsinn, einer Zwangsvorstellung soviel Bedeutung beizumessen. Ich hatte ja schon so oft unter Zwangsvorstellungen gelitten. Vor allem, als ich noch an Gott glaubte. Judas war ein herzensguter Kerl. So etwas konnte ich wohl tausendmal am Tag denken, ohne es zu wollen. Christus war homosexuell, und Lazarus war sein Freund. Harmlose, aber sündige Zwangsideen, anders als diese eine Zwangsvorstellung, die ich einfach nicht abschütteln konnte. Nein, nicht der Gedanke ans Sterben, das war nur eine sonderbare Prophezeiung, die zwar ernstgenommen werden mußte, aber die mir nicht so viel zu schaffen machte wie jene andere Zwangsvorstellung. Als meine Mutter starb, sprach ich mit einem Kollegen, einem Professor für innere Medizin; ich fragte ihn: warum sterben Menschen an Krebs, und er sagte nur: glückliche Menschen sterben nicht an Krebs, nur unglückliche Menschen. Krebs tritt oft bei Menschen auf, die kurz zuvor etwas sehr Schlimmes durchgemacht haben, den Verlust von jemandem, den sie von ganzem Herzen liebten, oder eine ungeheure Enttäuschung, mit der sie fertig werden mußten. Krebs macht mit dem Körper, was ein nagender Kummer mit der Seele macht. Ich wollte das nicht glauben, seine Argumentation erschien mir zu oberflächlich, zu vordergründig psychosomatisch, und dennoch kristallisierte sich aus diesen Worten augenblicklich eine Zwangsvorstellung, gegen die keine rationale Überlegung ankam. Wenn meine Mutter mit einem großen Kummer oder einer großen Enttäuschung hatte fertig werden müssen, was könnte das gewesen sein? Der Tod meines Vaters? Aber hat sie ihn denn so sehr geliebt? Vielleicht, aber sie war sich so sicher, ihn im Himmel wiederzusehen, daß sein Tod sie nicht einmal tief erschütterte. Und überdies hatte er sie nicht besonders freundlich behandelt in seinen letzten Lebensjahren. Er war so schweigsam geworden, daß wir manchmal glaubten, mit einem Taubstummen zusammenzuleben. Nein, es mußte ein anderer Kummer gewesen sein, und ich ahnte schon, welcher. Schuld daran war derselbe allmächtige Glaube an den Himmel und die Sorge um mich. Sie muß immer deutlicher gespürt haben, daß ich ein Ungläubiger geworden war, und darüber hinaus hatte es sie bekümmert, daß ich so zurückgezogen lebte, keine Freunde und Freundinnen hatte. Am schlimmsten aber muß für sie gewesen sein, daß ich nicht mehr glaubte. Wir sprachen nie darüber, aber sie erriet es, weil ich auf einmal die Psalmen und Kirchenlieder nicht mehr mitsang, die sie immer leise vor sich hin summte. Und dann fragte sie: Warum singst du nicht mehr wie früher, und ich sagte: Ich bin doch zu alt geworden, um noch die Psalmen zu singen; denn ich wollte ihr nicht erzählen, daß ich sie nicht etwa deswegen nicht mehr singen konnte, weil ich nicht mehr glaubte, sondern weil ich beim Versuch, sie zu singen, bereits bei der ersten Zeile mit tränenerstickter Stimme steckenbleiben würde. Ich wollte und ich konnte es ihr auch nicht erzählen, denn dann hätte ich ihr zuerst erklären müssen, daß mir dieser Glaube tatsächlich nichts mehr bedeutete und daß ich mich deshalb treulos fühlte, ihr gegenüber vor allem, und daß ich dieses Gefühl besonders dann hatte, wenn ich die Psalmen wieder sang, weil sie so sehr zu ihr gehörten, ihre tägliche Musik bildeten. Und deswegen konnte ich den Gedanken einfach nicht mehr loswerden, daß sie aus diesem Grunde Krebs bekommen hatte, Kehlkopfkrebs noch dazu, weil mir die Psalmworte im Halse steckenblieben.

Ich werde auf jeden Fall nicht an Kehlkopfkrebs sterben, dachte ich bitter. Dreizehn Tage reichen nicht aus dafür. Was hatte meine Mutter verbrochen? Warum mußte gerade sie so grausam ermordet werden? Meinen Vater hatte der Herr in einem Augenblick zu sich genommen. Ich war zufällig daheim. Er saß wie immer beim Ofen und hatte an diesem Abend bereits zweimal gemurmelt, daß er hunderttausend Gulden haben möchte. Er rauchte seine gebogene Pfeife, nahm sie aus dem Mund, aber sagte nicht, wie er es früher getan hätte: »Ich schließe zu für die Nacht«, doch seine Pfeife war gerade lange genug aus dem Mund für diesen nicht ausgesprochenen Satz. Er ging, die Pfeife wieder im Mund, ein paar Schritte in Richtung Waschküche, stürzte plötzlich zu Boden und war tot. Meine Mutter dagegen hatte, obwohl sie wie Henoch mit Gott wandelte, monatelang leiden müssen. Warum? Warum hatte der Herr sie nicht so wie meinen Vater zu sich genommen? Ach, es wäre wohl besser, nicht mehr nachzudenken über meine Vergangenheit und über meine Mutter. Es wäre wohl besser, wenn ich versuchte, alles zu vergessen. Meistens war ich auch dazu imstande und dachte nur noch an die Gewebekulturen, aber alle paar Monate einmal gelang es mir nicht, dann öffnete sich ein Abgrund, und ich mußte krampfhaft die Stimmen beschwören, die sagten, daß ich mein Leben vergeudete; die Zwangsvorstellungen zurückdrängen, die so unwiderstehlich Besitz von mir ergriffen, besonders diese eine, die mir solche Schuldgefühle einflößte und die, obwohl ich wußte, daß sie nicht richtig sein konnte, dennoch vielleicht mein ganzes sowieso spärliches Lebensglück zerstören könnte.

Ich trat das Gaspedal tief durch, was nun möglich war, denn unter mir rauschte der glatte Asphalt der Schnellstraße. Es schien, als wollte ich durch die größere Geschwindigkeit meinen Gedanken entfliehen. Und wieder verspürte ich diesen eigenartigen Drang, mich mit meiner unsichtbaren Beifahrerin zu unterhalten, und ich sagte: »Den Wind in den Haaren spüren, warum mußtest du gerade das sagen? War es, weil ich den Wind nicht mehr in meinen Haaren spüren kann?« Ich hatte das Gefühl, daß sie antwortete. »Wenn du meinst, ich hätte dich damit aufziehen wollen, bitte schön.« »Nun gut«, sagte ich, »aber das andere hast du doch ernst gemeint? Spazierengehen mit jemandem, nach dem du verrückt bist, Musik hören, die du schön findest, zusammen mit jemandem, in den du verliebt bist. Du hast, glaube ich, ein anderes Wort gebraucht, aber das meintest du doch, nicht wahr? Aber weißt du denn nicht, wie gefährlich es ist, einen anderen zu lieben? Liebe bedeutet ja nichts anderes als

Kummer über ihren Tod, nichts anderes als die ohnmächtige, herzzerreißende Wut beim Anblick ihrer Schmerzen, weil man nicht in der Lage ist, sie zu lindern. Weißt du eigentlich, daß Liebe entsetzlich verwundbar macht? Weißt du überhaupt, daß Gott oder der Teufel oder irgendein Verrückter, der ihn oder sie überfährt oder als Geisel nimmt oder ermordet, oder eine schwere Krankheit, die ihn oder sie dahinrafft, einen augenblicklich in das tiefste Elend stürzen können? Deshalb darfst du nie, nie jemanden lieben. Versuch dir nur einmal vorzustellen, daß der einzige Mensch auf der Welt, den du wirklich liebst, langsam dahinsiecht, von Tag zu Tag mehr abmagert, daß ihr noch immer so schönes Gesicht einfach einfällt und daß ihr früher so prächtiges schwarzes Haar ausfällt und ihre sanfte Stimme zu heiserem Geflüster verkümmert – versuch dir das einmal zu vergegenwärtigen! Ich müßte ja verrückt sein, mich noch einmal so verwundbar zu machen. Es ist nicht so schlimm, allein zu sein, oder zur Not auch mit jemandem zusammenzusein, aber dann doch nicht in einer derartigen Beziehung, daß man von Liebe reden könnte. Man darf es nie weiter als zu einem harmonischen Einverständnis kommen lassen, es nicht zur Liebe wuchern lassen. Weißt du, was am Alleinsein so schlimm ist? Nicht, daß man abends niemanden hat, mit dem man reden kann, nicht, daß man allein auf Reisen gehen muß, nicht, daß man allein aufwacht, nicht einmal, daß man niemanden hat, mit dem man schlafen kann, denn es ist so einfach und so leicht, sich selbst zu befriedigen, daß ich all das Gerede über sexuellen Notstand immer lachhaft gefunden habe – nein, daß man niemanden hat, mit dem man zusammen essen kann. Es ist verrückt: es ist so seltsam unbefriedigend, allein zu essen, so frustrierend, an einem Restauranttisch zu sitzen, ohne jemanden neben sich oder gegenüber zu haben. Warum? Ich weiß es nicht. Aber abends aus dem Labor nach Haus zu kommen und mir dann etwas zu kochen und anschließend allein am Küchentisch zu sitzen und es zu essen, das stört mich ungeheuer, daran kann ich mich einfach nicht gewöhnen. Früher saß mir meine Mutter gegenüber, weißt du.«

Ich schwieg und wartete auf ihre Antwort, die ausblieb, weil ich schon beim Reden die Illusion, sie säße neben mir, durch meine Bemerkung über Selbstbefriedigung zerstört hatte. Das hätte ich nämlich nie erwähnt, wenn sie tatsächlich neben mir gesessen hätte. Aber ich war mir sicher, daß sie zurückkommen würde, wenn nicht auf dieser Fahrt, die übrigens fast beendet war, dann eben später. Schon so viele Menschen hatten neben mir im Auto gesessen, und einer wie der andere hatten sie aufmerksam jedem monologue extérieur zugehört, so wie sie zugehört hatte und noch zuhören würde, vielleicht schon heute abend auf der Heimfahrt, bestimmt aber auf der langen Fahrt nach Bern über die deutschen Autobahnen und Schweizer Straßen.

Im Labor sortierte ich zuerst die Post und warf alle Sitzungsprotokolle und Drucksachen zu den Wüstenmäusen. Ich fütterte meinen ersten Erfolg auf dem Gebiet der Säugetier-Klonung, eine inzwischen betagte Hausmaus, der Hunderte von mißglückten Hausmäusen vorangegangen waren, mit Sonnenblumenkernen. Freiwillig lief diese Maus täglich viele Kilometer in einem Laufrad. Nachdem ich ihrem sinnlosen Gerenne eine Weile zugesehen hatte, ging ich zum Brutschrank im Saal mit der niedrigen Decke, der erstickenden Neonbeleuchtung und den tristen Mattglasscheiben. Aber bevor ich den Brutschrank erreicht hatte, stolperte ich über das Kabel einer Stehlampe. Die Lampe und ich stürzten gleichzeitig zu Boden; ich registrierte, wie die Lampe langsam fiel, wie sie fast zögerte in ihrem Fall, um mir noch eine Art Aufschub zu gewähren, und ich sah auch, daß wir, möglicherweise im selben Moment, im selben großen Spülbecken landen würden, so daß ich, weil die Lampe brannte, unausweichlich einen Stromschlag bekommen würde. Ich versuchte, die Richtung meines langsamen Falls zu korrigieren, und so konnte ich gerade noch verhindern, daß ich ins Wasser stürzte; ich fiel neben das Spülbecken, während die Lampe hineintauchte und zersprang; einen Moment lang spürte ich das nicht unangenehme Prickeln von Glasscherben auf meinem Handrücken, dann einen Stoß (doch noch ein Stromschlag? oder nur mein Aufprall auf dem Betonfußboden?) und danach einen Augenblick nichts mehr. Ich kam schnell wieder zu mir, war aber doch lange genug ohnmächtig gewesen, um dem Blut Gelegenheit zu geben, Handrücken und Finger zu bedecken.

»Verdammt, ich sterbe noch nicht«, sagte ich.

Eine der Laborantinnen kam herbei und betrachtete erschrocken meine blutige, erhobene Faust.

»Was ist passiert«, stammelte sie.

»Nichts«, sagte ich, »ein Mißgeschick. Sie haben doch einen Kursus in Erster Hilfe gemacht?«

»Ja.«

»Vielleicht würden Sie mir helfen?«

Geschickt verband sie mir die Hand. Laborantinnen waren immer geschickt, meistens gutaussehend und im heiratsfähigen Alter. Wenn sie häßlich waren, heirateten sie nicht, sondern blieben und versauerten.

Mit der verbundenen und noch zitternden Hand saß ich einen Augenblick später in meinem Arbeitszimmer. Auch die unverletzte Hand zitterte. Das war bereits der zweite Fingerzeig des Todes, die zweite Warnung. Ich blickte aus den schmutzigen Fenstern und sah nur Baumwipfel und unaufhörlich niedergehenden Regen.

Dohlen

Gegen Mittag klarte es auf, und weiße Wölkchen segelten über einen pastellblauen Himmel. Alles, was für diesen Tag anstand, hatte ich bereits erledigt, auch weil ich am Nachmittag noch an einer Sitzung teilnehmen mußte, aber dieses blasse und doch kräftige Blau rief in mir ein so unbezähmbares Verlangen hervor, durch das Reetland zu rudern, daß ich mit meiner unverbundenen Hand zum Telefon griff und den Schriftführer des Fakultätsrats anrief. Warum sollte ich an einer Sitzung teilnehmen, wenn ich ohnehin nur noch dreizehn Tage zu leben hatte? Wenn es irgend etwas gab, das dazu angetan war, einem das Mark in den Knochen vertrocknen zu lassen, dann gewiß die Teilnahme an Sitzungen und die Pflicht, sich weitschweifiges Geschwätz über unwesentliche Fragen anhören zu müssen. Ich selber hörte nur zu und weigerte mich störrisch, auf Sitzungen auch nur einmal den Mund aufzutun – etwas hatte ich doch von meinem Vater gelernt. Aber gerade eine Sitzung eignete sich besser als alles andere dazu, mich mit dem Gedanken ans Sterben zu versöhnen. Wenn das das Leben sein sollte – an runden Tischen zu sitzen, stundenlang zu reden und doch selten über Punkt drei oder vier der Tagesordnung hinauszugelangen –, dann verlor der Tod seinen Schrecken. Wenn man tot ist, braucht man auch nicht mehr an Sitzungen teilzunehmen, dachte ich, und ich hätte es fast zu dem Schriftführer des Fakultätsrats gesagt, den ich nach zwölf geduldigen langen Summtönen (wie viele Stunden unseres Lebens vergeuden wir nicht mit dem Anhören dieses Geräusches) an die Leitung bekam.

»Ich hatte heute morgen einen kleinen Unfall und kann heute nachmittag nicht kommen«, sagte ich.

»Aber das ist eine Katastrophe, du bist unentbehrlich, deine Anwesenheit ist sozusagen wichtiger als deine Stimme.«

»Ich sitze hier und zittere noch immer, tut mir leid, ich kann wirklich nicht kommen.«

»Oh, aber das macht doch gar nichts. Du kannst während der Sitzung ruhig weiterzittern, wirklich, aber du bist einfach unentbehrlich. Selbst wenn du ein Pflaster auf dem Mund hättest, müßtest du kommen. Du weißt, daß allein schon deine Schweigsamkeit eine Sitzung in die richtigen Bahnen lenken kann. Keiner traut sich, endlos zu faseln, wenn du so mürrisch und schweigsam dasitzt und vor dich hinstarrst. Wenn du dabei bist, gut, daß ich es dir jetzt einmal sagen kann, dann dauern die Sitzungen nicht halb so lange. Nun ja, wenn es wirklich nicht geht . . . Was ist denn passiert?«

»Ich habe einen Stromschlag bekommen, bin gestürzt, habe mich an den herumfliegenden Glassplittern einer Lampe verletzt und hatte bereits auf dem Weg hierher einen kleinen Autounfall.«

»Auf einer Sitzung kann dir so was allerdings nicht passieren.«

»Nein, aber ich kann wirklich nicht kommen, ich bin einfach nicht in der Stimmung . . .«

»Ich verstehe, daß du entschlossen bist, wegzubleiben. Es ist dein gutes Recht, ich werde dich beim Vorsitzenden entschuldigen.«

Ich legte den Hörer auf und betrachtete die im Sonnenlicht glitzernden Regentropfen, die an den Zweigen der kahlen Bäume hingen. Das Gespräch mit dem Schriftführer hatte mich stärker verstimmt als alle bisherigen Ereignisse dieses Tages. Wie schauderhaft ist doch dieser samtweiche Psychoterror, dem man sich so schwer entziehen kann; hatte er doch dazu geführt, daß ich in verschiedene Kommissionen berufen und in diverse Räte und Körperschaften aufgenommen worden war. Wie immer man sich als Kind auch das spätere Leben vorstellt – bestimmt nicht so, daß man von einer Sitzung zur anderen hastet, bestimmt nicht, daß diese Form gründlichster Lebensverneinung das Dasein so sehr beherrscht. Was ich als Kind hatte erreichen wollen – berühmt werden –, hatte ich erreicht, aber mit welchem Resultat? Eine Professur, die fast jeden Augenblick meines Daseins verschlang und in Form immer neuer Tagungen wieder ausspie, mit immer denselben kreisförmig aufgestellten Tischen, demselben erstickenden blauen Qualm, denselben Menschen, tagein, tagaus, so daß vom Tag nur Augenblicke des Nichtseins übrigblieben und, damit einhergehend, eine sich aufstauende Wut, die einen todmüde machte.

Als ich wegfuhr, schien es, als hätte ich einen großen Sieg errungen, als könnte ich in diesen wenigen, der zigsten Sitzung abgeluchsten Nachmittagsstunden allein schon deswegen glücklich sein, weil mir vollkommen freigestellt war, was ich mit ihnen anfing. Seitdem ich Professor war, war Zeit etwas schrecklich Kostbares für mich geworden; Zeit bedeutete für mich etwa soviel wie Geld für einen Bettler. Wenn ich von Armut las, brauchte ich nur das Wort Zeit für das Wort Geld einzusetzen, um alles nachvollziehen zu können. Der Gewinn dieser wenigen Stunden machte es mir auch möglich, zu fahren, ohne Selbstgespräche zu führen; ich konnte endlich wieder einmal die Straße betrachten und den sonnigen, noch immer hellblauen Himmel, an dem die Wölkchen stillzustehen schienen, weil der Wind sie in meiner Fahrtrichtung vorantrieb. Ich sah die vielen Turmfalken über dem Mittelstreifen, und es kam mir vor, als ob dieses Grün zwischen den beiden leblosen Asphaltbahnen links und rechts – dieses ausgesparte und unbetretene Reservat für seltene Pflanzenarten und Kleinsäugetiere – den der Sitzungszeit abgesparten Stunden vergleichbar war. Ja, die Turmfalken rüttelten über den Grünstreifen, weil sie, inzwischen an den Autoverkehr gewöhnt, gerade dort mehr Feld- und Erdmäuse fangen konnten als irgendwo anders. Die Üppigkeit dieser Streifen, die sich nur dem toten und unablässig benutzten Asphalt verdankte, glich der spärlichen freien Zeit, die so kostbar war, weil soviel von ihr vergeudet wurde. Außer von Falken, die in fast regelmäßigen Abständen mit schnell schlagenden Flügeln über dem Mittelstreifen standen, wurde die Straße auch von Reihern markiert, die gerade in den entlang der Straße angelegten Wassergräben mehr Nahrung finden konnten als an vielen anderen Orten. Ich hatte die Reiher übrigens im Verdacht, daß sie sich immer mehr darauf verlegten, Jungvögel zu fangen statt Frösche und Weißfische. Wie gern würde ich das einmal untersuchen!

Gerade weil ich so intensiv auf die Vögel achtete, konnte

ich die Gedanken, die mich auf dem Hinweg beschäftigt hatten, auch jetzt nicht völlig unterdrücken. Immer wieder fielen mir die in den Randstreifen einherstolzierenden Dohlen auf, und jedesmal, wenn ich wieder einen solchen mattschwarz glänzenden Vogel sah, der sich bei jedem Schritt hochmütig in die Brust warf, hielt ich nach seinem oder ihrem Partner Ausschau. Auch das war fast zu einem – aber in diesem Fall nicht unangenehmen – Zwang geworden; ich mußte einfach nach diesem Partner Ausschau halten, weil ich mich jedesmal von neuem vergewissern wollte, daß eine Dohle niemals allein ist, daß sie immer und unter allen Umständen mit ihrem Partner zusammen ist, daß Dohlen die monogamsten Vögel sind, die man sich nur vorstellen kann. Wie lange sie auch leben, selbst wenn es mehr als die ihnen in der Regel zugemessenen zwölf Jahre sind, immer werden sie dem einen Partner aus dem anderen Geschlecht treu bleiben, den sie bereits im jugendlichen Alter gewählt haben. Wenn einer der beiden stirbt, wird sich der andere einen neuen gleichfalls verwitweten Partner suchen, mit dem er den Rest des Lebens verbringt. Ich hatte den Eindruck, diesmal mehr Dohlen denn je zu sehen, sie hatten sich anscheinend bei jedem Birkenwäldchen an der Straße eingefunden und jeden ins Land führenden Pfad besetzt, immer zu zweit, sowohl im Flug als auch auf dem Boden. Es war, als hätten sie sich ausgerechnet an dieser Straße postiert, um mich davon zu überzeugen, daß ich heute vormittag mit meinen Ausführungen über die Notwendigkeit des Alleinbleibens unrecht gehabt hatte. Ich fuhr und studierte die geduldige Widerrede der Natur, die alles so einfach und auch so hoffnungsvoll machte, weil sie doch wieder eine Perspektive eröffnete auf etwas, das möglicherweise, wenn auch nur vorübergehend, eine Art Freundschaft werden könnte. Aber kaum hatte ich das gedacht, kehrte die Zwangsvorstellung zurück, diese absurde Vogelschau meines Denkens: heute bereits zwei Unfälle, glaub bloß nicht, daß du dem Tod entrinnen kannst.

Und später, als ich durchs Reetland ruderte und junge, aber schon ausgewachsene Haubentaucher vor mir wegtauchten, dachte ich sogar: ich muß wohl mein Testament machen. Jakob soll alles bekommen, Haus, Grundstück, Auto, Glashäuser. Nur er wird gut dafür sorgen, wird auch die Gärten pflegen; nur er ist ein richtiger Freund gewesen, jemand, der mich akzeptiert, so wie ich bin, und der die scharfen Kanten meiner Einsamkeit abgeschliffen hat. Ich roch die Herbstdüfte. Das Wasser und die Luft waren still, und die Sonne lag auf den Dunstschleiern, die vom Schilf ausgeatmet schienen. Während ich über das inzwischen spiegelglatte Wasser trieb, weil sich der Wind gelegt hatte, entstand das Gefühl einer großen Klarheit, einer Klarheit, die mir mit einem Mal die Illusion gab, etwas vom Leben zu verstehen. Von weitem sah ich den Briefträger bei meinem Haus und wunderte mich darüber, daß er mir etwas brachte, denn ich bekomme daheim nie Post. Ich glitt über das Wasser zurück und glaubte weniger denn je, einsam zu sein. Ich war nicht isolierter als die anderen, ich hatte lediglich weniger Vertrauen in die Surrogate, die angepriesen wurden, um die Einsamkeit zu vertreiben: Liebe, Freundschaft, Geselligkeit. Das einzige, was ich nicht als Surrogat empfand, war die selbstverständliche, wortlose Intimität, wie sie zwischen meiner Mutter und mir bestanden hatte. Vielleicht konnte man ja, wenn man nur lange genug miteinander umging als Mann und Frau, oder als Mann und Mann oder Frau und Frau, diese Intimität seiner Jugend wiedererleben, falls man sie irgendwann erfahren hatte, aber mir schien, daß gerade die unvermeidliche Sexualität bereits a priori alles verdarb, weil in sie so viele Elemente der während meiner Jugend ständig wiederkehrenden Paarungen von Stieren und Kühen eingegangen waren. Ich konnte vom Ruderboot aus den Steinplattenpfad sehen, der über die Wiesen führte, den Pfad, auf dem ich alles gelernt hatte, was wirklich wichtig war. Jetzt tauchte wieder die Erinnerung an jenen sonnigen Sommernachmittag mit schon ziemlich langen Schatten und den beiden rotgesichtigen Bauern auf, die eine Kuh zu einem Stier trieben. Die beiden Männer schrien und schlugen auf die widerspenstige Kuh ein.

»Sie ist verdammt noch mal stierig, und jetzt will das Luder nicht. Die ganze Nacht hat sie gebrüllt, daß ich kein Auge zumachen konnte. Jetzt sollst du auch dran glauben.«

»Aber vielleicht ist es schon vorbei.«

»Das kann nicht sein.«

Immer wieder sprang der Stier auf den Rücken der Kuh. Schon bevor er sprang, stülpte sich ein langer, roter, gespaltener Knochen vor, und trotz seiner Masse machte das Tier mit dem ganzen Körper ruckartige Bewegungen. Die Kuh schüttelte sich jedesmal, bevor der Knochen in ihr hatte verschwinden können, unwillig und tat ein paar Schritte nach vorn, worauf der Stier entweder auf zwei Hinterbeinen mithinkte oder abglitt und keuchend Dampfwölkchen ausstieß.

»Dann halt die Kuh eben besser fest, du Blödmann.«

»Ich halte sie ja richtig fest, aber sie ist nun mal nicht mehr stierig, das wird dir selbst der dümmste Tierarzt sagen können.«

»Natürlich ist sie stierig, du Trottel, los, noch einmal, blödes Vieh, du glaubst doch wohl nicht, daß ich noch mal vier Wochen warte, um mir dann wieder dein elendes Gebrülle anzuhören, wenn ich pennen will.«

So drehten sie sich im Kreis, zwei Tiere, zwei Menschen im Sonnenlicht. Wieder erschien der glänzende, rote Knochen, der sich sanft bebend vorschob, als führte er ein Eigenleben. Die Kuh bewegte sich unbeholfen, wenn der Stier sprang, und muhte jedesmal so trübsinnig, daß sie immer öfter Antwort bekam. Die Weiden hallten schließlich von dem Gebrüll wider. Doch die beiden Bauern kümmerte das nicht; sie banden die Kuh an einem Gatter fest, sogar um die Hinterbeine wurde ein Strick gebunden. Der Stier sprang zum letzten Mal, und der zitternde Knochen verschwand in der Kuh, die kläglicher denn je muhte. Ich setzte meinen

Weg über den Pfad fort, ohne mich noch einmal umzusehen. Ich wußte, daß es bei Menschen auch so ablief, und ich dachte: niemals werde ich das können, unmöglich. Schlimmer noch waren die Pferde, die wie toll über die Wiesen trabten und einander traten und stießen und sich gegenseitig in wildem Wirbel von neuem anstachelten und wieder ausschlugen und mit ihren Schweifen peitschten, aber wenigstens nicht von den Menschen zur Paarung gezwungen werden konnten, weil es viel zu gefährlich war, dabei in ihre Nähe zu kommen, Gott sei Dank. Später malte ich mir eine Liebe aus, die so groß war, daß solche widerwärtigen Handlungen in ihr einen Platz finden könnten. Vielleicht war es möglich, wenn man zärtlich und sanft und behutsam miteinander umging. Aber die Filme, noch später, belehrten mich eines anderen. Nein, von Widerspenstigkeit wie bei der Kuh konnte nicht die Rede sein. Statt dessen sah ich wüste Orgien, feuchtes, schleimiges Knutschen, fordernde Hände, die über nackte Körper fuhren, und ich fand das alles widerlicher denn je. Ich sprach darüber mit Jakob. »Du spinnst«, sagte er. Ich weiß, daß er recht hat. Aber dies änderte nichts, ich konnte mich nicht sehnen nach Handlungen, die so direkt in Abrede zu stellen schienen, daß Scheu und Verlegenheit, Zärtlichkeit und Zurückhaltung die wichtigsten Elemente der Liebe, so wie ich sie verstand, sein müßten. Zum Glück hatte ich auch einmal gesehen, daß es anders möglich war.

Ich legte bei unserem Haus an. Das war stets der schwierigste Augenblick, weil ich verrückterweise noch immer erwartete, daß meine Mutter mir, sobald ich angelegt hatte, die Tür öffnen würde, so wie sie das früher dann und wann, nicht einmal besonders oft, getan hatte. Jedesmal mußte ich wieder die Enttäuschung überwinden, daß sie nicht erschien und auch nie wieder erscheinen würde. Ich öffnete den Brief, für den der Briefträger einen Umweg von zwei Kilometern hatte machen müssen. Ich las: »Hiermit laden wir Sie für Samstag, den 3. Oktober, zu einem Treffen von Schülern und ehemaligen Schülern aus Anlaß des fünfzigjährigen Bestehens der Schule ein. Die Veranstaltung beginnt um 14.00 Uhr.« Mit Kugelschreiber hatte jemand hinzugekritzelt: »Wegen einem Fehler in unserem Adressencomputer konnten wir Ihnen die Einladung erst jetzt zusenden. Wir hoffen trotzdem, daß Sie nächsten Samstag kommen können.«

Das Schreiben zitterte ein wenig in meiner unverbundenen Hand. Ein Klassentreffen! Und erst jetzt eingeladen. Schon am Samstag, zwei Tage vor meiner Abreise nach Bern. Warum mußte das jetzt passieren? Warum ausgerechnet jetzt? Sollte ich noch ein letztes Mal die Gelegenheit bekommen, sie wiederzusehen, bevor meine vierzehn Tage um waren? Ja, aber sie hatte doch zwei kleine Kinder! Die konnte sie doch nicht einfach im Stich lassen. Auf jeden Fall würde ich hingehen. Ich wollte mir die Chance, ihr zu begegnen oder vielleicht auch nur einen Blick auf sie zu werfen, so gering sie auch war, nicht entgehen lassen. O Gott, wenn sie nur käme, wenn es doch möglich wäre, daß sie käme.

Platzangst

Hinter meiner Mutter wandere ich über die rauhen, schmutzig-weißen Platten, die einen geraden Pfad durch die Wiesen bilden. Zuweilen werden die Platten unterbrochen durch zwei nebeneinanderliegende Bretter, die einen Wassergraben überbrücken; manche von ihnen haben sogar an einer Seite ein Geländer. Bei dem Plattenweg gehen die vielen Stacheldrahtzäune, die jeweils einen Wegabschnitt markieren, in hölzerne, mit brauner Teerfarbe gestrichene Gatter über, die fast immer schief in den Angeln hängen, so daß sie von selber hinter uns zufallen, wenn wir hindurchgehen. Die sonnenüberfluteten Wiesen geben mir das Gefühl, daß bereits Sommer ist. Noch immer wächst Scharbockskraut neben den Wassergräben, und der Löwenzahn beginnt zu blühen. So weit ich blicken kann, sehe ich Kiebitze, die geschäftig umherlaufen oder schnell über uns hinwegfliegen. Und auf fast jedem Stück unseres Weges begleiten uns schimpfende Uferschnepfen, die hoch in der Luft und manchmal sogar ziemlich niedrig fliegen. Die Kühe glotzen uns an, als wir vorbeigehen, mitunter kommen sie ein wenig näher, schütteln dann die Köpfe und schauen uns erstaunt an, als hätten sie noch nie einen Menschen gesehen.

»Hättest du Angst vor den Kühen, wenn du allein wärst?« fragt meine Mutter.

»Nein«, sage ich.

»Du mußt jeden Tag über diesen Pfad gehen, wirst du dich bei den Wassergräben vorsehen?«

»Ja«, sage ich.

»Soll ich dich heute nachmittag von der Schule abholen?«

»Nein, ich finde den Weg bestimmt allein.«

»Es ist nicht schwierig«, sagt sie, »der Plattenweg mündet direkt in den Schulhof.«

Schon von weitem zeigt mir meine Mutter das rote Ziegeldach der Schule. Ich höre den beängstigenden Lärm vieler Stimmen. Ich bin zwar überglücklich, daß ich heute, am 1. April, zum ersten Mal zur Schule gehen darf, aber ich mache mir auch Sorgen.

»Sind da auch große Jungen?« frage ich.

»Ja«, sagt meine Mutter, »aber du brauchst keine Angst zu haben, sie tun dir nichts, und wenn sie dir etwas tun, dann sagst du es mir. Dann komme ich mit dir und beschwere mich beim Rektor.«

»Wie sind die Lehrer und Lehrerinnen?«

»Die sind nett.«

»Muß man viel lernen am ersten Tag? Kann ich heute abend lesen?«

»Noch nicht.«

»Schade.«

Der Plattenweg geht auf einmal in den Schulhof über. Ich

bleibe auf dem Plattenweg stehen und sehe fasziniert den spielenden Kindern zu. Sie rennen über den Platz; manche bleiben mit gebeugtem Kopf bei einer Mauer stehen, und andere Kinder springen den stehenden Kindern auf den Rücken.

»Was ist das?« frage ich meine Mutter.

»Bockspringen«, sagt sie.

Viele Kinder spielen mit Murmeln. Aufgeregt betrachte ich das nie gesehene, bunte Treiben, das Herumtollen, das Springen, das Murmelspiel, und ich finde alles herrlich. Auch ich werde auf diesem Platz mit anderen Kindern spielen, ich werde nie wieder allein sein. Aber heute muß ich meiner Mutter folgen, genau wie die anderen Kinder, die zum ersten Mal hierherkommen. Wir gehen über den Platz zwischen den größeren Kindern hindurch zum breiten Schultor. Meine Mutter drückt auf die Klingel. Ein Mädchen öffnet die Tür, und wir betreten einen Raum, in dem das Licht über meinem Kopf schwebt, so hoch sind die Fenster. Es ist seltsam kühl dort, und die Stimmen klingen sonderbar hohl. Ich fühle mich merkwürdig winzig in diesem Raum, der mir wie ein ganz besonders hohes Glashaus vorkommt. Ein Mann in einem schönen, hellbraunen Anzug mit glänzenden, goldenen Knöpfen, die von den Sonnenstrahlen zum Blitzen gebracht werden, gibt meiner Mutter die Hand.

»Was für ein schöner Anzug«, flüstere ich.

»Still«, sagt meine Mutter.

»Gefällt er dir?« fragt der Mann.

»Ja«, sage ich leise.

»Wenn du dir Mühe gibst hier in der Schule, darfst du später zur Höheren Schule, und dann kannst du zum Militär gehen. Dann darfst du auch so eine Uniform tragen wie ich.«

»Uniform«, ich wiederhole das Wort bedächtig, »ist das eine Uniform?«

»Möchtest du auch Soldat werden?«

Ich nicke.

»Wie heißt du?«

»Maarten.«

»Recht so, Maarten Tromp, Maarten van Rossum, das waren Helden! Komm, ich bringe dich in dein Klassenzimmer.«

Der Mann in der Uniform geht vor uns her durch den Flur. Meine Mutter flüstert: »Das ist der Rektor.«

In der ersten Klasse weist er mir eine Bank mitten im Raum zu. Ich setze mich. Er sagt laut: »Dies ist Maarten, er wird General, geben Sie gut auf ihn acht, Fräulein.«

Die anderen Kinder in der Klasse sehen mich an. Ihr Interesse für mich macht mich verlegen. Ich starre auf das Holz der Schulbank mit den eingekerbten Kritzeleien. Die Stimmen der Kinder auf dem Schulhof dringen laut und hell ins Klassenzimmer. Die Schulglocke läutet. Ich blicke nach draußen. Der Schulhof leert sich, erscheint nun größer. Jetzt ist mehr Raum für das helle Sonnenlicht, und wieder finde ich es seltsam und beängstigend, daß überhaupt kein Leben vorhanden ist, nur Licht und Schatten. Während uns die Klassenlehrerin etwas erzählt, dem ich nicht zuhöre, sehe ich dunkle Gestalten auf dem Schulhof. Es sind Mütter, und als ich versuche, meine eigene Mutter zu entdecken, kostet mich das trotz der vielen Menschen, die dort stehen, nicht die geringste Mühe. Sie geht quer über den Hof, ganz allein, quer über den Schatten des Schulhauses zur sonnenbeschienenen Seite. Ihr eigener Schatten ist klein und folgt ihr. Ich umklammere die Kante der Schulbank und schaue zu ihr hinaus. Ich höre, wie einige der Kinder weinen, aber das hat anscheinend nichts damit zu tun, sie weinen über etwas ganz anderes und nicht über das, worüber ich weinen könnte. Ach, wie schnell und dennoch gelassen sie über den Plattenweg geht, sie wird kleiner und dunkler in einer Hülle aus strahlendem Licht. Über ihrem Kopf sehe ich die dunklen Punkte der Uferschnepfen. Und ich weiß, warum ich weinen könnte: weil jetzt niemand da ist, der sie vor den Kühen beschützt, weil sie jetzt ganz allein, ohne mich, über den Plattenweg zurückgehen muß. Sie verschwindet hinter einem Weidengehölz. Ich atme tief und stütze meinen schweren Kopf mit den Fäusten. Von diesem Augenblick an sehne ich mich nach zu Hause, und diese Sehnsucht wird in der Pause noch stärker, als ich einsam in einer Ecke des Hofes stehe und über den Plattenweg, auf dem ich niemanden entdecken kann, Ausschau halte. Keines der Kinder redet mit mir, keines von ihnen fragt mich etwas. Erst am Ende der Pause sieht mich der ständig auf und ab gehende Rektor und sagt: »Na, Maarten, gefällt es dir in der Schule?«

Ich weiß darauf nichts zu sagen, ich stehe vor dem großen Mann. Der Rektor streichelt mir über den Kopf, aber weil er seine Hand niemand anderem auf den Kopf legt, ist es mir unangenehm. Im Klassenzimmer esse ich in der Mittagspause mein Brot; ich kann nicht nach Hause, weil es zu weit ist, hin und zurück. Die hohen Fenster geben mir ausreichend Gelegenheit, zu beobachten, wie sich der Schulhof langsam leert, wie er eine Zeitlang von der grellen Sonne beschienen wird, ohne daß ich auch nur eine Spur von Leben entdecken kann und auch nur ein einziger Vogel den Schulhof besucht, woraus ich zu Unrecht schließe, daß Vögel Plätze nicht mögen. Später kommen dann wieder Kinder, die auf dem Schulhof spielen.

Monatelang bleibt es so. Ich beobachte den Herzschlag des Schulhofs, voll nach den Schulstunden, leer in der Mittagspause, auch wenn manchmal ein paar Spatzen da sind, denen ich ergriffen zusehe, dann wieder voll um kurz vor zwei. Alle Winkel des Hofs lerne ich kennen, alle Fensterbänke, auf denen Jungen sitzen können, lerne ich schätzen; alle Kuhlen fürs Murmelspiel, alle ebenen Platten, auf denen sich ein Kreisel treiben läßt, alle Stellen bei den Mauern, wo man Bockspringen kann, alle Punkte, an denen man ein Springseil befestigen kann, werden durch Anschauung zu meinem Besitz. Aber durch das ständige Betrachten kann ich nicht spielen. Wenn ich morgens über den Hof gehe, verdopple ich mich: ich bin ja immer hinter den Fenstern anwesend, von denen aus ich den Hof überblicke, ich kann nicht über den Hof laufen, denn dann bin ich es nicht selber, dann ist es jemand anders, der dort geht. Nie überwinde ich diese Angst vor leeren Plätzen, wenn ich selber hinübergehen muß. In der Pause gehe ich immer eine kleine Strecke über den Plattenweg, und dann drehe ich mich um und betrachte den Schulhof. Ich traue mich nicht zu fragen, ob ich mitspielen darf, und die anderen Kinder fragen mich nicht. Die, die mich kennen, verachten mich wegen des Interesses, das der Rektor an meiner Zukunft als General gezeigt hat. Bei jeder der Steinplatten, aus denen der Pfad besteht, entsteht im Laufe der Jahre ein kleines Stückchen Geschichte, mehr Geschichte während des Wegs von der Schule nach Hause als umgekehrt, weil ich auf dem Heimweg öfter stehenbleiben kann. Aber auch auf dem Hinweg entdecke ich, wie unterschiedlich die Sommer in diesen sechs Grundschuljahren sind, in denen ich über den Plattenweg gehe. Jeder dieser sechs Sommer, jedes der sechs Frühjahre hat seine eigenen Blumen und Tiere. Im ersten Jahr meiner langen Fußmärsche ist es ein Frühling mit viel Löwenzahn. Bis weit in den Sommer hinein sind die Wiesen goldgelb, und es herrscht eine merkwürdige Stille auf den Weiden. Als es Herbst wird und ich nach den Ferien wieder zur Schule gehe, weht der grauweiße Flaum des verblühten Löwenzahns über die Wiesen und bedeckt sogar die Wassergräben. Das Jahr darauf ist ein Jahr der Butterblumen und der großen Unruhe, weil die Kühe keine Butterblumen mehr fressen wollen und viel mehr muhen und grasen und herumlaufen als im Jahr zuvor, als sie den saftigen Löwenzahn hatten. Auch ich scheine in diesem Jahr unruhiger zu sein, und es kommt mir so vor, als ob sogar die Lehrer in der Schule schneller aufbrausen, als ob die Unruhe auf den Wiesen auf sie überspringt. Als ich in der dritten Klasse bin, ist es ein Jahr mit viel Sauerampfer, während das Jahr darauf so feucht ist, daß ich an jeder der Steinplatten Asseln entlanglaufen sehe. Auf das Jahr der Asseln folgt das Jahr der Spitzmäuse, die man nicht sehen kann, aber deren schrille Schreie aus dem Buschwerk der vielen kleinen Gehölze entlang des Plattenweges herauftönen.

Zu jeder der Platten gehört auch eine bestimmte Wetterlage. Über manchen Platten scheinen eigentlich immer Gewitterwolken zu hängen, und manche Platten sind für immer mit bizarren Blitzstrahlen über dem Reetland verbunden. Aber die schönste Zeit des Jahres ist doch der Spätsommer mit seinem unwirklich blauen Himmel und der trägen Hitze der Nachmittage. Manchmal wird schon vor den Ferien Heu gemacht; Männer mit nackten Oberkörpern strecken große Büschel vergilbten Grases hinauf in die flimmernde Luft, und danach dörrt die Sommersonne die ausgetrockneten Halme. Nach dem Sommer mit den langen Ferien kommt der Herbst mit dem sanften, fahldunklen Himmel, der sonderbar wehmütigen Stille, dem bewegungslosen Wasser in den Gräben und der etwas feuchten Luft, in der nur dann und wann der Schrei eines Vogels zu hören ist, aber kaum noch Gesang, außer von einem vereinzelten Rotkehlchen oder einem Zaunkönig. In dieser Zeit stehen die Kühe mit starr erhobenem Kopf, wenn ich über die Platten gehe. Im Winter verschwindet der Plattenweg manchmal unter Schnee. Wenn es friert, nehme ich nicht den Weg, sondern fahre auf Schlittschuhen über einen der Kanäle zur Schule. Meistens ist es dann um vier schon dämmrig, so daß ich im Halbdunkel durch das tote Schilf nach Hause gleite, und es gibt nichts, was mich glücklicher macht als diese Schlittschuhfahrten, wenn es kalt, dunkel und still ist. Ich habe dann das Gefühl, daß nur ich lebe, ich sehe die weißen Atemwölkchen vor mir, und das Geräusch der Schlittschuhe ist das einzige Geräusch auf der Welt; es gibt keine anderen Menschen mehr, alle Menschen haben aufgehört zu existieren, nur meine Mutter ist noch da. Sogar die Tiere sind tot. Noch lange, auch als es wieder Frühling wird, sehne ich mich nach diesen Fahrten, und dies Verlangen schwindet erst, wenn ich Mitte Mai den ersten Brachvogel rufen höre. Sie fangen am späten Nachmittag an, wenn die Schule aus ist. Ihr ununterbrochenes Jodeln lockt mich nach Haus zurück, holt mich vom Schulhof, wo die anderen Kinder sind, die mich hassen, weil ich so abweisend und in mich gekehrt bin. Im Haus wartet meine Mutter auf mich, und sobald ich sie sehe, wie sie am Tisch sitzt, fast immer dicht bei dem Stövchen mit dem flackernden Teelicht, entkrampfen sich meine Fäuste, die ich die ganze Zeit geballt in den Hosentaschen verborgen gehalten habe. Ich weiß, daß ich jetzt lächeln kann, weil sie dort sitzt, meine Mutter, und mich ansieht und fragt: »Wie war es in der Schule?«

»Gut«, sage ich.

Ich erzähle ihr nicht, daß ich die anderen Kinder verabscheue. Sie fragt manchmal nach Freunden, sie sagt: »Sie dürfen auch mal hierherkommen, bring sie nur mit.«

»Der Weg ist ihnen zu weit«, sage ich.

Ich setze mich ihr gegenüber an den Tisch und spüre, wie meine Verkrampfung langsam nachläßt, während sie durchs Zimmer geht und mir Tee einschenkt, während sie leise vor sich hin singt und mit ihrer sanften Stimme von der Gärtnerei und von meinem Vater spricht. Nach dem Teetrinken nehme ich das Boot und rudere ins Reetland hinaus, um den Vögeln nahe zu sein, den dumpfen Paukenschlägen der Rohrdommeln, die jetzt mit ihrem Gesang anfangen, der bis spät in den Abend anhält, dem kratzenden Lied des Braunkehlchens, dem schrillen, lebenslustigen Gesang des Gelbspötters, den Drosselrohrsängern mit ihren menschenähnlichen Stimmen, den Schilfrohrsängern, die schrill und durchdringend flöten, und vor allem den Brachvögeln mit ihrem melodiösen Flöten, ihren unvorstellbar schönen Trillern, die fließend und tief, ohne die Schärfe und das Krächzen im Gesang so vieler anderer Vögel, über das Reetland tönen wie eine schützende Klangschicht, die über all dem unsichtbaren Leben zwischen Kalmus und Sonnentau liegt.

Sonnentanz

Je älter ich werde, desto öfter muß ich meinem Vater in der Gärtnerei helfen, nicht nur in den Ferien, sondern auch nach meinem täglichen dreiviertelstündigen Fußmarsch über den Plattenweg. Zusammen mit meiner Mutter arbeite ich im Frühjahr in den bereits erwärmten Treibhäusern mit den Rebkulturen. Wir dünnen die Fruchtansätze aus, und mein Vater sagt: »Sie machen viel zuviel Arbeit, die Trauben, nächstes Jahr werden sie abgeschafft.« Aber vielleicht sagt er es nur, weil seine Hände für diese Arbeit zu groß sind und wir deshalb, Nachmittag für Nachmittag, zusammen in den Glashäusern arbeiten, bis uns die blaue Dämmerung das Ausdünnen unmöglich macht. Es ist, als ob dieses Ausdünnen unsere Zusammengehörigkeit besiegelt, uns noch inniger verbindet, und das spürt er, er weiß, daß er ein Außenstehender ist, daß er keinen Anteil hat an unseren Gesprächen bei dieser Arbeit, die eigentlich keine Gespräche sind, sondern nur ein paar Wörter zwischen leisen Psalmliedern. Manchmal rudere ich abends im Dunkeln noch durchs Reetland, weil es dann menschenleer ist. Sogar die Angler sind nach Hause gegangen. Sonderbar, daß ich dort nie einsam bin, ganz anders als auf dem Schulhof, wo so viele Kinder herumtollen und ich mich ausgeschlossen fühle. In all den Jahren gelingt es mir nicht, mich auch nur mit einem meiner Mitschüler anzufreunden; sogar mit ihnen zu reden, wird immer schwieriger, und seltsamerweise nimmt auch meine Abneigung gegenüber meinen Klassenkameraden zu: mein Ausgeschlossensein schmerzt mich, aber ich freue mich auch darüber, es ist eine Art bitterer Genugtuung, daß sie mich nicht akzeptieren. Daß ich erst kurz vor neun auf dem Schulhof erscheine und nicht früher, weil ich einen so weiten Weg habe und in den Wiesen oft trödle, weil es so viel zu sehen gibt, so viele Vögel vor allem, verhindert, daß ich jemals mit anderen Kindern spiele, genau wie das Dableiben in der Mittagspause, in der ich mich als einziger aus meiner

Klasse im Klassenzimmer aufhalten darf, zwar hinausgehen könnte, wenn ich mein Brot verzehrt habe, es aber nicht tue, da ich auf meine bevorzugte Stellung stolz bin. Und um vier muß ich ja sofort aufbrechen, um pünktlich daheim zu sein. Im Winter, weil es früh dunkel wird und ich zwar keine Angst im Dunkeln habe, aber meine Mutter besorgt ist, wenn ich vor Einbruch der Dunkelheit noch nicht da bin, im Frühjahr und im Sommer, weil ich meinem Vater vor dem Essen noch in der Gärtnerei helfen muß. So ergibt sich auch nach Schulschluß keine Gelegenheit, länger dazubleiben und auf dem Schulhof noch ein wenig zu schwatzen, wie es die anderen tun. Aber was mich am meisten isoliert, sind meine guten Noten, obwohl ich mich dafür nicht anstrenge. Tag für Tag sehe ich die höhnischen, mißbilligenden und sogar haßerfüllten Blicke, weil ich wieder einmal als erster mit den Rechenaufgaben fertig bin und dennoch keinen einzigen Fehler gemacht habe, weil das Bruchrechnen mir anscheinend keine Mühe macht, weil ich Diktate ohne Fehler schreibe und weil ich alle Jahreszahlen, ohne zu stocken, mit dem dazugehörigen Ereignis verbinden kann.

Kein einziges Mal durchbreche ich diesen Zirkel der Einsamkeit, in dem ich mich befinde, ich könnte es nicht, und ich will es auch nicht. Als ich im fünften Schuljahr bei Lehrer Cordia bin, dem Uniformträger, folgen mir nach Schulschluß manchmal Jungen aus meiner Klasse über den Plattenweg, zuerst zögernd, später dreister. Anfangs halten sie sorgfältig einen großen Abstand zu mir, aber er wird von Mal zu Mal kleiner. Auch die Zahl der Jungen, die mir folgen, wird kleiner. Zum Schluß sind es nur noch vier, die mir, außer wenn es regnet, jeden Tag ein Stück des Weges nachkommen. Sie rufen mir etwas hinterher, sie reißen Stöcke aus den Holunderbüschen am Wegrand und schwingen sie. Ich gehe gelassen vor ihnen her, quer über die Wiesen, die dieses Jahr vom Hornkraut weißgefärbt sind. Ich habe keine Angst, denn sie wissen nicht, wohin ich gehe, und sie trauen sich nicht, mir auch über die mit Stacheldraht umzäunten Weiden zu folgen. Aber es ärgert mich, daß sie mir überhaupt nachkommen; jeden Tag rufen sie lauter und schwenken sie ihre Stöcke boshafter. Ihre Beschimpfungen verletzen mich nicht, sie rufen »General«, weil Lehrer Cordia mich noch immer so nennt. Am liebsten wäre mir, wenn er dieses Wort nie wieder benutzen und damit aufhören würde, mich im Beisein der anderen zu loben. »Du bist der einzige in dieser Klasse, der Grips hat, ihr seid alle Lumpensäcke, hirnlose Dreckskerle.« So redet er, und was er am Morgen sagt, rufen mir die vier Jungen am Nachmittag höhnisch nach, wenn ich vor ihnen über den Pfad gehe. Aber ich reagiere nicht darauf, ich versuche, so gelassen wie möglich zu bleiben. Doch meine Wut wird von Tag zu Tag größer, auch wenn ich es mir nicht anmerken lasse. Als die Jungen an einem Sommertag das schiefe Gatter hinter mir öffnen, vor dem sie bis dahin immer stehengeblieben sind, lodert die Wut in mir auf. Diesmal muß ich mich umschauen. Sie stehen am Gatter und beratschlagen sich. Plötzlich kommen sie mir hinterhergerannt, ihre Stöcke wie Speere tragend, sie rufen laut »General«, und als ich stehenbleibe und mich umwende, sind sie vor mir. Der Abstand zwischen ihnen und mir beträgt drei Platten. Warum sehen sie jetzt so begeistert aus? Warum glänzen ihre Augen? Der größte von ihnen, der mich auch in der Klasse immer drangsaliert, ruft: »Packt ihn!« Sie kommen einen Schritt auf mich zu. Ich muß kurz den Impuls zu flüchten unterdrükken, aber dann warte ich gefaßt ab. Sie stehen jetzt so nah bei mir, daß ich sie mit ausgestrecktem Arm berühren könnte. Ich sehe ihnen schweigend ins Gesicht, in ihre lachenden Augen. Plötzlich schlägt mich der große Junge mit dem Stock. Der Schlag streift meinen linken Arm. Ich spüre zwar keinen Schmerz, aber dafür einen jähen, unbändigen Zorn. Mit beiden Händen greife ich nach dem Stock und ziehe so fest daran, daß der Junge hinfällt. Jetzt fangen auch die drei anderen an, mich mit ihren Stöcken zu schlagen, und das macht meinen Zorn noch größer. Meine Arme beben, und ich dresche wie wild mit dem Stock, den ich dem großen Jungen abgenommen habe, auf die Köpfe der drei anderen ein. Ich höre ein fremdartiges, furchterregendes Kreischen und merke erst später, daß ich es bin, der diese Laute ausstößt. Ich fühle, wie sich Schaum um meinen Mund bildet. Die drei Jungen rennen weg, während der vierte aufzustehen versucht, aber ich bin schon bei ihm, ich lasse mich auf ihn fallen und hämmere mit beiden Händen auf seinen Kopf ein, ziehe ihn an seinen fettigen Haaren, stehe auf und zerre ihn über die Wiese. Er versucht, sich aufzurichten, aber ich kann ihn so bequem mit einer Hand festhalten, daß ich zum ersten Mal verstehe, warum meine Mutter so oft gesagt hat: Wie furchtbar stark du doch bist. Der Junge will nach mir treten, aber es gelingt ihm nicht. Ich drücke seinen Kopf in einen frischen Kuhfladen, und der Zorn brüllt mittlerweile in fremdartigen, unzusammenhängenden Lauten zwischen meinen Lippen hervor. Wild bewege ich den verhaßten Kopf in dem Kot hin und her. Sein Gesicht und seine Haare werden braun, er bekommt eine Menge der frischen Exkremente in den Mund und übergibt sich. Ich fühle, wie sich sein Körper unter mir schüttelt, ich sehe das Erbrochene zwischen dem Braun der Exkremente. Plötzlich werde ich ruhig; mein Zorn klingt ab, und ich stelle den Jungen auf die Füße und gehe über die Wiese zum Pfad. Ich blicke mich noch einmal um. Die drei stehen auf dem Pfad, der vierte Junge steht gekrümmt auf der Wiese und spuckt. Er wischt sich mit Gras den braunen Kot von Gesicht und Kleidung. Ich gehe über den Pfad und beginne heftig zu zittern. Was habe ich getan? Sobald ich aus dem Blickfeld der Jungen bin, setze ich mich ins hohe Gras. Mir strömen die Tränen über die Wangen, Tränen über diese schreckliche Wut, diese Anwandlung von Wahnsinn, bei der ich nicht mehr Herr über mich selbst bin.

Als ich nach Hause komme, sagt meine Mutter: »Du bist spät dran.«

»Ja«, sage ich kurz, »ich habe dem Lehrer geholfen.«

Nach diesem Tag folgen mir die vier Jungen nicht mehr.

Lehrer Cordia läßt mich nach Schulschluß dableiben und gibt mir Nachhilfeunterricht: Französisch, Englisch, Algebra. Nachdem er mich eine halbe Stunde unterrichtet hat und über meine schnellen Fortschritte staunt, unterhält er sich mit mir, erzählt mir von seiner Militärzeit, von den Wehrübungen, von den fünf Kriegstagen 1940. »Die einzigen Tage, an denen ich wirklich gelebt habe«, sagt er und geht mit strammen Schritten zum alten Ofen, den er mit Anthrazit füllt. Die Flammen lodern auf und beleuchten sein verwittertes Gesicht, seine stahlharten, blaugrauen Augen, die so blitzen können, wenn er vom Soldatenleben spricht.

»Nirgendwo findet man soviel Kameradschaft wie in der Armee.«

Er weiß nicht, daß er damit nur meine Abneigung gegen die Armee weckt, daß seine begeisterten Erzählungen über die rauhe Freundschaft unter den Soldaten mich an die vier Jungen denken lassen, die mir mit Stöcken bewaffnet über den Pfad gefolgt sind. Er malt sich in dieser seltsamen Stunde, in der er Hefte korrigiert und ich die Wandtafeln putze, meine Zukunft aus: zuerst die Höhere Schule und dann die Militärakademie. Dieser Zukunftstraum veranlaßt ihn auch dazu, bei meinem Vater für Weiterlernen zu plädieren. Nachdem mein Vater zugestimmt hat, vervollkommnet Lehrer Cordia meine Einsamkeit: »Du verplemperst nur deine Zeit in der Klasse zwischen all diesen Schwachköpfen, du darfst von jetzt an in meinem Zimmer arbeiten, ganz allein, dann wirst du nicht mehr von diesen Lumpensäcken gestört und kannst dich gründlich auf die Aufnahmeprüfung für die Höhere Schule vorbereiten. Ich gebe dir jeden Tag nach Schulschluß auf, was du tun sollst, und du wirst sehen, wie gut du dann vorankommst.«

Es stimmt. Ich kann viel tun im Kämmerchen, ich habe jetzt mehr Zeit, und Lehrer Cordia gibt mir Geschichtsbücher, die von Seeschlachten, vom Admiral Witte de With, von Kriegskunde und blutigen Feldzügen erzählen. Aber diese Bücher können mich nicht reizen; ich lese nur darin, um ihm einen Gefallen zu tun. Nein, die richtigen Bücher finde ich in den Regalen des Kämmerchens, Bücher über Vögel, über Physik, über Boerhaave und Van Leeuwenhoek. Jedesmal, wenn ich von diesen Büchern aufblicke, sehe ich den leeren Schulhof. Ab und zu stelle ich mich auf einen Stuhl und kann dann durch ein Fenster oben in der Tür ins Klassenzimmer blicken. Es ist seltsam, dann nur die hitzigen Gebärden von Lehrer Cordia zu sehen, und manchmal kann ich auch feststellen, daß die Kinder in der Klasse lachen. Vor allem dann wüßte ich gern, was dort passiert, vor allem dann fühle ich mich sehr allein. Manchmal stöbere ich im Kabäuschen herum und öffne die Schränke, in denen verstaubte Apparate Geheimnisse wahren, die nur mit Hilfe eines Physikbuchs gelöst werden können. Ich experimentiere mit den Magdeburger Halbkugeln, dem Stereoskop, der Vakuumpumpe und der Elektrisiermaschine, mit der sich solche herrlichen Funken ziehen lassen. Noch faszinierender aber sind die kleinen Gefäße mit Chemikalien, und mit Hilfe eines Chemiebuchs kann ich Versuche ausknobeln, bei denen ich Flammen in den seltsamsten Farben in den kleinen Raum zaubere, Flammen, die ich meistens am frühen Morgen, wenn sie in der Klasse Biblische Geschichte haben, heraufzubeschwören weiß und die für mich auf immer mit den aus der Klasse monoton herüberklingenden Psalmliedern verbunden sind.

In der Pause spähe ich durch die Gardinen auf das überschäumende Leben des Schulhofs. Mir fallen merkwürdige Dinge auf. Wenn die Sonne scheint, tänzelt ein kleiner Junge aus der zweiten Klasse immer an derselben Stelle des Schulhofs. Die anderen nehmen keine Notiz von seinem Sonnentanz. An regnerischen und bewölkten Tagen lehnt er sich scheu an eine Mauer, aber sobald die Sonne scheint, fängt er an. Während seines Tanzes stößt er wilde Schreie aus, die ich nicht hören kann und die vielleicht nur aus seltsamen Grimassen seines Mundes bestehen, ohne daß dabei Geräusche zustande kommen. Ein blasses Mädchen kratzt jeden Tag mit den Fingernägeln Mörtel weg zwischen den Steinen des Schulhauses; ein anderes Mädchen steht in der Pause immer in der dunkelsten Nische, die das Gebäude zu bieten hat, aber trotz der Dunkelheit kann ich sehen, daß sie unablässig weint, jeden Tag, eine Viertelstunde lang. Wenn die Glocke zum Pausenende läutet, wischt sie sich mit der Hand über die Augen und geht demütig zur breiten Eingangstür. Und jeden Tag schleicht derselbe Junge hinter den Lehrern her, die die Aufsicht auf dem Schulhof haben, und dreht ihnen eine lange Nase. Er ist immer allein. Ein anderer Junge schleicht sich ebenfalls über den Schulhof; er verfolgt jedoch nicht die Lehrer, sondern drückt sich in die Mauernischen, und jedesmal, wenn er sich sicher sein kann, daß die Lehrer nicht hinblicken, pinkelt er kurz gegen die Steine. Ich verabscheue diese Jungen und Mädchen. Ich hasse das Springen und Kratzen, das Schleichen und das Pinkeln. Und doch weiß ich, daß ich auch so bin, daß ich zu ihnen gehöre und daß ich es nur besser zu verbergen gewußt habe.

Regenbrachvögel

Das erste Mal geschah es auf dem Plattenweg, das zweite Mal auf dem Schulhof des Gymnasiums, das dritte Mal in und vor unserem Haus. Woher kommen diese unheilverkündenden Zornausbrüche, die nicht nur starke Schuldgefühle hinterlassen, sondern auch Angst vor der Zukunft, weil vorauszusehen ist, daß es noch zum Totschlag kommt, wenn ich so weitermache. Beim letzten Mal war es fast schon soweit, und es ist mir ein Rätsel, warum sie mich nicht verklagt haben. Vielleicht haben sie es bleibenlassen, weil kurz darauf meine Mutter gestorben ist. Ich habe nur die Arztrechnung bezahlt für den Schaden, den ich angerichtet hatte: ein gebrochenes Nasenbein, Platzwunden im Gesicht,

Blutergüsse an den Beinen, gegen die ich wohl wie wild getreten habe. Ich habe das Bild noch vor Augen, als wäre es gestern gewesen. Ich sehe, wie ich vor unserem Haus stehe und wie das Schilf an der gegenüberliegenden Seite des Wassers die Windstöße sichtbar macht. Wie wird es den Vögeln in diesem Sturm ergehen? Wie viele Nester werden vorzeitig zerstört werden? Bei jedem Windstoß schnattern am jenseitigen Ufer Enten, die im Schilf einen Unterschlupf gefunden haben. Die Regenböen peitschen gegen die Gewächshäuser, und manchmal ist sogar das Prasseln von Hagel zu hören. Das Wasser rinnt mir übers Gesicht und in den Nacken. Aber ich gehe nicht ins Haus, weil ich den Anblick meiner Mutter nicht ertragen kann. Jeden Augenblick erwarten wir zwei Kirchenälteste: der jährliche Besuch zur Erbauung und Ermahnung, und das, obwohl jetzt der Pfarrer fast täglich hereinschaut, obwohl ich gesagt habe, daß es uns jetzt nicht so gelegen kommt. Aber der Pfarrer hat bei meiner Mutter darauf gedrungen, und sie hat nicht nein gesagt; nun geht sie durchs Zimmer, ohne genau zu wissen, was sie tun will: die Wohnung aufräumen, bevor die Kirchenältesten kommen. Sie weiß nur, daß sie kommen und daß etwas geschehen muß. Auch an viele andere Handlungen erinnert sie sich nur bruchstückhaft, meistens weiß sie noch den Anfang. Frühmorgens zieht sie noch immer den Aschenkasten aus dem Ofen, geht aber nicht mehr damit in die Waschküche, sondern sitzt vor dem Ofen und schüttelt langsam den Kopf. Sie blickt traurig und verzweifelt auf, versucht, meinem Blick auszuweichen und doch meine Aufmerksamkeit zu gewinnen. Sie schiebt den Aschenkasten in den Ofen zurück, zieht ihn wieder heraus, stoßweise und mit großer Anstrengung. Ich stehe auf und nehme ihn ihr aus den Händen, leere ihn aus und bringe ihn zurück. Aber selbst das begreift sie nicht mehr, sie bleibt einfach sitzen und schiebt den nun leeren Aschenkasten hin und her. Ich muß sie aufheben und auf einen Stuhl setzen; sie ist federleicht, leichter als das leichteste Kind. Ich muß mit Nachdruck sagen: »Mutter, der Aschenkasten ist geleert.«

Sie steht auf. Ich helfe ihr beim Kämmen des früher tiefschwarzen, aber jetzt stumpfen grauen Haares, das als Folge der Bestrahlungen büschelweise ausfällt. Nachdem ich das getan habe, möchte ich am liebsten gehen, weil ich es nicht länger mitansehen kann, aber meistens dauert es noch eine Weile, bevor die Krankenpflegerin aus dem Dorf eintrifft. Sie ist aus dem Krankenhaus unter der Bedingung entlassen worden, daß wir eine Krankenpflegerin ins Haus nehmen, und ich sah ein, daß es nicht anders ging; ich wollte auf keinen Fall, daß sie im Krankenhaus dahinsiecht, und sie selber wollte das, soweit sie noch zu bewußtem Denken imstande war, auch nicht. Im Auto aber muß ich jeden Morgen von neuem gegen die Tränen ankämpfen, muß die Hände zu Fäusten ballen, bevor ich das Steuer umklammere, und meine Zähne aufeinanderpressen, um nicht laut zu schreien.

Nun warte ich auf die Kirchenältesten.

Ich setze mich auf den Holzsteg am Kanal. Mitunter überspülen die Wellen meine Schuhe, aber es stört mich nicht. Trotz der Dunkelheit sehe ich sie über den Treidelpfad kommen, zwei mit wehenden Mänteln gegen den Wind anradelnde Ungeheuer, an denen nur die weißen Flecken der Gesichter etwas Menschliches haben. Sie lehnen ihre Fahrräder an das Gartentor, ohne mich zu bemerken. Als ich aufstehe, erschrecken sie und weichen zurück. Ich gehe ihnen mit großen Schritten entgegen. Es sind zwei Großbauern in schwarzen Anzügen, beide mit Sicherheit viel älter als meine Mutter, und das vor allem macht mich wütend. Warum dürfen sie soviel länger leben als meine Mutter? Auf ihren roten Gesichtern haben viele Gläser Genever in Form von kleinen Äderchen Spuren hinterlassen. Ihre schweren, verwitterten Köpfe sind mit Mützen aus schwarzem Seidenstoff bedeckt. Für diese Menschen ist der Calvinismus erfunden worden, diese Männer mit schmalen Lippen, mit Schweinsäuglein und rotfleckigen Wangen, mit Gesichtern wie dem meinen, und gerade das macht es so schlimm.

»Na, ist das ein Wetterchen«, sagt der ältere der beiden.

»Das kann man wohl sagen«, pflichtet ihm der andere bei.

»Ich möchte kurz mit Ihnen reden, bevor wir hineingehen«, sage ich. »Ich nehme an, Sie haben schon gehört, daß meine Mutter schwer krank ist.«

Sie nicken.

»Ja«, sagt der jüngere der Kirchenältesten, »es kommt wirklich alles auf einmal, zuerst Ihr Vater, und jetzt Ihre Mutter. Aber der Herr wird Ihnen nicht mehr auferlegen, als Sie tragen können.«

»Und so plötzlich, Ihr Vater«, sagt der andere.

»Es war nicht schlimm«, sage ich, »ein schneller, schmerzloser Tod ist ein Gottesgeschenk.«

»Nein«, sagt der ältere Bruder streng, »da muß ich Ihnen widersprechen, ein schneller Tod ist kein Geschenk Gottes. Ihr Vater hat sich nicht vorbereiten können auf den Tod, auf die Begegnung mit dem lebendigen Gott, dem Herrn der Heerscharen. Ihre Mutter wird sich nun vorbereiten können, wir werden mit ihr reden.«

Schweigend fixiere ich den Kirchenältesten, der zur Vorbereitung des Gesprächs seinen Schädel mit einem weißen Taschentuch trockenreibt. Er ist kahl. In zehn Jahren werde ich genauso kahl sein. Obwohl ich ihn am liebsten mit einigen wohlgezielten Schlägen in die schäumenden Wellen befördern würde, beherrsche ich mich und sage: »Verstehen Sie bitte, aber meine Mutter ist nicht mehr im Vollbesitz ihrer geistigen Kräfte, die Krankheit hat ihr Gehirn angegriffen, sie ist wirklich schwer krank. Sie sollten das Gespräch zur Vorbereitung auf den Tod besser bleibenlassen, sie wird es nicht verstehen.«

»Ja, der Arzt hat uns davon berichtet, der Herr züchtigt sie in der Tat. Aber wen Gott liebhat, den züchtigt er, denken Sie einmal darüber nach. Gerade den Weisen und Verständigen ist es verborgen, und den Kindlein wird es offenbart werden, also sollten wir dann nicht sprechen, nun, wo ihr Verstand sie verlassen hat?«

Ich wende mich brüsk ab und gehe ins Haus. Ich öffne ihnen die Haustür, und die beiden Männer legen ihre schweren Mäntel und ihre Mützen ab. Auf ihren runden Bäuchen baumeln goldene Uhrketten. Ich führe sie ins Wohnzimmer, und während sie hineinschlurfen, schaue ich, ob sie beim Anblick meiner kleinen, grauen, abgezehrten Mutter erschrecken. Aber ich bemerke keine Regung auf ihren undurchdringlichen Mienen, ich glaube nicht, daß sie betroffen sind.

»So, Schwester«, sagt der ältere, »du bist krank, nicht wahr? Körperlich nicht in Ordnung, aber geistig? Ist das geistige Leben noch kerngesund? Das ist ja doch immer das Wichtigste.«

Wieder muß ich mich beherrschen, aber ich kann es nicht, und deshalb schütte ich Kohlen in den Ofen und rüttle dabei so laut es geht mit der noch nicht ganz geleerten Kohlenschütte.

»Nehmen Sie Platz«, sage ich mit abgewandtem Kopf.

Sie sinken breit in die alten Lehnstühle, ich höre das Knarren der Sitzflächen. Sie reiben sich die Hände, sie rutschen näher an den Ofen heran und schlagen beide im selben Moment das linke über das rechte Bein mit einem leise knackenden Geräusch von Knochen auf Knochen.

»Wir wollen zuerst einen Psalm singen. Wohl dem, der Gott verehret, oft betend vor ihm steht, auf seine Stimme höret, in seinen Wegen geht.«

Der ältere hebt laut und falsch zu singen an, und bei dem Wort »Gott« setzt auch der andere Kirchenälteste ein. Meine Mutter flüstert mit zittriger Stimme einige Worte, ohne Klang, ohne Melodie, dann sieht sie mich an, die früher so schönen Augen voller Tränen, und sagt: »Ich weiß es nicht mehr, Maarten.«

Die beiden Kirchenältesten hören es nicht, denn ihre Stimme ist fast lautlos. Sie blöken den Psalm durchs Zimmer und übertönen sogar das Heulen des Windes. Das letzte Wort jeder Verszeile halten sie an, bis ihre Gesichter vor

Atemnot rot glühen, die Münder dabei weit geöffnet, so daß ich bei beiden das vibrierende Zäpfchen sehen kann. Als sie fertig sind, sagt der jüngere: »Warum singst du nicht, Schwester, und Sie, warum singen Sie nicht?«

»Ich kann nicht mehr singen«, flüstert meine Mutter.

»Warum nicht?«

»Mein Hals.«

Sie sitzen schweigend in den Sesseln, die Daumen ihrer vier Hände hinter ihren vier breiten Hosenträgern, ihre Atemzüge am Gewoge der goldenen Ketten auf ihren Bäuchen meßbar.

»Kaffee, Brüder?« flüstert meine Mutter.

»Gerne, Schwester.«

»Laß nur, ich mache das schon«, sage ich.

»Nein«, sagt sie.

Sie geht durchs Zimmer, sie öffnet die Tür zur Küche. Sie nimmt den Pfeifkessel vom Gasherd. Sie steht da mit dem Kessel in den Händen, bewegt ihn langsam hin und her, stellt ihn auf den Herd zurück. Sie öffnet den Küchenschrank, nicht den Schrank, in dem sie gewöhnlich den Kaffee aufbewahrt. Sie schließt den Schrank, kommt wieder ins Zimmer. Sie blickt mich ängstlich an. »Maarten?«

»Was ist?«

»Was . . .?«

»Du wolltest Kaffee kochen. Komm, setz dich nur, ich mache es schon.«

»Ja, aber . . .«

Ich gehe zu meiner Mutter, nehme sie am Arm und führe sie zu ihrem Sessel zurück. Sie läßt es willenlos geschehen und setzt sich. Sie beginnt zu singen: »Wohl dem, der Gott verehret.«

Nur eine Verszeile, und ohne jede Intonation.

»Ich weiß es nicht mehr«, sagt sie.

Sie weint. Ich gehe in die Küche und schließe die Tür hinter mir. Ich lasse den Pfeifkessel vollaufen und stelle ihn auf den Gasherd. Ich zünde ein Streichholz an, und die

Gasflamme springt unter dem Kessel an. Durch die Waschküche laufe ich nach draußen, über den Plattenweg ins Weideland hinein, stemme mich dabei gegen den scharfen Sturmwind. Der Regen peitscht mir ins Gesicht, ich renne über die Platten, ich schreie laut, aber ich kann die Laute, die ich hervorbringe, nicht hören. Schwer atmend bleibe ich stehen, kämpfe gegen die Tränen an, ich will nicht weinen, ich muß Haltung bewahren, es sind Kirchenälteste, sie dürfen nicht sehen, wie ich daran zerbreche. Ich schlage mit meinen Handflächen gegen den Sturmwind. Ich trete gegen ein Holzgatter, bis mir die Füße weh tun. Das macht mich ruhiger. Ich gehe in die Küche zurück und mahle Kaffeebohnen, viele Kaffeebohnen. Starken Kaffee werde ich machen, so stark, daß die Kirchenältesten einen Herzanfall bekommen werden. Ich gieße das kochende Wasser über das braune Pulver im Filter. In die Tassen für meine Mutter und mich gebe ich heißes Wasser und wenig Kaffee, in die der Kirchenältesten nur Kaffee. Mit den Tassen auf einem Tablett gehe ich wieder ins Wohnzimmer, wo sich die beiden angeregt miteinander unterhalten. Meine Mutter ist blaß und liegt schräg im Sessel. Ihre Augen sind geschlossen.

Ich bin ihr erstes Opfer. Nachdem sie ihre Tassen ohne Zögern und ohne jeden Kommentar über die Stärke des Kaffees geleert haben, sagt der ältere: »Bruder, ich sehe Sie in den letzten Monaten nicht mehr in der Kirche. Warum nicht?«

»Weil ich sonntags daheim bleibe, um auf meine Mutter achtzugeben.«

»Aber auch davor habe ich Sie nicht gesehen. Und da lag Ihre Mutter im Krankenhaus.«

»Ich habe sie jeden Sonntag besucht, ich hatte keine Zeit für den Kirchgang.«

»Alles Mätzchen, faule Ausreden. Ein Kind des Herrn hat immer Zeit für einen Gang zu Seinem Tabernakel.«

»Sie geraten auf den Weg Ihres Großvaters«, sagt der andere Kirchenälteste, »auch ihn haben wir nie gesehen. Er hat wirklich etwas von seinem Großvater, findest du nicht, Kees?«

»Ja, der alte Maarten war ein verstockter Sünder, er schlägt tatsächlich seinem Großvater nach, ganz wie du sagst. Darf ich Sie einmal fragen, Bruder, wann Sie das Glaubensbekenntnis abzulegen gedenken?«

»Nie«, sage ich, »es ist ausgemachter Unsinn, dieses Bekenntnis. Können Sie mir eine Stelle in der Bibel nennen, wo vom Glaubensbekenntnis gesprochen wird? Es ist eine unbiblische Tradition, genauso wie die Marienverehrung bei den Katholiken.«

»Aber Sie wollen doch gewiß dem König der Könige Ihr Jawort geben?«

»Wenn Sie mir die Stelle der Stellen nennen können, wo davon gesprochen wird.«

»Sapperlot, Kees, so etwas habe ich noch nie gehört.«

»Ganz wie du sagst, ein Fall für den Kirchenrat.«

Sie ermahnen mich, einander ergänzend. Beiläufig spielen sie auf das Höllenfeuer an und erwähnen, daß sich mein Großvater zweifellos dort befindet. Sie reden in einem fort, und es ist ein Vergnügen, ihrem Geplauder zu lauschen, es berührt mich nicht, es ist so fremd, so unwirklich. Meine Mutter sitzt friedlich in ihrem Sessel, ohne dem Geschwätz der Kirchenältesten zuzuhören, sie ist benommen, vielleicht sogar ohne Bewußtsein.

»Den Weisen und Verständigen ist es verborgen, das lehrt uns der Herr an diesem Abend gewiß«, sagt der ältere Bruder, »gelehrt ist dieser junge Bruder, aber das himmlische Königreich wird ihm sicherlich verschlossen bleiben.«

»Schwester«, sagt der andere Bruder, »hören Sie uns zu.«

»Bemüht euch nicht«, sagt sie, aus ihrem Schlummer erwachend, »für mich gibt es keine Vergebung. Meine Sünden sind rot wie Scharlach, rot wie Scharlach . . .«

»Und sie werden weiß werden, weißer als Schnee durch das Blut des Lammes Gottes«, sagt der jüngere Bruder.

»Nein«, sagt meine Mutter, »für mich gibt es keine Vergebung, meine Sünden . . .«

Die Wiederholung dieser Worte hat etwas Bedrohliches, aber sie spricht plötzlich nicht mehr weiter. Sie erhebt sich, und ihre schmächtige Gestalt ist die eines Kindes.

»Diese kleinen Kinderaugen . . . Keine Sünde in diesen Augen, nein, keine Sünde. Nicht wahr, es gibt keine Erbsünde, ihr habt alle gelogen. Was wißt ihr von Gott, ihr, die ihr Kirchenälteste seid? Aber ich habe gesündigt, meine Sünden sind rot wie . . . wie . . .« Ihre Stimme erstirbt, und sie setzt sich wieder, die Hände zu Fäusten geballt.

»Was hast du getan, Schwester, sag es uns.«

»Das geht Sie einen Dreck an«, sage ich wütend.

»Ich habe die Sünde wider den Heiligen Geist begangen«, sagt meine Mutter.

Die beiden Brüder starren meine Mutter sprachlos an.

Ich sehe, daß sie darauf nicht gefaßt waren und auf Anhieb keine passende Antwort parat haben.

Meine Mutter steht wieder auf und bewegt ihre rechte Hand vorsichtig hin und her, als ob sie etwas beiseite schiebt.

»Geht nur«, sagt sie, »ihr wißt jetzt, daß es für mich keine Vergebung geben kann.«

»Aber Schwester, das ist unmöglich. Wir müssen über diesen Besuch beim Kirchenrat Bericht erstatten. Wenn wir erzählen, was wir heute abend gehört haben, und Ihr bekehrt Euch nicht, dann werdet Ihr von der Gemeinde des Herrn abgeschnitten.«

»Nur zu, geht jetzt, bitte.«

Sie macht noch immer diese Gebärde und fügt ihren letzten Worten geistesabwesend hinzu:

»Ich habe die Sünde wider den Heiligen Geist begangen, aber es macht nichts, geht jetzt, es gibt doch keine Vergebung mehr, nicht für mich . . . nicht . . . die Sünde wider . . . geht jetzt, bitte.«

»Aber . . . auf jeden Fall müssen wir den Abend mit einem Gebet beschließen.«

»Gut«, sagt meine Mutter, »betet nur, aber für mich gibt es ohnehin keine Vergebung mehr.«

»Diese Angelegenheit werden wir nicht auf sich beruhen lassen«, sagt der ältere Bruder, »dies ist unerhört.«

»Ich werde nun vorangehen im Gebet«, sagt der jüngere, »oh, liebevoller, barmherziger, gnädiger Gott und treuer Vater im Himmel, zu Dir kommen wir am Ende dieses Besuchs, um Dir zu danken für Deine unendliche Liebe und Dein Erbarmen mit den verlorenen Seelen. Du, oh Herr, hast uns wahrhaft wundersam geleitet. Du hast gewußt, daß wir hier vonnöten waren, und Du hast uns als ein Werkzeug in Deiner Hand benutzen wollen, um zwei Deiner teuren Kinder zu ermahnen und sie zu neuem Gehorsam zu verpflichten. Wir bitten Dich darum, oh Herr, daß Du diesen jungen Bruder, dessen Herz verhärtet und dessen Geist verstockt ist gegenüber Deinen Gesetzen und Deiner Ordnung, zu Dir und zu Deinem Dienst zurückrufst, damit er niederkniet vor dem Thron der Gnade und Dich als unseren einzigen Herrn und Heiland anerkennt. Oh, Herr Christus, erbarme Dich über unsere Schwester, die Du schon bald abberufen wirst aus dieser irdischen Bedrängnis. Sie, oh Herr, durchwandert gerade im Schatten des Todes das finstere Tal, und auch ihr Herz ist verhärtet gegen Deine Gesetze und Gebote. Auch sie ist eine Sünderin, die für immer verstoßen, für ewig, ja ewig verloren sein wird, wenn sie sich nicht bekehrt. Eine Sünderin, zu der Du sagen werdest: gehe hinweg von Mir, du ungetreue Magd, gehe in die äußerste Finsternis, wo das Feuer nicht erlischt und der Wurm nicht stirbt, wo sie leiden wird, unsagbar leiden wird für ihre Sünden, ein Leid, von dem Du sie schon jetzt einen Vorgeschmack kosten läßt . . .«

Während des Gebets, bei dem ich pflichtgemäß die Hände gefaltet und die Augen geschlossen habe, wird das Dunkel vor meinen Augenlidern langsam feuerrot. Seine mit dröhnender Stimme vorgebrachten, über Gott an mich gerichteten Drohungen kann ich noch ertragen, aber als er, weiterhin dröhnend, anfängt, so und noch schlimmer von meiner Mutter zu reden, beginne ich auf meinem Stuhl zu beben. Bei dem Wort »Vorgeschmack« springe ich mit noch geschlossenen Augen auf. Bevor ich ihm einen Schlag ins Gesicht versetze, bemerke ich, daß er sich während des Betens neugierig im Zimmer umsieht. Auf das Wort »Vorgeschmack« folgen noch zwei Wörter und dann ein merkwürdiges, dumpfes Geräusch, und ich schlage ihm noch mal ins Gesicht, fasse ihn an seinem schwarzen Jackett und zerre ihn durchs Zimmer.

»Bruder, Bruder«, ruft er.

Aber zugleich gelingt es ihm, den Schürhaken zu ergreifen, der neben dem Ofen hängt, und er schlägt mir damit auf die Schulter. Mir wird schwarz vor Augen. Ich weiß nicht mehr genau, was ich tue, ich weiß nur, daß ich die beiden zur Tür hinausprügle, hinaustrete, daß sie sich wehren, zuerst mit dem Schürhaken, dann mit Händen und Füßen, aber sie kommen nicht gegen mich an, sie sind alt, sie sind nicht so stark wie ich, sie stolpern durch den Flur zur Haustür, können den Türgriff nicht finden, pressen den Rücken gegen die Tür und schlagen aus lauter Angst die Hände vors Gesicht.

»Maarten«, ruft meine Mutter leise.

Ihre Stimme bringt mich für einen Moment zur Besinnung, und die Kirchenältesten nutzen die Gelegenheit, die Tür zu öffnen und in die Nacht hinauszurennen. Ich nehme ihre Mäntel und Mützen von der Garderobe und werfe sie ihnen hinterher. Ich habe Blut an den Händen, meine Knöchel sind von den harten Schlägen abgeschürft. Der ältere Bruder bleibt auf dem Kies vor unserem Haus stehen, hebt seinen Mantel auf und zischt: »Das wird ein Nachspiel haben.«

Von neuem lodert die Wut auf. Ich renne nach draußen, daß der Kies unter meinen Füßen aufspritzt, hebe den Ältesten mit beiden Händen hoch, trage ihn zum Wasser und werfe ihn in die wütenden, schäumenden Fluten.

»Ich ertränke dich«, höre ich jemanden kreischen. Bin ich das?

Dann sehe ich den anderen über den Pfad davonrennen, er wagt es nicht einmal, auf sein Rad zu steigen, sondern trabt damit ein Stück am Wasser entlang. Mit erstaunlicher Behendigkeit springt er aufs Rad und fährt davon, nun mit dem Wind im Rücken. Einmal noch blickt er sich um, verschreckt und mit sonderbar verzerrtem Gesicht. Der Anblick des flüchtenden Kirchenältesten bringt mich zur Besinnung; ich gehe zum Holzsteg am Kanal, packe den zappelnden Bruder, der schon einige Male gellend geschrien hat, und ziehe ihn aus dem Wasser. Er steht auf dem Steg, triefnaß und keuchend. Er geht in die dunkle Nacht hinein, ohne sich umzusehen, nicht so schnell wie der andere. Er hinkt. Er befühlt sein zerschundenes Gesicht, er spuckt ein paarmal, und ich stehe da und begreife, was ich getan habe. Ich werde ganz ruhig, wie immer nach einem derartigen Ausbruch. Nun habe ich noch ein paar Minuten, um mir einen dunklen Ort zu suchen, an dem ich mich ausweinen kann. Ich gehe gegen den Wind über den Pfad, und der strömende Regen spült die ersten Tränen fort, aber trotz dieser Tränen empfinde ich Genugtuung, als ob Rechnungen beglichen worden sind, als ob alte Schulden abgetragen wurden. Während ich umherlaufe, weiß ich plötzlich, und zwar mit der unerschütterlichen Gewißheit, von der die Calvinisten immer reden, daß das Christentum Betrug ist, ja, daß das ganze Leben eine infame Lüge ist und daß jetzt irgendwo fern im Weltall Gott über meinen Kummer satanisch lacht, der Gott des 10. Sonntags, der meiner Mutter mit väterlicher Hand eine Krankheit hat zukommen lassen, einen Vorgeschmack des Leidens in der Hölle. So ist Gott, der Gott des Heidelberger Katechismus, der Gott, der die Menschen so abgrundtief haßt, daß er Kehlkopfkrebs für sie erfunden hat. Selbst Menschen sind nicht imstande, einander auf so niederträchtige Weise umzubringen, wie es Gott mit Hilfe dieser Krankheit kann. Und obgleich ich weine - das gehört nun einmal zu einem derartigen Wutausbruch -, bin ich doch sehr zufrieden, daß ich zweien seiner Diener eine Abreibung verpassen konnte.

Den folgenden Tag, einen Samstag, verbringe ich in meinem Arbeitszimmer. Mag der Samstag trübe sein, kommt gewiß noch Sonnenschein, sagte meine Mutter immer, aber an diesem Tag will sich die Sonne nicht zeigen. Der Himmel ist perlgrau, und es ist neblig, aber so, daß man den Nebel nur riechen kann. Ich warte auf die Polizei. Ich kann mir nicht vorstellen, daß sie nicht kommen wird. Ich arbeite nicht, ich blicke hinaus auf das zur Ruhe gekommene Reetland. Was soll ich tun, wenn sie mich mitnehmen? Die Pflegerin anrufen? Aber sie hat zur Bedingung gemacht, daß sie am Wochenende frei hat. Vielleicht geben sie sich damit zufrieden, wenn ich verspreche, das Haus nicht zu verlassen. Warum kommen sie nicht? Warum höre ich nichts von den verprügelten Kirchenältesten? Es scheint, als ob die perlgraue Luft des Wartens überdrüssig ist, als ob der Frühling jeden Augenblick beginnen kann, denn sogar in meinem Zimmer spüre ich ihn. Im Garten hat die Amsel von fünf bis sieben ununterbrochen gesungen, trotz der Schäden, die der Sturmwind am Nest, das nun vom Weibchen ausgebessert wird, verursacht hat. So weit ich sehen kann, sind Vögel dabei, ihre Nester auszubessern, und ständig ziehen Schwärme von Staren und Gänsen über das Grau. Ich höre meine Mutter im Wohnzimmer umhergehen, ich höre sie singen, und das verwundert mich, weil ihre Stimme nicht weit trägt, seitdem sie so krank ist. Sie singt: »Möcht ich zum Altar Gottes wallen, ich jauchzt in meinem Gott vor Freud«, und der Text wie auch die mit einem Mal wieder klangvolle Stimme, die weder stockt noch aus der Melodie kommt, scheinen etwas anzukündigen, das ich mir weder vorstellen kann noch will. Als ich die Treppe hinuntergehe und das Wohnzimmer betrete, singt sie noch immer; diesmal läßt ihr Gedächtnis sie nicht im Stich, und einen Moment lang glaube ich, daß sie plötzlich auf dem Wege der Besserung ist. Dieser Augenblick ist wie ein Blitzstrahl in einer dunklen Nacht, die nach diesem kurzen Lichtschein eine Zeitlang noch viel dunkler ist. Sie steht am Fenster und betrachtet ebenfalls den so fernen, grauen Himmel. Sie scheint mich weder zu sehen noch zu hören, sie singt einfach, leiser nun und wieder denselben Vers, und als sie die Worte »Ach, wann werd ich dort niederfallen? Wann wird, mein Gott, vor Dir erschallen, von meiner Harfe, Dir geweiht, Dein Lob der Herrlichkeit?« gesungen hat, geht sie gefaßt zum für sie schon seit geraumer Zeit ins Wohnzimmer gestellten Bett. Sie legt sich ins Bett und wiederholt in unregelmäßigen Abständen diese altmodischen Psalmverse, die plötzlich eine reiche Bedeutung und einen tiefen Inhalt zu haben scheinen. Ich nehme ihre Hand in die meine, und sie sieht mich zwar an, aber erkennt mich anscheinend nicht, obwohl sie ihre Hand ergeben in meiner ruhen läßt. »Mutter«, sage ich. Sie reagiert nicht, sie liegt nur da mit weit geöffneten, glänzenden Augen. Ab und zu bewegen sich ihre Lippen, aber es kommen keine Worte mehr. Die schwere Wanduhr tickt mit sonderbarer Beständigkeit. Über dem Reetland zieht ein Schwarm Singvögel vorbei, die kurz den Himmel verfinstern, so viele sind es. Der perlgraue Himmel wird im Laufe des Nachmittags langsam dunkler. Ich blicke einfach nur hinaus und sehe manchmal nach meiner Mutter, ich sitze ganz still neben ihr, und ich habe das Gefühl, daß es für immer so bleiben wird, daß dies jetzt die Ewigkeit ist. Vielleicht müßte ich jemanden dazuholen, einen Arzt zum Beispiel oder die Krankenschwester, aber ich bringe es nicht einmal fertig, aufzustehen oder auch nur meinen Platz zu wechseln. Weder draußen noch drinnen verändert sich etwas, nur Vogelschwärme ziehen immer wieder vorbei, so daß ich nichts anderes tue, als mit angehaltenem Atem zuzusehen, wie der graue Himmel immer dunkler wird, unter dem alles so nichtig und leer erscheint. Ich weiß nicht, warum ich nichts anderes denken kann, als daß das Dunklerwerden der Grautöne und das Nachlassen der Lebenskräfte meiner Mutter einander entsprechen, so daß sie erst am Abend, wenn es völlig dunkel ist, sterben wird. Vielleicht denke ich es, um einen Aufschub des Unvermeidlichen bis zum Abend zu bewirken, oder weil ich hoffe, daß es erst geschehen wird, wenn es dunkel ist, so daß ich es nicht genau sehen kann. Sie atmet noch, aber so flach, daß sich ihre Brust kaum bewegt. Am späten Nachmittag hebt sie plötzlich den Kopf für einen Moment, sie seufzt zweimal kurz, dann gleitet ihr Kopf zur Seite, und im selben Augenblick sehe ich, wie ein Schwarm Regenbrachvögel über das dunkle Schilf zieht. Regenbrachvögel sind so selten, so außergewöhnlich, daß ich zum Fenster eilen möchte, um sie besser sehen zu können, aber ich tue es nicht, ich denke nur: Sie ist in dem Augenblick gestorben, als die Regenbrachvögel vorüberzogen, und seltsamerweise tröstet mich dieser Gedanke.

Samstag

Man könnte es so sehen: ich bin, wie mir meine Mutter so oft unaufgefordert erzählt hat, an einem grauen Samstag geboren; sie ist an einem grauen Samstag gestorben, heute ist wieder Samstag, und wieder ist der Himmel mit demselben transparenten, beständigen, nirgends helleren oder dunkleren Grau bedeckt. Also wird heute wieder etwas Außergewöhnliches mit mir passieren. Ich weiß, wie absurd und abergläubisch ein solcher Gedanke ist, und doch sehe ich immer wieder zum Himmel hinauf und hoffe, daß er so hellgrau bleiben wird. Es ist, als ob diese Farbe ein Wiedersehen mit Martha verbürgen würde. Aber das Grau allein erscheint mir nicht ausreichend: ich muß außerdem alles unterlassen, was zu der Zeit nach ihr gehört und was ich sonst samstags zu tun pflege. Folglich kann ich nicht in meinem zweiten Rebentreibhaus arbeiten, meinem Privatlabor, das ich im Laufe der Jahre mit Hilfe meines lachhaft hohen Gehalts aufgebaut und ausgestattet habe. Dieses zweite Treibhaus ist für immer mit einem Satz aus einem Roman von Simon Vestdijk verbunden: »Ein Mensch müßte eine Zelle sein, dachte er, ein kleiner Klumpen, der sich zweiteilt, dann wäre alles einfacher.« Als er das schrieb, konnte Vestdijk nicht ahnen, wie nahe er der Realität war, daß es nur noch eine Frage von weniger als einem halben Jahrhundert Forschung sein wird, bis es soweit ist – dann kann man eine Zelle zur Teilung bringen und daraus ein Individuum großziehen, das eine getreue Nachbildung desjenigen ist, aus dessen Körper die Zelle stammt. Aber heute kann ich nichts tun, um der Realisierung dieser Möglichkeit näherzukommen. Warum bin ich eigentlich so anfällig für diesen naiven Aberglauben? Bin ich vielleicht, gerade weil ich eine so streng naturwissenschaftliche Ausbildung genossen habe, anfälliger als andere? Auf jeden Fall kann ich mich, so lächerlich es auch sein mag, einfach nicht dazu durchringen, im zweiten Rebentreibhaus das zu tun, was für den Fortbestand meiner Gewebekulturen eigentlich unerläßlich ist. Morgen werde ich alles nachholen und die Dinge für die Zeit meiner Abwesenheit in Ordnung bringen. Heute darf ich mir die letzte Chance auf ein Wiedersehen nicht entgehen lassen. Deshalb rudere ich, wie ich es früher oft tat, bevor ich zur Schule ging, mit meinem Boot ins Reetland. Selbst mein Weg ist durch die früheren Erinnerungen bestimmt, und so erreiche ich zuerst die Gelbspötterinsel, die ihren Namen diesen hier so zahlreich brütenden Vögeln verdankt. Auf der Insel gibt es ein Fleckchen, wo das Gras im Sommer hoch und saftig ist und die Sonne am Spätnachmittag zwischen den Stämmen alter Weiden hindurchscheint. Wenn man dort an windstillen Tagen im Gras stand und über einen schmalen Wassergraben, der die Insel fast in zwei Hälften teilt, hinwegspähte, konnte man die ganze Welt zweifach sehen, wobei durch das Dunkel zwischen den Stämmen und das spärliche Sonnenlicht ein so trügerisches Gefühl von Verdopplung statt lediglich Widerspiegelung entstand, daß ich immer dachte: nun gibt es zwei Welten, und auf der anderen Welt ist alles gut zwischen Martha und mir. Ich rudere an der Gelbspötterinsel vorbei über den See, quer durch ausgedehnte Seerosenfelder zu einer Ausbuchtung des Röhrichts. Ich lege dort nicht an, sondern rudere an der einzigen Stelle im Reetland vorbei, wo ich zweimal einen Wiedehopf gesehen habe, und die Sonne bricht durch die Wolken, die das Licht matt und geheimnisvoll reflektieren. Noch nie hat mich der Durchbruch der Sonnenstrahlen traurig gemacht, aber heute ist es so. Ich bin nicht normal, denke ich bitter. Hinter dem Wäldchen verberge ich mein Ruderboot vor den Blicken von Vögeln und Menschen in einer Bucht des Stromes. Gut, daß hier so selten Menschen vorbeikommen, höchstens ein paar einsame Angler, die genau wie ich eine Genehmigung haben, durch das Naturschutzgebiet zu rudern.

Ich laufe zum Eichenwäldchen und zu den vereinzelten Birken, deren grauweiße Stämme zwischen dem dunkleren Gehölz seltsam hell hervorleuchten. Ich stehe unter den Bäumen und denke: Hier ist es passiert. Ich weiß noch den Tag und die Stunde, es war mitten im Sommer, und ich lag hier im Wäldchen zwischen mannshohen Brennesseln, in der Mitte des Brennesselfeldes, wo ich einige ausgerissen hatte, so daß ich von einer runden Hecke aus stechendem Grün geschützt war. Ich wollte mich so weit wie möglich aus der Welt zurückziehen; es war in den Sommerferien nach der Versetzung in die sechste Klasse des Gymnasiums, und ich war unglücklicher denn je, ohne genau zu wissen, warum, auch wenn es selbstverständlich mit Martha zusammenhing. Ich lag dort einfach an die Erde gepreßt, als ob ich eine schwere Last zu tragen hätte. Zwischen den Brennesseln hindurch konnte ich das im Sonnenlicht glitzernde Wasser und das sich geduldig regende Schilf überblicken. Ein Segelboot näherte sich so lautlos, daß ich die Stimmen der Insassen deutlich hören konnte. Ein Junge und ein Mädchen; er trug nur eine Badehose, sie einen zweiteiligen Badeanzug.

Sie legten beim Wäldchen an, nicht an der Stelle, wo ich mein Ruderboot versteckt hatte, sondern direkt am baumbestandenen Ufer. Ich wollte aufstehen und rufen: ihr dürft nicht hierherkommen, blieb aber im Dunkeln liegen und betrachtete die gebräunte Haut des Mädchens. Sie war schlank und hatte langes, dunkles Haar. Sie kletterte als erste ans Ufer, stand da im Sonnenlicht, und mir wurde warm bei ihrem Anblick. Auch der Junge kam ans Ufer. Er ging mit einem langen Tau zu einer Weide und wickelte es ein paarmal um den Baum. Dann standen sie dort im Sonnenlicht. Ich schaute fast direkt in die Sonne, so daß die beiden schwarz erschienen, weil meine Augen soviel Licht nicht vertragen konnten. Sie gingen einige Meter, und ich konnte sie nun besser sehen.

»Was für ein herrliches Fleckchen«, sagte sie.

»Ja«, sagte er heiser.

Sie standen einfach da, ziemlich weit auseinander, sahen sich zaghaft und verlegen an, zwei unbewegliche Gestalten inmitten von allem, was vom Wind in Bewegung gehalten wurde.

»Darf ich . . . möchtest du . . .«, sagte er.

Aber er wagte es nicht, weiterzureden. Für sie brauchte er es auch nicht, sie legte das Oberteil ihres Bikinis ab, sie ließ es mir nichts, dir nichts zwischen die gelben Blüten des Klappertopfs fallen und legte, noch während das Kleidungsstück fiel, die Hände auf ihre Brüste. Aber ich hatte dennoch gesehen, wie klein und fest sie waren. Sie neigte den Kopf zur Seite, so daß ihr langes Haar frei herunterfiel, und wiegte sich langsam hin und her. Auf ihrem Körper verästelten sich Schatten. Sie wandte sich ab, so daß ich ihren Rücken sehen konnte. Hatte sie Muttermale auf dem Rücken? Waren es dunkelbraune Pickel oder nur die Schatten der kleinen Blätter? Aber sie stellte sich wieder so, daß sie mir ihr Gesicht zuwandte, ohne mich zu sehen; die Brennesseln und die Dunkelheit unter den Bäumen verbargen mich. Langsam nahm sie die Hände von den Brüsten. Ich fand diese kleinen, straffen, so absolut nicht hängenden Brüste sehr schön, und ich starrte auf diesen prachtvollen Körper, bis mir die Augen weh taten.

»Und jetzt . . .«, sagte er mit belegter Stimme.

»Erst du«, sagte sie in neckendem Ton.

Sie war weniger nervös als er. Mit einem Ruck zog er seine Badehose herunter, ich konnte ihn nicht richtig sehen, er stand genau zwischen mir und der Sonne. Ich sah nur einen gebräunten, behaarten Teil seiner Waden zwischen den hellgrünen Stengeln der Brennesseln. Er stand im hohen Gras zwischen Kuckuckslichtnelken. Er ging einen Schritt auf sie zu. Sofort wich sie einen Schritt zurück, so daß der Abstand zwischen ihnen wieder der gleiche war.

»Möchtest du, daß ich auch mein Höschen ausziehe?«

»Ja«, sagte er leise.

Langsam zog sie ihr Höschen aus. Ich sah nur einen dunklen Fleck zwischen ihren Beinen, und das nicht lange; sie gingen nämlich plötzlich aufeinander zu und umarmten sich, aber nur mit ihren Oberkörpern, denn zu ihren Füßen hin wichen ihre Körper immer weiter auseinander. Mit jedem Kuß jedoch verringerte sich der Abstand zwischen ihren Körpern, schoben sich ihre Füße näher aufeinander zu, so daß sie, nachdem sie sich vielleicht fünf- oder sechsmal lange geküßt hatten, eng aneinandergedrückt standen. Er bewegte seine Hände vorsichtig über ihren Körper - ein Reiher schreitet im flachen Wasser nicht so vorsichtig -, während sie nur die Hände hinter seinem Kopf verschränkt hatte. Sie redeten nicht miteinander. Beim Streicheln krümmten sich seine Finger mehr und mehr, als ob er etwas festhalten wollte, und sie ließ ihre Hände langsam hochgleiten, bis sie ihm plötzlich im Haar wühlte. Dann ließen sie sich los und entfernten sich einige Schritte voneinander. Sie sahen sich nicht an. Jeder blickte in eine andere Richtung über das Wasser, sie standen da, so wie Lachmöwen dastehen können, die weißen Hälse einander zugewandt, die schwarzen Köpfe mit dem Schnabel abgewandt. Aber sie standen nicht lange so. Sie liefen plötzlich aufeinander zu, sie fiel eher als er in das hohe Gras mit den gelben Klappertopfblüten, er lag auf ihr, und ich konnte nicht sehen, was geschah, weil sie hinter meiner sicheren Hecke aus Brennesseln lagen. Ich hörte nur ihr leises Gemurmel, und ihre Stimmen klangen bekümmert und fast resigniert, so, als ob sie wüßten, daß sie nicht mehr zurückkonnten, auch wenn sie gewollt hätten.

»Sollen wir es tun?« sagte er.

»Nein«, sagte sie.

»Warum nicht?«

»Ich habe Angst.«

»Warum?«

»Es tut weh beim ersten Mal.«

»Ich werde ganz vorsichtig sein.«

»Kinder . . .«, sagte sie.

»Nicht, wenn man es zum ersten Mal tut.«

»Ja?«

»Ja.«

Ich hörte sie seufzen. Mein Herz hämmerte so laut, daß ich meine Hand auf die Brust legte, um den Lärm zu dämpfen. Ich knabberte an einem dürren Grashalm, ich hörte keine anderen Geräusche als das Plätschern des Wassers und das Rauschen des Schilfs. Nach einiger Zeit standen sie auf. Er zog seine Badehose an, sie ihren Bikini. Sie gingen zum Segelboot.

»Wie fandest du es?« fragte er mühsam.

»Schön«, sagte sie, »es hat überhaupt nicht weh getan.«

»Nein?« fragte er erfreut.

»Nein«, sagte sie.

Sie setzten sich auf den Rand des Segelboots und ließen die Füße ins Wasser hängen. Das Boot neigte sich leicht zur Seite. Sie saßen dort lange im Sonnenlicht, so lange, daß mir die Gliedmaßen einzuschlafen begannen und ich mich einfach ein wenig bewegen mußte, aber das verursachte nicht mehr Lärm als ein Bläßhuhn im Unterholz. Sie saßen Hand in Hand mit gesenkten Köpfen auf dem Boot, dessen Segel gerefft waren. Endlich fuhren sie weg, und während ich meine eingeschlafenen Beine massierte, wußte ich, daß es nichts gab, was ich lieber getan hätte, als mit einem Mädchen im Sommersonnenlicht übers Wasser zu einem verschwiegenen Plätzchen unter den Bäumen zu rudern, wo auch ich so handeln könnte wie der Junge. Von nun an würde ich das alles mit meinem Verlangen nach Martha vereinbaren können, denn so war es gut, so war es anders als bei den Kühen und Pferden auf den Wiesen. Und worüber ich mich am meisten freute, war der unverkennbare Unterton von Traurigkeit bei allem, was sie getan hatten – vor allem die Traurigkeit machte es annehmbar, mehr noch als ihre Scheu oder ihr Zaudern.

Ich radle über den Treidelpfad. Ich will nicht mit dem Auto zur Schule fahren, denn das würde zu einem möglichen Wiedersehen nicht passen. Wenn ich nicht radle, schmälere ich meine Chance auf ein Wiedersehen. Früher habe ich sie auch immer nach einer langen Radtour gesehen. So soll es auch jetzt sein. Aber die rotglühenden Wolken über den zugewachsenen Gräben und Tümpeln in den Wiesen, eine Art Abenddämmerung mitten am Tag, verheißen nichts Gutes. Warum ist die Wolkendecke aufgerissen? Warum hat das Grau diesem unnatürlichen Rot weichen müssen? Nachdem ich eine gute halbe Stunde am Wasser entlanggeradelt bin, erreiche ich eine Vorstadt mit Hochhäusern, zwischen denen überall junge Familien herumbummeln – sie mit dem Kinderwagen, in dem man das zweite Kind mitunter liegen sehen, mitunter hören kann, er mit dem ersten an der Hand, einem Kind, das quengelt und unermüdlich versucht, irgend etwas aufzuheben, so daß es die meiste Zeit wie ein Hund mitgezerrt wird. Wenn es keine Kinderwagen sind, sind es Einkaufstaschen. Ich gehe niemals einkaufen, nie. Der Bäkker legt jeden Tag Brot in die Waschküche. In meinem Gemüsegarten baue ich Kartoffeln und Gemüse an. Außerdem stehen dort Obstbäume. Milch, Butter und Käse beziehe ich von meinem nächsten Nachbarn, einem Kleinbauern.

Der Anblick dieser betriebsamen, sich hingebungsvoll ihren Einkäufen widmenden Menschen stimmt mich so vergnügt wie lange nicht mehr. Was für gnadenlose Kümmernisse, was für ein Schicksal, jeden Samstagnachmittag mit solchen Taschen oder solchen Wagen über breite Bürgersteige gehen zu müssen, auch wenn es jetzt, in diesem milden Oktobersonnenlicht, vielleicht weniger schlimm sein mag, als wenn es nieselt oder kalt ist. Je näher ich der Innenstadt komme, um so geringer wird die Betriebsamkeit und um so höher das Alter der einkaufenden Menschen. Kinderwagen sehe ich nur noch bei Fußgängerampeln, wo sie lange auf das grüne Licht warten. Die Kinderzucht scheint sich doch hauptsächlich in den Wohnsilos der Vorstädte abzuspielen, wo junge Ehepaare meist hoch über der Erde wohnen.

Vor der Schule parken Dutzende von Autos. Die Schulglocke läutet. Menschen gehen hastig über den Schulhof zum Eingang. Auch ich eile, nachdem ich mein Rad an ein abgestorbenes, aber noch immer mit einem Pfahl gestütztes Kastanienbäumchen gelehnt habe, zur Schulpforte. Ich will mich ans Fenster stellen und ihr Kommen beobachten, so wie früher. Ich stehe in der Eingangshalle neben einem großen Aquarium, in dem früher tropische Fische verkümmerten und nun nervöse Reisfinken ständig gegen die Scheiben fliegen.

»Tag, Maarten.«

Ich kenne den Mann nicht. Er hat stumpfes rotes Haar und Sommersprossen. Er redet unbekümmert auf mich ein, ohne sich durch meine kurzen Antworten und meinen suchenden Blick, der unablässig auf die eintreffenden Teilnehmer gerichtet ist, verdrießen zu lassen. Ein dritter Mann gesellt sich zu uns: »Tag, Theo, Tag, Maarten.«

Theo, das ist Theo, ausgerechnet er! Ein gutes Omen! Mit ihm hat alles angefangen! Ob sie also wirklich kommt?

Natürlich kommt sie nicht. Früher war sie ja auch nie auf den Schulfesten, die ich nur deshalb besucht habe, weil ich sie sehen wollte. Ihre Freizeit benutzte sie ausschließlich zum Klavierüben. Nein, natürlich kommt sie nicht. Obendrein hat sie jetzt noch Kinder. Was habe ich hier zu suchen? Warum muß ich schon wieder auf diese Tafel blicken mit den banalen Mitteilungen: B 5 vierte Stunde Jansen, warum diesen Hausmeister wiedersehen mit seinem stechenden Blick in den kleinen Augen? Warum muß ich mir die Fragen des dritten Mannes anhören, den ich ebenfalls nicht wiedererkenne?

»Noch immer in der Biologie? Tja, ich habe es aufgegeben. Drei Monate war ich in Delft, dann habe ich das Handtuch geworfen. Was machst du jetzt? Sicher irgendwo vor der Klasse stehen in einer beschissenen Provinzschule? Oder studierst du noch? Und noch immer genauso schweigsam?«

Sie kommt nicht, denke ich, sie kommt nicht. Die Reisfinken fliegen ständig gegen die Scheiben des Aquariums, in der Eingangshalle ist soviel Betrieb, daß sie keinen Augenblick mehr Ruhe haben. Wenn ich doch jemandem Bescheid sagen könnte. Warum hat denn hier kein Mensch an die Reisfinken gedacht? Warum sind die Rosensträucher dort neben den breiten Platten des Einganges so vernachlässigt und nicht gestutzt? Warum ist sie nicht da? Warum kommt sie nicht? Ich möchte sie so gern noch ein einziges Mal sehen. Ich habe ja nur noch zwölf Tage zu leben. Es ist bereits nach zwei. Wohl besser, ich gehe wieder. Nein, ich werde warten, bis um halb drei die Unterrichtsstunden der ehemaligen Lehrer für ihre ehemaligen Schüler anfangen. Das wird sie sich doch nicht entgehen lassen? Wieder werde ich von alten Bekannten begrüßt, die für mich Fremde sind. Warum kennt mich nur jeder und ich niemanden mehr? Vielleicht ist sie schon hier vorbeigegangen, und ich habe sie nicht wiedererkannt? Nein, das kann nicht sein, das ist unmöglich. Ich erkenne all die anderen nur deswegen nicht, weil ich nur auf sie warte und nicht die geringste Aufmerksamkeit für all diese so kläglich gealterten Gesichter aufbringen kann. Warum ist sie nicht da? Ich merke plötzlich, daß ich meinen Mantel noch anhabe. Ob die Garderobe noch immer hinten im Keller ist? Ich gehe die Treppe hinunter und sehe im Vorbeigehen, daß auch in der Cafeteria viele Menschen sind. Weil mir der Gedanke kommt, daß sie vielleicht dort sein könnte und ich die ganze Zeit in der Eingangshalle umsonst gewartet habe, beginne ich plötzlich zu rennen. So schnell wie möglich komme ich aus dem Keller zurück, nachdem ich meinen Mantel aufgehängt habe. Ich stehe vor der Schwingtür, die ich aufstoßen muß, um in die Cafeteria hineinzugehen. Meine Füße lasten schwer auf der Matte aus schwarzen Gummiringen. Warum traue ich mich nicht, die Tür aufzustoßen? Angst vor der Enttäuschung, daß sie auch dort nicht sein wird? Angst vor so vielen Menschen in einem kleinen Raum? Hinter mir ist ein alter Mann, der auch in die Cafeteria will, also bleibt mir nichts anderes übrig, als die Schwingtür aufzustoßen.

Da steht sie.

Ich bemerke sie sofort, obwohl sie in einer dunklen Ecke, halb hinter den Vorhängen verborgen, inmitten vieler Menschen steht. Aber meine Augen haben sie ohne Zögern entdeckt. Wie sie sich verändert hat! Wie sie dieselbe geblieben ist! Noch immer dieses breite, heitere Gesicht, wenn auch stark camoufliert durch das viel schlichtere, glatt herabfallende Haar. Daß sie so ganz anders aussieht, ist eigenartigerweise weniger schmerzlich als die Tatsache, daß ihre Schwester ihr so ähnelte, ihrem früheren Selbst mehr glich als sie selbst nun. Übrigens: wie sehr sie sich auch verändert hat: ihr Profil ist noch immer dasselbe, und sie lacht noch immer auf dieselbe Art: ein Lächeln, in dem sich etwas Wehmütiges mit einer heiteren, unerschütterlichen Freude mischt. Und während ich sie ansehe, ist mir, als würden alle meine Probleme, und nicht nur meine, sondern alle Probleme dieser Welt, gelöst werden, wenn wir zusammen weitergehen könnten. Sie unterhält sich mit einer kleinen

Frau aus ihrer Klasse. Noch immer sind ihre Gesten so unaufdringlich und gelassen, als ob in ihrem Umkreis das Leben langsamer verliefe, als ob um sie herum alles träumerisch würde, als ob die Zeit selber ihren Schritt für sie einhielte. Sie blickt auf, sie sieht mich, sie erkennt mich; ich wende den Kopf ab und gehe wie ein Blinder mitten durch die Cafeteria, stoße dabei gegen Tische und remple Menschen an. Ich gehe durch diese schwatzende Menge, ohne auf irgend etwas oder irgend jemanden Rücksicht zu nehmen, und ich bin darüber erstaunt, daß ich, glücklicher jetzt, als ich es vielleicht zwölf Jahre lang gewesen bin, mir am liebsten einen Platz suchen würde, wo ich weinen kann. Aber da steht Johan Koster, der einzige Junge, mit dem ich im Gymnasium befreundet war. Er redet mit seiner Frau, auch ein Mädchen aus ihrer Klasse. Er sieht mich, grüßt und sagt fröhlich: »Tag, Maarten, ich habe ein reizendes Mädchen gesehen.«

»Ja«, sage ich, »ich auch.«

»Ich habe sie nicht wiedererkannt, so hat sie sich verändert.«

»Sie hat sich nicht verändert.«

»Sie kam zu mir und sagte: ›Tag, Johan‹, und ich dachte: was für ein hübsches Mädchen. Dann fing sie ein Gespräch an, aber ich wußte nicht, wer sie war, und sagte zu ihr: nicht sagen, wer du bist, laß mich raten, aber ich konnte es doch nicht erraten, ich konnte nur zu ihr sagen: du bist früher bestimmt das hübscheste Mädchen in deiner Klasse gewesen.«

Er hat mit ihr geredet! Warum muß ich mir jetzt die Fingernägel in die Handflächen drücken, um nicht aufzuschreien? Warum bin ich jetzt eifersüchtig auf einen Jungen, der immer besonders freundlich zu mir gewesen ist? Mit mir will sie natürlich nicht reden. Warum sollte sie auch? Ich gehe zurück, um einen Platz zu finden, von wo ich sie unbemerkt beobachten kann. Sie trägt einen schwarzen Hosenanzug, der ihr ausgezeichnet steht. Aber was steht ihr eigentlich nicht, sie kann alles tragen. Sie raucht! Das hat sie früher nie getan. Ich wage es nicht, sie richtig anzusehen, soviel Freude ich auch dabei empfinde. Wie unangenehm wird es ihr sein, daß ich sie immer nur ansehen will, aus keinem anderen Grund hierhergekommen bin. Ich stehe hinter einem Vorhang bei einem Fenster. Sie ist nun allein. Nichts Einfacheres, als zu ihr hinzugehen und zu sagen: »Tag, Martha.«

Aber ich traue mich nicht. Jemand stößt mich unabsichtlich in den Rücken. Ich muß einige Schritte in ihre Richtung machen. Plötzlich blickt sie mich an und lächelt. Mit schnellen Schritten kommt sie mir entgegen und sagt: »Dir will ich auch noch die Hand drücken.«

Zum ersten Mal im Leben geben wir uns die Hand. Um die Kuppen von Mittel- und Ringfinger trägt sie kleine Pflaster. Gegen die Nikotinflecken? Sonderbar glücklich fühle ich mich, als ich ihr die Hand gebe, sonderbar ergriffen, und meine starre, abweisende Haltung, die so viele Menschen befremdet, verschwindet im Nu. Ich bin ein normaler Mensch, genau wie alle anderen Menschen.

»Du bist schon Professor«, sagt sie bewundernd.

»Ja«, sage ich, »aber du hast schon zwei Kinder.«

»Ja«, sagt sie, »du bist noch nicht verheiratet?«

»Nein. Du hast das Konservatorium besucht nach dem Abitur?«

»Ja, aber ich habe es wieder bleibenlassen.«

»Ehe man aber auch mit dem Klavierspielen als Hauptfach etwas erreicht«, sage ich, »als Geiger kann man immer noch in einem Orchester spielen, aber als Pianist muß man entweder Solist werden, und dann muß man außerordentlich gut sein, oder man muß unterrichten.«

»Nein, das war es nicht«, sagt sie, »vielleicht hätte ich ja etwas erreichen können, aber ich war doch schon so verschlossen, und wenn ich dann noch jeden Tag soundso viele Stunden am Klavier hätte sitzen müssen, hätte ich mich völlig in mich selbst zurückgezogen.«

So viele Worte habe ich nun schon mit ihr gewechselt, mehr als alles, was ich früher mit ihr geredet habe. Ich rede mit ihr, ich rede ganz normal mit ihr, und obwohl wir über nichts Besonderes sprechen, bekommen die dreißig Jahre meines Lebens plötzlich Glanz und Farbe.

»Ich hoffe«, sagt sie, »daß Jannie und Tinie auch kommen. Sie haben es weit gebracht, sie wohnen in Amsterdam, da haben sie auch studiert. Soll ich dir mal was gestehen: ich bin noch nie in Amsterdam gewesen. Schrecklich, findest du nicht?«

Ich denke: Wenn du mit mir verheiratet wärst, wärst du bestimmt schon in Amsterdam gewesen, du wärst überall auf der Welt gewesen, wohin du nur gewollt hättest. Ich sage: »Amsterdam ist nicht so schön, London ist schön, es ist hübscher, alle Plätze sind dort Gärten.«

Sie versteht es nicht, kann es nicht verstehen, denn sie fürchtet sich nicht vor leeren Plätzen. Sie hat sich die Augen leicht geschminkt, und sie ist einen Kopf kleiner als ich. Das erstaunt mich. Ich habe immer geglaubt, sie sei genauso groß wie ich. Warum weiß ich jetzt nicht mehr, was ich sagen soll? Sie sagt: »Ich sehe mich mal weiter um.«

Daß es noch so intakt geblieben ist, so völlig unversehrt, ein Gefühl, das doch unstofflich und flüchtig ist und für das nicht einmal Worte existieren, das höchstens musikalisch ausgedrückt werden kann wie in der Arie *Non so più* von Mozart und im Adagio von Bruckners *Sechster*, und auch dort nur annäherungsweise, Klänge, die es eher heraufbeschwören als artikulieren. Ich bin darüber erstaunt und zugleich außer mir vor Freude – das ist das einzige, worum es geht, denke ich während der Biologiestunde bei meinem ehemaligen Lehrer, das einzige, das dem Leben einen Sinn gibt. Alles andere ist nicht einmal nebensächlich, sondern überflüssig. Versonnen und betrübt und glücklich denke ich an sie, während die anderen über Witze lachen, die mir entgehen. In der zweiten Unterrichtsstunde, beim Niederländischlehrer, steht sie im selben Klassenzimmer an eine

Wand gelehnt, weil alle Bänke besetzt sind; ich muß mich zwingen, sie nicht unentwegt anzusehen. Aber ich will keinen einzigen Gesichtsausdruck versäumen, ich will jede Bewegung der Fältchen um Mundwinkel und Augen registrieren, jedes Lächeln festhalten, jedes Stirnrunzeln in mich aufnehmen, um das alles für immer verfügbar zu haben wie eine Sammlung, die ich wehmütig hüte. Ich weiß zwar, daß ich diese Sammlung nie aktiv zur Verfügung haben werde, denn ich habe mir ihr Gesicht noch nie ganz vorstellen können, aber manchmal werde ich sie doch sehen, im Traum oder beim Übergang zwischen Wachen und Schlafen oder umgekehrt, und je mehr ich nun sammle, desto größer ist vielleicht die Chance, daß diese seltenen Momente ganz kurz aus den unzugänglichen Erinnerungen heraufleuchten.

Der Niederländischlehrer ruft mich nach vorn.

»Was ist das beste Buch von Simon Vestdijk?«

Jetzt gilt es, eine komische Antwort zu geben, genau wie die, die vor mir an der Reihe waren. Ich stehe Martha direkt gegenüber, ich sehe sie an und sage: *»Die letzte Chance.«*

Die anderen lachen fröhlich. Es macht nichts, daß die Antwort weder witzig noch unsinnig ist, denn in der Stimmung, die mittlerweile eingetreten ist, löst jede Antwort ausgelassenes Gelächter aus. Doch ich fühle, wie mir das Blut in die Wangen steigt; ich sehe sie unverwandt an, ich kann nicht anders, und sie lächelt und schlägt kurz die Augen nieder. Glücklicherweise ist im nächsten Moment ein Fotograf zur Stelle, der sich zwischen mich und sie postiert und ein Bild von ihrer Gruppe macht. Dieses Foto muß ich um jeden Preis haben. Und das Negativ. Ich werde tausend Abzüge davon machen lassen, es vergrößern, ich werde es im Wohnzimmer aufhängen, in meinem Arbeitszimmer, im zweiten Rebentreibhaus. Es ist, als ob ich das Foto vor mir sähe, während ich sie anblicke und mich krampfhaft bemühe, die erwarteten humorvollen Antworten zu geben. Ich darf mich setzen, und sie sieht mich an, ruhig, freundlich, ohne Vorwurf oder Abscheu.

Nach den Unterrichtsstunden wandere ich durch die Flure des Schulgebäudes, ohne ihr zu begegnen. Ich gehe in die Cafeteria. Sie steht bei Johan Koster und unterhält sich mit seiner Frau. Ich stelle mich zu Johan, und als er Kaffee holt und seine Frau zur Toilette geht, bin ich wieder mit ihr allein. Um etwas zu sagen, frage ich: »Hast du jetzt ein eigenes Klavier?«

»Nein, aber es kommt bald, wir haben eins gekauft, wir sind jetzt aus dem Gröbsten raus.«

»Was für ein Klavier?«

»Ein altes deutsches Klavier, so ein großes schwarzes, wir werden es weiß streichen.«

»Aber ein weißgestrichenes Klavier läßt sich doch nicht mehr so leicht verkaufen?«

»Wir verkaufen es nicht, wir kaufen es«, sagt sie lachend, »es ist ein gebrauchtes, glaub nur nicht, wir könnten uns ein neues leisten. Spielst du auch ein Instrument?«

»Nein«, sage ich, »ich spiele nur Platten.«

»Bestimmt klassische?«

»Ja.«

»Die ganze Klassik, davon mußt du runter, Popmusik kann so toll sein.«

»Was wirst du spielen auf diesem deutschen Klavier?«

»Mendelssohn und Mozart und Brahms. Brahms ist so herrlich wehmütig. Aber . . . ich habe ein Foto dabei von meinen Kindern. Wenn du mal eben meine Tasche hältst, kann ich es herausholen. Schau, hier sind sie.«

Ich sehe einen kleinen Jungen und ein kleines Mädchen. Sie haben keine Ähnlichkeit mit ihrer Mutter. Martha sitzt hinter dem Jungen und dem Mädchen. Wie anders sie auf diesem Foto ist. Als hätte jemand sie zu zeichnen versucht, der nicht genau wußte, wie sie aussieht. Johan und seine Frau sind inzwischen wieder da und bewundern die Kinder.

»Was für reizende Kinder, Martha!«

»Findet ihr?«

»Hast du auch ein Foto von deinem Mann dabei? Ich habe deinen Mann noch nie gesehen.«

»Aber du«, sagt Johan, »nicht wahr, Maarten?«

»Ja«, sage ich kühl.

Ich sehe den vierschrötigen, dunkelhaarigen, so treffend mit einem Schnäuzer ausgestatteten Mann vor mir. Wie leicht kann ich mir das Bild dieses Mannes vergegenwärtigen, obwohl ich ihn doch nur einmal gesehen habe. Zum Glück hat sie kein Foto von ihrem Mann. Sie bittet mich, ihr Kaffee und ein paar belegte Brötchen zu holen. Aber die Brötchen sind fast alle; ich kann nur noch ein halbes Schinkenbrötchen auftreiben und bringe es ihr.

»Ich werde es mit dir teilen«, sagt sie, »weil du so fürsorglich bist. Wenn ich es gegessen habe, gehe ich nach Hause. Ich kann die Kinder nicht so lange allein lassen.«

Jetzt habe ich sogar Gelegenheit, zu studieren, wie sie ißt. Sie blickt zu mir auf, mit einem klugen und heiteren Lächeln. Ob sie weiß, was in mir vorgeht?

»Mach's fein, Maarten.«

»Mach's gut, Martha.«

Wie lächerlich, so nachdrücklich den Namen des anderen zu nennen, aber ich weiß, daß auch das etwas sein wird, auf das ich später mit wehmütiger Freude zurückblicken kann, und zum zweiten Mal in meinem Leben drücke ich ihr die Hand und sehe ihr einen Moment unbefangen in die Augen. Ihr Lächeln hat etwas freundlich Spottendes, aber es ist auch Mitleid in ihrem Blick, mit dem sie mich noch einmal forschend mustert.

Frühjahr

Der Frühling war schon so weit fortgeschritten, daß sich die Stengel des Pestwurzes unter dem Gewicht der Rispen bogen. Manche Stengel waren bereits geknickt; dann lagen die Rispen auf dem Treidelpfad, und ich konnte ihnen kaum ausweichen. Seltsam: ein Blütenstand, der seine eigene Zerstörung bewirkt und das anschließend durch riesige Blätter camoufliert. Es war ein Frühjahr mit viel Nebel über dem Wasser und spärlichem Sonnenlicht nur dort, wo die Nester der Haubentaucher trieben, ein Frühjahr, das so intensiv duftete, daß man noch weit hinter den Häusern am Ende des Treidelpfades dieses fast Fieber verursachende Prickeln beim Einatmen des frischen Duftes spürte. Aber an diesem Morgen hatte ich soviel Wind im Rücken, daß der Duft sogar noch auf dem Schulhof vorhanden war; derselbe Wind sorgte auch dafür, daß ich viel zu früh ankam und, weil ich nicht auf dem leeren Schulhof bleiben wollte, schon zum Flur im ersten Stock ging. Vor unserem Klassenzimmer stand Theo am Flurfenster, das auf den Schulhof hinausging, und die schwachen Lichtreflexe der Scheibe erhellten nur seine Sommersprossen und sein rotes Haar. Warum stand er da? Welchen Grund hatte er, so angestrengt auf den Schulhof zu spähen? Ich stellte mich schräg hinter ihn und folgte seinem Blick. Ob er auf jemanden wartete? Er wühlte mit den Händen in den Hosentaschen, scharrte unablässig mit den Füßen. Um die Ecke des Schulhauses kamen ständig Schüler, die mit ihren Rädern quer über den Hof fuhren, aber ihnen folgten seine Blicke nicht. Soweit ich feststellen konnte, fixierte er die Ecke, und das erwies sich in der Tat als zutreffend, denn erst in dem Augenblick, als zwei Mädchen um die Ecke bogen, bewegte er den Kopf. Anders als die meisten Schüler stiegen die beiden Mädchen, so wie es vorgeschrieben war, sofort ab und gingen über den Schulhof zum Eingang, beide Hände am Lenker, so unnötig das auch war. Aber so gehen Mädchen nun mal, wenn sie ein Fahrrad schieben.

»Da ist sie«, rief Theo laut.

»Wer?« fragte ich.

»Martha, dort, das Mädchen im blauen Mantel. Früher in der Volksschule waren wir in derselben Klasse.«

Die beiden Mädchen wurden von beiden Seiten fortwährend überholt von Radlern, die das Verbot nicht beachteten, und dadurch hatte es den Anschein, als ob sie auffallend langsam in einem schnellen Strom vorankamen. Aufmerksam beobachtete ich das Mädchen im blauen Mantel. Der Wind, der mich so schnell zur Schule geführt hatte und gegen den sie vielleicht hatte anstrampeln müssen, hatte wohl diese hochrote Farbe auf ihren Wangen verursacht und bestimmt auch das lockige Haar so in Unordnung gebracht. Als sie die Rampe zum Fahrradkeller hinunterging, den Körper leicht zurückgebogen, konnte ich genau auf ihre Locken blicken.

»Sie kommt gleich hier vorbei«, sagte Theo, »in der ersten Stunde sind sie im Nebenraum. Sie ist in unserer Kirche.«

Was sollte diese überflüssige Mitteilung? Ich sagte nichts. Wir standen schweigend im Gang.

Ständig gingen Jungen und Mädchen an uns vorüber, die im schräg einfallenden Sonnenlicht, das eine Menge Staub enthüllte, lange Schatten vor sich her zu bewegen schienen. Ihr Schatten näherte sich so unauffällig, daß ich sie erst bemerkte, als sie ganz nahe war. Sie trug ein rotes Kleid mit kurzen, unterbrochenen weißen Streifen, die sich bei jedem Schritt leicht verschoben. Mit der Rechten hielt sie eine schwere Tasche umklammert, und ihren durch das noch immer zerzauste Lockenhaar so groß wirkenden Kopf hatte sie nach links geneigt, als ob sie das Gewicht der Tasche ausgleichen wollte. Sie kam mir größer und schlanker vor als vorhin. Sie ging ruhig, fast bewegungslos durch die Schleier aus Staub. Die Röte lag noch immer auf ihren Wangen und lenkte fast die Aufmerksamkeit von ihren dunklen Augen unter den dunklen Wimpern ab. Aber sobald ich diese Augen gesehen hatte, mit denen sie mehr in sich selber hineinschaute als auf das, was sich draußen abspielte, vergaß ich die roten Wangen, und einen Moment lang war es, als ob alles stillstehen und ich beklommen ein Foto betrachten würde, von dem ich meinen Blick nicht mehr abwenden konnte. Dennoch wurde mir bewußt, daß ich ihr nachsah und dem Foto noch diesen leichtfüßigen, ruhigen, schwebenden Gang hinzufügen konnte, weil mich nun weder die roten Wangen noch die Augen ablenkten.

»Ein nettes Mädchen, findest du nicht auch?« sagte Theo.

»Ja«, sagte ich.

»Ein verdammt nettes Mädchen.«

So wurde es ihr Frühling, der am Treidelpfad, wo der Wiesenkerbel den Pestwurz zu verdrängen suchte, gegenwärtig war zwischen den Häusern, aber verschwand, weil nur hier und da Gemeines Kreuzkraut, das das ganze Jahr hindurch blüht, zwischen den Pflastersteinen wuchs, so daß auf dem Schulhof sie der Frühling war, jeden Tag von neuem, wenn ich im ersten Stock am Fenster stand, um zu beobachten, wie sie auf den Schulhof geradelt kam. Ich ging früher von zu Hause los, um diese intensive Röte zu sehen, diesen seltsamen Blütenstand der Wangen. Ich sah sie im Flur herankommen, manchmal allein, manchmal von Klassenkameradinnen mit schrillen Stimmen und viel Gelächter umringt, an dem sie sich nie beteiligte, weil sie höchstens einmal kurz lächelte, auf die gleiche Art und Weise, in der sie ging, ja schwebte. Sie war fast ein Traumbild. Wenn man sie ansah, konnte man kaum glauben, daß man wach war und im Gang stand. Nur die rote Glut auf ihren Wangen schien von jenem unwirklichen, allzu mühelosen Gehen losgelöst zu sein.

Schon von diesem ersten Tag an wollte es mir nicht gelingen, mir ihr Gesicht ins Gedächtnis zu rufen. Was für eine seltsame Qual war das? Die Gesichter ihrer Klassenkameradinnen konnte ich mir ohne große Mühe vorstellen, und sogar an das Gesicht des Mädchens, mit dem sie immer zusammen war, konnte ich mich augenblicklich genau erinnern, wenn ich das wollte. Warum dann nicht an ihres? Erst als ihr Frühling vorbei war und ich in den Sommerferien, in denen ich sie selbstverständlich nicht sah, frühmorgens in den noch kühlen Treibhäusern Tomaten pflückte, geschah es bisweilen, daß ich sie, nachdem ich einige Zeit nicht an sie gedacht hatte, plötzlich ganz kurz vor mir sah, oft genau in dem Augenblick, wo ich nach dem fahlen, grünlichen Orange der nächsten pflückreifen Tomate suchte. Und warum löste das jedesmal eine fast beängstigende Unruhe in mir aus? Warum konnte ich ihr Bild nie einfangen, festhalten? Aus lauter Verdruß rieb ich mir ständig über die Stirn, so daß mein Gesicht ganz grün wurde. Zwischen den Tomatenpflanzen hindurch starrte ich ins Reetland hinter dem Treibhaus. Mitunter schüttelte ich schnell den Kopf, um diesen Zwang, ihre Züge fixieren zu wollen, loszuwerden. Nach dem Pflücken frühstückten wir, und ich stellte jeden Tag von neuem fest, daß meine Mutter genau wie sie lächelte, aber auch das half mir nicht, mir ihr Bild zu vergegenwärtigen.

Wenn ich nachmittags um vier, nachdem die Arbeit in der Gärtnerei getan war, mit meinem Ruderboot ins Reetland hinausfuhr, um jeden Tag wieder festzustellen, daß die Brachvögel noch nicht fortgezogen waren, grübelte ich über dieses seltsame Unvermögen nach. Ich konnte sie durch die Flure gehen sehen, ich konnte das Bild dieses ersten Fotos im Flur heraufrufen, schwindelerregend scharf, aber ohne ihr Gesicht. Ich war zwar glücklich in diesem Sommer, denn es schien, als hätte ich etwas Großartiges zu erwarten, etwas, das in den kommenden Monaten Gestalt annehmen würde, aber diese Erwartung enthielt zugleich die düstere Drohung der langen, schwarzen Schatten am späten Nachmittag, der einzigen Zeit, in der alle Vögel ängstlich schwiegen und ich mich vorsichtig über das Wasser gleiten ließ, die Ruder kaum bewegend, weil ich mich in dieser im Sonnenlicht erstarrten Welt fast nicht zu regen wagte.

Herbst

Im September stand ich wieder am Fenster des Flurs, wo ich sie zum ersten Mal gesehen hatte. Ich mußte mich dazu zwingen, dort zu bleiben und mich nicht ins Klassenzimmer zu setzen und die Hände vors Gesicht zu schlagen. Sie kam wie immer um die Ecke, trug jetzt aber eine dunkelgrüne Jacke und einen braunen Rock, was sie jünger aussehen ließ. Trotz dieses Wiedersehens auf Distanz und hinter Glas bemerkte ich ihre hochroten Wangen.

Einen Monat später forderte mich der Niederländischlehrer auf, an der Redaktion der Schülerzeitung mitzuarbeiten, weil ich, wie er sagte, so gute Aufsätze schrieb. Noch bevor ich dagegen protestieren konnte, nannte er die Namen der anderen Redaktionsmitglieder in spe, und auch ihrer war darunter. So saß ich eines Nachmittags in einem nahezu leeren Klassenzimmer, wo die erste Sitzung der frischgebakkenen Redaktion stattfinden sollte. Gleich würde ich also mit ihr im selben Raum sein – es schien ein so außergewöhnlich großer Schritt nach vorn, daß ich nicht glauben konnte, sie würde wirklich kommen. Aber sie kam, errötete verlegen und sagte: »Tag zusammen.«

Zum ersten Mal hörte ich ihre Stimme, die tiefer war, als ich gedacht hatte. Sie setzte sich in eine Bank am Fenster, unmittelbar vor mir, so daß ich nur das Herbstsonnenlicht auf dem dunklen, gelockten Haar sehen konnte. Sie saß still und reglos, die Hände auf der Tischplatte. Sie hörte zu, wie die Beiträge vorgelesen wurden, und machte mich überglücklich, als sie über eine witzige Stelle in meinem Aufsatz sanft und leise lachte. Sie selber las nichts vor und entschuldigte sich: »Ich kann nicht schreiben.«

Wir redeten lange darüber, welche der Beiträge wir bringen wollten und welche nicht, aber sie schwieg, obwohl sie sich halb umgewandt hatte, und die senkrechten Falten um ihre Nasenwurzel wurden immer tiefer. Ihr klares Gesicht drückte soviel Ärger aus, daß ich sagte: »Beeilung.«

Sie nickte, und mir stieg das Blut in die Wangen.

Als wir das Klassenzimmer verließen, hatte die Dämmerung bereits eingesetzt; sie ging vor mir her zur Mädchengarderobe, neben ihr der Hauptredakteur, der ihr in ihren roten Mantel half. Warum war ich nicht auf diesen Gedanken gekommen? Sie stieg die Treppe zum Fahrradkeller hinunter und sagte, aus diesem schon dunklen Raum zu uns heraufblickend: »Es hätte viel schneller gehen können, wenn nicht soviel geschwafelt worden wäre.«

Ich blickte sie an, die so viel tiefer stand als ich, zehn Treppenstufen tiefer, und das gab mir den Mut zu fragen: »Habe ich auch geschwafelt, Martha?«

Vor allem das so laute Aussprechen ihres Namens ließ mein Herz hämmern, mehr noch als die Tatsache, daß ich so kühn gewesen war, sie etwas zu fragen, das mich betraf. Sie hob ihren Kopf ein wenig, blickte schräg zu mir hinauf, ohne mir jedoch ins Gesicht zu sehen. Sie stand reglos in ihrem roten Mantel in der beginnenden Dunkelheit. Sie wurde rot im Gesicht.

»Och«, sagte sie, »och . . .«

Sie lief plötzlich schnell weg durch die hinter ihr zufallenden Türen. Ihre Schritte waren schon bald nicht mehr von ihrem Echo zu unterscheiden.

Nach der dritten Stunde fand jeden Morgen der zwanzigminütige Hofgang statt. Wer das Schulgebäude nicht verließ, bekam einen Tadel oder wurde bestraft. Dennoch ging ich immer nach der dritten Stunde zur Toilette und wartete, bis der Studiendirektor, dessen schwere Schritte unverkennbar waren, seine Kontrolle in den Klassenräumen und auf den Fluren beendet hatte. Dann stellte ich mich im ersten Stock ans Fenster; von dort hatte ich den besten Überblick über den Schulhof und konnte sehen, was sich dort abspielte, ohne selbst herumlaufen zu müssen. Sie hatte jeden Tag dieselbe Freundin bei sich, die, größer als sie, ihr oft um einen Schritt voraus war, weil ihr Gang so gemächlich, so unermeßlich ruhevoll war. Manchmal lachte sie, und dann beugte sie sich vor, um das Lachen zu verbergen. Ab und zu ballte sie die Hände zu kleinen Fäusten und hielt die Arme schräg in die Höhe. Sie war winzig, wenn ich sie vom ersten Stockwerk aus sah, aber sie dominierte den Schulhof, denn sie war ein ruhender Punkt. Um sie herum drehte sich langsam der ganze Hof. Sie aber stand still, und ich folgte ihrem Stillstand mit meinen Blicken, ihrem Stillstand, der sich jeden Tag in elf Kreisen vollzog.

Es gelang mir jedoch nicht immer, im Flur zu bleiben. Manchmal wurde ich gezwungen, auch über den Schulhof zu spazieren, wenn mich der Studiendirektor oder ein Lehrer im Flur entdeckten. Aber auf dem Hof wußte ich nichts mit mir anzufangen; ich zog alleine meine Kreise, und jemand, der allein geht, kann natürlich nicht schlendern, sondern muß schnell gehen, denn der einsame Wanderer hat immer ein Ziel. Ich ging denn auch schnell, und zwar in einem ihrer Richtung entgegengesetzten Kreis, um ihr möglichst oft begegnen zu können. Schnellgehen allein war jedoch nicht ausreichend; ich konnte ihr noch öfter begegnen, wenn ich eine komplizierte Kurve über den Hof beschrieb, wodurch ich ihr dreimal pro Runde begegnete. Dreiunddreißig Begegnungen! Möglicherweise könnte ich sie noch öfter sehen, wenn ich schneller ging, aber so genügte es auch, so hatte ich gerade genug Zeit, mit der Unruhe fertig zu werden, die mich ergriff bei einem scheuen Blick in ihr Gesicht, das so erstaunlich viele Fältchen enthalten konnte, wenn sie lächelte. Merkwürdiger als dieses friedvolle Lächeln und das Ballen ihrer Fäuste, das selten vorkam, war, daß sie beim Gehen immer die Hände auf dem Rücken verschränkte. So ging keines der anderen Mädchen. Zuweilen begegnete ich Theo, wenn ich mich gezwungenermaßen auf dem Schulhof aufhielt, und immer öfter begleitete er mich, anfangs verwundert über meine bizarre, für ihn unvorhersehbare Route. Aber schon bald wurde ihm klar, worauf sie zurückzuführen war, und auf einem dieser erzwungenen Spaziergänge sagte er unvermittelt: »Du bist verliebt.«

Ich antwortete nicht. Ich hatte schon lange befürchtet, daß dieses Wort einmal fallen würde, dieses Wort, das nichts aussagte und in keiner Weise zutreffend war. Aber er blieb stehen, er wiederholte: »Du bist verliebt.«

»Nein«, sagte ich.

Er verließ mich, und ich beschrieb meine zielbewußten Kreise mit den vorberechneten Bögen wieder allein. Was war das, verliebt sein? War das so großartig und seltsam und tief wie dieses Gefühl? Ich war noch nie zuvor verliebt gewesen, aber hatte gesehen, was passierte, wenn andere angeblich verliebt waren. Sie bemühten sich, aufzufallen, suchten nach einem Vorwand, um ein Gespräch mit dem Mädchen anzuknüpfen, blieben manchmal sogar eine Runde lang bei ihr oder, wenn sie endlich Erfolg gehabt hatten, eine Pause lang, Tage hintereinander, bis es dann wieder aus war zwischen ihnen. Aber das wollte ich nicht, ich wollte nicht auffallen, mir nichts anmerken lassen. Ich wollte sie ja nur anschauen, ihr immer wieder begegnen. Theo erzählte den Jungen aus meiner Klasse von meinen Spaziergängen, und sie lachten mich aus. Einer von ihnen sagte: »Die Kleine spinnt doch. Welches Mädchen verschränkt denn beim Gehen die Hände auf dem Rücken? Sie ist nicht ganz bei Trost.«

»Und eingebildet«, sagte ein anderer.

»Nein, sie ist doch ein niedlicher Käfer.«

»Ach komm, sie ist eine reformierte Zicke.«

»Aber trotzdem eine tolle Ische.«

Sie hatten so lange mitansehen müssen, daß ich immer die besten Noten hatte, daß sie seit Jahren auf Rache sannen. Endlich war es soweit, und sie ließen keine Gelegenheit aus, mich zu piesacken. Aber ich blieb meinem Ruf treu, ich starrte nur unbeteiligt und schweigsam vor mich hin, wenn sie mich schikanierten, bis einer der Jungen in der großen Pause sagte: »Du Schlappschwanz, reiß sie doch endlich auf.

Das kriegst du nicht hin, aber sie will dich ja auch gar nicht, darauf kannst du Gift nehmen!«

Ich boxte ihm gegen den Arm, nicht aus Wut, sondern um ihn zum Schweigen zu bringen. Aber er umklammerte mich sofort, als hätte er Jahre auf diese Gelegenheit gewartet, und schon standen die anderen im Kreis um uns herum und riefen: »Gib's ihm, gib's ihm!«

Er wollte mich zu Boden werfen, und noch immer war ich nicht wütend und verteidigte mich auch nicht, sondern versuchte, mich aus seiner Umklammerung zu befreien. Das gelang mir ohne große Mühe, aber als ich gehen wollte und mich umdrehte, schlug er mich mit voller Wucht auf den Rücken. Ich wurde wütend, drehte mich mit einem Ruck um und schlug ihm mit der flachen Hand ins Gesicht. Vollbeladene Loren hatte ich durch die Gärtnerei meines Vaters geschoben, bleischwere Gemüsekisten auf die Schute gehievt – das alles, wie es nun schien, zur Vorbereitung auf diese Auseinandersetzung, die so schnell mit einem wimmernden, blutenden Jungen im kurzgeschnittenen Rasen, mit dem Ersterben der Anfeuerungsrufe und mit Entsetzen in den Augen der anderen Jungen beendet war.

»Nicht doch«, sagte einer der Jungen.

Er zog mich geduldig weg, und ich ließ mich wegziehen, ich war müde, und wir gingen nebeneinander über den Rasen. Ich mußte die Zähne fest aufeinanderpressen, um nicht zu weinen.

»Wie wütend du warst«, sagte er.

»Er soll seinen Mund halten«, sagte ich.

Wir gingen zusammen über den Schulhof, nicht nur an diesem Tag, auch später. Wir saßen in der Cafeteria, und er brachte mir das Schachspielen bei. Zum ersten Mal in meinem Leben spielte ich mit jemandem, und ich war ihm dafür so dankbar, daß ich mir seine sanftmütige Art, sich in alles einzumischen, gefallen ließ. Aber er konnte mich nicht dazu überreden, sie anzusprechen.

»Du mußt einfach auf sie zugehen und sagen: hast du nicht Lust, mal mit mir ins Kino zu gehen.«

»Nein, Johan«, sagte ich, »das geht nicht.«

»Aber warum denn nicht?«

»Man kann doch nicht einfach auf ein wildfremdes Mädchen zugehen und sie so etwas fragen, man muß sie doch erst ein wenig kennen.«

»Dann komm doch und arbeite am Dienstagnachmittag bei uns in der Schulbibliothek. Sie leiht sich oft Bücher aus, du kannst ihr helfen und mit ihr reden. Oder willst du etwa weiter so rumlaufen?«

Ich zögerte, ich wollte nicht. Auf den Redaktionssitzungen der Schülerzeitung ließ sie sich nicht mehr blicken. Wegen mir? Würde ich in der Bibliothek nicht genauso einfältige Fragen stellen wie nach der ersten Redaktionssitzung? Aber Johan Koster ließ nicht locker, bis ich fast eingewilligt hatte. Kurz vor den Weihnachtsferien ging ich mit Johan in der Pause über den Gang. Wir hatten gerade Zeugnisse bekommen. Sie stieg vor uns die Treppe zur Mädchengarderobe hinauf.

»Wie war dein Zeugnis, Martha?« fragte Johan.

»Gut«, sagte sie gleichmütig und drehte sich dabei um, »gut.«

Sie stand auf der Treppe, legte einen Finger in die Höhlung zwischen Nasenflügel und Wange und sah Johan an, ging dann weiter die Treppe hinauf, und ich sagte sehr laut und mit großem Nachdruck: »Natürlich.«

Sie ging noch zwei Schritte, drehte sich um und sah mich an. So hatte sie mich bisher noch nie angesehen. Mit solch großen Augen. Sie stand mucksmäuschenstill auf der obersten Stufe, und der gesamte Raum um sie herum schien leer und war sonniger als je zuvor. Sie legte eine Hand auf das Treppengeländer, das in der Sonne ebenso glühte wie ihr grauer Pullover. Die Sonnenstrahlen fielen schräg auf ihre grüne Hose. Sie lächelte, ganz kurz, nicht unfreundlich, aber leicht irritiert. Ich sah in ihren Augen, daß sie es nicht begriff, aber auch nicht böse war. Und wieder hatte ich dieses Gefühl, ein stillstehendes Bild zu betrachten, ein Foto, und daß dieses Bild, was auch immer geschehen würde, nie mehr ausgelöscht werden könnte. Sie ging zur Garderobe, zog ihren roten Mantel an, und ich stand noch immer wie angewurzelt da und machte mir Vorwürfe, daß ich so nachdrücklich »natürlich« gesagt hatte. Was würde sie nun wohl denken? Würde sie auch dieses Wort gebrauchen, das gar nicht zutraf? Doch auf jeden Fall war sie nicht böse, und darum schien es nicht völlig falsch, nach den Weihnachtsferien in der Bibliothek zu arbeiten.

In den Weihnachtsferien ruderte ich durchs Reetland, das vergeblich auf Frost wartete. Schon am frühen Nachmittag schien die Sonne rot übers Wasser, und die unheimliche Stille wurde nur ab und zu durch den Schrei eines Irrgastes unterbrochen. Das spröde, tote Schilf raschelte hin und wieder in der kraftlos kühlen Sonne. Ich ruderte über das Wasser, auf dem ein Dunstschleier lag, und dachte: Ob es so anfängt, die Liebe zwischen Mann und Frau? Nach dem Rudern saß ich im Wohnzimmer bei meiner Mutter, denn was in der Gärtnerei zu tun war, konnte mein Vater mühelos allein erledigen. Das blasse Gesicht meiner Mutter leuchtete im dunklen Raum, in dem nur das Teelicht des Stövchens brannte.

»Wie hat es eigentlich angefangen zwischen Vater und dir?«

Sie lächelte, klapperte aber plötzlich mit den Teetassen.

»Warum willst du das wissen?«

Ich schwieg, denn ich hörte die Schreie der Krähen, die um den Schornstein kreisten. Ich schaute meiner Mutter nicht ins Gesicht, weil ich die Traurigkeit in ihren Augen nicht sehen wollte.

»Wir haben uns in der Kirche gesehen«, sagte sie, »nach dem Gottesdienst gingen meine Eltern, eigentlich schade, daß du sie nicht gekannt hast, zu seinen Eltern zum Kaffeetrinken. Eines Tages sagte dein Vater: soll ich dir die Gärtnerei zeigen? Ich ging mit ihm durch die Gärtnerei, und ich fand ihn ein wenig seltsam, weil er ein so stiller Junge war.«

Sie lachte leise vor sich hin, blickte angestrengt aus dem Fenster.

»Jedesmal liefen wir durch die Gärtnerei. Er ging wortlos neben mir her. Damals dachte ich, daß er sich nicht traute, etwas zu sagen, weil er verliebt war. Ich wußte nicht, daß er niemals redet. Er hat nie geredet. Wenn ich das gewußt hätte . . .«

Erschrocken schwieg sie, schenkte Tee in blaue Tassen und sagte: »Später habe ich dann doch angefangen, ihn sehr gern zu haben, aus Mitleid, glaube ich. Im Sommer waren wir eines Abends bei seinen Eltern zu Besuch. Es waren noch andere Leute da, sein Vater hatte Geburtstag, glaube ich, ja, so war es, auch so ein merkwürdiger Mann, dieser Vater, aber nicht so schweigsam, wohl sehr jähzornig, ein bißchen ähnelst du ihm, aber du bist doch auch sehr nach mir geraten, das ja, und dann war noch ein anderer Nachbarjunge da und eine Freundin von mir. Der Nachbarjunge war so nett. Pechschwarzes Haar, und so fröhlich, so gutgelaunt. Er konnte so witzig sein, ja . . . Wir gingen durch die Gärtnerei, dein Vater und ich, der Nachbarjunge und meine Freundin. Wir betraten das Rebentreibhaus, und der Nachbarjunge sagte: Kommt, wir machen jetzt ein Spiel. Was für ein Spiel? fragte ich. Ich erzähl es dir, sagte er, du mußt eine Weintraube zwischen die Zähne nehmen, zwischen die Lippen geht auch, und dann muß jemand anders versuchen, die Traube zur Hälfte abzubeißen, das ist gar nicht so einfach, aber dafür macht es großen Spaß. Sollen wir es mal probieren? Er pflückte eine Traube. Nicht doch, sagte dein Vater, das sind unsere Trauben, du machst die Rispen kaputt. Dann spielen wir eben was anderes, sagte der Junge. Nein, sagte dein Vater, sie ist mein Mädchen. So, sagte der Junge, stimmt das? Und er hat mich zornig angesehen. Da habe ich genickt, Maarten, und er war wütend. Er ging zu meiner Freundin, legte den Arm um sie, zog sie mir nichts, dir nichts zu Boden und küßte sie. Wie haben die beiden geschmust! Und dein Vater hat auch seinen Arm um mich gelegt, und wir haben still in der Ecke des Glashauses gesessen, und er tat nichts, er sagte nichts, er küßte mich nicht. Ja, so ist es gewesen.«

»Warst du verliebt?«

»Verliebt? Ich hatte Mitleid mit ihm, er war so still, so unbeholfen. Verliebt? Was ist das? Bist du verliebt?«

»Ich«, sagte ich empört, »nein, natürlich nicht.«

»Es kommt einem alles so schön vor, wenn man jung ist, aber später . . .«

Sie stand auf und ging zum Lichtschalter, sie knipste das Licht an und sagte mit belegter Stimme: »Es ist alles Unsinn, Maarten, Verliebtheit gibt es nicht.«

Bibliothek

So ruderte ich am freien Dienstagnachmittag nicht mehr durchs Reetland, sondern ging durch meist leere Flure, die Arme voller Bücher, die ich in den Klassenzimmern einsammelte. Dienstagnachmittags hatte nur ihre Klasse noch eine Unterrichtsstunde, und vor dieser Stunde mußten Johan und ich in den Klassenraum gehen und die zurückgebrachten Bücher holen. Zusammen mit Johan ging ich am ersten Dienstag nach den Ferien in die Klasse, und ich vermied krampfhaft, zur zweiten Bank rechts, gleich neben der Tür, hinzusehen. Während ich die Bücher, die auf dem Fensterbrett lagen, aufstapelte, hörte ich die Mädchen hinter mir singen, achtete jedoch nicht darauf.

»Weißt du, warum sie singen?« fragte Johan.

»Nein«, sagte ich.

»Weil du hier bist.«

Jetzt lauschte ich den schrillen Mädchenstimmen, konnte aber nicht hören, was sie sangen, weil jede einzelne Stimme früher oder später in prustendem Lachen erstickte, kurz darauf zwar wieder einsetzte, aber auf diese Weise doch Wörter ausließ. Allerdings hörte ich das Wort »Schätzchen« und den Ausdruck »lieben«, und im selben Moment fielen die Bücher aus meinen plötzlich kraftlos gewordenen Händen. Das verwandelte den Gesang in wildes Gelächter, das bald in Atemnot geriet. So schnell ich konnte, machte ich mich ohne die Bücher aus dem Staub, sah aber noch, wie Martha, mit gefalteten Händen und starrem Blick auf die graue Tischplatte, den Kopf noch tiefer senkte, als ich an ihr vorbeistürmte, als wolle sie ihre hochroten Wangen, an denen diesmal nicht der Wind schuld war, so gut es ging verbergen.

An diesem Nachmittag kam sie nicht in die Bibliothek, und ich erwartete auch nicht, daß sie nach diesem Gesang noch jemals dort auftauchen würde. Eine Woche später öffnete sie aber doch zaghaft die Tür, redete mit Johan und befand sich mit mir im selben Raum, so daß ich nur noch ziellos und mit einem wehmütigen Glücksgefühl umherirren konnte und dabei sämtliche Bücher falsch einsortierte. Ich war zu nichts mehr in der Lage, was Konzentration erforderte, nicht nur dort zwischen den Büchern, sondern auch während des Unterrichts, so daß ich plötzlich schlechte Noten bekam. Ob es aber wirklich nötig war, daß sich die Lehrer Sorgen machten, die Sache miteinander besprachen und sogar zu dem Schluß kamen, etwas unternehmen zu müssen? Der Niederländischlehrer lud Martha unter einem Vorwand zu sich nach Hause ein, und mir kam später zu Ohren, was sie gesagt hatte; nicht daß sie mich ein »Ekel« genannt hatte, war erniedrigend für mich (das wußte ich ja schon lange, das wußte ich besser als jeder andere, und ich konnte sie für diese Einsicht nur loben), sondern daß sie sich eingemischt hatten, und so hörte ich kaum noch zu, als er mir das Fazit dieses Gesprächs mitteilte: »Ja, das Mädchen hat entschieden Charakter, sie traut sich wirklich zu sagen, was sie denkt. Aber sie will nichts mit dir zu tun haben. Schlag sie dir aus dem Kopf. Es ist schade, daß sie nicht will.

Wenn ihr eine Woche miteinander gehen würdet, würdest du bestimmt Schluß machen. Ihr paßt absolut nicht zusammen.«

Sie hatten gar nichts begriffen. Warum fiel ihnen danach nichts anderes ein, als sie schlechtzumachen – »Sie ist eingebildet, schwierig und arrogant; sie ist dumm; sie ist durch und durch verwöhnt; sie ist krankhaft zerstreut und vergeßlich« – um mich von ihr abzubringen? Das war ja alles unwichtig. Wie sie war, hatte überhaupt nichts zu tun mit diesem glückseligen, wehmütigen, schmerzlichen Gefühl, das ihr Anblick in mir wachrief und das das einzige zu sein schien, worauf es ankam, das einzige, das alles mit Glanz und Wärme versah, so wie in meiner frühesten Kindheit das Haarekämmen meiner Mutter das einzige gewesen war, auf das ich Tag für Tag sehnsüchtig gewartet hatte. Sie war wie die Sonne im Reetland; ohne sie war alles in einen grauen Nebel gehüllt. Dank ihr wich die angespannte Härte, meine zweite Natur, mein Schutzpanzer gegen alle Menschen außer meiner Mutter, Verwirrung und schwermütiger Fröhlichkeit. Warum sollte ich mit ihr gehen müssen? Natürlich wäre ich überglücklich gewesen, wenn ich neben ihr hätte gehen und mit ihr reden dürfen, aber jede Annäherung würde ja die Möglichkeit beinhalten, abgewiesen zu werden, und ich wollte das Recht, sie zu sehen und mich nach ihr zu sehnen, nicht der Gewißheit einer Ablehnung opfern. Ihre Anwesenheit genügte mir. Im Herbst und im Winter hat man zuweilen das starke Verlangen nach dem Ruf eines Brachvogels, obwohl man weiß, daß es nicht erfüllt werden kann. So war es auch mit ihr, und deshalb machte ich nicht einmal den Versuch, in der Bibliothek ein Gespräch mit ihr anzufangen; ich arbeitete lediglich hart, um meine Konzentrationsschwäche zu überwinden, und das glückte mir auch nach einiger Zeit. Denn ich wollte ihrer nicht unwürdig sein; die Pflicht, gute Noten zu bekommen, war größer denn je. All die Einsen wurden aber für mich wertlos, als ich im Reetland zwischen den Brennesseln hindurch Zeuge wurde, wie ein Junge und ein Mädchen miteinander schliefen. Danach entwickelte sich ein so starkes und quälendes Bewußtsein eines Mangels, daß ich in der Gärtnerei meines Vaters bis zur Erschöpfung arbeitete. Zum ersten Mal begriff ich, warum er, der immer an Kopfschmerzen litt, manchmal sagte: »Es gibt nur eine Art und Weise, diese elenden Kopfschmerzen für einen Augenblick zu vergessen: Man muß sich mit einem Hammer so fest auf den Daumen schlagen, daß dieser Schmerz schlimmer ist als der im Kopf.« Ich arbeitete, bis ich Rückenschmerzen bekam, die den dumpfen, nagenden Kummer überdecken sollten. Aber ich brauchte sehr viel Rückenschmerzen, um sie nur für einen Augenblick vergessen zu können. Ich konnte an nichts und niemanden anders denken. Wenn ich mit dem Ruderboot unterwegs war, stellte ich mir vor, daß sie mir gegenüber saß, und ab und zu ertappte ich mich dabei, daß ich mit ihr redete, obwohl sie nicht da war, und es war immer dasselbe, was ich sagte: »Ich rudere nun schon zwölf Jahre durchs Reetland, und noch nie habe ich einen Eisvogel gesehen. Verstehst du, daß ich manchmal fast verrückt werde vor Sehnsucht nach diesem blauschillernden Vogel.« Ich versuchte mir auszumalen, wie es wäre, im Frühling zusammen die Balz der Haubentaucher zu beobachten, zusammen den balzenden Kampfläufern bei ihren drolligen Sprüngen zuzusehen, zusammen dem wehmütigen Flöten der Brachvögel zu lauschen. Am schönsten aber war die Vorstellung, wir würden dann am Abend, wenn es herrlich kühl wäre, vorm Haus zwischen dem Schilf am Wasser sitzen, bis es fast dunkel wäre, und ich konnte unsere leise übers Wasser klingenden Stimmen schon beinahe hören und die großen, weißen Rauchwolken, die aus dem Abfallhaufen im Garten aufsteigen würden, beinahe sehen. Wenn es völlig dunkel wäre, würden wir ins Haus gehen, und ich würde ihr meine selbstgezeichnete Karte des Reetlandes zeigen, auf der ich jeden Tag meine Beobachtungen notierte: die Nistplätze der Brachvögel, Rohrdommeln und Schilfrohrsänger, das Vorüberziehen von Irrgästen und Wintergästen. Ich malte mir das alles ohne jede Hoffnung auf Verwirklichung meines Traumes aus. Ekel, hatte sie gesagt. Nie zuvor hatte ich mein Äußeres aufmerksam in einem Spiegel betrachtet, aber jetzt sah ich, wenn ich in den Spiegel meiner Mutter am Kamin blickte, ein sonnenverbranntes, grobes Gesicht mit blaugrauen, tiefliegenden Augen, einer knubbeligen Stirn, einer großen Nase mit Sommersprossen. Und der Spiegel enthüllte nicht einmal das Schlimmste: den krummen Rücken, den ich von meinem Vater geerbt habe.

Später, im neuen Schuljahr, passierte etwas, das mir die Häßlichkeit meines Körpers noch bewußter machte. Ihre Klasse hatte vor uns Turnunterricht gehabt, und wir mußten im Flur vor der Turnhalle warten, bis die Mädchen im Umkleideraum fertig waren. Sie gingen durch eine andere Tür hinaus als die, vor der wir warteten. Als wir drinnen waren, entkleidete ich mich rasch und schlüpfte hastig in meine schwarze Turnhose. Die Tür wurde geöffnet, und die Turnlehrerin erschien: »Ist hier noch die Tasche von Martha?«

Wir sahen uns im Umkleideraum um.

»Ja, die liegt hier.«

»Kann sie einer von euch eben bringen?«

»Das mußt du tun, Maarten«, riefen alle.

Aber ich wollte nicht, und keiner der anderen tat es.

»Niemand? Dann muß sie eben warten«, sagte die Lehrerin verärgert.

Inzwischen hatten sich alle umgezogen. Der Umkleideraum war leer. Ich nahm ihre Tasche und öffnete vorsichtig die Tür. Sie stand im Treppenhaus vor dem großen Fenster und blickte auf den leeren Schulhof hinunter. Als sie das Geräusch der Tür hörte, drehte sie sich um.

»Ist das deine Tasche, Martha?«

Sie kam näher. Sie trug einen dunkelblauen Rock, in den goldene Kreise gewebt waren. Die Sonne schien auf das Gold, das sich bei jedem Schritt bewegte.

»Ja, das ist meine Tasche, vielen Dank.«

Sie schaute mich nicht an. In ihren Augen war kein Spott, kein Abscheu; nichts anderes als ein freundlicher, wohlwollender Blick. Ich zögerte kurz, bevor ich ihr die Tasche gab, es fiel mir so schwer, sie herzugeben, hatte ich doch wenigstens ihre Tasche in den Händen, ihre Tasche! Plötzlich sah ich mich in der Spiegelscheibe einer Zwischentür zum Gang. Ich kam mir merkwürdig klein vor, kleiner als sie, obwohl das nicht stimmte. Aber ich stand nach vorn gebeugt, als pflückte ich Tomaten. Es sah fast so aus, als hätte ich einen Buckel. Meine unnatürlich bleiche Haut, die mit gespenstischem, langem schwarzen Haar bewachsen war, kontrastierte mit meinem sonnenverbrannten Gesicht. Und vielleicht am schlimmsten waren dann noch diese langen, staksigen weißen Beine, die ebenfalls mit schwarzem Haar bewachsen waren. Ich reichte ihr die Tasche. Ganz flüchtig berührten meine Hände die ihren. Schnell lief ich weg von meinem Spiegelbild. Meine Hände kribbelten an den Stellen, die ihre Hände berührt hatten. Keiner hatte mich vermißt. Wir machten Übungen am Reck, bei denen wir meistens auf den Holzbänken an der Wand sitzen mußten. Ich saß da und betrachtete eingehend meine Brust, meine Beine, dieses abscheuliche schwarze Haar auf der weißen Haut. Die meisten Jungen hatten glänzendbraune Rücken, sie hatten die Sommerferien am Strand verbracht. Ich hatte in der Gärtnerei gearbeitet, und mein Vater hatte mir nicht erlaubt, den Oberkörper zu entblößen, weil das sündhaft war.

Schlimmer aber als dieser wachsende Abscheu gegen meinen eigenen Körper war, daß ich mit niemandem so über Martha reden konnte, daß ich das Gefühl gehabt hätte, auch nur einigermaßen verstanden zu werden. Sogar Johan konnte mich nicht verstehen, und all die Bücher über Boerhaave, Kepler, Pascal, Gauß, die mich früher noch getröstet hatten, weil sie von Menschen handelten, die abgesehen davon, daß sie wirkliches Talent und wirkliche Begabung besaßen, mit mir zumindest eines gemeinsam hatten, nämlich daß auch sie von Kind an immer isoliert gewesen waren, erwähnten mit keinem Wort diesen merkwürdigen, nagenden Kummer, der alles überschattete, jede wache Stunde, aber auch jeden Traum. Mehr denn je hatte ich das Gefühl, völlig allein zu sein; früher hatte es wenigstens noch Kinder gegeben, die einen Sonnentanz vollführten oder Mörtel zwischen den Steinen wegkratzten oder heimlich pinkelten, und auch wenn ich diese Kinder verabscheute, so hatte ich doch gewußt, daß ich nicht der einzige war.

Durch sie aber lernte ich jemand anderen kennen, der es verstanden hatte, der auch gewußt haben muß, was es war. Weil sie sich in der Bibliothek immer Bücher über Musik auslieh, las ich diese Bücher auch, nachdem sie sie zurückgebracht hatte, und ich las nicht nur, sondern hörte auch daheim, in jener stillen Stunde, in der meine Mutter Tee einschenkte, im Radio Musik; und mit der Zeit wurde es sogar möglich, auch später am Abend immer mehr zu hören, trotz der Proteste meines Vaters, der von sündhaftem, weltlichem Treiben sprach, denn meine Mutter entpuppte sich plötzlich als Bundesgenossin. Als Kind hatte sie, so erzählte sie mir, Tanten besucht, die auch öfter Musik hörten, und seitdem hatte sie sich immer gewünscht, mehr davon zu hören, aber meinem Vater war es zuzuschreiben, daß daraus nichts geworden war. Nun bildeten wir im Wohnzimmer eine kleine Mehrheit, so daß fast jeden Abend das magische Auge des Radios leuchtete und eigenartige Klänge das Geräusch von Amseln und rauschendem Schilf übertönten. Denn eigenartig waren diese Klänge; anfangs konnte ich nichts Besonderes an ihnen entdecken, aber das änderte sich mit der Zeit, und ich machte die Erfahrung, daß man, wenn man sich ein Werk nur öfter anhörte, zuweilen plötzlich ergriffen sein konnte, ohne imstande zu sein, diese Ergriffenheit anders als durch Tränen zu äußern. Eigenartig war jedoch auch, daß ich bei einem Komponisten anscheinend keine Wiederholung brauchte, daß ich es augenblicklich und beim ersten Hören erkannte: auch er hat es durchgemacht.

Bereits bei den ersten Takten der *Unvollendeten* wußte ich es, und der Fortgang bestätigte alles: das war es, nicht durch Worte mitteilbar, nicht zu begreifen, nicht zu bewältigen, nur zu ertragen. Ich hörte es auch aus den anderen Werken Schuberts heraus, aber weniger deutlich als in dieser einen Symphonie, in der es so konzentriert festgehalten war und der Klang der Instrumente es beinahe sogar annehmbar machte. Das also war ihre Welt, denn sie spielte selbst auch Schubert, wie ich über Johan von einem Mädchen aus ihrer Klasse hörte. Aber an einem der Schulabende, an dem die Schüler musizierten, spielte sie Haydn. Zum ersten Mal sah ich, daß sie auch nervös sein konnte, daß ihre Hände sogar ein wenig zitterten. Und ihre Wangen waren tiefrot, röter, als der Wind sie je gemacht hatte. Sie setzte sich an den Flügel. Sie spielte die achte Sonate von Haydn in Es-Dur, wie sie mit sehr leiser Stimme mitteilte. Vor allem im zweiten Teil der Sonate war sie selbst anwesend. Es war, als sei diese feierliche, magisch ruhevolle Musik nur komponiert worden, um ihren Charakter zu beschreiben.

Als der Musikabend beendet war, radelte ich ganz allein in die dunkle Nacht hinaus. An der ersten Wegbiegung sah ich sie an einer Bushaltestelle stehen. Auch sie war allein. Sie stand mit hochhackigen Schuhen da, und ich wußte genau, daß sie die noch nie zuvor getragen hatte. Sie hatte den Kragen ihres blauen Mantels hochgeschlagen, um sich gegen den kalten Nachtwind zu schützen.

Ich fuhr langsamer. Als ich beinahe an der Bushaltestelle war, sagte sie laut und fröhlich: »Tag, Maarten.«

»Tag, Martha«, sagte ich, »du hast phantastisch gespielt, es war wunderschön, vor allem der zweite Teil.«

»Findest du? Ich habe aber einige Fehler gemacht.«

»Ich habe sie nicht gehört.«

»Ein Glück, tschüs.«

»Ja, tschüs.«

Ich fühlte mich ganz leicht im Kopf. Der Gegenwind wühlte mir durchs Haar, und doch kam es mir so vor, als würde ich fliegen. Ich stellte mich in die Pedalen und stemmte den Körper gegen den Wind; ich wußte, daß mich niemand würde einholen können, daß niemand mich durch sein Gerede um diese unbändige Freude würde bringen können. Ich war so ungeheuer glücklich, daß ich einfach singen mußte, und weil ich nichts anderes konnte, brüllte ich einen Psalm durch die Dunkelheit.

Das kurze Gespräch hatte Folgen. Als sie am darauffolgenden Dienstag in die Bibliothek kam, bat sie mich: »Maarten, könntest du mir ein Buch über Haydn heraussuchen?«

So kam es zu einem einfachen Kontakt, jede Woche sprachen wir einige Sätze miteinander, Sätze, die jedesmal von neuem diese unbändige Freude in mir auslösten, auch wenn es, anders als an jenem Abend, nicht immer genug Wind gab, dem ich danach in meinem Glück entgegenstürmen konnte.

An einem dieser Nachmittage sagte ich zu Johan: »Gleich wird Martha kommen und erzählen, daß sie im Literaturunterricht ein Referat über Martinus Nijhoff halten muß.«

»Woher weißt du das?«

»Ich weiß es nicht, aber ich glaube es, ich habe manchmal Vorahnungen, und meistens treffen sie zu.«

»Unsinn«, sagte er, doch ich suchte vorsorglich einige Bücher von und über Nijhoff zusammen.

Einen Augenblick später war sie da, und sie stand, wie immer, nah an der Tür, den Kopf leicht geneigt.

»Ich werde . . . ich muß ein Referat halten«, sagte sie.

»Über wen?« fragte Johan.

»Über Martinus Nijhoff«, sagte sie.

Johan sah verdutzt zuerst mich und dann Martha an. Ich legte einige Bücher vor ihr auf den Tisch.

»Hier sind Bücher über Nijhoff«, sagte ich, »ich habe sie schon für dich herausgesucht.«

»Für mich? Woher wußtest du . . .?«

»Ich wußte es nicht, ich habe es nur geahnt.«

»Aber . . .«

Sie sah mich mit gerunzelter Stirn an, sie wirkte ängstlich

und ärgerlich zugleich. Ich tat aber so, als würde ich ihre Angst nicht bemerken, ich schlug die *Geschichte der niederländischen Literatur* für sie auf und zeigte ihr die Seiten über Nijhoff. Ich blätterte in dem Buch, sie las einige Sätze, ihre Finger bei den Wörtern. Ganz kurz kam eine Atmosphäre von Vertrautheit auf. Dann nahm sie die Bücher und verließ die Bibliothek. Als ich später am Nachmittag entdeckte, daß in *Gestalten mir gegenüber* von Vestdijk ein langer Beitrag über Nijhoff stand, lief ich mit dem Buch durch die Flure des Schulgebäudes, doch sie war bereits fort. Ich nahm das Buch mit nach Hause, um etwas über Nijhoff zu lesen. Jetzt, wo sie über diesen Dichter reden mußte, wollte ich auch alles über ihn wissen.

Eine Woche später kam sie wieder in die Bibliothek.

»Morgen muß ich mein Referat halten«, sagte sie. »Habt ihr auch *Gestalten mir gegenüber* von Vestdijk, da scheint nämlich auch noch ein Aufsatz über Nijhoff drinzustehen.«

»Ich habe es zu Hause«, sagte ich erschrocken.

»Du hast es?«

»Ja, soll ich es dir heute abend zu Hause vorbeibringen?«

»Das dauert mit dem Rad hin und zurück mindestens anderthalb Stunden«, sagte Johan spöttisch.

»Soll ich es bringen?« fragte ich.

»Och«, sagte sie, »och, nein, nein, so dringend ist es auch wieder nicht, das ist nicht nötig.«

Sie errötete und öffnete die Tür der Bibliothek.

»Nein«, wiederholte sie auf der Schwelle, »das ist nicht nötig.« Sie schloß die Tür.

»Warum hast du das gesagt?« fragte ich Johan.

»Ja, dumm von mir, aber sie hätte sowieso nein gesagt.«

»Glaubst du?«

»Ich weiß es ganz genau.«

Danach kam sie nie wieder in die Bibliothek.

Abitur und Kirchgang

Obwohl wir unser Abitur bereits einen Monat vor ihr gemacht hatten, kam ich mit Johan an einem Mittwochnachmittag im Juni noch einmal zurück. An diesem Tag wurden die Ergebnisse der Prüfungen ihrer Klasse bekanntgegeben. Ich fuhr mit Johan unter einem grauen, trauernden Himmel zur Schule. An der Schule angekommen, wollte Johan im Nieselregen stehenbleiben.

»Was haben wir hier eigentlich noch zu suchen?« fragte er. »Gleich wirst du ungeheuer traurig sein. Was hat das für einen Sinn? Muß das denn wirklich sein?«

Ich wurde über diese seltsame Art von Mitgefühl beinahe wütend, wandte mich brüsk ab und ging zum Schuleingang. Er folgte mir, noch immer protestierend. Als erstes sahen wir denjenigen, mit dem alles angefangen hatte.

»Warum warst du nicht da?« fagte Theo mich, »du hättest Martha gratulieren können.«

In dem Augenblick ging sie, zusammen mit ihrer Mutter, einer älteren und drei jüngeren Schwestern, an mir vorbei. Sie waren auf dem Weg zur Pforte, eine ganze Prozession von Mädchen und Frauen, die ihr alle ähnlich sahen, so daß zum ersten Mal nicht dieser schmerzliche Kontrast zwischen ihr und anderen Mädchen bestand. Wohin sonst hätte ich gehen sollen als zu der beschlagenen Fensterscheibe? Mit meinem Pulloverärmel wischte ich einen Teil der Scheibe sauber. Da liefen sie, schräg über den Schulhof, mit ziemlicher Hast. Als sie bei den blühenden Rosensträuchern waren, gingen sie viel gemächlicher. Nun konnte ich nur noch ihre Oberkörper sehen, und durch ihre ruhigen, unsichtbaren Schritte war es, als schwebten sie über den Sträuchern, die kleine Mutter, die ein grünes Hütchen trug, in der Mitte. Plötzlich begann Martha zu laufen. Warum? Sie war noch nie gelaufen, sie ging immer so gelassen. Wollte sie den Bus erreichen? Aber warum liefen dann die anderen nicht? Wußte sie, daß ich hier am Fenster stand und sie beobachtete? Sollte sie nun wirklich rennend aus meinem Leben verschwinden? Sie war ihrer Mutter und ihren Schwestern bereits ein ganzes Stück voraus. Sie überquerte die Straße und rannte an einer schmalen Gracht entlang, deren Wasser von dunkelgrünen Algen grau gefärbt war. Sie verschwand hinter den Häusern. Noch lange blickte ich auf die Straße hinunter, wo ihre Mutter und ihre Schwestern gemächlich weitergingen, als einziger Beweis dafür, daß sie noch in der Nähe war. Wie lange würde ich ihr Gesicht noch sehen können, das ich jetzt so deutlich vor mir hatte? Ich sah die Fältchen um die Augen, ich sah das sonderbare Lächeln, und ich hörte ihre klangvolle, ruhige Stimme. Und während die Scheibe wieder beschlug, schien es, als sähe ich sie noch über den blühenden Rosen.

In den Sommerferien arbeitete ich wie ein Besessener in der Gärtnerei meines Vaters. Immer wieder pfiff ich eine kurze Passage aus Schuberts *Unvollendeter,* um leichter zu ertragen, daß ich sie nicht vergessen konnte. Vergeblich versuchte ich mir ihr Gesicht vorzustellen. Ich schob die schweren Loren so schnell über die Schienen, daß mein Vater mich zu mehr Besonnenheit ermahnte, ich pflückte Tomaten in rasender Eile, zwei Körbe in der Zeit, in der mein Vater einen pflückte. Ich schnitt Spinat, und mein Vater staunte nur noch über das fieberhafte Tempo, mit dem ich die Kisten füllte. Ich band Mohrrüben zu Bunden, ich pflückte Brechbohnen, und das sogar schneller als meine Mutter, die in ihrer Jugend so viele Wettkämpfe im Brechbohnenpflücken gewonnen hatte. Wir hockten zwischen den Brechbohnen auf der feuchten Erde, meine Mutter und ich, und meine Mutter klagte über die braunen Nacktschnecken, die in so viele Pflanzenblätter große, braungeränderte Löcher fraßen. Ich wollte ihr von Martha erzählen, brachte es aber nicht fertig, und deshalb trat ich auf die braunen Schnecken, bis von ihnen nur ein graubrauner Matsch übrigblieb. Selbst mein letzter Trost, das Reetland, half mir nicht, Martha zu vergessen. Dennoch war gerade dieser Sommer prachtvoll; ich sammelte mehr Informationen über die Vögel als in vielen vorhergehenden Jahren. Jeden Tag ruderte ich nach dem Abendessen hinaus, auch wenn es regnete, einmal sogar während eines heftigen Gewitters; mein Vater wollte mir verbieten, hinauszufahren, aber ich tat es doch. Er versuchte, mich daran zu hindern, er stand nach dem Essen in der Wohnzimmertür, doch ich schob ihn achtlos beiseite, und meine Mutter rief: »Maarten, nicht doch.«

Doch selbst ihr konnte ich nicht mehr gehorchen. Ich ruderte über das noch spiegelglatte Wasser. Die Gewitterwolken hingen drohend am Abendhimmel. Die Vögel schwiegen. Plötzlich jagten Windböen über das Wasser und peitschten es auf, so daß ich mein Boot direkt gegen den Wind über die Schaumkämme rudern mußte. Ich sah die ersten Blitze, die in Zickzacklinien aus der Wolkendecke herabschossen. Ich hatte keine Angst. Die rasch aufeinanderfolgenden Entladungen erleuchteten einen Moment lang das heftig hin- und herschwankende Röhricht und das schäumende Wasser. Ich vermißte nur die nie fehlenden Worte meiner Mutter beim ersten Donnerschlag: »Die Stimme Gottes.«

Bei einem der schwersten Donnerschläge vergaß ich auf einmal kurz das Rudern, so daß das Boot beinahe kenterte. Warum hatte ich nicht eher daran gedacht? Ich konnte sie ja wiedersehen, nicht in der Schule, aber in der Kirche; Theo hatte doch erzählt, daß sie derselben Kirche angehörte wie er. Und Theo war altreformiert. Wenn ich also am Sonntag zu der einzigen altreformierten Kirche in ihrer Stadt radelte, würde ich sie bestimmt wiedersehen, denn die Altreformierten waren eifrige Kirchgänger. Der Regen prasselte herab und durchnäßte mich. Zwischen dem Schilf sah ich auf den Wellen tanzende Haubentaucher, die nicht vor mir wegtauchten. Ich straffte meinen Rücken, ich war der höchste Punkt im Reetland, denn um mich herum war nur Wasser und niedriges Schilf. Dennoch würde mich der Blitz nicht treffen, weil ich jetzt wußte, wie ich sie wiedersehen konnte.

Vor Jahren hatte mein Vater ein Vorhängeschloß gekauft, um mich daran zu hindern, am Sonntag mit dem Ruderboot hinauszufahren. Er hatte das Ruderboot mit dem Schloß an einem Eisenring festgemacht. Ich hatte den Ring mitsamt Block aus der Erde gerissen. Seitdem hatte er es dabei bewenden lassen, biblische Verwünschungen auszustoßen, wenn ich hinausruderte. Meine Mutter hatte das Rudern am Sonntag seufzend hingenommen. Ich hatte ihr erzählt, daß ich die Vögel jeden Tag beobachten müßte, wenn ich einen genauen Überblick über ihr Verhalten bekommen wollte. Aber was würden sie nun sagen? Ich würde ihnen erzählen müssen, daß ich zu einer anderen Kirche wollte, einer Kirche, die so weit weg war, daß ich einfach gezwungen war, das Rad zu nehmen. Würden sie das jemals hinnehmen? Ich saß am Tisch, meine Mutter bürstete ihr langes Haar, mein Vater trank schweigend Tee, und ich sagte: »Ich möchte gerne mal einen anderen Pfarrer hören, ich werde in eine andere Kirche gehen.«

Die Bürste blieb plötzlich unbeweglich im Haar hängen, die Teetasse meines Vaters verharrte in der Luft, und mehr denn je glich sein Gesicht einem Stück bearbeiteter Baumrinde.

»Mutter«, sagte er, »in den Jungen ist der Teufel gefahren. Vor einer Woche das Unwetter, jetzt in eine andere Kirche.«

Er stellte seine Tasse mit Schwung auf den Tisch und schlug mit der Faust auf das harte Holz.

»Zum Donnerwetter, ich will es nicht«, sagte er.

»Nicht doch, Mann«, sagte meine Mutter.

»Immer hältst du zu dem Jungen. Warum? Immer läßt du ihm seinen Kopf, diesem Miststück, aber ich will das nicht, ich schlage ihn tot.«

»Nicht doch, Mann«, sagte meine Mutter wieder.

Ihre Worte machten ihn noch wütender. Während er merkwürdige Töne ausstieß, zerrte er mich vom Stuhl und schlug mich auf den Rücken.

»Ach so«, sagte ich, »willst du mich wieder feste schlagen und treten, so wie früher?«

Oft hatte er mich durchs Zimmer gestoßen und getreten und dabei geschrien: »Ich bring dich um.«

Meine Mutter stand dann hinter ihm, umklammerte ihn, versuchte, ihn wegzuziehen, und ich kreischte: »Vater, Vater, ich will es auch nie wieder tun.«

Es waren immer harmlose Vergehen. Ich hatte eine Mohrrübe herausgezogen und gegessen, ich war mit der Lore gefahren, ich hatte den Griff des Tomatensortierers auf und ab bewegt. Nun ging es nicht einmal mehr um ein Vergehen, sondern nur um eine Absicht. Er stand mit grünen, halb zugekniffenen Augen und an den Schläfen blau pulsierenden Adern vor mir. Er wollte mich schlagen, aber ich umklammerte seine Hände und zog seine Arme herunter. Sein Gesicht wurde dunkelrot, er strengte sich an, um sich aus meinem Griff zu befreien, aber umsonst. Meine Mutter umklammerte meinen Oberkörper, versuchte mich wegzuziehen, und deshalb ließ ich seine Hände endlich los. Keuchend stand er da. Er schluckte ein paarmal. Dann ging er zur Wohnzimmertür, verschwand nach draußen und schlug die Tür knallend hinter sich zu. Meine Mutter stellte sich vor mich, ohne mich loszulassen, und das nicht ohne Grund, denn am liebsten wäre ich ihm gefolgt und hätte jetzt ihn geschlagen. Ihr Gesicht war dicht an dem meinen, ihr langes, schwarzes Haar ruhte auf meiner Schulter. Sie lächelte traurig und sagte: »Geht sie auch dahin?«

»Sie«, sagte ich wütend, »wie weißt du . . .?«

»Ich weiß nichts«, sagte sie, »ich dachte nur, daß . . . Wir brauchen nicht darüber zu reden, wenn du es nicht willst. Geh nur getrost in diese Kirche.«

Ich preßte mein Gesicht gegen ihr schwarzes Haar. So hatte ich meine Mutter noch nie umarmt. Ihr Haar duftete sonderbar, wir standen dicht aneinandergedrückt, und sie streichelte mir über den Kopf.

»Ich bin doch auch einmal verliebt gewesen«, sagte sie,

»was für ein richtiger Mann du schon geworden bist! So groß und stark! Stärker als dein Vater. Ich denke schon, daß sie dich nett finden wird.«

»Nein«, sagte ich, »sie findet mich nicht nett.«

»Ich habe es mir schon gedacht, du warst in der letzten Zeit so still, du hast so schwer gearbeitet. Ach, es kommt so oft vor, daß es nicht gegenseitig ist, das ist ganz normal. Aber eigentlich glaube ich, daß es nur dann echt ist. Alles andere ist Spiel, und es ist doch immer so, daß es nur von einer Seite echt sein kann. Der andere fühlt sich geschmeichelt, weil jemand in ihn verliebt ist. Nun, und dann heiratet man eben, weil der andere so verrückt nach einem ist. Und wenn man einmal verheiratet ist, verschwindet die Verliebtheit ziemlich schnell, und wenn man Glück hat, wenn man es zufällig gut getroffen hat, fühlt man ein wenig Zuneigung füreinander, und manchmal wird die sogar ein wenig stärker, so wie man auch für sein Haus und seinen Garten eine immer stärkere Zuneigung empfindet, weil man nun einmal darin wohnt und arbeitet. Man fühlt sich immer stärker aneinander gebunden. Mit Liebe aber hat das überhaupt nichts zu tun. Liebe, das ist, wenn man immer mit dem anderen zusammensein möchte, jeden Augenblick seines Lebens.«

»Ich gehe«, sagte ich unwirsch.

Vor der Kirche war ein kleiner gepflasterter Platz, gerade breit genug, daß sich Grüppchen bilden konnten. Bevor die Kirchgänger sich hineinbegaben, standen sie hier im Sonnenlicht und unterhielten sich, die Frauen mit weißen Täschchen und in blaßblauen Kleidern, die Männer in hellgrauen Sommeranzügen. Sie lachten. Martha war nicht darunter. Vielleicht war sie schon in den kühlen Vorraum gegangen, in diese merkwürdige Halle, wo der Duft von Pfefferminz und Eau de Cologne sich erst andeutete. In der Kirche selbst dominierte er, ebenso wie auch der Klang der leisen Stimmen bereits in den Bänken sitzender Menschen, eine

Art schwermütiges Gemurmel, eigentlich normales Sprechen, das vielleicht nur mir so erschien, weil ich Martha nicht sah. Ich sah aber das grüne Hütchen ihrer Mutter und zwei ihrer drei jüngeren Schwestern, woraus ich schloß, daß sie auch da sein müßte, wenn nicht dort, dann eben woanders, entweder draußen oder auf einem von mir nicht bemerkten Platz in der Kirche. Während ich durch den Mittelgang zurückging, fiel mir auf, daß es auch eine Empore gab, und ich eilte wieder in den Vorraum, wo ich eine Wendeltreppe entdeckte, die nach oben führte. Außer Atem erreichte ich die Empore, sah sie aber sofort. Sie saß ganz allein am Fenster. Ich traute mich nicht, ihr auf mehr als zwei Bänke näher zu kommen, und weil ich nicht zu ihr hinübersehen wollte – ich hatte Angst, sie würde sich umdrehen, mir geradewegs ins Gesicht schauen und heftig erschrecken –, richtete ich meinen Blick auf die schrägen Fenster. Ich wollte sie auch deswegen nicht ansehen, weil sie das Haar hochgesteckt hatte, wodurch sie ganz anders als früher aussah. Was für ein schmales Gesicht sie hatte! Was für ein eigenartiges, scharf geschnittenes Profil! Oder war das nur eine trügerische Verzerrung durch das Sonnenlicht, das so seltsam durch die schrägen Fenster einfiel? Ich konnte meine Augen doch nicht von ihr abwenden, und deshalb passierte, was ich vorhergesehen hatte. Sie blickte sich um, sah mich, und plötzlich war wieder die Röte auf ihren Wangen. Sie sprang auf und stolperte fast, als sie schnell durch die Bankreihen fortging. Ich hörte ihre Schuhe deutlich auf der Holztreppe klappern. Ich fühlte mich schuldig und traurig: sie hatte Angst vor mir. Warum? Ich wollte sie doch nur sehen. Ich hörte noch immer das Geräusch ihrer Schritte, jetzt weit weg, aber unverkennbar ihr Rhythmus, und ich konnte sogar noch hören, daß sie die Kirche verließ; dann war das Geräusch verschwunden, kehrte einen Augenblick später aber zurück, kam wieder näher, und ich war erstaunt und fühlte mich nicht mehr so schuldig, bis sie neben einem stämmigen, schwarzhaarigen, schnurrbärtigen

Mann hereinkam, der mich nicht einmal ansah, sondern vor ihr zu dem Platz am Fenster ging, wo sie soeben gesessen hatte. Zuerst starrte ich diesen Wüstling, der so dicht neben ihr saß, nur mit stummem Befremden an, als sie aber während der Predigt ihren Kopf an seine Schulter lehnte, war mir, als hätte ich ihn schon jahrelang gehaßt und als wäre dieser Haß das einzige, das zum schmerzlichen, glückseligen Gefühl ihrer Gegenwart noch gefehlt hatte. Der Haß vervollständigte alles Vorhergehende. Die Sonne wanderte während des Gottesdienstes ein Stück weiter, so daß sie im Schatten saß, als wir den letzten Psalmvers sangen. Als der Segen gesprochen wurde, stand sie wie alle anderen auf, so daß ihr die Sonne noch einmal ins Gesicht leuchtete. Ich blickte sie noch einmal an und ging dann, bevor die anderen Kirchgänger hinaustrotteten, weil ich vermeiden wollte, daß wir uns noch einmal ins Gesicht sahen und ich wieder diesen Schreck in ihren Augen würde wahrnehmen müssen. In einer dunklen Gasse neben der Kirche wartete ich, bis sie herauskam. Sie war vor ihm draußen, aber er ging schnell weg, während sie sich ein braunes Kopftuch umband und auf dem zum Platz verbreiterten Bürgersteig sich noch mit adrett gekleideten und frisierten Mädchen unterhielt. Er kam auf einem Motorroller zurück, und sie nahm auf dem Sozius Platz, beide Beine nach einer Seite. Sie fuhren rasch weg, und sie schaute sich am Ende der Straße noch einmal um. Zum Glück sah sie mich nicht, weil ich mich zwischen den Kirchgängern verbarg. Als sie um die Kurve verschwunden waren, rannte ich zu meinem Rad und folgte ihnen. Sie waren natürlich verschwunden. Ich fuhr durch die Straßen der Stadt, anfangs in der Hoffnung, sie durch Zufall noch einmal wiederzusehen, allmählich jedoch immer verzweifelter, trotz der goldenen Septembersonne, die vor allem außerhalb der Stadt, auf dem Treidelpfad, Wiesen und Bäume mit einem nie gekannten Glanz umgab. Während ich weiterfuhr, dachte ich kurz: ich kann ja einfach ins Wasser fahren, aber dieser Gedanke verschaffte mir keine Erleichterung, denn diese eigentümliche Beklemmung, die beinahe der Atemnot eines Ertrinkenden glich, schien selbst dann noch andauern zu können, wenn ich ertrank. Es wunderte mich, daß der dumpfe Schmerz in meiner Brust mich an Selbstmord denken ließ, und zugleich den Gedanken daran aufhob. Aber diese Verwunderung machte es auch möglich, erstaunt, ja bestürzt darüber zu sein, daß ich ihr Gesicht noch immer deutlich vor Augen hatte, allerdings nicht das Gesicht von früher, sondern das von vorhin, mit jenem in der Erinnerung ständig wachsenden Schreck in ihren Augen. Auch die Szene, wie sie fast stolperte, weil sie so schnell davonlief, sie, die immer die Ruhe in Person war, war mir noch genau gegenwärtig; und während ich im goldenen Hauch des Sonnenlichts unter den merkwürdig langsam am Himmel dahinziehenden Wolken weiterradelte, fühlte ich mich immer schuldiger. Sie hatte einmal gesagt, daß ich ein Ekel sei, und das war unmißverständlich gewesen, aber es war doch etwas ganz anderes, dieses Wort plötzlich in Form einer Flucht materialisiert zu sehen. Ich hatte ihr durch meine Anwesenheit Angst gemacht, und mein Glücksgefühl über ihre Nähe konnte das nicht aufwiegen, ja konnte überhaupt kein Glücksgefühl sein, wenn sie mich so unbedingt ablehnte; also würde ich sie auch in dieser Kirche nie mehr wiedersehen können. Wo aber dann? Nirgends? Sollte ich sie denn wirklich nie mehr wiedersehen, nur wissen, daß sie existierte, für immer unerreichbar, nicht wegen dieses Mannes mit dem Motorroller, denn der war Nebensache, sondern wegen eines Umstandes, der mich selbst betraf, etwas, das ihr Erschrecken und ihr Stolpern verursacht hatte und mit dem ich viel schwerer fertig wurde als mit ihrem an diese fremde Schulter gelehnten Kopf.

Später sollte es für mich zu etwas ganz Normalem werden, ein Gedanke, den ich für schwierige Augenblicke parat hatte – »wenn ich will, kann ich ja jederzeit allem ein Ende machen« –, aber dieser erste Gedanke an Selbstmord beim Radeln über den vertrauten Treidelpfad war wie das Wetterleuchten vor einem heraufziehenden Gewitter gewesen. Es war, als hätte ich all die Jahre bis zu diesem Augenblick geschlafen und wäre nun wie der Mann in Schuberts *Winterreise* aus einem Traum aufgeweckt worden. Nie würde ich sie, genau wie dieser Träumer, in meinen Armen halten; genau wie er hatte ich die Blumen, die der Frost auf die Scheiben gemalt hatte, für echte Blumen gehalten. Ich hatte ja immer geglaubt, daß zwischen Martha und mir einmal etwas geschehen würde, was uns zueinanderbrächte. Aber ihr Erschrecken und ihr Stolpern hatten diesen Glauben erschüttert und erschütterten damit auch einen anderen Glauben. Denn dieser Kirchgang hatte vor allem ein Ergebnis: Plötzlich begann ich noch stärker am Evangelium zu zweifeln, als ich es ohnehin schon getan hatte, denn die Frohbotschaft hatte gerade für diese Enttäuschung offenkundig nichts anzubieten. Was nützte es, von Christus erlöst zu werden und nach dem Tod in den Himmel zu kommen, wenn sie doch nur Angst vor einem hatte und flüchtete. Man wäre bis in alle Ewigkeit im Himmel, würde also auch bis in alle Ewigkeit diesen Schmerz über ihre Unerreichbarkeit fühlen. Es war ein primitiver, seltsamer und beängstigender Gedanke, aber doch so real, daß ich sie vergessen wollte, um meinen Glauben zu bewahren. Und deshalb saß ich Abend für Abend in der Dachkammer bei meinem Onkel und meiner Tante über theologische Werke gebeugt. Ich vertiefte mich in finstere dogmatische Studien, die mir der Studentenpfarrer nicht nur empfahl, sondern sogar lieh. Wenn es so wichtig war, den Unterschied zwischen der Hand und dem Finger Gottes zu entdecken, wie aus der dogmatischen

Studie über die Vorsehung hervorging, mußte der Glaube wohl auf Wahrheit beruhen. Und doch konnte ich mich immer weniger des Gedankens erwehren, daß sich all diese Theologen nur deswegen so intensiv mit subtilen Problemen dieser Art beschäftigten, um der einzigen Frage aus dem Weg zu gehen, auf die es ankam: War Jesus tatsächlich der Sohn eines existierenden Gottes? Als ich im Kirchenblatt meines Onkels und meiner Tante las, daß der Verfasser der moosgrünen Bände in einer kleinen Kirche des Nachbardorfs predigen würde, beschloß ich sofort, dorthin zu gehen. Ich wollte diesem Mann begegnen; vielleicht würde ich dann wissen, ob er tatsächlich der Frage, auf die es ankam, auswich.

So fuhr ich an einem Frühlingsabend im März durch den schmuddeligen Außenbezirk der Universitätsstadt zu einem Dorf, an das sich nach einem schmalen Feldweg zwischen Stacheldrahtzäunen ein weiteres, kilometerweit am Fuß der Dünen sich hinziehendes Dorf anschloß. Ich wußte nicht genau, wo die Kirche war, aber ich war sicher, sie trotz der einsetzenden Dämmerung zu finden, wenn ich mich zwischendurch nach dem Weg erkundigte. Je näher ich dem Dorf kam, desto schneller dunkelte es, nicht weil der Himmel finsterer wurde, sondern weil die Bäume dichter und höher aufragten. Zwischen den Bäumen sah ich die erleuchteten Fenster der Landhäuser, und fast jede dieser Villen trug eine Antenne, auf der eine Amsel ihr Abendlied flötete. Es schien, als riefen sie sich durch die Bäume hindurch etwas zu, mit manchmal melodiösen, manchmal schrillen Tönen, die nicht selten dann, wenn sie aufflogen, in jenes gellende Schmettern übergingen, das zu Vorfrühlingsabenden gehörte. Gerade dieses Schmettern, das hier so häufig und im Reetland seltener zu hören war, ließ das Heimweh erwachen. Dieses Gefühl hatte ich bei meinem Onkel und meiner Tante sehr gut kennengelernt. Tag für Tag sehnte ich das Wochenende herbei, weil ich dann nach Hause radeln konnte, zu dem flackernden Teelicht meiner Mutter und mit der Chance, im Reetland einen Eisvogel zu sehen. Ich wußte nun auch, was ich für Martha empfunden hatte; auch das war eine Art Heimweh gewesen, ein Heimweh ohne die Möglichkeit einer Heimkehr.

Das Radfahren tat mir gut, teils, weil diese Art der Bewegung bereits so stark mit den langen Radtouren nach Hause verknüpft war, teils, weil es eine Bewegung war, bei der man keine fremde Hilfe benötigte und zugleich vorankam und zum Weitermachen gezwungen wurde.

Inzwischen wurde es Zeit, den richtigen Weg zu finden. Es war die stille Abendstunde, in der nur diejenigen ihre Wohnungen verließen, die ihren Hund ausführen mußten. Ich radelte an einer alten Dame mit einem weißen Windhund vorbei, einem unfreundlich aussehenden Herrn mit einem Bouvier, einer jungen Frau mit vier Dackeln an vier Leinen, die alle in verschiedene Richtungen strebten, aber ich sprach sie nicht an, weil ich keine Erfahrung mit Hundebesitzern hatte und ihnen deswegen mißtraute. Im Reetland waren mir solche Menschen nie begegnet. Zu meiner Erleichterung sah ich auch einen jungen Mann ohne Hund, der, als ich mich ihm in der durch die dichtstehenden Bäume bereits ziemlich dunklen Allee näherte, einen leeren Korb zu tragen schien; deshalb zögerte ich kurz, bevor ich ihn ansprach, nahm mich aber dann zusammen und fragte: »Wissen Sie vielleicht, wo die Bloemcamplaan ist?«

»Das ist noch eine ganze Strecke, aber leicht zu finden. Erst mal einfach geradeaus, an der Ampel rechts ab, dann die erste, nein zweite Straße links, das ist die Bloemcamplaan.«

Während er sprach, kam ein kleines Tier angelaufen, das kaum die Bezeichnung Hund verdiente; der Mann stellte das Körbchen auf den Bürgersteig, und das zwergenhafte Tier sprang hinein. Der Korb wurde aufgehoben, und der Mann überquerte die Straße. Auf der anderen Seite wurde der Korb wieder hingestellt, und das Hündchen sprang heraus und trabte zur nächsten Straßenecke, wo es mit abgehacktem Kläffen auf seine nächste Luftreise wartete. Ich fuhr weiter und sah immer neue Hundebesitzer, die ihre Hunde ausnahmslos an der Leine führten (eine Polizeiverordnung?), so daß sich der Mann mit Korb und Hündchen bei jedem folgenden Hund, der an einer Leine geführt wurde, einer größeren Übertretung schuldig zu machen schien. Doch er hatte mir den Weg richtig erklärt, denn ich erreichte schon bald die Bloemcamplaan, durchradelte sie aber, ohne eine Kirche zu entdecken, und kam deswegen nicht umhin, eine Dame in einer Pelzjacke mit einem sklavischen Schäferhund anzusprechen: »Mevrouw, wissen Sie vielleicht, wo hier die Bloemcamp-Kirche ist?«

»Lieber Himmel, gibt's hier eine Kirche? Keine Ahnung. Weißt du, ob's hier eine Kirche gibt?«

Die letzten Worte waren an einen Mann gerichtet, der sich mit einer Leine näherte, an der kein Hund zu sehen war.

»Eine Kirche, hier? Ja, ich habe gehört, daß es hier so etwas geben soll, aber ich weiß zum Glück nicht, wo; alles Elend dieser Welt haben wir den Kirchen zu verdanken.«

Um eine Straßenecke näherte sich ein winselnder Köter von unbestimmter Rasse, der eine lange Leine hinter sich herschleifte. Erst als Mann und Hund sehr viel weiter waren, merkte ich, daß beide Leinen miteinander verbunden waren. Die Dunkelheit verschluckte sie, und ich sah nur eine Leine vorübergehen.

Die Allee war überraschend lang, und fortwährend tauchten neue Spaziergänger mit Hunden auf. Ich traute mich aber nicht mehr, sie zu fragen, sondern fuhr die Straße auf und ab und hoffte, das Kirchengebäude doch noch zu entdecken. Auf einmal tauchte aus der Dunkelheit ein Steinklotz auf, an dem ich bereits drei- oder viermal vorbeigefahren war, der nun aber nicht mehr zu übersehen war, weil aus den Fenstern festlicher Lichtschein drang. Ich lehnte das Rad gegen den Zaun; es war viertel vor acht. Um acht Uhr sollte es anfangen, und weil ich noch nicht hineingehen wollte, spazierte ich um die Kirche herum. Als ich meine erste Runde beendet hatte und zum zweiten Mal um das

Gebäude schlenderte, sah ich im Dunkeln ein Mädchen, ohne Hund, wie es schien, das mir langsam entgegenkam. Sie trug einen weißen Plastikregenmantel, schwarze Strümpfe und hatte schwarzes, glattes Haar, das auf der Stirn bogenförmig geschnitten war. Sie hatte überhaupt keine Ähnlichkeit mit Martha, und doch stockte mir der Atem, als ich sie sah; ich wußte nicht, warum, bis ich an ihr vorbeiging und mir mit einem Mal einfiel, was es war, und mich umdrehte, um zu sehen, ob ich recht hatte. Sie hatte den gleichen schwebenden, ruhigen Gang wie Martha, und es schien plötzlich, als ob es allein diese Art zu gehen gewesen war, die mich an ihr so maßlos bezaubert hatte. Ich erinnerte mich sogar daran, daß ich Johan einmal davon erzählt und daß der mich damals ausgelacht hatte. Beim Weitergehen blickte ich dem Mädchen in Weiß und Schwarz nach, und sie sah sich im selben Augenblick nach mir um, als ich mich nach ihr umdrehte; ihr gemächlicher Spaziergang verlangsamte sich zu einem zögernden Schritt, und in ihren Augen sah ich, so dunkel es auch war, den Anflug einer schelmischen, fröhlichen Entschlossenheit. Mein Atem ging nun nicht mehr ruhig, sondern mit Unterbrechungen, die mir die Kehle zuschnürten. Ich blickte wieder nach vorn, entfernte mich drei, vier Schritte, schaute mich noch einmal um und sah, daß sie noch immer dort stand, sich höchstens sehr langsam bewegte und dabei umschaute, daß ihr weißer Mantel, in dessen Taschen sie ihre Hände verbarg, sich an einer Seite nach oben wölbte, als ob die Hand in der Tasche an dieser Seite eigentlich hinauswollte, um mir zuzuwinken, aber nun kompromißweise mitsamt dem weißen Plastik hervorstand. Hastig ging ich weiter, mit weichen Knien, am ganzen Körper zitternd und noch immer mit fast hörbar pfeifendem Atem. Ich bog um die Ecke, um noch eine Ecke, und da war sie wieder; genau wie eben kam sie mit dem schwebenden Gang Marthas auf mich zu. Im Vorübergehen blickten wir uns an; sie hielt den Kopf leicht nach vorn geneigt, als hätte sie gerade etwas betrachtet, das auf der

Straße lag, aber nun die Augen nach oben gerichtet, und wieder war da dieser Blick, der engumschlungene Spaziergänge in der Dunkelheit und noch mehr versprach, alles, wonach man sich heimlich gesehnt hatte, seit den ersten bewußten Augenblicken des Lebens, ohne zu wissen, was es war. Aber ich wagte es nicht, sie anzusprechen, ich sah mich nur um, nun eher als bei der ersten Begegnung, und auch sie sah sich in genau demselben Moment um, mit einem herausfordernden Blick, der durch ein trauriges Lächeln gedämpft wurde. Ich hatte das Gefühl, als ob mein Herz schon außerhalb des Körpers hämmerte, als ob die Beine mir jeden Augenblick den Dienst versagen würden, und doch ging ich weiter, so langsam wie nur möglich, und sah mich dabei fortwährend nach ihrem Umsehen um, bis an die Ecke, wo sie aus meinem Blickfeld verschwand und ich plötzlich, so schnell ich konnte, um zwei Ecken des dreieckigen Grundstücks bog, auf dem der Steinklotz schwarz, aber mit erleuchteten Fenstern aufragte. Bei der dritten Begegnung flüsterte ich heiser: »Tag«, und sie flüsterte in der gleichen Weise, aber gedehnter, »Tag« zurück, und ich ging ein paar Schritte weiter, blieb stehen und sah mich um, genau wie sie, und in diesem Augenblick fuhr ein schwarzes Auto mitten zwischen uns hindurch in die Einfahrt zur Kirche, worüber wir beide so erschrocken waren, daß sie schnell wegging und ich, ohne mir bewußt zu sein, was ich tat, in die offenstehende Tür der Kirche eilte, durch die so verschwenderisch viel Licht fiel. Erst als ich in einer Bank saß und viele verwunderte Gesichter von meist kahlen, bebrillten, quadratischen Köpfen älterer Männer auf mich gerichtet waren, wußte ich, daß ich einen der größten Fehler meines Lebens beging. Oder nein, ich wußte es damals noch nicht, ich ahnte es nur, als ich mich, weil ich mich unter all diesen verwunderten Blicken unbehaglich fühlte, nicht mehr zu bewegen traute und deshalb einfach sitzen blieb und sogar aus Gewohnheit, und weil ich den Text konnte, mitsang, als der erste Psalmvers erklang.

Als es still wurde, weil einer der Granitköpfe sich anschickte, das Gebet zu sprechen, glaubte ich ihren Schritt draußen vor der Kirche zu hören, als ob sie noch immer das Gebäude umkreiste. Die Schritte wurden später zu dröhnenden Hammerschlägen, als der Mann der moosgrünen Bände – ein fast weißhaariger, bebrillter Fünfziger – einen Vortrag über die unerschütterliche Gewißheit des Glaubens hielt und dabei fortwährend in meine Richtung blickte, vielleicht, weil ich der einzige Jüngere war in einer Gesellschaft, die ausschließlich aus Männern um die Fünfzig bestand, die zum Teil sogar in gestreifte Hosen und schwarze Jacketts gekleidet waren. Als dieses begeisterte Dröhnen endlich aufhörte, das meinen ohnehin schwankenden Glauben noch weiter untergrub, weil ich von einem einzigen Moment des Zweifels mehr gehabt hätte als von dieser schauderhaften Gewißheit, blieb mir nur noch eines zu hoffen übrig: daß sie noch immer draußen wäre. Ich blickte auf die Orgel und hoffte inständig, ein Stück von Bach zu hören, aber der Organist spielte ein vordergründiges Jubelwerk von Händel; ich eilte hinaus und lief um die Kirche herum. Sie war nicht mehr da. Ich umkreiste die Kirche so lange, bis das Licht in den Fenstern erloschen war, strich noch durch die Straßen der Umgebung und wurde fast verrückt vor lauter Selbstvorwürfen; schließlich radelte ich im Dunkeln zurück. Während mich die gleichmäßige Bewegung wieder einigermaßen beruhigte, wußte ich, daß etwas Irreparables geschehen war; obwohl ich krampfhaft versucht hatte, meinen Glauben zu bewahren und das durch den Besuch dieser Kirche hatte besiegeln wollen, konnte ich nun nur noch krampfhaft versuchen, ihn zu verlieren.

Drei Wochen lang radelte ich jeden Abend zur Bloemcamplaan, um das Mädchen in Weiß und Schwarz wiederzusehen, doch ich begegnete ihr kein einziges Mal. Vielleicht würde ich noch immer dort hinradeln, wenn ich nicht an einem Abend in der dritten Woche einen Platten gehabt hätte. Als ich das Rad auf dem Rückweg schob, wurde ich von einem wolkenbruchartigen Regenguß völlig durchnäßt. Ich holte mir eine Erkältung und mußte zwei Wochen lang mit Fieber das Bett hüten. Jakob brachte mir die Werke Nietzsches, der mich nicht nur bei meinen Bemühungen unterstützte, den Glauben zu verlieren, sondern mir auch half, meine Isolation zu akzeptieren. Nachdem ich wieder gesund war, fuhr ich noch einige Male zur Bloemcamplaan, aber es wurde Sommer, die Abende dufteten würzig, besonders dort am Dünensaum, und waren zu hell für das geheimnisvolle Schwarz und Weiß der Spaziergängerin. Dennoch rief die Verschwundene in mir eine so starke Sehnsucht nach einem Mädchen wach, daß ich begann, durch die Straßen zu streifen, weil ich hoffte, noch einmal eine solche Begegnung zu erleben. Mehr als ein paar Fausthiebe handelte ich mir dabei allerdings nicht ein.

Vorabend

Windstilles Wetter und der Duft des Herbstes in der Luft. Löst mich plötzlich aus der Zeit, versetzt mich in die Tage meiner Jugend, in windstille Herbstmorgen mit unbewegtem Wasser in schimmernden Kanälen. Wenn ich beim Komposthaufen stehe und über die Polder blicke, kann ich sie sehen zwischen den höhergelegenen Wiesen, auf denen nicht ein einziger Vogel, der sich auf den Zug nach Süden vorbereitet, zu entdecken ist. Sogar die Vögel haben teil an dieser geheimnisvollen Sonntagsruhe der Natur, diesem Schlaf mit offenen Augen, während sie sich gestern noch so eifrig versammelten. Wie oft werde ich diesen feuchten Herbstduft noch einatmen? Warum wünsche ich mir gerade jetzt so sehnlich, weiterzuleben, noch recht lange zu leben? Seltsam, daß dieser erste Duft des Herbstes nach dem Sommer mich fast völlig von meiner Vergangenheit befreit. Es scheint, als hätte es nie Kinder gegeben, die ohne mich miteinander spielten, als wäre ich nie ohne Freunde und

Freundinnen gewesen, oder als wäre das, wenn es wirklich so war, im Grunde nicht wichtig – kleine Wellen an der Wasseroberfläche, aber unter diesen Wellen herrscht eine beständige, unerschütterliche Ruhe, die manchmal, wenn der erste Duft des Herbstes da ist, wenn an dunklen Abenden im Vorfrühling die ersten Amseln rufen, wenn beim Aufwachen der erste, noch unberührte Schnee gefallen ist, alles andere überlagert. Nur dann für einen kurzen Augenblick die Illusion, zu begreifen, was Leben ist, eine flüchtige Erkenntnis, für die es keine Worte gibt.

Weniger denn je ist dies ein Tag, um ans Reisen zu denken. Sogar die Zugvögel haben es nicht eilig. Warum also sollte ich packen? Warum überhaupt fortgehen? Ich habe ja ohnehin nur noch ein paar Tage zu leben. Merkwürdig, daß ich sogar jetzt nicht imstande bin, diesen Gedanken beiseite zu schieben. Dabei ist dieser Tag, an dem selbst die Natur Einkehr hält, doch gar kein Tag, um ans Sterben zu denken. Aber vielleicht beschwört die bevorstehende Abreise mein Hirngespinst herauf. Vielleicht ist es nichts anderes als die Angst vor der Reise. Ohne äußeren Zwang würde ich wahrscheinlich nie verreisen. Nichts ist deprimierender als der Tag vor einer weiten Fahrt. Es ist, als würde man nie wieder zurückkommen; man geht durchs Haus, durch den Garten, man denkt: hier bin ich nun zum letzten Mal, das alles werde ich nie wiedersehen. Ich kann wirklich nicht verstehen, daß es so viele Menschen gibt, die gerne reisen. Ob ihnen die bodenlose Melancholie der Vorabende unbekannt ist? Ich bin zu dieser Reise gezwungen, wenn ich den Anschluß an die Entwicklungen in meiner Disziplin nicht verlieren will. Also gehe ich ziellos durch Haus und Garten, und alles ist mir noch teurer als sonst. Nur das Wissen, daß ich morgen, wenn die ersten hundert Kilometer hinter mir liegen, plötzlich nicht nur von dieser Vorabendmelancholie befreit sein, sondern sogar begeistert über unbekannte Straßen weiterfahren werde, läßt mich den Impuls überwinden, gar nicht erst zu packen. Aber ich weiß auch, daß ich nach der anfänglichen Begeisterung immer größeres Heimweh bekomme. Und doch verleiht gerade Heimweh, vorausgesetzt, daß es in erträglichen Grenzen bleibt, auf Reisen allem Erlebten und Gesehenen Gestalt und färbt alles zu unvergeßlichen Erinnerungen, so als wäre Heimweh das gleiche wie die Harmonisierung in der Musik Schuberts. Noch immer sehe ich vor mir, wie ich in England, einem Land für Menschen wie mich, ein einziger großer Garten, sogar die großen Plätze in London mit vielen Blumen und Bäumen, bei einem Kollegen in einem Londoner Außenbezirk zu Gast war. Bereits am vierten Tag hatte dieses furchtbare Zählen angefangen: noch sechs Nächte schlafen, dann darfst du nach Hause. Zuerst zählte ich in Tagen und stellte nach der Hälfte des Aufenthaltes ebenso bedrückt wie zufrieden fest: nun habe ich schon die Hälfte geschafft, noch einmal so viele Tage, und dann geht es nach Hause, aber allmählich teilte ich die Zeit nicht mehr in Tage, sondern in Stunden ein: noch zweiundsiebzig Stunden, dann darf ich zurück. Und jede der folgenden Stunden schien länger zu dauern; nachts konnte ich nicht mehr schlafen und lauschte im Bett ungeduldig einer fernen Turmuhr, die wieder eine Stunde abzog von der Zeit, die noch bis zur Heimreise blieb. Dann wiederholte ich im Geiste immer wieder die berühmten Worte: das Leben ist kurz, doch die Stunden sind lang.

Nach einer dieser durchwachten Nächte mit einer kaum hörbaren Turmuhr war ich frühmorgens aus dem Haus meines Kollegen geschlichen und zwischen grauen Häusern hindurch zu einer Art Feldweg in einem Park gelangt, in dem ein unermeßlicher Chor von Singvögeln den Gedanken an die Heimreise für kurze Zeit in den Hintergrund drängte. Und dort hatte ich damals eine Singdrossel nicht nur rätselhaft schön singen hören, sondern jedesmal, wenn sie vier gleiche Strophen sang, schon die nächste Strophe leise vor mich hin gesummt; die Drossel hatte die von mir vorweggenommene Strophe dann tatsächlich viermal wiederholt, so als hätte ich sie ihr vorgesungen. Sechsmal hatte ich voraussehen können, was sie singen würde, obwohl eine Singdrossel ihr Lied ständig wechselt und nur an ihrer zwanghaften Wiederholung zu erkennen ist. Es war eine der sonderbarsten Erfahrungen meines Lebens, denkbar nur vor dem Hintergrund von Schlaflosigkeit und nagendem Heimweh.

Ein paar Tage später, wie immer am Vorabend des Tages der Heimreise, war das Heimweh mit einem Mal verschwunden (als hätte ein quälender Kopfschmerz nachgelassen), und ich hatte zu Beginn dieses Abends, nach dem letzten ermüdenden Kongreßtag, am Fenster meines Zimmers in der zweiten Etage gestanden und über Dutzende von Hintergärten geblickt. In all diesen Gärten sah ich Ehepaare mit Kindern, die meist Unkraut ausrupften, das sie dann hinten im Garten auf einen Haufen warfen. Danach hatten beinahe alle Gartenbesitzer im beginnenden Abenddunkel die Unkrautbüschel angezündet, so daß überall weiße Rauchschwaden in den windstillen Abendhimmel aufstiegen, weiße Schwaden,die nicht forttrieben, sondern sich im Dunkelblau auflösten. Es war mir, als hätte sich meine Jugend fast spielerisch zu einer großen Zahl von rauchenden Gärten vervielfältigt und als ob nicht nur ich, sondern auch zahllose andere hinter Fenstern standen und jenem Leben zuschauten, an dem sie keinen Anteil hatten, so daß ich mich nicht mehr allein, zugleich aber um so stärker von allem ausgeschlossen fühlte, denn mit all diesen anderen Zuschauern konnte ich, eben weil sie genau wie ich waren, keinen Kontakt aufnehmen.

Ich habe nun meinen Koffer und meine Tasche gepackt und im Auto verstaut. Ich bin noch ein wenig durchs Reetland gerudert, mit dem Verlangen, seltsamerweise gerade jetzt stärker denn je, einen Eisvogel zu sehen, der an diesem Tag ohne Vogelflug nun wirklich nicht da sein konnte; ich habe das letzte Brot bis auf ein paar Scheiben für morgen früh gegessen, ich habe vergeblich versucht, an meinem Vortrag für Bern zu arbeiten, und jetzt, im bereits dunklen Zimmer, überlege ich, ob ich auch nichts vergessen habe. Meine Gewebekulturen habe ich versorgt, das ist das Wichtigste. Ich habe mir sogar ein paar Bücher für die Reise herausgesucht, die ich bestimmt nicht lesen werde, die Briefe Spinozas über seine chemischen Experimente, die Autobiographie von John Stuart Mill, weil dieses Buch so trostreich ist (auch er wuchs völlig allein auf). Nun bleibt mir nur noch übrig, Musik zu hören. Auch das gehört zu den schwarzgalligen Stimmungen dieser Vorabende: sich die Musik anzuhören, die man in diesem Moment am meisten liebt. So sitze ich im Dunkeln und lausche dem Singen der spielenden Kinder am Anfang der *Pique Dame*, der *Winterreise* von Schubert, dem Schluß von *Wozzeck* und schließlich Verdis *Requiem*. Als ich mir fast atemlos die gewaltigen Schlußtakte mit dem Gestammel des Soprans und dem noch zweimal leise wiederholten »Libera me, Domine« angehört habe, ist es mir unmöglich, die sich drehende Platte vom Plattenteller zu nehmen. Ich sehe nur auf die kleinen Lämpchen des Verstärkers, und ich wiederhole, fast mechanisch, »Libera me, Domine, Libera me, Domine«, als genüge es, diese Worte auszusprechen, auch wenn man nicht mehr glaubt.

Wasserschmätzer

Während die Hügel höher wurden und das durch Bäume unterstrichen, deren Laub vom Nachtfrost rot gefärbt war, hatte ich immer stärker das Gefühl, Jakob würde neben mir im Auto sitzen, und es wurde fast zur Gewißheit, als ich ausrief: »Ein Rotmilan!« Wem sonst hätte ich das zurufen sollen? Wir beobachteten den tiefgegabelten Schwanz des einsamen Vogels, der hoch am Himmel langsam seine Kreise zog. Ich war nun im südlichen Deutschland, und ich hatte der Gestalt neben mir, die mir schließlich zu Jakob geworden war, ausführlich berichtet, was am Samstag auf dem Schultreffen passiert war; ich hörte seine tiefe Stimme mit einem spöttischen Unterton sagen: »Na und? Ein völlig belangloses Gespräch, lauter nichtssagende Mitteilungen. Was soll's, Sprache dient eben nicht zur Übertragung von Informationen, Reden ist so etwas wie das gegenseitige Flöhen bei den Affen, Plapperlaute zur gegenseitigen Beruhigung.«

Aber ich störte mich nicht an seinen leichtfertigen Vergleichen zwischen Tieren und Menschen, ich sagte, und konnte das auch sagen, weil er nicht wirklich neben mir saß: »Verrückt, aber erst jetzt wird mir klar, warum ich das Gefühl habe, als wäre eine Last von zwölf Jahren von mir abgefallen; sie erschrak nicht, als sie mich sah, sie stolperte nicht, nein, sie kam auf mich zu, sie sagte: ›Dir will ich auch noch die Hand drücken.‹«

»Das ist wirklich das Unsinnigste, was ich jemals gehört habe«, sagte er, »wer bleibt denn zwölf Jahre lang einem Mädchen treu, das er nicht einmal zu erobern versucht hat, um das er sich im Grunde überhaupt nicht bemüht hat? Weißt du, was ich glaube? Diese Treue ist nur ein Schutz, eine Abwehrhaltung gegen andere Frauen, denn du bist eigentlich ganz froh darüber, so allein zu sein, du pflegst deine Isolation, und diese Treue ist eine Mauer um deine Festung.«

»Aber sie macht mich doch auch reichlich verwundbar. Jedesmal, wenn ich ein Mädchen sehe, das ihr ähnelt, dann . . .«

»Ach, komm, das bestätigt nur diese Treue, vielleicht ist es die Achillesferse deiner Treue, aber ihr Vorhandensein beweist eben auch, daß du ihr treu bist. Je aufgewühlter du bist, wenn du eine Frau siehst, die ihr ein wenig ähnelt, desto sicherer ist, daß sie und keine andere die einzige für dich ist. Aber im Grunde genommen ist das alles durch und durch neurotisch. Soll ich dir mal was sagen? Du hast bestimmt schon, auch wenn es nicht direkt zu deinem Fach gehört wie bei mir, von den Tierversuchen mit Äffchen gehört, die ganz allein bei künstlichen Müttern aufwachsen. Die können später keinen Kontakt mit anderen aufnehmen, keine sexuelle Beziehung eingehen. Und selbst wenn sie eine echte Mutter, aber keine Spielgefährten haben, scheitern sie später. Spielen ist für junge Säugetiere genauso wichtig wie gute Ernährung. Du bist als junges Säugetier ganz allein groß geworden, keine Geschwister, keine Freunde, nichts. Dadurch bist du ebenso kontaktgestört wie die Äffchen und kannst keine Beziehungen eingehen. Aber du hast aus der Not eine Tugend gemacht und dir eine romantische Liebe zugelegt, um dein Unvermögen auf diesem Gebiet zu tarnen, um zu verbergen, daß du genauso bist wie alle anderen, die auch nur ficken wollen wie die Bären.«

Wie angenehm das alles klang! Ich hatte es schon öfter gehört, meistens, wenn wir zusammen hinausruderten. Vielleicht glaubte er, er könne mit seinem Gerede ein winziges Feuer auspusten, doch in Wirklichkeit fachte er das Feuer gerade an. Es tat nichts zur Sache, daß er vielleicht recht hatte und daß er es durch seine ewige Neigung, alles auf animalische Proportionen zu reduzieren, banalisierte, denn das änderte nichts. Rationale Überlegungen haben noch nie ein Gefühl zum Schweigen bringen können. Wenn ich sagte: es gibt genug Tiere, deren Junge ganz allein aufwachsen, warum ziehst du die nicht zum Vergleich heran, kam er mit ethnologischen Argumenten: »In den meisten Kulturen gibt es nicht einmal das Phänomen Verliebtheit.«

»Das beweist gar nichts. In den meisten Kulturen glauben sie nicht an Jesus – aber damit ist der Glaube an Jesus noch nicht unmöglich oder unsinnig.«

Doch dieses Thema überging ich schnell, es war mir zu heikel, erinnerte mich zu sehr an meine Mutter. Ich sagte: »Wenn das nun wirklich stimmen sollte mit den Bären, dann hätte ich es doch schon längst getan – man kann ja für wenig Geld die schönsten Frauen kaufen.«

»Du willst mir doch nicht weismachen, daß du noch nie . . .«

Er war plötzlich nicht mehr da, der Sitz neben mir war leer, und ich konnte niemandem zurufen: »Schau, noch ein

Rotmilan«, ebensowenig wie ich dort, am Ortseingang einer kleinen Stadt (denn ich hatte die Autobahn verlassen, ich wollte hier im Schwarzwald in einem kleinen Dorf übernachten), jemanden auf den eigenartigen Vogel aufmerksam machen konnte, den ich in einem schnell fließenden Bach umherhüpfen sah. Ich war bereits über die Bachbrücke gefahren, als ich ihn gerade noch erblickte, und darum parkte ich den Wagen, sobald sich eine Gelegenheit bot. Ohne das Auto abzuschließen, lief ich eilig zurück, weil ich fürchtete, der Vogel könnte schon weg sein. Seltsam, daß man über Jahre hinweg nach einem bestimmten Vogel Ausschau halten konnte! Wie würde Jakob das mittels Tierverhalten erklären? Ob es wirklich einer ist? Während ich rannte, dachte ich: ein einziges Mal darfst du diesen Vogel sehen, bevor du stirbst. Ich schüttelte den Kopf, um dieses störende Hirngespinst zu verscheuchen, nicht einmal ohne Erfolg, ich vergaß es fast, denn da war er, der Vogel, über den ich so viel gelesen, den ich aber noch nie gesehen hatte – der einzige wasserliebende Singvogel, solitär bis selbst in die Vogelsystematik hinein, in der er mit einigen engen Verwandten eine gesonderte Familie bildet. Er flog dicht über dem Wasser wie ein großes, surrendes Insekt. Nahe an der Brücke ließ er sich auf einem Stein nieder, der von weißem Schaum umspült wurde. Das kümmerte den Vogel nicht, er knickste mit seinen merkwürdig biegsamen Beinchen, als würde er zum Wasser hin Bücklinge machen. Ich konnte jetzt genau erkennen, daß er wie ein vergrößerter Zaunkönig aussah, und sogar sein Gesang hatte etwas von dessen schrillem, schmetterndem Geräusch, das so herrlich klingt, wenn man es aufnimmt und mit langsamerer Geschwindigkeit abspielt. Denn der Wasserschmätzer sang und zwinkerte mit seinen weißen Augenlidern, als leuchteten die ganze Zeit an seinem Kopf kleine Lämpchen auf. Dann begab er sich ins Wasser, schritt ruhig gegen die Strömung voran, den Kopf meist unter Wasser, so daß nur noch ein kleiner Teil seines Rückens zu sehen war. Ein ganzes Stück bachaufwärts tauchte er wieder aus dem Wasser auf, flog eine kurze Strecke und tauchte erneut, und das alles mit diesem vorwitzigen, hochstehenden Schwänzchen, das jede Annäherung abzuwehren schien. Ich ging zum Auto zurück. In diesem Ort wollte ich bleiben. Ich verspürte plötzlich den unbändigen Wunsch nach umfassenderen Kenntnissen über diesen kleinen Vogel, nach einem ausführlichen Bericht über sein Verhalten von Stunde zu Stunde, denn so, wie er dort herumgehüpft und geflogen war, war er der Inbegriff vollkommen selbstverständlicher und glücklicher Einsamkeit gewesen. Merkwürdig, daß ich die Natur immer wieder mit meinem Leben in Einklang zu bringen suchte, daß ich mich unterwegs wiederholt über die ständig zusammen auftretenden Taubenpärchen geärgert hatte, die einander wie eifersüchtige Ehegatten keinen Moment aus den Augen ließen, und daß mich die einsamen Rotmilane erfreut hatten. Doch die Einsamkeit des Wasserschmätzers schien mir noch authentischer, unantastbarer; ein Vogel, aus eigener Kraft in allen Elementen zu Hause.

Als ich zum Bach zurückging, dämmerte es bereits, denn es hatte mich sehr viel Mühe gekostet, noch ein Zimmer zu finden. Ich war zum Schluß in einem Gasthof gelandet, dessen Besitzer starrköpfig Englisch mit mir sprach, obwohl ich Deutsch redete. Wollte er zeigen, daß er Englisch konnte? Nun gut, dann zeigte ich eben, daß ich mir auf Deutsch zu helfen wußte. Am Bach schwirrte der Wasserschwätzer noch mit der gleichen Unbeirrbarkeit von vorhin über dem Schaum, aber als ich ankam, verschwand er plötzlich unter der Brücke. Ob man dort einen Nistkasten angebracht hatte? Es schien mir nicht unwahrscheinlich; nur das, wußte ich, kann den Wasserschmätzer in Europa vielleicht noch retten. Während ich auf der Brücke stand, hörte ich das Geschmetter einer Blaskapelle. Plötzlich begriff ich, was der Wirt mit dem Wort »Fest« gemeint hatte, das er in seinen englischen Satz hatte einfließen lassen, vielleicht, weil er das englische Wort für Fest nicht parat hatte. War es deswegen so schwierig gewesen, ein Zimmer zu finden? Auf dem Rückweg sah ich mich zunehmend von Festbesuchern umgeben, die fröhlich schwatzend ins Dorf gingen. Warum feierten sie hier ein Fest? Ich war nicht neugierig darauf, wollte nur etwas essen und suchte ein ruhiges Lokal. Aber alle Tische in den Restaurants und Kneipen waren mit lärmend speisenden Gästen besetzt. Sogar auf den Terrassen war trotz der Abendkühle kein Platz mehr frei. Müde und hungrig trottete ich durch das, was die Hauptstraße des Dorfes zu sein schien, inmitten vieler Passanten, die einander ständig übertrieben grüßten oder von den Terrassen her gegrüßt wurden. Zuerst zögernd, nach und nach aber forscher ging ich in verschiedene Lokale und erkundigte mich, ob noch ein Platz frei war: »Alles belegt.«

»Alles belegt, Entschuldigung.«

»Besetzt, Wiedersehn.«

»Heute abend alles belegt.«

»Kommen Sie später wieder.«

Mir schien nichts anderes übrigzubleiben, als zu warten, bis die Festbesucher gesättigt waren. Ich streifte durch die Seitenstraßen und gelangte durch eine finstere Gasse plötzlich zum eigentlichen Festplatz, wo die Blaskapelle tapfer musizierte, ungeachtet des Gelächters und des Stimmengewirrs, in dem die Klänge, viel mehr noch als vorhin auf der Brücke, untergingen. Nirgends sah ich einsam daherspazierende Menschen wie mich. Jeder war mit einem oder mehreren Gefährten versorgt. Niemand störte sich jedoch an meiner Anwesenheit, niemand sah sich nach mir um. Wenn ich dort an einem gewöhnlichen Abend entlanggegangen wäre, hätte mich bestimmt der eine oder andere Passant aufmerksam gemustert. Nun aber, wo jeder, unter anderem dank des Alkohols – er war vor allem auf den roten Wangen der Männer zu sehen und am gurrenden Lachen der Frauen zu hören –, im Festrausch war, wurde ich schlicht übersehen. Es hätte keinen Unterschied gemacht, wenn ich dort nicht entlanggegangen wäre. Ich war durchsichtig wie in einem oft geträumten Traum aus meiner Jugend. Darin ging ich über einen Platz voller Menschen, und ich war unsichtbar, aus Glas. Obwohl mir dieser Traum immer Angst gemacht hatte, schien seine Erfüllung nun ein Glücksgefühl – das allerdings auch beängstigend war – hervorzurufen, das in keinem Verhältnis zu seinem Anlaß stand. Ich ging ziellos weiter, und zuweilen rempelten mich betrunkene Menschen an, die das nicht einmal zu bemerken schienen. Es war ziemlich kühl, ein erster Hauch von Winterkälte schien in der Luft zu liegen, so daß ich von Zeit zu Zeit fröstelte, aber das Gehen tat mir gut. Außerdem bekam ich immer mehr Hunger, Hunger, der allmählich in ein leichtes, fröhliches Gefühl überging: Ich bin ich, ich wäre noch mehr ich, wenn ich diese Kleider nicht trüge, die gehören strenggenommen nicht zu meinem Ich, schirmen es aber ein wenig ab. Ich fühlte mich vollkommen unverwundbar; sogar mein Zwangsgefährte, mein Hirngespinst, vermochte mir keine Angst mehr einzujagen, denn wenn ich sterben würde, würde nicht ich verschwinden, sondern die Welt würde nicht mehr bestehen. Das Ich war unantastbar, das einzig Wirkliche – alles andere war nur Schein, wurde nur aufrechterhalten, weil ich es wollte, und ich könnte es in jedem gewünschten Augenblick vernichten. Dort standen die Häuser, dort gingen die Menschen umher, aber das alles war etwas anderes, etwas völlig anderes, es berührte mein Dasein nicht, das in sich selbst geschlossen und von nicht zum Ich gehörenden Kleidern umgeben war. Es gab nur einen einzigen Gegensatz: alles andere und ich.

Nachdem ich gut anderthalb Stunden zwischen den Menschen, die meine Anwesenheit nicht einen Moment lang zur Kenntnis nahmen, umherspaziert war, fand ich auf einer Terrasse einen leeren Tisch, an dem ich kühn Platz nahm. Bedient wurde ich fürs erste nicht; über die Terrasse liefen zwar Kellner, doch sie schienen mich einfach nicht zu sehen. Ich unternahm auch nichts, um ihre Aufmerksamkeit auf mich zu lenken, ich fühlte mich vollkommen eingeschlossen in meine Unsichtbarkeit. Solange ich lebte, war ich noch nie so nachdrücklich allein gewesen, und das bewirkte diese sonderbare, von jedem depressiven Gedanken weit entfernte Stimmung, in der man ebensogut vor Glück weinen wie auch über seinen Kummer lachen, ebensogut zutiefst glücklich wie völlig verzweifelt sein kann – diese Stimmung, in der die extremsten Möglichkeiten einander unerwartet berühren. Als dann endlich der Kellner kam, um meine Bestellung aufzunehmen, war ich nicht in der Lage, ihn anzusprechen, und so zeigte ich auf der Speisekarte auf ein Menü und eine Flasche Weißwein, und er nickte nur, als ob er an dem Komplott beteiligt wäre, als ob er wüßte, daß Sprache überflüssig wäre, daß jedes Wort diese zerbrechliche, glückselige, transparente Klarheit getrübt hätte, und ich war ihm dankbar, daß er, als er mir das Bestellte brachte, es gleichfalls wortlos hinstellte. Ich trank zuerst vom Wein, um die Stimmung zu vertiefen und ihr Profil zu verleihen, denn Alkohol ist wie das Einschalten des Lichts in einem dunklen Zimmer, es verändert das Interieur nicht, zeigt nur die Anordnung aller Gegenstände. Dicht an mir vorbei gingen immer lauter lärmende Festbesucher, und während ich sie durch ein gefülltes Weinglas zu betrachten versuchte, fühlte ich mich maßlos glücklich, denn es gab niemanden, der mich kannte, niemanden, der mich ansprechen würde, niemanden, der von mir erwartete, daß ich an etwas teilnahm, zu dem sich kein einziges Tier jemals herablassen würde.

Wolken

Am Bach schwirrte am nächsten Morgen in aller Frühe nicht nur der Wasserschmätzer über dem heftig bewegten Schaum; auch ein scheuer Grünschenkel lief zwischen dem schon gelb gewordenen Schilf am Ufer umher. Er sah mich und rannte auf seinen langen, blaßgrünen Beinen zum Schilfsaum. Als ich reglos wartete, kehrte er schon bald zurück und stelzte vorsichtig durch die kleinen Pfützen, die von einem höheren Wasserstand des Baches zurückgeblieben sein mußten. Mit seinem Schnabel löffelte er im Wasser. »Dort findest du doch gar nichts«, redete ich ihm leise zu, und es schien, als würde er mich verstehen, denn er zog sich wieder ins Schilf zurück. Ein letztes Mal betrachtete ich die verblüffende Betriebsamkeit des Wasserschmätzers, dann ließ ich den Motor an und fuhr in ein Land, in dem ich noch nie gewesen war, über das ich aber viel Schlechtes gehört hatte.

»Ein einziges großes Hotel.«

»Geldgierige, raffsüchtige Einwohner.«

»Land der Bankiers und Kassen.«

»Alle Seen sind gerammelt voll mit Munition in wasserdichten Kisten.«

»Durch und durch von Touristen verseucht.«

Ich hatte diese Art Sprüche schon so oft gehört, daß sie von unpersönlichen Stimmen zu stammen schienen, die fast direkt nach dem Passieren der Grenze verstummten. Was war das Besondere an diesem Land? Wodurch unterschied es sich von Deutschland? Obwohl ich es nicht sofort entdecken konnte, hatte ich das Gefühl, ein völlig verräuchertes Zimmer verlassen zu haben und plötzlich in einem großen Saal zu stehen. Wie kam die gewaltige räumliche Wirkung dieser Landschaft zustande, die doch stark dem Schwarzwald ähnelte? Die Berge waren höher, aber das war es nicht, und es dauerte noch eine gute Stunde, bevor ich wußte, was das Besondere war an diesem Land, das höhere Berge und breitere Täler kannte, als ich jemals gesehen hatte. Das Gefühl der Räumlichkeit, des Frei-Atmen-Könnens mußte vorwiegend dem Fehlen von windschiefen, kleinen Schuppen und bis zur Schnupftuchgröße parzellierten Böden zu verdanken sein – etwas, das für die holländische und in geringerem Maße auch für die deutsche Landschaft so charakteristisch ist. Man blicke sich nur einmal in einem niederländischen Polder um: es müßte nicht mit rechten Dingen zugehen, wenn man nicht einen baufälligen Schuppen, ein schludriges Anwesen, eine krummgewehte Baumgruppe, eine kleine Windmühle mit verbogenen Flügeln oder ein eingesunkenes Gatter, in dem ein paar Holzlatten fehlen, entdecken würde. Von alledem hier keine Spur; hier hat man im Kampf gegen das Gerümpel, den Verfall, fürs erste gesiegt, und je weiter ich ins Land vordringe, desto größer wird mein Respekt vor seinen Bewohnern. Aber wo bleiben nun die vielgerühmten Berge? Bis Bern sah ich nur sonnige Täler mit Weingärten, die von einer Ballettänzerin angelegt zu sein schienen, zwischen den Hügeln. In Bern parkte ich, wie mir der Kongreßleiter in einem Brief empfohlen hatte, den Wagen oberhalb des Bahnhofs. Das Parkhaus dort war leicht zu finden; schwieriger aber war es, nach dem Verlassen des Wagens zu Fuß zum Ausgang zu gelangen. Ich irrte zwischen den parkenden Autos umher und erreichte schließlich, als ich anderen folgte, zwei Fahrstuhltüren. Mit dem Fahrstuhl fuhr ich zuerst nach unten, zu der Unterführung zum Bahnhof, wo ich aber keinen Ausgang entdecken konnte, so daß ich mit demselben Fahrstuhl inmitten von Menschen, die ein unverständliches, singendes Deutsch sprachen, wieder nach oben fuhr. Der Fahrstuhl setzte uns bei einer Treppe ab, die an ihrem Ende einen Streifen Tageslicht freigab. Seltsam, daß man in einem solchen Moment denkt, alle Probleme seien gelöst, wenn man nur erst das Tageslicht erreicht habe. Ich stieg die Treppe hinauf und gelangte zu einer gepflasterten Dachterrasse, die unmerklich in einen Park, hinter dem hellbraune Gebäude aufragten, überging. Ich trat an den Rand der geräumigen Dachterrasse, wo ein breites Geländer war, das von vielen als Sitzbank benutzt wurde. In der Tiefe lag die Stadt mit vielen kleinen Türmen, viel Grün, einem Zipfel der schnell strömenden Aare. Ob dort mein Hotel war? Wie sollte ich dort hinkommen? In noch viel größerer Entfernung sah ich unbewegliche Wolken am Horizont aufragen. Dort muß es völlig windstill sein, dachte ich verwundert, denn auf der Dachterrasse bewegten sich Röcke und Bäume im Wind. Es war etwas Sonderbares an diesen Wolken, auf denen die Sonne wie Feuer glühte; je länger ich hinsah, desto unbeweglicher schienen sie zu werden, so als ob sie schon immer dort gewesen seien. Ich schloß kurz die Augen, versuchte, woandershin zu blicken, konnte mich aber nicht losreißen von dieser atemberaubenden Starre am Horizont. Solche Wolken hatte ich selbst im Reetland kurz vor Ausbruch eines Gewitters noch nie gesehen. Sie waren zu weiß für Gewitterwolken und außerdem merkwürdig spitz. Ich legte beide Hände auf das Geländer und betrachtete immer nur diese Wolken, die Sonne auf ihnen, die Drohung, die von dieser leuchtenden Spitzigkeit und von der fast unheimlichen, vollkommenen Reglosigkeit ausging. Neben mir nahmen ein Junge und ein Mädchen auf dem Geländer Platz. Das Mädchen nestelte an seiner Schultertasche und sagte: »Schön, das Gebirge.«

Die Wolken bewegten sich in heraufquellenden Tränen. *Das* waren also die Berge! Das waren also die *Berge*! Ich blickte unverwandt auf diese mit einem Mal soviel weniger beängstigend erscheinenden Spitzen, wunderte mich darüber, daß ich nicht von allein darauf gekommen war, daß ich sogar keinen Augenblick daran gedacht hatte, aber ich hatte sie ja noch nie zuvor gesehen außer auf Ansichtskarten, und dort glichen sie in nichts der gezackten, erhabenen Drohung am Horizont. Merkwürdig war nicht allein, daß ich nicht gleich erkannt hatte, daß es die Berge waren, sondern mehr noch, daß ich meine Augen nicht mehr von ihnen abwenden konnte und daß ich mich für das Schauen schämte, so wie ich mich früher dafür geschämt hatte, daß ich meine Augen nicht von Martha abwenden konnte. Hin und wieder gelang es mir zwar, kurz auf die Ansammlung von Turmspitzen unter mir zu blicken, aber dann nötigten mir die Berge wieder meine ganze Aufmerksamkeit ab.

»Martin!«

Erschrocken blickte ich mich um. Die schalkhaften, dunklen Augen Adrienne Ponchards, einer Zellbiologin aus der französischen Schweiz, waren auf mich gerichtet. Ich war ihr schon früher auf Kongressen begegnet, zum letzten Mal in London.

»Adrienne! Wie geht es dir?«

»Gut, bist du schon lange hier?«

»Nein, ich bin gerade angekommen.«

Wir gaben uns die Hand. Das kurze, lockige schwarze Haar tanzte um ihr scharfgeschnittenes Profil; als der Junge auf dem Geländer sie anblickte, sah ich an den sich kurz zu Schlitzen verengenden Augen, daß er beeindruckt war von der Schönheit dieser Frau, die doch schon soviel älter war als das Mädchen mit der Schultertasche neben ihm, und sein Blick schenkte mir ein Gefühl des Stolzes, machte sie noch mal so schön.

»Hast du die Berge früher schon einmal gesehen?« fragte sie.

»Nein, noch nie, ich dachte, es wären Wolken.«

»Was hältst du davon?«

»Ich weiß nicht, was ich davon halten soll, es ist so . . . so überwältigend.«

»Wenn das Wetter so bleibt, müssen wir unbedingt einen Ausflug in die Berge machen, so klar und wolkenlos ist es ganz selten.«

Am Geländer wurde es immer voller. Adrienne und ich standen zwischen Dutzenden von Menschen, die eigens heraufgestiegen waren, um das Ergrauen der Berge zu betrachten. Auch jetzt, nachdem die Sonne untergegangen war, hätten es Wolken sein können, Regenwolken. Wir standen einfach da, und sie schaute mit ihren kohlrabenschwarzen Augen auf die sich langsam auflösende, gezackte Silhouette in der Ferne.

»Man kann gar nicht genug davon bekommen«, sagte sie, »aber wir müssen jetzt doch gehen.«

»Wie?« fragte ich, »ich habe schon einige Male versucht, hier rauszukommen.«

»Ich kenne mich aus, ich bin schon oft in Bern gewesen. Verlaß dich auf mich. Wo wohnst du?«

»Sie haben mir ein Zimmer im Hotel Mövenpick reserviert.«

»Das ist genau gegenüber vom Bahnhof, du hast es gut getroffen!«

Sie nahm ihren Koffer, und für einen Moment war in ihren prachtvollen Augen ein Anflug von Panik; mit einem Griff nahm ich meinen Koffer und meine Tasche in die Linke und sagte:

»Laß mich deinen Koffer tragen.«

»Aber du hast doch schon Koffer und Tasche.«

»Die haben überhaupt kein Gewicht, in der einen ist nur mein Vortrag, im anderen ein Rasierapparat und eine Zahnbürste.«

Ich ergriff ihren Koffer mit der Eleganz von jemandem, der ein Weinglas erhebt, und sie betrachtete einen Moment lang sprachlos, wie mühelos ich den tatsächlich ziemlich schweren Koffer über die Dachterrasse trug. Dann folgte sie mir, und einen Moment später ging sie neben mir, und im energischen Tacken ihrer hohen Absätze auf dem Pflaster war etwas, das mir das Gefühl gab, als ob ich Champagner getrunken hätte, ein Gefühl von Übermut, von heimlich errungenen Siegen, die im Fahrstuhl noch größer schienen, denn ein grimmig aussehender Mann starrte Adrienne und mich ausgesprochen eifersüchtig an. Wie lang der unterirdische Weg vom Lift zum Ausgang war! Ich trug meine leichten Gepäckstücke und ihren schweren Koffer mit zunehmend bemühterer Lässigkeit. Aber jeder prüfende, neidische, bewundernde Blick von einem der vielen Männer, immer zuerst auf Adrienne, dann auf mich, machte es mir möglich, die Koffer scheinbar mühelos ein Stückchen weiter bis zur Rolltreppe zu tragen, die uns nicht nur nach oben brachte, sondern mir auch die Gelegenheit gab, ihren Koffer kurz abzusetzen.

»Hier ist das Mövenpick«, sagte sie, als wir oben angelangt waren.

»Wo wohnst du?«

»In einem Hotel am Bärengraben, ich denke, ich werde ein Taxi nehmen.«

»Ist es weit von hier?«

»Nicht besonders, aber mit dem Koffer kann ich unmöglich zu Fuß gehen.«

»Wenn ich dich nun gleich dort hinbringe und wir hier zuerst etwas essen?«

Ich lauschte ziemlich überrascht meiner eigenen Stimme. Es war dieselbe Stimme, die Marthas Schwester eingeladen hatte und der es deshalb nun schon leichter fiel, solche harmlos klingenden Sätze zu äußern.

»Ja, eine gute Idee, ich bin hungrig von der Reise, können wir meinen Koffer dann solange in dein Zimmer stellen?«

Ich trug unser Gepäck in das für mich reservierte Zimmer, wunderte mich beim Zurückgehen über die mit roten Teppichen ausgelegten Treppen und Flure, daß sogar der Umstand, daß ihr Koffer in meinem Zimmer stand, mich so vergnügt stimmte, wunderte mich auch über mich selbst. Was war los mit mir? Und warum ging ich dann so aufgeräumt neben ihr über die Straße, mehr dem temperamentvollen Tacken ihrer Absätze lauschend als ihrer Stimme, eher entzückt über all die Männer, die sie angafften, als verärgert über soviel Interesse? Doch der Spaziergang war nur kurz, zu kurz. Sie wies in das Hotel Schweizerhof.

»Sollen wir hier essen? Ich habe hier schon einmal gegessen, es war sehr gut.«

»Prima«, sagte ich, »ich kenne mich hier nicht aus, ich verlasse mich ganz auf dich.«

Als wir uns gegenübersaßen, vermißte ich vor allem das Tacken ihrer Absätze, und deshalb gelang es mir anfangs nicht, den richtigen Ton für ein Gespräch zu finden. Aber ein Glas Fendant verwandelte meine Steifheit allmählich in eine allzu freimütige Mitteilsamkeit; ich erzählte ihr von dem Wasserschmätzer und dem Grünschenkel, und sie sagte: »Warum bist du kein Ornithologe geworden? Du scheinst dich ja ungeheuer für Vögel zu interessieren.«

»Ich sah größere Möglichkeiten in und mit der Zellbiologie, mit Gewebezüchtung vor allem, auch eine größere

Zukunftsperspektive. Gewebe zu züchten heißt eigentlich, künstliche Krebsgeschwülste herzustellen. Vielleicht, so dachte ich früher, kann man über diesen Weg etwas auf dem Gebiet der Krebsbekämpfung erreichen.«

Was ich sagte, meinte ich aufrichtig, ich log wirklich nicht, und doch war kein Wort davon wahr.

»Glaubst du denn jetzt nicht mehr, daß es möglich ist, über die Gewebezüchtung der Ursache oder den Ursachen für Krebs auf die Spur zu kommen?«

»Doch, das wohl, aber ich beschäftige mich jetzt nicht mehr zum Zweck der Krebsbekämpfung damit.«

»Warum nicht?«

»Weil unsere Kongresse von Ärzten überlaufen sind, die den Zusammenhang zwischen Gewebezüchtung und Krebsbekämpfung auch sehen. Sollen sie nur an der Krebsbekämpfung arbeiten, mein Ideal ist es nicht mehr.«

»Das verstehe ich nicht. Kannst du Ideale denn nicht teilen?«

»Ich nicht, nein, ein Ideal ist für mich genau so etwas wie eine schöne Frau, man kann ihr nur dann treu sein, wenn sie keine Jedermannsfreundin ist.«

»Ach, ihr seid doch wirklich verrückt.«

»Wer ihr?«

»Ihr Männer.«

»Wieso?«

»Immer habt ihr solche Knabenträume, solche Ideale, die ihr schon in eurer Jugend erworben habt, du brauchst es gar nicht zu leugnen, ich habe es oft genug gehört, meistens tief in der Nacht, avant ou après l'amour. Hast du nicht auch die Erfahrung gemacht, daß Menschen erst dann ihr Innerstes preisgeben? Oder bist du auch so ein Mann, der dann nur reden kann und keinen Augenblick imstande ist, zuzuhören?«

Ich spülte meine Verwirrung mit einem großen Schluck Fendant hinunter, pries mich glücklich, daß soviel zu essen und zu trinken da war, um damit meine Verlegenheit tarnen zu können, und verspürte zugleich einen bitteren Schmerz – mehrere Männer hatten neben ihr gelegen, und sie ging so leicht darüber hinweg, als wäre es selbstverständlich, und außerdem nahm sie einfach an, daß auch ich neben Mädchen gelegen hätte und daß ich dann nicht imstande gewesen wäre zuzuhören, ich, der ich noch nie eine Frau berührt hatte, und ich mußte antworten, tat es aber nicht, konnte es nicht, doch zum Glück redete sie weiter: »Ich glaube, daß es sehr typisch ist für Jungen, diese idealistischen und vor allem auch ehrgeizigen Träume, denn die Kehrseite eines Ideals ist doch immer der Ehrgeiz, meinst du nicht auch?«

»Damit könntest du vielleicht recht haben.«

So, das war wenigstens ein Satz, wie banal auch immer, und jetzt trank sie, so daß ich mich verpflichtet fühlte, etwas weniger Banales hinzuzufügen.

»Vielleicht bin ich nicht mehr so idealistisch, weil ich schon soviel erreicht habe, oder vielleicht auch, weil alles, was man sich in der Jugend wünscht und erhofft, doch immer, wenn überhaupt, ganz anders in Erfüllung geht, als man denkt, und einem dann nur ein Gefühl der Leere und des Mangels bleibt.«

»Ich glaube nicht, daß Frauen das nachvollziehen können.«

»Und warum bist du Zellbiologin geworden?«

»Weil mein älterer Bruder Chemie studierte und mein Vater immer sagte: das ist nichts für Mädchen. Ich wollte zeigen, daß ich *auch* fähig war, Chemie zu studieren, beweisen, daß ich es *auch* zu etwas bringen konnte, in welchem Fach, war mir eigentlich egal, und als sich herausstellte, daß ich sehr sorgfältig und geschickt und noch dazu nicht auf den Kopf gefallen war, landete ich über die Chemie in der Biochemie, wo man sehr sorgfältig arbeiten muß. Und über die Biochemie schließlich bei der Zellbiologie. Aber ein Ideal habe ich nie gehabt. Es sei denn, man würde die Tatsache, daß ich um jeden Preis etwas der Arbeit von Männern Gleichwertiges tun wollte, ein Ideal nennen.«

»Ist das auch jetzt noch so?«

»Ja, noch immer, eigentlich wurmt es mich, einem Mann gegenüberzusitzen, der es weitergebracht hat als ich.«

»Ich hatte Glück, weiter nichts.«

»Nein, nicht nur das, bestimmt hattest du auch Ruhe und konntest dich voll und ganz deiner Arbeit widmen. Ich war obendrein so unvernünftig, zu heiraten, ich wollte auch noch Kinder haben, und das läßt sich mit wissenschaftlicher Arbeit nicht vereinbaren, denn die verlangt einen hundertprozentigen Einsatz, und den kann ein Mann auch dann noch leisten, wenn er verheiratet ist und Kinder hat, eine Frau aber nicht.«

»Auf jeden Fall warst du also auch ehrgeizig.«

»Ja, aber in einer ganz anderen Art als die Jungen, die ich kannte. Die waren ehrgeizig um ihrer selbst willen, sie wollten zeigen, daß sie, jeder für sich, Spitzenklasse waren, und die meisten sind daran gescheitert, so wie mein Ex-Mann, deshalb wollte er auch nicht, daß ich es zu etwas bringe. Ich aber war ehrgeizig, weil ich zeigen wollte, daß eine Frau – egal, welche Frau – auch auf dem Gebiet der Wissenschaft glänzen kann, mein Ehrgeiz war der eines Geschlechts, nicht der eines Individuums. Aber sag mal: du bist nicht verheiratet?«

»Nein, noch keine Zeit dazu gehabt. Jedenfalls . . . die einzige, die für mich in Frage gekommen wäre, hat einen anderen genommen.«

Sie führte ihr Weinglas elegant zum Mund, und während ich ihre Geste aufmerksam beobachtete, wunderte ich mich darüber, daß man Mimik und Gestik wie ein Streichquartett von Haydn erleben kann; zugleich wußte ich aber, daß meine Empfänglichkeit für diese reizvolle Anmut nur dem Wiedersehen mit Martha zu verdanken war. So, wie ich zwei Tage zuvor Martha angesehen hatte, sah ich nun Adrienne an, nicht, weil sie Martha ähnelte, sondern weil sie *auch* eine Frau war, weil sie dem Geschlecht Marthas angehörte, und daß ich mir dessen gerade jetzt bewußt wurde, lag an ihren eigenen Worten über den Ehrgeiz eines Geschlechts. So konnte ich auch mein Interesse an ihr abwehren, denn es rief Gefühle und Sehnsüchte wach, die mich seltsam unruhig machten, und plötzlich dachte ich an meinen zynischen Freund Jakob und hörte ihn sagen: »Du glaubst, zuerst sind die Gefühle da und die kommen dann im Verhalten zum Ausdruck, aber das stimmt nicht, das Verhalten ist nicht einmal der Ausdruck des momentanen Gefühls, das Gefühl ist kein Vorläufer, sondern ein Nachläufer. Versuch es einmal – spiel einfach, du seiest verliebt, indem du begierig einem Mädchen nachsiehst, und du wirst es! Handlungen können nicht heucheln.«

»Soso«, sagte sie, nachdem sie ihr Glas langsam geleert hatte, »eine unglückliche Liebe also.«

Und ich, der ich mich schon so oft darüber gewundert hatte, daß die Menschen häufiger Unbekannten ihr Herz ausschütten als den engsten Freunden oder Angehörigen, hörte mich sagen (und ich wußte, daß ich es auch sagte, weil ich ihr Urteil hören wollte): »Vor ein paar Tagen habe ich ihre jüngere Schwester kennengelernt. Ich glaube, ich habe mich ein bißchen in sie verliebt.«

»Wie ulkig! Demnächst wirst du sie noch heiraten, genau wie Mozart und Dvořák, die auch die Schwestern ihrer Angebeteten geheiratet haben.«

Und damit kam das Gespräch mit einem Mal auf Musik, wobei sich herausstellte, daß sie die zumindest für meinen Geschmack allzu erotische Musik Mozarts maßlos liebte, diese Musik, die durch und durch Vitalität und Leben atmet, diese Musik, die, anders als die über das Leben meditierende Haydns, keinen Abstand zu ihm wahrt, sondern es rückhaltlos bejaht, vor allem die Erotik als den wesentlichsten Teil des Lebens bejaht – etwas, dem ich nicht folgen konnte, weil es so weit von dem Gedanken entfernt war, daß der Mensch eine Zelle sein müßte, ein kleiner Klumpen, der sich zweiteilt. Doch das hinderte uns nicht daran, sehr schnell eine gemeinsame musikalische Ebene zu finden, so daß es, ziemlich unerwartet, hier zu einer Annäherung kam, die jedoch andere Formen der Annäherung erschwerte, ja sogar vereitelte. Nach dem Essen trug ich ihren Koffer, als ob er federleicht sei, was mich mehr Mühe kostete als das Tragen des Koffers selbst, und sie wunderte sich darüber und sagte zweimal:

»Du mußt ja unglaublich stark sein.«

Als wir an ihrem Hotel angelangt waren, wußte ich nicht, was ich tun sollte. Ich setzte ihren Koffer in der Halle ab, sie nannte ihren Namen und bekam ihre Zimmernummer gesagt. Sollte ich jetzt gleich umkehren? Nein, das ging nicht, ich mußte mich auf jeden Fall noch von ihr verabschieden. Oder sollte ich ihr anbieten, den Koffer ins Zimmer zu tragen? Aber schon eilte ein Hotelpage herbei, und ich konnte nur noch »Tschüs, Adrienne« sagen; sie blickte mich kurz an, bevor sich die Fahrstuhltür schloß, und dann konnte ich ihren Weg am Aufflackern der Lämpchen neben der Fahrstuhltür verfolgen. Sie passierte die erste, die zweite, die dritte, die vierte Etage. In der fünften Etage hielt der Fahrstuhl. Nun ging sie hinaus, folgte dem Pagen, und ab jetzt wußte ich nicht mehr, was sie machte, ging sie noch oder stand sie schon vor ihrer Zimmertür, und wieder kam mir dieser letzte, ausdruckslose Blick in den Sinn, ihr Blick, bevor sich die Fahrstuhltür schloß – als ob sie in diesem Moment plötzlich jedes Interesse an mir verloren hätte. Als der Hotelier mich mit gerunzelter Stirn musterte, ging ich. Und wieder hörte ich diese paar französischen Worte zwischen all dem Englisch, das wir gesprochen hatten, avant ou après l'amour, und ich wunderte mich darüber, daß ein paar einfache Worte so weh tun konnten. Es war, als ob mir bei ihren Worten ein Splitter in den Finger eingedrungen wäre, ein Splitter, der erst jetzt wirklich schmerzhaft zu stechen begann und der die Wunde in kurzer Zeit eitern lassen würde.

Durch die Laubengänge schlenderte ich zurück. Die Atmosphäre war hier am Abend wie die in anderen Städten. Brennende Straßenlaternen. Passanten wie dunkle Schemen. Obskure Schatten in engen Gassen. Dennoch fehlte etwas. Was, wurde mir, auch weil ich abends selten durch niederländische Städte gegangen war, erst in der Junkerngasse bewußt. Es gab keine Snackbars mit Jungen und Mädchen. Warum vermißte ich diese jungen, langhaarigen Mädchen, die man in den Niederlanden in jeder Snackbar sehen konnte und die vielleicht genauso einfach zu haben waren und konsumiert werden konnten wie Pommes frites? Warum vermutete ich beim Anblick solcher Mädchen immer, daß mit mir alles gutgegangen wäre, wenn auch ich einige Jahre in solchen Läden herumgelungert hätte? Nein, vielleicht wäre das nicht nötig gewesen, vielleicht hätte ich nur mit stets anderen Mädchen über dunkle oder von der Frühlingssonne beschienene Feldwege spazierengehen müssen. Jetzt war es zu spät. Es war unwiderruflich und unabweislich vorbei, eine für immer versäumte Chance. Aber ich war zugleich stolz darauf, daß ich es nicht getan hatte, und dieser Stolz wurde von einem zwergenhaften Turm besiegelt, der fast mitten auf der Straße vor mir aufragte und unter seinem weit heruntergezogenen, geschwungenen Dach ein Zifferblatt zeigte, das mehr einem menschlichen Gesicht als einer Uhr glich. Ich erkannte den Turm wieder, weil ich ihn einmal in einem Buch über Einstein abgebildet gesehen hatte. Hier also hatte er in der Straßenbahn gesessen, sich vom Turm wegbewegt und sich vorgestellt – jedenfalls bildete ich mir das ein –, daß die Bahn mit Lichtgeschwindigkeit fuhr und man das überdimensionale Zifferblatt dennoch weiterhin sehen konnte, das Zifferblatt, auf dem die Zeiger stillstehen würden, wenn man sich mit Lichtgeschwindigkeit von ihnen entfernte. Das war erst eine Entdeckung gewesen, eine Entdeckung, die noch größer war als die von James Watt bei seiner Mutter in der Küche – Entdeckungen, die immer von einsamen, in sich gekehrten Menschen gemacht wurden (leider war das nicht umkehrbar, so zu sein wie ich garantierte nicht, daß man solche Entdekkungen machte). Sie waren die einzigen, die die Welt vorangebracht hatten, die Cholera, Typhus und Pest verbannt, die einzigen, die Ideen entwickelt hatten, die sich in brauchbare Formen der Beherrschung von Materie und Leben umsetzen ließen.

Ich schlenderte durch die Kramgasse zurück in Richtung Bärengraben und bog nach rechts ab, weil ich einen Turm, der mir die ganze Zeit aufgefallen war, von nahem betrachten wollte. Ich ging ein Stück durch das Münstergäßchen und war nicht vorbereitet auf den plötzlichen Anblick eines zwar nicht besonders großen, aber völlig verlassenen Platzes, auf dem nicht einmal ein Auto parkte. Es wuchsen keine Bäume, keine Pflanzen, nichts. Er war so schrecklich leer, auch weil der riesenhafte Turm dort wie ein Grenzstein wirkte, wie ein Finger Gottes am Ende der Leere, daß ich das Blut in den Schläfen pochen fühlte. Mir war, als sei ich auf den Platz meiner Jugend zurückgekehrt, den Platz, den ich zum ersten Mal gesehen hatte, als mir die Mandeln gekappt worden waren und den ich viele Jahre später einmal die Woche abends sah, wenn ich zum Katechumenenunterricht ging. Obwohl ich damals schon dreizehn Jahre alt war, hatte ich doch immer mucksmäuschenstill im Dunkeln gestanden und den auf dem Platz spielenden Kindern zugesehen. Sie spielten Verstecken. Einer stellte sich mit dem Gesicht zur Mauer und schloß die Augen, legte sogar beide Hände auf die Augen, zählte laut bis Fünfzig und rief dann: Eins, zwei, drei, vier, Eckstein, alles muß versteckt sein, ich komme! Dann rannte er über den Platz, um die anderen, die sich versteckt hatten, zu suchen; manchmal waren sie schneller als er und erreichten eher die Stelle an der Mauer, wo er gestanden und gezählt hatte und die sie den Anschlag nannten. Wenn es ihnen gelang, den Anschlag zu berühren, waren sie frei und warteten dann dort in aller Ruhe, bis auch die anderen gefunden worden waren. Mitunter versteckte ich mich auch, und wenn sie mich dann fanden, sagten sie immer: »Du spielst nicht mit«; und ständig hörte ich ihre Stimmen in der Abendluft, auch später in der Sakristei der Kirche, wo der Katechumenenunterricht stattfand und wir die Antworten aus dem Heidelberger Katechismus herunterleierten, ständig diese schrillen, aber durch die Fenster gedämpften Stimmen auf dem Platz, die in mir eine unbezähmbare und tiefe Sehnsucht weckten, auch mit diesen Kindern zu spielen. Ich war schon zu alt, ich hatte meine Chance verpaßt, aber die Sehnsucht blieb, und die lockenden Stimmen der Kinder drangen durch die bleiverglasten Fenster in den Unterrichtsraum, wo ich zwischen all den anderen Jungen saß (die Mädchen hatten natürlich an einem anderen Abend Katechumenenunterricht), die ziemlich gelangweilt vor sich hinstarrten und weder der eintönigen Stimme des Pfarrers noch den Stimmen von draußen lauschten, denn das lag hinter ihnen, das hatten sie früher alle getan, in der Abenddämmerung auf einem Platz gespielt, Fußball, Kreiseln, Verstecken, und bei all diesen Spielen hatten sie fröhlich gelärmt, und das Echo hatte ihre Stimmen auf dem leeren Platz verdoppelt.

Lange stand ich auf dem Platz, dem Turm schräg gegenüber, fast gegen eine Mauer gepreßt, und beobachtete das, was nicht geschah. Ab und zu kam ein vereinzelter, eiliger Fußgänger vorbei. Es fiel mir schwer, den Platz zu verlassen, aber schließlich gelangte ich durch eine schmale Gasse zu einer Straße, die Gerechtigkeitsgasse hieß. Hatten sie die Straße so genannt, um die Illusion, es gäbe einen Ort, an dem Gerechtigkeit herrscht, aufrechtzuerhalten?

Ich ging zur Nydeggbrücke und sah tief unter mir das dunkelgrüne Wasser strudelnd zwischen den steil ansteigenden Ufern entlangströmen, die üppig mit Bäumen bewachsen waren, zwischen denen überall kleine Lichter aufglimmten. Der Nachtwind, der nur hier oben, hoch über der Aare, zu wehen schien, blies mir ins glühende Gesicht. Das Rauschen des strömenden Wassers schuf ein Gefühl von zufriedener Müdigkeit, schuf auch Leben in einer toten Stadt. Aber so leblos schien Bern doch nicht zu sein, denn als ich durch die Postgasse am Rathaus vorbei zurückging, sah ich einsame Frauen unter den Bögen der Laubengänge stehen, die die vorbeikommenden Spaziergänger nicht ansprachen, aber aus den Autos heraus angesprochen wurden und manchmal einstiegen und in Richtung des Brunnens verschwanden.

Nachdem ich mir auf der Kornhausbrücke erneut das Gesicht vom Aarewind hatte kühlen lassen und dabei die Autos beobachtete, die so merkwürdig langsam über die steilen Ufergassen zwischen dem Grün hinauffuhren, kam mir plötzlich der Gedanke, wie leicht und einfach es doch wäre, hier auf das Brückengeländer zu steigen und hinabzuspringen, um sich mit dem reißenden Wasser mittreiben zu lassen. Meine Stirn war jetzt ausreichend kühl; trotzdem lockte der Fluß. Wie gottergeben schnell dieses Wasser einen davontragen würde – niemand würde jemals mehr von einem hören. Doch hinter mir ratterte drohend eine Straßenbahn vorbei, die abgesehen vom Fahrer leer war. Ich trat ein paar Schritte zurück und ging in Richtung Innenstadt.

In mein Hotelzimmer drangen so viele Geräusche, daß ich nicht schlafen konnte. Ich stand auf, öffnete die Vorhänge und blickte hinunter in die Neuengasse. Mitten auf der Straße stand ein riesiger gelber Autokran, der schwere Gegenstände hob. Warum machte man das hier nachts? Weil tagsüber der Verkehr behindert würde? Brauchte man hier denn nicht zu schlafen? Hatte man andere Dinge zu tun? Unter meinem Fenster schlenderten zwei Frauen auf und ab. Auf der gegenüberliegenden Straßenseite flanierten zwei langhaarige Mädchen. In der Genfergasse erschien ein dunkles Auto. Ein alter Mann stieg aus. Er zeigte auf das Auto. Eines der beiden Mädchen – erst jetzt konnte ich sehen, wie jung und hübsch sie war – nickte. Ein zweiter Mann in einer schwarzen Uniform stieg aus und hielt dem Mädchen, das noch einige Worte mit ihrer Begleiterin wechselte, den Wagenschlag offen.

Ich ging wieder ins Bett, konnte aber nicht schlafen. In der Neuengasse schlug Stahl auf Stahl. Ich trat wieder ans Fenster. Auch das andere Mädchen war jetzt fort, nur die beiden alten Frauen schlenderten noch immer über das Trottoir. Ein Mann ging vorbei, unterhielt sich mit einer der Frauen und küßte sie flüchtig; dann gingen beide fort, jedoch in entgegengesetzte Richtungen. Ob sie die ganze Zeit wegen dieses einen flüchtigen Kusses dort gewartet hatte? Warum fühlte ich mich auf einmal so wohl? War es wegen dieses alten Mannes und seines Chauffeurs in der unauffälligen Livree? Sie hatten mir gezeigt, daß mit Geld alles zu machen war. Unter mir flanierte noch immer die eine übriggebliebene Frau. Ich lehnte mich aus dem Fenster, um sie besser sehen zu können. Sie schwankte mehr, als daß sie ging auf ihren hohen Absätzen. Sie blickte hoch, sah mich, lächelte mir zu und murmelte etwas, das ich nicht verstand. Beschämt schloß ich das Fenster und legte mich ins Bett, das mir erst weit nach Mitternacht einen Schlummer mit wachähnlichen Träumen von Vogelschwärmen über dem Reetland schenkte.

Rolltreppen

Am nächsten Morgen wurde ich bereits um sechs durch eine unerwartete Geschäftigkeit in den Gassen um das Hotel geweckt. Die Rolltreppen des Bahnhofs brachten unablässig Menschen herauf, die in die Stadt hasteten, als ob sie fürchteten, nirgendwo pünktlich ankommen zu können. Ich versuchte, noch ein wenig an meinem Vortrag zu arbeiten, doch das Geräusch so vieler Schritte machte es mir unmöglich. Ich frühstückte und verließ das Hotel, wollte noch einmal auf den Brücken stehen, bevor ich meinen Vortrag hielt. Doch schon von weitem sah ich dort so viele hastige Passanten, daß ich mich entschloß, lieber zum Aareufer hinunterzusteigen. Ich erreichte schnell die sonnenbeschienenen Nebelschleier über dem von nahem viel hellgrüner erscheinenden Wasser und ging mit leichtem, friedlichen Schritt stromaufwärts. Auf der anderen Uferseite ragte eine Wand aus Grün auf; ich hörte ein vereinzeltes Rotkehlchen und hin und wieder einen Zaunkönig. Der Aarewind kühlte von neuem meine Stirn, auf der wegen des Schlafmangels Schweißperlen standen. Warum hatte ich, seitdem ich hier war, nicht mehr unter meiner Zwangsvorstellung gelitten? Warum konnte ich so unbekümmert an diesem schnell strömenden Wasser entlanggehen? Auch hier war der Sommer noch keineswegs vorbei. Das Laub der Bäume erschien schwerer als zu Hause, war nicht einmal vergilbt und machte den Eindruck, es würde niemals fallen. Seltsam, dieser Wunsch, das jetzt für immer festhalten, konsolidieren zu wollen: strömendes Wasser, schweres Laub, grünlich in der Morgensonne schimmernder Nebel, nicht nur für mich selbst, sondern auch für andere. Seltsam auch, daß dieser Drang zum Festhalten unverkennbar mit dem Tod verknüpft war – ich wollte das alles für andere fortdauern lassen, um in ihrer Phantasie weiterzuleben. Niemand würde dies jemals so erleben können, wie ich es jetzt erlebte, weil niemand eine Vorgeschichte hatte mit Plätzen, mit Zwangsvorstellungen und mit einem Mädchen, das Martha hieß. Einmal wäre es vorbei, würde niemand mehr diesen wogenden, reißenden Strom zwischen steilen Ufern so sehen, wie ich ihn jetzt sah, nicht nur weil mein Geist erlöschen, sondern auch weil diese Stunde, diese Minute so nie wiederkehren würde. Und plötzlich schien es, als sei dies das logische Resümee meiner Zwangsvorstellung: sie hatte nicht angekündigt, daß ich sterben würde, sondern daß ich mir plötzlich bewußt werden würde, was das hieß: sterben. Vielleicht war das sogar schlimmer als der eigentliche Tod, denn auf ihn folgte ja nichts mehr. Aber auf den Gedanken, unwiderruflich einmal sterben zu müssen, folgt unweigerlich ein lebenslanges Warten auf den Tod.

Ich blickte so konzentriert auf die grünen Wellen, daß sie auf einmal stillstanden, während wir, die Ufer und ich, gefangen in einer optischen Täuschung, uns mit schwindelerregendem Tempo zu bewegen begannen, und mit derselben Geschwindigkeit wurden die Bilder von leeren Plätzen, von langhaarigen Mädchen in Snackbars, von Jungen in Lederjacken auf Mopeds und von rittlings auf Motorrollern sitzenden Mädchen mit flatternden Kopftüchern weggewischt.

Ich ging zurück, studierte den Plan der Innenstadt, den ich im Hotel bekommen hatte, und stellte fest, daß die hellbraunen Gebäude im Park von gestern zusammen die Universität bildeten. Ich hatte noch genügend Zeit und ging deshalb in ein großes Kaufhaus in der Nähe meines Hotels, um kurz etwas zu tun, für das ich mich eigentlich schäme, das ich aber nur mit großer Anstrengung unterlassen kann. Ich ging durch das Kaufhaus zu den Rolltreppen und ließ mich hinaufbefördern; währenddessen betrachtete ich die sinnlose Emsigkeit der Verkäufer und einkaufenden Frauen und hatte, je höher ich kam, wobei ich auf jeder Etage ein paar Schritte gehen und eine halbe Drehung machen mußte, immer mehr das Gefühl, daß ich an dieser Innenwelt des Warenhauses keinen Anteil hatte, dafür aber, nicht zuletzt weil ich mich auf diese Art bewegte, mit großer Geringschätzung auf sie hinunterblicken konnte, ein Gefühl, das durch das Aufwärtsschweben der Rolltreppe noch betont wurde. Ich erhob mich über diese Menschen, erhob mich um so mehr, je weniger die Rolltreppen noch benutzt wurden, stieg und stieg bis zur höchsten Etage, fuhr von dort mit dem Lift wieder abwärts und ließ mich erneut – ich hatte noch Zeit – von Etage zu Etage hinaufbefördern.

Erst nach dem dritten Aufstieg konnte ich mich von diesem eigenartigen Vergnügen lösen. Ich ging zum Bahnhof, fand in den unterirdischen Gängen den Weg zu den

Fahrstühlen, fuhr nach oben und war doch noch zu früh im Universitätskomplex. Ich folgte den überall aufgestellten Hinweistafeln mit Pfeilen und Aufschriften und erreichte bald einen Hörsaal, in dem mir sogleich ein Pfeife rauchendes Mädchen auffiel, das mir zulachte, soweit die Pfeife ihr das gestattete. »Grüezi«, sagte sie.

Ich murmelte etwas und blickte aus dem Fenster zu den Bergen, die nicht zu sehen waren, weil jetzt echte Wolken am Horizont hingen. Vorn im Saal stand Adrienne und plauderte mit dem Initiator des Kongresses, Professor Bitzius. Als er mich sah, unterbrach er das Gespräch, eilte mit ausgebreiteten Armen auf mich zu und rief: »Grüezi, Martin.«

»Grüezi, Ernst.«

Die Gespräche im Saal verstummten. Adrienne begrüßte mich, und Bitzius stellte sich vor die Tafel; schon jetzt hing ihm die Krawatte aus seinem grauen Jackett, und das fröhliche Blitzen seiner braunen Augen mußte auch von weitem noch zu sehen sein. Kurz und ungezwungen sprach er über das Ziel des Kongresses, danach über mich. Das Mädchen mit der Pfeife schloß behutsam die Tür, und ich ging zum Rednerpult. Sobald ich dahinter stand und all diese ehrfurchtsvollen Gesichter vor mir sah, hatte ich das Gefühl, zu wachsen, und ich wußte, daß es, auch weil Ernst Bitzius zuhörte, wieder gut ausgehen würde, daß sie über mich lachen, daß sie staunen würden. Eine Stunde lang würde ich mit einer mitreißenden, leidenschaftlichen und doch keinen Moment unwissenschaftlichen Vorlesung beweisen können, daß ich hinter einem Rednerpult nicht fehl am Platze war.

Abschiedsfest

»Nein«, sage ich, »ich stimme dir nicht zu. Der Mensch ist ein Teil der Natur, genau wie der Wind. Wenn der Sturm Samenkörner verbreitet, so daß hundert Kilometer weiter

Pflanzen an Plätzen aufkeimen, wo sie vorher nicht wuchsen, nennt man das natürlich. Wenn der Mensch Bäume rodet, spricht man von Umweltzerstörung. Unsinn!«

»Dann ist alles, was der Mensch tut, natürlich, auch das Ausrotten von Tierarten, die Zerstörung der Wälder, das Vergiften des Wassers? Ist das dein Ernst?« fragt sie.

»Ja«, sage ich, »das ist mein Ernst. Gerade weil der Mensch, indem er seiner eigenen Natur folgt, alles zugrunde richtet, wird er sich selbst zugrunde richten und sich damit zu einem gescheiterten Experiment der Evolution verurteilen.«

»So würdest du nicht reden, wenn du Kinder hättest. Sobald man Kinder hat, will man, daß sie eine sonnigere, bessere Zukunft haben als man selber.«

»Deshalb ist es auch besser, keine Kinder zu haben. Außerdem . . . man wird so verwundbar, wenn man Kinder hat, scheint mir.«

»Was meinst du mit verwundbar?«

»Nun, wenn jemand stirbt, den man liebhat, dann bringt einen das fast um. Ich stelle mir vor, daß das noch schlimmer ist, wenn Kinder sterben, als wenn zum Beispiel die eigene Mutter stirbt. Je mehr Menschen es gibt, die man liebhat, desto größer ist die Gefahr, daß einer von ihnen sterben wird.«

»Aber so leicht sterben Kinder doch nicht. Bei Kindern ängstigt man sich nicht, daß sie sterben werden, sondern daß ihnen etwas zustößt. Jahrelang hatte ich vor dem Einschlafen in jenem Zustand zwischen Wachen und Träumen das Bild vor Augen, wie meine Kinder verunglückten und ihr Leben lang verkrüppelt wären. Das wiederholte sich fast jeden Tag. Ständig lebte man mit dieser unterschwelligen Angst, die sich vor dem Einschlafen mit Gewalt aufdrängte. Jetzt, wo sie etwas älter sind, leide ich weniger darunter. Aber ich möchte nicht ohne meine Kinder leben, das nie. Man wird als Mutter wie eine Glucke, das ist gefährlich, man hört auf zu leben, das Interesse an anderen Dingen nimmt ab. Und doch! Kinder! Das Einzige!«

Der rote Wein auf der Abschiedsfeier, ein Walliser Dôle,

macht sie noch gesprächiger als sonst. Sie schüttelt heftig den Kopf mit den schwarzen Locken.

»Schade nur, daß ich auch noch geheiratet habe. Kinder haben ist das Schönste, was es gibt, aber es müßte ganz ohne Mann gehen. Im Grunde geht es auch ohne, wenn ich noch einmal von vorn anfangen könnte, würde ich alles ganz anders machen. Und jedes Kind von einem anderen Mann, um das genetische Risiko zu streuen.«

Sie schwieg kurz, nahm zwei bedächtige Schlucke und fuhr fort: »Es war eine Katastrophe, das Zusammenleben mit ihm, eine Hölle. Aber es fällt schwer, sich selbst einzugestehen, daß es eine Hölle ist. Wir haben uns geprügelt, ich habe ihn gekratzt, ihm Haare ausgerissen. Du hast zuviel Temperament, sagte er. Wir haben uns gerauft! Was sagst du dazu?«

Warum erzählt sie mir das? Warum hat sie mir nach jedem Kongreßtag, bei gemeinsamen Abendessen, von ihrer gescheiterten Ehe erzählt? Warum? Weil ich ihr, aus Schadenfreude, so aufmerksam zuhören konnte? Die mir schon so vertraut gewordene Studentin mit der Pfeife reicht mir ein neues Glas Dôle, und wie immer kann ich der Verlockung nicht widerstehen, die Welt einen Moment lang durch das gefüllte Glas zu betrachten. In diesem Fall ist Adrienne die Welt, Adrienne, mit der ich jeden Abend gegessen habe und die, obwohl sie gut zehn Jahre älter ist als ich, durch ihre Gegenwart verhindert hat, daß ich das Gefühl des Heimwehs studieren konnte.

»Sich zu raufen ist ganz in Ordnung«, sage ich, »nur nicht zu heftig, aber dafür recht oft. Kleine Scharmützel mit Worten oder Händen, wie bei den Vogelarten, die streng monogam leben.«

»Ach, du bist so weise! Aber hast du dich überhaupt jemals mit einer Frau gerauft? Viele Menschen haben mit dir geredet, so wie ich jetzt mit dir, denke ich, du bist so ein geduldiger Resonanzboden. Mit ein paar Worten kannst du alles auf normale Proportionen zurückführen. Aber vielleicht, ach, ich habe ziemlich viel getrunken, ich rede Unsinn, vielleicht müßtest du dich doch einmal mit einer Frau raufen.«

Sie lächelt mit einer nach innen gebogenen Unterlippe, und ihre Augen sind halb hinter schwarzen Wimpern verborgen. Ich schaue ihr in die Augen und senke sofort meinen Blick; sie nimmt eine Zigarette, spielt mit den Fingern und der Zigarette, spreizt die Finger wie ein Lächeln. Alles an ihr glitzert und funkelt, und der rote Wein wirft einen Schatten auf ihre Hände, bis sie das Glas absetzt, um etwas zu nonchalant ihre Zigarette anzuzünden; in diesem Moment wage ich wieder aufzublicken und ihr in die Augen zu sehen, und noch immer ist es da, dieses Lächeln, an dem ihre oberen Zähne beteiligt sind, weil sie die nach innen gewölbte Unterlippe festhalten. Ich spüre, daß ich rot werde, und um diesen freundlichen Spott aus ihren Augen zu vertreiben, lege ich meine Hand auf die ihre und drücke ganz kurz gegen ihre beringten Finger.

»So, da bin ich«, sagt Ernst Bitzius mit lauter Stimme. Er steht neben mir und tut so, als sähe er nicht, daß ich meine Hand hastig zurückziehe.

»Ich würde euch gern für den Sonntag zu einem Ausflug in die Berge einladen. Ist das möglich? Ihr reist doch noch nicht sofort ab? Und morgen, am Samstag, möchte ich euch mein Institut zeigen. Von Samstag auf Sonntag und von Sonntag auf Montag könnt ihr bei mir übernachten. Abgemacht?«

»Ich hätte große Lust dazu«, sagt Adrienne.

»Und du, Martin?«

»Ja«, sage ich zögernd, »ich . . .«

»Also, abgemacht! Jawohl, fabelhaft. Wir können uns dann morgen über deine Arbeit unterhalten, Martin, und über deinen meisterhaften Vortrag. Wir können noch so viel von ihm lernen, nicht wahr, Frau Ponchard?«

»Ja, und wie, ich würde gern eine Zeitlang in seinem Labor arbeiten.«

»So«, sagt Bitzius, und über seinen Augen zeigen sich kleine Runzeln, »eine gute Idee, aber ... Ich täte es auch gern, kann hier leider nicht weg.«

Er sieht abwechselnd Adrienne und mich an, faßt sich schnell wieder.

»Wäre das möglich?« fragt er mich etwas spöttisch.

»Was?«

»Könnte Frau Ponchard bei dir arbeiten?«

Er legt die Betonung auf das Wort arbeiten.

»Warum nicht«, sage ich so unbeteiligt wie möglich.

Ob sie wirklich eingeladen werden möchte? Während der Mahlzeiten im Schweizerhof hat sie wiederholt darauf angespielt.

Inzwischen haben Studenten einen Platz im Saal frei gemacht, und langhaarige Jungen kriechen in ihre Gitarren. Einen Augenblick später dröhnt nervenzerfetzende Musik durch den Saal.

»Darf ich bitten?« fragt Bitzius Adrienne.

»Gern«, sagt sie.

Er nimmt sie sofort bei der Hand. Selten sah ich einen dynamischeren Menschen als Bitzius. Er ist jemand, bei dem man sich absolut wohl fühlen kann, für den man alles tun würde, teils wegen seines entschiedenen Auftretens, teils, weil er einen anschaut mit seinen dunkelbraunen Augen, in denen fortwährend kleine, hellbraune Pünktchen aufleuchten. Mit Adrienne gleitet er gelassen über die Tanzfläche, aber trotz ihrer Anmut finde ich ihr Geschwofe stupide, und wie immer in solchen Situationen muß ich denken: das ist nun tatsächlich sündhaft; ich weiß auch nicht, warum gerade das so ungebrochen aus meiner calvinistischen Vergangenheit überlebt hat. Tanzen macht mich melancholisch, nein, schlimmer noch, traurig, betrübt, unglücklich.

Versunken betrachte ich die schönen Schweizer Mädchen, das Mädchen mit der Pfeife, mit dem ich während dieses Kongresses kein Wort gewechselt und doch über einen vergnüglichen Augenkontakt Einvernehmen hergestellt hatte. Auch sie tanzt und lächelt mir kurz zu, als wolle sie den Verrat des Tanzens wiedergutmachen. Alle tanzen, auch die jungen deutschen Zellbiologen, die gerade das Examen gemacht haben und von dem Drang besessen sind, es weit zu bringen in ihrem Gebiet, weniger aus Liebe zum Fach, sondern vielmehr aus Ehrgeiz. In den Kaffee- und Teepausen des Kongresses haben sie mich umringt und systematisch ausgefragt. Einer hat schüchtern die Bitte geäußert, eine Zeitlang bei mir arbeiten zu dürfen. Obwohl sie kaum jünger sind als ich, behandeln sie mich wie einen alten Gelehrten. Wie sie tanzen! Wenn das Leben ist, warum in Gottes Namen existiere ich dann? Aber warum sehe ich mir das eigentlich an, warum gehe ich nicht einfach? Ich stehe auf und gehe mitten durch die Tanzenden zum Ausgang, doch bevor ich dort bin, stehen Adrienne und Ernst vor mir.

»Du willst schon gehen?«

»Ja«, sage ich, »ich habe Kopfschmerzen.«

»Schade, Martin«, sagt Adrienne.

»Morgen um zehn in meinem Institut, ja?« fragt Bitzius.

»Ich werde da sein«, sage ich.

Als ich in die Nacht hinausgehe, stehen sie zusammen in der Türöffnung. Schweigend und eng nebeneinander. Sie ist hochgewachsen, aber nicht größer als er. Ein schönes Paar, denke ich gerührt. In diesem Moment weiß ich, daß das aufgeräumte, fröhliche, von jedem Gedanken an Martha weit entfernte Gefühl, das mich die ganze Woche beherrscht hat, wenn ich Adrienne sah, Verliebtheit genannt wird. Während ich durch die milde Nacht schlendere, denke ich an sie. Ob sie wirklich vorhat, bei mir zu arbeiten? Ich weiß es nicht. Die Straßen sind feucht, obwohl es nicht regnet. Dennoch sind auffällig wenig Fußgänger unterwegs. Ich laufe durch die Stadt bis zur Lorrainebrücke, gehe aber nicht hinüber. An der Aare entlang gelange ich zur Kornhausbrücke, die mir während der Kongreßtage so lieb geworden ist. Jeden Morgen bin ich unter dieser Brücke hindurch über den Langmauerweg gegangen. Nun bin ich wieder in erhabener Höhe über ihm, kann ihn in der Tiefe nicht einmal sehen. An der Brücke ist ein hell erleuchteter Pavillon, in den ich direkt hineinblicken kann. Männer im Smoking und Frauen in prächtigen Ballroben tanzen in einem großen Raum. Während ich zwischen mannshohen Sträuchern am Pavillon vorbeigehe, kommen ein Mann und eine Frau heraus. Die Frau trägt ein rotes, langes Kleid. Sie lacht laut und gurrend. Ihr Gesicht hat rote Flecken, und um ihre Augen sind graue Schatten vom Make-up. Noch einmal lacht die Frau ihren schrillen, durchdringenden Raubvogelschrei. Gott, warum hast du solche Menschen geschaffen, warum vernichtest du diese Menschen nicht, diese Lacher, die die Welt zerstören, die alles, was vielleicht noch gut und schön ist, mit ihrem entsetzlichen, ihrem schrecklichen Gelächter beschmutzen? Seinerzeit hast du die ganze Schweinerei doch auch unter Wasser gesetzt. Tu es doch noch einmal, aber laß diesmal keinen Noah mit den Seinen übrigbleiben, vernichte sie alle. Das Lachen verfolgt mich auf der Brücke, und wieder ist da, wenn ich hinunterschaue und mir vom Anblick der tief unter mir dahinströmenden Aare fast schwindlig wird, jener beruhigende, trostreiche Gedanke: mit einem Sprung kann ich endgültig Schluß machen. Doch vor allem das Lachen hält mich davon ab, denn wenn ich allem ein Ende mache, kann ich es auch nicht mehr hassen, und ich will weiterleben, und sei es nur, um Menschen, die so lachen, hassen zu können. Oh, dieses schreckliche Betrunkenenlachen einer Frau. Ich schließe die Augen und balle die Hände, öffne sie wieder, umklammere das Brükkengeländer und versuche, das kalte Eisen zu verbiegen. Ich stelle mir vor, daß das Eisen der Arm dieser lachenden Frau ist, aber unter mir strömt das Wasser weiter, und sein Rauschen verdrängt die Erinnerung an das Lachen; mein Griff erlahmt, und ich kann weitergehen.

In der Innenstadt herrscht plötzlich reger Betrieb. Unter allen Bögen der Laubengänge stehen Frauen. An den Bögen schlendern Männer entlang. Jede Frau hat ihren eigenen

Bogen, jeder Bogen seine eigene Frau. Unter dem fünften Bogen, an dem ich vorbeikomme, erblicke ich eine junge Frau in einer leichten, mit schwarzen Querstreifen abgesetzten Pelzjacke. Ich kann es nicht lassen, ihr ins stark geschminkte Gesicht zu blicken, und noch weniger kann ich dagegen angehen, daß eine Art Schluchzer aufsteigt. Es ist Martha! Nein, sie kann es nicht sein, natürlich ist sie es nicht, doch die Ähnlichkeit ist so groß, so frappierend, daß ich mich am Pfeiler des nächsten Bogens festhalten muß, um wieder zu Atem zu kommen. Ich lehne mich gegen den kalten Stein, und ich habe das Gefühl, daß jemand meine Brust so fest umklammert, wie ich eben das Brückengeländer umklammert habe. Die Frau unter dem nächsten Bogen kommt auf mich zu, doch ich sehe sie nicht richtig an, und sie schüttelt kurz den Kopf und geht zur Mitte des Bogens zurück. Ich überquere die Straße, gehe über den Bürgersteig hinter den Bögen hundert Meter zurück und bleibe an der Ecke kurz stehen. Sie ist noch immer dort, sie hat sogar die Figur Marthas. Langsam gehe ich auf sie zu, sie dreht sich halb um, ganz kurz, gerade lange genug, um mir ihr Profil zu zeigen und die atemberaubende Ähnlichkeit bis hin zu den dunklen, halblangen Haaren. Aber Gott sei Dank ist die tiefe, heisere Stimme, die Nein sagt, anders, auch die träge Art, in der sie ihren Kopf schüttelt, ist anders. Ich bin verwundert, daß sie mich abweist, und ich stammle noch: »Wieviel, Fräulein?«, aber sie tritt einige Schritte zurück, bis sie im dunklen Schatten des Pfeilers steht, und zischt: »Nein.«

Ich gehe weiter, einen Bogen weiter. Eine plumpe, alte Frau hat das Gespräch mitbekommen. Sie sieht mich an, versucht mit ihrem zahnlosen Mund zu lächeln. »Hundert Franken pro Nacht«, sagt sie leise und in singendem Ton.

Ich summe sehr beherrscht die Melodie ihrer Worte, als ich um die Ecke zum Bärenplatz biege und schnell zu den Regierungsgebäuden weitergehe. Über eine Steintreppe und einen mit großen Steinplatten belegten Bürgersteig erreiche ich ein Geländer, hinter dem das Ufer der Aare beginnt. Das Wasser jagt hier ungestümer auf die Biegung zu, als es hinter dem Mäander dieses erstaunlichen Flusses strömt, und das Grün duftet hier stärker als überall sonst, obwohl es schon so spät im Jahr ist. Warum hat sie so entschieden Nein gesagt? Will sie vielleicht nur von einem Auto oder Taxi aus angesprochen werden, so wie ihre Kolleginnen an den vorhergehenden Abenden? Ich habe den Betrieb aufmerksam beobachtet, bemerkt, daß die alten Frauen jeden Mann ansprechen, die jungen dagegen auswählen. Ich will zurückgehen, um sie noch einmal zu fragen. Aber es wird sinnlos sein, ich nehme besser ein Taxi und fahre an ihr vorbei. Ob sie dann mitkommt? Und wohin dann? In ein Hotel? Das erscheint mir ausgeschlossen. Vielleicht weiß sie etwas anderes, hat irgendwo ein Zimmer. »Hundert Franken pro Nacht«, die Melodie der sündigen Liebe, aber sie wird bestimmt mehr nehmen. Ach, dies ist nicht sündig, dies ist erlaubt, sie sieht Martha täuschend ähnlich. Nein, ich kann nicht mit ihr in ein Zimmer gehen, ich will mit ihr durch das sonnige Reetland rudern. Ich will sie bitten, nach Holland mitzukommen. Was für eine unsinnige Idee!

Ich kehre zurück. Ich gehe auf dem Bürgersteig einer breiten Straße, aber nicht in Richtung der Bögen, denn ich traue mich nicht, noch nicht. Ich gehe an den Anlagen vor den Regierungsgebäuden vorbei, einem Garten mit einem Rondell, das von einem breiten Kiesweg gesäumt wird. Auch über den Kiesweg schlendern Frauen. Autos fahren langsam über den Kies, halten manchmal an. Die Autofenster gleiten geräuschlos hinunter, die Frauen gehen in lässiger Haltung an den Autos entlang, murmeln unverständliche Laute, und manchmal wird eine Autotür geöffnet, und sie fahren schnell weg mit dem Geräusch von knirschendem Kies, das bis weit in die Umgebung hallt. Ein Stück weiter ist eine zweite Anlage. Hier gibt es keine Frauen, nur eine große Skulptur in einem Teich mit klarem Wasser, eine Göttin mit Gefolge. »Hundert Franken pro Nacht«, und innerhalb dieser Melodie als Kontrapunkt, so klar und deutlich wie nie zuvor: jetzt hast du nur noch sechs Tage zu leben oder vielleicht sogar noch weniger, denn nächste Woche Donnerstag wirst du mit Sicherheit tot sein, ja, du wirst hier sterben, hier in der Schweiz, glaub bloß nicht, du könntest deinem Schicksal entrinnen, »Hundert Franken pro Nacht«. Ich lausche beiden Melodien. Warum nur möchte ich so gern weiterleben? Mir fallen kaum Gründe dafür ein, nicht viel mehr als der Duft von Frühlingsabenden, die Windstille von Herbstvormittagen, der Ruf der Amseln im Frühjahr, das Sommersonnenlicht im Reetland, Brachvögel, die Musik Schuberts.

Ich kehre zurück. Durch eine schmale Gasse erreiche ich die Geschäftsstraße mit den Bögen. Schon von weitem sehe ich, daß sie noch immer genau unter der Lampe steht, die in ihrem Bogen aufgehängt ist. Inzwischen verspüre ich einen Anflug von Mitleid, weil sie dort steht und nichts verdient, aber dieses Mitleid ist nichts anderes als eine Waffe gegen die Betroffenheit und das wahnsinnige Verlangen, mit ihr die Nacht zu verbringen. Außerdem ist das Mitleid eine falsche Waffe, denn es macht mich für diese von neuem so erschütternde Ähnlichkeit und das Verlangen, das dadurch ausgelöst wird, noch empfänglicher. Ich gehe durch den Rinnstein. Sie weicht zurück, als ich vorbeikomme. Ich will ihr Gesicht sehen, die Ähnlichkeit genau studieren. Ich sage nichts, aber sie schüttelt den Kopf, sie sieht mich an, die Lippen wachsam aufeinandergepreßt. Fahrig bewegt sie die schwarze Tasche, die über ihrer Schulter hängt. Ich gehe rasch weiter, laufe schräg über die Straße, ohne auf den Verkehr zu achten, und mitten zwischen laut hupenden Autos denke ich: sollen sie mich doch in Gottes Namen überfahren. Auf der anderen Straßenseite bleibe ich stehen und blicke mich nach dem Bogen um, unter dem sie mit ihrer gestreiften Pelzjacke steht. Langsam wiegend verlagere ich mein Gewicht von einem Fuß auf den anderen, kann mich, obwohl ich doch weitergehen möchte, von ihr nicht lösen. Als eine Straßenbahn vorbeifährt und kurz die Sicht auf sie versperrt, gehe ich schnell weiter, zwinge mich dazu, mich nicht mehr umzublicken, und biege bei der nächstbesten Gasse ab. In diesem Gäßchen stehen viele Mopeds. Von der anderen Seite kommt mir ein Mädchen entgegen. Sie windet sich zwischen den Mopeds durch, öffnet ein Fahrradschloß und sieht sich ruhig und aufmerksam um, dreht dabei langsam den Kopf, bis sich unsere Blicke treffen, und ich bin mir plötzlich sicher, daß ich sie nur anzusprechen brauche, um mit ihr an der Aare spazierengehen zu können, und das mildert für einen kurzen Augenblick den dumpfen Schmerz in meiner Brust. Einen Moment lang bin ich vom Zwang befreit, zum Bogen zu gehen, die Frau mit der Pelzjacke anzusprechen.

Ein junger Mann kommt heran. In der Nähe der Stelle, wo ich mich gegen ein Haus lehne, bleibt er stehen. In der Gasse ist es dunkel, nur das Licht des abnehmenden Mondes und einer brennenden Straßenlaterne. Kein einziges Fenster ist erleuchtet.

»Grüezi«, sagt der Junge.

»Grüezi«, sagt das Mädchen.

Langsam gehe ich zum Ende der Gasse. Als ich die breite Straße erreiche, die ein Stück weiter in einen Parkplatz mündet, höre ich hinter mir die aufeinander abgestimmten Schritte des Jungen und des Mädchens. Sie gehen an mir vorbei zum Parkplatz. Autotüren öffnen sich und schlagen zu. Als sie wegfahren, fühle ich von neuem die Angst vor der Frau unter dem Bogen, die ich von hier aus nicht sehen kann. Ich gehe in Richtung der Regierungsgebäude.

Stunden später laufe ich noch immer durch die Straßen, willenlos, ziellos. Unzählige Male habe ich denselben Kreis beschrieben, an den Regierungsgebäuden vorbei, durch die beiden Anlagen und eine Gasse zurück zur Straße mit den Bögen und über die breite Straße wieder zu den Regierungsgebäuden. Ich kann nicht mehr denken. Mein Herz schlägt heftig und unregelmäßig. Mein Atem geht nur oberflächlich.

In meinem Kopf sind ein paar Sätze, »Du bist so weise, Martin«, »Hundert Franken pro Nacht«, noch sechs Tage. Nach jeder Runde steht sie unter ihrem Bogen, und solange sie dort steht, werde ich meine Wanderung fortsetzen; ich werde sie nicht bitten, mitzugehen, aber trotzdem schüttelt sie jedesmal, wenn ich vorbeikomme, den Kopf, und ich weiß, daß es so besser ist. Die meisten anderen Frauen sind verschwunden. Manche sind in dunklen Autos weggefahren, manche ohne Mann weggegangen. Sie hat einige Male mit einem Autofahrer verhandelt, ohne sich jedoch mit ihm zu einigen. Jedenfalls ist sie dageblieben. Es ist mir ein Rätsel, daß sie so lange stillstehen kann. Manchmal geht sie ein paar Schritte zwischen den Pfeilern ihres Bogens. Bei jeder folgenden Runde bin ich froh, wenn ich sie dort noch stehen sehe, und dennoch hoffe ich inständig, daß sie weggeht. Ich will zurück ins Hotel, aber ich kann nicht. Ich bin gefangen in diesem Kreis, der aus einem unschuldigen Abschnitt entlang den Regierungsgebäuden besteht, wo ich erleichtert über den Tod nachdenken kann, aber von dort muß ich zum Park mit der Statue der Göttin weitertrotten und dann durch die schmale Gasse zurück zu dem Platz, wo sie steht.

Ich liege im Bett und kann nicht schlafen. Ob ich überhaupt noch einmal schlafen kann? Soeben habe ich zum letzten Mal meinen Kreis beschrieben. Als ich nach der schmalen Gasse die Straße mit den Bögen erreichte, sah ich von weitem, daß neben ihr ein schwarzes Auto hielt. Ich rannte über das Kopfsteinpflaster. Niemand schien sich darüber zu wundern. Es gab ja auch nur wenige Menschen! Ich kam gerade noch rechtzeitig, um zu sehen, wie sie einstieg. Ich stand auf der gegenüberliegenden Straßenseite unter einem Bogen. Das Rennen war zuviel für mich gewesen, ich fühlte, wie ich zusammenklappte, wollte mich noch an einem Pfeiler festhalten, berührte aber schon mit dem Kopf das kalte, feuchte Pflaster. Einen Augenblick lang muß ich bewußtlos gewesen sein. Als ich wieder zu mir kam, standen zwei

Frauen neben mir und betrachteten mich. Es war bitterkalt, und ich sah die Sterne. Die beiden Frauen halfen mir auf die Füße, sie waren alt und häßlich, sie hatten schon lange hier gestanden, vielleicht sogar seit Beginn des Abends. Mich fröstelte, und ich dachte an Jakob, hörte ihn sagen: die einzigen Frauen, die wirklich in Ordnung sind, sind die Huren, deshalb hat Christus auch gesagt, daß sie als erste ins Himmelreich kommen werden. Hinter mir waren Stimmen und Schatten, und ich sah die beiden Frauen dankbar an. Ich betrachtete die häßlichere von ihnen. Sie hatte strähniges schwarzes Haar, war klein und dick, trug erstaunlich hohe Absätze. Sie verstand meinen Blick falsch und gab der anderen Frau einen Wink. Kurze, schimpfende Zischlaute waren unter dem Bogen zu hören. Die andere Frau entfernte sich in die Dunkelheit.

»Wohin?« fragte die alte Frau.

Ich ging in Richtung meines Hotels, und die Frau folgte mir. Ich hörte das jetzt unheimliche Tacken ihrer hohen Absätze. Schweigend gingen wir weiter. Bei einem dunklen Ladeneingang blieb ich stehen.

»Wissen Sie«, fragte ich, »wie die Frau in der Pelzjacke hieß, die auf der anderen Straßenseite stand?«

»Hertha Frank, meinen Sie?«

»Ich weiß es nicht. Mit den schwarzen Streifen auf der Jacke.«

»Ja, Hertha Frank.«

»Hundert Franken pro Nacht?« fragte ich.

»Ja, bitte.«

Ich nahm einen Hundertfrankenschein aus der Innentasche meines Jacketts und gab ihn der Frau. Sie sah verdutzt auf das Geld. Ihr weißes Gesicht war ein grauer Fleck im Dunkeln.

»Nehmen Sie es«, sagte ich, »und danke schön.«

»Und nicht . . .?«

»Nein«, sagte ich.

»Warum nicht?«

»Ich bin so müde«, sagte ich, und während ich es sagte, spürte ich plötzlich, wie mir Tränen über die Wangen rannen.

»Ach«, sagte sie, »danke.«

Sie nahm den Schein an, und ich wandte mich ab. Ich versuchte, die Tränen wegzuwischen, das Weinen hinunterzuschlucken, hatte aber nicht den Mut, weiterzugehen, bis ich nicht mehr weinen würde, sondern eilte zum Hotel zurück. Die Tür war geschlossen, und ich klingelte kurz. Nachdem ich einen Moment gewartet hatte, kam ein kleiner alter Mann durch den Korridor.

»Ich bin sehr spät dran«, sagte ich schüchtern.

»Wir haben immer geöffnet, Tag und Nacht«, sagte der alte Mann stolz.

Ich blickte auf die beleuchteten Zeiger der Uhr in der Lobby. Es war zehn Minuten vor halb vier.

Abenddämmerung

Wenn ich mich im Bett aufrichte und meine Hand durch das geöffnete Fenster strecke, kann ich die kleinen, dunklen Trauben von den Weinreben pflücken, die an den Hauswänden emporranken. Ich weiß nicht, ob es Ernst recht ist, wenn ich zum Frühstück seine Weinstöcke plündere, aber die Trauben sind einfach köstlich. Als ich wieder eine kleine Traube hereinhole, schlägt eine Turmuhr siebenmal, und gleich darauf, mit einer anderen Glocke, erneut siebenmal. Woanders beginnt eine andere Uhr zu läuten, und als ob das noch nicht genug wäre, gehen auch bimmelnde Kühe vorüber. Doch was für Trauben! Ich schiebe das Fenster weiter auf. Draußen hat sich der dichte Nebel dem Haus bis auf zehn Schritte genähert. Vielleicht wird der Ausflug in die Berge nicht stattfinden. Die schelmische, Pfeife rauchende Studentin von Bitzius hat mich gestern herumgeführt und mir von der Tyrannei ihres Professors erzählt, den sie mehr oder weniger versorgt und für den sie sogar die Wäsche erledigt.

»Er arbeitet hier, er ißt hier, er schläft hier«, sagte das Mädchen, »nur an den Wochenenden fährt er zu seinem Haus in Münchenbuchsee.«

»Aber er ist doch verheiratet?«

»Er ist geschieden«, murmelte sie.

In der Nähe standen Bitzius und Adrienne und plauderten miteinander, und wir blickten beide eifersüchtig zu dem Paar hinüber. Sollte er ein mehr als normales Interesse an Adrienne haben? Am dritten Kongreßtag hatte er mich beiläufig gefragt:

»Na, Martin, hast du dich Frau Ponchards erbarmt?«

»Sie hat sich meiner erbarmt«, sagte ich, »wir kennen uns schon von anderen Kongressen, sie ist allein hier, ich bin allein hier, warum also nicht?«

»Aber natürlich.«

Der Nebel kriecht noch näher heran, verhüllt den Traubendiebstahl. Aber vielleicht schläft Bitzius noch. Wir wollen um halb aufbrechen. Das ist ein Einfall von Bitzius. Weil sich Ernst und Adrienne gestern weder über das Ziel noch über den Zeitpunkt unseres Aufbruchs einigen konnten, hat Ernst, nachdem die Möglichkeiten halb acht, halb neun und halb zehn erwogen wurden, sehr entschieden ausgerufen: »Wir brechen um halb auf, das kann alles beinhalten, halb acht, halb neun, halb zehn. Einverstanden?«

»Ja«, sagten Adrienne und ich.

Beim Frühstück kommt es erneut zu einem kleinen Geplänkel zwischen Ernst und Adrienne.

»Ich möchte gern viel klettern«, sagt Adrienne.

»Schön, aber Martin ist noch nie in den Bergen gewesen. Welche Schuhgröße hast du, Martin?«

»Größe vierundvierzig.«

»Das trifft sich gut. Dann kann ich dir Bergschuhe leihen, ich habe Größe fünfundvierzig und besitze zwei Paar, zieh dir also ein zweites Paar Socken an, aber hilf uns vorher aus der Verlegenheit. Es gibt drei Alternativen. Erstens: das Maxi-Programm. Wir fahren in die Berge nördlich des Brienzer Sees und klettern dann auf das Augstmatterhorn. Dort lebt eine Kolonie Steinböcke; vielleicht sehen wir sie. Zweitens: das Midi-Programm; wir fahren mit der Zahnradbahn zur Schynige Platte und wandern dort ein wenig in zweitausend Meter Höhe, sehr schön. Drittens: das Mini-Programm, wir fahren noch ein Stück weiter südlich zum Lötschental – herrliche Flora, prächtiges Tal. Frau Ponchard steht der Sinn mehr nach dem Maxi-Programm, ich bin für das Midi-Programm. Entscheide du, wir werden uns deiner Entscheidung fügen, nicht wahr, Frau Ponchard?«

»Ja«, sagt Adrienne.

»Ich weiß nicht recht . . .«, fange ich an.

»Halt, Martin, höre mal! Bist du schon mal geklettert? Nein? Zum Augstmatterhorn hinauf ohne Erfahrung? Unmöglich!«

»Ja, dann ist es vielleicht . . .«

»Genau, das Mini-Programm, Lötschental, dort können wir die ausgeblühte Flora studieren, sehen, wie schön Fruchtflaum sein kann, hautnah an den Langtalgletscher herankommen.«

»Aber Frau . . . möchte . . . will . . .«

»Gut, dann schließen wir einen Kompromiß. Auf der Schynige Platte können wir auch klettern. Also das Midi-Programm.«

»Nun ja, von mir aus, dann eben nach . . .«

»Also, abgemacht, das Midi-Programm.«

Als wir pünktlich um halb neun abfahren, ist der Nebel noch dichter geworden. Bis an den Thuner See bleibt es so; vom See ist nicht viel zu sehen, und ich verstehe nicht, daß Bitzius so schnell und leichtsinnig über die kurvenreiche Straße fährt. Er achtet sogar kaum auf die Straße, redet unaufhörlich mit Adrienne, die vorn im Auto neben ihm sitzt. Ab und zu kann ich, wenn sie sich halb zu mir umwenden, verstehen, was sie sagen. Vor allem Ernst neigt dazu, mich regelmäßig ins Gespräch einzubeziehen, außerdem ruft er ständig wie ein Reiseleiter: »Jetzt fahren wir an Schloß Thun vorbei, auf der anderen Seite kannst du den Niesen sehen, paß auf, dort liegt Spiez« – zweifellos interessante architektonische und landschaftliche Schönheiten, im dichten Nebel freilich völlig unsichtbar. Aber weit hinter Thun hat er sich auf einmal über eine kurze Strecke gelichtet, und in Interlaken ist der Nebel völlig verschwunden. Als wir in Wilderswil aussteigen, sehe ich zum ersten Mal die bedrohlich dunkelgrün aufragenden Felswände und etwas weiter, zwischen einer dreieckigen Aussparung von Bergen hindurch, einen weiß schimmernden Gipfel. Ein beklemmendes Gefühl, vom Gebirge so völlig eingeschlossen zu sein, doch der hektische Betrieb auf dem Parkplatz und der helle Sonnenschein relativieren es. Wir gehen zur Zahnradbahn. In der proppenvollen Kleinbahn warten wir im ersten Waggon auf die Abfahrt, die auch hier um halb erfolgt. Langsam zuckeln wir auf die Berge zu; ein Wanderer würde fast noch schneller vorankommen. Merkwürdig ist, wie rasch wir dennoch an Höhe gewinnen; schon nach kurzer Zeit sehe ich den Parkplatz tief unter uns, und ein Stück weiter treiben Wolken wie Schiffe auf dem Thuner See.

»Na, Martin, ist dir schon schwindlig, hast du schon Atembeschwerden?« fragt Ernst. »Schon Höhenangst? Noch nicht? Warte nur, wir werden gleich zu einer Stelle klettern, wo ich bereits mehrere Leute zurücklassen mußte. Sie trauen sich nicht mehr vor, sie trauen sich nicht mehr zurück. Dann stehen sie dort auf einem Felsvorsprung und sterben schließlich. Vielleicht können Frau Ponchard und ich dich wegtragen. Aber verlasse dich nicht zu sehr darauf! Wir werden dich zurücklassen müssen, hoch in den Bergen. Gelehrter auf einsamer Höhe!«

Die Zahnradbahn klettert unbeirrbar weiter. Die Sonne scheint immer heller auf grüne Tannenwälder und grauweiße Hänge. Wir schlängeln uns in unüberschaubaren Windungen nach oben. Wenn ich kurz die Augen schließe und wieder öffne, ist es mir zuweilen, als ob die Tannenwälder, die winzigen Häuser und das helle Grün in der Tiefe, das mit einem grauen Schleier bedeckt ist, sich langsam im Kreis drehen. Mir schräg gegenüber sitzen zwei steinalte Frauen, älter als meine Mutter jetzt wäre, wenn sie noch lebte, und ich wundere mich über meinen Haß auf sie. Manchmal stehen sie von ihrem Platz auf, um möglichst wenig zu versäumen vom ständig wechselnden Panorama, das hier mit einer Nonchalance dargeboten wird, die jede frühere Begeisterung über die Schönheit einer Landschaft zu einem unbedeutenden Glücksgefühl stempelt. Ich kann es kaum noch verkraften; jeder neue Ausblick übertrifft den vorherigen, und nach einem Tunnel hängt die ganze Welt manchmal schräg unter uns, so daß der Thuner See vom Erdball wegzuströmen scheint. In unverfälschtem Niederländisch sagt eine der alten Damen: »Daß wir das noch erleben dürfen! Früher hat man sich so was ja nie leisten können.«

Aber die andere Frau antwortet nicht, betrachtet nur unentwegt mit nassen Augen die Berge; eine glitzernde Träne nach der anderen rinnt über ihre Wangen, und deshalb kann ich ihr verzeihen, daß sie noch lebt.

Unter uns windet sich die Bahnstrecke mit der eingekerbten Schiene, in die knirschend das Zahnrad greift, abwärts. Ich kann ein beträchtliches Stück des steilen Hanges hinter uns sehen, bis weit hinter der Krümmung einer Kurve, und mich wundert, daß ich überhaupt keine Angst habe, obwohl ich doch jeden Augenblick erwarte, daß das Zahnrad seinen Dienst versagt und wir mit schwindelerregendem Tempo zurücksausen. Dann werden wir in der Tiefe verschwinden. Aber es ist eher ein Tod, den man sich wünschen könnte, als einer, vor dem man sich fürchten müßte, vor allem, weil wir dann alle zugleich sterben würden. Sterben ist unerträglich, weil andere weiterleben.

Adrienne und Ernst unterhalten sich, aber ich bin nicht imstande, auch nur ein Wort zu sagen. Die winterlich anmutende Helligkeit des Sonnenlichts erinnert mich an blaues Eis, weißen Schnee und einsame Ausflüge ins Reetland. Hier ist das Licht jedoch noch klarer und allgegenwärtig wie Gott. Auch der Klang der Stimmen ist dünner. Bitzius' dumpfer Baß hört sich fast an wie ein Bariton, Adriennes Alt beinahe wie ein Mezzosopran. Vorsichtig blicke ich ihn an: ob auch er in sie verliebt ist? Sie genießt hingerissen die immer neuen Ausblicke, nennt die Namen der vereinzelten Pflanzen, meist Astern, die noch blühen. Wenn sie nicht redet, sind ihre Lippen ein wenig geöffnet, wodurch ihr Gesichtsausdruck etwas Kindliches bekommt. Manchmal sagt sie: »Martin, schau!«

Noch immer versucht sie, meinen Vornamen als Maarten auszusprechen, etwas, das Ernst noch nie versucht hat, und das sorgt immer für eine drollige Zwischenform zwischen Maarten und Martin. Sie sagt wenig zu Bitzius, ständig hat er das Wort. Noch immer nennen sie sich nicht beim Vornamen, so daß ich einen Vorsprung habe vor Ernst. Wie es wohl wäre, mit ihr im Reetland zu wohnen? Sie ist so nervös, so lebhaft, sie würde nicht heimisch werden zwischen Bekassinen und Trauerseeschwalben. Ich würde umziehen müssen.

Der Thuner See ist jetzt bis zu seinem Ende zu sehen; ihn bedecken jedoch Wolken. Langsam bremsend halten wir bei einer Zwischenstation und fahren nach einem Pfiff, der zwischen den Bergen widerhallt, weiter. Wir klettern höher, an lichterem Tannenwald entlang, durch Tunnel, die einem die Aussicht nehmen und völlig gewandelt wieder freigeben. Noch immer sind wir nicht oberhalb der Baumgrenze. Dann die nächste Zwischenstation, mit schwarzen Vögeln (die ich nicht kenne und die mein Herz höher schlagen lassen) und einem Schneerest. Ein paar Jungen und Mädchen mit Rucksäcken verlassen die Zahnradbahn.

»Sie wollen den Gipfel besteigen«, sagt Ernst.

Je höher wir kommen, desto steiler ragen die beschneiten Berge über uns auf, und diese majestätischen, weißen Hänge haben etwas von fast die Sprache verschlagender Einfachheit – als ob es nur auf sie ankäme und alles andere unbedeutend wäre. Beängstigend aber ist ihr unendliches Schweigen, und erst jetzt verstehe ich die Bedeutung der Psalmverse, die meiner Mutter so teuer waren: »Ich hebe meine Augen auf zu den Bergen, von welchen mir Hilfe kommt.« Dabei hatte sie die Berge nicht einmal gesehen, wird sie auch nie mehr sehen, und das macht ihren Tod zu etwas unleugbar Endgültigem, zu einer so niederschmetternden Gewißheit, daß ich meine eigene Anwesenheit in der Zahnradbahn als Verrat empfinde und mit noch größerem Haß auf die alte Frau blicke, die vorhin zwei niederländische Sätze sprach.

Doch mein Haß hält nicht lange an; die totenstille, reglose, drohende Gegenwart dieser gigantischen Persönlichkeiten jenseits des Tals bringt mir mit großer Selbstverständlichkeit die Fortsetzung von Psalm 121 in den Sinn. »Er wird deinen Fuß nicht gleiten lassen; und der dich behütet, schläft nicht. Siehe, der Hüter Israels schläft noch schlummert nicht.« So stark ist das Bewußtsein Seiner Gegenwart dort jenseits des Tals, daß er jeden Unglauben – Unglauben, der in Wirklichkeit nie vorhanden war – zu einem lächerlichen Hirngespinst zertrümmert. Mir scheint, als ob ich plötzlich Sein jahrhundertelanges Schweigen, Seine Unerschütterlichkeit, Seine Schlaflosigkeit begreife.

Wir verlassen die Zahnradbahn und gehen über einen schmalen Pfad am Hotel vorbei. Vor uns wandern viele Menschen, die schon in geringer Entfernung Zwergen gleichen. Ihre leisen Stimmen klingen laut und transparent über die Fläche zwischen den dunklen, abgebröckelten Bergkämmen. Wir folgen lange Zeit dem Pfad und erklimmen einen kleinen Hügel. Die Menschen verteilen sich, verschwinden hinter den Erhebungen des baumlosen Plateaus, aber ihre Stimmen sind noch lange hörbar, ein unbeschwerter und fröhlicher Klang wie von den Stimmen spielender Kinder in der Abenddämmerung. Ich kann so frei atmen! Nie habe ich gewußt, daß Atmen etwas so Großartiges und Befreiendes sein, einen so glücklich stimmen kann. Und sogar das Sprechen scheint müheloser, die Wörter selbst sind ein Vergnügen, um den einzigen Dichter zu zitieren, dessen Werk ich dank Martha gut kenne. Spricht er in diesem Gedicht nicht auch vom Schattenlaufen? Das müßte man hier tun, hier sind die Schatten viel schwärzer.

Wir rasten einen Augenblick. Wir sitzen auf einem abschüssigen Hang zwischen kleinen Sträuchern. Bitzius zeigt mir die Berge: Jungfrau, Eiger, Mönch, Kleines Schreckhorn, Großes Schreckhorn, Finsteraarhorn. Die Eiger-Nordwand hebt sich dunkel von den beschneiten Hängen ab. Wir reden leise über die Bergsteiger, die beim Versuch, sie zu erklimmen, umgekommen sind. Mit Bitzius' Fernglas suche ich die Weiße Spinne. Jetzt, wo ich die Berge sehe, kann ich besser verstehen, warum man sie bezwingen will. Man klettert ja auf die Ewigkeit zu, an einen Ort, wo immer Winter ist. Die Berge haben im Kampf gegen den Wechsel der Jahreszeiten endgültig gesiegt, haben die Zeit abgeschafft, liegen da, unveränderlich, erstarrt, schweigend, einsam, in ewigem Winter. Einstein konnte sich in seiner Straßenbahn nur einbilden, mit Lichtgeschwindigkeit zu fahren; der Bergsteiger dagegen erreicht tatsächlich den Punkt, an dem die Zeit stillsteht.

»Wenn ich die Berge sehe, komme ich mir wieder vor wie als kleines Mädchen, als ich in unserem Garten Seifenblasen gemacht habe. Wie ich damals den Seifenblasen nachgesehen habe, so sehe ich jetzt diese Berge. Ich fand es himmlisch, Seifenblasen zu machen, man brauchte niemand dazu, ein Spiel für einen ganz allein«, sagt Adrienne.

Bitzius nennt noch mal die Namen der Berge, erzählt eine Anekdote: »Ein Schulmädchen sollte die Namen der Berge aufsagen. Sie fing an: Eiger, Mönch ... und wußte nicht mehr weiter. Denk an mich, sagte die Lehrerin, dann wirst du es wissen. Schreckhorn, sagte das Mädchen.«

Wir gehen weiter zwischen den vertrockneten Silberdisteln, und Bitzius sagt: »Oberhalb der Dreitausend-Meter-

Grenze duzt man sich. Sollen wir, Frau Ponchard, uns oberhalb der Zweitausend-Meter-Grenze duzen? Dazu müssen wir auf das Oberberghorn steigen, das ist etwas höher als zweitausend.«

»Schön«, sagt Adrienne.

»Aber zuerst wollen wir essen, dann klettern.«

Wir suchen uns am Abhang einen Platz, wo wir bequem sitzen können. Bitzius sammelt trockenes Reisig, schichtet es in einer Kuhle, möglicherweise dem Eingang eines Baus. Auf die Kuhle legt er einen Rost, den er aus seinem Rucksack geholt hat. Aus demselben Rucksack zieht er eine kleine Büchse Spiritus hervor und gießt den Brennstoff über das Holz. Überall auf dem Hang zünden kleine Gruppen ähnliche Feuer an. Der Rauch steigt wieder hoch, wie so oft in meinem Leben, und scheint mich von Ernst und Adrienne zu lösen, die auf der anderen Seite der Rauchsäule sitzen. Auch hier löst er sich in der windstillen Luft auf. Adrienne sieht aufmerksam zu, wie Bitzius stattliche Fleischstücke mit Senf bestreicht und grillt. Seine Handgriffe sind so sicher, daß eine große Ruhe von ihnen ausgeht, daß sie einem das Gefühl geben, sich in seiner Nähe vor keiner wie auch immer gearteten Gefahr fürchten zu müssen. Vielleicht schmeckt das von ihm gegrillte Fleisch deswegen so köstlich. Nach dem Essen liege ich ausgestreckt im Sonnenlicht auf dem Hang, und mit einem Gefühl des Bedauerns betrachte ich die kleinen Wölkchen, die an den Berggipfeln entlanggleiten. Nie mehr wird das Reetland für mich so schön sein, wie es gewesen ist; was ich jetzt sehe und empfinde, übertrifft alles, was ich jemals erlebt habe, so daß mir mein bisheriges Leben flach und eintönig vorkommt. Als Erinnerung an das Reetland fliegen über meinem Kopf kleine Finkenschwärme vorbei.

»Martin«, sagt Ernst, »jetzt mußt du mir doch einmal sagen, ob meine Schlußfolgerung richtig ist, wenn ich annehme, daß du fast soweit bist, einen Menschen aus einer beliebigen Körperzelle heranzüchten zu können?«

Erst jetzt wagt er es, mir diese Frage zu stellen; in den Bergen redet man vertraulicher miteinander, und ich kann das Duzen ab dreitausend Meter gut verstehen.

»So weit bin ich noch lange nicht, aber ich denke schon, daß ich so weit kommen kann.«

»Warum hast du das nicht öffentlich gesagt? Das ist doch eine Entdeckung, mit der du die Menschheit erschüttern wirst?«

»Ich möchte nicht vorgreifen, denn vielleicht mißlingt es doch noch.«

»Und was hast du davon?« fragt Adrienne.

»Vielleicht mehr, als du denkst«, sage ich so beiläufig wie möglich. »Man könnte heute schon ein Gewebestückchen von jemandem aufheben und am Leben erhalten, auch lange nach dem Tod dieses Menschen, und wenn man dann soweit ist, könnte man aus diesem Gewebe einen Zellkern isolieren und ihn in eine Eizelle einbringen, deren eigenen Kern man zuvor entfernt hat. So würde man einen geliebten Menschen wieder vom Tod auferwekken können, indem man ihn kopiert. Man könnte auch sich selbst nachmachen und dieser Kopie, die natürlich jünger ist als man selber, seine Erfahrungen vermitteln, man könnte ihm dadurch helfen, weil er ja fast mit einem identisch ist, und der könnte die Fehler vermeiden, die man selbst gemacht hat; zugleich hätte man den Tod überwunden, weil ja jemand existiert, der einem genau gleicht und weiterlebt, wenn man gestorben ist, und von einem Zellkern dieses Menschen kann wiederum eine neue Kopie gemacht werden, bis ins Unendliche. Die Fortpflanzung wird dann verschwinden; jeder lebt mit viel größerer Sicherheit in seinem jüngeren Selbst weiter als in seinen Kindern und kann auch seine Erfahrungen viel wirkungsvoller weitergeben, weil jemand existiert, oder vielleicht auch zwei oder drei, die ihm oder ihr genau gleichen. Man würde die Zeit anhalten, denn jede Generation entspräche der vorangegangenen, und da die nächste Generation die

Fehler der vorherigen vermeiden könnte, könnten die Menschen vielleicht endlich glücklich werden.«

»Das höre sich einer an«, sagt Ernst spöttisch. »Da spricht nun der wahre, arglose Mann der Wissenschaft, der glaubt, daß seine Entdeckung ein Paradies auf Erden schaffen werde. Nun, schon allein der Tatsache wegen, daß du auf diese Weise das fröhliche Gerangel der Geschlechter abschaffen wirst, werden sie dich steinigen.«

»Fröhliches Gerangel? Möglich, daß es hier oder da tatsächlich für ein kurzzeitiges Glück sorgt, aber dem steht doch soviel lang anhaltender Kummer gegenüber, daß . . .«

»Menschen wollen überhaupt kein Glück, sie wollen gerade Kummer, Leid und Elend«, sagt Ernst.

»Ein niederländischer Schriftsteller«, sage ich und erhebe dabei meine Stimme, »hat einmal gesagt: ein Mensch müßte eine Zelle sein, ein kleiner Klumpen, der sich zweiteilt, dann wäre alles einfacher.«

»Weißt du, welchen Nachteil ich bei dieser Kopiererei sehe?« sagt Adrienne. »Daß man dann im voraus weiß, auf welche Art jemand sterben wird.«

»Gerade nicht«, sage ich, »man könnte dadurch ja gerade Unfälle verhüten, jemanden gegen eine Krankheit immunisieren, an der sein Vorgänger gestorben ist.«

»Ja, aber wenn dieser Vorgänger nun, sagen wir einmal, Krebs hatte? Das ist mit Sicherheit im Erbgut festgelegt. Dann weiß man als Kopie von so jemandem, daß man auch auf gräßliche Weise sterben wird.«

»Wer behauptet denn, daß Krebs erblich bedingt ist? Und außerdem: Gegen Krebs wird man bald etwas gefunden haben«, sage ich.

»Möchtest du denn dein Leben wirklich wiederholen, Martin?« fragt Ernst. »Ich fände den Gedanken schrecklich, daß jemand mit meinem Charakter und meinen Anlagen von neuem denselben Gang von der Wiege bis zur Bahre machen müßte.«

»Mich selbst würde ich auch niemals kopieren wollen«,

sage ich, »wohl aber . . .«, und meine Stimme erstirbt, weil mir plötzlich alles so unbedeutend erscheint angesichts dieser Berge auf der gegenüberliegenden Seite. Unterdessen löscht Ernst das Feuer und packt seinen Rucksack.

»Weißt du, was natürlich ein großer Vorteil deiner Entdeckung wäre, einmal angenommen, du kämest wirklich so weit? Man brauchte keine Männer mehr«, sagt Adrienne fröhlich, »wir haben die Eizellen, und euer Geschlecht kann dann ohne Schwierigkeiten aufgehoben werden.«

»Ich sehe einen ganz anderen Vorteil«, sagt Ernst, »man könnte von einer Geliebten, die alt und häßlich wird, eine junge Kopie machen. Oder zwei Kopien, falls zufällig zwei Männer dieselbe Frau begehren.«

Er steht auf, schnallt seinen Rucksack um und geht, ohne sich umzusehen, in Richtung des Oberberghorns. Am Oberberghorn hat man Stufen in den Fels gehauen und eine Strickleiter angebracht, um den Aufstieg zu erleichtern. Zurückkletternde Besucher verlangsamen unser Tempo, aber schließlich erreichen wir die Aussichtsterrasse, und der Blick, den man von dort oben hat, nährt einen unterschwelligen Zweifel an der Wirklichkeit: Dies kann nicht echt sein. Ist das der Brienzer See, dort in der Tiefe, und das dort hinten der Thuner See, der seine letzten Wolken zu vertreiben sucht? Ernst und Adrienne drücken einander die Hand und nennen sich zum ersten Mal beim Vornamen; ich bewundere ihn, weil er nicht nur meinen Vorsprung wettgemacht, sondern aus dem ersten Du zudem einen Festakt zu machen gewußt hat, der dem Duzen eine Art fröhlicher Weihe verleiht und zwischen ihr und ihm eine größere Vertrautheit schafft, als sie zwischen ihr und mir je bestanden hat. Die Höhe erzeugt sogar eine andere Vertrautheit, denn während ich angespannt einen Dampfer auf dem Brienzer See beobachte, dessen Schaumspur so wunderbar unbewegt erscheint und dessen Dampfwolke über dem Schornstein so regungslos mit dem Schiff mitfährt, unterhalten sich Ernst und Adrienne über ihre jeweiligen Eheprobleme.

Schräg unter mir bemerke ich plötzlich die schwarzen Vögel von vorhin, jetzt aber nicht im Fluge, so daß ich ihre roten Beine sehen kann.

»Ernst, was ist das?«

»Eine Alpendohle.«

Einen Moment lang unterbrechen sie ihr Gespräch, doch nicht lange genug für mein Gefühl, und ich rufe: »Und dort, was für Vögel sind das?«

Er beugt sich vor, schaut leicht verärgert nach unten.

»Alpenbraunellen«, sagt er kurz angebunden.

Ich nehme das Fernglas; jetzt kann ich die kleinen Vögel, die im Strauchwerk umherflattern, gut sehen. Ich setze mich auf den warmen Felsen und lasse meine Beine über den Rand nach unten hängen. Mit der Rechten halte ich mich an einem der kleinen Eisenpfosten fest, die an der Aussichtsterrasse angebracht sind und zwischen denen ein Seil gespannt ist. Mit der freien Hand umklammere ich das Fernglas. Fasziniert beobachte ich die Vögel in den kleinen Büschen. Neben mir ragen Ernst und Adrienne hoch über mich hinaus, so daß ich fast ihr Sohn sein könnte, etwas, das beinahe Wirklichkeit wird, als Ernst gereizt ausruft: »Martin, so darfst du dich nicht hinsetzen, das ist zu gefährlich.«

»Ja, Martin«, sagt Adrienne, »nicht doch.«

Ich setze mich so hin, daß einer der Pfosten zwischen meinen Beinen ist. Ich lausche dem Gespräch, dem so schwer zu folgen ist, weil die schweizerdeutschen Klänge zunehmen, je persönlicher ihre Bekenntnisse werden. Viel kann ich denn auch nicht verstehen, ihr Dialog ist ein unverständlicher Berggesang. Aber in ihren melodischen Worten höre ich etwas von gegenseitigem Vertrauen. Ernst spricht mit erhobenen Armen und gestreckten Fingern. Weil er sich ständig bewegt, bin ich immer wieder für einen Augenblick in seinem Schatten, und all diese Momente des Wechsels zwischen Dunkelheit und hellem Sonnenlicht sind kleine, bissige Zurechtweisungen dafür, daß ich am Gespräch nicht teilnehme, sondern Ernst die Initiative überlasse. Adriennes Wangen sind gerötet. Emotionen oder nur eine Folge der dünnen Höhenluft? Ernst ist zu braun, um Röte überhaupt sichtbar werden zu lassen. Vielleicht hat Adrienne mich nur benutzt, um Ernst auf sich aufmerksam zu machen. Denke ich das, weil ich sie mag? Ich habe es genossen, während der Kongreßtage mit ihr zu plaudern, ich habe mir die Monologe über ihre Ehe sanftmütig angehört. Aber er, Ernst, kann Konversation machen wie ein geborener Unterhalter, und überdies haben sie die gleiche Vergangenheit. Auch kann ihr nicht entgangen sein, daß er ein gutgebauter Mann ist, mit einem schwarzen Lockenkopf, viel älter als ich, aber mit noch immer vollem Haar, zudem kerzengerade und ständig mit einem leicht schalkhaften Ausdruck in seinem zerfurchten, klugen Gesicht, den man nicht leicht vergißt. Am faszinierendsten jedoch sind die hellbraunen Pünktchen in seinen Augen, die tanzen, wenn er mit einem spricht, und einen dennoch beruhigen.

Sie reden jetzt nur noch Schweizerdeutsch, so daß ich nichts mehr verstehen kann. Ob ich vielleicht deshalb Dinge vermute, die nicht vorhanden sind, an plötzlich erblühende Alpenliebe zwischen Menschen mit einer vergleichbaren Vergangenheit denke?

Hoch über den Bergen kreisen zwei schwarze Vögel. Was sind es? Alpendohlen? So groß, das ist unmöglich. Ich wage es nicht, das Gespräch zwischen Ernst und Adrienne erneut zu unterbrechen. Die Vögel kommen näher. Sie fliegen umeinander herum, scheinen sich zu berühren, entfernen sich wieder voneinander in der strahlend blauen Luft und verlieren an Höhe, bis sie unruhig zwischen den Felsen umhertaumeln und ich vor lauter Aufregung Herzklopfen bekomme, weil ich zum ersten Mal im Leben zwei Raben in freier Natur sehe. Krächzend lassen sie sich auf einem Grasflecken nieder. Ernst schweigt plötzlich und beugt sich vor, schaut auf die noch einmal bösartig rufenden Vögel.

»Raben«, sagt Ernst feierlich.

Die Vögel steigen auf, flattern rasch südwärts in Richtung

der schneebedeckten Gipfel. Bald sind sie nicht mehr zu sehen, bis sie plötzlich dicht am Gipfel der Jungfrau wieder als zwei kleine, schwarze Punkte auftauchen, die sich deutlich vom Schnee abheben.

»Gehen wir?« fragt Ernst. »Ich weiß einen anderen Weg abwärts.«

Wir verlassen die Terrasse, zuerst noch über die Holztreppe zwischen den Felsen, dann aber über einen schmalen Pfad zwischen zwei Bergmassiven, der an einer engen, tiefen Schlucht endet.

»Hier drinnen können wir absteigen«, sagt Ernst, »oder ist das zu gefährlich, Martin, was meinst du?«

Wenn ich allein gewesen wäre, hätte ich bestimmt nicht den Mut dazu gehabt, aber weil Adrienne hinter mir steht und so gern richtiges Bergsteigen betreiben möchte, nicke ich. Dennoch reizt mich ein Abstieg in der engen Schlucht absolut nicht.

»Also gehen wir, vorsichtig, Adrienne, nun zeig mal, was du kannst.«

»Ein schöner Kamin, ein echter couloir«, sagt sie.

»Ist dies ein Kamin?« frage ich.

»So nennt man es«, sagt Ernst.

Das Geröll, das den Steilhang des Kamins bedeckt, ist feucht und rutscht unter meinen Füßen weg, als ich zögernd die ersten Schritte darauf setze. Mit beiden Händen halte ich mich an den kleinen Vorsprüngen in der neben mir senkrecht aufragenden Felswand fest. Ich höre, wie Ernst mit plötzlich doch etwas besorgter Stimme Adrienne ermahnt, ihm zu folgen, so daß sie ihre Füße auf die von ihm für ungefährlich befundenen Stellen setzen kann, wo er überdies das Geröll fest angedrückt hat. Ernst zeigt wenig Interesse für meine Bemühungen, den Hang hinunterzusteigen, und in mir steigt tatsächlich so etwas wie Wut auf, weil er ihr hilft und mir nicht, obwohl ich doch noch nie geklettert, geschweige denn in Kaminen abgestiegen bin. Erst jetzt wird mir langsam klar, wie gefährlich dieser Abstieg ist. Ich blicke zum weit entfernt scheinenden Ende des Kamins hinunter: ein Steilhang, übersät mit nach unten immer größer und spitzer werdenden Steinen. Es ist ein Gefälle von mindestens sechzig Grad, denke ich. Wir rutschen über den Hang abwärts. Ernst neben mir und sich an vorstehenden Felsspitzen im Westhang des Kamins festhaltend, Adrienne hinter mir, auch gegen den Westhang gepreßt, und ich steige am Osthang ab, immer wieder auf die spitzen Steine unter mir hinabblickend, die den Fall des wie rauschenden Regens hinunterrutschenden Gerölls brechen. Während ich so absteige und mit jedem Schritt ängstlicher werde, weil die Felsen hier glatter und kahler sind und weniger Vorsprünge haben, die mich vor dem Absturz bewahren könnten, nimmt meine Wut zu, weil Ernst mich trotz meiner Unerfahrenheit in diese Situation gebracht hat. Ich blicke nach oben; zurück kann ich nicht mehr. Über mir müht sich Adrienne mit dem lockeren Gestein ab. Wie ein Hagelschauer prasseln die kleinen Steinchen, die sich unter ihrem Tritt lösen, gegen meine Beine. Ich sehe sie an, während ich einen Augenblick stehenbleibe, und sie blickt auf, lächelt mir ermutigend zu. Ernst sieht das Lächeln, und meine Miene erstarrt, als ich seinen argwöhnischen Blick bemerke. Während in mir die Wut aufwallt, denke ich einen Augenblick lang: wie leicht könnte ich dir einen kleinen Stoß versetzen, du würdest es niemandem erzählen, und fast im gleichen Moment kommt mir der Gedanke: er hat mich absichtlich in diesen Kamin gebracht, um ... Heftig setze ich meine Bergschuhe auf einen anderen Fleck. Zu heftig. Der Schotter rutscht weg und bildet einen steinernen Bach, in dem meine Füße vergeblich nach einem Halt suchen. Meine Bewegungen sind zu ungestüm, meine Füße rutschen über den Hang. Mit der Linken halte ich mich noch an einem kleinen Felsvorsprung fest. Die Rechte sucht einen zweiten Felsvorsprung, kann an dem glatten Gestein aber keinen finden. Lange kann meine Linke mein Gewicht nicht tragen, weil die Felszacke so klein ist. Ganz ruhig überlege ich, wie ich mich bewegen muß, falls ich abstürzen sollte, in Gedanken bin ich noch nicht soweit, ich falle noch lange nicht, muß erst noch das Problem meines Gewichts an der zu kleinen Felszacke lösen. Erst als ich fast zehn Meter über den Hang hinuntergerutscht bin, zusammen mit dem mitrutschenden Schotter, denke ich verwundert: ich stürze ab. Und noch immer habe ich keine Angst, ich sehe tief unter mir den immer breiter werdenden steinigen Abhang mit immer größeren, spitzeren Steinen bis tief in das Tal hinein, wo sie nur noch hier und da verstreut auf einer grünen Wiese liegen. Jetzt passiert es, denke ich, jetzt ist es also soweit, aber was mit mir passiert, weiß ich nicht, auch wenn ich durchaus eine Art Triumph verspüre, einen inneren Widerstand gegen die Angst: also stimmte es doch, es war keine Zwangsvorstellung, sondern eine Prophezeiung, die sich erfüllt hat, ein Beweis für außergewöhnliche Gaben. Aber eine Prophezeiung von was? Meine Hände versuchen sich in die Felswand zu krallen. Immer wieder begegnen meine Finger kleinen Felszacken, an denen ich mich nicht festhalten kann, die aber meine Nägel schrammen und meine Fingerspitzen aufschürfen. Einmal gelingt es mir, mich für einen Augenblick im Schotter zu verankern, aber die mitrutschenden und nun schon größeren Steine bombardieren meinen Rücken und meinen Hals, treffen sogar meinen Hinterkopf. Auch diese Felsnase ist wieder zu klein, bröckelt außerdem ab, und die Steine zerschlagen das letzte Quentchen Widerstand in mir. Ich rutsche wieder hinunter, jetzt noch schneller als vorher. Ich sterbe, denke ich. Plötzlich habe ich Angst, die mir allerdings kaum bewußt wird. Ich weiß, was passieren wird. Über die großen Steine werde ich schnell hinunterfallen. Ihre scharfen Spitzen werden mir zuerst die Kleidung und dann den Rücken und die Beine aufreißen, und durch die Geschwindigkeit, mit der ich den Steilhang hinabsause, werde ich mich wahrscheinlich einmal oder vielleicht sogar mehrmals überschlagen und mit dem Kopf auf den Steinen aufschlagen, so daß ich blutüberströmt auf der grünen Wiese ankommen werde, schwerverletzt oder tot. Ich gleite nun schnell an den Felsen entlang. Aber meine Hände haben es noch immer nicht aufgegeben, denn sie sind wirklich verzweifelt, sie versuchen unentwegt, sich in der glatten Wand festzukrallen. Sie bluten inzwischen heftig. Gleich werde ich überall bluten. Mir geht vieles durch den Kopf während des Sturzes. Vor allem die Verwunderung, daß es auf diese Art passiert. Die Todesahnung war ja da. Hatte ich es mir so vorgestellt? Außer Verwunderung verspüre ich auch Angst, noch immer keine große Angst, sondern einen vagen Schmerz, eher angenehm als beklemmend. Die spitzen Steine kommen näher. Die Felswand ist jetzt nicht mehr so glatt, aber weiter von mir entfernt, weil sich der Kamin hier verbreitert. Die ersten spitzen Steine zerren an meiner Hose, scheuern längs meiner Beine. Aber ich will gar nicht sterben, denke ich plötzlich, und in einer letzten verzweifelten Anstrengung, mich an der Felswand festzuklammern, mache ich eine Vierteldrehung auf das Dunkelgrau zu und halte mich an einer Felszacke fest. Obwohl sie sofort abbricht, hat das Festhalten meine Fahrt für einen Augenblick gebremst, und dadurch kann ich einen zweiten, entfernteren Felsvorsprung, der mein Gewicht halten kann, ergreifen. Unter mir rutscht die Steinmasse weiter, scheint mir fast die Arme auszurenken, protestiert mit dumpfem Grollen gegen meinen Stillstand. Überall spüre ich jetzt Schmerzen. Steine prasseln auf meinen Kopf und meine Arme. Aber ich bleibe unbeweglich liegen. Ich kann nicht aufstehen, denn dazu müßte ich meinen Felsvorsprung loslassen. Hinter mir höre ich Adriennes hohe, ängstliche Stimme.

»Martin, bist du verletzt?«

Ich kann den Kopf noch nicht heben. Ich liege im zur Ruhe gekommenen Geröll. Sogar das Atmen fällt mir schwer. Eine große Ruhe ist in mir, ein seltsames Glücksgefühl, weil ich noch nicht gestorben bin. Außerdem staune ich darüber, daß ich gar nicht mal besonders ängstlich war; ich war in Lebensgefahr und hatte dennoch keine Angst.

Nun muß ich versuchen, von meinem gefährlichen Lager aufzustehen, weiß aber nicht, wie. Und warum sollte ich nicht einfach liegenbleiben?

»Martin, Martin, bist du verletzt?«

Die tiefe Besorgnis in ihrer Stimme löst in mir eine prikkelnde Wärme aus. Außer meiner Mutter hat sich noch nie eine Frau um mein Wohlergehen gesorgt. Jetzt also endlich! Ihre Worte hallen im Kamin wider. Sogar die Echos bereiten mir eine tiefe Genugtuung, und ich antworte noch nicht, um diese Besorgnis einen Augenblick andauern zu lassen, hebe jedoch den Kopf etwas an. Am Hang über mir erblicke ich zuerst Bitzius, der in einer beängstigend krummen Haltung erstarrt ist, dann Adrienne. Sie sieht, daß ich meinen Kopf bewege. Nicht ohne sich selbst in Gefahr zu bringen, steigt sie rasch den Hang hinunter, während Bitzius ihr bedächtig folgt.

»Er lebt noch«, ruft sie.

»Ja, was glaubst du denn«, rufe ich zurück.

Sie ist jetzt nah bei mir, sie steigt neben mir hinab, genau wie Bitzius. Ich folge ihnen mit meinen Blicken. Genau unter mir stellen sie sich nebeneinander an die Felswand. Sie halten meine Füße fest, jeder mit beiden Händen einen Fuß.

»Jetzt kannst du loslassen«, sagt Ernst.

Von neuem rutsche ich, als ich den Felsvorsprung loslasse, aber höchstens einen Meter. Meine Füße finden Halt an einem großen Stein, und ich kann aufstehen. Ernst und Adrienne gehen, über große Steine tanzend, vor mir her, und ich folge ihnen langsam. Ich kann nicht wie sie von Stein zu Stein springen, ich bleibe nah an der Felswand, an der ich mich jetzt gut festhalten kann, weil sie viele Vorsprünge hat, und so erreiche ich später als sie die grüne Alpenwiese mit den erstaunlich vielen weißen Sternen verblühter Silberdisteln. Wir setzen uns ins Gras. Hier hätte ich auch blutüberströmt liegen können, denke ich. Er hat es doch zugelassen, daß mein Fuß ausgeglitten ist, aber nun läßt Er mich auf grünen Auen lagern. Obwohl ich dem finsteren Tal des tiefen Todesschattens erstaunlich nahe war, hat Er doch einen Augenblick des Mitgefühls gezeigt, Er, der meine Mutter nicht zu sich nahm wie Henoch. Ernst ist ganz blaß, Adriennes Gesicht glüht, und beide reden kein Wort.

»So ging es etwas schneller«, sage ich, »ein langsamer Abstieg liegt mir nicht so.«

Sie lächeln gequält. Adrienne nimmt meine Hände in die ihren und besieht sich die zahllosen kleinen, blutenden Wunden, lächelt traurig und sagt: »Du bist verletzt.«

»Es ist nicht so schlimm«, sage ich.

»Du hättest tot sein können«, sagt sie.

»Ich habe mich miserabel gefühlt, als du abgerutscht bist«, sagt Ernst, »warum hast du dich so heftig bewegt?«

»Bitte, Ernst, sprich nicht darüber, sprich jetzt nicht darüber«, sagt Adrienne flehend, »Martin ist kein Bergsteiger.«

»Und wird auch nie einer werden«, sagt Ernst barsch.

»Nein«, sage ich, »so etwas mache ich nie wieder.«

Ernst starrt zornig vor sich hin. Sein Schreck wandelt sich in Wut. Nicht so bei Adrienne. Sie hält noch immer meine Hände, und ich sonne mich im Mitleid, das in ihren Augen zu sehen ist, und würde in ihrer Nähe durchaus noch öfter so fallen mögen. Sie hatten mehr Angst als ich, denke ich befriedigt, denn ich fürchtete kein Unglück, als ich fiel, aber ich weiß auch, daß ich noch an diesem Tag, vielleicht heute abend, nachträglich Angst bekommen werde, daß meine Angst nur hinausgeschoben ist, weil ich diesen Fall noch gar nicht verkraftet habe, mich noch immer im Schatten des Todes befinde.

Ich liege auf der Wiese in der Sonne neben der kleinen Schneefläche. Adrienne und Ernst machen eine Schneeballschlacht. Ein paarmal haben sie Schneebälle nach mir geworfen und versucht, mich in ihr Spiel einzubeziehen, aber mir steht der Sinn jetzt nicht nach einer Schneeballschlacht. Ich liege da und warte. Worauf? Auf meine Angst? Einstweilen verspüre ich nur ein verzweifeltes Glücksgefühl: ich bin noch nicht tot, aber beinahe wäre ich umgekommen. Noch nie war ich dem Tod so nahe. Ich habe ein merkwürdiges Vorgefühl, das sich nun an der Stelle zu befinden scheint, wo vorher die Zwangsvorstellung gewesen ist; einen Gedanken, der schwer in Worte zu fassen und vielleicht sogar Selbstbetrug ist, der vielleicht nur unter dem Eindruck der Todesnähe entstanden ist. Obwohl dieser Gedanke etwas Pathetisches hat, etwas Unwirkliches, denke ich: von nun an werde ich den Tod immer mit anderen Augen sehen, er wird nie mehr so bedrohlich sein, nie mehr so lebensfeindlich. Während des Fallens habe ich mich mit dem Gedanken, daß ich sterben muß, versöhnt, und vielleicht wird diese Versöhnung nie mehr ungeschehen gemacht werden können. Zwangsvorstellungen hierüber werden künftig unmöglich sein.

Adrienne und Ernst ziehen weiter; ich stehe auf, ich sehe schwarze Kreise vor den Augen, schaue auf den sonnenbeschienenen Schnee, um sie zu verscheuchen. Als ich die Augen schließe, ist das Weiß dennoch mit dunkleren Farben bedeckt, und ich muß kurz stehenbleiben, bevor ich beiden folgen kann.

Nach meinem Sturz blüht plötzlich eine noch größere Vertrautheit zwischen Ernst und Adrienne auf. Sie überspielen ihren Schrecken, sie lachen immer fröhlicher in der prickelnden Atmosphäre, sie necken sich, während sich in mir alles nur noch auf den Schrecken konzentriert, der, so scheint mir, kaum ausbleiben kann. Mein Körper wird doch zittern und meine Zähne werden klappern müssen. Warum bin ich mir dessen so sicher? Noch heute spiele ich das Kinderspiel Schattenlaufen. Deswegen auch dieses weltfremde, abgehobene, pathetische Denken, als ob ich gerade von einer schweren Krankheit genesen würde. Alles scheint noch zerbrechlich und schwankend zu sein, nicht wirklich, verglichen mit dieser allmählich unanfechtbaren Gewißheit: du darfst weiterleben. Alles ist irreal, befindet sich hinter Glas, und gerade deshalb weiß ich, daß Adrienne und Ernst sich lieben, auch wenn sie es selbst noch nicht wissen. Mein Absturz hat sie einander nähergebracht. Adrienne ist eine liebenswerte Frau, und ich würde sehr gern längere Zeit mit ihr zusammenleben, vielleicht sogar für immer. Aber sie gehört zu Ernst, sie sucht nun einmal eine Persönlichkeit, sie gehört nicht zu jemandem wie mir, der fortwährend auf dem schmalen Grat zwischen normal und anomal balanciert, auch wenn ich nun – für wie lange? – von meiner Zwangsvorstellung geheilt bin und ohne Beklemmung an leere, von der sengenden Nachmittagssonne heimgesuchte Plätze denken kann. Ich muß die Verabredung mit Marthas Schwester absagen, ich darf einen anderen Menschen nicht mit meiner Abnormität belasten, ich werde ihr eine Karte schreiben, gleich auf dem Rückweg, wenn die Zeit dafür reicht, vielleicht schon im Hotel an der Endstation der Zahnradbahn. Ich muß allein bleiben. Nach diesem Absturz werde ich sehr lange weiterleben können, ohne mich elend zu fühlen. Und zugleich bin ich mir wieder sehr klar der Kehrseite meiner Isolation bewußt. Ich habe alles, was ich versäumt habe, in meiner Phantasie intensiv durchlebt, ohne daß in der Realität etwas passierte. Für mich ist alles bedeutungsschwer, sogar die Kinderspiele. Ich weiß, wie wichtig sie sind, ich begreife, wie großartig und schön die Liebe zwischen Mann und Frau sein kann. Leben begreifen durch den Verzicht auf Leben. Für Ernst und Adrienne besteht die Liebe nur aus schmerzlichen Erinnerungen. Aber vielleicht können sie zusammen noch etwas erreichen. In diesem Moment bin ich mit mir selbst und mit der Welt im Einklang. Ich kann jetzt vieles begreifen, vieles akzeptieren. Es wird nicht immer so bleiben, das weiß ich. Die Plätze werden zurückkehren; immer und überall wird es wieder leere Plätze geben, aber nach diesem Ausgleiten wird es hoffentlich nie mehr so schlimm werden können.

Wir gehen auf der Schynige Platte spazieren. Der Abend bricht herein. Noch immer bemerke ich weder Angst noch Zähneklappern oder Zittern. Finken fliegen durch die

Abendluft und suchen in den kleinen Sträuchern einen Unterschlupf für die Nacht. Der Zug der Finken fesselt mich, und ich versuche, ihre Zahl zu schätzen. Aber ich bin nicht imstande, mich auf den Vogelzug zu konzentrieren, ich muß stehenbleiben und die Berge betrachten. Adrienne und Ernst sitzen ein Stück weiter im Gras auf einem Abhang. Ich stehe allein zwischen niedrigem Strauchwerk. Der dreieckige, spitze Gipfel des Finsteraarhorns wird von der im Westen stehenden Sonne beleuchtet. Das weiße Dreieck, das der Sonne zugewandt ist, beginnt langsam zu glühen. Auch die anderen Alpengipfel färben sich zögernd hellrot, aber vor allem dieser spitze Gipfel zieht die rote Farbe an. Es scheint, als würde das Abendrot mit sanfter Hand auf die Berge gelegt. Wenn ich beim Sturz umgekommen wäre, hätte ich das nicht sehen können. Um uns herum sind die Berge jetzt völlig verlassen. Eines weiß ich genau: wie alt ich auch werde, nie vergesse ich diese Stille der glühenden Berge. Es scheint, als hielte jeder den Atem an, um die Farben so gut wie möglich sehen zu können. Es herrscht eine absolute Stille, nichts rührt sich. Nur das Alpenglühen in der kühlen Abendluft. Es ist, als ob mein Ich von diesem unglaublich schönen, totenstillen und doch so lebendigen Licht getragen würde. Ich denke wieder an den Psalm 23, den ich heute zum ersten Mal verstanden habe. Sollte das gemeint sein mit den Worten: Du bereitest mir einen Tisch vor meinem Angesicht? Nein, das kann nicht sein, der Psalmdichter kann niemals dieses Glühen gesehen haben, ebensowenig wie Bach es gesehen haben kann, und doch ist diese Stimmung auch in *Am Abend, da es kühle war* eingefangen. Er hat erkannt, daß diese friedvolle, lautere Abenddämmerung mit dem Tod versöhnt. Er hat erkannt, daß Sterben läutert, daß der Tod reinigt. Dazu paßt auch nicht der Gedanke an die Auferstehung, das wäre unwürdig und unehrlich. In seiner *Matthäuspassion* spielt er auch nicht auf die Auferstehung an.

Während wir langsam weitergehen und die Berge jenseits

des Tals in atemberaubender, roter Verlassenheit liegen, wiederhole ich fortwährend leise für mich jene Worte mit den dazugehörigen Klängen. Sie verleihen diesen unfaßbar flüchtigen Glücksgefühlen Ausdruck, auch als wir das gewaltige Plateau vor dem Oberberghorn erreichen und ich von weitem in der Dämmerung den Kamin sehe, aus dem ich abgestürzt bin.

Der Kamin ist eng, wird aber nach unten hin breiter, und die weißen, spitzen Steine liegen wie ein Dreieck um den Ausgang. Während ich gelassen über das Plateau weitergehe – es könnte ein Platz sein, ein großer Platz, der aber nicht beängstigend ist, und das Oberberghorn könnte ein Turm sein, der nun einmal als ein Finger Gottes zu einem Platz gehört, hoch und furchterregend – und die gedämpften Stimmen von Ernst und Adrienne höre, die vor mir hergehen wie winzige Pünktchen im weiten Raum, kommt es mir vor, als hätte ich alle meine Ängste und Enttäuschungen überwunden, all das ominöse Selbstmitleid, über das ich mit anderen nicht reden kann, weil es niemand versteht, weil sie immer andere Probleme haben, reale Probleme, Eheprobleme beispielsweise, die manchmal zur Ehescheidung führen, aber keine Platzangst, keine Zwangsvorstellungen, keine Träume von sich nie erfüllender Liebe, und als sei mir bewußt geworden, daß ich zumindest etwas vom Leben begreife, daß ich es in den Fingerspitzen kribbeln fühle, daß es ein Traum ist, eine Sehnsucht, so immateriell wie das Rot der Gipfel, so flüchtig wie die Musik Schuberts, unfaßbar, aber wahrhaftiger als die Wirklichkeit selbst.

Das Rot ist mittlerweile verblaßt. Die Berge werden grau. Schnell bricht die Nacht herein. In der Nähe der Station der Zahnradbahn krächzen wieder die Raben, aber in der Abendluft wirkt es weniger unheilverkündend. Sie fliegen in der Dämmerung vor uns her, verschwinden wieder in Richtung der Jungfrau. An der Station stellen wir fest, daß die Bahn erst in einer halben Stunde fährt. Wir gehen in das Restaurant auf dem Hügel oberhalb der Station. Ich kaufe eine Karte mit der *Jungfrau im Alpenglühen.* An einem Tisch im Restaurant schreibe ich die Karte an Marthas Schwester, sage die Verabredung mit ihr ab. Später werde ich es vielleicht bereuen. Im Moment bin ich mir sicher, das Richtige zu tun. Was habe ich in den vergangenen Tagen, seitdem ich ihr begegnet bin, nicht alles durchgemacht. Welch ein Bild steigt aus diesen Ereignissen und den durch sie ausgelösten Erinnerungen in mir auf. Abscheulich! Und außerdem: eine andere kann es nicht geben.

»Schreibst du?« fragt Adrienne.

»Ja«, sage ich.

»An wen?«

»An eine Freundin.«

Kann ich sie eine Freundin nennen? Ich lüge nicht ohne Hintergedanken.

»Ach so, Martin, davon hast du uns aber nichts erzählt«, sagt Ernst spöttisch.

»Adrienne schon«, sage ich.

Wir betrachten die Dämmerung in den Bergen.

»Ihr wäret ein schönes Paar«, sage ich unvermittelt.

Adrienne errötet ein wenig, Ernst lacht fröhlich.

»Ach, Martin, was für große Worte, nichts ist passiert, nichts ist entschieden, aber Adrienne und ich, wir haben uns an diesem Tag besser kennen und auch schätzen gelernt.«

»Heute morgen habt ihr euch noch nicht mal beim Vornamen genannt«, sage ich.

»Du bist so weise, Martin«, sagt Adrienne, »vielleicht zu weise.«

Das Wort weise tut mir weh, wie mir auch dieses Gespräch weh tut. Weil ich so weise bin, zu weise, habe ich mich wie ein Trottel benommen, und sie hat durch meine angebliche Weisheit – man könnte es auch Arglosigkeit nennen – sein Interesse auf sich zu ziehen gewußt. Ich kehre langsam zu normalen Verhältnissen zurück, die Schatten verblassen, ich bin eifersüchtig. Aber ich kann so tun, als ob ich nicht eifersüchtig wäre, ich habe ja eine Freundin. Zuweilen kann ich lügen.

»Ich habe euch gut kennengelernt«, sage ich, »ihr habt denselben Hintergrund, genau wie manche meiner Freunde, die früher einmal katholisch waren. Ihr wart schon einmal verheiratet, ihr werdet ein schönes Paar sein, es könnte eine gute Ehe . . .«

»Nun gut, Martin, sprich du nur von einer Ehe«, sagt Ernst geringschätzig, »wir wollen lieber etwas trinken.«

In diesem Augenblick ertönt der Pfiff der Zahnradbahn. Wir verlassen das Restaurant und gehen schnell hinunter. Die Berge sind schwarz, als wir abfahren. In der Bahn sitzen Adrienne und Ernst mir gegenüber. Warum habe ich mich nicht anders verhalten? Warum hat sie sich in Ernst verliebt und nicht in mich? Ob sie sich wohl jemals in mich verlieben könnte? Nie wird sich eine Frau in mich verlieben. Weil ich zu weise bin? Ach, Unsinn, sie wollte Ernst haben, sie hat mich als Köder benutzt. Du bist so weise, Martin. Ja, so pflegt man die Enttäuschten zu trösten.

»Fährst du morgen zurück?« fragt sie auf einmal.

»Ja«, sage ich.

»Ist Holland ein schönes Land? Ich bin noch nie dort gewesen.«

»Es war schön«, sage ich, »Moore sind immer schön. Aber es ist zerstört, weil man ohne Rücksicht auf die Natur Straßen angelegt, weil man häßliche Hochhäuser in die verwundbaren Polder gestellt hat. Nur hier und da ist noch ein spärliches Fleckchen Natur erhalten geblieben. Aber so schön wie die Schynige Platte ist es bei weitem nicht.«

»Eine gute Wahl, das Midi-Programm«, sagt Ernst.

»Abgesehen vom Kamin im Oberberghorn«, sage ich, nicht, weil ich es ernst meine, sondern um ihn zurechtzuweisen.

Tief unten leuchten die Lichter von Interlaken. Adrienne

sagt: »Kennst du das Gedicht ›Herbst‹ von Rilke?«, und als ich den Kopf schüttle, zitiert sie, obwohl wir allein sind, mit leiser Stimme:

> Die Blätter fallen, fallen wie von weit,
> als welkten in den Himmeln ferne Gärten;
> sie fallen mit verneinender Gebärde.
>
> Und in den Nächten fällt die schwere Erde
> aus allen Sternen in die Einsamkeit.
> Wir alle fallen. Diese Hand da fällt.
> Und sieh dir andre an: es ist in allen.
>
> Und doch ist Einer, welcher dieses Fallen
> unendlich sanft in seinen Händen hält.

Ich liege im Bett und kann nicht schlafen. Die Angst ist da. Manchmal ist sie so schlimm, daß ich das Zähneklappern als rasselndes Geräusch hören kann. Ich schwitze so stark und bin so naß, als wäre ich geschwommen. Immer wieder stürze ich von neuem den Kamin hinab, ich sehe mich selbst hinunterfallen, ich bin auch auf anderen Gipfeln als auf dem des Oberberghorn und stürze in den unermeßlichen Raum in Richtung des Brienzer Sees. Es sind beklemmende Fiebervisionen, von der Wirklichkeit fast nicht zu unterscheiden, und dennoch schlafe ich nicht, dennoch bin ich hellwach, erleide aber diese bedrohlichen Bilder mit großer Angst. Ich sehe mich blutüberströmt auf den Felsen liegen, immer wieder von neuem an grünen Hängen entlang in Richtung der Nadelbäume, die mich aufspießen werden, in die Tiefe stürzen, oder auf die scharfen, spitzen Felsen zu, auf denen ich hängen werde, bis ich vor Hunger und Durst gestorben bin. Und jedesmal ist da wieder dieses schreckliche Fallen; ich versuche, diese Bilder durch andere Bilder zu vertreiben, das Reetland im Sommersonnenlicht, ein Schwarm Regenbrachvögel, balzende Haubentaucher, und das verschafft mir einen Moment lang Erleichterung, aber im nächsten Augenblick falle ich wieder, falle unaufhörlich.

Ganz bewußt ergänze ich die beängstigenden Traumbilder durch eine Phantasie. Ich stelle mir vor, Flügel zu haben wie ein Engel. Für kurze Zeit hilft das, ich falle nicht mehr, sondern ich schwebe. Aber während ich im grellen, sengenden Sonnenlicht dahinschwebe, schlafe ich ein, und sofort beginnt das richtige Fallen; ich schrecke aus meinem kurzen Schlaf auf und spüre, wie es in meinem Kopf hämmert, spüre einen höllischen Schmerz über den Augen, und ich versuche, diese Bilder des Fallens zu mildern, indem ich meine Augen in der schwarzen Finsternis weit aufsperre, aber sobald ich sie schließe, beginnt wieder der Absturz. Ich kann nicht atmen, weil die Luft so schnell an mir vorbeischießt, ich ringe im warmen Bett nach Luft, die Laken sind vom Schweiß durchnäßt und kleben am Körper. Ich versuche mir vorzustellen, daß ich an einem Fallschirm hänge, wenn ich falle, und das gelingt, führt jedoch sofort zu einem Halbschlaf mit einem Traum von einem sich pfeilschnell nähernden Brienzer See. Und jedesmal, wenn ich aus solch einem kurzen Schlummer erwache, wird das Hämmern hinter meiner Stirn stärker. Ich richte mich im Bett auf. Ich öffne das Schlafzimmerfenster und pflücke tastend Trauben, nicht um sie zu essen, sondern um sie an meine glühende Stirn zu halten. Die Kopfschmerzen verbreiten sich sofort über den ganzen Schädel. Ich esse von den Trauben, fühle, wie sie kühl in mir hinuntergleiten, und es scheint, als ob dadurch meine Augen zufallen, so daß ich wieder kurz einschlafe. Sofort stürmen erneut die Bilder auf mich ein. Ich falle, ich falle. Die Sonne scheint unbarmherzig in die Grabesstille. Ich falle auf einen großen Platz zu, werde auf ihm zerschellen, ich ringe mit dem Traumbild, will die Augen öffnen, aber es gelingt mir nicht, das Traumbild ist stärker als ich, obwohl ich schon lange wieder wach bin, ich falle weiter auf den leeren Platz zu. Auf ihm zeichnen sich so furchterregend schwarze Schatten ab, daß ich aufschreie, aber ich bringe keinen Laut hervor. Ich nähere mich dem Platz mit schwindelerregendem Tempo. Wenn ich wenigstens nicht in einem dieser Schatten aufschlage. Aber der Schatten, dem ich mich nähere, erweist sich aus nächster Nähe als eine Hecke mit im Sonnenlicht glitzernden Regentropfen. Plötzlich schwebt an der anderen Seite der Hecke ihr Gesicht mit dem Lockenhaar, mit der Röte auf den Wangen vom langen Radeln gegen den Wind. Ich will ihren Namen rufen, aber ich kann nicht sprechen, obgleich ich nicht mehr falle. Ich blicke ihr ins Gesicht, es ist mir nicht zugewandt, und selbst wenn es so wäre, würde sie mich nicht sehen, denn ich bin ja nicht vorhanden. Sie lächelt und geht langsam an der Hecke entlang. Wie froh sieht sie aus, wie glücklich! Was mag sie wohl gerade sehen? Das Abendrot in den Bergen? Nein, das kann nicht sein, es ist kein Abend, es ist früh am Morgen, ich habe nicht richtig hingesehen, die glänzenden Pünktchen auf den Blättern sind Tautropfen. Nun wendet sie den Kopf ein Stück in Richtung des Platzes, wo ich nicht bin, und deshalb sieht sie mich auch nicht, obwohl ich doch irgendwo über der Hecke schweben muß. Wie ruhig, wie unglaublich ruhig ihr Gang ist! Ich kann ihr Gesicht so gut sehen, ich werde selbst so merkwürdig ruhig von ihrem Spaziergang entlang der Hecke. Mein Herz schlägt nicht mehr so wild, ich kann wieder richtig atmen. Die großen, grünen Blätter der Hecke bewegen sich im Morgenwind. Ihre dunklen Locken tanzen federleicht um ihren Kopf. Und ihr Spaziergang dauert an, immer dieselbe Hecke entlang, die dennoch nicht lang ist, aber sie kommt ja auch nicht vorwärts, sie geht, ohne sich vom Fleck zu bewegen, und dennoch verschwinden dort, wo sie geht, die dunklen Schatten auf dem Platz; zwischen den Steinplatten des Platzes schießt saftiges, grünes Gras in die Höhe, immer mehr Gras, so daß der Platz zu einer grünen Aue wird, und langsam erwache ich aus meinem Halbschlaf, ohne daß das Bild ihres Gesichts über der Hecke verschwindet. Noch nie habe ich ihr Gesicht so gut sehen können. Mein Körper entspannt sich, das Zähneklappern hat aufgehört, ich schwitze nicht mehr. Ich sehe ihr ins Gesicht und wundere mich, daß es noch immer da ist. Wenn ich es jetzt doch nur für immer festhalten könnte! Draußen schlägt eine Turmuhr einmal, und woanders schlägt danach eine andere Turmuhr einmal, und während ich daraus zu schließen versuche, wieviel Uhr es ist und sofort realisiere, daß das nicht geht, verschwimmen langsam die Konturen ihres Gesichts, weil ich meine Aufmerksamkeit für einen Moment auf etwas anderes gelenkt habe. Ohne daß ich es verhindern kann, verschwindet sie, was aber bleibt, ist das unglaublich friedliche Gefühl, das tief in meinem Körper unter meinem Zwerchfell beginnt und sich zu einem nie gekannten Wohlbehagen ausbreitet, das nicht nur die Kopfschmerzen vertreiben kann und Träume, in denen ich abstürze, von vornherein vereitelt, sondern darüber hinaus etwas zu prophezeien scheint, das immer gültig bleiben wird.

Leiden, Frühjahr und Sommer 1971

Carel ter Haar
Eine Jugend in Holland

Maarten 't Hart, der große Einzelgänger der niederländischen Literatur und Bestsellerautor, wurde am 25. November 1944 in der niederländischen Kleinstadt Maassluis unweit von Rotterdam geboren. Nach Besuch der Grundschule war es dem Drängen des Schulleiters zu verdanken, daß er das Gymnasium in Vlaardingen besuchen durfte. Nach bestandenem Abitur immatrikulierte er sich 1962 in Leiden, um Biologie zu studieren. Nach anfänglichen Enttäuschungen über die Studieninhalte erfolgte eine intensive Beschäftigung mit der Ethologie, in der er mit einer Arbeit über das Verhalten von Stichlingen auch promovierte. Seit 1970 arbeitet er als Dozent an der Universität Leiden und hat sich internationale Anerkennung als Wissenschaftler erworben, wie seine 1973 erschienene Studie über das Verhalten von Ratten zeigt.

Maarten 't Harts literarisches Debüt, der 1969 abgeschlossene, allerdings erst 1971 erschienene und von der Kritik gelobte Roman *Steine für eine Waldohreule*, wurde kaum beachtet. Das galt auch für den zweiten Roman, *Ich hatte einen Kameraden*, der 1973 ebenfalls aus Rücksicht auf die Familie unter dem Pseudonym Martin Hart erschien. Ein Jahr später gelang ihm mit dem Erzählungsband *Das fromme Volk*, der mit dem renommierten niederländischen Multatulipreis ausgezeichnet wurde, der Durchbruch. In rascher Aufeinanderfolge erschienen weitere Sammlungen von Erzählungen und Essays über die unterschiedlichsten Themen sowie mehrere Romane, die Maarten 't Hart zu einem der erfolgreichsten Autoren der niederländischen Nachkriegsliteratur gemacht haben. Auch als Literaturkritiker und Musikschriftsteller genießt er innerhalb der heutigen niederländischen Publizistik hohes Ansehen.

Dem vorliegenden Roman, der Anfang der siebziger Jahre entstanden ist, aber erst 1978 veröffentlicht wurde, kommt zentrale Bedeutung zu, da er von der unmittelbaren Auseinandersetzung mit den Jugenderlebnissen hinführt zu einem Weg der Selbstfindung, die sich vor allem in der Bejahung der eigenen, das Recht auf Einsamkeit für sich beanspruchenden Identität äußert.

In der Auseinandersetzung mit der eigenen, orthodox calvinistischen Vergangenheit und dem daraus resultierenden Glaubensverlust reiht sich Maarten 't Hart in jene Gruppe von Autoren ein, die seit den sechziger Jahren die niederländische Literatur entscheidend geprägt haben wie Jan Wolkers oder auch J. M. A. Biesheuvel (man vergleiche seine Erzählung »Mein schwerster Schock« in *Schrei aus dem Souterrain,* edition suhrkamp 1179) neben zahlreichen anderen.

Hierbei handelt es sich, wie auch Tilmann Mosers 1976 erschienene »Abrechnung« *Gottesvergiftung* zeigt, aber nicht nur um eine spezifisch niederländische Problematik. Sie fügt sich in einen für die Zeit nach 1945 charakteristischen und sich immer mehr beschleunigenden Emanzipationsprozeß ein und besitzt damit eine über die spezielle Thematik hinausgehende Aktualität, die sich besonders in der zur Innerlichkeit führenden Art der Bewältigung bei Maarten 't Hart bemerkbar macht.

Der Lebenslauf des Autors ist dabei fast exemplarisch: Aufgewachsen in kleinsten Verhältnissen, in denen die einzige Selbstbehauptungsmöglichkeit das Festhalten an den tradierten Glaubenswahrheiten und -bräuchen war, wobei man fast die ganze Welt gegen sich wußte und aufgrund des calvinistischen Erwählungsglaubens auch gegen sich haben wollte, blieb er bis in seine Studentenzeit diesem Milieu verbunden und hat dafür gekämpft, diese Bindungen nicht zu verlieren.

Dieser Aspekt spielt im vorliegenden Roman jedoch nur eine untergeordnete Rolle. Äußern sich diese Glaubenswelt in sozialen Verhaltensweisen, wie beim Besuch der Kirchenältesten, werden sie abgelehnt; werden Inhalte verinnerlicht, erscheinen sie als in die Person integriert und sind als Erinnerungen von dauernder Präsenz, die, wie der Autor selber an anderer Stelle schreibt, ihm manchmal vorkommen wie eine Art der Untreue gegenüber etwas, das ihm früher lieb und teuer gewesen sei und von dem er endgültig Abschied genommen habe, ohne auf das Schöne des einst Dagewesenen verzichten oder dessen Negativseiten leugnen zu wollen.

Die Isolation wird von der Hauptfigur bejaht, das Elternhaus wirkt in seiner Abgeschiedenheit wie eine für die Außenwelt fast unerreichbare Insel, die auch später nicht verlassen wird. Jedes Einbrechen anderer in diese Idylle wirkt auf den Erwachsenen ebenso zerstörerisch oder verwirrend wie auf das Kind. Im Umgang mit den anderen wird diese Isolation von der Hauptfigur, auch wenn sie aufgezwungen erscheint, letztlich gepflegt, sowohl während der Absonderung in der Grundschule als auch später im Gymnasium, wenn Nachmittage und Ferien mit der aus finanziellen Gründen notwendigen Arbeit in der Gärtnerei des Vaters ausgefüllt sind, und vor allem während der einsamen Spazierfahrten. Die Bejahung der Isolation beruht nicht zuletzt auf der Erkenntnis, daß sich das Leiden an der inneren und damit als substantiell empfundenen Isolation nicht durch menschliche Kontakte beheben läßt, sondern eher noch gesteigert wird. Was bleibt, ist die unerfüllbare Sehnsucht, deren Ambivalenz unverkennbar ist. Über beides ist sich die Hauptfigur im klaren. Diese Einsicht und das damit zusammenhängende Bemühen, nicht nochmals den verwirrenden Wirkungen von außen hereinbrechender Illusionen ausgesetzt zu sein, bedingen die zum Teil bewußt, zum Teil unbewußt sich ständig äußernde Tendenz zur Abkapselung. Gerade sie läßt auf ein hohes Maß an Verletzbarkeit schließen.

Diese Abkapselung wird ermöglicht durch eine von calvinistischer Arbeitsmoral geprägte Leistungsfähigkeit und durch das Beharren auf einer unerfüllten Liebe, in deren Verklärung einerseits die Sehnsucht nach dem Unerfüllbaren erhalten bleibt, die andererseits als Form des Verzichtes vor möglichen weiteren Enttäuschungen schützt. Die einzige dauerhafte Beziehung im Roman ist jene zwischen Sohn und Mutter. Sie allein ist in der Lage, ihm seinen Glauben wiederzugeben, allerdings nur, um den Gott zu hassen, der ihr Leiden zuläßt. Vor allem führt die Liebe zur Mutter (der Vater spielt kaum eine Rolle in diesem Roman) zurück zum fast unberührten Paradies der frühesten Kindheit.

Neben dieser intensiven Liebe zur Mutter, die Beziehungen zu Frauen im Grunde von vornherein unmöglich macht, weil sie nur in einem ähnlich stillen Einverständnis ihre Erfüllung finden könnten, wird das Leben der Ichfigur beherrscht von der Liebe zur Natur, der in diesem Roman unversehrt und unberührt gebliebenen Polderlandschaft. Die Natur bildet die Kulisse für die Idylle des Elternhauses, erscheint aber auch ohne jede Mystifizierung oder Romantisierung als fast wissenschaftliches Beobachtungsobjekt, wobei die beobachtende Ichfigur nicht außerhalb steht, sondern Teil des beobachteten Systems ist. Gerade die so erfahrene Zugehörigkeit und Verbundenheit garantieren Geborgenheit.

Nähe und Geborgenheit vermitteln auch Literatur und Musik. Orgelspiel, Hör- und Leseerlebnisse spielen im Werk Maarten 't Harts eine bedeutende Rolle. In den Werken anderer Schriftsteller und auch Komponisten – im vorliegenden Roman sind es Schubert, Bruckner, Verdi – sieht der Autor die eigene Empfindungswelt, die unmittelbar auf die Hauptfigur übertragen wird, bestätigt. Auch Bach und Mozart gehören neben zahlreichen anderen in diese Reihe. Von Mozart heißt es im ersten Roman, es sei »die Musik eines Einsamen, der seine ungewöhnliche Eignung für Einsamkeit in Musik investiere«. Die Suche nach den Möglichkeiten, jener »ungewöhnlichen Eignung für Einsamkeit« Sinn und Gehalt zu geben und die letzlich nichts anderes ist als ein Bekenntnis zum eigenen versuchten Solipsismus (den Maarten 't Hart an anderer Stelle beschreibt als die äußerste Konsequenz der Vereinsamung, als Versuch, die Wirklichkeit zu eliminieren und nur das eigene Ich gelten zu lassen), bildet das Hauptthema dieses Romans, zu dem sich eine romantische Sehnsucht nach dem verlorenen Paradies gesellt.

Auch der gegenwartsbezogene Schlußteil bestätigt die vorhandene Grundhaltung. Der erfolgreiche Wissenschaftler und Kongreßteilnehmer bemüht sich vor allem, mit der Kollegin Adrienne – der es als einziger gelingt, durch ihren Satz, »Du bist so weise«, den allzu absoluten Anspruch der Hauptfigur zu relativieren und zu ironisieren – nicht in eine nähere Beziehung zu treten. Die zwanghaften nächtlichen Wanderungen und die seltsamen Begegnungen projizieren bereits die Unmöglichkeit weiterer Konsequenzen, was sich dann während des Ausflugs bestätigen wird. Der Absturz und seine Folgen wirken wie der Sturz von der Jakobsleiter zurück zur Erde, zurück zur Realität des eigenen Ich und . . . zum Bekenntnis, leben zu wollen.

Es ist auffällig, daß bis auf einige Bemerkungen über die negativen Aspekte der Universitätsreformen der historische Kontext der bewegten sechziger Jahre, die in den Niederlanden besonders starke Auswirkungen hatten, in diesem Roman kaum eine Rolle spielt. Die damaligen Zeittendenzen sind nur mittelbar in der Lösung der Hauptfigur aus traditionellen konfessionellen Bindungen und in der Suche nach dem eigenen Weg erkennbar. Noch auffälliger freilich ist die Tatsache, daß nach Erscheinen dieses Romans, der trotz zahlreicher autobiographischer Züge alles andere als eine Autobiographie ist, innerhalb eines Jahres mehr als hunderttausend Exemplare verkauft wurden und diese Zahl inzwischen auf über dreihunderttausend angestiegen ist. Es dürfte eine Bestätigung für Kurt Tucholskys 1929 aufgestellte Behauptung sein, daß ein Buch nicht nur wegen seiner literarischen Qualitäten, sondern ebensosehr »wegen seines Stoffes und wegen der Behandlung dieses Stoffes« wirkt. Dies dokumentiert noch einmal die Authentizität dieses Romans, dessen Autor damit zum Exponenten einer bisher in ihren zur Verinnerlichung tendierenden Ansichten weniger beachteten Generation wird.

Gott fährt Fahrrad

SERIE PIPER

Inhalt

Du wanderst lange durch die Stadt allein,
Blickst auf zu stillen Dächern in den Straßen,
Am Himmel kannst du gleich die Sterne fassen.
Da ist's für einen Augenblick: Das Sein,
Als käme niemals jener eine Tag,
An dem du stiller sein wirst als im Schlaf.
Doch Vögel rauschen auf die Dächer nieder,
Und um die Ecke kommt ein alter Mann.

Auf dem Hafenkai

Während der Feiertage im Dezember begann ich, von Schiffen zu träumen, die sich lautlos vom Kai entfernten, bevor ich hätte an Bord gehen können. Wenn ich aufwachte, wußte ich, daß mit mir irgend etwas nicht stimmte, aber was es war, konnte ich nicht sagen. Jeden Abend, kurz nach acht, wurde ich unruhig, und die Schiffe trieben mich auf die Straße, wo ich dann mindestens eine Stunde lang herumlief. Dieses Herumlaufen brachte weder Klarheit darüber, was mich beschäftigen mochte, noch die geringste Vorstellung dessen, was mir fehlte. Ich hatte das absurde Gefühl, daß ich es nur herausbekommen könnte, wenn ich, mit dem Geruch von Mehl und Teeröl in der Nase, wieder einen Hafenkai entlanggehen würde.

Einen Tag nach dem Jahreswechsel besuchte ich meine Mutter, um ihr ein gutes neues Jahr zu wünschen. Ich kam am späten Nachmittag bei ihr an, aß mit ihr und wunderte mich über das nagende Glücksgefühl. Alles schien unverändert, das machte mich glücklich, die Uhr tickte mit derselben Nachdrücklichkeit wie früher, und jeden Augenblick konnte die Tür aufgehen, um meinen Vater hereinzulassen. Beim Eintreten würde er sagen: »Alldieweil wir in diesem Zustand leben ...«

Er hatte diesen Satz nie zu Ende gesprochen, und ich hatte auch nie nach dem Schluß gefragt, nicht weil ich nicht neugierig darauf gewesen wäre, sondern weil ich meinte, daß ich ihn im voraus sagen konnte: Alldieweil wir in diesem Zustand leben, müssen wir uns in das Unvermeidliche fügen. Das Wort »leben« hatte er gebraucht. Daß er tot war, daran konnte ich mich einfach nicht gewöhnen.

»Ich will noch mal eben nach draußen«, sagte ich nach dem Essen.

»Bei diesem Wetter?« fragte meine Mutter.

»Es ist trocken«, sagte ich.

»Ja, aber es ist furchtbar kalt.«

Doch sie hielt mir schon die Tür auf, sie winkte mir sogar nach, obwohl ich am selben Abend zurückkehren würde, und ich war mutterseelenallein auf der Straße, an einem Sonntagabend. Der Tag nach Neujahr wurde von vielen Leuten anscheinend noch als Feiertag angesehen, denn in den Häusern sah ich Menschen um festlich gedeckte Tische sitzen, auf denen sich das Kerzenlicht im Silberbesteck spiegelte. Schon nachdem ich an drei solchen Häusern vorbeigekommen war, spürte ich, wie meine Stimmung sich besserte. Wenn ich an 365 Häusern vorbeiginge, in denen so gefeiert wurde, bestand die Aussicht, daß ich ein ganzes Jahr lang verschont bleiben würde von Träumen, in denen Schiffe ohne mich wegfuhren, vor allem wenn ich über diesen Häusern den Turm der Grote Kerk sehen konnte. Die Turmuhr schlug ruhig und gleichmäßig, während ich auf dem Deich entlangging, und es kam mir vor, als könnte ich jeden einzelnen Schlag riechen. Das lag vielleicht nur daran, daß ich bei jedem Schlag tief einatmete. Schon hier hing der Geruch von Mehl und Teeröl in der Luft, gleich, auf dem Hafenkai, würde ich ihn geradezu fühlen können.

Eines der Häuser auf dem Deich war mit Lämpchen rund um den Fensterrahmen geschmückt; zwischen den Lichtern hindurch blickte ich in ein Zimmer, in dem nur ein junger Mann und ein junges Mädchen zu sehen waren, obwohl der Tisch für mehrere gedeckt war. Das Mädchen trug ein rotes Kleid, das ihr bis zu den Füßen reichte. Sie stand auf Armeslänge entfernt von dem Jungen, ihre Hände ruhten auf seinen Schultern, und abgesehen davon, daß sie ihn mit ihren Händen berührte, blickten sie sich nur an, beide so ineinander versunken, daß ich fast melancholisch davon wurde. Es sah aus, als sei sie in dem roten Kleid größer als er, und doch war es umgekehrt.

»Als ob sie aus dem Himmel herabgekommen wäre«, murmelte ich beim Weitergehen, und Schauer liefen mir über den Rücken, weil ich noch immer diese zarten, warmen Blicke vor mir sah.

»So sollten sie nun für immer stehenbleiben«, sagte ich leise, »vielleicht gelingt es ihnen dann, immer glücklich zu sein.« Sagte ich das, weil ich am Haus von Thijs Loosjes vorbeiging? Daran dachte ich aber gar nicht; mir wurde erst bewußt, daß ich gerade an seinem Haus vorbeiging, als er in der offenen Tür erschien und mich sofort erkannte.

»Gratuliere mir«, sagte er. »Heute ist es fünfzig Jahre her, daß ich ihr den Ring an den Finger gesteckt habe. Ich bin auf dem Weg zu ihr. Das wird gefeiert heute abend, du verstehst, so zu zweit.«

Ich schüttelte ihm die Hand und fragte: »Warum zu zweit? Kommt niemand aus der Familie?«

»Alle tot, wir sind noch die einzigen, weil ...«

»Ja, ja«, unterbrach ich ihn, »ich verstehe«, denn ich wollte nicht hören, was er sagen wollte, und lief weiter, während er seine Haustür abschloß.

Ich beschleunigte meinen Schritt. Was schon den ganzen Tag über gedroht hatte, passierte merkwürdigerweise, als ich den Hafen erreichte. Es begann, leicht zu regnen. Aber ich lief ruhig weiter, ohne mir irgendeiner Gefahr bewußt zu sein. Ich ging zur Mitte des Hafenkais, der abschüssig angelegt war, damit das Wasser, das bei Flut manchmal hinaufkroch, von selbst zurückfloß, wenn der Mond anderswo Flut verursachte.

Hier war jetzt Flut, das sah ich, aber das Wasser würde heute nicht weiter steigen. Zwischen dem Rand des Kais und der Wasseroberfläche waren bestimmt noch anderthalb Meter. Ich ging unbekümmert weiter, obwohl ich merkte, daß das Gehen schwieriger wurde, weil der Regen auf den Steinen gefror. Ich mußte allmählich immer langsamer gehen, um nicht auszurutschen. Das störte mich nicht, denn weit und breit war kein Mensch zu sehen. Der Hafenkai gehörte mir allein, und das würde bei Glatteis auch so bleiben. Kein Mensch würde sich jetzt noch hinauswagen. Dieser Gedanke machte mich auf einmal so glücklich, daß ich einen Hüpfschritt probierte, dort, mitten auf dem Kai. In diesem einen so kurzen Augenblick, in dem ich keinen Boden mehr unter den Füßen hatte, wußte ich schon, daß ich einen Fehler gemacht hatte, und bereitete mich auf einen gefährlichen Sturz vor. Alle meine Muskeln spannten sich; ich hob meine Arme, aber ich stürzte nicht, als ich den Boden wieder berührte, ich schwankte nur merkwürdig mit dem ganzen Körper, so daß jedes Bewußtsein dafür, wohin Glieder und Kopf normalerweise gehören, für ein paar Sekunden verlorenging. Als ich wieder einigermaßen wußte, wo mein Kopf war, merkte ich, daß ich noch immer aufrecht stand, jedoch auf dem Kai in Richtung Wasser glitt. Das war ein ganz angenehmes Gefühl, vor allem weil es so langsam ging. Es mußte jetzt spiegelglatt sein. Ich hob einen Fuß, um einen Schritt zu tun, aber dadurch machte mein Körper eine erneute Bewegung, die schon fast ein Fallen war. »Du lieber Himmel«, murmelte ich.

Ich glitt weiter auf das Wasser zu und mußte nun wohl wirklich etwas unternehmen, sonst würde ich wahrhaftig in dem kalten, stinkenden Maaswasser verschwinden. Ich wagte noch einmal den Ansatz zu einem Schritt, hob dabei meinen rechten Fuß sowenig wie möglich, stellte aber sofort fest, daß dies schlichtweg unmöglich war. Ich versuchte, mich zu retten, indem ich mich weiterschob, und das gelang auch, ich kam vorwärts, glitt aber gleichzeitig schneller auf den Rand des Kais zu.

In diesem Augenblick kam zum erstenmal so etwas wie Panik in mir auf; mir wurde klar, daß ich ganz einfach dazu verurteilt war, ins Wasser zu gleiten, und daß ich nichts mehr dagegen tun konnte. Ich wies diesen Gedanken sofort von mir; das wäre doch zu verrückt, ich war mitten auf dem Hafenkai und glitt zwar langsam abwärts, aber ich mußte doch wohl noch in der Lage sein, mich aus dem Bann der spiegelglatten Oberfläche der Straße zu lösen.

Während ich noch darüber nachdachte, hörte ich plötzlich das Geräusch eines fallenden Körpers. Ich sah auf der anderen Seite des Wassers eine dunkle Gestalt auf der Straße liegen. Er – oder war es eine Sie, ich konnte es nicht erkennen – versuchte aufzustehen und fiel wieder hin. Die Bewegungen hatten etwas Possierliches, etwas, das zum Lachen einlud, aber ich konnte dieses Lachen nicht zustande bringen, ich war eigentlich nur neidisch, weil die Gestalt dort lag, dort, wo der Hafenkai nicht so abfiel wie hier. Dennoch brachte sie mich auf eine Idee. Wenn ich mich jetzt auch einfach fallen ließe oder mich, besser gesagt, auf die Steine setzte, würde ich dadurch womöglich vermeiden, weiter abzurutschen? Vielleicht könnte ich sogar auf Händen und Füßen zum Bürgersteig vor den Häusern kriechen, wo ich weitgehend in Sicherheit wäre. Ich könnte mich dort jederzeit an einem Fenstersims festhalten, ich würde vielleicht sogar gehen können. Aber schnell wurde deutlich, daß ich mich nicht einmal auf das Pflaster setzen konnte, und außerdem stellte ich fest, daß jede Bewegung, die ich machte, lediglich bewirkte, daß ich schneller auf das Wasser zuglitt.

Dennoch war ich noch nicht wirklich beunruhigt, schon deshalb, weil das Gleiten, wenn ich mich nicht bewegte, so langsam geschah, daß es kaum zu spüren war. Ich hatte den Eindruck, daß ich länger als eine Minute für einen Pflasterstein brauchte, und es waren noch so viele Pflastersteine zwischen mir und dem Rand des Kais, daß ich noch Meere von Zeit zu haben schien. Genug Zeit jedenfalls, um in Ruhe darüber nachzudenken, wie ich mich aus diesem doch recht unangenehmen Zustand befreien konnte.

»Ach, natürlich nicht allzu unangenehm«, sagte ich halblaut, aber ich schluckte die letzten Worte hastig herunter, denn sogar das Sprechen erhöhte die Geschwindigkeit des Gleitens. Bevor ich endgültig im Wasser verschwand, würde doch bestimmt jemand kommen, um mir zu helfen, oder jemand würde aus einem der erleuchteten Fenster wenigstens einen Blick nach draußen werfen. Genug Häuser hier und viele, viele Fenster. Hinter diesen Fenstern wurde gefeiert, und ich konnte mich plötzlich nicht mehr darüber freuen, daß ich nicht dabei war. Es kam mir vor, als sei alles besser als dieses unvermeidliche Gleiten, sogar ein Essen mit vielen Menschen und Gelächter und Geplauder, sogar mit Ansprachen. Aber worüber regte ich mich auf? Bevor ich im Wasser landete, würde bestimmt eine Unebenheit im Pflaster oder ein rauher Stein kommen, der das Gleiten bremste. Und fiele ich auch ins Wasser: Na, wenn schon. Ich konnte doch schwimmen.

Ich blickte aufs Wasser; Ölflecken zwinkerten mir zu. Das wirkte keineswegs beruhigend auf mich. Es mochte zwar Flut sein, dennoch würde ich nicht so einfach aus dem Wasser wieder auf den Kai gelangen können, da der Abstand zwischen Wasseroberfläche und Kai zu groß war. Und wenn es doch glücken sollte, würde ich wieder mit dem spiegelglatten Kai konfrontiert werden. Natürlich könnte ich zur gegenüberliegenden Seite schwimmen, aber dort war der Kai mindestens einen Meter höher, dort würde ich schon gar nicht hochklettern können.

Aufs neue überfiel mich Panik, und ich zitterte plötzlich. Nur daß das Gleiten so ungeheuer langsam vor sich ging, hielt mich noch auf den Beinen, und die Panik wich einer merkwürdigen, fast glückseligen Klarheit in meinem Kopf, die jeden Augenblick – das war mir sehr wohl bewußt – in tiefste Verzweiflung umschlagen konnte. Aber nein, das war doch zu verrückt, das konnte doch nicht sein, außerdem hatte ich noch nie so etwas gehört: Mann gleitet von Kai und ertrinkt in eiskaltem Wasser. Wenn ich in einem Auto säße, wäre es etwas anderes, aber das hier gab es wirklich nicht, das wäre ungerecht. Ich war nur ein Spaziergänger, der sich kurz die Füße hatte vertreten wollen, ein Grübler, der mit einem kleinen Spaziergang seinem Sinnieren ein Ende hatte machen wollen.

Ich war jetzt drei Steine weiter auf das Wasser zugerutscht, und mir schien, daß die Turmuhr auf der anderen Seite schneller lief, als ich glitt. Auch die dunkle Gestalt bemühte sich noch immer aufzustehen, und ein ganzes Stück weiter, auf der Höhe der Brücke über den Hafen, war eine andere Gestalt auf dem Pflaster zu sehen. Kroch sie? Oder lag sie nur da? Sie war weit weg, und es war dunkel, so daß ich es nicht erkennen konnte. Zudem wurde meine Aufmerksamkeit von dem hellen Licht angezogen, das plötzlich aus einem gar nicht so weit von mir entfernten Fenster kam. Ich meinte eine Gestalt am Fenster zu sehen, die aufmerksam in meine Richtung blickte. Jetzt würde sicher bald Hilfe kommen. Und wenn ich um Hilfe rufen würde? Ich öffnete schon den Mund und atmete tief ein, merkte aber plötzlich, daß ich dadurch noch schneller glitt, und schloß meinen Mund daraufhin so vorsichtig wie möglich. Außerdem wollte ich auch gar nicht um Hilfe rufen, sonst würde es noch so aussehen, als sei etwas nicht in Ordnung. Ich glitt nur so dahin, und zwar so langsam, daß es Stunden oder, na ja, Minuten dauern würde, bis ich im Wasser verschwände.

Daß jetzt aber auch niemand, niemand auftauchte, um mir zu helfen. Ich habe den ganzen Hafenkai für mich allein, dachte ich bitter. Es wurde Zeit, daß etwas geschah, die Kälte machte mir zu schaffen. Vor allem war mein bloßer Kopf durch den Regen, der auf meinem üppigen Haar zu Eis geworden war, so kalt geworden, daß es schmerzte. Außerdem schlugen mir seit einiger Zeit die Zähne aufeinander.

Wieder wurde die Klarheit in meinem Kopf von einem Gefühl der Verzweiflung getrübt. Und wieder vermochte ich, die Panik durch eine Sturzflut von Gedanken zu beschwören, worin Erinnerungen einen immer größeren Teil einnahmen. Es fehlte nur noch, daß ich mein Leben wie einen Film an mir vorüberziehen sah. So weit würde es natürlich nicht kommen.

Ich blickte wieder über den Kai, ich blickte wieder auf die Ölflecken, die mir zulachten und so seltsam schön in dem spärlichen Schein der Straßenlaternen aufleuchteten, ich blickte wieder zu den Gestalten auf der anderen Seite, die sich jetzt tatsächlich beide bewegten und unendlich langsam aufeinander zugingen, so langsam, daß man sie für eine der Duckdalben halten konnte, die hier und auf der anderen Seite in regelmäßigen Abständen entlang der Kaimauer aus dem Wasser ragten.

Duckdalben! Das war es. Warum hatte ich daran nicht eher gedacht? Ich konnte mich doch ganz vorsichtig vorwärtsschieben. Ich tat das sofort, noch bevor meine Gedanken an einem Punkt angekommen waren, der Problemlösung genannt werden konnte. Ich ließ mich sogar absichtlich schneller hinabgleiten, um so schnell wie möglich zu der Duckdalbe zu gelangen, die am nächsten stand. Ich schob mich vorwärts, so schnell, daß ich die Zeiger der Turmuhr einholte und sie plötzlich aus meinem Gesichtsfeld verschwanden, weil meine Beine fort waren und meine Hände das Pflaster berührten und entsetzlich weh taten. Ich fiel und glitt gleichzeitig ziemlich schnell auf das Wasser zu, schaffte es aber, meine Bewegung noch etwas abzubremsen und sogar ein wenig zu korrigieren, so daß ich schließlich genau bei der Duckdalbe landete. Meine Füße kamen, gegen den Pfahl gedrückt, zum Stillstand, mein Hinterteil nahm die gemauerte Kante des Kais in Besitz, nur meine Hände waren noch hinter mir. Ich wagte nicht, sie nach vorn zu holen, denn ich nahm an, daß sie bluteten. Allerdings hob ich sie etwas hoch, und so saß ich da, heftig zitternd und noch immer mit den Zähnen klappernd.

Ja, ich war unbestritten etwas besser dran, aber es schien, als könne ich nichts tun außer weinen. Doch das ließ sich gerade noch vermeiden, ich fühlte nur ein schmerzhaftes Prickeln in den Augenwinkeln, ich schluckte kurz und riß mich zusammen. Ich richtete mich auf. Ich drückte meine Fußsohlen fest gegen die Duckdalbe, und ich hatte das Gefühl, daß ich meine Füße nie mehr von diesem Platz würde fortnehmen können.

Was konnte ich jetzt noch tun? Ich wußte es nicht. Aufstehen konnte ich nicht, das war sicher. Ich mußte wohl so sitzen bleiben, auch wenn ich einen Krampf in den Waden bekam und auch wenn mein Hinterteil auf dem Kai festfror. Aufgetautes Wasser drang in meine Hose und stieg hoch, als es sich erwärmte. Meine Zähne klapperten so laut, daß ich erwartete, die beiden Leute auf der anderen Seite würden zu mir herübersehen. Die Turmuhr schlug einmal, halb acht, und in der gähnenden Lücke zwischen den Häusern gegenüber, einer Straße, näherte sich ein Auto, das fast lautlos und unbarmherzig langsam heranglitt. Die beiden Scheinwerfer waren genau auf mich gerichtet, aber ich konnte mich hinter der Duckdalbe verstecken, so daß der Lichtstrahl sich links und rechts von mir teilte. Auch auf der Brücke ging jemand, das sah ich, und er ging, als sei nichts los.

Fürchtete ich mich jetzt, oder würde ich meine Angst umgehen können, indem ich auf sie wartete?

Auf jeden Fall war ich plötzlich wütend auf mich selbst. Was war das für eine lächerliche Mystik zu meinen, ich könnte hier auf diesem Hafenkai eine Lösung für meine Probleme finden? Dadurch wäre ich beinahe in dem eiskalten Wasser bis auf die Haut naß geworden. Würde ich denn niemals klüger werden? Ich hatte überhaupt keinen Grund gehabt, auf diesem spiegelglatten Kai spazierenzugehen, das stand fest, aber inzwischen saß ich zitternd auf der Kaikante und wußte nicht, was tun. Vielleicht war es sogar möglich, aufzustehen und wegzugehen, aber ich traute mich nicht mehr. Tatsächlich zeigte sich jetzt doch, daß das Gleiten, gegen das ich nichts hatte tun können, mich zu Tode erschreckt hatte. Ich war vollkommen machtlos gewesen, und wenn da keine Duckdalbe gestanden hätte, läge ich jetzt in diesem eiskalten Wasser zwischen den lächelnden Ölflecken. Auf einmal hatte ich das Gefühl, daß alles miteinander zusammenhing, die Schiffe, die Machtlosigkeit und die Duckdalbe; ja, ich würde jetzt bald aufwachen. Ich hatte eine Decke zuwenig, und deshalb zitterte ich so. Ach, solange ich zitterte, war ja noch alles in Ordnung. Wenn man zittert, produziert der Körper Wärme, um die Körpertemperatur konstant zu halten. Wenn das Zittern aufhört, spürt man plötzlich keine Kälte mehr, man döst ein, und die eigene Temperatur sinkt, bis man tot ist.

Wenn ich nun tatsächlich auf diese Weise umkäme? Ich mußte plötzlich an eine Krankenschwester denken, der ich vor kurzem begegnet war. Sie hatte mir erzählt, daß Menschen, die im Sterben liegen, oft desillusioniert sind und fragen: War das nun alles? War das nun das Leben? Da hatte ich gedacht, vage noch, daß man eigentlich nur Dinge tun müßte, von denen man in dem Augenblick, da man stirbt, würde sagen können: Das ist der Mühe wert gewesen. Aber so konnte man nicht leben, und doch zeigte sich nun, daß der Gedanke nicht falsch war. Nein, Todesangst war es sicher nicht gewesen, aber doch ein Schock, der dazu führte, daß ich wieder einmal aufzählte, welche Dinge mir in meinem Leben etwas wert gewesen waren. Verrückt, so vieles war geschehen, soviel wunderbare Musik hatte ich gehört, so viele Bücher hatte ich gelesen, aber das bedeutete alles nichts, verglichen mit dem, worauf es offenbar allein ankam und das sich zusammensetzte aus weißen Wolken, die hoch über mir an einem strahlendblauen Himmel dahinsegelten, und einer niedrigstehenden Sonne über dem Fluß und dem Sirren sich drehender Fahrradreifen und der Stimme meines Vaters hinter mir, während ich auf dem kleinen Brett saß, das er eigens für mich an der Stange seines Fahrrads befestigt hatte. Und was es nun zu etwas so Besonderem machte, mehr als alles andere, kann ich nicht sagen, vielleicht war es die Bewegung, vielleicht der Duft des Sommerabends, vielleicht das glückselige Gefühl völliger Sicherheit, weil mein Vater mich mit seinem riesigen Körper beschützte, vielleicht weil ich die Illusion hatte zu lenken, denn ich durfte den Fahrradlenker festhalten, auf jeden Fall aber seine Stimme, mit der er lauthals sang: »Ach Väterchen, ach Väterchen, kommst du wieder nach Haus.«

Angenommen, es gäbe doch einen Himmel. Gott, würde ich dann fragen, wenn ich dorthin käme, darf ich wieder und bis in alle Ewigkeit vorn bei meinem Vater auf dem Fahrrad sitzen und auf dem Deich fahren? Aber wenn mein Vater nun etwas ganz anderes im Himmel tun wollte? Ach nein, das ist nicht möglich, er müßte auch davon überzeugt sein, daß dies das Wichtigste in seinem und meinem Leben gewesen ist. Man konnte es nie wieder zurückholen oder vielleicht doch, aber dann in einer Art, bei der die Rollen vertauscht sind: nicht ich vorn, sondern mein Sohn vorn und ich dahinter. Es schien auf einmal, als könnte ich die wegfahrenden Schiffe in diesem Bild mit unterbringen, aber nein, das war nicht möglich, denn der Deich war nun von hohen Wohnhäusern gesäumt, so daß die niedrigstehende Sonne über dem Fluß von dort aus nicht mehr zu sehen war, und wenn es sich nicht genauso wiederholen ließe, hatte es keinen Sinn. Außerdem: Warum sich nach einem Sohn sehnen? Warum sollte ich jemanden diesem Leben aussetzen, dem man ohnmächtig ausgeliefert war, um das man nicht gebeten hatte, das einem vielmehr geschah? »Und eines Abends bist du da, denn eine Frau ließ dich entgleiten ihrem müden Schoß.« Aber gegen einige Dinge konnte man sich wehren, nein, nicht gegen das Ende, das war immer dasselbe: »Und eines Abends bist du nicht mehr da«, aber gegen alles, was dazwischen lag. Man mußte immer wieder versuchen, das Schicksal selbst in die Hand zu nehmen oder es in der Hand zu behalten, mußte immer wieder vermeiden, daß man geschoben, manipuliert, gelenkt wurde. Es reichte vielleicht schon, die Illusion zu haben, man könne selbst lenken.

Ich zitterte noch immer. Aber die Kälte machte mir nicht mehr viel aus. Zwar spürte ich, wie angespannt meine Muskeln noch immer waren, wie trocken meine Kehle war. Nachher im Bett würde ich bestimmt merken, wie furchtbar ich mich erschrocken hatte, aber darum brauchte ich mir jetzt keine Sorgen zu machen, ich sollte jetzt erst einmal versuchen, dieses Bett zu erreichen. Ich betastete den Boden. Noch immer spiegelglatt. Natürlich: Die ganze Zeit über war kein Mensch vorbeigekommen, ein sicherer Beweis, daß der Hafenkai völlig unbegehbar war, falls ich den Beweis überhaupt brauchte. Aber ich spürte, daß ich ihn brauchte, weil ich mich sonst für einen Schwächling gehalten hätte, einen Angsthasen, der nichts wagt und sich nichts zutraut. Das Auto auf der gegenüberliegenden Seite hatte ja auch angehalten, mitten auf dem Kai. Die Scheinwerfer waren ausgeschaltet, und in dem Wagen saßen sicher Leute und warteten auf bessere Wetterverhältnisse. Plötzlich erinnerte ich mich, daß mein Vater einmal mit dem Streufahrzeug der Gemeinde, das bei Glätte eingesetzt wurde, von demselben Kai ins Wasser gerutscht war. Er hatte herunterspringen können, natürlich, ihm konnte nichts passieren, aber der Fahrer war ertrunken.

Ich beugte mich nach vorn. Ich blickte ins Wasser, als erwartete ich, daß ich das Streufahrzeug noch sehen könnte. Aber ich sah nichts anderes als die unvermeidlichen Ölflecken, die ich jetzt haßte, wie schön ich sie auch fand. Wie farbenfroh waren diese Flecken, wie glänzten sie in ihrer fließenden Bewegung! Sie lagen jetzt tiefer, denn das Wasser sank. Ja, es stand schon viel niedriger, und ich beugte mich weiter vor, um besser sehen zu können. Es konnte in einer halben Stunde noch nicht so tief gesunken sein, es mußte die ganze Zeit schon niedriger gestanden haben, ich sah es jetzt nur genauer, weil ich näher war. Da gab es etwas Wichtiges zu sehen, aber was? Nein, nicht diese Flecken, nicht diese Duckdalbe, die so dunkel aus dem Wasser aufragte, nicht die feucht glänzende Kaimauer, nicht das Schiff, das weiter hinten vertäut lag. Aber was war denn sonst da? Könnte ich nur näher herankommen! Aber das war unmöglich. Die Duckdalben waren durch Querbalken verbunden, die jetzt freilagen, weil das Wasser gesunken war. Ich könnte mich, genau wie früher als Kind, herunterlassen, bis ich auf dem Querbalken stünde. Und das tat ich jetzt auch, nicht weil ich das Spiel aus meiner Kinderzeit wiederholen wollte: über den Querbalken zu laufen, weil es so gruselig war, sondern weil ich wissen wollte, was da zu sehen war und was mein Gehirn sich weigerte zu registrieren.

Als ich auf dem Querbalken stand, stellte ich, für einen Augenblick unendlich glücklich, fest, daß ich wieder sicheren Boden unter den Füßen hatte, denn die rauhen Balken überfroren nicht so leicht, und außerdem lag eine dünne Salzschicht darauf, die aus dem Maaswasser stammen mußte. Darauf zu stehen war einfach herrlich. Daß Stehen, einfach zu stehen, so schön sein konnte – warum hatte ich das noch nie gemerkt? Aber ich wußte immer noch nicht, was da nun so bedeutsam sein sollte. Ich stand auf dem Balken, und ich konnte sogar einen Schritt tun, ich konnte zwei Schritte tun, unglaublich, was für eine Sensation, ich konnte mich wieder fortbewegen, und das tat ich auch. Ich ging wie früher über den Balken und hielt mich an der eiskalten Kante des Kais fest. Manchmal rutschten meine Hände ab, aber das machte nichts, weil ich mich an die Kaimauer anlehnen konnte. Ich ging bedächtig über den Balken, bis ich die nächste Duckdalbe erreicht hatte. Dort ruhte ich mich einen Augenblick aus. Ich schaute aufs Wasser, wobei ich meinen Kopf drehte, denn ich hatte ihn beim Gehen der

Kaimauer zugewendet. Was konnte es nur sein, das ich gesehen und nicht zu erfassen vermocht hatte? Aber auch hier sah ich nichts anderes als diese verhaßten Ölflecken. Ich wußte nicht, was ich gerade eben gesehen hatte, ich sah es jetzt auch nicht mehr.

Ich ging Schritt für Schritt über den Querbalken bis zur nächsten Duckdalbe. Kurz bevor ich sie erreichte, wurden die Scheinwerfer des Autos auf der gegenüberliegenden Seite wieder eingeschaltet. Ich hatte das Gefühl, daß sie auf mich gerichtet waren, aber das war natürlich unmöglich, denn das Auto stand. Ein Mann stieg aus, er blickte zu mir herüber, das war unverkennbar. Er sagte nichts, er stand nur da, hinter seiner geöffneten Wagentür, als wollte er sich schützen. Ich ruhte mich wieder hinter der Duckdalbe aus, die mich gleichzeitig gegen das Scheinwerferlicht abschirmte. Dann ging ich wieder weiter, jetzt etwas weniger vorsichtig, denn ich wollte nicht im Scheinwerferlicht gehen, und bei der nächsten Duckdalbe würde ich auf jeden Fall aus dem Lichtkegel heraussein. Dort angelangt, ruhte ich mich nicht aus, ich ging so schnell wie möglich weiter, gejagt von dem unbeweglichen Lichtstrahl der beiden Scheinwerfer und der reglosen Gestalt. Ja, weiter ging es, bis ich die Stelle an der Brücke erreichte, wo der Kai nicht mehr zum Wasser hin abfällt. Dort stemmte ich mich hoch, im Rücken eine Duckdalbe, für den Fall, daß ich zurückrutschen würde.

Es war immer noch glatt, stellte ich fest, sehr, sehr glatt. Aber hier machte es nichts aus, hier konnte ich mich ruhig hinsetzen und mich gleiten lassen, denn ich würde nur von der Kaikante wegrutschen. Bevor ich mich jedoch abstieß, blickte ich zurück aufs Wasser und wußte plötzlich, was ich da vorher gesehen hatte: diesen Querbalken. Mir wurde klar, daß ich mich, ohne zu wissen, was ich tat und warum ich es tat, auf diesen Querbalken gestellt hatte und über den Querbalken bis zu dieser Stelle gelaufen war, ohne Absicht, ohne Vorsatz. Ich war darüber so verblüfft, daß ich vergaß, mich abzustoßen, und langsamer, als ich wollte, glitt ich auf die Häuser zu. Wie sehr ich auch mit aller Kraft versuchte, mich dagegen zu wehren, die Angst von vorher kam doch wieder hoch, weil ich so machtlos war, so ausgeliefert diesem spiegelglatten Pflaster, das mir zwar als Rutschbahn in die richtige Richtung diente, mir aber nicht die Freiheit ließ, meine Fahrt zu verlangsamen oder zu beschleunigen, auch wenn ich mich mit den Händen von den Steinen abstieß. Denn meine Hände rutschten auch ab. Aber ach, das machte nichts. Ich erreichte die Häuser und war, indem ich mich an einer der Fassaden festhielt, wirklich imstande, mich aufzurichten. Ich stand einen Augenblick still, dicht an das Haus gepreßt. Ich hätte es umarmen mögen, wenn das möglich gewesen wäre.

Dann schob ich mich langsam bis zur Ecke, während wieder diese ruhigen Glockenschläge erklangen. Als ich gerade um die Ecke herum war, blickte ich auf. Die Straßenlaternen brannten, aber es war, als verbreiteten sie kein Licht. Und dennoch konnte ich etwas sehen, das mir fast den Atem nahm. So weit das Auge reichte, sah ich Bewegungslosigkeit: Menschen, die mitten auf der Straße standen oder auf den Bürgersteigen und sich nicht bewegten. Autos, die ebenfalls auf der Straße standen, mit aufgeblendeten Scheinwerfern, aber ohne Lebenszeichen. Es war, als sei alles vollkommen erstarrt oder als sei die Zeit in einem winzigen Augenblick angehalten worden. Doch nein, etwas wie Bewegung gab es, oben an den Kuppeln der Straßenlaternen. Lautlos liefen Regentropfen an den Lampen herunter, die beim Herabfallen kurz aufglänzten und wieder in der Nacht verschwanden, eine unhörbare Flut von Tropfen, die mir die Kraft gaben, mich weiterzuschieben, mich zu wehren gegen diesen völligen Stillstand, diese erschreckende Bewegungslosigkeit. Ich schob mich vorwärts, als einziger, der sich zu bewegen wagte, ohne Angst, dabei zu fallen.

Besuchszeit

Ich war nicht einen Augenblick auf den Gedanken gekommen, daß ich die Gardinen nicht richtig zugezogen hätte. Ich lag zufrieden und schläfrig da und schaute zu, wie sich die kaum wahrnehmbaren Sonnenflecken an der Zimmerdecke bewegten. Wenn ich die Augen fast ganz schloß, verwandelten sich die Flecken in schillernde Wassertropfen, als berührte die erste Morgensonne betaute Spinnweben. Und wenn ich meine Augen ganz schloß, war es, als hörte ich Wasser plätschern. Als ich meine Augen wieder öffnete, sah ich nicht die Sonnenflekken an der Decke, sondern einen senkrechten Lichtstreifen an der Wand, der sich bewegte. War die Gardine nicht ganz zugezogen? Oder hatte sie an einer Stelle einen Riß, so daß die Sonne durch den Spalt auf die Wand scheinen konnte? Ich würde vielleicht dahinterkommen, wenn ich die Gardine bewegte, aber dazu müßte ich über den Maulwurfshügel aus Decken hinweglangen, und dann würde sie vielleicht aufwachen. Es war besser, das friedliche blonde Lockenhaar – das einzige, was aus den Decken heraussah – in Ruhe zu lassen. Wie immer wunderte ich mich, daß sie unter den Decken nicht erstickte, daß sie nur so und nicht anders schlafen konnte. Auch wunderte ich mich, daß sie so schnell eingeschlafen war. So war es immer: Ich war hellwach und sie besonders schläfrig – gegen jede Regel. Und ebenfalls gegen die Regel war es, daß ich immer glücklich war. Nichts von der Traurigkeit, von der Aristoteles spricht und die für alle Tiere, außer für den Hahn, gelten soll. O nein, seit mindestens zwanzig Minuten war es, als seien Vergangenheit und Zukunft aufgehoben, als könnte ich auf einmal mit gereinigten Sinneswerkzeugen einer großen Misteldrossel lauschen – sie rief weit weg im Wald, viermal, immer wieder dasselbe – und die Sonnenflecken an der Decke betrachten, die sich sacht bewegten, weil die Gardine von einem Luftzug berührt wurde. Das Gewimmel dieser hellen Flecken – das ist das »sinnend zarte Spiel« aus dem Gedicht von Obe Postma, dachte ich.

Dann hörte ich, wahrscheinlich weil ich für einen Augenblick vergaß, der einsamen großen Sängerin und einem noch viel weiter entfernt klagenden Kleiber zu lauschen, das Geräusch von Schritten, und mir wurde bewußt, daß ich dieses Geräusch schon die ganze Zeit über gehört hatte. Leise, schlurfende Schritte, die man nicht hören sollte. Sie wurden durch das zarte junge Gras und durch die Tannennadeln gedämpft, sie schlichen um unser Haus, waren hinter der Diele auf dem Hof zu hören, und ich merkte, wie mein Herz, gerade zur Ruhe gekommen, wieder zu hämmern begann und wie ich tief einatmete. Wer mochte jetzt, zur Mittagszeit, ums Haus streifen? Warum sollte ich Angst haben? Nein, das Haus war nicht abgeschlossen, aber es war doch undenkbar, daß jemand hier am hellichten Tag mitten in den Wäldern der *Maatschappij van liefdadigheid*, sieben Kilometer von Vledder entfernt, das Bedürfnis hatte, einen Bauernhof, der als Zweitwohnung eingerichtet war, zu überfallen! Ich langte über den Maulwurfshügel, zog die Gardine ein wenig beiseite, setzte mich auf und schaute nach draußen. In dem sonnigen Gemüsegarten sah ich die aufmerksamen Augen eines Polizisten, die vielleicht schon lange durch die nicht richtig zugezogenen Gardinen gespäht hatten. Der Polizist hielt seine Mütze in der Hand, und er stand da, als ob er nicht nur schaute, sondern auch lauschte. Er sah mich, er mußte mich schon die ganze Zeit gesehen haben, und ich wurde rot. Ich ließ die Gardine zurückfallen, und im selben Augenblick kam Bewegung in den Maulwurfshügel. Ich sagte erschreckt und erstaunt: »Polizisten.«

»Geh doch eben und frag, was sie wollen«, sagte sie nüchtern, und ich war schon aus dem Bett, zog hastig meine Hose an und rannte barfuß zur Tür.

Als ich sie öffnete, stand dort ein anderer Polizist, der mich freundlich anlachte und sagte: »Guten Tag, Meneer, ich störe Sie wohl in Ihrem Mittagsschlaf?«

»Ich war gerade aufgewacht.«

»Na gut! Dürfen wir Sie etwas fragen?«

Der andere Polizist kam hinzu, kratzte sich hinterm Ohr und setzte seine Mütze auf, und diese beiden Gesten beruhigten mich plötzlich. Die Verlegenheit der beiden war mindestens so groß wie meine.

»Ja, wissen Sie ...«, sagte der erste Polizist und sah hilflos seinen Kollegen an.

»Meneer«, sagte der andere, »wir brauchen gar nicht mehr zu fragen, denn wenn es so wäre, hätten wir es längst gemerkt, es ist eine reine Formsache, der Ordnung halber müssen wir der Sache leider nachgehen.«

»Aber wir wissen die Antwort schon«, sagte der andere, »es sei denn, Sie hätten noch jemanden hier im Haus, der Ihnen Scherereien macht.«

»Noch jemanden hier? Nein.«

Mein Gesicht glühte, und ich war mir nur allzu bewußt, daß die Polizisten die ganze Zeit meine hochroten Wangen ansahen.

»Sie sind hier zu zweit?«

»Ja«, sagte ich.

»Schon lange?«

»Seit Sonntag.«

»Also sonst niemand im Haus? Oh, guten Tag, Mevrouw, ich hoffe, wir stören nicht zu sehr, aber dürften wir uns mal kurz umsehen?«

»Warum?« fragte Hanneke.

»Mevrouw, es ist eine reine Formsache, wir wissen es eigentlich schon, aber es wäre angenehm, wenn wir in unserem Bericht angeben könnten: Auch bei Inspektion der Wohnung hat sich kein Anhaltspunkt für die Anwesenheit des Schuldigen ergeben.«

Er sprach das Wort »Schuldigen« so feierlich aus, daß mir sofort ganz beklommen zumute wurde. Schuldig ist man ja immer – Leben ist Schuldigsein.

»Worum handelt es sich eigentlich?« fragte Hanneke ruhig.

»Mevrouw, das sag ich Ihnen gleich, wenn wir uns kurz umgeschaut haben – es ist so gut wie sicher, daß Sie nichts damit zu tun haben, aber es ist angenehm für uns, wenn wir das dem Kommissar schwarz auf weiß bestätigen können.«

»Na, dann kommen Sie kurz rein.«

Sie folgten uns in das kleine Bauernhaus. Der größere der beiden Polizisten, der Voyeur, stieß sich mit dem Kopf an einem Türpfosten und verlor dabei seine Mütze, die er zwar aufhob, aber nicht wieder aufsetzte. Sie gingen in aller Ruhe durchs Haus und betrachteten aufmerksam die Fußböden in den beiden Wohnräumen zur Straße hin. Sie inspizierten den Flur und die Küche, und auf der Diele stampften sie so laut mit ihren Stiefeln, daß sie das Gartenrotschwänzchen, das unter den Dachbalken brütete, aus seinem Nest verjagten, und dann hatten sie offenbar alles gesehen, was sie sehen wollten, und sagten: »Vielen Dank, wir gehen mal wieder.«

»Was ist überhaupt los?« fragte Hanneke eigensinnig.

»Mevrouw, es ist folgendes. Auf einer Weide hier in der Nähe sind drei Schafe und zehn Lämmer von einem Schäferhund totgebissen worden, und wir haben jetzt die Aufgabe, diesen Hund zu suchen, es ist bestimmt der Hund eines Urlaubers, aber hier ist kein Hund und war auch kein Hund, das ist wohl ganz offensichtlich. Wir entschuldigen uns für die Störung, aber wir waren dazu verpflichtet. Es passieren in diesen Wäldern manchmal so merkwürdige Dinge.«

Vor allem die letzten Worte ließen mich an ihrer Geschichte mit dem Hund zweifeln. Warum dieses hartnäckige Drängen darauf, das Haus zu inspizieren, wenn es allein um einen Schäferhund ging? Sie hätten doch, als sie um das Haus herumschlichen, sofort feststellen können, daß wir keinen Hund hatten. Jeder Hund mit einem Fünkchen Selbstachtung hätte angeschlagen.

»Ich habe eine Mordsangst vor Hunden, Meneer«, sagte ich. »Ich habe nie einen Hund gehabt und werde nie einen haben.«

Auf einmal sah ich das Mißtrauen in den Augen des großen Polizisten aufblitzen. Aber der andere lachte nur, und plötzlich liefen sie zu ihrem blauen Volkswagen, der ein Stück weiter auf dem Sandweg geparkt war. Wir kehrten ins Haus zurück, und ich zog schnell meine Schuhe an, denn nichts hatte mich während des Gesprächs mehr gestört, als daß ich barfuß war. Ich setzte mich hin, und Hanneke sagte: »Erst einmal Tee.«

»Es ging ihnen überhaupt nicht um den Hund.«

»Nein, natürlich nicht.«

»Aber um was dann?«

»Das kann uns doch egal sein, oder?«

Daß ein so unbedeutender Vorfall einen derartig aus dem Gleichgewicht bringen kann! Wir machten nach dem Tee einen Spaziergang durch den Wald, wir sahen immer wieder die weißen Schwanzspitzen der wilden Kaninchen im Unterholz aufblitzen, wir hörten das Klopfen eines Grünspechts. Am Tümpel, der so still neben dem Fahrradweg lag, entdeckten wir die Knospen duftender Waldhyazinthen und Sonnentau, der schon in Blüte stand, aber ich konnte den Gedanken nicht loswerden, daß die beiden Polizisten etwas ganz anderes gewollt hatten. Wonach hatten sie gesucht? Hatte es etwas mit dem zu tun, was sie durch die nicht richtig zugezogenen Gardinen gesehen hatten? Aber einen Mittagsschlaf zu halten – das war doch nicht strafbar?

Als wir zum Haus zurückkamen, sahen wir eine Staubwolke auf dem Sandweg entschwinden. Vor der Staubwolke brummte der Motor eines Volkswagens. Es dämmerte schon, die Luft war klar und frisch, die Amsel sang ihr Abendlied, und unbekümmerte Schäfchenwolken hielten den letzten Glanz der Sonne an ihren Rändern fest. In dem Bauernhaus ein Stück weiter wurde Licht gemacht, und der Sandweg erschien dadurch plötzlich dunkler. Lange noch konnte ich das Brummen des Volkswagens hören; sie waren also wieder dagewesen. Warum?

Im Haus klingelte das Telefon. Manchmal ist es, als könne man daran, wie der Apparat klingelt, hören, wer am anderen Ende der Leitung ist. Ich dachte: Das ist meine Mutter, und gleichzeitig dachte ich auch: Das kann gar nicht meine Mutter sein, denn sie hat die Nummer nicht. Doch sie war es, und ihre Stimme klang bedrückt und traurig: »Maarten, dein Vater ist ins Krankenhaus gekommen, übermorgen soll er operiert werden, morgen kannst du ihn noch besuchen – du kommst doch sicher, ja, denn es kann sein, daß es eine schwere Operation wird, er möchte dich vorher so gern noch einmal sehen.«

»Na, aber er wird doch nicht sterben?«

»Nein, aber doch ... man kann nie wissen.«

»Gut, ich komme, dann muß ich morgen früh mit dem Fahrrad nach Steenwijk und dort den Zug nehmen. Aber was ist denn los, so plötzlich?«

»Sein Magen – das muß jetzt operiert werden.«

Und bei diesen Worten taten sich ganze Welten auf. Ich sah weiße Lippen vor mir – Rennies – und schwarze Lippen – Lakritzdrops – und Tausende von großen Tassen mit warmer Milch, mit denen mein Vater zu ganz bestimmten Tageszeiten versorgt wurde, alles wegen seines Magens, der ihm, solange ich denken konnte, vor allem im Herbst und im Frühjahr zu schaffen machte. Aber diesmal hatte er auch im Winter immer Schmerzen gehabt, und nun lag er also schließlich, nach dreißig Jahren Magenschmerzen, im Krankenhaus.

Dennoch war es angenehm, nach dem Besuch der Polizisten einen so guten Vorwand zu haben, um das Haus zu verlassen, auch wenn es vielleicht verdächtig erschien. Wir reisten noch am selben Abend ab, weil Hannekes Vater sich sofort bereit erklärte, uns von Assen aus abzuholen. Wir konnten bei meinen Schwiegereltern übernachten; am nächsten Morgen nahm ich den Zug nach Maassluis, und abends fuhr ich mit meiner Mutter, meiner Schwester und meinem Schwager zum Krankenhaus.

Welch ein friedlicher Frühlingsabend! Die Amseln sangen auf allen Antennen; in der Luft lag diese wunderbare Schwermut – ist es ein Duft, ein Lichteffekt? –, die sich in das Bewußtsein einnistet wie der Vorbote von etwas Ungewissem, das kommen wird, ein Sehnsuchtsversprechen. Als ich in der riesigen Eingangshalle des Krankenhauses stand, schien es, als spürte ich diesen Duft, wenn es denn ein Duft war, noch immer in der Nase, und draußen sah ich den flammenden Abendhimmel. Es war noch lange nicht Nacht, aber der vielfarbige Rauch der Ölraffinerie Pernis zog über das dunkle Blau.

In der Halle standen, obwohl es erst Viertel vor sieben war und die Besuchszeit erst um sieben Uhr anfing, Dutzende von Menschen mit Blumensträußen. Ich machte mir plötzlich klar, daß in diesem Augenblick überall in den Niederlanden gesunde Menschen dastanden und auf den Beginn der Besuchszeit warteten. Es war, als sei die Menschheit in Kranke und Wartende aufgeteilt und als gehörte ich dank einer glücklichen Schicksalsfügung jetzt noch zu den Wartenden, würde aber schon bald selbst krank sein. Es schien fast, als brächte dieses deprimierende Warten, wie sehr es auch mit Narzissen verbrämt sein mochte, die Krankheit selbst näher. Da wurde ein Mann auf einer Trage vorbeigeschoben, weiß wie der ausgebreitete Flügel einer Lachmöwe, seinen Arm in dem gestreiften Pyjama hin und her schwenkend, als würde er lenken, und eine beherzte Krankenschwester in Weiß und Braun ging mit kleinen Schritten hinter der Trage her, als ob sie einen Kinderwagen schieben würde.

»Es ist noch längst nicht soweit«, rief sie, und ein ungeduldiges Murmeln antwortete ihr. Eine Oberschwester erschien am Ende eines dunklen Flurs und hob die Arme, als bereite sie sich auf eine Kreuzigung vor.

»Leute, genau um sieben Uhr könnt ihr rein, eher nicht.«

Schon war sie wieder verschwunden. Ich starrte auf die wachsende Zahl Wartender und begriff, daß sie alle zu früh da waren, weil sie, genau wie ich, nicht zu spät zu ihren kranken Angehörigen kommen wollten. Immer wieder bahnten sich ungeduldige Schwestern mit wütenden Schwimmgebärden ihren Weg durch die Menschenmenge.

Ich wunderte mich, daß draußen auf der Schnellstraße noch so viel Verkehr war. Ich stellte mir vor, daß sich jetzt jeder Niederländer in der Eingangshalle irgendeines Krankenhauses aufhalten würde, mit oder ohne Blumen oder Obst in der Hand, denn schon allein in diesem Krankenhaus standen Hunderte von Menschen. Dann hörte ich auf einmal einen tiefen Seufzer aus Tausenden von Kehlen: Der große Zeiger der Uhr in der Halle sprang auf Zwölf, und während die lauten Gespräche verstummten, erklang ein so merkwürdig dumpfes Geräusch, daß ich zuerst nicht wußte, woher es kam. Als ich mich dann selbst in Bewegung setzte, wurde mir klar, daß das Geräusch von Tausenden von Schritten auf dem Beton kam, ein Geräusch, das beim Treppensteigen lauter zu werden schien und auf den Fluren wieder abebbte. Ich ging hinter meiner Mutter her, hinter Dutzend anderen, in einen der dunklen Flure in diesem riesigen Irrgarten. Meine Mutter kannte den Weg bereits, sie hatte meinen Vater schon dreimal besucht und verlief sich daher nur zweimal. Zuerst fanden wir uns irrtümlich auf der Station für Lungenkranke wieder, und danach öffneten wir in der Annahme, wir seien beim richtigen Zimmer angelangt, einen Besenschrank, aus dem klappernd drei Eimer und zwei Schrubber herausfielen. Der

Lärm ging jedoch in dem gewitterartigen Gegrummel jener niedergedrückten Schritte unter, und wir versuchten gar nicht erst, die Besen wieder hineinzuschieben, sondern rannten so schnell wie möglich weg und stießen dabei gegen eine Trage, die im Zickzack mitten zwischen den Besuchern über den Flur geschoben wurde.

Als wir das Zimmer erreichten, in dem mein Vater lag, erkannte ich ihn nicht. Ich sah sechs Betten mit sechs Männern in sechs gestreiften Pyjamas. Ich wollte schon wieder weggehen. Solange ich denken konnte, hatte mein Vater noch nie einen Pyjama getragen, so wie er auch noch nie Käse oder Joghurt gegessen hatte. Er schlief immer in einer langen weißen Unterhose und einem alten blauen Oberhemd. Aber bevor ich weggehen konnte, rief er: »Maart, siehst du mich denn nicht?«

»Hast du einen Pyjama an?« fragte ich höchst erstaunt und sogar etwas verärgert.

»Ja, das muß man hier nun mal. Da bist du ja endlich. Wenn alles geklappt hätte, wäre ich schon tot und begraben, und du sitzt da irgendwo in Drente, und wir wissen nicht, wo, wir haben keine Adresse, keine Telefonnummer, du bist wirklich ein erstklassiger Hornochse.«

»Hannekes Eltern wußten, wo wir waren.«

»Ja, die, die natürlich, und wir natürlich nicht. Warum dürfen wir das nicht wissen? Sind wir etwa nicht gut genug? Ist dein Schwiegervater etwa krank? Na also! Deine Mutter in Angst und Sorge, niemand weiß, wo mein ältester Spitzbube ist, und ich liege hier mit sechs Flaschen Blut im Leib. Ja, gestern bin ich fast hopsgegangen, ich hätte direkt in dem Mietgrab Dritter Klasse begraben werden können, das ich vorgestern noch selbst gegraben habe. Nach dieser verflixten Untersuchung – sie haben mich völlig auseinandergenommen – ist innerlich irgendwas geplatzt, und ich bin beinah verblutet. Und du nirgends zu finden! Sechs Flaschen Blut, sechs von solchen Flaschen.«

Stolz zeigte er mit den Händen die Größe der Flaschen.

»Halbe Liter?« fragte ich.

»Mindestens! Ich glaube sogar, ganze Liter.«

»Das ist unmöglich, ein Mensch hat nicht mehr als fünf Liter Blut, dann hättest du sechs Liter Blut gekriegt.«

»Na, dann haben sie gestern mein ganzes Blut erneuert und mir auch noch etwas extra gegeben. Vom Scheitel bis zur Sohle hab ich neues Blut, und ich kann das auch fühlen, ich bin so übermütig wie ein junges Fohlen, ich hab wieder Spaß an den jungen Schwesterchen hier. Weißt du, was sie großartig finden?«

Er schob plötzlich sein Bein unter der Bettdecke hervor. Auf seinem noch jugendlichen Fuß prangte ein großer, kugelförmiger Knubbel, vor dem ich mich schon als Kind gefürchtet hatte. Rund um den

Knubbel wuchs ein doppelter Kranz kurzer Härchen, aber der Knubbel selbst war unbehaart und erinnerte an einen kleinen Schädel, der früh kahl geworden war.

»Sie wollen ihn alle sehen«, sagte mein Vater stolz, »Ärzte sind hier auch gewesen, um ihn sich anzusehen, und die Schwestern streicheln mit ihren Fingern drüber, und dann fragen sie: Woher haben Sie das? Vom Holzschuhtragen, sag ich dann und zeig ihnen dann sofort auch meinen anderen Fuß. Sie haben schon gefragt: Dürfen wir nicht ein kleines Stück zum Untersuchen davon abschneiden, und ich hab gesagt: Wenn ich hier sterbe, und das werd ich wohl, denn ihr behandelt mich hier wie ein Schwein, die erstbeste Kuh früher bei Ai Kip, und Ai Kip war doch schäbig zu seinen Tieren, wurde besser versorgt als ich hier, und sogar für die ausgedienten Ziegen hatten wir noch mehr Herz als ihr hier für eure Patienten, dürft ihr diesen Knubbel da abschneiden, und dann guckt euch an, was drin ist.«

»Du fühlst dich hier, glaube ich, recht wohl«, sagte ich.

»So, denkst du das, na, sie finden hier, daß ich ein verwöhnter Kerl bin, weil ich es zu Hause gewohnt bin, rechtzeitig meine warme Milch zu kriegen, und hier krieg ich die nicht, hier muß ich bitten und betteln um eine Tasse warme Milch, und dabei, das habe ich heute mittag noch zu so einem Schwesterchen gesagt, haben sie hier eine ganze Säuglingsstation, wo sie doch auch Milch brauchen. Und, verflixt, davon kann kein Schluck Milch genommen werden. ›Kostet es denn so viel Mühe, eine einzige Extra-Flasche zu machen?‹ hab ich heute mittag noch zur Oberschwester gesagt, ›und die hierherzubringen, den Sauger krieg ich schon noch selbst davon ab. Was macht ihr denn mit all der Milch?‹ hab ich sie gefragt. ›Habt ihr hier vielleicht eine eigene Käserei? Man sollte es meinen, wenn man all das welke Zeugs anguckt, das hier auf dem Teller beim Weißbrot liegt. Bringt mir in Gottes Namen ein bißchen warme Milch, das bin ich von zu Hause gewohnt, und wenn ich die nicht kriege, krümme ich mich vor Magenschmerzen.‹ ›Was Sie von zu Hause gewohnt sind, geht uns nichts an‹, sagte so eine kecke Schwester, ›hier müssen Sie sich nach den Regeln des Hauses richten.‹«

»Sei doch still, Pau«, sagte meine Mutter, »ich hab warme Milch für dich mitgebracht, ich werde sie dir von jetzt an jeden Mittag und Abend mitbringen.«

»Gut so, sieh mal nach (dies zu meinem Schwager), ob nicht gerade eine Schwester kommt, halt mal Wache an der Tür, wenn du sie siehst, ruf einfach Exodus 3, Vers 8, dann weiß ich Bescheid, dann stecke ich die Milch für einen Moment unter die Decke.«

Meine Mutter holte eine Thermosflasche heraus, und mein Vater trank seine für ihn so notwendige warme Milch. Als er sie getrunken hatte, fing er wieder von den sechs Flaschen Blut an.

»Meinst du, sie haben mein ganzes Blut erneuert?« fragte er.

»Sechs Flaschen, das sind drei Liter, denke ich. Nicht alles, aber das meiste schon«, sagte ich.

»Es muß das Blut von einem jungen Kerl gewesen sein, von einem feurigen Kerl, von einem, der es drauf hatte.«

»Vielleicht war es auch Frauenblut.«

»O nein, auf keinen Fall, das würde ich bestimmt merken, nein, die geben Pau 't Hart bestimmt kein Weiberblut, nein, nein, nein.«

»Also morgen wird operiert?«

»Ja, morgen um neun, ich bin der erste, der Arzt, der mich behandelt, so ein Dunkler, so ein Malaie, ist vorhin noch bei mir gewesen. ›Einen schönen Körper zum Hineinschneiden haben Sie‹, hat er zu mir gesagt. Ein netter Kerl, viel besser als der Internist, der mich untersucht hat. Was für ein Schlächter der war, mußte ich doch, krank wie ich bin, allen möglichen Dreckskram schlucken und geröntgt werden, und er stieß mir in den Magen, wie Piet van Dijk, der Tierarzt damals in Maasland, manchmal bei einer schwangeren Kuh, und meistens konnte man dann das Kalb tot herausziehen. ›Es wird wohl eine sehr schwere Operation‹, hat der Malaie zu mir gesagt, ›aber machen Sie sich keine Sorgen, Sie sind noch jung, ansonsten kerngesund, ein Herz wie ein Oldenburger und zwei Lungen wie die Blasebälge von einem Mannborg.‹«

»Hat er das wirklich gesagt?«

»Was?«

»Das mit dem Mannborg?«

»Es kann sein, daß er eine andere Harmonium-Marke genannt hat, aber das Wort ›Blasebalg‹ hat er benutzt.«

Er schwieg einen Augenblick, grinste still vor sich hin, richtete sich dann auf und schob den Vorhang neben seinem Bett beiseite.

»Sieh mal, wer hier neben mir liegt.«

Ich erspähte im Halbdunkel einen sehr alt aussehenden Mann in dem anderen Bett. Neben dem Bett saß eine alte Frau. Beide schwiegen. Sie sahen meinen Vater erwartungsvoll an.

»Erkennst du ihn nicht?« fragte mein Vater.

»Noch nicht.«

»Sieh noch mal genau hin, ja, es ist natürlich lange her, aber er ist es wirklich, wir haben damals mit ihm zusammen gemolken. Weißt du es noch immer nicht? Nun, warte, ich werde dir helfen, die Frau neben ihm, die kennst du übrigens auch, ist seine Verlobte.«

»Thijs Loosjes«, rief ich.

»Genau, schön, was? Hab ich hier doch ein bißchen Gesellschaft. Kennst du meinen Sohn noch, Thijs?«

Ich ging an das andere Bett, schüttelte vorsichtig

die Hand des alten Mannes und noch vorsichtiger die Hand der Frau, denn die sah so zerbrechlich aus, daß ich jeden Augenblick erwartete, ihre Hand lose in der meinen zu halten.

»Pau, Pau, was für ein Bursche der geworden ist.«

»Und schon verheiratet«, sagte mein Vater.

»Schon verheiratet?«

»Ja, er hat es nicht so lange aufgeschoben wie du, aber es ist noch nicht zu spät für dich, du kannst noch heiraten.«

Er wandte sich mir zu und sagte: »Wie alt, denkst du, ist Thijs jetzt?«

»Ungefähr achtzig.«

»Nicht schlecht geraten, er ist jetzt zweiundachtzig, und in anderthalb Jahren feiert er seinen fünfzigsten Verlobungstag. Er liegt jetzt wegen seines Blinddarms hier. Morgen ist er nach mir dran. Findest du es nicht ein bißchen unsinnig, Thijs, dir in deinem Alter noch den Blinddarm rausnehmen zu lassen? Du hast ein so schönes Häuschen am Deich, solltest du jetzt nicht einem anderen Platz machen? Schon vor zehn Jahren hatte ich ein schönes Plätzchen für dich in Feld E, Reihe A, bei den Rhododendren, und nun lebst du noch! Ich würde erst mal schnell zum Rathaus laufen, wenn ich du wäre, ihr schafft es nicht mehr bis zu den neuen Kartoffeln, es ist eure letzte Chance.«

»Hör mal zu, Pau«, sagte Thijs ernst, »ich bin

mein ganzes Leben lang verlobt gewesen, und das ist mir sehr, sehr gut bekommen, Jannetje hätte es vielleicht anders gewollt, aber sie hat sich damit abgefunden, und du weißt, was ich vor langer Zeit zu dir gesagt habe: Menschen, die verlobt sind, sterben nicht.«

»Das hast du früher nie zu mir gesagt! Und du weißt genau, daß das nicht wahr ist. Gerade hatte ich noch einen Jungen in der Leichenhalle. Hatte sich glatt totgefahren mit seinem Moped. Seine Verlobte, hinten drauf, auch schwer verletzt, Jesaja 1, Vers 6, dann weißt du schon. Als ich den Boden aufwischte, nachdem der Arzt weg war, denn da war eine ganze Menge Blut runtergetropft, schlug er mir plötzlich auf den Kopf. Ich bin zu Tode erschrokken, aber es war nichts, sein Arm war von der Bahre gerutscht.«

»Die Geschichte kenne ich, aber sie geht mich nichts an, ich fahre nicht Moped, und du kannst es an uns sehen: beide steinalt, aber noch kerngesund. Gut, mir macht mein Blinddarm zu schaffen, aber das kann jedem passieren, und das ist morgen erledigt, und in zwei Wochen sitzen Jannetje und ich wieder brav im Gotteshaus, wie wir es immer getan haben. Nie sind wir krank gewesen, nie haben wir Streit gehabt, nie Sorgen um Kinder, wir waren miteinander in bester Gesellschaft, wenn wir zur Kirche gingen, ja, der Herr hat uns wirklich reich gesegnet.«

Verblüfft starrte ich den verschrumpelten Alten an, der beinah mehr Worte gesagt hatte, als sein Vogelköpfchen Runzeln hatte, und die Alte neben seinem Bett, noch verschrumpelter, nickte fröhlich und hob manchmal für einen Augenblick einen knochigen Finger, um die Worte ihres Verlobten zu bekräftigen.

»Ich habe Thijs zuerst von seiner Ansicht abbringen wollen«, krächzte sie nach seiner Ansprache, »aber ich sehe jetzt doch ein, daß er recht hatte. Ich habe so viel Elend um mich herum gesehen, in Ehen und mit Kindern, das hat Gott uns erspart, Er hat zu uns gesagt: Heiratet nie, bleibt miteinander verlobt, und wir haben frohgemut das Kreuz unserer Verlobung getragen und werden es noch tragen, solange der Herr uns verschonen will.«

»Der Herr wird uns verschonen«, sagte Thijs, »denn Verlobte sterben nicht.«

»Nein, Thijs«, sagte Jannetje, »du weißt genau, daß im Krieg Verlobte umgekommen sind und daß ...«

»Zählt nicht, jetzt ist kein Krieg.«

»Aber kein Mensch hat das ewige Leben.«

»Verlobte schon, die sterben nicht.«

»Du mußt auch immer recht behalten, natürlich sterben sie.«

»Niemand vor uns hat es jemals so lange versucht.«

»Nein, die Leute waren wirklich klüger. Um irgendwo ein Haus zu bekommen, mußte man heiraten. Wenn wir verheiratet wären, hätte ich nicht mein Leben lang bei anderen zur Untermiete zu wohnen brauchen, dann hätten wir zusammen in deinem ...«

»Fängst du jetzt wieder mit diesem Haus an?«

Mein Vater zog den Vorhang zu, aber ich hörte die streitenden Stimmen der Alten weiterhin und hörte kaum dem Monolog meines Vaters über die Untersuchung seines Magens zu. Ich strich mir über die Stirn, schaute nach draußen, auf der Suche, so schien es, nach normaleren Wirklichkeiten, aber auch der Abendhimmel war aus dieser Höhe nicht als normal zu bezeichnen. Der Horizont flammte schmutzig auf. Grüner Rauch teilte den dunkelblauen Himmel in zwei Teile, und rote Flammen erleuchteten das Gelb, das dazwischen schimmerte. Darunter ein Wald von Schornsteinen, ein bizarres Netz aus senkrechten und waagerechten Röhren, die sich in unvorhersehbaren Momenten verzweigten und hier und da Rauch ausstießen, wobei er mit dem Grün um die Herrschaft über den Abendhimmel wetteiferte. Aber der grüne Rauch kam in solch dichten Schwaden aus dem höchsten Schornstein, daß sich nichts anderes daneben behaupten konnte. Er überließ nur hier und da kleinen Wolken einen Tupfer Gelb oder Rot, und auch das nur, wenn diese Wölkchen von den ewigen Flammen von Pernis erhellt wurden.

Ich starrte all diese silbrig glänzenden Schornsteine an, aber mein Vater rief mich zur Ordnung.

»He, Meisterträumer, willst du mir wohl noch mal eben zuhören? Du bleibst heute nacht da, wenn ich deine Mutter richtig verstanden habe, du kommst morgen nach der Operation wieder. Ob du dann morgen früh mal eben zum Friedhof gehst, um den Motor einzuschalten? Sonst kriegen all meine Leute nasse Füße in ihren Särgen oder treiben vielleicht sogar fort zum Meer, und, wenn du schon dort bist, sieh auch noch eben nach dem Dompfaffpärchen, sie warten drauf, ich hab Kippenek auch schon Bescheid gesagt, die Schlüssel liegen hinter der Bibel auf dem Kamin.«

Mit diesen Worten war die Besuchszeit zu Ende. Auf dem Rückweg wurde alles wieder normal, ich roch den Duft des Frühlings, der hier mit einem scharfen Schwefelgestank gewürzt war, und zwei Pferde standen regungslos auf einer Weide, wie sie nur an Frühlingsabenden dastehen, die Köpfe halb erhoben, als horchten sie auf etwas, das sich in längst verflossenen Zeiten abgespielt haben muß. Vielleicht hören sie das Wiehern ihrer Artgenossen auf den Schlachtfeldern und trauern, im Frühlingsschein, um ihren Tod.

Da tauchte schon der Kirchturm von Maassluis auf, plump und schlank zugleich. Heute nacht würde ich wieder dort schlafen und in meinen Träumen das fröhlich dampfende Geräusch fahrender Züge hören, wie man es nirgendwo sonst hört, und ab und an in einem Augenblick des Beinahe-Aufwachens das trübsinnige Heulen eines Nebelhorns mitsummen und morgen in aller Frühe von der aufdringlichen Fabriksirene von De Neef & Co. geweckt werden. Warum vermißte ich das alles so in Leiden? Warum vermißte ich dort vor allem einen Hafen? Warum wollte ich sofort, wenn ich nach Hause kam, unbedingt über den Hafenkai spazieren? Ich lief zuerst zur Hafenmole und blickte über den breiten Fluß, auf dem ein geheimnisvolles rostiges Schiff auf dem Weg zum Meer war. Ich konnte nicht erkennen, unter welcher Flagge es fuhr; dafür war es schon zu dunkel und der Abstand zu groß. Aber es war auf jeden Fall ein richtiges, seetüchtiges Schiff, und im Hafen lagen richtige Schlepper und Lotsenboote, und man roch das Salzwasser und das Teeröl der Ankerketten. Es war alles wirklich, fast mit den Händen zu greifen, es war nicht so farblos und wächsern wie das Leben in Leiden. Dort gab es keinen Hafen, nicht einmal einen Fluß mit Lichtern auf der gegenüberliegenden Seite und kein lautlos übersetzendes Fährboot in dem vom Wasser aufsteigenden Nebel und nicht das Geräusch von Männerstimmen auf den Brücken vorüberziehender Schiffe, die zu Meeren ausfuhren, von denen man noch nie etwas gehört hatte. Ich lief am Außenhafen entlang zum Binnenhafen, kam am Haus des Hausarztes meiner Eltern vorbei, und das brachte mich dazu, meinem Vater einen Vortrag zu halten.

»Nun mach dir mal keine Sorgen, deine Zeit ist noch lange nicht gekommen, dein Vater ist weit über achtzig geworden, und er ging nach seinem Siebzigsten zwar am Stock, aber den gebrauchte er nur, um damit Frauen zu entern und um auf das Pflaster zu stoßen, wenn er beim Dame-Spiel verloren hatte, und fast alle deine Brüder und Schwestern leben noch, und du bist bis auf zwei der Jüngste. Gut, dein ältester Bruder ist umgekommen, aber das war ein Unfall. Was sagst du? Ob ich noch weiß, was dein Vater sagte, als sie ihn nach Haus brachten? Ja, das hast du oft genug erzählt. Als er hereingetragen wurde, sagte dein Vater: ›Donnerwetter noch mal, das heißt für mich zweihundert Gulden im Jahr weniger‹, denn ihr habt all euren Verdienst bis auf den letzten Cent bei eurem Vater abgeliefert. Das war ein Unfall: Er wurde in den *Verenigde Touwfabrieken* von einem Schwungrad erfaßt. Alle anderen leben noch. Tante Anna ist schon fünfundsiebzig und Tante Riek schon dreiundsiebzig, und Onkel Klaas repariert noch immer Harmoniums, auch wenn er schon längst seine Rente bekommt, und Onkel Nico steigt noch immer auf die Kanzeln in Gemeinden, die immer kleiner werden, weil die *Gereformeerd vrijgemaakten* sich immer weiter in einzig wahre Kirchen spalten, und Onkel Piet betreibt seinen Gemüseladen noch genau wie früher, trotz seiner Pension. Onkel Rinus arbeitet noch immer als Maurer. Gut, Onkel Maarten ist schon gestorben, mit siebenundfünfzig Jahren, genauso alt wie du jetzt bist, aber er hatte Lungenkrebs, und den hat er nach dem schrecklichen Unfall seiner Tochter bekommen. Wenn jemand dran ist zu sterben, dann Onkel Job mit seinem Asthma, aber selbst Onkel Huib mit seinem Buckel ist noch gut zuwege, der gutmütige Kerl. Nein, du hast bestimmt keinen Magenkrebs, auch wenn du das vielleicht denkst, nein, du hast das nicht gesagt, aber ich weiß genau, daß du daran denkst, weil dein Schwiegervater nach dreißig Jahren Magenschmerzen und genau so einem Winter, wie du ihn jetzt durchgemacht hast, ins Krankenhaus gekommen ist, und dann stellte sich heraus, daß er Magenkrebs hatte.«

Dies alles flüsterte ich mir beim Gehen zu, dort an diesem einsamen Hafen, der noch genauso dalag wie früher, das Licht der Straßenlaternen gelb wie überall, aber hier mit blauen Rändern und feuchten Schatten. Nirgends wuchs etwas Grünes, und doch konnte man spüren, daß es Frühling wurde, denn die Mehlfabrik von De Ploeg roch stärker denn je und vertrieb das Prickeln des Frühlings aus der Luft. Ich lief am Hafenbecken entlang und sah die Grote Kerk auf der anderen Seite und die Spiegelung der Kirche im Wasser, und ich dachte: Wenn ich wenigstens ab und an diese Spiegelung in Leiden sehen könnte, das würde schon reichen. Ich blickte zur grünen Brücke hinüber und zu den alten Giebeln. Ich stand nur da und schaute, und währenddessen nagte etwas in mir, es schien, als würde ich all diese glänzenden Giebel und das ölige Wasser preisgeben müssen, wenn mein Vater stürbe. Denn ich hatte nicht ihm, sondern mir selbst etwas zugemurmelt, ich hatte nicht seine, sondern meine eigenen Vorahnungen beschwören wollen. Warum wußte ich so gut wie sicher, daß er Magenkrebs hatte? Weil er nach der Untersuchung eine innere Blutung gehabt hatte? Gut, Krebs konnte so etwas verursachen, konnte ein Blutgefäß so angreifen, daß es plötzlich platzte, aber ein Magengeschwür konnte das auch. Und mein Vater war doch froh und munter und aufmüpfig gewesen und hatte sogar an seine Arbeit gedacht, hatte mich gebeten, den Motor einzuschalten, der den Grundwasserspiegel des Friedhofs senkte. Daran dachte man doch nicht, wenn man wirklich Krebs in fortgeschrittenem Stadium hatte?

Im Hafenbecken tuckerte ein Schiff vorbei, mit gelben Tanks an Deck, die in der Spiegelung auf dem Wasser zurückzubleiben schienen, und weiter oben ruderte ein einsamer Mann unter der Brücke durch. Ich sagte zu mir: Wenn dieser Mann im Ruderboot eher unter der Brücke durch ist als das Shell-Schiff um die Kurve, hat mein Vater keinen Krebs. Der Mann in dem Ruderboot war eher da.

Ich atmete erleichtert auf, aber dennoch machte mich dieser unsinnige Wettlauf nicht sicher genug. Zwei Möwen saßen jede auf einer Duckdalbe, und ich murmelte: Wenn die linke eher auffliegt als die rechte, hat mein Vater keinen Krebs. Aber sie flogen nicht auf, sie blieben in sich zusammengesunken sitzen. Ich klatschte in die Hände, sie erhoben sich nicht, ich klatschte nochmals, sie blieben wie versteinert sitzen. Ich hob einen Stein auf und warf ihn nach der linken Möwe, aber sie rührte sich nicht.

Morgen erst würde ich wissen, worauf ich mich vorzubereiten hatte. Morgen würden sie ihn aufmachen, und dann würde unumstößlich feststehen, ob er dazu verurteilt war, auf dieselbe schreckliche Art zu sterben wie mein Großvater oder nicht. Noch einmal, während ich schon auf dem Deich war, schaute ich mich zum Hafen um und zur Grote Kerk. Die Zeiger der Turmuhr glänzten rot in der Dunkelheit, und von ganz weit hörte ich die Sirene eines Küstenmotorschiffs, das dabei war auszufahren. Einen Augenblick lang hatte ich wieder das fröhliche Gefühl von früher – wie schön, daß du nicht mitzufahren brauchst –, aber es verlor sich, weil der Tod so nahe zu sein schien, so in Reichweite meines Vaters.

Gefurchte Wege

In aller Frühe ging ich am nächsten Morgen mit dem riesigen Schlüsselbund, das ich in einem alten Schälchen hinter der Bibel auf dem Kamin gefunden hatte, zum Friedhof. Ich lief durch die Friedhofsallee zur großen Pforte zwischen dem Haus für die Totenbahren und der Leichenhalle. Ich suchte den passenden Schlüssel, konnte ihn zuerst nicht finden, hörte bestimmt dreimal einen Finkenschlag, bevor ich ihn gefunden hatte und die Pforte öffnen konnte. Ich schloß sie wieder hinter mir, damit mir niemand folgen konnte, und ging auf dem Weg am Graben entlang, der den Kirchhof vom Bahngleis trennte, zu dem Feld, wo die Kastanienbäume standen. Die Wege waren seit Sonntag wenig begangen, denn hier und da sah ich noch die Furchen, die mein Vater jeden Samstagmorgen dort zog. Er lief dann mit einer Egge hinter sich über die Wege und setzte seinen ganzen Stolz darein, diese Egge so weiterzuziehen, daß in den Kieselsteinen, die die Wege bedeckten, schnurgerade Furchen entstanden. Tat er das, weil er dann wieder das Gefühl hatte zu pflügen? Wozu sonst verzierte er die Gehwege jede

Woche mit einem so überflüssigen und nicht einmal besonders schönen Muster?

Ich schaute zu den alten, protzigen Grabmälern auf den Gräbern der Ersten Klasse. Überall glänzten die schon so oft von meinem Vater silbern angemalten Ketten, die die kleinen Pfosten vor den Grabsteinen und auf den Grabplatten miteinander verbanden. Im Winter benutzte er die Farbe, um Zweige mit Erlenzapfen zu versilbern, die er dann als Weihnachtsschmuck an gute Freunde verteilte. Auf mehreren Gräbern steckten Stäbe mit eisernen Ringen. Auf einigen Gräbern waren Zinnvasen in Form einer spitzen Tüte in den Ring gesteckt. Meistens waren die Blumen in diesen Vasen verwelkt, denn mein Vater war ja nicht da, um sie wegzunehmen. Ich lief an dem Rhododendronfeld entlang mit seinen geruchlosen Blüten und dem breiten Weg dazwischen und an den würdevollen Steinplatten auf den Grüften darunter, und ich sah, wie sehr Wind und Wetter mit der Zeit die Steine angegriffen und gespalten hatten und wie Efeu und Moos heimlich zwischen den Rhododendren wuchsen und die Spalten gütig zudeckten. Wenn man darauf achtete, sah man überall Zeichen der Verwitterung, vor allem aber bei den Privatgräbern der Ersten Klasse, weil diese schon seit der Jahrhundertwende nicht mehr geräumt worden waren. Dennoch verbrämte meistens auch hier die Natur den Verfall.

Ich erreichte die wenigen Linden an der Bahnstrecke. Ihre Blüten dufteten so stark, daß ich für einen Augenblick sogar das ohrenbetäubende Gurren der Ringeltauben vergaß. Ich mußte plötzlich an ein paar unglaublich schöne Zeilen von Annette von Droste-Hülshoff denken:

Süße Ruh, süßer Taumel im Gras
Von des Krautes Arom umhaucht,
Tiefe Flut, tief tief trunkne Flut,
Wenn die Wolk' am Azure verraucht,
Wenn aufs müde schwimmende Haupt
Süßes Lachen gaukelt herab,
Liebe Stimme säuselt und träuft
Wie die Lindenblüt' auf ein Grab.

Wenn im Busen die Toten dann
Jede Leiche sich streckt und regt,
Leise, leise den Odem zieht,
Die geschloßne Wimper bewegt,
Tote Lieb', tote Lust, tote Zeit,
All die Schätze, im Schutt verwühlt,
Sich berühren mit schüchternem Klang
Gleich den Glöckchen, vom Winde umspielt.

Während ich die ersten beiden Strophen des Gedichts murmelte und bedauerte, daß ich die beiden anderen nicht auswendig konnte, dachte ich, es heißt *Im Grase*, aber es handelt in Wirklichkeit von einem Kirchhof, und ich stellte mir vor, wie die Toten unter dem Gras sich tatsächlich streckten und bewegten und ihre geschlossenen Lider aufschlugen. Dann hörte ich die Ringeltauben wieder, und die tote Zeit war vorbei.

Ich blickte mich um, ich sah, daß alle Obstbäume, die der Vorgänger meines Vaters so unauffällig wie möglich zwischen die Gräber gepflanzt hatte, in Blüte standen. Ich ging an den Gräbern der Zweiten Klasse entlang und sah zu meinem Erstaunen, daß das Beet vor dem Grabstein, der mit einer weißen Taube geschmückt war, fast völlig leer war. Wo war der üppige Ziermohn geblieben, den der Sohn zehn Jahre lang auf dem Beet vor dem Grabstein gezogen hatte? Sogar am Sonntagnachmittag, während der Besuchszeit, hatte er neben seinem Ziermohn Wache gestanden, damit er nicht von anderen Besuchern gepflückt wurde. Wo waren seine wunderlichen, manchmal über den Grabstein seiner Mutter hinauswachsenden Urticaceen geblieben? Alle diese Pflanzen mußten erst vor kurzem herausgenommen worden sein, denn Ackerhornkraut und Kreuzkraut waren zwar schon aufgeblüht, aber noch nicht viel weiter als im Stadium einer Keimpflanze. Ich ging am Jüdischen Friedhof vorbei und sah, daß das so seltene Glaskraut überall in den Rissen der Steine wucherte und sie hier und da völlig bedeckte. Der Jüdische Friedhof war von einer Hecke eingefaßt. Auf dem abschüssigen Ufer des Grabens dahinter erhob sich mannshoch der Wiesenkerbel. Bevor ich zum Wiesenkerbel kam, mußte ich zuerst noch an dem Grab mit der steinernen Hand vorbei, die sich aus der Erde streckte und die ich als Kind so oft hatte anschauen müssen und dazu die Worte zu hören bekam: »Siehst du, die Hand dieses Mannes ist aus dem Grab herausgewachsen, weil er seinen Vater und seine Mutter geschlagen hat.« Ich stieg den Graben hinunter. Auf halbem Weg glaubte ich einen großen Kammolch zu sehen, ein Männchen in seinem Prunkkleid, das sich offenbar in dem von zarten Algen schon grün gedämpften Licht sonnte, und ich glaubte zu sehen, wie ein feuerroter Stichling davonschoß und die Larve des Gelbrandkäfers ungestört eine längst unkenntlich gewordene Beute verschlang. Aber als ich über den Holzsteg zum Pumpenhäuschen ging, das in der Mitte über dem Graben gebaut war, sah ich nichts anderes als dunkelgrüne Algen. Ich öffnete das Häuschen mit einem Schlüssel, nach dem ich zwei Finkenschläge lang suchen mußte. Ich stellte die Pumpe an, die den Grundwasserspiegel senken sollte, so daß die Särge nicht wegtreiben konnten, und als das gleichmäßige und fast unhörbare Geräusch der Pumpe den Raum füllte, schloß ich die Tür wieder und ging über das Gras der Vierten Klasse zur Kapelle, deren alte steinerne Balustraden und breite niedrige Treppenstufen schon ebenso verwittert waren wie die Grabmäler der Ersten Klasse, nur daß hier kein Moos, sondern Zimbelkraut die Ritzen füllte. Oh, wie blühte das Zimbelkraut; eine der Balustraden war ganz violett, und man mußte die Steinstufen ganz vorsichtig hinaufsteigen, wollte man die kleinen Pflanzen nicht zertreten. Der Schlüssel zur Kapellentür war genauso schwer zu finden wie alle anderen Schlüssel. Ich trat ein, und sofort war es, als würde ich kleiner in diesem gar nicht so großen, aber doch feierlichen Raum, in den die Sonne durch die in Blei gefaßten Fenster hineinschien und überall verschiedene Farben auf den Fußboden und die Bänke und die grauen Wände zauberte. Wenn man leise durch den nach Bohnerwachs riechenden Raum ging, konnte man immer wieder andere Farben auf seiner Kleidung sehen, langsam über die Hose gleitende rote Kreise, kleine gelbe Vierecke auf den Ärmeln des Mantels. Ich ging zu dem großen Tisch mitten in der Kapelle und setzte mich auf den einzigen Stuhl dort, den Stuhl des Pastors. Auf dem Tisch, genau vor dem Stuhl, lag eine alte Bibel, umrahmt von grünen, roten und blauen Lichtflekken. Die Bibel war abgeschlossen, aber nach dem Schlüssel brauchte ich diesmal nicht lange zu suchen; ich kannte ihn, es war der kleinste Schlüssel am Bund, aber er versteckte sich zwischen den breiten Schlüsseln für das Haus, für die Totenbahren und die Leichenhalle. Ich schloß die Bibel auf, legte meinen Daumen an den Goldschnitt und öffnete sie mit einem Schwung. Im Laufe der Jahre hatte ich mich geübt im Aufschlagen der Bibel, denn es ist ja eine alte Gewohnheit der Protestanten, die Bibel an einer willkürlichen Stelle aufzuschlagen, um dann zu sehen, was Gott einem zu sagen hat. Ich möchte nur gern im voraus wissen, welchen Text ich zu hören bekomme, ich möchte den Heiligen Geist gern ein wenig lenken. Es war nicht schwierig, die Bibel auch diesmal an der Stelle aufzuschlagen, die ich schon ausgewählt hatte, als ich noch nach dem Schlüssel suchte. Das schönste Buch der Bibel befindet sich ja mitten im Herzen von des Herrn Wort, und der Psalm, den ich lesen wollte, steht sogar genau in der Mitte der Bibel. Ich hatte schon oft dort in der Kapelle Psalmen vorgelesen, mit leiser Stimme, denn die Akustik des Raumes war so gut, daß man selbst das Flüstern eines Kindes noch in einem Abstand von mehreren Metern gehört hätte. Man mußte mit gedämpfter Stimme sprechen, und als Kind hatte ich oft gedacht, die Kapelle sei für den Fall so gebaut worden, daß ein Scheintoter in einem Sarg hereingebracht würde. Ein solcher Scheintoter brauchte nur leise zu seufzen, und es wäre wie ein Donnerschlag gewesen. Ich begann zu lesen: »Wer unter dem Schirm des Höchsten sitzt und unter dem Schatten des Allmächtigen bleibt ...« Nach der ersten Zeile mußte ich für einen Augenblick innehalten, um dem Echo die Gelegenheit zu geben nachzuklingen; man hörte es überall, bis zum Dachfirst, immer leiser, und es war, als hörte ich alle Echos meiner eigenen Stimme von früher wieder, als erklängen alle Psalmen wieder, die ich hier gelesen hatte, und ich dachte, wie merkwürdig es war, daß ich die Psalmen um so mehr zu lieben begonnen hatte, je ungläubiger ich geworden war,

Als ich den dritten Vers des Psalms las, hörte ich draußen ein Geräusch, das ich nicht einordnen konnte. Ich lief zum WC, weil es dort ein kleines Fenster ohne Bleiverglasung gab. Ich mußte mich allerdings, wollte ich nach draußen sehen, auf die Klosettbrille stellen. Anfangs sah ich nichts weiter als den Wiesenkerbel, der von hier aus gar nicht so hoch wirkte, und dann erst den blauen Schimmer von Ehrenpreis darunter, bis ich ein kleines Kästchen über den Zaun fliegen sah und ein Netz und noch ein Netz und wieder ein Kästchen. In dem dichten Gestrüpp auf der anderen Seite des Zauns mußte jemand stehen, der das alles herüberwarf, von dem ich aber nur den Hut sehen konnte. Erst als er unten an der Stelle auftauchte, wo der Zaun in den breiten Graben mündete, und sich vorsichtig um den Stacheldraht herumschob, sah ich, daß es ein alter Mann war. Mit nassen Füßen erreichte er den Friedhof. Er sammelte alle seine Vogelfängerwerkzeuge aus dem hohen Gras auf und schritt fröhlich in Richtung Kapelle. Er schaute nicht auf, so daß ich ihn weiterhin ungestört beobachten konnte, und ich fragte mich, was ich tun sollte. Sollte ich versuchen, ihn wegzujagen? Oder sollte ich ihn gewähren lassen, solange er keine seltenen Vögel fing? Aber vielleicht kam er sogar wegen des Dompfaffpärchens oder der Steinkäuzchen, die schon so lange im Kaninchenbau beim Jüdischen Friedhof nisteten. Besonders der Gedanke an die Steinkäuzchen machte es mir schwer, ihn so einfach zu verjagen, denn ich selbst hatte mir immer ein Steinkäuzchen gewünscht, das beim Tippen auf meiner Schreibmaschine sitzt und immer wieder kurz auffliegt, wenn am Ende einer Zeile die Klingel ertönt. Ich beschloß, mir das Ganze noch einen Augenblick anzusehen; der Vogelfänger würde wahrscheinlich sofort von Spatzen, Staren und Ringeltauben belagert werden, wenn er Lockfutter streute. Er stellte seine Netze hinter der Kapelle auf. Eigentlich war es unfaßbar: Nun war mein Vater erst ein paar Tage fort, und schon stand da ein Mann, von dem man den Eindruck hatte, daß er hier zu Hause sei, daß er nie etwas anderes tun würde, als auf diesem Friedhof Vögel zu fangen.

Während der Mann noch seine Netze säuberlich über die Stöcke auf dem Feld der Vierten Klasse legte, bekam er schon Besuch von den Lachmöwen. Als er das Lockfutter ausstreute, flogen überall aus den Bäumen Türkentauben herunter, und Stare landeten auf den Regenrinnen der Kapelle. Letzteres konnte ich nicht sehen, aber hören. Spatzen nahmen von der Hecke am Graben Besitz, und sogar bis in die Kapelle drang der ohrenbetäubende Lärm all dieser laut zwitschernden Vögel, die sich an den Getreidekörnern gütlich taten. Und möglicherweise an raffinierteren Häppchen, die für die Distelfinken oder Erlenzeisige oder Grünlinge oder vielleicht sogar für Dompfaffen bestimmt waren. Bislang war kein einziger außergewöhnlicher Vogel auf dem sonnigen Gras zwischen den Gänseblümchen und den listig ausgelegten Netzen zu sehen, die mit einer einzigen, richtig ausgeführten Bewegung auf die Tauben und die Möwen herabfallen konnten. Merkwürdigerweise hoffte ich wider besseres Wissen, daß seltene Vögel erschienen; es war geradezu so, als sei ich der alte Mann; ich mußte mir, um mich nicht mit ihm zu identifizieren, immer wieder klarmachen, daß er sie zweifellos fangen wollte, um sie heimlich zu verkaufen, und nicht, um sie selbst zu behalten.

Da hörte ich gleichmäßige Schritte an der Vorderseite der Kapelle; der alte Mann, entweder taub von dem Lärm der Vögel oder so konzentriert darauf, die Spatzen und Stare bei den Netzen zu beobachten, hörte sie offenkundig nicht, denn er blieb ruhig im Schatten der Kapelle sitzen, die Hände voller Schnüre. Ich konnte nicht sehen, wer sich dort näherte, konnte nur hören, daß es mindestens zwei Personen sein mußten, die mit knirschenden, aber festen Schritten näher kamen. Plötzlich waren die Schritte verschwunden; sie hatten die Ausläufer des Armengrabs erreicht und liefen nun anscheinend über das Gras. Ich hörte das typische Räuspern eines Rauchers, und der alte Mann im Schatten schien nun doch aufzuhorchen, als die Stare aufflogen und eine Amsel während ihres Gleitflugs zu einer Vogelbeere einen Alarmruf ausstieß. Der alte Mann stand auf, aber es war schon zu spät, denn auf dem Weg, der zur Vierten Klasse führte und mitten in der Sonne lag, erschienen zwei Polizisten, die die schnurgeraden Furchen zertrampelten. Einer von ihnen hatte einen so langen Hals, als säße kein Kopf mehr darauf. Sie näherten sich mit unbeirrter Gleichgültigkeit, und der alte Mann lächelte nervös und ging auf sie zu, während er seine Schnüre zu hastig losließ, so daß all die schön ausgelegten Netze plötzlich herunterfielen und dabei nichts anderes fingen als vielleicht ein paar Wolfsspinnen oder Regenschnecken.

Dann standen sie da, die beiden Männer in Uniform und der Vogelfänger, der seinen Hut längst untertänig abgenommenen hatte und ihn sozusagen wie einen andauernden Gruß in der linken Hand hielt. Vielleicht redeten sie miteinander, aber ich konnte nichts verstehen, denn von überall her erklang das höhnische Gelächter der Türkentauben. Die beiden Polizisten begannen, mit Hilfe des Mannes die Netze wegzuräumen, die er so sorgfältig ausgelegt hatte, und ich konnte doch wahrhaftig das Wort »beschlagnahmt« hören, bevor sie mit allem verschwanden, was der Vogelfänger mitgebracht hatte. Der alte Mann ging zusammen mit ihnen weg, ob er auch in dem Polizeiauto Platz nahm, das ich gleich darauf losfahren hörte, weiß ich nicht. Während ich mich bückte, um von der Klosettbrille herunterzusteigen, warf ich noch einen kurzen Blick nach draußen. Es kann nur der Bruchteil einer Sekunde gewesen sein, und doch war es, als hätte das Bild, das sich mir aufdrängte, die Dauer der Ewigkeit: Ich sah nicht die Grabsteine oder die Beete oder das Grün oder die Hecken, sondern nur die in Blüte stehenden Baumkronen, und es war, als gäbe es da draußen nichts anderes als diesen blühenden Baumgarten mit weißen und roten und manchmal sogar hellblauen Blüten. Ich sprang von der Klosettbrille herunter, ging in die Kapelle, schloß die Bibel ab, schloß die Tür der Kapelle und spazierte zum Tor des Haupteingangs, für das ich wieder einen anderen Schlüssel brauchte, um es zu öffnen und abzuschließen.

Am Abend dieses Tages standen wir schon um Viertel vor sieben in der gewaltigen Eingangshalle, während draußen ein dünner Nieselregen auf die Schirme der ankommenden Besucher fiel. Sie hätten sich, jetzt, da der Nieselregen sich offenbar mit dem Rauch von Pernis mischte, besser ein Taschentuch vor den Mund halten sollen als einen Schirm über den Kopf. Wir waren an diesem Tag zum erstenmal hier, denn mein Vater hatte mittags keinen Besuch empfangen dürfen – »Wie wird das dann mit seiner warmen Milch« (meine Mutter). »Dachtest du, daß er nach einer Magenoperation warme Milch trinken kann?« (ich) –, und ohne zu wissen, was vor uns lag, warteten wir darauf, daß der große Zeiger der Uhr weitersprang. Wenn man heutzutage irgendwo warten muß, gibt es beinahe immer eine solche Springuhr in der Nähe, ein solches Uhrwerk, das es für unter seiner Würde hält, normal zu gehen. Für mich ist Warten daher schon lange nichts anderes mehr, als auf ein Leuchtzifferblatt zu schauen, auf dem ein schwarzer oder roter Sekundenzeiger ruhig voranschreitet und auf der selten angegebenen Zwölf kurz stehenbleibt, um dem großen Zeiger die Möglichkeit zu geben weiterzuspringen. Das scheint geradezu die Quintessenz des Wartens zu sein – die Spannung vor dem Augenblick, in dem der Sekundenzeiger stillsteht und man denkt: Wird der andere Zeiger jetzt springen?, und die Erleichterung danach, wenn das tatsächlich geschieht. Während man auf eine solche Uhr schaut, auf einem Bahnhof, einem Flugplatz, in der Halle eines Krankenhauses, begreift man nicht nur, wie sehr James McClure recht hat, wenn er sagt, daß Leben Warten ist auf die Pausen zwischen den Wartezeiten, sondern es ist, als hätte unser ganzes Leben aus nichts anderem bestanden und würde aus nichts anderem bestehen denn aus Warten, als schrumpften die Pausen dazwischen zu Leere, zu Nicht-Sein zusammen, weil das Warten das einzige ist, worauf es anzukommen scheint. Das Leben ist sinnlos, aber das Warten auch, und weil Minus mal Minus Plus ist, ergibt sich deshalb aus beidem, daß man etwas Sinnvolles zu tun meint, wenn man wartet.

Ich hatte gegen Mittag versucht, im Krankenhaus anzurufen. Am Tag vorher war uns gesagt worden, daß wir von elf Uhr an telefonieren dürften. Und deshalb hatte ich, gleich nachdem ich nach Hause gekommen war, noch ganz erfüllt von diesem einen Blick auf die blühenden Baumkronen, voll Anspannung den Hörer abgenommen, die Nummer gewählt und dem ruhigen Summton gelauscht, der sich bestimmt sechzehnmal wiederholte, und der munteren Stimme nach dem sechzehnten Ton, die deutlich den Namen des Krankenhauses nannte, und das war gut so, denn es war eine Stimme, die man erwarten würde, wenn man unverhofft mit einem Eros-Center verbunden wäre.

»Ich möchte gern etwas über die Operation meines Vaters erfahren«, hatte ich gesagt.

»Welche Station?«

»Innere.«

»Ich stelle Sie durch.«

Dann war lange Zeit dieses geheimnisvolle Knakken zu hören, dieses Quaken von Laubfröschen, die ihre Hinterbeine verletzt haben, und jedesmal dachte ich, ich wäre schon durchgestellt und am anderen Ende der Leitung würde erwartungsvoll geschwiegen, und deshalb sagte ich den Laubfröschen immer wieder tapfer meinen Namen. Aber schließlich war doch eine Singstimme am anderen Ende der Leitung: »Auf wen warten Sie?«

»Ich warte auf die Verbindung mit der inneren Station.«

»Ich werde Sie durchstellen.«

Wieder diese geheimnisvollen zoologischen Geräusche.

»Gynäkologie.«

»Oh, Entschuldigung, ich möchte die innere Station haben.«

»Ich gebe Sie zurück an die Zentrale.«

Lange Zeit gab es keine Geräusche, nicht einmal ein Knacken. Dann wieder die Sängerin vom Anfang: »Zentrale.«

»Entschuldigen Sie, Sie haben mich zur inneren Station durchgestellt, aber ich bekam die Gynäkologie, würden Sie bitte noch einmal ...«

Sie hatte mich schon durchgestellt, und da sagte plötzlich, ohne daß ich zu warten brauchte, ein anderes Mitglied des Mädchenchors: »Innere Station.«

»Guten Tag, hier ist 't Hart, ich möchte gern wissen, wie die Operation meines Vaters verlaufen ist.«

»Welcher Arzt?«

»Was ... wie ... was meinen Sie?«

»Wer behandelt ihn?« Der Gesang klang ungeduldig.

»Doktor Langemeijer, glaube ich.«

»Dann verbinde ich Sie mit seiner Sekretärin.«

Danach waren außer den Laubfröschen auch ganz zarte Stimmchen zu hören und zögernde Summtöne. Dann der samtene Alt der Sekretärin: »Was kann ich für Sie tun?«

»Hier ist 't Hart. Mein Vater ist heute morgen von Doktor Langemeijer operiert worden, und nun würde ich ...«

»Aber dann müssen Sie nicht mit mir sprechen, dann müssen Sie mit der Oberschwester auf der Station sprechen, auf der er liegt. Ich werde versuchen, ob ich Sie verbinden kann, und sonst gebe ich Sie zurück an die Zentrale.«

Danach entstand am anderen Ende der Leitung ein Hexenkessel. Zuerst eine Zeitlang Brummen, dann seltsame Pieptöne und dazwischen immer nur leise Stimmen, ich verstand einmal sogar »Regnet es bei euch auch?«, und danach flötete etwas, und dann war es wie ein allzu hoher Oboenton, und schließlich war er wieder da, der Mezzosopran, den ich schon fast liebgewonnen hatte: »Zentrale.«

»Ja, hier ist wieder 't Hart, ich versuche noch immer, etwas über die Operation meines Vaters zu erfahren, und nun sagte die Sekretärin von Doktor Langemeijer, daß ich mich bei der Oberschwester auf seiner Station erkundigen müsse.«

»Wo liegt Ihr Vater?«

»Auf der inneren Station.«

»Ja, das weiß ich inzwischen, aber auf welchem Flur?«

»Zehnter Stock.«

»Welcher Flügel und welche Klasse?«

»Osten, glaube ich, Dritter Klasse.«

»Ich stelle Sie durch.«

Und sofort danach hörte ich: »Ostflügel, zehnte Etage.«

»Ja, hier ist ’t Hart, ich möchte gern fragen, ob Sie schon etwas darüber wissen, wie die ... ob die Operation gut ... wie es gegangen ist.«

»Aber Meneer ’t Hart, nach der Operation liegen die Patienten im Aufwachraum, dort müssen Sie fragen, wir können Ihnen wirklich nichts sagen. Soll ich Sie vielleicht durchstellen?«

»Wenn es Ihnen keine Mühe macht.«

Sie hatte mich durchgestellt, ich hörte es nur dreimal knacken, dann kam das Besetztzeichen, sofort danach der liebliche Singsang vom Anfang: »Dieser Apparat ist besetzt, warten Sie einen Augenblick.«

Ich wartete. Und während ich da am Apparat saß – und ich an die »Tote Lieb’, tote Lust, tote Zeit« von Annette von Droste-Hülshoff denken mußte –, wußte ich plötzlich nicht mehr, warum ich telefonierte, so daß ich nach einem leisen und fröhlichen Sausen in meinen Ohren, ab und an von dem Mezzosopran unterbrochen, der mir immer zugesungen hatte »Warten Sie einen Augenblick, der Apparat ist noch besetzt«, nichts anderes zu tun wußte, als den Hörer aufzulegen und meine Mutter zu fragen: »Warum habe ich noch gleich telefoniert?« Sie hatte es mir verwundert gesagt, und ich wählte noch einmal die Nummer und bekam glücklicherweise einen anderen Sopran, der den Namen des Krankenhauses nannte.

Mit fester Stimme sagte ich: »Können Sie mich bitte zum Aufwachraum durchstellen?«

»Aufwachraum.«

»Ja, hier ist 't Hart, können Sie mir sagen, wie die Operation meines Vaters verlaufen ist?«

»Ich werde mal eben in der Liste nachsehen, oh, der ist schon wieder auf dem Zimmer, glaube ich, oder vielleicht nicht, ich werde die Oberschwester rufen.«

Sie hatte den Hörer auf einen Tisch aus Hartholz gelegt, und das klang in meinen Ohren, als würde eine Kugel neben meinem Kopf abgeschossen. Ich hörte entfernte Stimmen und Lachen und noch mehr Lachen – was für eine fröhliche Station mußte das sein mit all den wieder zu sich kommenden Patienten –, ein Geräusch, als würde eine Flasche entkorkt, und dann sagte plötzlich eine ferne Männerstimme: »Warum liegt der Telefonhörer neben dem Apparat?«, und gleich danach legte jemand den Hörer auf, und die Verbindung war unterbrochen.

Zweimal hatte ich es noch versucht. Zuerst bekam ich wieder den Aufwachraum, und da sagte man mir, daß er schon auf dem Zimmer sei, und dann hatte ich wieder Ostflügel, zehnter Stock angerufen, wo man mir sagte, daß er noch nicht im Zimmer sei. Dann hatte ich es, trotz des schwachen Protests meiner Mutter, aufgegeben.

Nun standen wir in der riesigen Halle und wußten nicht, was geschehen war. Wir schauten uns an, wie die Besucher beim Hereinkommen ihre Schirme zuklappten. Ein Besucher klappte seinen Schirm schon zusammen, während er in den offenen Teil der Drehtür hineinging, und jemand anderer hatte die Drehtür weitergeschoben, so daß der zu eilige Besucher mit seinem Schirm zu einem unentwirrbaren Knäuel wurde und in die Halle stolperte. Ach, wie schön wäre es gewesen, wenn Mann und Schirm auf einer Trage abtransportiert worden wären. Aber der Mann pflückte sich die Stangen des Schirms aus den Aufschlägen seines Regenmantels und warf sie in einen Blumenkübel.

Es wurde sieben Uhr, und wir irrten durch die Flure. Ich hatte mir am Abend vorher alles genau gemerkt, aber meine Kenntnis vom Vortag erwies sich als nutzlos. Mein Vater war woandershin gebracht worden, und wir traten in unzählige Krankensäle, in denen Patienten uns verwirrt anblickten oder Besucher den Kopf schüttelten. Wir fanden meinen Vater nur dank des glücklichen Umstands, daß ich plötzlich seine Stimme lauthals »Au-au-au-au« schreien hörte. Bevor sein Schrei abbrach, standen wir schon an seinem Bett und sahen den durchsichtigen Schlauch, der in seine Nase führte, und den undurchsichtigen, der an seinem Arm angebracht war, und die Flasche, die über seinem Kopf hing, und seine müden, blassen Augen. In den vier anderen Betten lagen vier andere Männer mit acht Schläuchen, und am Fenster hielt die Verlobte von Thijs Loosjes dessen Arm fest, an dem auch ein Schlauch hing. Loosjes stöhnte leise, die vier anderen Männer stöhnten leise, aber mein Vater schrie immer wieder, und sein klägliches Gejammer erschreckte die Besucher der anderen Opfer, erschreckte auch uns, obwohl wir wußten, daß er ein klein bißchen wehleidig war und ganz gern übertrieb.

»Pau, deine Milch«, sagte meine Mutter, und sie zeigte ihm die Thermosflasche.

»Ich kann jetzt keine Milch trinken«, flüsterte er, und sofort danach jammerte er wieder wie ein Kind, das geschlagen wird.

»Solche Schmerzen«, sagte er, »hier im Bauch.«

Er schrie wieder, und ich schämte mich. In der Tür erschien eine Schwester mit bereits gerunzelten Augenbrauen.

»Es geht doch wohl etwas leiser«, sagte sie.

Als Antwort brüllte mein Vater etwas zwischen »au« und »Schmerzen«, und ich trat ans Fenster, in dem ohnmächtigen Versuch, das Gefühl der Scham und des Mitleids loszuwerden, und betrachtete den Horizont, der von Schornsteinen überwuchert war. Am Himmel trieben Wolken, die dunkler waren als der Abendhimmel, und dazwischen hatten die

Schornsteine ein Kryptogramm aus Rauchsignalen gebildet. Das letzte Sonnenlicht glänzte auf den waagerechten Röhren, auf den beinahe silbernen Öltanks, auf dem Stückchen Fluß, das von hier aus zu sehen war. Schon der enge Zwischenraum zwischen den Gebäuden, der die Sicht auf den Waterweg freigab, zeigte die eifrige Betriebsamkeit plötzlich auftauchender Schiffe und schnell verschwindender Rauchfahnen. Ich folgte mit den Augen den großen und kleinen Röhren, die sich wie Äste vor dem hellgrauen Himmel eines Winternachmittags abhoben. Mein Vater jammerte unaufhörlich; ein Gespräch mit ihm war nicht möglich. Auch an den anderen Betten wurde nicht gesprochen. Nur zwischen Thijs Loosjes und seiner Verlobten fand ein Gespräch statt, das sie flüsternd und er mit Hilfe seines Schlauchs führte. Wenn sie fragte: »Thijs, versprichst du mir, daß wir heiraten, wenn du wieder gesund wirst«, begann der Schlauch, sich hin und her zu bewegen.

Meine Mutter saß am Bett meines Vaters und hielt seine Hand. Ich blätterte in dem Heft, das neben seinem Bett lag und eine Liste mit Blutdruckmessungen enthielt, die alle Viertelstunde eingetragen wurden. Zwischen neun Uhr und Viertel vor zehn fehlten zwei Messungen. Wenn man davon ausging, daß sein Blutdruck um neun Uhr, unmittelbar vor der Operation, gemessen worden war und um Viertel vor zehn, unmittelbar danach, wieder, hatte die gesamte Operation, einschließlich der Narkose, höchstens eine Dreiviertelstunde gedauert, und bevor ich selbst überhaupt begriff, was das zu bedeuten hatte, und erstaunt hätte sein können, daß es hieß, er sei angeblich noch im Aufwachraum, als er längst wieder hier lag, war es, als hörte ich die Stimme eines meiner Freunde, der Arzt war, sagen: »Ein Auf-und-zu-Gemachter, ein Auf-und-zu-Gemachter.«

Wenn das stimmte, was konnte es anderes bedeuten, als daß sie kurz in ihn hineingeschaut und festgestellt hatten, wie hoffnungslos es war, und ihn danach wieder zugemacht hatten? Wie konnte man jemals dahinterkommen? Ich schlich auf den Flur, fand das Zimmer der Oberschwester und fragte sie auf den Kopf zu, ob sie etwas über den Zustand meines Vaters sagen könne.

»Meneer«, sagte sie streng, »wir geben hier keine Auskünfte. Sie können sich an den Hausarzt wenden, der wird Sie umfassend informieren.«

Die dunklen Abende

Zehn Tage nach der Operation fuhr ich mit der Bahn von Leiden nach Maassluis. Während ich zum Horizont blickte, mußte ich auf einmal denken, daß ich »einer täuschenden Ferne entgegenfuhr, die sich langsam mit mir fortbewegt: wie auf der Spur des erbarmungslosen Ungeheuers Tod!«. Ich konnte mich nicht erinnern, wo ich das gelesen hatte, wußte nur, daß es von Dickens war und daß es mir einfiel, weil der Hausarzt ein paar Stunden vorher am Telefon zu mir gesagt hatte: »Ja, ich weiß nun etwas. Können Sie vielleicht hierherkommen, es ist nicht so leicht am Telefon zu erklären. Heute abend um sechs Uhr, geht das?« Das war übrigens schon das zweite Mal, daß ich ihn angerufen hatte. Am Tag nach der Operation hatte ich zum erstenmal seine Nummer gewählt. Da hatte er zu mir gesagt: »Ich muß erst den Krankenhausbericht abwarten, rufen Sie in zehn Tagen wieder an.« In den zehn Tagen schien meine Angst, mein Vater könnte schwer krank sein, geradezu überflüssig zu werden, da er sich unglaublich schnell erholte. Eine Woche nach der Operation war er wieder zu Hause, wo er Freunden von acht Flaschen Blut erzählte, ihnen auseinandersetzte, ein Krankenhaus sei nichts anderes als ein riesiger Grabstein, doch außer der einzigen bemerkenswerten Übereinstimmung zwischen Krankenhaus und Friedhof – »Es gibt dort auch eine Erste, Zweite und Dritte Klasse« – seien da deutliche Unterschiede. »Auf dem Friedhof, wenn der Sarg heruntergelassen wird, redet man dich an, als lebtest du noch; im Krankenhaus behandelt man dich, als wärst du schon tot. Auf einem Grab wächst und blüht alles wie im Garten Eden, und im Krankenhaus sieht sogar eine Topfpflanze so kümmerlich aus, als hätte ihr letztes Stündlein geschlagen.«

Fröhlich und schattenreich lagen die Wiesen da. Den ganzen Tag über war es warm und sonnig gewesen, als sei es Sommer statt Mitte Mai, und durch die Luft zogen Blumendüfte, die einen so sehnsüchtig machten und die sogar durch das geöffnete Abteilfenster hereinkamen.

Was würde ich zu hören bekommen? Und was sollte ich tun, wenn ich beim Arzt gewesen war? Zu meinen Eltern gehen? Wenn ich nicht hinginge, würden sie vielleicht von jemand anderem erfahren: Wir haben euren Sohn gestern abend am Hafen gesehen. Aber wenn ich, was ich mit Sicherheit erwartete, vom Hausarzt hören würde, es sei Magenkrebs, hätte ich nicht den Mut, sie anschließend zu besuchen. Oder sollte ich etwa hingehen und ihnen sagen, was meinem Vater fehlte? Nein, das konnte ich nicht, so kurz nach dem Besuch beim Arzt. Dafür müßte ich zuerst meinen ganzen Mut zusammennehmen, zuerst selbst, falls mir das gelänge, Abstand gewinnen.

Kurz vor sechs lief ich unter den Platanen den Stationsweg hinunter. Aus den Bäumen erklang der ohrenbetäubende Lärm eines Schlafheeres von Staren, und unaufhörlich tropfte ihr Mist auf die Straße, aber ich wurde, Wunder über Wunder, nicht getroffen. Ich lief dort entlang und war mir bewußt, daß mich nur selten ein strahlendes Frühlingswetter so berührt hatte wie in diesem Augenblick. Ich mußte an meinen Vater denken: Immer hatte er erzählt, daß er nie einen schöneren Morgen erlebt habe als den des 10. Mai 1940. »Ich war gerade bei Ai Kip zum Melken, es war so gegen vier, und es wurde schon hell, und die Vögel sangen, wie ich es noch nie gehört hatte, und es war frisch und warm zugleich, mit glitzernden Tautropfen überall, und das neugeborene Fohlen der Stute, die ausgeschlagen und mich zum Krüppel gemacht hatte, lief fröhlich wiehernd über die Wiese.«

Ja, dachte ich, es ist, als würde ich mit jedem heraufkommenden Jahr mehr vom Frühling entdecken und als hätte ich jedes Jahr wieder ein wenig von dem vergessen, wie es im Jahr davor gewesen war, als könnte ich mich nur daran erinnern, während ich es erlebte. Und als gäbe es doch noch immer wieder Dinge, die man übersieht, als könnte man die Quintessenz noch immer nicht erfassen. Denn es sind nicht allein diese Düfte, nicht allein diese linden, traurigen Lüfte, nicht nur diese schon so spät heraufziehenden, dunklen Abendhimmel, die sich so samten über einem wölben, nicht nur die leidenschaftlich rufenden Amseln in der Abenddämmerung, nein, es sind auch andere Dinge, und man kommt einfach nicht dahinter, was es ist. Es ist genauso, dachte ich, wie wenn man verliebt ist. Wenn sie nicht da ist, kann man sich ihr Gesicht nicht vorstellen. Wenn sie da ist, erinnert man sich wieder daran, und doch weiß man dann nicht, was es nun genau ist, wodurch man so tief berührt wird. Aber dann sah ich auf einmal, daß die Köpfchen des Huflattichs an der Straße ihren Flaum schon verloren hatten, und ich dachte: Vielleicht ist es der letzte Frühling für meinen Vater.

Als ich am Hafen angekommen war, tat das Licht der Sonne, das auf dem Wasser glänzte, beinahe weh in den Augen. Die Schatten waren schon voll und tief. Außer mir war niemand auf dem Kai, der hätte hören können, wie hell die Schläge der Turmuhr in der dünnen, warmen Luft klangen. Nur die rauchenden Schornsteine der Binnenschiffe verrieten die Anwesenheit von Menschen, und ich erreichte ungesehen das Haus des Arztes, als der letzte Sechs-Uhr-Schlag verklungen war. Er mußte schon nach mir Ausschau gehalten haben, denn er ersparte mir das Klingeln und Warten, er öffnete schon die Haustür, als ich näher kam, und ging mir in sein Sprechzimmer voran.

»So, setzen Sie sich«, sagte er, und er kramte in seinen Papieren herum, schob ein paar Dinge auf seinem Schreibtisch hin und her, rückte eine Lampe zurecht, hob einen Stuhl hoch und stellte ihn wieder hin, und jede dieser Tätigkeiten verriet mehr, als die deutlichste Formulierung es hätte tun können. Ich hatte plötzlich Mitleid mit ihm. Wie schwer mußte es sein, den Tod anzukündigen.

Er setzte sich.

»Ihr Vater«, sagte er.

Er stand wieder auf, ging zu einem Papierkorb und warf ein nicht vorhandenes, zerknülltes Stück Papier hinein, errötete dann, offenbar weil er selbst merkte, daß er etwas tat, was sich im luftleeren Raum abspielte.

»Ich werde den Bericht heraussuchen«, sagte er, »ach nein, das ist eigentlich gar nicht notwendig. Sie sind Biologe, nicht wahr? Sie kennen sich aus mit der Bauchspeicheldrüse?«

Er ging ziellos durchs Sprechzimmer; er war ein Mann mittleren Alters mit einem freundlichen Gesicht und ohne weißen Kittel.

»Was wissen Sie über Pankreaskarzinome?« fragte er.

»Ich dachte, daß es davon abhinge, wo die Geschwulst sitzt«, sagte ich, »wenn sie nicht im Kopf sitzt, kann sie manchmal noch heilen, wenigstens wenn sich keine Metastasen gebildet haben.«

»Ja, wenn sie nicht im Kopf sitzt.«

»Es ist also ein Pankreaskopfkarzinom«, sagte ich.

Er nickte.

»Hatten Sie damit gerechnet?« fragte er.

»Nein«, sagte ich, »ich hatte zwar etwas in der Art erwartet, weil die Operation offenbar so schnell gegangen ist und weil Sie sagten, daß Sie nicht am Telefon darüber sprechen könnten, aber ich hatte damit gerechnet, daß es Magenkrebs ist, ich habe nie an eine Geschwulst im Kopf der Bauchspeicheldrüse gedacht.«

»Ja«, sagte er nachdenklich, »sie sitzt im Kopf der Bauchspeicheldrüse. Was sollen wir nun tun? Es Ihrem Vater sagen? Er ist ein so humorvoller, fröhlicher Kerl, und er sieht noch so verflixt jung aus, man würde ihn nie auf Ende Fünfzig schätzen, er wirkt in seinem Äußeren noch so jungenhaft, ich mag ihn, Ihren Vater, auch wenn er etwas seltsam ist und, wenn ich das sagen darf, ziemlich undiplomatisch. Wie kommt es eigentlich, daß er so seltsam geworden ist?«

»Ja, das weiß ich nicht genau«, sagte ich, »aber vielleicht weil er zu Hause immer wie eine Art Ausgestoßener behandelt worden ist und immer ›der Klotz‹ genannt wurde, er war der Zweitjüngste, es kamen noch Zwillinge nach ihm, und diese beiden

Jungen waren immer kränklich und wurden viel mehr umsorgt als er, er lief als neuntes Kind so ein bißchen mit. Bevor er geboren wurde, soll seine Mutter gesagt haben: Lieber rutsche ich auf den Knien von Maassluis nach Delft, als daß ich noch eins kriege. Mit dreizehn hat er angefangen, beim Bauern zu arbeiten, weil sein Vater meinte, er sei zu dumm für etwas anderes. Später hat er als Gärtnergehilfe gearbeitet, ist sogar eine Zeitlang Gärtner gewesen, konnte das aber nicht durchhalten, weil er eine sehr hohe Pacht für die Gärtnerei bezahlen mußte. Dann hat er bei der Gemeinde angefangen, zuerst ein paar Monate in den Grünanlagen, danach ein paar Jahre als Vorarbeiter im Straßenbau und schließlich auf dem Friedhof, und dort arbeitet er jetzt schon zwanzig Jahre.«

»Ja, der Tod ist ihm wohlvertraut, und vielleicht ahnt er auch, was mit ihm los ist, aber ich weiß trotzdem nicht, ob es gut wäre, es ihm jetzt schon zu sagen. Er erholt sich gut von der Operation, ist wieder froh und munter. Sollen wir jetzt schon ...? Ich weiß es nicht, ich weiß es nicht. Ich habe schon viele Männer in seinem Alter gekannt, die noch so jungenhaft waren, und wenn man zu ihnen sagte, daß sie unheilbar krank seien, setzten sie sich in eine Ecke und siechten dahin.«

»Ich glaube auch, daß er es, soweit ich meinen Vater kenne, nicht verkraften würde, wenn er hört, daß er nicht wieder gesund wird.«

»Ach, jeder ist ... kann es eigentlich nicht verkraften ... es ist auch zu schwer, letzten Endes erträgt es keiner.«

»Vielleicht wird er es selbst schon bald merken«, sagte ich.

»Ja, bei einem so jungen Kerl, der im übrigen noch kerngesund ist, wächst solch eine Krebsgeschwulst viel schneller als bei alten Menschen. Ich glaube, daß er kein halbes Jahr mehr zu leben hat.«

»Hat man es sofort gesehen?«

»Man hat ein Stück Gewebe entnommen und untersucht. Man hat außerdem einen anderen Magenausgang gelegt, sehen Sie, so, man hat den Zwölffingerdarm hier an den Magen angesetzt, eine Art Hinterausgang, der normale Ausgang war schon völlig von der Geschwulst überwuchert, schon ganz damit verwachsen, deshalb hatte er auch solche Schmerzen und konnte nichts mehr essen.«

Er zeichnete es für mich auf die Rückseite einer Fotokopie. Wie harmlos friedlich sah es auf dem Papier aus!

»Die Geschwulst hatte auch eine Bauchader angegriffen; die ist bei der Untersuchung geplatzt, daher die innere Blutung, das war fast letal.«

Wieder im Freien, war es, als sei ein Todesurteil über mich gesprochen worden. Der Himmel wölbte sich unwirklich blau über mir, und ich mußte mich dazu zwingen, wieder zum Bahnhof zu gehen. Am liebsten wäre ich stundenlang am Hafen herumgewandert oder zur Mole gegangen, um die vorüberfahrenden Schiffe anzusehen. So ließ sich das vielleicht noch am besten verarbeiten: Daß der Vater an einem Pankreaskarzinom sterben, daß er vorher entsetzlich zu leiden haben würde und daß ich, bis auf den Hausarzt, der einzige war, der es wußte, und daß es besser war, es für sich zu behalten, solange noch nichts zu merken war. Aber gleichzeitig wußte ich, daß selbst stundenlanges Herumlaufen rund um den sonnigen, schattenreichen Hafen ohne irgendein Grün nichts helfen würde und daß kein Schiff, wie groß es auch sein mochte und wie schnell es auch auf dem Weg zum Meer war, mir diesen dumpfen Druck auf der Brust würde nehmen können. Ich lief unter den Platanen dahin, ich sah das verblühte Hirtentäschelkraut und das schon zertretene Gänsefingerkraut, und mit jedem Schritt, den ich tat, näherte ich mich nicht nur mehr dem Bahnhof, sondern auch dem Haus meines Vaters und meiner Mutter, die nun friedlich beim Abendessen sitzen würden und vielleicht schon beim Bibellesen waren. Ich konnte mich einfach nicht entschließen, direkt zum Bahnhof zu gehen. Ich nahm die Straße, in der meine Eltern wohnten, und ging zu ihrem Haus. Kurz davor blieb ich stehen, machte noch ein paar Schritte und schaute vorsichtig durch die Gardinen ins Zimmer. Sie falteten gerade die Hände und schlossen die Augen für das Dankgebet nach dem Essen. Ich hörte meinen Vater laut das Gebet sprechen: »Wir danken Gott für seine Gaben, die reichlich wir empfangen haben, wo mancher ißt sein Schmerzensbrot; oh, denk auch unsrer Sünden Not, die Seele speis mit Deinem Wort, daß wir satt werden hier wie dort. Ach, lieber Herr, du wollst uns geben, nach dieser Zeit das ew'ge Leben.« Das Amen hörte ich nicht mehr, denn ich war wieder umgekehrt. Scharf blieb es mir im Gedächtnis haften, wie sie dort gesessen hatten, wie friedlich und sorglos alles ausgesehen hatte. Das Sonnenlicht auf ihren geschlossenen Augen und gefalteten Händen war durch die blühende Japanische Kirsche im Garten hinter dem Haus gedämpft gewesen. Es hatte ausgesehen, als seien sie gerade erst verheiratet und hätten keine Kinder und als könnte der Bericht des Arztes nicht stimmen, denn sie waren doch immer dagewesen, solange ich mich erinnern konnte, und es war doch undenkbar, daß sie einst aufhören sollten zu existieren.

Vom Zug aus konnte ich den Friedhof sehen, wo mein Vater, wie er mir erzählt hatte, schon bald wieder arbeiten würde. Es war auch dort sonnig und friedlich, die Schatten waren eingeschlafen, die Sonne schien wie zu Gibeon stehenzubleiben, und der Mond hing zwischen dem Haus für die Totenbahren und der Leichenhalle bleich am hellen Himmel, während überall zwischen den Grabsteinen Amseln und Drosseln nach Nahrung und Nistmaterial suchten.

In den ersten Tagen nach dem Besuch beim Hausarzt war es vor allem das Bild meines Vaters und meiner Mutter beim Dankgebet, das den schrecklichen Gedanken, er wird an Bauchspeicheldrüsenkrebs sterben, noch einigermaßen zu beschwören vermochte. Aber das Bild verlor seine Kraft. Ich sah es zwar immer vor mir und auch immer strahlender, mit mehr Sonne und zugleich mit mehr Blüten an der Japanischen Kirsche, aber es löste sich von dem Gedanken an Krebs, wurde je länger desto mehr zur Vergangenheit, während dieser Gedanke vielmehr auf die Zukunft gerichtet zu sein schien.

Zu meiner eigenen Verwunderung bemerkte ich, daß ich auf die Suche nach Freunden und Freundinnen ging, deren Väter vor kurzem gestorben waren. Aber offenbar hatte ich keine solchen Freunde. Wenn überhaupt ein Vater schon gestorben war, dann vor langer Zeit und oft nach einer Phase der Zwietracht und des Hasses zwischen Vater und Sohn oder Tochter, mit denen ich zufällig befreundet war. Selbst die Väter von älteren Freunden lebten noch: Der achtzigjährige Vater meines Klavierlehrers stand, wenn ich zum Unterricht kam, im Garten seines Sohnes und stutzte das Immergrün, und der freundliche Vater meines klugen und weisen Lehrmeisters in Ethologie kam noch täglich auf seinem Morgenspaziergang ohne Stock an unserem Haus vorbei, eher neunzig denn achtzig Jahre alt. Ich hätte so gern nach dem Besuch beim Hausarzt mit jemandem gesprochen, der seinen Vater vor nicht allzu langer Zeit verloren hatte, aber es erwies sich als unmöglich, eine solche Halbwaise zu finden. Ich wunderte mich über mich selbst: Was erwartete ich von einem solchen Gespräch? Ermutigung, Trost, Halt? Ich wußte nicht, was ich wollte, ich wußte auch nicht, warum ich plötzlich nach dem Abendessen immer einnickte und dann von jemandem träumte, der durch die Straßen wankt und weder eine Mauer noch einen Laternenpfahl finden kann, um sich anzulehnen.

Mir war klar, daß ich nicht nur vor Kummer nach einem Halt suchte, sondern auch aus Angst. Mein Vater, begriff ich plötzlich, hatte immer zwischen mir und dem Tod gestanden, einmal weil er so stark war, so furchtlos, so unerschrocken, zum anderen wegen seines Berufes. Solange er nicht tot war, konnte ich nicht sterben, aber wenn er sterben würde, war ich danach an der Reihe. Es war gleich, ob dieses Danach sofort eintreten würde oder nach vielen Jahren: Es war danach. Wenn er starb, gab es die einzige Person nicht mehr, die zwischen mir und dem Tod stand. Sicher: Ich hatte immer gewußt, daß auch ich einmal sterben würde – zumindest hatte ich es seit der Grabräumung gewußt, die ich miterlebt hatte, denn vorher war ich davon überzeugt gewesen, daß Jesus sehr bald zurückkommen würde auf den Wolken des Himmels, doch der Tod war selbst nach der Räumung noch weit weg und harmlos gewesen. Aber wenn der Vater sterben muß, ist es, als mache man einen Riesenschritt, einen entscheidenden Schritt in Richtung des Todes. Der Abstand zwischen einem selbst und ihm ist plötzlich halbiert. Ich hatte früher, schon vor der Räumung, Schritte auf den Tod zu gemacht, und alle diese Schritte hingen mit meinem Vater zusammen. Als Nachbar Kraan starb, war ich vor dem Tod geflohen, war ich zu meinem Vater geflüchtet. Und im Winter 1963 hatte ich immer an den Mann denken müssen, der zu meinem Vater gesagt hatte, er würde sich umbringen, wenn die Erde nicht mehr gefroren war. Aber dies war der entscheidendste Schritt: der Tod meines Vaters. Nein, er war noch nicht gestorben, aber in meinen Gedanken war er schon so dem Tode geweiht, daß ich in meinen Träumen immer wieder nach einer Beerdigung durch einsame Straßen ging und immer wieder einen dieser Männer um die Straßenecke kommen sah, die es in meiner frühesten Jugend noch gab und die »Leichenbitter« genannt wurden. Jeden Abend mußte ich der Versuchung widerstehen, die Nummer meiner Eltern zu wählen – es hätte meinen Vater und meine Mutter bestimmt alarmiert, wenn ich dauernd angerufen hätte, denn ich wollte mich immer wieder überzeugen, daß er wirklich noch lebte, so tot schien er schon zu sein. Wenn ich dann ab und zu einmal anrief und seine Stimme hörte, war es, als spräche ich mit jemandem, der schon gestorben war. Telefonieren erwies sich übrigens, vor allem zu Anfang, als schwierige Aufgabe. Ich mußte locker und fröhlich mit ihm reden, und das war schon schwer genug, aber er machte es mir noch schwerer, indem er mich immer wieder fragte, was ich nun von der Operation hielte: »Ich glaube nämlich doch nicht, daß in meinem Bauch alles in Ordnung ist«, sagte er dann.

»Warum nicht?«

»Ich weiß es nicht, ich esse wieder alles, ich habe keine Schmerzen mehr, aber beruhigt bin ich nicht. Hast du den Langemeijer nun mal angerufen?«

Er dachte, daß ich das ohne weiteres tun könnte. Er stellte sich vor, daß alle Akademiker sich mehr oder weniger kannten und sich mit Vornamen anredeten und daß es für mich, wenn ich seinen Chirurgen anriefe, war, als würde ich mich an einen guten Freund wenden. Deshalb sagte ich eines Tages: »Er hat mir dasselbe gesagt wie der Hausarzt: Daß sie einen anderen Ausgang an deinen Magen gelegt haben wegen eines Geschwürs am normalen Ausgang.«

»Und die acht Flaschen Blut?«

»Durch die Untersuchung ist eine Ader geplatzt.«

»Na, es wird schon alles stimmen, aber beruhigt bin ich nicht, gerade weil ich nicht den kleinsten Schmerz mehr verspüre. Wenn irgendwo noch etwas stechen würde, würde ich denken: Das ist noch ein Überbleibsel, das muß noch heilen, aber nun, wo alles so gut in Ordnung ist, traue ich dem nicht.«

Und dann wurde der Hörer wieder aufgelegt, war die Verbindung mit dem Totenreich unterbrochen, und ich starrte eine Zeitlang geistesabwesend vor mich hin. Tat ich wirklich gut daran, ihm nicht zu sagen, was ihn erwartete? Hatte man kein Recht darauf zu wissen, was los war? Würde ich selbst es wissen wollen, wenn mein Ende nahte? Auf die letzte Frage wußte ich keine Antwort. Einmal wurde ich fast wütend bei dem Gedanken, daß ein anderer mich anlügen oder die Wahrheit zurückhalten würde, und dann wieder sah ich vor mir, wie ich, noch unwissend und scheinbar gesund, das warme Sonnenlicht auf den geschlossenen Augenlidern genoß, wenn ich achtzig war und zu nichts anderem mehr in der Lage, als im Garten in der Sonne auf einem Stuhl zu sitzen, eine Geschwulst im Körper, von der ich Gott sei Dank noch nichts ahnte. Ich wußte nicht, was ich tun sollte, reden oder schweigen, und ich wußte noch weniger, wie ich reden sollte, wenn ich den Mund aufmachte. Einfach auf seine Art sagen: Du hast Krebs an der Bauchspeicheldrüse, und er ist schon so weit fortgeschritten, daß du es nicht mehr bis zu den neuen Kartoffeln schaffst. Vielleicht schaffst du es nicht einmal mehr bis zu deinem Geburtstag. Dieser Geburtstag war unglaublich wichtig für ihn; an dem Tag würde er ein Jahr älter werden als sein Bruder, der an Lungenkrebs gestorben war. Vielleicht konnte er jemandem so etwas sagen, aber ich wußte, daß ich es nicht schaffte. Ganz vorsichtig also – in Etappen? Ich wußte es nicht, ich konnte es nicht, ich schob es auf, ich dachte: Wenn sich die ersten Symptome von Krebs zeigen, kann ich noch immer reden. Aber jetzt noch nicht, laß ihn jetzt noch glauben, daß er wieder gesund ist, dann kann er noch einmal einen ersten zarten Frühling erleben, solange es geht. Aber weil ich es ihm nicht sagen konnte und weil es niemanden gab, mit dem ich über seinen Tod oder über den Tod anderer Väter reden konnte, war es, als würde ich selbst schon bald sterben – solange ich es für mich behalten mußte, war es nicht sein, sondern mein Tod.

Das war die erste Phase, die traurigste, die deprimierendste. Ich saß Abend für Abend im Wohnzimmer, wenn es dämmerte, ohne Licht zu machen, und Hanneke oben in ihrem Zimmer wieder eine Fremdsprache dazulernte. Lesen konnte ich auf einmal nicht mehr. Sie erschienen so lächerlich, all diese Romane und Erzählungen, all diese wissenschaftlichen Abhandlungen und Essays; sie handelten nur selten vom Tod, sie waren beinahe immer so geschrieben, als wäre der Tod überhaupt nicht vorhanden. Und schlimmer noch als die Unfähigkeit zu lesen war, daß es fast keine Musik mehr zu geben schien, die mir Trost oder Halt bieten konnte. Bach, der große Bach, der mich doch noch nie im Stich gelassen hatte, der mich in den dunkelsten Augenblikken immer wieder aufgerichtet hatte mit der Kantate 78 oder 104 oder dem Air aus der dritten Orchestersuite, schien plötzlich ganz weit vom Tod entfernt zu sein, so oft er auch, angeregt durch verschiedene Texte, beim Komponieren davon inspiriert worden war. »Ich freue mich auf meinen Tod.« O nein, falsch, unwahr, man freut sich nicht auf seinen eigenen Tod, auch nicht, wenn man gläubiger Christ ist. Und man freut sich selbstverständlich auch nicht über den Tod eines Menschen, den man liebt. Liebte ich meinen Vater? Ich hatte mich das nie gefragt, hatte mich höchstens als kleines Kind einmal gefragt, ob ich Gott mehr liebte als meinen Vater, so, wie die Bibel es vorschrieb. Liebte ich meinen Vater? Erst damals, in jenem Frühjahr, stellte ich mir diese Frage. Ich konnte sehr gut verstehen, daß andere ihn nicht liebten, denn er war oft grob und hart und dann auf einmal wieder sentimental und weinerlich, er war manchmal boshaft und konnte unglaublich ordinäre Dinge sagen. So hatte er Hanneke einmal beim Anblick unseres Schlafzimmers tief schockiert, als sie zufällig hörte, wie er mich fragte: »So, ist das nun euer Springzimmer, verlierst du also da deinen Wonnekleister?« Aber gerade weil ich so gut verstehen konnte, daß viele andere ihn nicht liebten, liebte ich ihn um so mehr, fast wie zur Kompensation, denn er war doch mein Vater, und zu ihm hatte ich als kleines Kind aufgeschaut, und vor ihm hatte ich eine Todesangst gehabt, wenn er mich in wilder Wut getreten und durchs Zimmer gestoßen und dabei geschrien hatte: »Ich tret dich, bis du tot bist.« Ja, er war mein Vater, ich hatte bei ihm vorn auf dem Fahrrad gesessen und bei niemandem sonst.

Und außerdem: Man liebt niemanden, weil er nett ist. Mein Vater sagte immer, daß er von allen Pferden, die er gekannt habe, die Stute am meisten geliebt habe, die ihn zum Krüppel gemacht hatte. Man liebt vielleicht die Menschen am meisten, vor denen man Angst gehabt und zu denen man aufgeschaut hat und die einen grob behandeln und nur manchmal, so einmal im Jahr, mit einem Blick der Zuneigung überraschen. Mein Vater hatte mir immer mit einer gewissen Verachtung zu verstehen gegeben: »Du bist so gutmütig, du läßt die ganze Welt auf dir herumtrampeln; wenn du halb verhungert vor deinem Futternapf sitzt, würdest du dir noch das letzte Stück Käse aus der Hand nehmen lassen, ohne dich zu wehren. Du sollst mein Sohn sein? Das geht doch gar nicht, ein so weichlicher, freundlicher Junge – warum hast du denn gar keinen Mumm, ein größerer Schißhase muß erst noch geboren werden.« Das alles hatte er viele hundert Male zu mir gesagt, ohne daß es mir je weh getan hätte, es war selbstverständlich, daß er das sagte, es ließ meine Bewunderung für ihn nur noch größer werden, denn ihm war jede Heuchelei oder Freundlichkeit oder Schmeichelei fremd. Er sagte immer genau das, was er dachte, zu jedem, was ich nie können werde und was ich deshalb immer wieder an ihm bewunderte.

Schimpfen und Nörgeln waren mir lieber gewesen als die spärlichen Freudentränen in seinen Augen beim Anblick meiner Schulzeugnisse. Es ist verrückt, aber als er mich nach seiner Operation endlich wieder anfuhr und abfällige Bemerkungen machte, während er das vor seiner Operation mindestens zwei Jahre lang nicht getan hatte, richtete mich gerade das wieder auf. Das war wenigstens mein Vater, mein boshafter, schonungsloser, aber fröhlicher, humorvoller Vater, wie ich ihn immer gekannt hatte. Doch seine Boshaftigkeit kehrte erst im Laufe des Sommers zurück, sie konnte mich in jenem Frühjahr, das ich mit seinen dunklen Abenden und den noch nicht zugezogenen Gardinen und dem Mondlicht noch immer vor mir sehe, nicht aufrichten. Ich sitze in dem dämmrigen Wohnzimmer, habe nichts zu tun, was mich fesseln oder wenigstens beschäftigen könnte, verlange nichts als irgendeinen Trost, irgendeine Ermutigung. Ich sehe noch das kleine Licht des Verstärkers vor mir, ich sehe die glänzende schwarze Oberfläche der Schallplatten im Dunkeln aufleuchten. Ich testete jeden Abend verschiedenartigste Musik. Einer, nur einer war es, der mir nach einiger Zeit zu Hilfe kam, der Abend für Abend diese matte, dumpfe Beklemmung linderte, milderte. Und dabei ging es in seiner

Musik nur selten um den Tod. Meistens ging es vielmehr um die Leichtigkeit des Seins und die Fülle des Lebens, vor allem in der Musik, die ich am schönsten fand und die ich jeden Abend wieder hören wollte, eine viel zu kurze Aria aus *Le Nozze di Figaro*: »Non sò più«. Warum wollte ich gerade das Stück immer wieder hören? Ich verstand es nicht. Später, nach etwa einem Monat, kam ein zweiter Komponist hinzu, oder vielleicht war es nicht der Komponist, sondern die Stimme, die seine Lieder sang. Es war eine Stimme, in die sich der Schrecken des Todes selbst eingenistet zu haben schien, eine Stimme, die einem Tränen in die Augen trieb, wenn sie sang: »O Tod, wie bitter bist du ...« oder »In goldnen Abendschein getauchet«, eine Stimme, der man anhören konnte, daß die Frau, zu der sie gehörte, nur einundvierzig Jahre alt werden und an Krebs sterben sollte.

Das einzige, was daneben standhielt und half – aber auch erst nach einiger Zeit –, waren bestimmte Gedichte. Ich las Obe Postma und J.C. Bloem, den ersteren, weil sich eine solch wundersame Harmonie in seiner Lyrik findet, die wehmütige und dennoch glückselige Stimmung eines Menschen, der das Leben akzeptiert. Vom zweiten kamen mir, wenn ich irgendwann mitten am Tag plötzlich nicht mehr begriff, warum ich das tat, was ich gerade tat, weil mein Vater und ich sowieso sterben würden, immer wieder die folgenden Zeilen in den Sinn:

Mir ward das alte Wissen beigegeben,
den Tod viel stiller als den Schlaf zu sehn.
Ein täglich Wunder ist es doch zu leben,
und das Erwachen ist ein Auferstehn.

Aber wie maßlos ich in jenem Frühjahr und Sommer auch Mozart liebte und wie oft ich mir auch, meistens sogar unbewußt, einzelne Zeilen aufsagte, es half nicht wirklich, weil ich mir immer wieder klarmachte, daß Bloem und Mozart, selbst wenn letzterer, genau wie mein Vater, das Billardspiel geliebt hatte, meinem Vater nichts bedeuteten. Geschweige denn, daß er verstanden hätte, warum jemand immer nur den Wunsch hatte, das Gedicht *Jûn* von Obe Postma zu übersetzen. Es war, als wenn ich auf eine unehrliche Weise trauerte und nach Halt suchte, weil mein Vater etwas ganz anderes tun würde; er würde das Wort des Herrn aufschlagen und mit rauher Stimme lesen: »Wohl dem Volk, das jauchzen kann! Herr, sie werden im Licht deines Antlitzes wandeln.«

Im Haus für die Totenbahren

An einem der letzten Tage dieses Frühjahrs feierte unser Labor sein hundertjähriges Bestehen, was mir unerwartet einen freien Tag bescherte. Als ich am Abend zuvor wieder mit Mozart vor dem gleichmäßig glühenden Licht meines Verstärkers saß, dachte ich auf einmal: Vielleicht ist dies die letzte Möglichkeit für mich, den Friedhof mit meinem Vater im Frühling zu sehen. Daher fuhr ich am nächsten Morgen in aller Frühe auf meinem Rennrad los. Der Wind kam aus Nordnordost. Er blies mir so kräftig in den Rücken, daß ich wie ein Motorroller über den Jaagpad am Rhijn-Schiekanaal raste. An den Uferböschungen schillerten Trauermücken auf dem Wiesenkerbel, und späte Sumpfdotterblumen verliehen dem Morast auf der anderen Seite des schmalen Weges hier und da noch etwas Farbe. Während ich so dahinfuhr, war es, als ließe ich die abgrundtiefe Trauer der vergangenen Tage in der alten, engen Universitätsstadt zurück – munter quakten die Enten, fröhlich schlugen die landeinwärts vorgestoßenen Mantelmöwen mit den Flügeln. Ich aber segelte auf den Flügeln des Windes an den Landhäusern in Leidschendam vorbei, durch die Stadt Delft, vorbei an Den Hoorn, durch die malerische Siedlung Schipluiden, und da tauchte auch schon das Dorf Maasland auf. Dort haben mein Vater und meine Mutter 1941 geheiratet, dort hat mein Vater bei mehreren Bauern als Knecht gearbeitet, dort war er Gärtner gewesen. Das Dorf Maasland lag mit seinen beiden Mühlen und beiden Türmen noch genauso da wie früher, ohne Hochhäuser, ohne häßliche Neubauten, eine Jugenderinnerung, die einfach nicht Vergangenheit werden wollte. Aber ich radelte nicht durch das Dorf selbst, ich fuhr durch den Westgaag am Garten von Frau Poot vorbei, wo mein Vater so viele Jahre gearbeitet hatte, und wunderte mich, daß all die alten Bauernhöfe noch immer nicht eingestürzt waren und daß der Sumpfziest noch immer am Grabenrand wuchs, allen Unkrautvertilgungsmitteln zum Trotz. Beim Tol wählte ich den Weg zur Weverskade. Ich wäre so gern noch einmal auf dem Deich gefahren, aber den Deich gab es nicht mehr, und Blikken Loods war weg, und auch Marias Häuschen war abgerissen. Warum tut es so weh – dieses Verschwinden von Häusern und Plätzen aus der Kindheit, auch wenn sie nicht einmal schön gewesen waren? Ich sauste durch Maassluis und erreichte den *Algemene Begraafplaats* gegen zehn Uhr. Vor dem Tor stand ein alter Mann, der mir irgendwie bekannt vorkam – was war doch noch mit ihm? Ich kettete mein

Fahrrad an einen Holzpfahl, der eine junge Ulme stützte, und der Mann kam zu mir herübergetrabt.

»So, junger Mann, wollen Sie hier einen Besuch machen?« fragte er.

»Ja«, sagte ich.

»Sie kennen sich hier sicher nicht so aus, was?«

»Ach, es geht schon.«

»Ich hab Sie hier aber noch nie gesehen, und ich komm doch schon ein paar Jährchen hierher. Sag man Cor zu mir, das hat mein seliger Vater auch immer gesagt, sag einfach Cor, und wenn du das zuwenig findest, ist Cornelis auch in Ordnung, und wenn das zu lang ist, darf es auch Nelis sein. Soll ich Sie vielleicht ein bißchen rumführen auf dem Friedhof, ich weiß von den meisten, wo sie liegen, ich kenn mich hier gut aus, wissen Sie, ich guck mir seit meiner Rente genau an, was hier so passiert ist, und ich bin schon 1956 in Rente gegangen, Sie sehen also ...«

Zuerst dachte ich, er sei einer dieser alten Männer, die in der Hoffnung auf ein Trinkgeld seit Menschengedenken immer vor Friedhöfen hin und her laufen, um gelegentlichen Besuchern die Gräber ihrer Angehörigen zu zeigen. War das auch so ein Alter, so ein Friedhofsgeier? Ich versuchte, mich zu erinnern, wo und wann ich ihn schon einmal gesehen hatte. Es mußte lange her sein. Warum war er in der Zwischenzeit nicht hier gewesen?

»Waren Sie vielleicht länger krank?« fragte ich.

»Woher wissen Sie das denn, junger Mann, ja, ich hab drei Jahre vor der Himmelstür gelegen, aber sie wollten mich noch nicht haben, auch wenn Petrus immer mit seinem Schlüsselbund gerasselt hat, sie fanden mich noch rüstig genug, meinten, ich würde es noch eine Zeitlang machen. Und darum bin ich nun wieder hier.«

Da es unmöglich war, ihn abzuschütteln, ging ich neben ihm her auf dem Weg zu dem großen Tor.

»Wir müssen nur ein bißchen aufpassen vor dem Totengräber hier, junger Mann, ich bin nicht so sein Fall. Aber um diese Zeit trinkt er meistens Kaffee in einem der Häuschen da hinten. Wenn wir ganz schnell sind, kommen wir ungesehen um die Kapelle herum und am Jüdischen Friedhof vorbei zu dem großen Rhododendronbusch da, und dann sieht er uns nicht, wenn er aus dem Häuschen kommt. Hören wird er uns sowieso nicht, dafür sorgen die Ringeltauben schon.«

Der Ringeltaubenchor gurrte tatsächlich in voller Lautstärke, selbst den Alten konnte man kaum verstehen.

»Was macht er, wenn er Sie sieht?« fragte ich.

»Dann jagt er mich weg, er hat mich bestimmt schon hundertmal weggejagt, einmal bewirft er mich mit einer Schaufel Sand, ein anderes Mal fährt er mir plötzlich die Schubkarre zwischen die Beine, und einmal hat er mich sogar mit der Gießkanne verfolgt. Ein bösartiger Kerl, ich mag ihn nicht, auch wenn er seine Arbeit gut macht, das muß man ihm lassen, er sorgt hier für alles, als wäre es sein eigener Besitz.«

Wir gingen an den grün angelaufenen Wasserhähnen neben der Kapelle vorbei, die so merkwürdig stark nach verwittertem Kupfer rochen.

»Warum wollen Sie eigentlich zu dem Rhododendronbusch? Da will ich doch gar nicht hin.«

»Von dort aus hat man den besten Blick über den Kirchhof, kommen Sie nur eben mit, junger Mann, ich werde Sie dann schon an den richtigen Platz bringen, ich kenne mich hier genau aus. Wenn die Leute mich mal beerdigen, laufen sie über diesen Weg, und dann biegen sie da beim Holzkreuz um die Ecke. Ich bin gespannt, wer hinter meinem Sarg hergeht, ich hab hier ganz hübsch viel Freunde unter den Alten, aber na ja, meistens lauf ich hinter ihrem Sarg, wissen Sie, passen Sie bloß auf, junger Mann, fast alle Leute, mit denen ich befreundet bin, sterben bald!«

Warum munterte mich diese Mitteilung auf? Ich wußte es nicht, wollte darüber nachdenken, aber der Mann redete pausenlos weiter: »Für mich ist es übrigens das Schönste, was es gibt, so eine Beerdigung. Das ist so stilvoll, nicht wahr, so ruhig, so nett, vor allem, wenn die Sonne ein bißchen scheint, aber das tut sie fast immer, die Sonne liebt auch Beerdigungen. Sehen Sie, heute, nicht wahr, das ist kein Wetter für eine Beerdigung, es ist zu windig.

Heute nachmittag muß wieder einer unter die Erde, aber ich bedauere ihn, ich bedauere ihn von Herzen. Ich will versuchen, es so hinzukriegen, daß ich im Sommer beerdigt werde, bei sonnigem, windstillem Wetter, die Erde schön weich zum Graben. Eine kleine Wolke darf gern dabeisein, sehr gern sogar, aber möglichst kein Wind, dann weht das Bahrtuch hoch, und man kann den Pastor nicht gut verstehen.«

Er schwieg einen Augenblick und hob den Arm, als grüße er jemanden.

»Hier liegt Piet Vastenou – ja, er hat keinen Stein, aber ich grüße ihn immer, er hatte kein Glück bei seiner Beerdigung, es regnete, und der Pastor war erkältet, und der Sarg blieb stecken, als er halb unten war, weil die Maschine ausfiel. Sehen Sie, deshalb hab ich was gegen die neue Zeit, daß sie einen mit einer Maschine begraben, früher ging man noch mit Seilen ins Grab runter, das hat doch mehr Stil. Junge, Junge, wenn es doch nur diesen Sommer passieren würde.«

»Was passieren?« fragte ich.

»Meine Beerdigung.«

»Diesen Sommer schon?«

»Ja, ich spitze mich schon so lange darauf, ich lebe für nichts anderes mehr, ach, wenn ich es doch nur in diesem Sommer erleben dürfte. Jetzt hat man noch Pferde, sehen Sie, man kann sich noch mit Pferden beerdigen lassen, das ist zwar etwas teurer, aber ich habe dafür gespart. Es ist nur eine Frage der Zeit, wie lange das noch dauert – die Pferde fallen natürlich auch bald weg, genau wie die Seile. Ja, kommen Sie mal hierher, so, jetzt sind wir sicher vor dem Totengräber, jetzt können wir wenigstens in aller Ruhe meinen Platz ansehen. Sehen Sie, sehen Sie, hier ist es.«

»Was?« fragte ich.

»Meine Stelle. Hier werde ich liegen. Wenn ich das erleben dürfte.«

Stolz zeigte er mir ein Stückchen Gras vor einem dunklen Stein.

»Meine Cornelia liegt hier schon dreißig Jahre, es ist ein Familiengrab, wissen Sie, und darunter liegt noch mein Sohn Cor, ja, als der mit vierzehn Jahren an Lungenentzündung starb – er spuckte in einem Schwung all sein Blut aus –, haben wir dieses Grab gekauft. Der oberste Platz ist für mich, hier gleich unter der Erde, sehen Sie, und da ist auch noch Platz auf dem Stein ausgespart. Da wird stehen: Hier ruht Cornelis Vlaskamp, entschlafen im Herrn. Lukas 2, 29–32. Ruhe sanft. Ein schöner Platz, oder nicht? Hübsch hinter diesem Rhododendron, so daß der Totengräber einen nicht sehen kann, mit einer schönen Aussicht auf die Gleise und auf Key & Kramer. Jede Viertelstunde kommt ein Zug vorbei, und zwischendurch noch ein Zubringer nach Hoek van Holland zur Fähre, also man braucht sich wirklich nicht zu langweilen. Nun, junger Mann, ich freu mich, daß ich es Ihnen zeigen konnte, jetzt sagen Sie mal, wohin Sie müssen.«

Bevor ich antworten konnte, erklang hinter uns eine barsche Stimme: »Bist du schon wieder da, Vlaskamp, mach, daß du wegkommst, oder ich dreh dir den Hals um.«

Der alte Mann rannte so schnell weg, daß ich seine Chance, noch in diesem Sommer begraben zu werden, plötzlich für sehr gering hielt. Mein Vater kam näher, er hatte mich noch nicht gesehen.

»Er war nicht allein«, sagte mein Vater zu Quaavers, seinem Vorgesetzten, von dem ich nur die langen Beine zwischen den Grabsteinen sehen konnte. »He, Maart, bist du das? Hast du dich von dem alten Brückenwärter hierherlocken lassen? Du bist wirklich ein Rindvieh, du weißt doch, daß er seit Jahren hier rumläuft und Leute auf den Friedhof lockt, um ihnen seinen Platz zu zeigen.«

»Laß ihn doch, den Alten, er tut ja niemandem was.«

»Und was hab ich von diesem Theater? Wenn ich ihm das erlaube, hab ich morgen zehn, die ihr Grab zeigen wollen, und übermorgen hundert. Glaubst du, daß ich den Laden hier in Ordnung halten kann, wenn alle Rentner ein Museum daraus machen?«

»Guten Tag, Meneer Quaavers«, sagte ich.

»Einen freien Tag?« fragte er.

»Quaavers hat gute Nachrichten heute«, sagte

mein Vater, »das kommt nicht oft vor bei ihm, sie wollen die ganze Dritte Klasse räumen, diese ganzen elenden Miststeine runter, dann kann ich das Gras endlich mit einem richtigen Motorrasenmäher mähen. Können wir nicht all diese Miststeine runterschmeißen, auch von der Zweiten und der Ersten Klasse? Auf dem Katholischen Friedhof wollen sie das auch machen, sie verlegen den gesamten Kirchhof von dem Pfaffen, sie haben mich sogar gefragt, ob ich das tun will. Nur mit Greifbagger und Bulldozer, hab ich gesagt.«

»Paul, Paul«, sagte Quaavers, »jetzt, wo wir hier stehen, fällt mir plötzlich ein, daß du an der Stelle alle die zusammenlegen sollst, die damals mit der *Volharding* untergegangen sind.«

»Hören Sie mal zu, das Schiff ist 1929 untergegangen, man hat die Leute hier und da begraben, einige Gräber sind inzwischen längst geräumt, nur die Gräber vom Kapitän und vom Steuermann und vom Maschinisten sind noch da. Wie soll ich denn jemals diese ganzen Matrosen wiederfinden? Den Koch habe ich noch mit Mühe und Not finden können, sie hatten ihm einen Kochlöffel mit in den Sarg gegeben, aber den Rest?«

»Dazu gibt es doch Unterlagen?«

»Ja, aber ich muß das alles Stück für Stück zusammensuchen. Wer kommt nur auf die unselige Idee, nach fünfzig Jahren alle Schiffbrüchigen von der *Volharding* zusammenzulegen?«

»Paul, du weißt, daß dieser Plan '54 entstanden ist, bei der Feier zum Gedenken an den Untergang vor fünfundzwanzig Jahren. '54, Paul, es ist nun wahrhaftig schon an die zwanzig Jahre her, und nun liegen sie noch immer nicht zusammen.«

»Die sind völlig verrückt! Alle diese Männer an einem einzigen Platz zusammenzulegen. Ja, wenn sie ihre Matrosenmützen noch aufhätten in der Erde, würde es gehen, aber so ist es Wahnsinn. Ich arbeite hier jetzt zwanzig Jahre, '53 hab ich hier angefangen, und die ganze Zeit hat man mir die Ohren von dieser verflixten *Volharding* vollgejammert. Wie soll ich die jemals wiederfinden? Sie haben mir so einen Kerl auf den Hals gehetzt, der angeblich schnell und sicher an den Gebissen ablesen kann, wer da alles auf dem Schiff gewesen ist. ›Wo soll ich die Gebisse denn hernehmen?‹ sag ich zu ihm. ›Ausgraben‹, sagt er. ›Gut‹, sag ich, ›wenn du weißt, wo sie liegen.‹ ›Das müssen Sie wissen‹, sagt er. ›Woher soll ich das denn wissen?‹ sag ich. ›Es gibt doch genaue Unterlagen‹, sagt er. ›Ja‹, sag ich, ›es gibt piekfeine Unterlagen, von dem Moment an, als ich hier angefangen habe zu arbeiten, aber zufällig taugen die von vor meiner Zeit nichts; Vreugdenhil, den man entlassen hat, weil er goldene Ringe verkaufte, wenn er geräumt hat, und Schädel an ein paar junge Spunde, die Ärzte werden wollten, und der seinen Sohn die frischen Blumensträuße wieder zurückbringen ließ, damit der Blumenhändler sie noch einmal verkaufen konnte, und oft noch mal und noch mal – und dann teilten sie den Gewinn –, bei Vreugdenhil war das eine Riesenschlamperei hier. Er hat auch heimlich zwischen den Gräbern Ziegen gehalten, und das, was er aufgeschrieben hat, stimmt vorn und hinten nicht. Alle Matrosen sind längst nicht mehr da, die stehen seit zwanzig Jahren bei den hochgelehrten Herren Ärzten auf dem Kaminsims, bestimmt, das ist vergebliche Liebesmüh. Aber da hilft ja kein Reden, sie sollen, egal wie, alle zusammenliegen. Sie sind doch auch nicht alle an derselben Stelle angetrieben worden? Wer läßt sich denn so was einfallen?«

»Paul, und doch mußt du versuchen, das irgendwie hinzukriegen. Wenn die fünfzig Jahre um sind, muß das Feld eingerichtet sein.«

»Dann muß zuerst diese elende Kastanie da runter.«

»Warum?«

»Wie kann ich an der Stelle graben, wenn ich jedesmal auf diesen Mistwurzeln lande?«

»Aber Paul, das ist eine wunderbare Kastanie, das muß man doch trotzdem irgendwie hinkriegen. Die haben dieses Feld bestimmt wegen dieser Kastanie ausgesucht.«

»Die haben dieses Feld ausgesucht, weil sie nicht wissen, wohin mit ihrem Geld. Aber die Kastanie muß weg.«

»Nein, Paul, das verbiete ich dir.«

»Ach, sie stirbt sowieso. Bevor es Winter ist, ist sie kaputt.«

»Paul, was hast du doch für ein merkwürdiges Gespür für Bäume. Wenn du sagst: Dieser Baum stirbt, dann stirbt er auch.«

»Ja, das ist das Gärtnerblut.«

»Neulich noch, diese Pappel da am Eingang, du wolltest sie wegnehmen, ich sagte: ›Paul, das will ich nicht haben‹, und du sagst: ›Sie ist doch schon am Absterben‹, und, tatsächlich, einen Monat später ist sie auch schon tot. So geht das nun immer. Aber dieser Baum sieht noch kerngesund aus.«

»Er stirbt mit Sicherheit.«

»Das warten wir erst mal ab, ich geh jetzt wieder, ich hab noch viel zu tun heute.«

Er ging über den Kiesweg davon. Mein Vater kicherte.

»Paul, immer nur Paul, hundertmal hab ich ihm schon gesagt, daß ich Pau heiße. Ich werde also wieder einen tüchtigen Schuß Unkrautvertilgungsmittel bestellen, es ist nicht zu glauben, wie gut das wirkt. Du gießt es rund um so einen Baum, und innerhalb von ein paar Wochen ist er tot. Ja, das mußt du schon machen bei solchen Burschen wie Quaavers. Trotzdem ein netter Kerl, er wird dir nie wie mein alter Chef zuflüstern, wen kratzt es schon, wessen Knochen du in das Feld der *Volharding* legst. Mehr hat er nicht gesagt, aber es war deutlich, worauf er hinauswollte; ich sollte einfach die

Knochen von irgend jemandem, den ich zufällig ausgegraben habe, dort verscharren. Nein, es ist schon wahr, niemand hätte es gemerkt, aber ich will das nicht: entweder die echten Matrosen oder gar nichts. Kein Betrug, da mache ich nicht mit. Und doch legen sie's drauf an, daß du die Bande beschummelst, und dann so, daß die hohen Herren offiziell von nichts eine Ahnung haben. Und für die festliche Einweihung eines solchen Feldes rechnen sie wieder schön mit deiner Bereitwilligkeit, daß du mit den Toten mogelst. Nun, da mache ich nicht mit.«

Er schob seine Schubkarre weiter, vorbei an der Dritten Klasse, zog hier und da etwas Kreuzkraut heraus und sang eine Strophe seines Lieblingsliedes:

»Doch grade beim Spiel mit dem Ball
Fiel sie in die düstere Gracht
Jetzt jauchzt sie mit den Englein zusamm'
In Jesu liebem Nam'.«

Er stellte die Schubkarre ab und wandte sich zu mir um: »Konntest du denn einfach so weg bei deinen Rotzratten? Das versteh ich sowieso nicht, was du in denen siehst. Es ist eine Sünde, daß du nicht Arzt geworden bist oder Rechtsanwalt. Dann hättest du sogar Bürgermeister werden können, dann wärst du wenigstens noch ein nützliches Glied der menschlichen Gesellschaft. Du willst mir doch nicht erzählen, daß jemand, der die eine Hälfte des Tages Stichlinge anguckt und die andere Hälfte Ratten, etwas tut, was auch nur im mindesten für irgendwas gut ist. Ach, auf der andern Seite, es ist doch überall dasselbe, überall, wie mit diesem Fallschirmspringer.«

»Welcher Fallschirmspringer?«

»Der Fallschirmspringer, zu dem sie gesagt haben: Du springst aus dem Flugzeug und ziehst an der rechten Leine. Dann öffnet sich der Fallschirm. Wenn der Fallschirm sich nicht öffnet, ziehst du an der linken Leine, dann öffnet er sich bestimmt. Unten am Boden findest du ein Fahrrad, das an der Mauer eines Bauernhofs lehnt. Damit kommst du weiter. Nun, der Fallschirmspringer springt, er zieht an der rechten Leine, Fallschirm öffnet sich nicht, er zieht an der linken Leine, Fallschirm öffnet sich noch immer nicht. Dann wird das Mistfahrrad da unten bestimmt auch nicht stehen, sagte der Fallschirmspringer. So ist nun das ganze Leben.«

Wir gingen an der Zweiten Klasse vorbei, ich sah wieder das leere Beet.

»Wo sind denn die wunderschönen Blumen von diesem Mohnzüchter geblieben?« fragte ich.

»Weißt du das noch nicht? Den haben sie eingesperrt, gerade bevor ich ins Krankenhaus kam.«

»Warum?«

»Der hat irgendeine Art Opium und Hanf und noch allerlei andere Maffia gezüchtet.«

»Was? Nein, das glaub ich einfach nicht.«

»Na, dann glaubst du es eben nicht, aber der Bursche hat es gar nicht so dumm angestellt. Alles gedeiht hier nun mal verdammt gut. Wenn man alle Grabsteine runterschmeißen würde, könnte man hier mit Ackerbau und Viehzucht anfangen, wovon man überall reden würde.«

In der Ferne sah ich, wie der Gehilfe meines Vaters dabei war, ein Grab zu graben.

»Läßt du Gaag ganz allein ein Grab machen?« fragte ich erstaunt, denn das war die Arbeit, die mein Vater unter allen Umständen selbst machen wollte.

»Seit dieser Operation habe ich noch nicht genug Kraft, um ein Grab zu graben.«

»Also, das glaub ich nicht. Du siehst wieder aus wie das blühende Leben.«

Das stimmte. Ich hatte meinen Vater seit Jahren nicht so jung und fröhlich erlebt. Seine Augen glänzten wieder wie früher.

»Nun, es will noch nicht so richtig, ich lasse es ihn lieber allein machen. Er muß es ja auch lernen, er ist verflixt ungeschickt, aber ja, ich kann auch nichts dran machen. Und langsam! In aller Ruhe einen ganzen Tag für ein Grab. Als ich hier anfing, hatte ich manchmal schon vor dem Mittag zwei Gräber fertig, und wenn ich mich sehr geärgert hatte, noch ein Kindergrab dazu.«

»Du hast doch nie besondere Gräber für Kinder gemacht?« fragte ich erstaunt.

»Na ja, sozusagen. Aber eins muß ich Gaag lassen: Wenn er fertig ist, ist es auch ordentlich. Was denkst du übrigens über meinen Bauch? Ich traue der Sache nicht, ich fühle überhaupt nichts mehr, das geht doch nicht, ich müßte doch noch ein bißchen Schmerzen davon haben. Und dann noch diese zehn Flaschen Blut.«

Wir waren bei dem Haus für die Totenbahren angekommen. Mein Vater öffnete die Tür, und wir betraten den länglichen, fensterlosen kleinen Raum. Jedesmal zauberten die sonderbar kräftigen Gerüche mir wieder Bilder aus der Vergangenheit vor Augen. Ich atmete den Geruch von Genever ein, von Trägern nach einer Beerdigung, von Zigarren, von Kränzen, von Bahrtüchern und von Maschinenöl. Aber vor allem war da der Geruch von den vielen kleinen Tieren, die mein Vater hier um Weihnachten herum für seine Vorgesetzten von der Stadt schlachtete. Ich sah wieder den Hahn vor mir, dem er auf einem Hackblock mit einem einzigen Schlag mit dem Beil den Kopf abhackte, und wie der Vogel, ohne Kopf, durch die offene Tür nach draußen raste, direkt zur Ersten Klasse, und erst nachdem er auf drei Grabplatten eine Blutspur hinterlassen hatte, kam er bei einem kleinen Engel auf einer marmornen Grabplatte zur Ruhe, so daß das Bild bis zu den steinernen Waden im Blut stand. Ich sah die Kaninchen, die Gänse und die Hühner vor mir, ich sah das Zicklein, das so traurig gemeckert hatte, und ich roch die Suppe, die meine Mutter aus den Kaninchenköpfen gekocht hatte – unser Weihnachtsessen.

Bevor mein Vater die Tür hatte schließen können, wurde geklopft. Mein Vater stieß die Tür so schnell wieder auf, daß derjenige, der geklopft hatte, in den Kies fiel. Es war ein Blumenhändler, ich glaube, daß mein Vater ihn schon hatte kommen sehen. »Das ist nicht das erste Mal, daß du hier auf der Erde schon mal übst, wie sich's auf der Bahre liegt«, sagte mein Vater.

»Du machst das mit Absicht, du Schuft«, sagte der Blumenhändler.

»Kann ich ahnen, daß du es bist? Du wolltest sicher wieder ein paar alte Kränze mitnehmen, was? Hier und da eine frische Lilie rein, eine neue Schleife dran, einen Aronsstab, der es gerade noch einen Tag aushält, und du hast wieder einen Kranz, den du für neu verkaufen kannst. Mann, hau ab, alle alten Kränze kommen zu Leen Stingter. Mit dir mach ich keine Geschäfte mehr.«

»Ich geb dir zwei fünfzig für einen alten Kranz.«

»Und wenn du mir fünf Gulden geben würdest.«

Mein Vater zog die Tür zu und zeigte auf die Uniform, die am Balken hing.

»Die haben mir eine neue Uniform gegeben«, sagte er, »nun, ich hoffe, daß ich sie bei guter Gesundheit bis zu meiner Rente tragen kann, aber beruhigt bin ich nicht. Ich hab auch einen neuen Manchesteranzug gekriegt. Wäre das nichts für dich? Es ist doch verrückt, daß du, wo du so viele Jahre studiert hast und wirklich in einem ordentlichen Anzug mit Schlips und Kragen herumlaufen könntest, nur eine Cordhose und einen Pullover anhast, wie ein Arbeiter. Mußtest du nun dafür all die Jahre schuften? Na ja, schuften, es ist dir zugeflogen, weil du meine Begabung geerbt hast. Es ist doch ewig schade, daß du nicht Arzt geworden bist oder Bürgermeister. Ich würde es noch nicht einmal so schlimm finden, wenn du nicht den Glauben über Bord geworfen hättest. Das finde ich so schrecklich. Ich verstehe das nicht; du warst gerade im Kindergarten, und schon kanntest du alle Bibelgeschichten, du konntest das ganze Alte Testament, von der Genesis bis Maleachi, vorwärts und rückwärts aufsagen, und jetzt verleugnest du doch deinen Heiland. Was machst du mir damit für einen Kummer! Wenn du sündigen würdest, auch wenn du dich unter jeden grünen Baum in Wollust legen würdest, wie der Prophet sagt, wäre es immer noch besser als so.«

»Ja«, sagte ich bitter, »besser ein gläubiger SS-Schinder in einem Konzentrationslager als ein ehrlicher, aber ungläubiger Pfleger in einem Heim für senile Alte.«

»Wir sind alle Sünder.«

»Quatsch. Unsinn. Ich habe in meinem ganzen Leben keine freundlicheren und rechtschaffeneren

Menschen kennengelernt als meine Schwiegereltern, und trotzdem kommen sie in die Hölle nach Meinung … nach Meinung …« Ich konnte vor Wut kein Wort mehr herausbringen.

»Sicher, die kommen in die Hölle, wenn sie sich nicht bekehren.«

»Wenn sie sich nicht bekehren«, sagte ich giftig. »Wenn Hitler sich noch bekehrt hätte, gleich nachdem er sich mit Benzin übergossen und in Brand gesteckt hatte, wenn er noch gestammelt hätte: Jesus, erbarme dich meiner, wäre er noch in den Himmel gekommen, und all die Juden, die er vergast hat und die Jesus nicht als ihren Erlöser ansahen, kommen nach Meinung … nach Meinung …«

»Nein«, schrie mein Vater, »nein, für so einen wie Hitler gibt es keine Vergebung, niemals nicht, nein, das geht nicht.«

»Siehst du«, sagte ich, »nun kommst du doch in Konflikt mit deinem eigenen Glauben, mit dieser abscheulichen Idee, daß selbst für den größten Sünder noch Vergebung möglich ist, daß aber ein guter Mensch, der zufällig all diesen Unsinn nicht glauben kann, für ewig verdammt ist.«

»Für einen Mann wie Hitler kann es keine Gnade geben«, wiederholte mein Vater hartnäckig.

»Ich freue mich, daß du das sagst«, erwiderte ich, »denn es bedeutet, daß du selbst auch einsiehst, irgend etwas an dem Glauben kann nicht stimmen.«

Ich wollte noch mehr sagen, aber ich besann mich. Wir hatten diese Diskussion schon so oft geführt. Immer waren wir bei Hitler gelandet und dabei, daß so jemand nicht mehr gerettet werden könnte. Ich wollte es nur immer wieder von meinem Vater hören. Ein letzter Rest an gesundem Menschenverstand, der noch nicht vom Christentum angekratzt war.

»Hast du ein neues Gerät?« fragte ich und zeigte auf den glänzenden rechteckigen Apparat, der an der Wand hing.

»Ja«, sagte mein Vater kurz, »er ist viel leichter als der alte, den mußte man stets auf einer Schubkarre zum Grab fahren, diesen kann man leicht tragen, ich wenigstens, du natürlich nicht, schwächlich, wie du bist. Jetzt noch eine neue Kinderbahre, und dann ist hier alles hübsch in Ordnung.«

Er schwieg, starrte mich an, und plötzlich füllten sich seine Augen mit Tränen.

»Ich verstehe das nicht«, sagte er, »daß du so geworden bist. Früher warst du so ein Lümmel, richtig mein Sohn, so ein lebenslustiges Kind, vor niemandem bange, und nun bist du so ein Angsthase wie deine Mutter. Wenn die nur eine Spinne husten hört, fängt sie an zu zittern, hört man ihr Herz schon klopfen. Und du bist schon genauso; ihr sterbt beide noch an Herzversagen.«

»Paß du nur selber auf! Wenn du so weiterrauchst wie jetzt, jeden Tag ein Päckchen Shag und dann auch noch all die Packungen Zigaretten, die du hier kriegst, wirst du genau wie dein Bruder an Lungenkrebs …«

Ich erschrak so entsetzlich über das, was ich gesagt hatte, daß ich mich am Stuhl festhalten mußte, um das heftige Zittern meines Körpers einigermaßen zu beherrschen. Die ganze Wut über die Diskussion von eben war plötzlich verflogen. Mein Vater sah zwar, wie ich zitterte, schloß daraus aber nur, daß ich zu feige war, meinen Satz zu beenden.

»Du hast keinen Charakter«, sagte er, »dieses Buch von Bordewijk ist ein Mistbuch, aber dieser Junge, dieser Jakob, hat wenigstens Charakter. Du bist genau wie Tom Pinch in dem Buch, das du mir zu lesen gegeben hast, weil darin soviel von Beerdigungen vorkommt, du weißt schon, mit dieser Frau, die die Menschen so liebt, daß sie sie sogar gratis beisetzen will. Ja, so einer bist du, ein richtiger Tom Pinch.«

»Du weißt aber selbst, was in der Bibel steht«, sagte ich, »selig sind die Sanftmütigen; denn sie werden das Erdreich besitzen.«

»Stimmt, wenn sie hier schließlich auf dem Totenacker liegen, nachdem man sie zu Tode drangsaliert hat. Aber die Bibel sagt auch: ›Auge um Auge, Zahn um Zahn und Fuß um Fuß‹, und daran halte ich mich.«

Und dann versagte ihm auf einmal die Stimme, als fiele ihm plötzlich etwas Schreckliches ein. Er sah mich an, beugte sich vor und schlug die Hände vors Gesicht. Er weinte.

»Es ist alles meine Schuld«, schluchzte er, »ich hab das aus dir gemacht, weil ich dich, als du noch klein warst, so entsetzlich viel geschlagen und getreten habe. Dann kam ich nach Hause, und ich hatte wieder so einen Misttag hinter mir mit Frau Poot, diesem Biest, und dann hab ich dich geschlagen, dann hab ich dich geschlagen, dann hab ich dich durchs ganze Zimmer gejagt. Damals hab ich all deinen Mut und Charakter aus dir rausgetreten.«

Ich war zwar die plötzlichen Tränenausbrüche bei meinem Vater gewohnt, aber er schluchzte jetzt so herzzerreißend, daß ich meinte, ihn trösten zu müssen.

»So schlimm war es gar nicht«, sagte ich, »und wie sehr du mich auch geschlagen hast, ich wollte doch immer mit dir in den Garten und zur Versteigerung. Was meinst du denn, wenn es mir wirklich soviel ausgemacht hätte, daß du mich manchmal geschlagen hast, hätte ich dann noch vorn bei dir auf dem Fahrrad sitzen wollen?«

»Das macht es ja gerade so schlimm«, sagte mein Vater, »du hast mich so wahnsinnig geliebt, und doch hab ich dich geschlagen, tagein, tagaus.«

»Wenn du mich nicht immer daran erinnern würdest, hätte ich es längst vergessen.«

»Weil ich dich so geschlagen habe, bist du ein Tom Pinch geworden. Es ist meine Schuld, meine Schuld.«

»Nun hör doch auf zu weinen«, sagte ich, »du weißt, was dein Bruder Job immer zu mir gesagt hat: ›Dein Vater ist Eli, dein Vater läßt dich aufwachsen wie Hofni und Pinehas.‹«

»Dieser ekelhafte Kerl«, sagte mein Vater. »Gestern hab ich ihn noch gesehen. Weißt du, was er zu mir sagte? ›Wenn du erst mal Enkelkinder hast, weißt du, was auf der Welt los ist.‹ Ja, das hat er immer zu mir gesagt. Als er sich verlobte, denn er war schneller als ich, auch wenn er jünger war, sagte er: ›Wenn du erst mal verlobt bist‹, und als er heiratete, sagte er zu mir: ›Wenn du erst mal verheiratet bist‹, und als sein erstes Kind kam, sagte er: ›Wenn du erst mal Vater bist.‹ Alles hat er früher gemacht als ich. Weißt du, was ich jetzt hoffe: Daß er auch früher stirbt als ich, und das wird er wohl auch, denn er quietscht wie eine Schubkarre, die zwei Jahre lange nicht geschmiert wurde. Ich darf ihn ja, weil wir verwandt sind, leider nicht begraben, ich würde ihn sonst mit einem solchen Tempo runterlassen, daß er denken würde, er säße in einem Aufzug, aber wenn er einmal drin ist, lege ich mich sofort nach dem Begräbnis auf den Sargdeckel, und dann halte ich mein Ohr dran, und dann warte ich so lange, bis ich ihn sagen höre: ›Wenn du erst mal tot bist.‹«

Der Zwischenfall und der Traum

Warum sollte ich erzählen, wie ich absichtlich einen alten Mann umgefahren habe? Ich könnte diesen Teil der Geschichte durchaus überschlagen; er vermittelt kein günstiges Bild von mir, und notwendig zum Verständnis für das, was folgt, ist er, strenggenommen, nicht. Oder mache ich mir selbst etwas vor, um diesen Zwischenfall verschweigen zu können? Wenn ich ihn erzähle, muß ich auch erzählen, was dem vorausgegangen ist, und das ist ebenfalls wenig schmeichelhaft. In jedem Fall glaube ich, daß es daher kam, weil mein Vater mich mit Tom Pinch verglichen hatte, wo doch der Roman von Dickens auch eine Figur wie Mark Tapley enthält. Allein schon um zu beweisen, daß ich nicht Tom Pinch bin, benahm ich mich, ohne das übrigens bewußt zu wollen, nach dem Besuch im Haus für die Totenbahren plötzlich aggressiv. Noch sehe ich vor mir, wie ich an einem Freitagmorgen die Tür unseres Hauses öffnete, mit meinem Fahrrad nach draußen fuhr und dabei gegen einen alten Mann stieß. Jeden Morgen kam er mit einer Tasche vorbei, die auf eines dieser zerbrechlichen Leiterwägelchen montiert war, und fragte nach altem Brot. Das Brot, so verkündete er stets, hole er ab, um es an Enten zu verfüttern, aber ich verdächtigte ihn, daß er sich damit selbst in Form einer Brotsuppe verköstigte. Überall klingelte er und bettelte um altes Brot. Wenn niemand öffnete, linste er durch den Briefkastenschlitz. Er stöberte in Abfalleimern und schnüffelte in Containern. Und da stand er nun und schwenkte böse seinen Stock, während er versuchte, seine Karre von meiner linken Pedale loszuhaken.

»Kannst du nicht ein bißchen aufpassen?« fragte er.

»Können Sie nicht ein bißchen aufpassen? Sie sehen doch, daß die Haustür aufgeht!«

»Sie sind aber rasend schnell nach draußen gesaust.«

»Ach was, Sie haben nicht aufgepaßt, Sie haben schon nach den Enten geguckt, die das alte Brot gar nicht bekommen, weil Sie es selber aufessen.«

Er murmelte etwas vor sich hin und schwenkte seinen Stock und drehte bei jedem Schwenk seinen linken Fuß nach außen, so daß er wie ein Fächer aussah, der auf- und wieder zusammengeklappt wird.

»Sie essen alles selber auf«, sagte ich nochmals. »Sie kochen sich Brotsuppe daraus.«

»Stimmt überhaupt nicht.«

»Und Sie müssen jetzt mal damit aufhören, in

Abfalleimern zu schnüffeln. Eine furchtbar schmutzige Angewohnheit.«

»Und was kümmert dich das?«

»Ja, und dann stehen Sie beim Café Pardoeza, und da grabbeln Sie im Abfallcontainer rum, ich hab es neulich noch gesehen, was für eine verdammt dreckige Angelegenheit.«

»Ich hab darin rumgegrabbelt, weil mein Hut reingefallen war.«

»Und wie kommt Ihr Hut da rein? Weil Sie sich so weit vorbeugen, daß er runterfallen muß.«

Er schwenkte seinen Stock immer schneller hin und her.

»Was geht dich das an?«

»Viel, denn Sie fahren dieses Dreckszeug hier immer über den Hafenkai, Sie werfen Abfalleimer um wie ein alter Straßenköter.«

»Wenn ich ein Straßenköter wäre, würde ich meinen Haufen hier vor die Tür setzen, hier und nirgendwo anders hin, und ich würde hier an die Fassade pinkeln, bis es von vorn bis hinten in deinem Haus stinken würde, oder nein, ich würde durch den Briefkastenschlitz pinkeln – ha, warte, mein Lieber, ich bin dir schon längst auf die Schliche gekommen. Nie hast du ein Stückchen altes Brot für mich, alles selbst auffressen, was, du geiziger … Hierhin würde ich kacken.«

Er zeigte mit seinem Stock auf eine Stelle genau neben der Haustür. Ich ließ ihn stehen, schloß die

Haustür und fuhr weg, erstaunt vor allem über das, was ich hatte sagen wollen und was ich während des Fahrens zwischen den Zähnen hervorstieß: »So ein alter Pisser wie du kann überhaupt nicht mehr pinkeln, höchstens noch tröpfeln, und steif wird er in alle Ewigkeit nicht mehr.« Warum war ich eigentlich böse auf mich selbst? Weil ich das nicht noch gesagt hatte, und doch auch wieder irgendwie zufrieden, weil ich solche Plattheiten für mich behalten hatte? War der Geist meines Vaters über mich gekommen? Darüber dachte ich nach, während ich zur Post fuhr.

Dort stellte ich mich an einem der Schalter in eine Schlange, und die wurde und wurde nicht kürzer. Ich erinnerte mich an das Gesetz von Bob den Uyl: Du stehst immer in der Schlange, in der es nicht weitergeht, und wenn du die Schlange wechselst, dann geht es in der Schlange, in der du dann stehst, plötzlich nicht mehr weiter. Deshalb blieb ich stehen, und die Wut auf den Mann mit der Karre für das alte Brot und auf mich selbst nahm noch zu. Warum hatte ich nicht geistreicher kontern können? Träge rückte die Schlange wieder etwas weiter vor. Dies war auch nicht die richtige Zeit, zur Post zu gehen. Kurz vor zehn kommen die Rentner von überall her zur Post, um eine überflüssige Besorgung zu machen und ein bißchen reden zu können. Um mich herum wimmelte es von Senioren; in jeder Schlange vor jedem Schalter zählte ich mindestens vier, und in meiner eigenen Schlange waren drei vor mir.

Der erste ging weg. Jetzt war ein alter Mann an der Reihe mit rotgeäderten Wangen und einem Hütchen auf dem Kopf, das schneller geschrumpft war als er selbst, so daß es nur die hintere Hälfte seines Schädels bedeckte.

»Meneer«, begann er, »ich möchte meinem Sohn Geld überweisen, denn er hat mir schon vor einer ganzen Zeit etwas Geld für eine Rhein-Reise vorgeschossen, verstehen Sie, und nun will ich ihm, weil das schon so lange her ist, das Geld schnell überweisen, denn mein Sohn ist nicht gerade freundlich, und jetzt erfuhr ich von meiner Nachbarin unten in unserem Heim – ja, ich wohne im Seniorenheim Vijfhoven, mein Sohn hat mir einen Platz besorgt, ich wollte zuerst nicht, aber er sagte immer: ›Alter, du mußt raus aus diesem Haus, das ist ein prima Haus für mich, du mußt ins Altersheim.‹ –, also, ich erfuhr, es sei möglich, daß so was schnell geht, und nun wollte ich mal nachfragen …«

»Meneer, Sie schreiben den Betrag auf die blaue Karte, schreiben draußen auf den Umschlag ›Eilzustellung‹ und bringen den offenen Umschlag hierher.«

»Einen normalen Umschlag?«

»Nein, Meneer, natürlich nicht, einen von der Post.«

»Oh, danke sehr, Meneer, herzlichen Dank, also ›Eilbehandlung‹ draußen auf den Umschlag?«

»Ja, Meneer.«

»Oh, danke sehr, Meneer, danke sehr.«

»Bitte?« wandte sich der Schalterbeamte an den alten Mann genau vor mir.

Aber der Mann mit dem kleinen Hütchen ließ sich nicht so schnell abwimmeln. »Wieviel eher hat er das Geld denn dann? Es ist sehr eilig, Meneer, denn mein Sohn hat zu mir gesagt: ›Alter, gib verflucht noch mal das Geld endlich zurück‹, ja, ich wollte es eigentlich nicht zurückgeben, denn er hat es mir für die Rhein-Reise gegeben, und ich dachte damals: Was für ein guter Junge mein Sohn doch ist, aber es war vielleicht mehr, um mich aus dem Weg zu haben, denn als ich zurückkam, war mein ganzer Krempel nach Vijfhoven umgezogen, und mein Sohn saß im gemachten Nest. Ja, ich will nicht schlecht über ihn reden, verstehen Sie, aber ich war doch ein bißchen außer Fassung, und darum wollte ich ihm das Geld nicht zurückgeben.«

»Meneer, wenn Sie eine Eilzustellung daraus machen, ist es einen Tag früher bei Ihrem Sohn.«

»Einen Tag nur, das lohnt sich ja gar nicht.«

»Wenn Sie es noch schneller wollen, müssen Sie den Umschlag auch offen hierherbringen, und dann kann man von hier aus telegraphisch durchgeben, daß das Geld kommt.«

Aber das war zu kompliziert für den Alten, er kehrte zum ersten Vorschlag zurück.

»Also, ich muß ›Eilbehandlung‹ draußen auf den Umschlag schreiben, Meneer?«

»Ja, Meneer«, sagte der Schalterbeamte kurz.

»Oh, danke sehr, Meneer.«

Der alte Mann wandte sich halb um und schien gehen zu wollen. Der Schalterbeamte hatte bereits das Überweisungsformular des nächsten Kunden angenommen. Aber, wie vom Blitz getroffen, erstarrte der Alte, er drehte sich wieder zum Schalter um und fragte ängstlich: »Kostet das noch was extra, Meneer, so ein Eil ... Eildings?«

»Ja, Meneer, wir erheben eine Eilgebühr, fünfundzwanzig Cent.«

»Fünfundzwanzig? Und dann macht das einen Tag aus, sagen Sie?«

»Ja, einen Tag.«

»Oh, danke sehr, Meneer, na, wenn es dann nur einen Tag ausmacht, dann schicke ich es, glaube ich, normal, er hat ja nun sowieso schon lange darauf gewartet. Danke verbindlichst für all Ihre Auskünfte, vielen, vielen Dank.«

Wieder wandte er sich ab, und wieder sah man, daß sich unter dem abgenutzten Hütchen langsam ein Gedanke entwickelte.

»Meneer«, rief er mit einer Vierteldrehung, »wenn ich es nun doch mit einer solchen Eil ... solcher Eil ..., wie sagten Sie doch noch?«

»Eilzustellung.«

»Wenn ich nun doch so eine Eil ... zustellung daraus fabriziere, an welchem Schalter muß ich den Umschlag dann abgeben?«

»An Schalter eins.«

»Oh, das ist da, nicht wahr, ja, ja, richtig, und ein offener Umschlag, stimmt doch, und dann Eil ... Eilkram draußen drauf?«

»Ja, Meneer, das habe ich nun schon zwanzigmal gesagt.«

»Nicht ungeduldig werden, Meneer, das ist auch so eine Krankheit von meinem Sohn, aber vielen Dank, Meneer, furchtbar herzlichen Dank für all Ihre Mühe. Ich darf mich dafür verbindlichst bedanken.«

Und dann ging er, sichtlich zufrieden. Einmal noch wandte er sich um, denn ein neuer Gedanke schien in seinem Kopf zu entstehen, aber er riß sich zusammen und stellte sich in der Drehtür auf, wo er in aller Ruhe wartete, bis ein hereinkommender Kunde die Tür für ihn in Bewegung setzte. Während der kurzen Pause, in der er in seinem Drehtürteil eingeschlossen war, nahm er das Hütchen in seine Linke und staubte es mit der Rechten ab. Er verließ die Drehtür draußen nicht, sondern ließ sich einmal ganz herumdrehen und war dadurch noch zweimal eingeschlossen. Jedesmal setzte er den Hut auf, um ihn wieder abzustauben, wenn er eingeschlossen war. Ich hatte Zeit genug, das zu beobachten, denn der alte Mann vor mir, der 1,75 Gulden bezahlen mußte, unternahm verzweifelte Anstrengungen, sein Portemonnaie aus der Hosentasche zu ziehen.

»Meine Frau hat es mir hineingesteckt, und dann

sitzt es immer bombenfest, verrückt, was«, sagte er zu dem Schalterbeamten.

Endlich war es heraus, ein Portemonnaie, so klein, daß es eher versteckt als festgeklemmt gewesen sein mußte, und der Mann öffnete es mit zitternden Fingern und zog einen Gulden heraus. Er betrachtete die Münze von allen Seiten, sagte: »Man muß so vorsichtig sein heutzutage, man gibt sonst im Handumdrehen ein ganzes Zweieinhalb-Gulden-Stück statt eines Guldens aus.«

Dann legte er das Geldstück endlich hin, und in mir stieg ein so unwiderstehliches Bedürfnis hoch, den Mann mit dem Knie einen Stoß zu versetzen (er war nämlich so klein, daß ich mein Knie nur wenig zu heben brauchte, um ihm zwischen die Beine zu stoßen), daß ich, um das zu vermeiden, der aufkommenden Wut irgendwie Luft machen mußte. Glücklicherweise stand hinter mir eine Dame, deren Hund ihr so zu Füßen drapiert lag, daß sein Schwanz sich genau neben meinem linken Fuß befand. Es war kein großer Hund (oh, du Feigling!), und darum trat ich einmal ganz schnell auf das braune Fell, so als hätte ich meinen Fuß nur anders hinstellen wollen, und niemand konnte einen spielerischen Versuch zum Gerontizid darin sehen. Während die Hündin abwechselnd kläffte oder jaulte, war der Mann vor mir immerhin schon bei einem Fünfundzwanzig-Cent-Stück, einem *kwartje*, angelangt. Auch das betrachtete er, als hätte er Angst, zufällig ein kostbares Geldstück auszugeben, und es fehlte nur noch, daß er es auf den Boden fallen ließ, um zu sehen, ob es aus Pappe war. Dann folgten zwei Zehn-Cent-Stücke, danach lange Zeit nur Herumkramen, und auf einmal flog Zigarettenpapier aus dem Portemonnaie, als mache ein geheimnisvoller Windstoß einen Umweg. Quälend langsam zahlte der Mann zwei Fünf-Cent-Stücke, von denen er eines, das glänzte, weil es entweder neu war oder eine Nacht in Coca-Cola gelegen hatte, wieder an sich nahm und durch ein Fünf-Cent-Stück ersetzte, das fast verrostet war. Aber die einzelnen Centstücke, zwanzig insgesamt, kosteten noch mehr Zeit. Meine Wut wuchs, der Hund kläffte noch immer, und dann sagte der Mann: »So, ich hab's, glaube ich.«

»Ja«, sagte der Schalterbeamte.

Der Mann verschwand, ich wurde bedient und war noch eher draußen als er, weil er der Frau von der Heilsarmee am Eingang bei einem gemütlichen Schwätzchen sein glänzendes Fünf-Cent-Stück gab, und wieder war da diese Versuchung, ihn mit dem Knie zu stoßen, genau in dem Augenblick nämlich, als ich auf seinen Hut herunterblickte und dabei an die Worte meines Vaters denken mußte: »Es gibt zwei Arten von Menschen: Männer, die nur sonntags einen Hut tragen, und Männer, die auch noch in der Woche einen Hut tragen«, und ich dachte: Aber jetzt gilt das nicht mehr, jetzt tragen nur noch alte Leute einen Hut. Dieser Gedanke konnte meinen Ärger jedoch nicht mildern. Ich fuhr los, kochend vor Wut, dachte an den Hund und wußte plötzlich nicht mehr genau, ob ich ihm auf den Schwanz getreten hatte, um den Tritt mit dem Knie zu vermeiden oder weil mein Vater Hunde haßte. War es also mehr gewesen als eine *redirected aggression*? Während ich darüber nachgrübelte oder so tat, als grübelte ich darüber nach, so tat, als paßte ich nicht auf, fuhr ich, seelenruhig wie Mark Tapley, unerschrocken den verrückten alten Kerl über den Haufen, der immer auf der Brücke bei der Post steht und mich jedesmal grinsend mit den Worten begrüßt: »Sicher wieder nichts zu tun heute« oder »Mußt du nicht bei der Arbeit sein?« oder »Schöne Fahrradtour während der Arbeitszeit«.

Er lag auf der Straße, und sein Hut rollte weg, rollte vor die Räder eines Busses und wurde platt gewalzt, und das bereitete mir eine solche Befriedigung, daß meine Wut für einen Augenblick gestillt war, und während ich dem Mann auf die Beine half, der mich endlich einmal nicht mehr grinsend, sondern zu Tode erschrocken anblickte, und ich heuchlerisch meine Entschuldigungen murmelte, wußte ich, daß ich kein Tom Pinch war, wenigstens in diesem Augenblick, aber auch kein Mark Tapley, und da wußte ich, daß ich handelte, wie mein Vater gehandelt hätte, und daß die Wut in mir nicht meine Wut war, sondern die meines Vaters. Aber ich wußte auch, daß die Wut sich vor allem auf diesen

Mann richtete und auf die Alten vor dem Schalter und auf den Mann mit dem alten Brot, weil sie älter waren, als mein Vater je werden würde. Ich wußte, daß ich sie aus tiefster Seele haßte, weil sie noch lebten, während mein Vater sozusagen schon tot war. Wer gab ihnen das Recht, älter zu werden als mein Vater? Warum gab es nicht wie in Trollopes Roman *The Fixed Period* einfach eine Altersgrenze, die man nicht überschreiten durfte? Sie müßten erledigt werden, all diese alten Leute, alle, weg damit. Ich brauchte sie nur auf der Straße gehen zu sehen, zu Hunderten, ich brauchte nur einen unsicheren Schritt zu hören oder ein Bein im Stützstrumpf zu sehen, und schon kam die Wut hoch. Es war eine Wut, die einfallslos war, die nur zu Schimpfworten und Tritten mit dem Knie inspirierte. Es war die Wut meines Vaters am Sonntagmorgen, wenn es klingelte und ein Zeuge Jehovas vor der Tür stand. Mein Vater hatte dann immer die Tür gerade so weit geöffnet, daß der Mann reflexartig seinen Fuß dazwischensetzte. Und dann hatte mein Vater mit aller Kraft, die er besaß – und das war erstaunlich viel –, die Tür zugestoßen, so daß der Zeuge Jehovas hinkend fortging. Aber ab und an hatte mein Vater die Maßregelung durch etwas Einfallsreicheres ersetzt. Wieder einmal öffnete er die Tür in aller Herrgottsfrühe und sagte sofort zu den beiden Zeugen Jehovas: »Was steht in Matthäus 27, Vers 5?« Sie wußten es nicht, und mein Vater ließ es sie in ihrer Bibel aufschlagen, und sie mußten es vorlesen: »Judas ... ging hin und erhängte sich.« »Und jetzt schlagt mal Apostelgeschichte 21, Vers 24 auf«, sagte mein Vater, und sie schlugen es auf, und mein Vater zeigte ihnen die Worte: »... daß du auch einhergehst und hältst das Gesetz.«

Aber ich kam nicht weiter als bis zum Fuß-Einklemmen. Ich haßte die alten Leute, ich verachtete in einem späteren Stadium sogar Kinder und hätte Hunde am liebsten mit großen Steinen beworfen. Von Mozart konnte in den Abendstunden keine Rede mehr sein; die geheime Kompaßnadel im Innern, die einem in besonderen Phasen des Lebens an der Vorliebe für einen bestimmten Komponisten präzise zeigt, was mit einem nicht in Ordnung ist, wies auf Beethoven und Bartók und Mahler, Komponisten, die mich normalerweise überhaupt nicht ansprechen. Aber jetzt hörte ich die Aggression darin, sehnte mich danach, mit Musik den bitteren Haß gegen alles zu besiegeln, was länger als sechzig Jahre lebte, während in meinem Vater der bösartige Tumor immer weiterwucherte.

Meine Bosheit war so groß, daß selbst Hanneke darunter litt. Was ist denn nur los mit dir? fragte sie immer, wenn ich sie oder andere wieder schlechtgelaunt oder gereizt angefahren hatte. Sie meinte, meine Wut komme daher, daß wir unseren Urlaub im Wald vorzeitig abbrechen mußten.

»Du mußt dringend einmal hier raus«, sagte sie.

Sie meint immer, ganz gleich, was einem fehlt, man würde gesund werden oder sich ändern, wenn man Urlaub macht. Keine Macht der Welt kann ihr das ausreden; wenn sie Ärztin wäre, hockten alle ihre Patienten in fernen Kurorten, und falls sie Psychiaterin wäre, übte sie ihren Beruf im Eingang eines Reisebüros aus. Eine Fahrkarte ins Ausland zaubert eine sanfte Röte auf ihre Wangen; wenn sie müde ist, kann man sie mit der Nachricht aufmuntern, daß zwei schwere Koffer getragen werden müssen, und bei einer beginnenden Erkältung ist es besser, ihr einen Rucksack zu zeigen, als sie eine Vitamin-C-Tablette schlucken zu lassen. Aber ich glaube nicht an die Macht des Reisens und des Einmal-Heraus-Kommens. Auch damals glaubte ich nicht daran. Denn ich würde die Ursache für meine Wut mitnehmen, und auch dort, wo immer dieses Dort sein mochte, würden alte Menschen meinen Weg kreuzen. Und doch gab es einen Grund, auf Reisen zu gehen, einen Grund, der mir sehr wohl bewußt war, den ich aber mir selbst gegenüber nicht zugeben mochte, geschweige denn anderen gegenüber. Ich war des Wartens müde, ich glaubte, jeden Tag von meiner Mutter hören zu müssen: Deinem Vater geht es plötzlich wieder nicht mehr gut, doch das geschah nicht. Er wurde immer gesünder, immer lebendiger. Solange aber nichts passierte, mußte ich weiterhin mutterseelenallein mit meinem Geheimnis herumlaufen, das ich beinahe wie eine Geschwulst meiner Seele mit mir schleppte und von dem ich, wie merkwürdig das auch klingen mag, erlöst werden wollte, selbst gegen das hohe Lösegeld der ersten Krebssymptome bei meinem Vater. Gerade weil er immer jugendlicher wurde, wurde alles noch schwieriger. Mit seinen fröhlichen Scherzen strafte er meine düsteren Abende mit Mozart und meine Wut mit Beethoven Lügen. Er spielte einmal in der Woche Billard bei der Freiwilligen Feuerwehr, wo er Mitglied geworden war, um Billard spielen zu können, und am Samstagnachmittag bei Onkel Klaas, und zwar mit einer Begeisterung und einer Vitalität, die jeden verblüffte, und ab und an schlug er Onkel Klaas sogar. Wenn ich ihn sah, bekam ich Zahlen zu hören, die schon Wochen zurücklagen: »Da habe ich soundso viele Karambolagen gemacht, und Klaas nur vier, und da hab ich sofort das Spiel gewonnen, und da hättest du das Gesicht meines Bruders mal sehen sollen.« Ich betrachtete das alles wie die Stille vor dem Sturm, wie das letzte Aufflackern einer Kerzenflamme, die bald erlöschen würde. Ich wünschte mir diesen Sturm nicht, nein, ganz und gar nicht, aber ich konnte auch dieses Warten, das ich verbergen mußte und das bei soviel Gesundheit so sinnlos erschien, nicht mehr ertragen. Deshalb wäre ich am liebsten wieder in das Häuschen von Onkel Leendert gefahren in der makabren Hoffnung, daß dort noch einmal ein Anruf aus Maassluis kommen würde, der der lähmenden, zu Warten erstarrenden Unsicherheit ein Ende bereitete. Aber die beiden rätselhaften Polizisten hielten mich davon ab, Hanneke gegenüber etwas davon zu erwähnen, und außerdem wollte sie liebend gern weit fort.

Da tauchte plötzlich ein Schweizer im Labor auf, der früher schon einmal zu Forschungszwecken bei uns gewesen war und jetzt Ferien machte. Stolz erzählte er mir, daß er im Binntal ein altes Bauernhaus als Zweitwohnung gekauft habe, und er bot es mir an, falls ich die Absicht hätte, noch in diesem Jahr in die Schweiz zu reisen. Nachdem er meine Frage, ob es dort Telefon gäbe, bejaht hatte, verabredete ich sofort ein Datum mit ihm, denn das Haus schien ein wenig dem von Onkel Leendert zu ähneln. Außerdem hatte er mir das Werk von Jeremias Gotthelf empfohlen, und dessen *Bauernspiegel* hatte mich unweigerlich an meinen Vater erinnert. Ich hatte sogar eine uralte Übersetzung dieses Buches in der Buchhandlung Lampusiak kaufen können. Diese antiquarische Ausgabe hatte ich meinem Vater zu lesen gegeben, und ihm hatte das Werk auch sehr gefallen, so daß es nach all den Jahren, in denen wir uneins waren über Bücher, angefangen mit *Karakter*, endlich wieder ein Buch gab, das wir beide mochten. So schien es, als würde alles ineinandergreifen und als könnte ich dort im Binntal endlich wieder zu mir selbst finden.

Wir reisten ab; die Fahrt ähnelte der Art, wie der alte Mann seine 1,75 Gulden gezahlt hatte. Zuerst eine schnelle und bequeme Reise bis Basel, dann eine langsamere auf der Strecke nach Brig. Und von dort aus wurde es schwierig: Die Zahnradbahn nach Fiesch fuhr nicht nur mit Verspätung ab, sondern holperte zögernd der Quelle der Rhône entgegen. In Fiesch mußten wir stundenlang auf das Postauto nach Binn warten, und als wir dann endlich auf dem sonnigen Marktplatz des Dörfchens standen, zeigte sich, daß wir noch fünf Kilometer bergauf nach Imfeld zu gehen hatten, dem Flecken, wo das Haus stand und von dem wir hoch oben eine Ansammlung verstreut liegender dunkler Häuser sehen konnten. Ich schleppte zwei schwere Koffer bergauf, und schon das allein milderte meine Wut, ersetzte sie durch eine wohlige Müdigkeit. Als wir dann mitten zwischen den Häusern standen, schien es, als sei ich nie böse gewesen und als würde ich es auch nie wieder werden. Jetzt nur noch den Schlüssel des Hauses. Den könnten wir bei der Familie Zumturm abholen, war uns gesagt worden.

Es gab keine Straßen in dem Dorf; die Häuser standen rund um einen kleinen Platz, der an einer Seite von einer Miniaturkirche begrenzt wurde. Alles lag sonnig und verlassen da. Zwischen den Häusern scharrten ein paar Hühner, unter dem hölzernen Wassertrog schlich ein roter Kater hervor, und auf einem Zaun glänzte der Schwanz eines Rotschwänzchens in der Sonne. Weiter unten waren Bauern beim Mähen, das einzige Zeichen menschlichen Lebens.

»Ob das die Familie Zumturm ist?« fragte Hanneke.

»Das könnte gut sein. Geh doch mal hin und frag, hier ist, wie es scheint, überhaupt niemand.«

Obwohl ich zu ihr sagte: »Geh doch mal hin und frag«, lief ich gleich darauf selbst los. Ich ging auf einem schmalen Weg in Richtung der Bauern, und ich hatte das Gefühl, als entfernte ich mich immer schneller vom Dorf. Der Duft frischgemähten Grases drang mir in die Nase, und auf einmal schien mein Vater weit weg zu sein und gleichzeitig ganz nah – er hatte früher, lange bevor ich geboren wurde, Gras gemäht und Heu eingefahren. Ich war plötzlich in einem Stück seiner Vergangenheit, in der Zeit vor seiner Ehe, und solange diese Zeit noch nicht abgeschlossen war und es mich noch nicht gab, konnte es auch keinen bedrohlich nahenden Tod geben. Ich ging dort, und der Duft des frischgemähten Grases war betörend, und die Sonne machte das ganze Tal zu einem wahren Garten Eden, so daß ich allmählich immer kleiner wurde zwischen den hohen Felswänden. Der Tod war hier so viel einfacher zu akzeptieren, vielleicht weil alles so grün war und so paradiesisch duftete, vielleicht weil man wußte, daß sich niemals etwas verändern würde, weil weder eine neue Straße noch der Abriß oder

der Neubau von Häusern Eindruck machen konnte auf die mit grünen Tannen bewachsenen Hänge. Das Dorf lag weit hinter mir, Hanneke war nur noch ein Punkt, und hoch oben am Himmel kreiste ein Bussard. Ich erreichte eine rothaarige Frau auf einem Traktor.

»Sind Sie Frau Zumturm?«

»Ja, sind Sie Herr Hart?«

»Ja.«

»Also, dann gebe ich Ihnen den Schlüssel.«

Sie rief ein kleines rothaariges Mädchen zu sich, gab ihr einen riesigen Schlüssel und bedeutete ihr, soweit ich das Schweizerdeutsch im Binntaler Dialekt verstehen konnte, daß sie mir das Haus zeigen solle. Neben dem erstaunlich kleinen Mädchen ging ich zurück. Ich hatte selten so schönes rotes Haar gesehen, und ich konnte nicht mit ihr sprechen, nicht nur weil ich kein Schweizerdeutsch sprach, sondern auch weil mir nichts einfiel, was man zu so einem Mädchen hätte sagen können, und deshalb dachte ich nur: Wie mochte es sein, ein Töchterchen zu haben mit so prächtigem rotem Haar?

Im Dorf zeigte sie uns ein Haus, zu dem der Schlüssel aber nicht paßte, wie sich herausstellte, als sie schon zurücklief. Was nun? Wir probierten den Schlüssel noch bei ein paar anderen Häusern aus, ebenfalls ohne Erfolg, außer daß wir den Schlüssel irgendwann nur noch mit Gewalt aus einem Schloß ziehen konnten, und so ging ich, als ich den Schlüssel wieder in der Hand hatte, noch einmal zum Rand des Dorfes. Auf dem Weg kam mir Frau Zumturm entgegen. Sie war ganz in Schwarz, und wie sie sich dort zwischen den sonnendurchfluteten Wiesen, die so hellgrün waren, näherte, war es, als nähere sich ein Schatten. Eine merkwürdige Langsamkeit lag darin. Ich hatte Mitleid mit ihr, ich wollte ihr entgegengehen, aber sie bedeutete mir, ich solle stehenbleiben. Sie kam näher, ohne wirklich näher zu kommen, als brauche sie Stunden für das Stück, das ich gerade eben in so kurzer Zeit geschafft hatte, und weiter hinten fuhr der Traktor, jetzt mit einem rothaarigen Jungen darauf, und überall mähten rothaarige Mädchen und Jungen das von Wiesenstorchschnabel blau durchzogene Gras.

Schließlich war Frau Zumturm dann doch beim Brunnen angelangt, und sie lief ganz normal über den kleinen Platz, sie war nicht schlecht zu Fuß, wie ich geglaubt hatte, aber die durch die hohen Berge und das Sonnenlicht verzerrte Perspektive hatte ihrem Gang diese Langsamkeit verliehen.

»Mir ist plötzlich eingefallen, daß meine Tochter nicht genau weiß, welches Haus es ist. Sie hat Ihnen bestimmt ein falsches gezeigt.«

Sie wies auf ein Haus, zu dem der Schlüssel tatsächlich paßte, ein Bauernhaus mit so lächerlich niedrigen Türen, daß sogar Hanneke, doch wahrhaftig ziemlich klein, sich bücken mußte. Ich stieß mir schon bei der ersten Schwelle so unbarmherzig heftig den Kopf, daß ich nur verschwommen den großen steinernen Ofen im Wohnzimmer aus dem Jahre 1601 bewundern konnte. Drei Tage lang stieß ich mir den Kopf, dann hatte ich mich daran gewöhnt, mich wie ein Vierfüßler durchs Haus zu bewegen, was mir insofern leichtfiel, als es auch im Tal angebracht war, sozusagen auf Händen und Füßen zu gehen. Dann waren die Augen nämlich dicht am Boden, und die Gefahr, einen seltenen Stein zu übersehen, war kleiner. Denn wir merkten schon bald, vor allem an dem Klopfen Hunderter von Steinesammler im Tal, daß das Binntal berühmt für seine seltenen Mineralien ist. Nicht, daß wir je etwas gefunden hätten, aber gerade deshalb suchte ich, auf Händen und Füßen laufend, um so hartnäckiger.

In der ersten Nacht im Häuschen hatte ich einen Traum, den ich seitdem schon Hunderte von Malen wieder geträumt habe. Ein Traum, dessen einzelne Teile ich genauestens erklären kann, der mich aber dennoch stets von neuem überwältigt. Es ist eine Kindheitserinnerung: Ich gehe mit meiner Mutter durch den Klatschmohn, der an der schräg abfallenden Böschung am Nieuwe Weg in Maassluis wächst. Es ist Sommer und Sonntagnachmittag, und es ist etwas passiert, aber ich weiß nicht, was. Ich begreife im nachhinein nicht, warum wir dort gingen, denn meine Mutter hatte Angst vor Klatschmohn, weil er giftig sei, und außerdem gingen wir am Sonntagnachmittag nie aus.

Zu erfahren, was passiert war, erscheint mir überraschend wichtig, aber ich werde es nie herausbekommen, genausowenig wie ich erfahren werde, was passiert ist, als ich einmal auf einem leeren Wagen mit einem Pferd davor zusammen mit meinem Vater aus Maasland zurückkehrte und einschlief. Während ich hinten auf dem Wagen schlief, muß ich die Zügel angezogen haben (oder träumte ich das nur?), und danach ist etwas Schreckliches passiert. Aber was? Mein Vater konnte mir nie sagen, was passiert war, ebensowenig wie meine Mutter erklären kann, warum wir dort auf der Böschung mit dem Klatschmohn spazierengegangen sind, als hätten wir für Monets Gemälde *Das Mohnfeld* posiert. Vielleicht erscheint es mir so wichtig, weil ich nicht weiß, was da passiert ist. Wenn ich es wüßte, würde sich vielleicht herausstellen, daß es nichts Besonderes war.

In meinem Traum sah ich nun meinen Vater mitten durch den Klatschmohn laufen. Ich selbst stand auf dem Deich und sah ihn näher kommen. Die Sonne schien ihm ins Gesicht, und sein Schatten hinter ihm reichte bis zum Dorf Maasland. Wie schnell er auch ging, er kam keinen Zentimeter voran. Er winkte mir zu, er sah mich, er hatte wieder dieses Gesicht, wie ich es aus meinen frühesten Erinnerungen an ihm kenne: fröhlich, mit strahlenden

Augen und diesem eigenartigen Zug um den Mund, der einen schon zum Lachen brachte, bevor er selbst lachte. Seine Augen blitzten in der Sonne, und er zog fast gar nicht sein verkrüppeltes Bein nach. Er wollte mir etwas erzählen oder mir etwas zurufen, ich hörte ihn zwar rufen: »Maart, Maart ...«, aber der Rest ging in der Stille um ihn herum verloren, und er kam einfach nicht näher, der Abstand blieb immer gleich, und ich stand regungslos da, wollte etwas tun, war aber wie gelähmt, konnte nicht einmal sprechen oder winken. Das Merkwürdigste von allem war jedoch, daß er weißgescheuerte Holzschuhe trug, ach, dieses Detail war überdeutlich, und dabei hätte man diese weißgescheuerten Holzschuhe eigentlich gar nicht sehen dürfen in dem dichten Gras mit dem üppigen Klatschmohn. Aber gerade diese Holzschuhe waren unaufhörlich in Bewegung, er rannte, als hinge sein Leben davon ab, und dennoch war er keineswegs ängstlich oder bedrückt. Nein, er hätte kaum fröhlicher sein können.

Es war ein schrecklicher Traum, vor allem wegen meiner Ohnmacht. Daß er im Laufe der Jahre etwas weniger erschreckend geworden ist, kommt nur daher, weil er es wenigstens möglich macht, meinen Vater wieder so zu sehen, wie er war, als er noch, mich vor sich, mit dem Fahrrad auf dem Deich fuhr.

Dieser Traum gehörte zum Binntal der ersten Tage. Aber das Binntal war auch das Steineklopfen, das mich an Ai van Leeuwen erinnerte, den Steinmetz. Mit ihm hatte mein Vater viele Jahre zusammengearbeitet. Das Binntal waren auch die Kinder Zumturm, von denen ich nie wußte, wie viele es waren. Überall leuchteten die rothaarigen Mädchen- und Jungenköpfe zwischen den Häusern auf, ein Mädchen noch im Krabbelalter, ein Junge bereits größer als sein Vater. Man mußte schon bis zur italienischen Grenze wandern, wollte man sie nicht mehr sehen.

An einem wolkenlosen Tag unternahmen wir eine Wanderung zum Albrunpaß. Der Weg führte uns immer tiefer hinein ins Tal. Er verengte sich hinter einem Bach zu einem Fußweg, schlängelte sich an den Felsen entlang, verlor sich manchmal auf einer sumpfigen Wiese und war dann ein Stück weiter doch wieder zu sehen oder, wenn er nicht zu sehen war, mit einem gelben Zeichen auf einem Stein markiert. Aber allmählich war der Pfad immer schwieriger zu finden, weil ihn mehr und mehr Schnee bedeckte. Dennoch hielten wir tapfer durch, kämpften uns durch das breite Flußbett der Binna, vorbei an der Albrunhütte, bis hinauf zum Paß. Wir waren dort mutterseelenallein; Neuschnee bedeckte jetzt die ganze Gegend, und hinter uns zeichneten sich unsere Fußspuren als graue, dunkle Flecken ab. Wir sahen den Grenzstein lange, bevor wir ihn erreichten. Er leitete uns nach oben, aber warum plötzlich eine Fußspur aus dem Schnee auftauchte, die bis weit hinunter ins Tal zu sehen war, obwohl sie keineswegs auf der einzig möglichen Route an der Hütte vorbeiführte, erklärte er uns nicht. Wer konnte denn da, und dann noch vor so kurzer Zeit, allein durchs Tal geirrt sein? Ein Grenzposten? Ein Wanderer, der in der Hütte übernachtet hatte und auf einem Umweg zur italienischen Grenze gelaufen war? Wir gingen verwirrt der Fußspur nach, die direkt zum Grenzstein führte. Als wir diesen erreichten, hörte die Spur plötzlich auf, als sei der Besitzer der nicht einmal sehr großen Bergschuhe, die ihre Abdrücke so regelmäßig in den Schnee gezeichnet hatten, vom Grenzstein aufgestiegen. Es führte keine Fußspur zurück; auch weiter vorn war nichts von einer Fußspur zu sehen. Es war rätselhaft – plötzlich war da eine Spur, und plötzlich war sie nicht mehr da, und man konnte sich wohl kaum vorstellen, daß der Wanderer, ob Mann oder Frau, rückwärts zurückgegangen war und die Füße immer genau in die eigene Spur gesetzt hatte. Allerdings hatte der Mann oder die Frau – aber es mußte ein Mann gewesen sein – beim Grenzstein uriniert. An einer Stelle war der Schnee geschmolzen, und ein kleines Stück dunkler Erde war von einem gelben Rand umgeben.

Wir standen da, und diese rätselhafte Spur vergällte uns die Freude darüber, daß wir die Grenze erreicht hatten. Wir schauten auf das sich in der Ferne verlierende Italien hinab – nichts als düstere, dunkle Berge und ein wildes und, wie es schien, unbewohntes Tal –, und ich blickte noch einmal auf die Fußspur, und es war plötzlich, als sei ich wieder auf dem einsamen Kai hinter dem Rathaus von Maassluis am Silvesterabend des Jahres 1962.

Das himmlische Magazin

An jenem Silvesterabend lief ich gegen zehn Uhr durch die ausgestorbenen Straßen von Maassluis. Nicht einmal die an einem solchen Abend normalerweise so geschäftigen Feuerwerker ließen sich sehen, denn es war bitterkalt, und es hatte außerdem den ganzen Abend geschneit. Nachdem es aufgehört hatte zu schneien, hatte ich mich sofort zu einem Spaziergang durch die vertrauten Straßen aufgemacht. Seit Anfang Oktober lebte ich nicht mehr in der Stadt, sondern bei meinem Onkel und meiner Tante in Leiden, und der Schmerz darüber brannte noch genauso heftig in mir wie vor drei Monaten. Nicht, daß mein Onkel und meine Tante mich schlecht behandelt hätten, im Gegenteil, aber ich hatte Heimweh nach der vertrauten Umgebung, Heimweh nach den Geschichten meines Vaters, die ich jetzt nur noch am Wochenende zu hören oder nicht zu hören bekam, denn ich wußte nicht, was er alles an den Tagen erzählt hatte, an denen ich in Leiden war. Und wenn ich sie hörte, hatten sie oft schon das erste Stadium hinter sich. Denn das war doch das Schönste: Wie diese Geschichten wuchsen und sich veränderten, wie sie allmählich immer mehr an Farbe gewannen und mit Unwahrheiten ausgeschmückt wurden, die jedoch die Atmosphäre einer solchen Geschichte besser zum Ausdruck brachten. Und ich selbst konnte auch keinen Beitrag mehr liefern. Früher hatte ich oft gesagt: War es wirklich ein Grab Dritter Klasse? Es scheint mir eher ein Grab Zweiter Klasse gewesen zu sein, so wie du es erzählst. Und dann hatte mein Vater gesagt: Nein, bist du verrückt, natürlich war es ein Grab Dritter Klasse, aber dann hatte er, wenn ich ihn später die Geschichte wieder erzählen hörte, dieses Detail doch oft verändert und gestand damit bewußt oder unbewußt ein, daß sie besser wurde, wenn man in diesem Fall die höhere soziale Schicht der Zweiten Klasse mit einarbeitete. So hatte ich zu vielen Geschichten kleine Beiträge geliefert, und sie waren immer lebendiger geworden, nicht in erster Linie durch mich übrigens, sondern vor allem durch die Phantasie meines Vaters, und immer kam dann der Augenblick, in dem eine solche Geschichte abgeschlossen war und sich nicht mehr veränderte. Manchmal äußerten die Zuhörer Zweifel, aber mein Vater hielt ihnen jedesmal vor: »Ist es nicht passiert, dann kann es noch passieren«, und dagegen war wenig einzuwenden.

Am Wochenende fragte ich tausend Dinge, nach der Besatzung der *Volharding*, nach Ai van Leeuwen, nach den Beerdigungsunternehmern, nach dem Mann, der so getreu jeden Tag das Gärtchen vor dem Grabstein seiner Mutter pflegte, daß darauf die schönsten Pflanzen wuchsen, nach den Blumenhändlern, nach Quaavers, der meinen Vater so feierlich mit »Paul« anzureden pflegte, sooft mein Vater ihm auch entgegenhielt, er heiße Pau. Als hätte ich jetzt nicht mehr teil an den wunderlichen Vorgängen auf dem Friedhof, denn darauf kam es an, das hieß leben, das war etwas ganz anderes, als im Praktikum jeden Nachmittag tote Tiere abzuzeichnen, etwas, womit ich bestraft wurde, weil ich mich von Kind an geweigert hatte zu zeichnen, sogar auf der Höheren Schule, wo der ratlose Lehrer mich während der Stunde statt dessen vorlesen ließ. Ja, als lebte ich dort in Leiden gar nicht, jetzt, da der Friedhof und mein Vater so weit fort waren. Und das Schlimmste war, daß es in Leiden keinen Hafen gab, an dem ich hätte spazierengehen können. Wenn ich andererseits das Studium aufgäbe und nach Maassluis zurückkehrte, müßte ich sofort zum Militär, und dann würde ich genauso von zu Hause fort sein – es gab keinen anderen Ausweg, als zu studieren. Und manchmal konnte es, sogar in Leiden, doch sehr schön sein. Ich erinnere mich noch gut, wie am fünften Dezember so dicker Nebel über der Stadt hing, daß man nichts von den Häusern und Gebäuden mehr sehen konnte. Da war ich zum erstenmal zufrieden durch die Straßen spaziert, bis mir auf einmal klar wurde, was ich schon eine ganze Zeitlang dachte: Was fehlt hier eigentlich? Der traurige Eulenruf der Nebelhörner auf dem Fluß. In der Nacht vom fünften auf den sechsten Dezember hatte es gefroren, und die Sonne hatte am sechsten Dezember eine paradiesisch schöne Welt beschienen. Nie zuvor hatte ich solch prächtig bereifte Bäume gesehen, solche in der Sonne glänzenden weißen Erlenzapfen, und mein Onkel, der malte und dafür am liebsten Dias benutzte, hatte genug Schnappschüsse von Schneelandschaften bis in alle Ewigkeit gemacht – denn das war außer Stilleben seine Spezialität –, und ich hatte mir immer wieder vorgehalten, daß es doch wirklich gleichgültig war, wo ich die bereiften Bäume sah. Aber wenn ich dann an die bereifte Friedhofsallee bei dem Haus für die Totenbahren dachte, kniff ich mir in die Hände vor Heimweh.

Aber nun lief ich wieder durch Maassluis, und wie von selbst lenkte ich meine Schritte zum Hafenkai. Seit ich fünfzehn war, hatte ich mir angewöhnt, jeden Abend am Hafen entlangzugehen. Auf dem Hafenkai spazierten immer Mädchen in Gruppen, die sich kichernd nach einem umsahen, wenn man hinter ihnen ging, und die einem Hoffnung auf ein Abenteuer machten, ein Abenteuer, das auf dem Kai anfing und zwischen Gänsefuß und Sauerampfer am Maasufer endete. Für viele Jungen und Mädchen fing es in der Tat so an und endete nach einem Intermezzo am Maasufer neben oder in einem Wochenbett, aber ich war zu unbeholfen, um auch nur ein einziges Mädchen anzusprechen. Ich ging da und sehnte mich stets aufs neue nach etwas, das nie geschah, während es andere Jungen mühelos schafften, ein Mädchen aus einer solchen Reihe herauszupflücken, um dann heimlich mit ihr zum Schanshoofd zu verschwinden. Einmal jedoch wäre es mir fast gelungen. Ich ging hinter zwei Mädchen her, und die eine hatte sich immer wieder heimlich umgeschaut. Sie kicherte jedesmal leise, und ich hörte sie sagen: »Würdest du dich mit ihm zum Maasufer trauen? Ich nicht, du!«

»Die will was«, sagte ein Junge, den ich nicht kannte und der plötzlich vom Zandpad her auftauchte und neben mir herlief. »Du die eine und ich die andere.«

Er rückte auf, ging links neben dem Mädchen, das sich nicht umgeschaut hatte, und da mußte ich denn schon rechts neben dem anderen Mädchen gehen. Wie selbstverständlich legte der Junge seinen Arm um die Taille des linken Mädchens, und ich wollte auch meinen Arm heben, aber ich schaffte es nicht, mein Arm war schwerer als ein Grabstein, ich ging einfach weiter, und ich hörte das Mädchen sagen: »Was für ein Ekel«, und dennoch lächelte sie und lockte mit den Augen. Ihr Blick vor allem war es, der mich maßlos traurig machte und mich plötzlich davonrennen ließ. Ich hörte sie noch »Langweiliger Pimmel« rufen, bevor ich um die Ecke der Fenacoliuslaan sauste.

Seitdem bin ich immer erst spät am Abend am Hafen spazierengegangen, wenn die Paare, die sich dort gebildet hatten, schon Strandastern am Maasufer zertraten, denn ich hatte mich während der hungrigen Raubzüge nach schneller Liebe in das bläuliche Licht der Schaufenster verliebt, in den Duft von Mehl und Teeröl, den Anblick der roterleuchteten Zeiger der Turmuhr, und vor allem hing ich an der traurigen, leicht salzigen Atmosphäre, die einem, wenn man ganz allein dort ging, das Gefühl gab, man würde ewig leben.

Aber an diesem Silvesterabend hatte ich das Bedürfnis nach einer Variante meiner Wanderung. Am Rathaus ging ich hinunter zu der engen Kaistraße hinter den Häusern, die nur von Fußgängern benutzt werden konnte. Warum? Ich wußte es selbst nicht, ich wußte nur, daß es etwas mit dem zu tun hatte, was mein Vater beim Abendessen auf eine Art erzählt hatte, die mich sicher sein ließ, daß er weder phantasierte noch etwas hinzufügte.

»Kommt da doch heute am späten Nachmittag – ich wollte gerade Feierabend machen – ein alter Mann auf den Friedhof, ich kannte ihn nicht, ich hatte ihn noch nie gesehen, mit einer großen Mütze auf dem Kopf, so daß ich sein Gesicht kaum erkennen konnte, und einem dunklen Schal vor dem Mund, vielleicht wegen der Kälte, vielleicht um sowenig wie möglich von seiner Visage zu zeigen, in einer schwarzen Barchenthose und einem langen schwarzen Mantel, und sagt zu mir: ›Ansager, ich will …‹ ›Ich bin hier kein Ansager, auch wenn ich den Leuten was sage‹, sag ich zu ihm. ›Meneer‹, sagt er, ›früher oder später werden wir alle Ansager, im Leben eines jeden von uns kommt der Augenblick, an dem er zu einem Mitglied der Familie sagen muß: Dein Vater, dein Bruder, deine Schwester, deine Mutter ist gestorben. Merken Sie sich das gut, Meneer. Haben Sie so etwas noch nie gesagt?‹ ›Doch‹, sag ich, ›als mein Alter starb, habe ich es allen meinen Brüdern sagen müssen, weil ich in der Nacht, als er plötzlich zur Toilette wollte und aus seinem Bett aufzustehen versuchte und sofort in meinen Armen tot war, zufällig an der Reihe war, bei ihm zu wachen. Aber von Beruf bin ich kein Leichenbitter und kein Aufseher und kein Gärtner und kein Steinmetz und schon gar kein Totengräber, ich grabe auch niemanden tot, ich bin hier der Grabmacher.‹ Und er sagt: ›Gut, Grabmacher also, ich will Sie etwas Verrücktes fragen.‹ ›Wenn es nicht verrückter ist als das, was ich zur Antwort geben werde, dann schieß los‹, sag ich. ›Nun, es ist nämlich wirklich merkwürdig‹, sagt er, ›aber Sie sind sicher einiges gewohnt in Ihrem Beruf, nehme ich an.‹ ›Ja, mehr als mein Vater in seinem Käsegeschäft‹, sag ich. ›Grabmacher‹, sagt er hinter seinem Schal hervor, den er ängstlich mit seinem schwarzen Fäustling festhielt, ›Grabmacher, ich bin des Lebens müde, ich will heute abend

Schluß machen, ich will nicht mehr ins neue Jahr. Wenn ich nun heute abend einen Schlußstrich ziehe, wo werde ich dann liegen?‹ ›Bist du ein Maassluiser?‹ frag ich. ›Ich kenne dich überhaupt nicht.‹ ›Ich wohne hier erst seit kurzem‹, sagt er, ›aber ich komme bestimmt auf diesen Friedhof. Die Frage ist: Wohin?‹ ›Ja‹, sag ich, ›das hängt davon ab, was du willst, du kannst wählen zwischen Erster Klasse eigenes Grab, Zweiter Klasse eigenes Grab oder Mietgrab, Dritter Klasse Mietgrab oder Vierter Klasse Mietgrab. Aber heutzutage läßt sich niemand mehr in der Vierten Klasse begraben. Wenn du überhaupt keine Kröten hast, kannst du auch noch ins Armengrab. Die Erste Klasse ist hübsch teuer – schnell an die dreihundert Gulden; in der Dritten Klasse liegst du für fünfundsiebzig Gulden, und dann wirst du nach neunundzwanzig Jahren geräumt. Aber wo du schon darüber redest‹, sag ich, ›schieb es bitte so lange wie möglich hinaus, es hat seit dem Zweiundzwanzigsten gefroren, und ich sitze schon mit acht Zentimetern Frost in der Erde da, ich komme nicht einmal mehr mit der Spitzhacke rein. Ja, du würdest mir einen großen Gefallen tun, wenn du noch etwas warten würdest.‹ ›Aber ich will gerade heute abend Schluß machen‹, sagt er, ›ich will ganz bestimmt nicht mehr ins neue Jahr.‹ ›Bist du verrückt‹, sag ich, ›du hast es schon so viele Jahre ausgehalten, du kannst doch wohl noch ein wenig warten. Wenn es ein paar Tage lang keinen Frost mehr gibt, ist er sofort wieder aus dem Boden raus.‹ ›Aber du mußt andere doch auch begraben, du mußt trotzdem hacken.‹ ›Ja‹, sag ich, ›aber je mehr kommen, desto mehr muß ich graben. Ich habe jetzt noch zwei Gräber in der Dritten Klasse, und im Augenblick stehen noch zwei über der Erde, die krieg ich alle beide am dritten Januar, und dann hoffe ich, daß es für eine Weile aufhört. Wenn du dich nun heute abend davonmachst, muß ich sofort nach Neujahr in aller Frühe hacken, und dafür brauche ich dann den ganzen Morgen, denn die Erde ist steinhart. Warte, komm mal eben mit zur Dritten Klasse, ich geb dir eine Spitzhacke, und dann darfst du selbst probieren.‹ Also, ich geh mit ihm im Dunkeln zum Bahrenhaus, ich hol meine Spitzhacke, und wir gehen zur Dritten Klasse, und er probiert, sie in die Erde zu schlagen. Du hättest sein Gesicht einmal sehen sollen! Er kam keine zwei Zentimeter hinein. ›Ja‹, sagt er, ›das sehe ich ein, dann kann ich vielleicht tatsächlich noch ein bißchen warten.‹ ›Tu mir den Gefallen‹, sag ich, ›und warte, bis der Frost vorbei ist. Dann kommst du wieder, und dann zeige ich dir genau, wo du liegen wirst. Wir können uns einigen, ich bin jemand, mit dem sich reden läßt, du kannst selbst ein bißchen aussuchen, wo du liegen willst, du kommst einfach, und ich zeige dir, wo ich den nächsten Toten unter die Erde bringe, und wenn dir der Platz nicht gefällt, wartest du noch etwas, und gefällt er dir, dann knüpfst du dich auf. Du kannst dir auch aussuchen, ob du oben, in der Mitte oder unten liegen willst, so wie es dir am liebsten ist, man kann alles regeln. Wenn du nur wartest, bis der Frost aus dem Boden ist.‹ ›Gut‹, sagt er, ›ich komme wieder, sobald es nicht mehr friert.‹ ›Ausgezeichnet‹, sag ich, ›aber denk dran, daß der Frost noch eine ganze Weile in der Erde sitzt, nachdem es aufgehört hat zu frieren.‹«

Warum dachte ich nun, daß ich diesen Mann gerade dort, auf dem abgelegenen Kai, treffen würde? Und warum meinte ich, daß ich ihn dann vielleicht dazu bringen könnte, seinen Plan aufzugeben? Vielleicht hatte mein Vater ja ganz richtig gehandelt, indem er so nüchtern um Aufschub gebeten hatte. Nicht über Motive argumentieren, keinen Versuch unternehmen, es dem Mann auszureden – auch wenn er vielleicht sogar allein deshalb gekommen war –, sondern schlicht und einfach auf einen Aufschub drängen, der leicht zu einem Aufgeben führen konnte. Und doch war es, als hätte mein Vater etwas versäumt, zumindest hätte er etwas darüber sagen müssen, daß eine solche Tat keine Lösung bedeutet. Oder bedeutete sie nicht doch eine Lösung? Niemals hätte ich, in meinem hoffnungslosen Heimweh über dem Zeichenpapier sitzend, an Selbstmord als mögliche Lösung gedacht, aber diese Geschichte hatte mich auf eine Idee gebracht, und zugleich bot sie eine Rückzugsklausel: Ich konnte es jetzt sowieso nicht tun, denn die Erde war schon tief gefroren.

Nein, der Mann war nicht hinter dem Rathaus. Dort lag nur unberührter Schnee, und ich ging vorsichtig an den Häusern entlang. Seltsam, ein Mann, der kommt, um zu fragen, wo er beerdigt werden würde, wenn er an diesem Abend Selbstmord beginge. Vielleicht tat er es, trotz des Frostes.

Ich stieß auf eine Fußspur, die von der anderen Seite kam. Sie bog von den Häusern ab zum Wasser, und ich folgte ihr. Sie mußte ganz frisch sein, denn es hatte vor höchstens zehn Minuten aufgehört zu schneien. Sie führte direkt zum Wasser, und am Rand der Kaimauer war nur ein einzelner deutlicher Abdruck. Es fehlte jede Spur von Zögern oder Stehenbleiben. Der Mann oder die Frau, aber es mußte schon ein Mann sein, denn es waren große Fußspuren, größer als meine, mußte geradeaus weitergegangen sein. Er war nicht stehengeblieben oder hatte noch ein paar Schritte extra gemacht, falls er in ein Boot gestiegen war. Sicher: Es war denkbar, daß er unmittelbar vom Kai auf ein Schiff gestiegen war, dessen Reling gerade oberhalb oder unterhalb der Kaimauer lag. Aber davon müßten dann auf der Kante des Kais Spuren zu sehen sein, und die sah ich nicht. Sogar wenn das Boot etwas von der Kante entfernt gelegen hatte, hätte der Mann seine Schritte anders gesetzt, als es die Fußspur jetzt zeigte. Nein, überall war der Schnee unberührt, das Wahrscheinlichste war, daß der Mann direkt ins Wasser gegangen war, und ich beugte mich vorsichtig über die Kaimauer, spähte ins Wasser, das von Ölflecken matt glänzte. Ich sah nichts, was auf einen Ertrunkenen hindeutete, es herrschte tiefe Stille. Selbst die sonst allgegenwärtigen Möwen fehlten. Ich konnte den Gedanken nicht loswerden, daß die Fußspur von dem Mann stammen mußte, der nachmittags noch bei meinem Vater auf dem Friedhof gewesen war. Aber das war doch nicht möglich, das war verrückt. Der Mann hatte doch versprochen, er würde es nicht tun. Und wenn er es dennoch getan hatte, was hinderte mich daran, seinem Vorbild zu folgen? Nie mehr würde ich Tag für Tag zu Hause sein können. Oder nach Leiden gehen müssen und dort etwas tun, wovon mir fast übel wurde: Zeichnen; oder zum Militär. Zu Hause hatte ich mein durch Hartfaserplatten abgetrenntes Dachzimmer an meine Schwester abtreten müssen, ich schlief jetzt in einer dunklen, stickigen Ecke neben der Treppe. Bei meiner Tante hatte ich nur einen winzig kleinen, ungeheizten Verschlag. Es war wirklich so, als gehörte ich nirgendwohin und als gäbe es nie mehr einen Ort, an dem ich wieder ein bißchen glücklich sein könnte.

Die Glocken der Grote Kerk störten meine Grübeleien, die sich schon gefährlich dem Selbstmitleid näherten. Was für ein Gejammer! Ja, wehleidig jammern, das war es, was ich tat. Die Fenster der

Grote Kerk wurden hell, und ich meinte, die Kirchenorgel hören zu können. Dennoch blieb die Fußspur ein beunruhigendes Rätsel, und ich eilte, unverantwortlich schnell bei dem Schnee, in dem ich nur allzu leicht hätte ausrutschen können, von hier fort. Es war, als hätte ich in einen Abgrund gestarrt, einen Abgrund in mir selbst, der mir bislang nie bewußt gewesen war. Je mehr ich mich den Treppen näherte, die auf den Deich führten, desto mehr faßte ich Mut, und plötzlich dachte ich sogar: Natürlich, du hast noch nie eine Freundin gehabt, die Mädchen in Leiden finden dich viel zu freundlich zum Verlieben, und doch gibt es jetzt irgendwo auf der Welt ein Mädchen, das für dich bestimmt ist. Aber, dachte ich, die feiert jetzt im Kreise ihrer Familie Silvester mit Krapfen, und die wird nie verstehen, daß es für mich nichts Schöneres gibt, als ganz allein über einen Hafenkai zu spazieren. »Noch viel besser ist es, immer allein zu bleiben«, murmelte ich entschlossen, als ich die Treppe hinaufstieg und die beängstigende Fußspur hinter mir ließ. Und um meine Furcht noch weiter wegzuschieben, sagte ich mir im Takt meiner die Stufen hinaufsteigenden Füße ein Gedicht von Emily Dickinson auf, das ich eine Woche zuvor im Lesesaal der Universitätsbibliothek gefunden hatte und von dem ich so beeindruckt war, daß ich es sofort auswendig gelernt hatte:

Elysium ist nicht weiter als
Das Zimmer nebenan
Vielleicht erwartet dich ein Freund
Glück oder Untergang –

Welch große Kraft die Seele birgt
Wenn sie ertragen kann
Die Schritte, die sie kommen hört –
Daß eine Tür aufgeht.

So hielt ich mich aufrecht, und die Tage glitten dahin, und es fror noch immer, als ich schon längst wieder in der Kammer bei meiner Tante saß, die Beine in Decken gewickelt und alle verfügbaren Pullover übereinander, sozusagen als Buße, weil ich nicht unten am warmen Ofen im gemütlichen Wohnzimmer sitzen wollte, wo ewig das blaue Licht des Fernsehers leuchtete.

Ich litt nicht unter der Kälte, denn der Frost brachte jeden Tag eine neue Schicht gefrorener Erde und verhinderte den Selbstmord des Mannes, der in meiner Vorstellung steinalt war. Jeder Tag Frost brachte neue Hoffnung, jede Nacht mit Tiefsttemperaturen weit unter dem Gefrierpunkt war wieder eine gewonnene Runde im Kampf gegen den Tod. Warum mir soviel daran lag, daß der Mann am Leben blieb, begriff ich selbst nicht, aber an jedem Wochenende fragte ich meinen Vater ängstlich, ob der Mann schon wieder dagewesen sei. Nein, lautete unverändert die Antwort. Auch war kein Ertrunkener nach Neujahr gefunden worden, die Fußspur ließ sich möglicherweise ohne die Selbstmord-Hypothese erklären, obwohl es immer noch möglich war, daß der Ertrunkene viel später angeschwemmt wurde. Wie auch immer es ausgehen würde: Solange man niemanden gefunden hatte, blieb die Hoffnung, und es fror und fror, als sollte es nie wieder aufhören. Elefanten in einem englischen Tierpark bekamen Rum, damit sie nicht vor Kälte bewußtlos wurden; die Hirsche tauchten, um Nahrung bettelnd, aus den Wäldern auf, und ich selber sah, als ich, zwei Paar Socken übereinander und zwischen beiden eine Plastiktüte, zwei Mützen auf dem Kopf und pelzgefütterte Fäustlinge an den Fingern, von Leiden nach Maassluis radelte, unbekannte Vögel auf dem Eis des Rhijn-Schiekanaal. Hinter Delft sah ich, wie ein Habicht auf einem Pfahl saß, um zu sterben. Aus dem eisigen Himmel ließ sich eines Nachmittags im Februar, als es schon dämmerte, ein Schwarm Hänflinge in den Garten meines Onkels herabfallen und hüpfte ganz einfach in die offenstehende Voliere – die Kanarienvögel waren alle im Wohnzimmer. Die Hänflinge blieben in aller Seelenruhe sitzen, wie dicht man auch an sie herankam. Sie überwinterten, von uns gefüttert, in freiwilliger Gefangenschaft, und zuerst gesellten sich zwei Grünfinken zu ihnen und danach sogar ein Dompfaffpärchen.

Für mich bedeutete der Frost nichts anderes als eine Galgenfrist, aber mein Vater grämte sich tagaus, tagein am rotglühenden Kanonenofen im Haus für die Totenbahren. Er konnte fast nichts tun, und außerdem starben wegen des Frostes wenig Leute. »Hab ich endlich eine prächtige Schleifmaschine gekriegt«, sagte er am Wochenende zu dem Polizisten, der erst seit kurzem in Maassluis eingesetzt war und zu Besuch kam, um mit meinem Vater Dame zu spielen und gegen ihn zu verlieren, obwohl er in Gelderland Meister im Dame-Spielen gewesen war, »hat sich die Gemeinde einmal die Spendierhose angezogen mit einer Schleifmaschine, und jetzt spielt einem das Wetter einen solchen Streich. Ich kann sie nicht benutzen.«

»Warum nicht?« fragte der Polizist.

»Na, sieh mal, während du schleifst, läuft zur selben Zeit Wasser aus der Maschine, ja, eine prächtige Erfindung, aber das Wasser gefriert dir unter den Händen.«

»Wofür brauchst du denn das Wasser?«

»Wofür ich Wasser brauche? Wofür, denkst du, brauche ich wohl diese Schleifmaschine?«

»Keine Ahnung. Vielleicht, um Holz zu schleifen?«

»Holz schleifen? Auf einem Friedhof? Für Särge vielleicht? Mann, daß ich nicht lache! Nimm übrigens später einen Sarg aus Fichtenholz, keinen aus Eiche und schon gar keinen aus Pappel, die vermodern so verdammt schlecht. Wenn man räumen muß, sitzt man plötzlich da mit einem noch tadellosen Sarg, und dann ist die Leiche meistens auch noch in Ordnung. Da bist du geliefert. Wohin mit der Leiche?«

»Hör auf mit deinen unappetitlichen Geschichten. Wofür brauchst du diese Schleifmaschine, das wolltest du gerade erzählen.«

»Um Grabsteine sauberzuschleifen.«

»Du schleifst all diese Grabsteine sauber?«

»Nein, nur die Steine, die in Auftrag gegeben sind. Du kannst auf dem Gemeindesekretariat die Pflege eines Grabsteins in Auftrag geben, kostet zwanzig Gulden, dann muß ich ihn sauberschleifen und die Buchstaben wieder schwarz anmalen. Nimm später bitte keinen Grabstein, das ist der größte Ärger, den man als Grabmacher hat, schon allein wegen des Grases, das man um den Stein herum wegschnippeln muß, weil man mit dem Rasenmäher nicht drankommt.«

»Also um die Grabsteine sauberzuhalten, brauchst du eine Schleifmaschine?«

»Ja, endlich geht ihm ein Licht auf, eine ganze Schachtel Streichhölzer, du bist ein richtiger Polizist: Dumm geboren und nichts dazugelernt, ja, dafür brauche ich eine Maschine.«

Er schwieg einen Augenblick, um mit einer schnellen Bewegung drei Steine mit Hilfe einer gerade eingeheimsten Dame vom Brett zu schlagen, und fuhr fort: »Früher hab ich das alles mit der Hand gemacht, mit einem Schleifstein, und das klappte auch ganz gut, darum geht es nicht, aber dann hattest du so einen Stein saubergemacht und angemalt, und dann kamen die Angehörigen, um nachzusehen, meistens Frauen, denn Frauen geben zwar den Stein ihres Mannes in Auftrag, aber umgekehrt nicht, und dann kam es oft vor, daß schon wieder zwei oder drei von den großen Ringeltauben darauf geschissen hatten. Das ist mir so oft passiert, daß sie sich deswegen im Sekretariat beschwert haben. Und sie haben sich auch darüber beschwert, daß die Buchstaben nicht schön genug angemalt wären, ja, nicht bei mir, das wagen sie nicht, denn von mir kriegen die was zu hören, solche Frauen, sondern bei dem Mann am Schalter. Und dann natürlich Quaavers mit geschwollenem Kamm zu mir. Na, wenn ich nur eine einzige solche Beschwerde hörte, habe ich versucht, all diese Buchstaben vollständig von den Steinen abzuschleifen. Das geht ausgezeichnet bei Steinen, auf die die Buchstaben obendrauf gesetzt sind, dann schleift man einfach die Buchstaben weg, aber es geht absolut nicht bei Steinen, in die die Buchstaben eingemeißelt sind. Dann muß man so einen Stein ganz glattschleifen, und das ist vielleicht eine Schufterei! Aber jetzt, mit dieser Maschine, es ist phantastisch, in einer Stunde hat man einen solchen Stein völlig glatt, kein Buchstabe, keine Zahl mehr zu sehen. Prächtig kriegt man sie hin, absolut sauber, und ich versichere dir, über welchen Stein sie sich auch beschweren, er wird so glatt und so frei von Buchstaben geschliffen wie dieses Dame-Brett. Schade, daß es jetzt so kalt ist, denn ich habe eine ganze Menge Steine, die Anwärter sind auf eine solche Behandlung. Ja, und dann kommen sie bei einem an: ›Gärtner‹ – das hat erst neulich eine zu mir gesagt –, ›Gärtner, ich kann den Namen von meinem Opa nicht mehr lesen.‹ ›Ja, Mevrouw, dieser Stein ist zur Pflege in Auftrag gegeben worden mit einem Sternchen dabei. Es ist sich ja beschwert worden, daß er letztesmal nicht ordentlich saubergemacht worden sei, also hab ich ihn mir diesmal extra gründlich vorgenommen, ja, schade, das mit den Buchstaben, sie waren so hinüber, ich konnte sie nicht einmal mehr anmalen.‹ ›Schrecklich‹, sagte die Frau. ›Warum?‹ fragte ich. ›Wissen Sie denn nicht mehr, was draufstand?‹ ›Doch‹, sagte sie, ›hier stand ‚Ruhe sanft', und hier der Name von meinem Opa und hier ‚Es rauscht in den Wolken ein lieblicher Name'.‹ ›Und wissen Sie denn den Namen Ihres Opas nicht mehr?‹ fragte ich. ›Doch, natürlich‹, sagte sie. ›Na‹, sagte ich, ›warum müssen dann dieser Name und das ‚Ruhe sanft' und der Vers auf dem Stein stehen? Sie wissen doch alles.‹ ›Für andere‹, sagte sie, ›damit sie es lesen können.‹ ›Ja‹, sagte ich, ›dachten Sie denn, daß andere Leute lesen, was auf den Steinen steht, unter denen völlig unbekannte Leute liegen? Es bringt rein gar nichts, etwas auf einen Stein zu schreiben – die nächsten Angehörigen wissen es sowieso, und andere sind nicht daran interessiert.‹«

Wieder holte er ein paar Steine des Polizisten vom Brett, der mit rotem Kopf seiner Niederlage entgegensah.

»Es gibt keine größere Strafe, als Buchstaben auf einem Grabstein anzumalen«, sagte mein Vater, »und wenn sie sich dann auch noch beschweren, na, dann werden sie schon sehen. Wenn es an mir läge, wäre es von morgen früh halb acht an verboten, Grabsteine aufzustellen. Man hat einen Haufen Ärger damit, erstens, wenn man räumt, und dann muß so ein bleischweres Miststück da runter, zweitens beim Rasenmähen …«

»Ja, das hast du schon erzählt«, sagte der Polizist gereizt.

»Drittens, wenn ein solcher Stein zur Pflege in Auftrag gegeben ist und die Vögel kacken ihn wieder voll, wenn man ihn gerade angemalt hat. Ich mache meine Arbeit gern, ich möchte sie gegen nichts tauschen, außer für einen kleinen Bauernhof mit zehn Kühen, etwas Ackerland und einem hübschen Hektar Weideland, aber Grabsteine, die kann ich nicht ausstehen. So, das wär's dann. Können die Leute in Gelderland denn nicht Dame spielen? Noch ein Spielchen?«

Er stellte die Steine schon wieder aufs Brett.

»Ich hab gehört«, sagte er zum Polizisten, »daß

deine Frau Literatur liebt. Mein Sohn hier nämlich auch. Ich nicht. Immer haben wir alle Bücher zusammen gelesen, ich habe seine Abenteuerbücher gelesen, ich habe seine Detektivgeschichten gelesen, als er älter wurde, aber dann kam er eines Tages mit dem Roman *Karakter* von Ferdinand Bordewijk nach Hause. Kennst du das Buch?«

»Nein, nie gehört«, sagte der Polizist.

»Na, da hast du auch nichts verpaßt. Es handelt von einem Vater, der seinen Sohn mehr oder weniger ins Grab befördert. Das soll nun Literatur sein! Seitdem kann ich ihm darin nicht mehr folgen. Ich finde es sehr schade, wir haben immer dieselben Bücher gelesen, aber auf diese Literatur lege ich keinen Wert, und schon gar nicht auf das Buch von Bordewijk. So ein elender Vater, so ein Mistviech, so ein gemeiner Hund, wie der zu seinem Sohn war.«

Plötzlich wandte er sich an mich mit einer völlig anderen Frage. »Kannst du meinen Schwager nicht mal fragen, ob er eine Ansprache für mich hat? Ich bin wieder dran beim Männerverein, und er hat immer so schöne Themen.«

Tags darauf, nach Leiden zurückgekehrt, bat ich meinen Onkel um eine Ansprache.

»Das Schönste, was ich hier liegen habe«, sagte mein Onkel, »ist eine Ansprache zu der Frage, woher Jesus seine Kleider hatte, als er am dritten Tag aus dem Grabe auferstand. Denn er war nackt hineingelegt worden, kam aber nicht nackt wieder heraus.«

»Woher kamen die Kleider denn?« fragte ich.

»Aus dem himmlischen Magazin«, sagte mein Onkel feierlich, »ich zeige das anhand der Bibel, es ist ein herrliches Thema, dein Vater darf es sich ausleihen, aber er soll vorsichtig damit umgehen.«

So überbrachte ich am nächsten Wochenende ein Schulheft mit einer Abhandlung über das himmlische Magazin, und da mein Vater sich auf der Versammlung des Männervereins »Bibel und Bekenntnis« nicht anmerken lassen wollte, daß er die Ansprache von jemand anderem hatte, lernte er sie Satz für Satz auswendig. Damit war er drei Wochen lang beschäftigt, manchmal in der Vorderstube unseres Hauses, aber meistens neben seinem Kanonenofen im Haus für die Totenbahren, weil er draußen doch nichts tun konnte. Da er immer so volltönend wie möglich sprach, wenn er eine solche Ansprache auswendig lernte, hätte ich gern beobachtet, wie Besucher des Friedhofs auf die merkwürdigen Geräusche reagierten, die aus dem Haus kamen. Aber ich konnte nicht auf dem Friedhof herumschleichen, denn ich mußte tote Tiere aus dem Alkohol nehmen und Skelette abzeichnen wie Tom Traddles.

Mein Vater war übrigens keineswegs zufrieden mit der Ansprache seines Schwagers. An einem Sonntag im Februar hielt er im Wohnzimmer auf zwei Stühlen seinen Mittagsschlaf. Draußen ertönte das helle Signalhorn eines vorüberfahrenden Schiffes, und mein Vater beantwortete den Ruf im Schlaf mit einer verblüffend genauen Imitation des Tons. Gleich darauf wurde er wach, setzte sich auf, sah mich an und sagte: »Es ist überhaupt nicht wahr.«

»Was ist nicht wahr?«

»Das mit den Kleidern. Die kommen überhaupt nicht aus dem himmlischen Magazin. Was steht in der Bibel über Maria Magdalena, als sie Jesus sieht?«

»Sie meinet, es sei der Gärtner«, sagte ich.

»Genau, das steht da. Und was sagen die Leute manchmal zu mir? Sie sagen: Gärtner, wissen Sie, wo das Grab meiner Mutter ist? Maria Magdalena dachte, daß sie den Grabmacher sieht, und das ist gar nicht so merkwürdig, denn sie ging über einen Friedhof. Weißt du, was geschah? Jesus ist auferstanden aus dem Grabe, ist zum Bahrenhaus gelaufen und hat die Kleider des Grabmachers angezogen. Es war nicht unter seiner Würde, auszusehen wie ich. Ob er wohl auch Holzschuhe angehabt hat? Auf jeden Fall: Nichts von wegen himmlisches Magazin.«

»Was willst du nun machen?«

»Ich kann jetzt schon alles auswendig. Wenn ich es ändere, hören die Leute mir doch nicht zu. Du weißt, was in der Apostelgeschichte 27, Vers 11 steht: ›Aber der Unterhauptmann glaubte dem Steuermann und dem Schiffsherrn mehr denn dem, was Paulus sagte.‹«

Es fror weiterhin. An den Wochenenden sah ich sogar im Hafen Eisschollen treiben. Sogar das Meer fror zu. Mein Vater konnte nur noch ein Grab machen, wenn ihm die Straßenarbeiter und die Arbeiter aus den öffentlichen Grünanlagen halfen, die wegen des Frostes arbeitslos waren. Sie hackten manchmal einen ganzen Tag an einem kleinen Stück Erde, das von Nacht zu Nacht tiefer gefror. Ich bekam an den Samstagen und Sonntagen prächtig ausgeschmückte, bereits durch Lügen veredelte Geschichten darüber zu hören. Dabei wurden die Geschichten meistens nicht mir, sondern dem Meister im Dame-Spiel aus Geldern erzählt. Versessen auf Revanche, erschien er jeden Samstag bei uns zu Hause, und ich hörte mit, was mein Vater ihm alles erzählte, da ich kein eigenes Zimmer hatte und wohl oder übel im Wohnzimmer sitzen mußte.

»Da ist mir doch diese Woche was Komisches passiert«, sagte mein Vater zu ihm. »Ich wachte morgens auf, und ich will mein künstliches Gebiß aus dem Wasserglas neben meinem Bett nehmen, um es mir in den Mund zu stecken, aber was ist passiert? Ich krieg es nicht raus: festgefroren im Glas. Ohne mein Gebiß kann ich auf dem Totenacker nichts anfangen.«

Merkwürdigerweise erzählte er nicht, warum er

sein künstliches Gebiß so oft auf dem Friedhof brauchte. Er hatte die Angewohnheit, hartnäckige und lästige Besucher, die er nicht auf die übliche Weise mit Worten verscheuchen konnte, als letzte Möglichkeit mit seinem halb aus dem Mund heraushängenden Gebiß anzusprechen, als wolle er den Besuchern schon einmal einen Vorgeschmack davon geben, was sie unter der Erde erwartete. Dazu klemmte er sich seine ewig brennende Zigarette zwischen die Zähne, und das war dann ein noch grauenhafterer Anblick. Von allen seinen seltsamen Angewohnheiten war das vielleicht die unappetitlichste, aber ich kann nicht leugnen, daß es sich oft als wirksames Mittel bei Männern erwies, über die er dann wieder mit dem Polizisten sprach.

»Die Schlimmsten«, sagte er, »sind die komischen Heinis, die manchmal abends im Dunkeln auf den Friedhof kommen. Man weiß nicht, woher sie sind, es sind immer Unbekannte, aber wie sie so herangeschlurft kommen, kann man schon sehen, was sie wollen.«

»Was wollen sie denn?« fragte der Polizist.

»Ich kann es nicht richtig ausdrücken, ich kenne das Wort nicht dafür, aber bei mir haben die keine Chance. Ich sorge nach jeder Beerdigung dafür, daß der Sarg sofort dick mit Sand zugeschüttet wird, so daß sie ihn nicht öffnen können. Ich verstehe das sowieso nicht – was geht bloß in solchen Kerlen vor?«

»Aber warum wollen die denn die Särge von Toten öffnen, die frisch begraben sind?«

»Sie wollen die Särge von Frauen öffnen.«

»Aber warum?«

»Kapierst du das nicht?«

»Nun, nein, wollen sie sich denn die Leiche angucken?«

»Wenn es nur dabei bliebe.«

»Wollen sie sie ausrauben?«

»Was gibt es schon bei einer Leiche zu stehlen? Einen Ehering? Nein, das ist es nicht.«

»Du hast einen vakzinierenden Beruf«, sagte der Polizist.

Sie sahen einander eine Weile an, und mein Vater sagte schließlich: »Ich glaube nicht, daß du es kapierst, das ist mir ein schöner Dame-Meister, na ja, das hat auch nichts weiter zu bedeuten, ich hab noch nicht ein einziges Mal gegen dich verloren. Warst du wirklich Dame-Meister in Gelderland?«

»Ich bin schon Meister bei den Junioren in Gelderland gewesen, als du noch in der Wiege lagst.«

»Ja, das kann schon sein. Ich hatte auch gerade einen Dame-Meister der Junioren auf dem Friedhof, ein Junge, der sich mit seinem Moped zu Tode gefahren hat, sie haben ihn in die Leichenhalle gelegt, er war von oben bis unten lädiert, Jesaja 1, Vers 6, also, dann weißt du schon Bescheid, wir stehen …«

»Was steht in Jesaja 1?«

»Weißt du das nicht?« fragte mein Vater erstaunt.

»Nein, warum sollte ich das wissen?«

»Du bist doch Christ?«

»Ja, ich bin christlich reformiert.«

»Dann mußt du auch wissen, was in Jesaja 1, Vers 6 steht. Da steht: ›Von der Fußsohle bis zum Haupte ist nichts Gesundes an ihm: Beule und Strieme und frische Wunde, nicht ausgedrückt noch verbunden, und nicht mit Öl gelindert.‹ Komisch, daß du das nicht weißt. Also, wir reden hinterher noch kurz, der Arzt, der Kommissar und die beiden Sanitäter, die ihn gebracht hatten, und ich, und da kommt von diesem Mopedfahrer, Juniorenmeister von Zuid-Holland, doch tatsächlich ein Rülpser! Gasentwicklung in einer Leiche, das gibt es öfter. Der Arzt erschrickt vielleicht, den hätte ich beinahe gleich mit beerdigen können, aber ich sage nur: ›Gib mir einen Hammer, dann schlage ich den Jungen tot.‹ Na gut, die also weg, ich bleib noch da und wisch das Blut vom Fußboden auf. Während ich auf dem Fußboden herumkrieche, krieg ich da doch plötzlich einen auf die Birne. Ja, ich denke, er wußte genau, daß er gegen mich verloren hätte beim Dame-Spiel, Dame-Meister hin wie her.«

An der Art, wie mein Vater die Geschichte erzählte, konnte man erkennen, daß er am Gewinnen war. Ich erwartete noch mehr, denn er blickte mit strahlenden Augen aufs Dame-Brett.

»Und was hältst du von der Frau, die letzte Woche bei mir war? Sie hatte Bescheid bekommen, daß das Grab ihres Mannes geräumt werden sollte. Sie fragt: ›Was erwarten Sie, darin zu finden, Gärtner?‹ Ich sage: ›Knochen, Mevrouw.‹ ›Und was machen Sie damit?‹ fragt sie. ›Die leg ich in eine kleine Kiste‹, sag ich. ›Ja, aber woher wissen Sie, daß es alle Knochen von meinem Mann sind?‹ ›Mevrouw‹, sag ich, ›ich kann nicht garantieren, daß ich ganz genau all die richtigen Knochen zusammenbekomme, aber um Ihnen einen Gefallen zu tun, werde ich ein paar Knochen extra dazulegen.‹«

»Ein schrecklicher Beruf«, sagte der Polizist mit hochrotem Kopf.

»Ja«, sagte mein Vater, »es ist ein hübsches Endspiel. Das Schlimmste, wirklich das Allerschlimmste, was ich erlebt habe …«

Plötzlich begannen seine Lippen zu zittern, der Polizist schaute ihn erstaunt an, und mein Vater sagte: »Sand drüber.«

Zwei Tränen liefen ihm über die Wangen in Richtung Dame-Brett. Ich wußte, was er hatte erzählen wollen, aber nicht in Worte fassen konnte: Wie er eines Tages das Grab seines Bruders Henk, der in der Seilfabrik verunglückt war, hatte räumen müssen. Ich war froh, daß er es nicht erzählte, sondern schnell wieder von seinem künstlichen Gebiß anfing.

»Ich kann doch nicht die ganze Nacht ein Teelicht darunter stellen«, sagte er. »Ich leg jetzt einfach ein Deckchen um das Glas. Wie machst du das mit deinem Gebiß?«

»Ich hab kein künstliches Gebiß«, sagte der Polizist.

»Du hast kein künstliches Gebiß? Ein Mann in deinem Alter? Deine echten Zähne noch? Was für ein Pechvogel! Immer Zahnschmerzen und Ärger, Mann, du bist zutiefst zu bedauern.«

»Ich hab nie Zahnschmerzen.«

»Das gibt es nicht. Weißt du, was auch so lästig ist?«

»Mir ist mein Gebiß überhaupt nicht lästig.«

»Nein, ich meine auf dem Totenacker. Es gibt immer Leute, die ihr Kätzchen oder ihr Hündchen bringen. Aufseher, würden Sie es bitte für mich begraben? Ich habe eine Ecke dafür, aber eigentlich darf man das ja nicht.«

Und noch etwas vermißte ich in diesen ersten beiden Monaten des Jahres 1963. Mein Vater beobachtete während der Frostperiode die seltensten Vögel auf dem Friedhof, und deshalb konnte er auch Ende Februar voraussagen, daß der Winter bald zu Ende sein würde. »Alle meine Vögel sind weg«, sagte er zu mir am letzten Wochenende im Februar, »es ist vorbei mit dem Frost.«

»Dann wird der Mann vielleicht doch wiederkommen«, sagte ich.

»Ach was, nein«, sagte er, »den sehen wir nicht wieder.«

Und so schien es tatsächlich zu sein. Im März war

der Frost schon seit ein paar Tagen vorbei, und noch immer war der Mann nicht wieder auf dem Friedhof erschienen. An einem Samstagnachmittag stand ich auf der Brücke des Zuidvliet und schaute ins fließende Wasser. Die Schleuse zum Hafen war geöffnet worden, weil Ebbe war und auf diese Weise das Schmelzwasser bequem abgeleitet werden konnte, da der Wasserstand im Hafenbecken viel niedriger war als im Flußlauf. Auf dem schnell strömenden Wasser tanzten kleine Eisschollen. Aber das war es nicht, weshalb ich mich nicht losreißen konnte. Zwischen den Eisschollen trieben tote Fische. Ich sah große Karpfen und Rotfedern und Sprotten und dicke Aale, ich sah riesige Brachsen in Richtung Meer davontreiben. Oft trieben die Fische mit den Bäuchen nach oben, und man sah nur das Weiße und manchmal noch etwas Rot an den Bauchflossen. Ich schaute nur und schaute, und es ging immer so weiter, in einem merkwürdigen, starren und unergründlichen Rhythmus: jetzt wieder Karpfen, dann wieder Plötze oder Rotflossen mit ihren immer noch hellroten Flossen und ganz selten ein Blei oder ein Aland oder die soviel dunkleren Schleie. Manchmal meinte ich sogar die Bartfäden eines Welses zu sehen, oder es zog ein kleiner Trupp Bitterlinge vorbei. Aber am schockierendsten waren die Karauschen, nicht, weil sie genauso tot waren wie die anderen Fische, sondern weil sie viel größer waren, als ich jemals welche gesehen hatte. Das bedeutete, machte ich mir klar, daß sogar sie, die allergrößten Fische, die man nie fangen konnte, jetzt durch den Sauerstoffmangel umgekommen waren. Es trieben auch Hechte und Barsche vorbei, mitten zwischen den Plötzen, Raubtier und Beute brüderlich vereint durch den Tod. All das Wasser, das vorbeiströmte, war bis auf den letzten Tropfen mit toten Fischen bedeckt, die sogar die Eisschollen manchmal wegschoben und die, durch die Strömung in eine ordentliche Reihenfolge gebracht, auf dem Weg zum Hafenbecken waren. Ich starrte mit tränenden Augen hinunter, nicht weil ich gerührt war, sondern weil ich immer wieder vergaß, mit den Augen zu zwinkern. Nein, es war nichts, worüber man hätte gerührt sein können, es war zu erschütternd, um gerührt zu sein oder bekümmert, und es dauerte dafür auch zu lange. Das Wasser strömte und strömte, solange Ebbe war, und die ganze Zeit über trieben die toten Fische vorüber. Am Sonntag wurden die Schleusen bei Ebbe wieder geöffnet, und wieder zogen all die toten Plötze und Brachsen und Alande vorüber, als wären sie noch einmal unterwegs zum Meer, und doch waren es andere Fische. Es überstieg allen Verstand und alles Begreifen: diese riesige Zahl, allein dort, im Zuidvliet und in den Kanälen der dahinterliegenden Polder.

Es war der Anblick der toten Fische, der mich irgendwie davon überzeugte, daß der Mann zurückkommen würde, und tatsächlich: In der Woche, nachdem das Schmelzwasser mit den toten Fischen abgeflossen war, kam er wieder zu meinem Vater.

»Kann ich es jetzt tun?«

»Zum Donnerwetter, warte noch, der Frost sitzt fast anderthalb Meter tief im Boden, bevor der da raus ist, ist es schon bald Hochsommer.«

So wußte mein Vater einen Aufschub zu erreichen, aber jede Woche fuhr ich wieder in angstvoller Spannung nach Hause: Sollte es jetzt passiert sein? Und jeden Samstag bekam ich wieder zu hören, daß der Mann dagewesen sei und wieder weggeschickt worden war. Da es Frühling wurde, litt ich selber weniger unter dem brennenden Heimweh; der Huflattich schoß zwischen den letzten Schneeresten hervor, und das Scharbockskraut färbte die Bachufer gelb. Ich konnte einfach nicht begreifen, daß dies kein ausreichender Grund für den Mann sein sollte, am Leben bleiben zu wollen. Mein Vater führte lange Gespräche mit ihm, wies ihn auf »den einzigen Trost im Leben und im Sterben« hin, aber der Mann hielt ihm vor, daß nirgendwo in der Bibel ausdrücklich gesagt wird, daß Selbstmord verboten sei. Mein Vater wies natürlich auf König Saul und Judas hin, aber der eine sei, wie der Mann meinte, verurteilt worden, weil er ungehorsam gewesen war, und der andere, weil er Verrat begangen hatte. Ihr Selbstmord werde nicht verurteilt. Der Frost in der Erde blieb daher die einzige Hoffnung, und sehr lange konnte mein Vater ihn davon überzeugen, daß der Frost noch immer in großer Tiefe vorhanden sei und das Graben eines Grabes zur Qual mache. Aber als mein Vater wenig später ein Grab grub und dabei vergnügt von dem Mädchen sang, das einst einen Ball zum Spielen bekam und in eine dunkle Gracht fiel, sah er, nachdem er bereits eine Stunde lang mühelos Sand nach oben geschaufelt hatte, den Mann neben dem Rhododendronbusch stehen.

Der Mann kam heran und sagte: »Es geht ja gut heute.«

»Wenn man nur erst diese verflixte Frostschicht hinter sich hat«, sagte mein Vater.

»Nun, ich stehe hier aber schon, seitdem du angefangen hast. Ich habe mich hinter dem großen Busch versteckt, und ich habe überhaupt nichts davon gesehen, daß du hacken mußtest. Du hast die ganze Zeit fröhlich gesungen. Wenn ich es jetzt mache, komme ich wahrscheinlich in dieses Grab. Nun, es gefällt mir ausgezeichnet. Dann auf Wiedersehen, würde ich sagen.«

Mein Vater erzählte das an einem Sonntagabend, und noch immer sehe ich seine Hand über dem Schachbrett schweben und über seiner Dame stehenbleiben.

»Was ich nur nicht verstehe«, sagte er, »ist, daß er auf Wiedersehen sagte.«

»Warum nicht?« fragte ich.

»Weil er sich noch am selben Abend erhängt hat.«

»Aber ist er danach denn nicht in der Leichenhalle aufgebahrt worden?«

»Ja, das ... Meinst du, daß er darum auf Wiedersehen sagte?«

»Ich denke schon«, sagte ich.

Aber mein Vater hörte nicht zu, er sagte nur: »Das hätte er doch nicht so wörtlich zu nehmen brauchen.«

»Wie wörtlich?« fragte ich.

»Daß ich sagte: Wenn der Frost vorbei ist, kannst du dich aufknüpfen. Er hätte es doch auch mit Gift oder Gas machen können.«

Der Hubschrauber

Um das Haus spukten abends Dutzende von Fledermäusen, die genau wie die Zumturms unterschiedlich groß waren. Es fehlte nur noch, sie hätten rotes Haar gehabt. Oder vielleicht hatten sie das auch, und es war in der Dunkelheit nur nicht zu sehen. Denn es war nachts in Imfeld so dunkel, daß man bequem im Freien Abzüge von Fotos hätte machen können. Ich stand Abend für Abend auf dem winzigen Dorfplatz, der mit mir allein schon wie von einer Menschenmenge besucht zu sein schien, erst recht, wenn noch ein rothaariges Zumtürmchen um die Ecke eines Hauses schaute; und während die Fledermäuse an mir vorüberschossen und Nachtfalter sich auf meine Schulter setzten, um sich davor zu schützen, daß sie von den Fledermäusen gefangen wurden, schaute ich zu den Sternen und dachte wieder daran, wie ich als Kind geglaubt hatte, daß jeder Stern das Licht eines Toten im Himmel sei. Kein Fleckchen am Himmel war ohne Stern, man konnte dort sehen, wie voll der Himmel schon war. »Es ist kein Platz für noch mehr Tote«, sagte ich zu mir selber, in dem verzweifelten Bemühen, die Krankheit meines Vaters aufzuhalten. Aber zur selben Zeit ging eine solche Ruhe von diesem so reich gestirnten Himmel aus, daß ich mich nicht nur wie Matthias Claudius »nicht satt sehn« konnte, sondern daß die Verbitterung und Wut, die sich gegen alle und jeden gerichtet hatten, insbesondere gegen alte Leute, von Tag zu Tag weniger wurden, und es schien, als würde ich – wenn auch nicht in diesem Augenblick, so doch später – akzeptieren können, daß mein Vater, und demzufolge auch ich selber, würde sterben müssen. Jeden Abend konnte ich unter dem Sternenhimmel mit größerer Überzeugung das Gedicht von Matthias Claudius murmeln: »Ich sehe oft um Mitternacht,/Wenn ich mein Werk getan/Und niemand mehr im Hause wacht,/Die Stern' am Himmel an«, und wenn ich dann nach Hause ging, um zu schlafen, mußte ich immer an den Schluß des Gedichts denken und daran, daß ich ihn nicht aufsagen konnte, weil es mir immer die Kehle zuschnürte bei den letzten Worten:

Dann saget unterm Himmelszelt
Mein Herz mir in der Brust:
»Es gibt was Bessers in der Welt
als all ihr Schmerz und Lust.«

Ich werf' mich auf mein Lager hin
Und liege lange wach

Und suche es in meinem Sinn
Und sehne mich darnach.

Aber ich lag nicht nur wach, weil ich »was Bessers in der Welt« ersehnte, sondern auch, weil ich Angst hatte und auf all die geheimnisvollen Geräusche innerhalb und außerhalb des Hauses horchte. Immer wieder dachte ich: Wenn mein Vater doch nur hier wäre, wie beruhigt würde ich dann schlafen.

Da es abends schon sehr kalt sein konnte, heizten wir den Speckstein-Ofen aus dem Jahr 1601, und alle zwei Tage holte ich Brot in dem einzigen Laden von Binn, wobei ich über einen schmalen Fußweg lief, hoch über der Binna, die noch so weit entfernt vom Meer war, daß sie es für nötig hielt, so schnell wie möglich dorthin zu strömen. Ich fragte mich immer, ob das Brot, wenn ich es auf den Pfad legte, von einem Steinesammler mitgenommen würde, denn es war so hart, daß man es besser mit Steinmetzwerkzeug als mit dem Messer bearbeiten konnte.

Wir wanderten in allen möglichen Richtungen durch das Tal und sprachen nicht mehr über die seltsame Fußspur. Eines Tages jedoch ging jemand mit Skiern über der Schulter an uns vorbei, und das brachte Hanneke auf die Idee, daß der Mann an der italienischen Grenze vielleicht auf Skiern weitergelaufen sein könnte und daß deshalb die Fußspur aufgehört hatte. »Aber dann hätte man doch eine

Skispur sehen müssen«, sagte ich, »obwohl ... wir haben nicht danach gesucht und nicht daran gedacht, es kann gut sein, daß wir sie übersehen haben.« Ja, das mußte des Rätsels Lösung sein, aber die relative Zufriedenheit über diese Hypothese wurde dadurch zunichte gemacht, daß es für die Fußspur am Silvesterabend keine vergleichbare Erklärung gab. Warum wollte ich das eigentlich so gern geklärt wissen?

Dann geschah etwas in diesem, abgesehen von der Binna, so ruhigen Binntal, das eine andere Erklärung für die verschwundene Spur nahelegte. Wir saßen nach dem Abendessen auf einer der Bänke, die an den Wänden des Hauses festgemacht waren, und sahen hinaus über das Tal. Die Sonne stand schon niedrig, beschien aber noch den ganzen Osthang der Bergkette, die das Tal an einer Seite abschloß. Oberhalb der Grenze von Licht und Schatten, die ungefähr mit dem Lauf der Binna zusammenfiel, tauchte plötzlich ein roter Punkt auf, der sich deutlich gegen die braune Wand des Breithorn abhob. Der Punkt schien am Berg aufwärts zu klettern, wurde aber gleichzeitig größer. Das war derart paradox, daß ich höchst erstaunt auf das rote Monster starrte und nicht einmal dazu kam, darüber nachzudenken, was es sein mochte. Der allmählich größer werdende Punkt erzeugte ein Geräusch, das in keinem Verhältnis zu seinen Ausmaßen stand, es war ein donnernder Lärm, der tausendfach von den

Felswänden zurückgeworfen wurde und das Tal mit einem ununterbrochen grummelnden Gewitter erfüllte. Wir waren nicht die einzigen, die das Geräusch hörten und den Punkt sahen; unter unserem Haus strömten die Zumturms an den Rand des Dorfes. Ich sah sogar einen ganz alten Zumturm aus dem Haus auftauchen, in dem sie alle wohnten, einen Zumturm, den ich noch nie zuvor gesehen hatte, einen Ururgroßvater mit solchen O-Beinen, daß er bei jedem Schritt mit dem rechten Knie gegen seinen Stock stieß, obwohl er ihn auf Armeslänge von sich weghielt. Sein Bart war schneeweiß, und von den einst zweifellos roten Haaren war nichts übriggeblieben als ein Kranz aus schneeweißem Schaum, etwa einen halben Zentimeter unterhalb seiner schwarzen Kappe.

Inzwischen wurde der rote Punkt noch größer, und noch immer wußte ich nicht, was es war. Daß der Punkt schnell flog, konnte ich zwar sehen, aber warum brauchte er so lange für die Strecke vom Breithorn nach Imfeld? Erst als der Punkt über Binn flog, sah ich, daß es ein blutroter Hubschrauber war. Da jetzt von nah und fern Menschen herbeiliefen, gingen auch wir aus dem Haus, um an der allgemeinen Aufregung teilzuhaben. Auf einer großen Wiese neben der ungestüm dahineilenden Binna wurden Vorbereitungen für die Landung des Hubschraubers getroffen. Über die Binna war offenbar ein dickes Seil gespannt, und Hanneke vermutete, daß es sich hier um irgendeine Übung handelte. Mir erschien das durchaus wahrscheinlich; es war dieselbe Atmosphäre wie in Maassluis bei einer Übung der Freiwilligen Feuerwehr. Mein Vater mimte dabei am liebsten das Opfer; als Bauer verkleidet, wurde er dann laut stöhnend und mit einem Ferkel unter dem Arm aus einem in Brand gesteckten, einsturzgefährdeten Bauernhaus getragen.

Der Hubschrauber stand jetzt über der Wiese, und ein Mann im Taucheranzug kletterte an einer Strickleiter herunter, und während er das tat, sah ich den Mann mit jener Fußspur vor mir, wie er die Strickleiter hinaufgeklettert sein konnte, nachdem er die Grenze erreicht hatte. Der Taucher näherte sich der Binna und ließ sich ins Wasser gleiten, während er sich mit beiden Händen am Seil festklammerte. Dennoch wurde er sofort von der wirbelnden Gischt erfaßt und verschwand für einen Augenblick völlig im Wasser, um gleich wieder aufzutauchen, den Körper um 180 Grad gedreht. Es schien, als tanze er im Wasser, und er kehrte sofort ans Ufer zurück, und auch das fiel ihm nicht einmal leicht, obwohl er doch nur einen halben Meter bis in die Mitte der Binna getanzt war. Einer der Zumturms knotete ihm ein dickes Seil um die Taille, und wieder ging der Taucher ins Wasser, während jetzt drei Zumturms das Seil festhielten. Ich blickte zu den Zuschauern; überall leuchtete in den Strahlen der untergehenden Sonne das rote Haar der Zumturms auf. Mutig begann ich zu zählen, jetzt würde ich endlich einmal feststellen können, wie viele es waren. Da sie sich aber ständig bewegten und da die Kleinen sogar eine Art Fangen spielten, mußte ich immer wieder beim Ururgroßvater anfangen, eins, und dann die Mutter, zwei, und dann die drei Zumturms beim Seil, drei, vier, fünf, und von da an wurde es schon schwierig. Außerdem drehte sich der Propeller des Hubschraubers, um ihn drei Meter über dem Boden zu halten, so schnell, daß ein Sturmwind über die Wiese fegte und jeder zusah, wie er in Sicherheit kam. Schnell gab ich das Zählen auf; auch jetzt würde es mir nicht vergönnt sein zu erfahren, wie viele Zumturms es insgesamt waren. Drei standen jedenfalls noch immer am Ufer der Binna und hielten noch immer das Seil des verzweifelt mit der aufspritzenden Gischt kämpfenden Tauchers fest.

»Will er etwa am Seil entlang den Fluß überqueren?« fragte ich Hanneke.

»Vielleicht geht es nur darum, den Felsbrocken in der Mitte zu erreichen«, sagte sie.

Und so schien es tatsächlich zu sein. Es war aber kein Gedanke daran, daß der Taucher sich ihm auch nur auf einen Meter nähern konnte. Irgendwann begann er den Rückzug, man konnte es daran sehen, daß die Zumturms das Seil jetzt nicht locker ließen, sondern es im Gegenteil strammzogen, doch der Mann in der Binna konnte auch ebensogut noch auf dem Weg zum Felsbrocken sein. Manchmal verschwand er sogar so lange unter Wasser, daß man schon befürchten mußte, er würde nicht wieder nach oben kommen. Der Hubschrauber ließ seinen Propeller schneller drehen, die Bäume an der Binna wurden fast zu Boden gedrückt, und der Hubschrauber stieg höher und flog plötzlich fort in Richtung Binn. Mit einem im goldgelben Sonnenlicht eleganten Bogen wendete er und näherte sich wieder dem Wasser, wobei er viele Zuschauer einfach zu Boden blies. Die Bäume an der Binna wurden zu kleinen Sträuchern zusammengedrückt, so daß das tosende Wasser deutlicher zu sehen war. Der Hubschrauber blieb genau in der Mitte über der Binna stehen, und ich blickte zur Sonne, die sich auf den silbern glänzenden Blättern des Propellers mitdrehte. Der kämpfende, immer wieder von Gischt umspülte Taucher erreichte das Ufer und wurde langsam an Land gezogen. Aus dem Hubschrauber kletterte ein zweiter Taucher die Strickleiter herunter, der beim Felsbrocken aufrecht im Wasser verschwand und dort offenbar stehen und sich sogar an den Granit anlehnen konnte. Nur sein schwarzer Kopf ragte noch aus dem Wasser, und manchmal sah man kurz seine schwarzen Hände, die in der Gischt etwas taten, das ziemlich viel Kraft zu erfordern schien. Ich stand noch immer auf dem Sandweg an der Wiese, aber Hanneke hatte sich einen Platz im Windschatten auf der anderen Seite der Wiese bei der Binna erobern können.

Der Mann in der Gischt hob einen Arm, und der Hubschrauber stieg senkrecht auf, wobei der Mann in gleichmäßiger Geschwindigkeit aus dem Wasser gezogen wurde. Sein schwarzer Taucheranzug glänzte vom herabtropfenden Wasser. Fast wäre dieses glitzernde Schwarz mit den im Sonnenlicht funkelnden Wassertropfen unaussprechlich schön gewesen, wäre da nicht unter dem Mann am Seil noch ein zweiter Körper in derselben ruhigen, gleichmäßigen Bewegung aus dem Wasser aufgestiegen. Ich schaute nur einen einzigen Augenblick hin, wandte mich dann sofort ab, denn es war ein Bild, von dem man weiß, daß es in diesem einen, winzigen Augenblick, da es auf der Netzhaut erscheint, für immer ein Brandmal hinterläßt. Der Junge, denn es war ein Junge, der dort unter den schwarzen Füßen des Tauchers hing, hatte blondes Haar, und sein Kopf hing herab, und noch tiefer, zu beiden Seiten des Kopfes, hingen seine Arme, und diese Arme wurden zum Teil von einem aufgeknöpften, lose herabhängenden blauen Oberhemd bedeckt, das schwer von Wasser war, genau wie die weiße Hose, die an seinen Beinen klebte. Es war vor allem dieser merkwürdig starre Bogen des Körpers, der links und rechts der Taille herabhing, wie es sonst nur durchtrainierte Ballettänzer können, wodurch man völlig sicher war: Dieser Junge ist tot. Ich ging fort, als der Hubschrauber sich schon wieder herabsenkte und den Jungen sorgsam auf die Wiese bettete, zwischen Hanneke und mir. Sie blieb stehen, während all die anderen Zuschauer mit einer Art Gier und Hast zu dem Jungen hinliefen und dabei, auch wegen des heftigen Windes, oft stolperten. Sie bildeten eine dichte Hecke um den Jungen, der nun nicht mehr zu sehen war. Ich staunte über das Gerenne all dieser Zuschauer, denn ich wollte auch gern rennen, aber dann so weit weg wie möglich von dem Ertrunkenen im Gras.

Während ich nach Imfeld hinaufstieg – und Hanneke folgte mir schon bald –, flog der rote Hubschrauber atemberaubend schnell fort, viel schneller, als er gekommen war. Eben stand er noch eindrucksvoll groß am Himmel, und schon war er ein Punkt am Breithorn, der während des scheinbaren Abstiegs kleiner wurde und sich plötzlich auflöste wie ein rotes Dampfwölkchen in der Abendsonne.

Als wir wieder im Haus waren und durchs Fenster der noch immer großen Betriebsamkeit auf der Wiese am Fluß und der Ankunft einer Ambulanz zuschauten, kehrte das kleine Mädchen zurück, das uns am ersten Tag unseres Aufenthalts im Binntal das falsche Haus gezeigt hatte. Direkt unter unserem Haus, an der Ecke des Weges auf dem freien Platz zwischen den mannshohen Disteln, traf sie ein anderes Zumtürmchen, ein jüngeres Schwesterchen, das offenbar von dem Geschehen nichts mitbekommen hatte. Sie standen dort in der untergehenden Sonne, das kleinere Mädchen hörte aufmerksam zu, und die Schwester mit dem schönsten roten Haar von allen Zumturms erzählte feierlich und langsam, was passiert war. Sie illustrierte ihre Geschichte mit verschiedenen Gesten und Haltungen ihres Körpers. Jetzt sah man den Taucher untergehen, dann kam er wieder nach oben. Da wurde ein Seil von ihren Brüdern locker gelassen, dort wieder eingeholt. Am Ende ihrer Geschichte beugte sie sich plötzlich nach hinten und ließ ihre Arme herabhängen, während sich auf ihrem Gesichtchen etwas ausbreitete, das nur Entsetzen genannt werden konnte. Sie blieb einige Zeit erstarrt in dieser Haltung stehen, vielleicht nicht nur, um ihrer kleinen Schwester zu zeigen, wie der Junge gehangen hatte, als er hochgezogen wurde, sondern auch, um selbst dieses Bild zu verarbeiten. Sie war noch klein, zu klein eigentlich für die richtige Krümmung ihres Körpers, dafür aber konnte sie ganz viel rotes Haar herunterhängen lassen. Das andere Mädchen versuchte, es ihr nachzumachen, und das gelang wahrhaftig, obwohl sie natürlich noch kleiner war. Sie stellten sich wieder aufrecht hin, krümmten sich erneut, kamen wieder hoch, ließen Hände und Kopf wieder hintenüber herabhängen. Wenn ich von nichts gewußt hätte, hätte ich gedacht, daß sie ein Spiel spielten oder gymnastische Übungen ausprobierten, und vielleicht hätte ich dann sogar über die possierlichen Bewegungen der beiden kleinen Mädchen mit ihrem roten Haar gelacht. Die Mädchen lachten selbst plötzlich auch, ja, sie bogen sich vor Lachen, und sich biegend und winkend liefen sie zu dem großen Haus der Familie Zumturm. Ihr Lachen erstarb zwischen den vielen windschiefen Gebäuden, und als sie fort waren, wurde es auf einmal unwirklich still. Ich vermißte vor allem ein bestimmtes Geräusch und versuchte, mir klarzumachen, was es war. Ich schloß die Augen und wußte es plötzlich: Sogar um diese Zeit des Tages hörte man gewöhnlich noch das Klopfen der letzten Steinesammler, die auf der Suche nach Mineralien waren. Jetzt hörte ich sie nicht, vielleicht weil sie alle noch an der Binna standen und den toten Jungen betrachteten. Wie hatte sich das Geräusch doch noch angehört, war es nun wirklich dasselbe Geräusch gewesen wie in der Steinhauerei von Ai van Leeuwen? Während ich auf diesem Umweg jenen Ton in meine Erinnerung zurückzuholen versuchte, sah ich Ai van Leeuwen selbst vor mir, und ich sah eine Grabplatte, die mein Vater und er vergeblich zu bewegen suchten.

Die Räumung

Mindestens zehnmal hatte ich ihn schon darum gebeten, und jedesmal hatte er »Nein« gesagt. »Warum denn nicht?« »Weil du dafür noch viel zu klein bist. Und es ist auch überhaupt nicht erlaubt, niemand darf bei einer Räumung auf den Friedhof.« Aber wie oft er mir das auch sagte, es überzeugte mich nicht. Ich fand es merkwürdig, daß das unmöglich sein sollte. Mit meinem Vater war ich auf der Versteigerung gewesen; von ihm hatte ich im Garten im Westgaag gelernt, wie man Salat pflanzte und Trauben trocknete und eine Lore beladen mußte. Warum war das dann nicht möglich? Ich durfte doch auch sehen, wie mein Vater ein Grab machte, wie er die Gräberfelder mähte, wie er die Steine schliff und danach die Buchstaben anmalte, wie er am Samstagmorgen auf den Wegen zwischen den Gräbern Furchen zog und wie er im Herbst das Laub zusammenharkte. Aber das war nicht erlaubt. Es gab nur einen Trost: Niemand durfte dabeisein. Aber dieser Trost wurde mir an einem Mittwochnachmittag genommen, als mein Vater zu meiner Großmutter, die zu Besuch war, sagte: »Heute nachmittag Räumen.«

Niemand antwortete, denn dieses Wort hatte etwas Bedrohliches, etwas, das anders war als alles, was mit Graben oder Steineschleifen oder Grasmähen oder Laubharken zu tun hatte.

»Das wird eine ganz schöne Schufterei werden«, sagte mein Vater, »zuerst muß da eine Grabplatte runter.«

»Das machst du doch nicht allein?« fragte meine Großmutter.

»Nein, Ai van Leeuwen, der Steinmetz, hilft mir.«

Ich starrte meinen Vater plötzlich an.

»Und du hast gesagt«, sagte ich entrüstet, »daß niemand beim Räumen dabeisein darf.«

»Ja, aber ich kann diesen Stein nicht allein wegschaffen, dafür brauche ich einen Fachmann.«

»Er darf dabeisein und ich nicht«, sagte ich, keuchend vor Wut.

Es war fast wie Verrat, ich stieß meinen Teller weg und fing plötzlich an, unbändig zu weinen. Alles hatten wir gemeinsam gemacht, und nun durfte ich das nicht sehen, und Ai van Leeuwen, der Steinmetz, würde dabeisein dürfen.

»Ich werd dir eins hinter die Ohren geben«, sagte mein Vater, »dann weißt du wenigstens, warum du heulst.«

Aber diese Drohung hatte ich schon so oft gehört, daß ich deshalb keine Träne weniger vergoß, und als er mich tatsächlich schlug, weil er Heulen nun einmal nicht vertragen konnte, beugte ich mich nur etwas tiefer hinunter und schluchzte: »Er und ich nicht, er und ich nicht.«

»Kann er nicht dieses eine Mal mit?« fragte meine Großmutter.

»Du weißt doch, daß es nicht erlaubt ist, man kann doch kein Kind mitnehmen, wenn man jemanden ausgraben muß.«

»Wie lange liegt der da schon?«

»Neunundneunzig Jahre, haargenau, es ist Erste Klasse, siehst du, in der Dritten Klasse bleibt man höchstens dreißig Jahre liegen.«

»So lange schon? Dann sieht man doch nichts mehr davon, nur ein paar Knochen. So schlimm ist das doch nicht?«

»Das kann sein, aber ich bin nicht dafür.«

»Er hat doch wohl schon öfter Knochen gesehen?«

»Ja«, sagte ich, »beim Schlachter, ich hab wirklich keine Angst, ich will so gern mit.«

»Na, also dann«, sagte mein Vater, »wenn du nicht zu nahe rankommst.«

Aber so einfach schien es doch nicht zu sein, bei einer Räumung dabeizusein, denn als wir auf den Friedhof kamen, wartete da schon Ai van Leeuwen in einem schmutzigen blauen Overall, mit großen Brechstangen und einem Heber.

»Was soll der Jung hier?« fragte er.

»Er will das so gern mal mitmachen.«

»Das geht nicht. Ein Kind bei einer Räumung, bist du nun völlig verrückt?«

»Dieser Alte liegt da schon neunundneunzig Jahre, von dem ist nichts mehr übrig.«

»Denkst du. Wenn er verwachst ist, na, 'ne schöne Bescherung mit 'nem Kind dabei.«

»Dann jag ich ihn weg, dann muß er sich ins Bahrenhaus setzen.«

»Du mußt ihn wegschicken, wenn wir den Stein runter haben.«

Wie wunderlich spannend war dieser Dialog! Er bedeutete, daß etwas ganz Besonderes bevorstand, etwas, das ich nicht nur nie zuvor mitgemacht hatte, sondern das zur Welt der Großen gehörte. Es war, als schiene die Sonne heller, während wir über die Wege gingen, ich schräg hinter meinem Vater, der nun wieder merkwürdig stark das verkrüppelte Bein, wo ihn eine Stute getreten hatte, nachzog. Ich trug eine kleine Brechstange und fühlte mich dadurch nicht nur zum Geschehen zugehörig, sondern auch unentbehrlich. Ich schaute an Ai van Leeuwens Schulter, hoch über mir, vorbei nach den schnell dahinziehenden weißen Wölkchen, die ihre Schatten unaufhörlich über Wege, Beete und Steine gleiten ließen. Die kleinen Bäume neben den Grabsteinen raschelten im Wind, und die Luft war erfüllt vom Gurren der Ringeltauben. Wir kamen bei dem Stein an. Ich blieb stehen und schaute ins Gebüsch dahinter. Eine Heckenbraunelle störte sich nicht an unserer Gegenwart, sondern baute ruhig weiter an ihrem kaum zu sehenden Nest. Mein Vater holte eine Schubkarre, und ich betrachtete die bewußte Grabplatte. Es war ein lehmfarbener Stein, der leicht schräg lag wie ein Kopfkissen. Die Buchstaben des Namens waren ebensowenig lesbar wie die Jahreszahlen darunter. Aber unten auf dem Stein stand ein zweizeiliger Reim:

> Wo du jetzt stehst, o Mensch, bin ich einmal gewesen,
> Einst wirst du gleichen mir, und dort ein andrer lesen.

»Nein!« sagte ich laut, als ich den Reim gelesen hatte.

»Was, nein?« fragte Ai van Leeuwen.

»Na, das da, daß wir auch einmal so sein werden.«

»Ich denke doch.«

»Gar nicht wahr, der Herr Jesus kommt zurück auf den Wolken des Himmels, und dann gehen wir alle zusammen auf einer Wolke dem Herrn entgegen, lebendig und heil.«

»Woher weißt du das so genau?«

»Der Pastor hat es Sonntag gesagt.«

»Ja, Pastoren reden viel, dafür werden sie bezahlt.«

»Er kommt wieder, der Mond hatte neulich erst einen härenen Sack.«

»Ich will es mit dir hoffen, und dann am liebsten sofort, denn wie kriegen wir das Miststück jemals hier weg.«

Er starrte den Stein an, und ich schaute nach den schnell vorüberziehenden Wolken. Vielleicht waren es sogar Engel, die jetzt gleich herunterkommen würden. Sie würden den Stein beiseite schieben mit ihren Flügeln, und die Menschen würden sogleich aus der Erde auferstehen.

Aber nachdem mein Vater mit der Schubkarre, mit Seilen, noch mehr Brechstangen und anderen Geräten zurückgekommen war, begann ein mühevoller Kampf mit dem Stein. Eine halbe Stunde lang bewegte er sich keinen Millimeter, so sehr sie auch schufteten. Der Stein lag da mit einer seltsamen Art von Unerschütterlichkeit, allem trotzend, nicht nur den schnellen Wolken, die so spielerisch ihre Schatten über den Stein gleiten ließen, sondern auch dem Schweiß meines Vaters und von Ai van Leeuwen, die sich ihn immer wieder abwischten, wobei sie kurz Mütze und Hut lüfteten.

»Wir kriegen das Monstrum nie von der Stelle«, sagte Ai van Leeuwen keuchend.

»Nicht, wenn du mit deinen tolpatschigen Quanten immer wieder rückwärts gehst, sobald ich meine Brechstange darunter ansetze«, sagte mein Vater.

»Ja, danke bestens, wenn er anfängt zu rutschen und auf meinen Fuß donnert, komme ich hier nie wieder weg.«

»Eines schönen Tages wirst du doch hier liegen.«

»Aber bitte mit ganzen Füßen.«

»Wenn du nun erst mal ein bißchen nach links gehen würdest mit diesem Heber. Du stellst dich aber auch verflixt dumm an, du kommst bestimmt aus dem Westland?«

»Ja, na und?«

»Die Weisen kamen aus dem Osten.«

»Und als sie dagewesen waren, hatte der Steinmetz in Bethlehem eine ganze Menge Grabplatten für Kindergräber zu hauen.«

»Wenn er so einer war wie du, muß er Gold verdient haben.«

Der Stein verschob sich beim ersten Mal höchstens um ein paar Zentimeter.

»Hurra!« schrie Ai van Leeuwen. Er warf sein unbeschreiblich schmutziges dunkelbraunes Hütchen hoch in die Luft, wo es sofort von einem Windstoß weggetragen wurde zu einem benachbarten, noch nicht mit Grabsteinen bedeckten Feld und, sich überschlagend, vor Ai van Leeuwens grabschenden Händen übers Gras tanzte, bis es, vom Wind wieder hochgehoben, an einem einfachen Holzkreuz hängenblieb, das ein Grab markierte. Etwas verschämt holte er das Hütchen dort herunter und pflanzte es sich auf seinen riesigen Schädel.

»Der Anfang ist gemacht«, sagte er.

»Ja, ja, der Anfang vom Ende«, sagte mein Vater.

Vorläufig blieb es wirklich bei diesem ersten Anfang, wie sehr mein Vater und Ai van Leeuwen auch schufteten, und währenddessen trug der kräftige Wind jeden Augenblick Geräuschfetzen von der anderen Seite der Bahngleise herüber. Dort bewegten riesige Hebekräne lange Rohre von Key & Kramer, die unendlich viel schwerer sein mußten als dieser unerbittliche Grabstein und doch wie Federn durch die Luft schwebten. Die Heckenbraunelle trug unermüdlich Strohhalme für ihr Nest heran, und ganz nah bei uns scharrte eine Amsel ruhig zwischen den Steinen. Auf einem Friedhof sind die Vögel viel zahmer als anderswo, sie haben von den Toten nichts zu befürchten.

Gerade als der Stein sich dann endlich etwas bewegte, wurden wir von lauten Rufen aufgeschreckt. Als wir aufschauten, sahen wir einen Mann vor dem Friedhofseingang. Er schlug mit beiden Fäusten gegen den Drahtzaun am Tor und rief: »Mich kriegst du noch lange nicht.«

»Das ist Kees Vreugdenhil«, sagte mein Vater.

Ai van Leeuwen hob sein Hütchen und legte die Hand ans Ohr.

»Was schreit er eigentlich?«

»›Mich kriegst du noch lange nicht‹«, sagte mein Vater. »Das sagt er nun schon seit zwei Jahren, jeden Tag kommt er kurz vorbei, um es zu erzählen.«

»Ja«, sagte ich stolz, »ich hab ihn auch schon oft gesehen.«

»Nun mal im Ernst«, sagte Ai van Leeuwen.

»Glaubst du es nicht? Du siehst es doch mit eigenen Augen.«

Mein Vater legte die Hände an den Mund.

»Komm her, wenn du dich traust«, rief er.

»Mich kriegst du noch lange nicht«, schrie der Mann zurück.

»Früher kam er immer auf den Friedhof, um mir zu sagen, daß ich ihn noch lange nicht kriege, dann schlich er sich übers Gras an mich ran, und meistens sah ich ihn, aber manchmal auch nicht«, erzählte mein Vater, »wenn ich gerade einen Stein schliff oder ein Grab grub, und dann schrie er mir plötzlich ins Ohr: ›Mich kriegst du noch lange nicht.‹ Irgendwann hatte ich die Nase voll, ich bekam jedesmal einen Mordsschreck. Einmal kam er wieder bei mir angelaufen, hinten um die Steine rum, ich komm gerade aus einem Grab, in dem ich das letzte Brett festgeschlagen hatte, und ich seh ihn, und bevor er etwas sagen konnte, stoße ich ihn ins Grab. ›Nun hab ich dich‹, rief ich. Du hättest sehen sollen, wie schnell er versuchte herauszuklettern. Seitdem wagt er sich nicht mehr auf den Friedhof, jetzt steht er immer hinter dem Tor und schreit.«

Wir sahen zu dem Mann hinüber, der noch immer mit seinen Fäusten das Tor bearbeitete und noch immer denselben Satz wiederholte.

Mein Vater ballte die Fäuste und schrie: »Bevor es Ostern ist, liegst du hier unter der Erde.«

»Zum Donnerwetter, nein, ich bin noch gesund für zwei.«

»Du hast zu Hause einen Brotkasten voller Medizinflaschen, du schaffst es nicht mehr bis Sonntag, ich arbeite schon für dich, das Grab ist fast fertig.«

»Wenn du da schon liegst, lauf ich noch genauso fidel rum wie jetzt.«

»Du kommst neben ein nettes Frauchen, wenn du dich beeilst.«

Plötzlich ging Vreugdenhil zu seinem Pferd und Wagen, kletterte auf den Bock, und unter lautem Rattern setzte sich sein mit Küchenabfällen und altem Brot gefüllter Wagen in Bewegung.

»Damit verdient er sich noch ein hübsches Butterbrot«, sagte mein Vater, mehr zu sich als zu jemand anderem, und auch dann noch, als sie schon wieder mit dem hartnäckigen Stein zugange waren, murrte er über das geräuschvolle Intermezzo mit dem Abfallmann.

Von einer wirklichen Bewegung des Steins konnte indes noch immer keine Rede sein. Manchmal verschob er sich um einige Millimeter, aber durchaus nicht immer in die richtige Richtung, so daß der Fortschritt, der in einer Viertelstunde erreicht worden war, oft in wenigen Sekunden wieder zunichte gemacht wurde. Das provozierte dann jedesmal viele Flüche, in denen der Name Gottes jedoch tunlichst vermieden wurde.

»Das geht so nicht, Pau«, sagte Ai van Leeuwen, »wir müssen das wirklich anders machen.«

»Ja, du hast recht, wenn wir so weitermachen, sind wir nächste Woche noch dabei. Die haben Blei aufs Grab gelegt, es steckt bestimmt auch noch ein Sarg aus Eiche oder Blei darunter. Dann ist die Leiche noch tipptopp, und wir sind geliefert. Neulich hatte ich auch so was. Kommt eine Frau, sie fragt: ›Wo liegt mein Mann?‹ Ich suche es für sie heraus, ich zeige es ihr, aber es steht kein Stein auf dem Grab, wohl aber zwei andere Steine. ›Liegt er hier?‹ fragt sie. ›Ja‹, sag ich. ›Aber wer liegt denn noch da?‹ ›Nun, er liegt wunderbar mitten zwischen zwei Damen, besser geht es nicht.‹ Also, sie hat Himmel und Hölle in Bewegung gesetzt, um den Mann verlegen zu lassen, der mußte da weg. Ich sag noch zu ihr: ›Es ist doch kein gemischtes Doppel‹, aber es half nichts, sie hat einen Haufen Zaster dafür lokkergemacht, und verlegt worden ist er, das heißt, ich habe ihn ausgraben und wegbefördern müssen, und es war ein Sarg aus Pappel, noch in tadellosem Zustand und bleischwer.«

»Ich muß einen größeren Heber haben, ich geh ihn eben holen«, sagte Ai van Leeuwen. »Wenn es dann noch nicht klappt, mußt du mal die Gemeinde zu Hilfe holen, die haben doch Kräne, oder?«

»Ja, aber eh du die hier aufgestellt hast, ist der ganze Laden platt und kaputt.«

»Was willst du sonst machen?«

»Wir schlagen ihn kaputt.«

»Ja, bist du nun völlig verrückt, so ein wertvoller Stein, daraus mache ich glatt zwei neue.«

Er ging und drückte dabei immer wieder kurz sein viel zu kleines Hütchen fest auf den Kopf. Er lief im Zickzack zwischen den Beeten hindurch, und manchmal wurde sein Unterkörper dem Blick durch die Steine entzogen, so daß er über den Wegen zu schweben schien wie ein blauer Engel mit einem Hütchen. Ich konnte gar nicht genug davon bekommen, ihm nachzublicken, nicht nur weil er einen so unvorhersehbaren Kurs einschlug, sondern auch weil er so langsam ging, vielleicht aus lauter Vorsicht. Ein schnellerer Schritt wäre ja bei diesem kräftigen, fast stürmischen Südwestwind für das hin und her balancierende Hütchen fatal gewesen. Wie er dort so ging, war er für mich die Quintessenz allen Erwachsenseins, unbegreiflich und unabwendbar zu einer ganz anderen Welt gehörend, anders als mein Vater, der mir so viel näher war. Ich wußte ganz sicher, daß ich nie dazugehören wollte, zu der Welt von Ai van Leeuwen, und doch ahnte ich, daß ich dieser Welt, indem ich bei der Räumung dabei war, näher kam. Ich wollte am liebsten weggehen, aber jetzt noch nicht, jetzt, wo ich allein war mit meinem Vater und es mir nicht mehr soviel ausmachte. Ich ging langsam zu dem Stein und stieß dagegen, etwas, das absolut lächerlich und dennoch absolut selbstverständlich war, so daß ich das brüllende Gelächter meines Vaters gar nicht begreifen konnte.

»Wolltest du ihn ganz allein wegschieben?« schrie er fröhlich.

»Ach was, nein«, sagte ich, »aber man kann nie wissen.«

Ich stieß gegen einen der unter dem Stein liegenden Betonklötze, wie um die Härte zu prüfen, auf jeden Fall, um das Unbehagen wegzustoßen. Da hatte ich das Gefühl, daß der Klotz etwas nachgab, und ich stieß noch einmal, während ich meine Fäuste in den Hosentaschen ballte. Dann passierten drei Dinge gleichzeitig: Mein Vater zog mich mit einer Hand grob fort, der Betonklotz kippte, und der Stein begann zögernd zu rutschen. Mein Vater drückte seinen weißen Holzschuh gegen den Stein, aber das bewirkte natürlich nichts mehr. Der Stein glitt unaufhaltsam weiter, nicht gleichmäßig, sondern holpernd und unsicher, als ob er stotterte. Manchmal sah es so aus, als läge er wieder still, und dann kam noch einmal Bewegung hinein, wie es schien, an einer anderen Stelle. Aber das mußte eine Sinnestäuschung sein; ein Stein ist ein Stein, und wenn er sich bewegt, geschieht das auf allen Seiten gleichzeitig. Aber so sah es nicht aus, vielleicht weil die spärlichen Schatten des kümmerlichen Baumes hinter dem Stein mit seinem gerade sprießenden Grün sich unregelmäßig bewegten. Und während er sich so bizarr bewegte und auch nicht bewegte, erschien plötzlich ein grauweißer Fleck darauf, genau über dem Reim, und dieser Fleck, der doch nichts anderes war als Vogelmist, markierte die Stelle, an der die Grabplatte einen Augenblick später in zwei Teile auseinanderbrach. Der Teil mit dem Reim fiel polternd auf den Weg, der andere Teil glitt auf dieselbe Weise weiter, als wäre nichts geschehen, und landete auf dem Teil, der sich nicht mehr bewegte, ja, glitt ruhig, sich merkwürdig darauf stützend, darüber, bis auch er zum Stillstand kam und alles eine Frage der Absprache zu sein schien, der Stein ordentlich in zwei Stücke geteilt und aufeinandergestapelt, wobei zuvor noch mit einer grauweißen Markierung von höchster Hand angegeben worden war, wo der Stein sich zu spalten hatte. Sprachlos vor Überraschung standen wir da und schauten auf das Eigenleben der Grabplatte. Aber viel Zeit, um überrascht zu sein, blieb mir nicht, denn was nun unter dem Stein hervorkam, eingeschlossen von Betonklötzen, war mindestens ebenso spannend. Zwischen dem völlig verwelkten Gras stoben Hunderte von Tierchen davon, Mauerasseln, Tausendfüßler, kleine Käfer und zwei träge Kröten. Sogar Würmer sah ich. Sie hatten es offenbar gewagt, an diesem kühlen, feuchten Platz aus der Erde zu kommen, und waren nun auf einmal dem hellen Sonnenlicht ausgesetzt. Sie versuchten, sich so schnell wie möglich einzugraben, und ich dachte: Laßt doch, gleich werdet ihr von meinem Vater sowieso wieder ausgegraben. Alle diese Wesen suchten in erster Linie Schatten, ich hatte noch niemals so viel Leben auf einmal gesehen, so viel scheinbar ziellos herumrennende Myriapoden und Mauerasseln. Aber daß sogar Kröten dabeisein würden, wer hätte das gedacht?

»Das ist mir eine schöne Bescherung«, sagte mein Vater, »Stein in zwei Teile. Wenn Van Leeuwen zurückkommt, zertrampelt er sein Hütchen vor Wut, er kann jetzt natürlich nie mehr zwei schöne Steine daraus herstellen. Vielleicht kann er noch zwei kleine Steine für zwei Kindergräber daraus hauen. Na ja, wir werden sehen, der Stein ist jedenfalls da weg.«

Mit seiner Brechstange stieß mein Vater vorsichtig die Betonklötze fort. Jede Bewegung seiner Hände verursachte nochmals stürmische Aktivitäten, weil sich die Schatten wieder verschoben. Auch als er anfing, die weißen Grassoden auszustechen, sah ich immer wieder neue Ströme von Leben davoneilen, so als würde unter seinen Händen die ganze Erde zu leben beginnen, als würde er dem Leben selbst zu Leibe rücken und nicht dem Tod. Ich brachte die Grassoden zu einem kleinen Feld, auf dem noch keine Grabsteine standen, stapelte sie vorsichtig auf, um diese feuchten, viereckigen Welten unter meinen Händen sowenig wie möglich zu stören.

Als mein Vater den ersten Sand wegschaufelte, der unter den Grassoden freigelegt worden war, spürte ich eine seltsame Spannung in meinem Körper, die verdächtig viel Ähnlichkeit mit Angst hatte. Ich starrte jede Schaufel voller Sand an, ich wollte da nicht hinsehen, ich wollte die schnell vorüberziehenden Wolken ansehen, die in der Luft hängenden Röhren von Key & Kramer, die Vögel, die so eifrig mit Nestbauen beschäftigt waren, aber auf das, was ich wollte, wurde keine Rücksicht genommen. Ich mußte einfach der ruhigen, zielsicheren Art zusehen, in der mein Vater Schaufel um Schaufel nach oben beförderte. Und dennoch war es nichts als Sand, was dort langsam herabrieselte auf den Haufen, der bereits bis an die untersten Zweige des Bäumchens reichte. Was würde jetzt zuerst geschehen? Würde mein Vater auf einen Sarg stoßen? Oder würde der Sarg schon vermodert sein? Aber dann mußten doch Holzstückchen auftauchen? Ich sah kein Holz, ich sah nichts als grauen Sand und ein paar weiße Muscheln, die, immer wenn mein Vater eine neue Schaufel hochwarf, schneller als die Sandkörner herunterfielen. Vielleicht war hier überhaupt nie jemand begraben worden, ich hoffte es wenigstens. Und dieser Stein? Vielleicht einfach von woanders her hierhin gelegt, weil irgendwo anders Platz geschaffen werden mußte.

»Es steckt nichts drin, was?« sagte ich mutig zu meinem Vater. »Es ist ganz leer, nur Sand.«

»Ach ja«, sagte mein Vater, »und dies hier?«

Er suchte im Sand, nahm mit geschlossener Faust etwas heraus, das er mir in die Hand gab. Ich ließ es so liegen, wie es auf meine Hand gelangt war, öffnete sie nur so weit wie möglich. In meiner Handfläche lag ein kleines, rosa Knöchelchen. Es sah genauso aus wie die Knöchelchen, die in einer Karbonade waren, es war nur auf eine andere Art feucht, und es klebte Sand daran. Aber wieviel Ähnlichkeit es auch mit etwas hatte, das ich schon kannte, ich zitterte dennoch so entsetzlich, daß sogar der Knochen auf meiner Hand sich hin und her bewegte. Das hier hatte zu einem Menschen gehört, zu dem Mann mit dem kurzen Reim, und ich würde auch einmal so sein, das fühlte ich plötzlich. Es war kein Platz für einen anderen Gedanken.

»Na, siehst du wohl?« sagte mein Vater.

Ich wollte antworten, aber ich konnte nicht. Die Worte waren zwar irgendwo vorhanden, aber so dick, so angefüllt, daß sie sich nicht bewegten. Meine Zunge schien wie aufgedunsen, sie füllte meinen Mund bis in alle Ecken und klebte an meinem ausgetrockneten Gaumen. In meinem Bauch spürte ich einen wilden, stechenden Schmerz, und dann waren doch noch Worte da, wie sehr dicker Sirup, Worte, die, so schien es, Stunden brauchten, um ausgesprochen zu werden, gegen den Wind an. Ich wagte auch nicht, meinen Mund richtig zu öffnen, denn der Wind wollte hinein, um mich aufzublasen, so daß ich platzen würde.

»Ich geh weg«, stammelte ich.

»Ja, geh nur«, sagte mein Vater ruhig.

Aber ich konnte mich nicht mehr bewegen, ich stand nur da, noch immer so heftig zitternd, daß man es als ein Wunder bezeichnen konnte, daß der Knochen auf meiner Hand liegen blieb. Ich wußte, daß es helfen würde, wenn es mir gelänge, ihn hinunterzuwerfen, aber das wagte ich nicht und konnte es auch nicht, weil er zu einem Menschen gehört hatte. Mein Vater nahm den Knochen von meiner Hand und legte ihn auf den Sandhaufen und warf Sand darüber. Dann nahm er mich bei der Hand, der Hand, die den Knochen nicht berührt hatte, und zog mich vorsichtig über den Kies. Ich ließ mich willig mitführen, obwohl sich meine Füße kaum bewegen wollten.

»Du siehst so weiß aus wie eine Leiche«, sagte er ruhig, »geh mal schnell nach Hause.«

Erst am Tor ließ er mich los, und ich ging ganz langsam auf dem Fußweg am Drahtzaun entlang. Ich merkte, daß ich jetzt genauso langsam ging wie Ai van Leeuwen, und das wollte ich nicht, aber ich konnte nicht schneller gehen. Ich trug meine Hand vor mir her, weit geöffnet, es klebte noch Sand dran. Wenn ich ihn nur so schnell wie möglich abspülen könnte, dann würde ich sie wenigstens irgendwann wieder schließen können. Während ich dort lief, kam Ai van Leeuwen zurück. Er fuhr in seinem Auto an mir vorbei und winkte mir zu. Aber ich konnte nicht zurückwinken, denn ich konnte meine rechte Hand nicht gebrauchen, die mußte ich weiter vor mir her tragen, bis ich sie gründlich gewaschen hatte. Ich versuchte noch, mit meiner linken Hand zu winken, aber da war er schon vorbei, und überdies wollte sich der linke Arm auch nicht heben.

Die Flucht vor dem dritten Oktober

Im Binntal ließ ich meine Wut zurück. Wieder in Leiden, blieb lediglich ein Gemütszustand, den ich in Ermangelung eines besseren Ausdrucks mit dem Wort »Beruhigung« bezeichnete und der mich, wenn ich vorm Spiegel stand und mich ansah, regelmäßig dazu brachte, kurz die Achseln zu zucken, als wollte ich zu jemandem sagen: Ich kann es auch nicht ändern. Allerdings öffnete mir diese Beruhigung, wenn es denn eine war, die Augen für die Musik des hochbetagten Richard Strauss. Immer wieder hörte ich die *Vier letzten Lieder* und seine *Metamorphosen*, und ich dachte immer wieder: Es ist, als hätte er das komponiert, nachdem er gestorben ist.

Vielleicht war diese Beruhigung nur die Abwesenheit von Wut, der Wut, die eine so gute Waffe gegen den Tod gewesen war. Jetzt, da ich mich beruhigt hatte, schien der Tod wieder viel näher, mußte er abermals verarbeitet werden, und das brachte mich dazu, etwas zu tun, von dem ich selbst nicht richtig verstand, warum ich es tat. Am Vorabend zum Gedenken an die Befreiung Leidens rief ich meinen Vater an und fragte, ob ich am nächsten Tag kommen und Laub zusammenharken dürfe. Warum wollte ich das? Auch mein Vater war neugierig, verstand nicht, warum ich kommen und eine solche einfache Arbeit machen wollte. Ich wußte selbst ebensowenig, warum ich es wollte, sagte nur zu ihm: »Ich dachte, daß du vielleicht etwas Hilfe gebrauchen könntest, jetzt, wo du noch nicht ganz wieder gesund bist.«

»Nicht ganz gesund? Ich bin so gesund wie zehn andere. Die von der Feuerwehr schlage ich alle beim Billard, und meinen Bruder Klaas spiel ich auch glatt unter den Tisch.«

»Ich hab es früher so gern gemacht«, sagte ich.

»Ach was«, sagte er, »du hast es gemacht, weil du vom Blumenhändler ein *kwartje* pro Sack Blätter bekommen hast.«

»Ich will morgen aus Leiden weg«, sagte ich, »die feiern hier morgen den dritten Oktober, und das ist so etwas Schreckliches, Straßenmusik, Umzug, Kirmes, und deshalb dachte ich: Ich werde noch einmal wie früher bei meinem Vater Laub harken, dann brauche ich nichts von all den Leuten zu sehen, die an den Aalverkäufern vorbeibummeln.«

»Wenn du ruhig zu Hause bleibst, stören sie dich doch auch nicht?«

»Doch, man hört die Straßenmusik und den ganzen Tag den Lärm von den Leuten, die am Haus vorbeilaufen.«

»Na, mich würde das nicht stören, aber wenn du gern kommen willst, halt ich dich natürlich nicht davon ab, da liegt eine Schicht von ungefähr zehn Zentimetern Kastanienblättern auf der Vierten Klasse, wenn du die wegschaffen willst, hast du meinen Segen.«

Und so lief ich am nächsten Tag mit der langen Harke über der Schulter zur Vierten Klasse, und ich dachte: Warum will ich nun eigentlich so gern mal wieder Laub zusammenharken? Während ich um mich herum die Herbstfarben leuchten sah und den Geruch von Moder und Humus einatmete und das ruhige, müde, goldene Sonnenlicht durch die Bäume schien, wußte ich, daß ich auch deshalb dort lief, weil das Sterben hier am einfachsten zu verarbeiten sein würde, hier, zwischen den Grabsteinen, die bis zu den untersten Buchstaben noch im Nebel standen. Gleich über dem Boden gab es eine Grenze zwischen Sonne und Nebel, eine Grenze wie eine schwebende Fläche, auf der der ganze Kirchhof trieb. Überall sah ich Blätter auf die Grenze fallen und darunter verschwinden, als würden sie ertrinken.

Ich harkte die heruntergefallenen Blätter zusammen. Ich dachte: Ich sollte jetzt, heute, vorsichtig mit meinem Vater über seine Krankheit sprechen. Ich muß ihm nicht alles erzählen, aber etwas, so daß er einen Anfang machen kann, damit fertig zu werden, jetzt, wo er noch hier auf dem Friedhof herumlaufen kann. Hier macht das alles nicht soviel aus, hier ist der Tod keine Bedrohung, hier ist alles so selbstverständlich: Grabsteine, Särge, Beerdigungen, die Trauer der anderen. Mit jeder Bewegung meiner Harke durch das Gras schien der Tod näher zu kommen und selbstverständlicher zu werden. Ich harkte bis zum Jüdischen Friedhof, sah dann plötzlich etwas, worüber ich so erstaunt war, daß ich die Harke ins Gras warf und mich auf die Suche nach meinem Vater machte. Er schliff einen weißen Stein auf dem Feld mit den Mietgräbern Zweiter Klasse, ging jedoch sofort mit, und gemeinsam schauten wir uns die drei jungen Steinkäuzchen an, die auf dem untersten Ast einer Kastanie saßen.

»Das ist ziemlich spät«, sagte ich.

»Es ist die zweite Brut«, sagte mein Vater.

Sie trugen noch ihren ersten Flaum. Es sah aus, als wären die beiden außen sitzenden Steinkäuzchen aus Marmor, wie altmodische Buchstützen, und würden das mittlere Steinkäuzchen, das größte der drei, aufrecht halten. Sie saßen nur da, totenstill, und blickten mit großen, staunenden Augen auf die bemoosten, halb eingesunkenen Steine des Jüdischen Friedhofs. Während ich sie anschaute, dachte ich überrascht: Also deshalb bin ich hierhergekommen, weil ich meinem Vater sagen wollte, was los ist. Weil ich es nicht mehr länger allein tragen kann, weil ich von dem Geheimnis befreit sein möchte. Oder weil ich ihn vorbereiten will, so daß er besser damit fertig werden kann, wenn es soweit ist? Ich versuchte, mich selbst davon zu überzeugen, daß letzteres der Grund war, wußte aber, daß ich mich betrog, daß ich da nur stand, um das Geheimnis von mir abzuschütteln, es notfalls im Anblick der drei Steinkäuzchen hinauszuschreien. Aber ich hatte keine Gelegenheit, auch nur ein Wort zu sagen, denn während wir dort standen, näherte sich ein Mann, in dem wir schon bald den ältesten Beerdigungsunternehmer von Maassluis erkannten. Sogar von weitem konnte man sein riesiges Kinn sehen, ein Kinn, das mir als Junge Angst eingejagt hatte, weil es einem Beil ähnelte. Wenn der Beerdigungsunternehmer redete, hatte man den Eindruck, als hackte er.

»So, nichts zu tun heute?« fragte er uns.

»Wir sehen die Steinkäuzchen an«, sagte mein Vater.

»Was kannst du dir dafür schon kaufen«, sagte er. »Übermorgen hab ich eine Beerdigung für dich nach Johannes 19, Ende von Vers 41.«

»Machst du Witze? Eigenes Grab, Erste oder Zweite Klasse?«

»Erste Klasse.«

»Erste Klasse? Was für ein Unglück, du weißt doch, was Prediger 4, Vers 6 sagt?«

»Weiß ich – dann lies mal Sprüche 3, Vers 30.«

»Wann wird die Beerdigung sein?«

»Markus 15, der erste Teil von Vers 25.«

»Um drei? Sonst kommst du immer um zwei.«

»Die Familie will es, ich kann auch nichts dran machen.«

»Wer ist es?«

»Tuitel, er war ein halbes Jahr krank, wie du weißt.«

»Der sollte doch einen heißen Tag erleben?«

»Ja, aber die haben zufällig Sonntag eine Predigt von Pastor Meijnen gehört, im Radio, und der hat in seiner Predigt gesagt, daß eine Kremation nicht nach des Herrn Wort ist.«

»Nein, so was! Meijnen, der ist hier auch mal gewesen, eine Tante von ihm liegt hier. Er hatte damals zuerst in Schiedam gepredigt, ich also hin auf dem Fahrrad, denn ...«

»Ja, ich weiß, das lohnt sich immer.«

»Genau, na, ich hin, und er predigt über die Schwiegermutter von Petrus, die mit Fieber zu Bett lag. Wunderbare Predigt. Die Woche drauf predigte er in Vlaardingen. Ich wieder hin auf dem Fahrrad. Worüber predigt er? Die Schwiegermutter von Petrus lag mit Fieber zu Bett. Und die Woche drauf predigte er hier. Wovon handelt die Predigt? Du rätst es schon, die Schwiegermutter von Petrus lag mit Fieber zu Bett. Na, am nächsten Tag hatte ich ihn hier auf dem Friedhof wegen seiner Tante, und er fragt mich, wo sie liegt, ich suche es heraus und laufe mit ihm zur Zweiten Klasse, und wir kommen an einem mit Brettern zugedeckten Grab vorbei, auf dem noch Blumen liegen von einer Beerdigung am Samstag vorher, und ich sag zu ihm: ›Wissen Sie, wer da beerdigt ist, Herr Pastor?‹ ›Nein‹, sagt er. ›Die Schwiegermutter von Petrus‹, sag ich, ›die lag drei Wochen mit Fieber zu Bett und ist dann gestorben.‹ Du hättest sein Gesicht sehen sollen!«

Der Beerdigungsunternehmer lachte so merkwürdig, daß ich um die Muskeln fürchtete, an denen sein Kinn hing. Aber er unterdrückte sein Lachen und sagte: »Ich wollte dich eigentlich mal kurz sprechen, Pau, dein Sohn braucht nicht dabeizusein.«

»Du meinst, du willst nicht, daß er hört, was du für Schäbigkeiten verhackstücken willst?«

»Er darf es gern hören, es ist kein Geheimnis, aber was ich nicht weiß, macht mich nicht heiß, nicht wahr?«

»Wenn es so genau drauf ankommt, möchte ich lieber, daß er dabeibleibt, ich kenne dich jetzt zwanzig Jahre – Jesaja 1, Vers 15 könnte ganz gut für dich in der Bibel stehen.«

»Das ist nicht dein Ernst, Pau, wir sind immer so gut miteinander ausgekommen.«

»Du bist aber auch mit Vreugdenhil ganz gut ausgekommen, und du weißt, was aus ihm geworden ist.«

»Ich habe nie richtig mit Vreugdenhil zusammengearbeitet, das hat mein alter Herr getan, ich war damals nur Ansager im Betrieb meines Vaters.«

Er wandte sich mit schlauem Lächeln zu mir und reckte sein Kinn noch weiter vor. Wenn er einer Frau einen leidenschaftlichen Kuß gibt, dachte ich, läuft er Gefahr, daß er ihr gleichzeitig den Kopf abhackt.

»Ich hab mit zehn als Ansager angefangen«, sagte er zu mir, »zuerst mußte ich nur den Tod von Kindern ansagen. Ich war ein ›Kinderleichenbitter‹. Ich sah wunderhübsch aus als kleiner Junge mit meinem Zylinder und meinem schwarzen Anzug, es ist ein Jammer, daß heutzutage nur noch so wenig Kinder sterben und daß nicht mehr angesagt wird, denn mein Enkel wäre wie geschaffen dafür. Ja, ich bin schon mehr als sechzig Jahre im Dienst. Voriges Jahr habe ich jubiliert, und da bekam ich das hier.«

Er zog ein glänzendes marmornes Feuerzeug aus der Tasche und gab es mir. »Es ist schade, daß ich nicht rauche«, sagte er, »ich kann zwar nichts damit anfangen, aber wunderschön ist es doch.«

Ich betrachtete das Feuerzeug und dachte erstaunt: Manchmal geschehen Dinge, die man in einem Buch gelesen hat und wovon man denkt, das kann nicht wahr sein. So steht in *Oliver Twist* etwas wie: Er steckte seinen Finger in die Schnupftabakdose, ein sinnreiches kleines Modell eines Sarges. Währenddessen betrachtete ich das marmorne Feuerzeug, das die Form eines kleinen Grabsteins hatte, auf dem über dem »Ruhe sanft« zwei ineinandergreifende Zweige abgebildet waren.

Er sagte: »Hab ich von der *Verenigde Steenhouwersfederatie* geschenkt bekommen, als ich sechzig Jahre jubilierte.« Er nahm mir den Stein aus der Hand und sagte zu meinem Vater: »Wenn wir nun mal eben zum Reden in dein Bahrenhaus gehen, können wir deinen Sohn hier ruhig allein lassen bei den ... eh, was sagtest du noch, was es waren?«

»Steinkäuzchen«, sagte ich.

»Was willst du«, fragte mein Vater mich, »mitkommen oder weiterharken?«

»Laß mich man hierbleiben«, sagte ich.

»Dein Sohn kennt Prediger 1, Vers 18«, sagte der Beerdigungsunternehmer mit einem energischen Beilschlag seines Kinns.

Sie gingen, und ich harkte das Laub zusammen, um Platz zu schaffen für neue Blätter. Ich dachte: Wie soll ich nun jemals einen Anfang machen mit dem, was ich ihm sagen will, wenn immer andere dazwischenkommen? Und doch, dachte ich, muß er etwas erfahren, muß er irgendwie vorbereitet werden, jetzt, wo er noch nicht krank ist und es noch Herbst ist. Ich blickte meinem Vater nach, der mit seinem Weggenossen im Haus für die Totenbahren verschwand. Sonnenstrahlen streiften seinen Kopf, und er sah, verglichen mit dem Beerdigungsunternehmer, noch so jung aus. Ich versuchte, mir vorzustellen, wie es wäre, wenn man erfährt, daß man bald sterben muß. Aber ich konnte es mir nicht vorstellen, konnte nur an das Gedicht *Sinds ik het weet*

(»Seit ich es weiß«) von Jacqueline van der Waals denken. Würde es so sein, wie sie es darin schildert? Sollte für meinen Vater, gläubig wie er war, auch gelten: »Seit ich es weiß, ist Gott mir näher«? Wenn es so wäre, durfte ich dann weiterhin schweigen, mußte ich nicht dann gerade reden? Schrieb sie doch weiter:

> Und oft, im Ernst des ird'schen Spiels verloren,
> So ernst und doch so tief wie nie zuvor,
> Da fühl ich plötzlich Gottes Lächeln über mir.

Aber wie konnte ich sicher sein, daß mein Vater es genauso erleben würde wie Jacqueline van der Waals? Daß ich, wenn ich ihre Bücher las, mich ihr sehr verwandt fühlte – obwohl ich niemals solche Gedichte würde schreiben können –, garantierte noch nicht, daß mein Vater etwas wie Verwandtschaft spüren oder auch nur Nähe zu ihrer Lyrik empfinden würde. Aber vielleicht wußte er es schon, genau wie sie es gewußt hatte, obwohl

> Auch wir noch miteinander meiden
> Das böse Wort, das schon beim Sprechen
> Unsauber klingt und hart und beinah grob.

Ja, so war es. Ängstlich hatte ich es vermieden, auch nur eine Andeutung zu machen, und vielleicht harkte ich jetzt nur deshalb Laub, um diesen Zustand zu beenden. Aber was würde ich gewinnen, wenn ich es erzählte? Für mich würde sich nichts ändern, für ihn aber alles. Und dabei wollte ich von dem Geheimnis befreit sein, wollte ich darüber sprechen, nicht mit irgend jemandem, sondern mit meinem Vater.

Ich hatte an dem Tag keine Gelegenheit mehr, irgend etwas zu sagen. Ich harkte Laub zusammen, und mein Vater führte Besucher herum und mußte einmal sein Gebiß zu Hilfe nehmen, um eine Dame, die sich hartnäckig darüber beschwerte, daß er die Kirchhofsruhe mit einem Motorrasenmäher entweihe, vom Friedhof zu verscheuchen.

Todmüde von der ungewohnten Arbeit ging ich am späten Nachmittag mit ihm nach Hause. Der Weg war viel zu kurz für irgendein Gespräch. Zudem brachte ich es überhaupt nicht fertig, außerhalb des Friedhofs mit ihm darüber zu sprechen. Auf dem Friedhof hätte eine realistische Möglichkeit bestanden. Ich hätte ihn nach dem Grab seines Vaters fragen können oder, anknüpfend an die Schwiegermutter von Petrus, mit ihm über den Tod seines Schwiegervaters sprechen können. Aber das hätte dann auf dem Friedhof geschehen müssen.

Als wir ins Haus meiner Eltern kamen, sagte mein Vater zu meiner Mutter: »Heute verflixt viel Volk übern Weg gelaufen«, und als er mit einer Tasse Kaffee am Ofen saß, erzählte er: »Kommt doch heut morgen Jojé Langeveld auf den Friedhof, und der will was mit mir kungeln. Er wollte es unbedingt unter vier Augen mit mir bereden, wollte nicht, daß Maart dabei war, stimmt's, Maart?«

»Ja«, sagte ich.

»Na, ich mit ihm ins Bahrenhaus. Weißt du, was er wollte? Du kommst nie drauf. ›Paulus‹, sagt dieser alte Schurke zu mir, ›du und ich, wir kriegen oft von Leuten, die ein Familienmitglied zu betrauern haben, zu hören: Wohin gehen wir am besten wegen eines Grabsteins? Nun hat sich in Schiedam ein neuer Steinmetz niedergelassen, es ist ein großer Betrieb mit zehn Mann, und diese Steinhauerei will uns einen tüchtigen Schuß Provision geben, wenn wir sie empfehlen. Und sieh mal, Pau, wenn wir zusammenarbeiten, wenn alle diese trauernden Seelen von dir wie von mir zu hören kriegen, daß da in Schiedam ein seriöser Steinmetz ist, fallen die Aufträge für einen lieben Grabstein wie Äpfel vom Baum.‹ ›Und was ist mit Van Leeuwen‹, sag ich. ›Van Leeuwen, den drängeln wir hübsch raus, wir sorgen zu zweit oder, wenn's irgend geht, zu dritt oder viert dafür, denn ich werd auch mit meinen Kollegen reden, daß wir Van Leeuwen ganz rausdrängeln‹, sagt er. ›Und warum das, bitte?‹ sag ich. ›Hat Van Leeuwen dir jemals Provision gezahlt, wenn du jemandem empfohlen hast, bei ihm einen Stein zu bestellen?‹ sagt er. ›Ich hab nie jemandem empfohlen, zu Van Leeuwen zu gehen, ich sag immer zu jedem, du bist total meschugge, wenn du einen Stein auf ein Grab stellst, es ist das Schlimmste für einen Grabmacher‹, sag ich. ›Nun‹, sagt er, ›von diesem Schiedamer kriegen wir zehn Prozent, und du weißt ja, Geld stinkt nicht, dafür willst du dann doch sicher gern ein Auge zudrücken, auch wenn du was gegen Grabsteine hast.‹ ›Was bist du doch für ein raffgieriger Schurke‹, sag ich zu ihm, ›hast du noch nicht genug gescheffelt? Du bist schon weit über die Siebzig.‹ ›Ich kann es sehr gut gebrauchen, genau wie du und jeder andere, ich bin kein Verächter von 'nem kleinen Profit, unser Heiland und Seligmacher protestierte auch nicht, als Maria seine Füße mit kostbarem Öl salbte, und es ist doch auch schön, wenn du was hinterlassen kannst, das ein bißchen nach Erbschaft aussieht. Aber Van Leeuwen hat mir nie was geben wollen, er sagt immer, daß er mich empfiehlt und es selbstverständlich sei, daß ich ihn auch empfehle. Aber ich glaub ihm kein Wort, daß er mich empfiehlt, nein, das ist gelogen. O Pau, ich würde ihn so gern rausdrängeln‹, sagt er. ›Aha, darum geht es dir‹, sag ich. ›Na und? Sieh mal, mit diesem Van Leeuwen kannst du kein Ding schaukeln …‹, sagt er. ›Ja, darum mag ich ihn so gern‹, sag ich. ›Also, du machst nicht mit?‹ fragt er. ›Seh ich so aus?‹ sag ich. Na, er sprang auf, wie von der Tarantel gestochen, er sagt: ›Mit dir ist auch gar nichts anzufangen, du bist schon genau so ein frommer Heuchler wie Van Leeuwen.‹ ›Wem der Schuh paßt, kriegt eine Prothese‹, sag ich zu ihm, und er schimpfte noch eine Zeitlang weiter, sagt doch tatsächlich noch zu mir, ich würde Maleachi 3, Vers 8 bis 10 nicht richtig kennen. ›Dachtest du wirklich‹, sag ich zu ihm, ›daß ich nicht weiß, was da steht: ‚Bringt den Zehnten ins Vorratshaus.' Aber es geht dir überhaupt nicht ums Geld‹, sag ich zu ihm, ›es geht dir darum, Van Leeuwen eins auszuwischen, einem Mann, der hier immer grundehrlich gearbeitet hat und der immer bereit ist, mir zu helfen, wenn ein Stein gehoben oder woanders hingestellt werden muß, obwohl er weiß, daß ich jedem sag: Stell nie, nie und nimmer, einen Stein auf ein Grab. Du hast bestimmt gedacht‹, sag ich zu ihm, ›ich kann es einfach mal versuchen, wer wagt, gewinnt. Na, dann merk dir jetzt mal, daß ich dich nämlich nie und nirgendwo mehr empfehlen werde. Du hast sicher gedacht, Pau ist arm, und ich bin ein Betrüger, und wenn die zusammenkommen, dann gibt der Herr den Augen beider das Licht, wie es in Sprüche 29, dreizehnter Vers heißt, aber da liegst du hübsch verkehrt, die Schachtel Streichhölzer geht nicht auf, nein, mein Freund, bestell du deinen Acker woanders.‹«

Meine Mutter schnitt Brot, und mein Vater stand auf und setzte sich an den Eßtisch. Ich folgte ihm, und mein Vater und meine Mutter falteten die Hände, und mein Vater betete:

»Oh, Vater, du labst alle Kreatur,
So segne auch uns und die Gaben dein,
gib daß ohn Völlerei wir nur
demütig uns der Speis erfreun.
Damit wir leben seliglich
In unsres Herren Christi Namen
Dein Reich besitzen ewiglich –
Wer das begehrt, der spreche: Amen.«

Ich dachte: Wie es für Gott wohl sein mag, so in Reimen angeredet zu werden? Ob Er wohl etwas von Dichtkunst versteht, etwas darüber weiß, was es für jemanden bedeutet, wenn der Tod mit von der Partie ist? Nein, dachte ich, Er kann nichts davon verstehen, denn Er weiß nichts vom Tod. Er ist nie gestorben und wird nie sterben, Er hat es alles stellvertretend Seinem Sohn aufgeladen, ist selbst schön aus der Schußlinie geblieben. Stellvertretend leiden, dachte ich, jawohl, das stellvertretende Leiden Christi, aber Er hat nicht uns, sondern Seinen Vater vertreten. Nein, Gott, dachte ich, du verstehst nichts von Poesie. Ich dachte an die vergangenen Monate, ich dachte an die Gedichte, die mir immer wieder durch den Kopf gegangen waren, an das Gedicht von Jacqueline van der Waals und an ein anderes Gedicht, das *Gedicht*, und es war alles so, wie Obe Postma es beschrieben hat: ein Vater, eine Mutter, ein Kind, und der Abend ging wirklich um das stille Haus, und wir schwiegen, als ob wir lauschten, und vielleicht hatten wir jeder unseren eigenen Traum. Aber die Stunde des Herumwanderns fing erst nach dem Essen an, und ich wäre bestimmt kurz zum Hafen gegangen, wenn mein Vater nicht eine Partie Schach vorgeschlagen hätte. Wir stellten die Steine aufs Brett, und mein Vater sagte wie immer: »Zuerst muß ich deine beiden Pferde haben, egal wie. Wenn ich die einmal hab, besieg ich dich.«

Wir spielten, und er jagte so lange hinter meinen Pferden her, bis er sie aus dem Feld geschlagen hatte. Ich wunderte mich, daß es mir nicht gelang, dem etwas anderes entgegenzusetzen als eine einfallslose Verteidigung, und er sagte, nachdem er das erste Spiel gewonnen hatte: »Es ist doch traurig, daß du sogar beim Schachspielen gegen mich verlierst, obwohl ich nicht die Bohne davon verstehe, da kannst du dir vorstellen, was passieren würde, wenn du mit mir Dame spielen würdest, denn das kann ich wirklich, und es ist nur, weil es mir so zuwider ist, Mitglied in einem Dame-Klub zu werden, sonst hätte ich sofort den Koepermann vom Tisch gefegt, und du mit deinem Verstand müßtest doch besser Schach spielen als ich.«

Während des zweiten Spielchens fing er an, von seinem Vater zu erzählen, als wüßte er, daß ich an diesem Tag an dessen Grab hatte denken müssen. Ich hörte über das Schachbrett hinweg eine lange Geschichte auf mich zukommen und sah bei einigen

Passagen, wie seine rechte Hand mit einem Bauern darin in der Luft stehenblieb.

»Mein Vater kaufte nach einem Brand das ganze Lager einer Holzsägemühle auf, Tausende von hier und da angesengten Holzschuhen, und ließ sie auf einer Versteigerungsschute nach Maassluis kommen. Meine Brüder mußten sie an der Veerstraat abladen. Es waren drei Gemüsekarren voller Holzschuhe, und mein Vater brüllte meine Brüder an: ›Wehe, ihr verkauft sie nicht alle‹, und nach ungefähr zwei Wochen waren fast alle Paare verkauft. Es war nur noch ein Hundekarren voll übrig. Da sagte mein Vater an einem Samstagnachmittag zu mir: ›Zum Maasdijk mitkommen‹, ich war da ungefähr sechs. Na, wir raus auf den Deich mit diesen miesen Holzschuhen und dem Karren mit dem alten schwarzen Hund, den mein Vater nicht weggeben oder ersetzen wollte, dieser geizige, raffgierige alte Lump, wir also alle Holzschuhe auf dem Maasdijk verkauft, ein Paar Holzschuhe mit schwarzen Spitzen – sie sahen aus, als seien sie als Streichhölzer benutzt worden – für fünfundvierzig Cent, fünf Paar mit Rabatt für zweieinhalb Gulden, wie der gewiefte Gauner immer wieder schrie – und die Leute kauften auch noch fünf Paar von diesen abgebrannten Streichholzköpfen –, und als wir alle losgeworden waren, machten wir uns auf den Rückweg, und da sagte der alte Gauner zu mir: ›So, ich auf den Karren und du hinten schieben‹, und da hab ich ihn ganz bis nach Hause geschoben, zusammen mit dem Hund, der schon lange nicht mehr vor einen Karren gehörte, ich bin fünf Kilometer gelaufen, und er, ein Mann von vierzig, saß auf dem Karren, und ich, ein kleiner Junge von gerade sechs Jahren, lief dahinter.«

Nach einem oder zwei Zügen folgte die Moral von der Geschichte: »Als ich so dahinlief, sagte ich zu mir: Wenn ich später Kinder hab, werde ich sie ganz anders behandeln.«

Während er das sagte, schwebte ein Läufer plötzlich über dem Brett, und die Bewegung seiner Hand erstarrte.

»Und doch«, sagte er, »hab ich dich geschlagen, hab ich dich jahrelang jeden Abend verdammt noch mal geschlagen.«

»Ich glaube, du bist am Verlieren«, sagte ich.

»Nein«, sagte er und stand auf, ging zum Ofen und schüttete Kohlen hinein.

»Noch ein paar Jahre«, sagte er, »dann ist das nicht mehr nötig, dann machst du so ein Türchen hier vorne auf, und dann kannst du so ein kleines Atömchen (er kniff ein Auge zu, als spähte er nach etwas, das eigentlich zu klein war, um gesehen zu werden) in den Ofen tun, und dann brennt er von Oktober bis Weihnachten, und du brauchst dich weiter nicht darum zu kümmern.«

»Unsinn«, sagte ich, »du solltest lieber einen Gasherd anschaffen. Wer heizt denn heute noch mit Kohle?«

»Ich warte auf das Atom«, sagte mein Vater.

»Das erlebst du doch nicht mehr«, sagte ich.

»Denkst du?« fragte er plötzlich wachsam. »Denkst du denn, daß ich schon so bald den Löffel abgeben muß?«

»So bald nicht«, sagte ich so arglos wie möglich, »aber bevor man Kernenergie nutzen kann, dauert es noch Jahrzehnte, und du brauchst wirklich nicht zu denken, daß du dann ein kleines Atömchen in den Ofen stecken kannst.«

»Bis dahin geht das. Aber sag mal, denkst du wirklich, daß ich es nicht mehr so lange machen werde?«

»Wie kommst du denn darauf?«

»Ich weiß es nicht, beruhigt bin ich nicht.«

»Weswegen?«

»Wegen dieser Operation.«

»Wenn es dir schlecht ginge, würdest du bestimmt nicht so gut Schach spielen wie jetzt.«

»Vielleicht läßt du mich ja absichtlich gewinnen. Ich hab meinen Vater auch absichtlich gewinnen lassen beim Dame-Spielen.«

»Ja, als er weit über achtzig war.«

»Sicher, so alt bin ich noch nicht, aber vielleicht weißt du mehr und läßt mich darum gewinnen.«

»Worüber sollte ich mehr wissen?«

»Über diese Operation.«

Er sah mich an und begann dann plötzlich zu lachen. »Was für ein ernstes Gesicht«, sagte er, »begreifst du denn nicht, daß ich dich auf die Schippe nehme? Ich führ dich nur ein bißchen an der Nase rum, denn ich seh doch genau, daß du alles dransetzt, um zu gewinnen, und doch schaffst du es nicht.«

»Du mußt jetzt mal aufhören mit diesem Unsinn über das Atom«, sagte ich, »nie wird jemand ein kleines Atömchen in den Ofen stecken können, das ist wirklich glatter Unsinn, wie kommst du eigentlich darauf?«

»Junge, Junge«, sagte er voller Schadenfreude zu meiner Mutter, »bei ihm klappt es mal wieder nicht, er verliert wieder gegen seinen alten Vater, auch wenn er sechs Jahre studiert hat.«

»Wer sagt, daß du mein alter Vater bist«, sagte ich, »soll ich dich mal wieder an die Predigt von Pastor Duursema erinnern? Du weißt genau, daß er damals gesagt hat: ›Ihr könnt immer sicher sein, daß der Himmlische Vater euer Vater ist, aber von eurem eigenen Vater wißt ihr es niemals sicher, das müßt ihr glauben.‹«

»Ja, ja, das hättest du wohl gern, was, daß ich nicht dein Vater wäre, daß du dich nicht für einen solchen Klotz zu schämen brauchst. Aber von wem sonst als von mir hast du deine Augen? Ob ich nun in den Spiegel gucke oder in deine Visage, ich seh genau dieselben Augen. Und von wem hast du diese Begabung?«

»Von meiner Mutter«, sagte ich. »Wenn ich wirklich dein Sohn wäre, könnte ich nur Dame und Schach und Billard spielen und Steine so glatt schleifen, daß kein Buchstabe mehr draufsteht.«

»Ja, morgen früh nehm ich wieder einen in die Mangel, morgen früh wird wieder mit frischer Unlust angefangen.«

»Warum mit frischer Unlust? Du darfst doch alle Steine von der Dritten Klasse runterwerfen?«

»Ja, das ist zwar schön, aber ich hab keinen Spaß mehr dran, seit der Operation bin ich eigentlich immer nur für mich zugange, ich wollte, ich könnte etwas anderes tun. Am liebsten würde ich bis zu meiner Rente auf dem Land arbeiten.«

Er verschob einen Turm und schrie: »Matt«, aber das stimmte noch nicht ganz. Ich gab jedoch auf, es hatte keinen Sinn, noch weiter Schach zu spielen. Strahlend sprang er von seinem Stuhl auf, lief durchs Haus, und es schien, als sei er jünger als ich.

»Ich hätte den Garten nie aufgeben sollen«, sagte er.

»Du hast deine Arbeit aber doch jahrelang mit Freude gemacht«, sagte ich.

»Ich hab jetzt keine Freude mehr dran, ich wollte, ich würde wieder im Garten arbeiten und du würdest wieder zu mir gelaufen kommen.«

»Weißt du das noch?« fragte ich erstaunt.

»Ob ich das noch weiß? Natürlich weiß ich das noch, du warst erst so ein kleines Kerlchen, du konntest noch nicht einmal über deine Holzschuhe pinkeln, und doch kamst du zu mir gelaufen, ganz aus Maassluis kamst du zu mir gelaufen, obwohl ich dich doch jeden Abend geschlagen und getreten habe.«

Henoch

Meine früheste Erinnerung an den Tod ist der unter der schwarzen Trauerdecke hervorströmende Urinstrahl, der sprudelnd und schäumend im Rinnstein zum Gully floß. Die Trauerdekke hing zu beiden Seiten des Pferderückens fast bis auf die Straße herab, und hier und da berührte eine ihrer Quasten die Steine. Durch die Quasten hindurch strömte laut plätschernd das Wasser, das unter der Trauerdecke noch hellgelb war, aber immer dunkler wurde, je mehr es sich dem Abfluß näherte. Bläschen trieben darauf, von denen einige schon platzten, bevor sie unter der Trauerdecke zum Vorschein gekommen waren, während andere es bequem bis zum Gully schafften. Ich konnte nicht sehen, welches der beiden Pferde vor der schwarzen Kutsche das Wasser produzierte. Das eine Pferd schnaubte, warf seinen Kopf zurück, auf dem zwischen den Ohren zwei große schwarze Quasten befestigt waren. Sie schwankten hin und her, und ich wartete jeden Moment darauf, daß sie herunterfallen würden. Vielleicht hoffte ich es sogar. Das Pferd scharrte mit einem Huf auf den Pflastersteinen, die

Funken sprühten viel deutlicher auf als sonst, weil es so dunkel war unter diesen bedeckten Pferderücken, und ich dachte: Dieses Pferd macht es. Ich bückte mich, ich versuchte, zwischen den Rädern der Kutsche hindurch etwas von den Bäuchen zu sehen, und im Dunkeln sah ich tatsächlich vage die Umrisse des seltsam großen Organs, das den Urin auf die Straße sprühte. Aber nicht das schnaubende, mit seinem Huf scharrende Pferd produzierte den Urin, nein, es war das andere, so unbewegliche Pferd, das Wasser ließ und immer weiter Wasser ließ, als wollte es das Feuer löschen, das der Huf seines Nachbarn aus der Straße schlug, und es war etwas, das man nie vergaß: dieses rotglühende Flakkern im Dunkeln und das Wasser daneben – schäumend, als wenn es selber lebte – und das Wiehern des Pferdes, das kein Wasser ließ, und bei alledem die unwirkliche Ruhe der Umstehenden, die weder redeten noch sich bewegten, sondern nur dastanden und auf den Augenblick warteten, da der Sarg aus dem Haus von Nachbar Kraan nach draußen getragen wurde. Ich hatte den Sarg am Tag vorher gesehen, als er hineingebracht wurde, und schon da wußte ich, daß Nachbar Kraan gestorben war. Was das bedeutete, wußte ich nicht – er war fort, das war das einzige. Jeden Tag hatte er, solange ich mich erinnern konnte, hinter dem von Schiefblatt eingerahmten Fenster des Vorderzimmers an seinem Platz gesessen, groß und hochgewachsen und beeindruckend mit seinem in den späten Nachmittagsstunden, wenn die Sonne hereinschien, glänzendroten, kahlen Schädel. Niemals blickte er auf, wenn man vorsichtig hineinschielte; er hämmerte einfach weiter auf den Schuhen des ganzen Viertels, die er besohlte oder mit neuen Absätzen versah. Die Schuhe waren jetzt nicht zu sehen, denn vor dem Fenster hing ein weißes Bettlaken, ebenso wie vor den Scheiben aller anderen Fenster in unserer Straße. Auch vor unserem Fenster hing ein frischgewaschenes Bettlaken, wodurch im Hause eine merkwürdig stille Dämmerung entstand, die einen zu flüstern mahnte, statt zu sprechen, und was ein Lachen oder Lächeln unmöglich machte.

Das Wasserlassen hatte aufgehört, aber ich saß noch immer in der Hocke, denn das riesige, kaum sichtbare Organ schrumpfte langsam zusammen; es schien, als würde es hochgehoben. Während ich noch aufmerksam dorthin spähte, hörte ich plötzlich eine Stimme: »Schämst du dich nicht?«

Erschrocken blickte ich mich um. Hoch über mir stand Onkel Job, der mich mit glitzernden Augen durch seine Brille ansah.

»Geh weg, hau ab, hast du keine Manieren?«

Ich stand auf, ging aber nicht weg. Onkel Job weichen? Wenn ich das meinem Vater erzählte, würde er wütend werden. Ich blieb stehen, jetzt genauso still wie alle anderen, wie Nachbar Van Baalen, der eine schwarzseidene Mütze trug, wie Jannetje

Smoor, die trotz Trauer doch mit einem schmalen Streifen rosa Unterrock unter ihrem schwarzen Kleid geschmückt war, wie Kareltje van Wolferen, der auch jetzt von Kopf bis Fuß in seinen braunen Ledermantel gehüllt war und der eine braune Ledermütze trug, unter der gerade noch seine Knopfaugen zu sehen waren, wie Nachbar Admiraal und Japie Voogd, der letzte schon jetzt betrunken, obgleich es vielleicht gerade ein Uhr war, aber diesmal sang er keines seiner selbstgemachten Lieder über das Meer und den Schnaps und die Moneten, und wie Onkel Job, der noch seinen weißen Schlachterkittel trug und sich dadurch von den anderen abhob. Ja, alle standen sie da, und ich sah, wie Nachbar Van Baalen ehrfürchtig die Mütze abnahm, als der Sarg nach draußen getragen und in die erste Kutsche gestellt wurde. Dem Sarg folgte Nachbarin Kraan in demselben dezenten Schwarz, das sie immer trug, aber es gab doch einen Unterschied. Auf ihrem schwarzen Hütchen trug sie sonntags zum Kirchgang immer ein buntes Federchen, und diesmal war sogar das Federchen schwarz, und dieses Federchen bewegte sich, immer wenn Nachbarin Kraan sich bewegte, wie ein Vögelchen in der Sonne. Ich konnte meine Augen nicht abwenden, bis sie in der Kutsche verschwunden war und der Trauerzug sich in Bewegung setzte. Aber wie langsam das alles ging, es dauerte Stunden, so schien es, bevor der Zug aus der Straße und die Deichauffahrt hinauf war. Als sie endlich dem Blick entschwunden waren, erklangen plötzlich überall laute Stimmen, und Onkel Job, noch immer neben mir, begann mich auszuschelten und drehte mir mit seiner rechten Hand das Ohr um, weil ich mich gebückt hatte, um das Wasser lassende Pferd anzusehen. Ich rannte nach Hause, trotzte dem grauen Dämmerlicht des Bettlakens vor dem Fenster und rief meiner Mutter entgegen: »Sie sind weg, und Onkel Job hat mich ausgeschimpft und mich am Ohr gezogen, weil ich das Pferd ansehen wollte ...«

»Du mußt dich bei Onkel Job um gar nichts kümmern.«

»Wo ist Nachbar Kraan jetzt?«

»Im Himmel.«

»Aber dieser Sarg?«

»Ja, sein Körper liegt nun im Sarg, aber seine Seele ist im Himmel beim Herrgott. Wenn man stirbt, geht die Seele aus dem Körper.«

»Oh«, ich schwieg einen Augenblick, fragte dann: »Muß das Bettlaken jetzt noch hängenbleiben?«

»Ja, bis heute abend.«

Ich war auf einmal unendlich traurig bei dem Gedanken, daß die Dämmerung im Hause noch so lange ertragen werden mußte, und so bedrückt, weil Onkel Job mich ausgeschimpft hatte, daß ich mich nach meinem Vater sehnte. Wenn er nur da wäre, dann wäre alles in Ordnung. Aber jetzt – diese Pferde, dieser Sarg, dieses schwarze Federchen. Komisch, der Sarg war weniger bedrückend und unheilverkündend gewesen als das schwarze Federchen und dann die zweimal zwei Quasten auf den Köpfen der Pferde.

»Ich geh zum Garten«, sagte ich plötzlich.

»Zum Garten? Ganz allein? Das ist unmöglich, dazu bist du noch viel zu klein.«

»Ich bin überhaupt nicht mehr klein, und ich weiß genau, wo das ist.«

»Es sind anderthalb Stunden zu Fuß, und du kennst den Weg nicht.«

»Ich kenn den Weg, man muß einfach zum Deich laufen und dann auf dem Deich bis zum Häuschen von Marie und dann um die Kurve und dann zum Blikken Loods, und dann ist es noch ein kleines Stück zum Tol, und da geht man runter, in den Westgaag. Ja, und dann läuft man einfach immer weiter, bis man da ist.«

»Bist du dir sicher, daß du dich nicht verlaufen wirst?«

»Ich bin da doch schon so oft gewesen.«

»Ja, aber nie allein.«

»Ja, aber ich kann es bestimmt finden.«

»Du mußt es selbst wissen. Aber nicht mit anderen Leuten sprechen und auf keinen Fall mit anderen Männern mitgehen. Versprichst du mir das? Wenn sie sagen: Du darfst ein Stück hinten auf dem Fahrrad mit, mußt du nur ganz doll den Kopf schütteln, auch wenn du die Männer gut kennst.«

»Auch wenn es Onkel Job ist?«

»Ja, auch dann. Vorsichtig sein, tüchtig zulaufen, gut aufpassen. Der Tol, das ist das schwierigste, wie kannst du das finden?«

»Das kann ich finden«, sagte ich feierlich, »weil das die einzige Stelle am Deich ist, wo es zwei Deichabfahrten gibt.«

Sie blickte mich an, und ich sah den Stolz in ihren Augen.

»Wie tüchtig du doch bist«, sagte sie, »nun, dann lauf, aber keine Bonbons annehmen, von niemandem nicht, und mit niemandem mitgehen.«

Und so stieg ich in der windigen Frühjahrsluft die Treppe neben den Abwassermühlen hinauf und lief auf dem Deich geradewegs zum Garten meines Vaters. Es ist ganz einfach, dachte ich, man muß immer nur auf dem Deich weiterlaufen bis zum Tol. Nur der Tol ist schwierig, da muß ich gut aufpassen. Manchmal sah ich zurück, denn immer wieder dachte ich: Gleich kommt sie mir nach, um mich doch noch aufzuhalten. Aber sie kam nicht, und auch Onkel Job war weit und breit nicht zu sehen. Was ich sehr wohl sah, waren die Trauerkutschen, die offenbar schon von der Beerdigung zurückkamen. Oder waren es andere Kutschen? Sie fuhren vor mir her auf dem Deich, und das machte meine Wanderung plötzlich beinahe überflüssig, denn gerade vor den Kutschen und den Pferden war ich geflohen. Aber auch vor der stillen Dämmerung. Bei der Deichabfahrt zur Weverskade fuhren die Kutschen nach unten und blieben bei einem großen Kutschenhaus stehen, und als ich sie, selber hoch oben auf dem Deich, dort unten stehen sah, wußte ich, daß es richtig war, vor ihnen zu flüchten. Ich ließ sie hinter mir, auch wenn sie schon allein durch die Biegung im Deich noch lange zu sehen waren, wenn ich schräg zurückblickte. Je weiter ich kam, desto harmloser wurden sie, denn die Trauerdecken wurden von den Rücken genommen, und die Quasten wurden entfernt, und die Pferde wurden ausgespannt. Es hatte je länger desto weniger etwas mit dem Tod zu tun, es wurde je länger desto mehr ein ganz normales Bild von zweimal zwei Pferden und zwei Kutschen. Die Pferde wurden auf die Weide gelassen, und die Kutschen wurden eine nach der anderen ins Kutschenhaus geschoben, und einer Rückkehr schien nun nichts mehr im Wege zu stehen. Aber ich war schon so weit – dort kam schon das Häuschen von Marie, und außerdem roch es so herrlich und war der Himmel so schön blau und trieben die Wolken so hinreißend schnell über den Himmel.

Auf einmal sah ich wieder das schwarze Federchen vor mir. Wie es wohl sein mochte zu sterben? Oder würde ich nie sterben? Nein, ich würde nicht sterben, ich würde leben bleiben, bis der Herr Jesus zurückkam auf den Wolken des Himmels, ich würde eins, zwei, drei in den Himmel aufgenommen werden, lebendig und heil, genau wie mein Vater und meine Mutter. Oder vielleicht würde ich, wenn ich nicht lange genug lebte, um die Wiederkunft Christi zu erleben, ein Mann Gottes werden wie der Prophet Elias, und dann würde ich, genau wie er, mit feurigen Rossen und einem feurigen Wagen in einem Sturm gen Himmel fahren. Aber bevor es soweit wäre, würde ich noch lange leben müssen, um ein Mann Gottes zu werden, ich würde sehr alt werden müssen, älter als Nachbar Kraan.

»Na, Kerlchen, ganz allein unterwegs?«

Ich blickte auf. Neben mir fuhr ein freundlicher, schon etwas älterer Mann auf seinem Fahrrad, der mich lächelnd ansah.

»Wohin geht's denn?«

»Zu meinem Vater.«

»Wo ist dein Vater?«

»Im Garten bei Frau Poot im Westgaag.«

»Wie heißt dein Vater?«

»Pau.«

»So, bist du also ein Sohn von Pau und Lena.«

Er mußte mit dem Vorderrad schlenkern, um nicht zu stürzen, ich ging jetzt noch etwas langsamer.

»Also bist du ein Enkel von Arie van der Giessen. Der beste Gärtner im ganzen Westland, sein Gemüse: immer Exportqualität. Willst du hintendrauf ein Stück mitfahren?«

»Nein.«

»Warum nicht?«

»Ich lauf lieber.«

»Na, aber wenn du mitfährst, bist du doch schneller bei deinem Vater. Ich kenne deinen Vater, das ist der fröhlichste Mann bei der Versteigerung und immer sehr gutes Gemüse, nur das von deinem Großvater ist noch besser. Ich selbst bin auch Gärtner, weißt du, ich hab gleich beim Tol einen Garten, du könntest bis dahin mitkommen.«

Ich schüttelte den Kopf. Das sollte ich tun, hatte meine Mutter gesagt, nicht sprechen, sondern den Kopf schütteln.

»Du mußt es selbst wissen, dann nicht. Tschüs.«

Er fuhr weiter, blickte sich immer wieder kurz um, lachte, deutete mit der einen Hand auf seinen Gepäckträger, und ich schüttelte immer nur den Kopf, und langsam verschwand er unter diesen schnellen Wolken aus meinem Blick. Oh, wie wunderschön waren sie, diese kleinen, rasch hintereinanderher eilenden Wölkchen, die vor mir her flogen, mir den Weg zu zeigen schienen. Wenn ich so weiterlaufe, dachte ich, komme ich von selbst nach Hoek van Holland, und dann sehe ich das Meer. Wie schnell mochten die Wölkchen am Meer sein? Ich wußte es nicht, ich sah den Wiesenkerbel an der Deichböschung, der sich auch so heftig bewegte, und die jungen Weiden, durch die der Wind mit liebkosendem Flüstern eilte. Ich war nun auf gleicher Höhe mit dem Häuschen von Marie, einer

Frau, die ich noch nie gesehen hatte, die aber, wie es hieß, seit Menschengedenken in diesem Häuschen wohnte. Immer wenn ich, vorn bei meinem Vater auf dem Fahrrad, an dem Häuschen vorbeikam, hatte ich gehofft, sie würde nach draußen kommen.

»Wie sieht sie aus?« hatte ich meinen Vater immer wieder gefragt.

»Sie ist alt.«

»Warum sieht man sie nie?«

»Sie sitzt immer drinnen.«

Nun hoffte ich zum erstenmal, daß sie nicht nach draußen kommen würde, und ich wußte selbst nicht, warum ich jetzt auf einmal Angst vor ihr hatte. Ich hörte das zornige Grunzen ihrer unsichtbaren Schweine, als ich an dem baufälligen Gebäude, das sich dort einsam an den Deich drückte, vorbeilief. Sie kam nicht nach draußen, wie immer, sie existierte vielleicht gar nicht, sie war auch schon tot, genau wie Nachbar Kraan, der nun im Himmel bei Gott war. Deshalb grunzten die Schweine so böse. Nachbar Kraan war hoch über diesen dahineilenden Wolken, weit hinter diesem hellen Blau – bei Gott. Aber Gott ist überall, Gott konnte ebensogut auf dem Deich sein, war vielleicht sogar auf dem Deich. Gott liebte ich von ganzem Herzen und mit all meinem Verstand, das wußte ich genau, denn das hörte ich jeden Sonntag in der Zuiderkerk, Gott liebte ich vielleicht sogar noch mehr als meinen Vater und meine Mutter. Vielleicht? Nein, ganz bestimmt. »Wer Vater oder Mutter mehr liebet denn mich, der ist meiner nicht wert«, hatte der Herr Jesus gesagt. Gott sorgte für alles, Gott liebte alle Menschen, liebte alle Menschen so sehr, daß Er Seinen eigenen Sohn ans Kreuz hat schlagen lassen. Einen solchen Gott mußte man doch unendlich lieben, einen, der Sein eigenes Kind opferte für deine Sünden. »Gott«, murmelte ich, »ich hab dich furchtbar lieb«, und während ich das sagte, schien es, als ginge Er neben mir. Nein, es war niemand auf dem Deich zu sehen, weit und breit nicht, aber Er konnte jeden Augenblick erscheinen und dann neben mir hergehen, genau wie Er neben Henoch gegangen sein mußte. »Und Henoch wandelte mit Gott, und auf einmal war er nicht mehr da, denn Gott hatte ihn hinweggenommen.« Hatte meine Mutter mich vielleicht vor Gott gewarnt? Hatte sie deshalb nicht genau gesagt, warum ich nicht mit fremden Männern mitgehen durfte? Ein solch fremder Mann konnte Gott sein, und wenn man Gott sehr liebte, nahm Er einen hinweg, so wie Er Henoch hinweggenommen hatte, und dann war man nicht mehr da, und das wollte meine Mutter natürlich nicht. Oder war sie eifersüchtig, weil ich Gott mehr liebte, lieben mußte als sie, um Seiner würdig zu sein? Wollte sie deshalb nicht, daß ich mit einem Fremden mitging, der Gott sein konnte? Wenn Er mich hinwegnahm, würde sie mich nie wiedersehen, und dann würde sie traurig sein und mein Vater auch, das wußte ich sicher, sie würden schrecklich traurig sein, denn sie liebten mich bestimmt mehr als den Herrgott, und das war auch erlaubt, denn in der Bibel wurde nicht gesagt, daß man Gottes nicht würdig sei, wenn man seine Kinder mehr liebte als Ihn, nein, da wurde nur gesagt, daß man Gottes nicht würdig sei, wenn man seinen Vater und seine Mutter mehr liebte. Aber merkwürdig war das schon, ich wollte gern mit Gott wandeln, genau wie Henoch, aber ich wollte nicht hinweggenommen werden. Na gut, wenn Gott erschiene, würde ich es Ihm schon erklären. Herr Jesus, würde ich sagen, ich will wohl hinweggenommen werden, aber das würde meinem Vater und meiner Mutter soviel Kummer bereiten, also warte doch noch ein bißchen, es hat ja keine Eile, und Dein Vater weiß doch, wie schlimm es ist, wenn es einem Kind nicht gutgeht. Hat Dein Vater nicht geweint, als Du am Kreuz hingst, und Deiner Mutter gab es doch auch einen Stich durch ihr Herz?

Aber auf dem Deich war Gott noch nicht zu sehen. Wohl rauschte der Wind, und ich meinte Seinen lieblichen Namen zu hören, und links am Weg schoß das Grün schon so hoch auf, daß Gott sich darin gut aufhalten konnte, ohne gesehen zu werden. Ja, da bewegte sich schon das Gras, und zwischen dem Wiesenkerbel erhob sich ein Mann mit hochroten Wangen, und kaum einen Moment später auch eine Frau, die ihr Kleid herunterschob, und ich starrte verblüfft die Frau an und ihr merkwürdig rot geflecktes Gesicht. Der Mann rannte auf einmal auf mich zu. Ich wollte weglaufen, aber es war schon zu spät, er hielt mich am Arm fest und fuhr mich an: »Du hältst das Maul, du sagst kein Wort davon.«

»Ja, ja«, sagte ich.

»Du sagst nichts?«

»Nein, Meneer.«

»Wirklich nicht?«

»Nein, Meneer, wirklich nicht.«

»Denk dran, wenn du was sagst, bring ich dich um.«

Er ließ mich los, und dann stand auch die Frau bei mir. Ich sah erstaunt ihre roten Wangen an, es war etwas Mattes und Trauriges und doch auch Fröhliches in ihrem Gesicht. Sie beugte sich herunter und lächelte mich an. »Guten Tag, du erzählst es nicht weiter, nicht wahr?«

»Nein, Mevrouw«, sagte ich.

»Dann bist du ein großer Junge. Willst du einen Bonbon?«

»Nein.«

»Warum nicht?«

»Ich mag keine Bonbons.«

»Du magst keine Bonbons? Dann einen Apfel?«

»Nein.«

»Warum nicht?«

»Davon kriegst du das Scheißen, sagt mein Vater.«

Sie lachte fröhlich, und es war etwas in diesem Gesicht und in diesen Augen über diesen geröteten Wangen, was mich ganz glücklich machte. Sie war eine so schöne Frau, wie ich nie eine gesehen hatte, nicht weil ihr Gesicht so schön war, sondern weil ihre Wangen so rot waren, als stünden sie in Flammen.

»Also, du willst wirklich nichts?«

»Nein, Mevrouw, ich muß zum Garten meines Vaters.«

»Ganz allein?«

»Ja.«

»Wer läßt nun so ein Kind ganz allein auf dem Deich laufen? Die sind doch verrückt. Wo ist der Garten von deinem Vater?«

»Im Westgaag.«

»Das ist noch ein ganzes Stück.«

»Ach, nein«, sagte ich, und ich ging weiter und ließ sie erstaunt zurück. Ich blickte mich um, sie winkte mir zu, und ich winkte zurück und wußte plötzlich, daß ich sie liebte. Dennoch konnte sie nicht Gott sein, denn Gott war ein Mann. Warum stimmte mich das für einen Augenblick traurig? Ich wußte es nicht, ich wußte nur, daß ich wegen der Glut in ihrem Gesicht ganz plötzlich angefangen hatte, sie zu lieben. In der Ferne glänzte Blikken Loods in der Sonne, und als ich zurückblickte, schien Maassluis schon ganz schön weit weg zu sein, und die Zeiger der Turmuhr konnte ich nicht mehr erkennen.

Wie mochte Gott aussehen? Hatte Er, genau wie die Männer, die vorhin den Sarg trugen, einen schwarzen Anzug an? Oder würde Er vielmehr ganz in Weiß sein, wie eine Braut. Und leuchtend. Er konnte auch aussehen wie ein brennender Dornbusch. Aber Er konnte sich natürlich verkleiden, und als ich das dachte, fiel mir auf einmal ein: Vielleicht war der Mann auf dem Fahrrad ja Gott. Er wußte, wie mein Vater und meine Mutter hießen, er wußte, wie mein Großvater hieß und was er machte, ja, er wußte alles, genau wie Gott. Aber Gott auf dem Fahrrad? Das kam mir so merkwürdig vor, davon wurde in der Bibel nie gesprochen, und doch war es nicht völlig ausgeschlossen, denn Gott konnte alles. Also auch Fahrrad fahren. Aber dieser Mann hatte doch gar nicht ausgesehen wie Gott; so ein kleines, unansehnliches Männchen mit einem braunen Jägerhut und einem eleganten Federchen am Hutband. Ein schwarzes Federchen, ich sah es plötzlich vor mir, während ich vorhin kaum darauf geachtet hatte, ein schwarzes Federchen, genau wie am Hut von Nachbarin Kraan. Warum sollte dieser Mann ein schwarzes Federchen tragen an einem braunen Hut, wenn er nicht Gott war und nichts vom Tod von Nachbar Kraan wußte.

Ein Auto überholte mich, war im Handumdrehen

an Blikken Loods vorbei, dessen Dach so in der Sonne blendete, daß es weh tat. Auf der anderen Seite des Weges kämpfte ein Fahrradfahrer mit dem Gegenwind, und ich dachte: Wenn mein Vater dort fahren würde, könnte er diesen Mann augenblicklich überholen, mit oder ohne Gegenwind. Nach dem Radfahrer folgte eine Dame auf einem Fahrrad, die noch mehr Mühe mit dem Wind hatte, und bei Blikken Loods liefen kleine schwarze Gestalten in der Frühlingssonne herum, und über meinem Kopf flog ein Schwarm Gänse quer über den Weg. Es war, als ob Gottes Atem alles beseelte. Ja, Elias hatte Er in einem Sturm mit einem feurigen Wagen in den Himmel geholt, aber demselben Elias war Er zuvor in einer Windstille erschienen. Nun, windstill war es keineswegs, und das beruhigte mich plötzlich irgendwie – Er würde jetzt bestimmt nicht erscheinen, es wehte viel zu stark. Wie war das Wetter gewesen, als Er Henoch hinaufholte? Darüber erzählt die Bibel nichts. Adam war Er erschienen, wandelnd in der Abendkühle. Es war zwar kühl, aber nicht Abend. Warum hatte ich Angst vor Gott? Ich konnte Ihm doch einfach sagen, wenn Er kommen und neben mir gehen würde: »Herr Jesus, ich liebe Dich bestimmt mehr als meinen Vater und meine Mutter, aber es würde ihnen so viel Kummer bereiten, wenn Du mich jetzt hinwegnehmen würdest, vielleicht kannst Du noch ein bißchen warten. Henoch war doch auch schon sehr alt, als Du ihn hinwegnahmst?« Wie alt? Daß ich das nicht genau wußte – wie dumm. Methusalem war 969 Jahre alt geworden – der Älteste von allen, aber Henoch? Henoch war der Vater von Methusalem, konnte in jedem Fall nicht als kleines Kind hinweggenommen worden sein. Henoch wandelte mit Gott, »und Henoch wandelte mit Gott, und auf einmal war er nicht mehr da, denn Gott hatte ihn hinweggenommen«. Und wie? Warum stand darüber nichts in der Bibel? Hatte ihn hinweggenommen – nicht wie Nachbar Kraan in einem Sarg und einer Kutsche mit zwei Pferden davor, das eine mit Feuer und das andere mit Wasser. War Nachbar Kraan denn nicht mit Gott gewandelt?

»Kein frommerer Mann als Nachbar Kraan«, hatte ich meine Mutter oft sagen hören. Aber ja, er hatte da immer in seinem Kranz aus Grün gesessen, er war nie gewandelt. Vielleicht hatte Gott doch einmal zu ihm gesagt: »Kraan, komm nun mal nach draußen für eine tüchtige Wanderung«, aber Kraan hatte natürlich gesagt: »Ich muß erst noch diese Schuhe besohlen und den anderen Schuh nähen, und da muß noch eine neue Hacke drunter, und da müssen noch neue Schuhbänder rein, keine Zeit heute.« Deshalb war Kraan jetzt in einem Sarg weggebracht und nicht emporgehoben worden wie Henoch. Nein, ich wollte nicht in einen Sarg, aber ich wollte auch nicht emporgehoben werden. Ja, später schon, aber jetzt nicht, jetzt noch nicht. »Warte noch ein bißchen, Herrgott«, betete ich, »bitte warte noch ein bißchen.«

Ich kam an Blikken Loods vorbei. Das Dach glänzte so grell im Sonnenlicht, daß ich mit abgewandtem Kopf vorbeiging. Ich schaute den Deich hinunter über die grünen Knospen des noch nicht aufgeblühten Klatschmohns hinweg zu dem weißen Häuschen von Janus Hoekveen auf der Weverskade. Die hohen Pappeln rund um das Haus bewegten feierlich ihre Wipfel, als hätten sie den Wind gezähmt. Auf der Weverskade fuhr, gegen den Wind an, der Mann mit dem braunen Jägerhut. Mit einer Hand drückte er den Hut ab und zu auf den Kopf, also konnte es nicht Gott sein. Der brauchte natürlich keine Angst zu haben, daß Sein Hut wegwehte. Man konnte außerdem sehen, daß es ihn viel Mühe kostete, gegen den Wind anzukommen. Nein, kein Gedanke daran, daß es Gott war. Gott würde den Wind drehen lassen können oder gegen ihn anfahren können wie ein Engel. Gott würde bestimmt nicht auf einem so rostigen Fahrrad fahren. Aber der Mann trug noch immer das schwarze Federchen an seinem Hut, und er hatte alles gewußt. Gott konnte natürlich auch extra so tun, als wäre Er nicht Gott, um mich zu täuschen. Ich spähte aufmerksam zu dem Fahrradfahrer auf der schmalen Weverskade, dachte dann plötzlich, daß er nach oben blicken könnte, wieviel Mühe es ihn auch kosten würde, mit diesem kräftigen Wind im Gesicht den Kopf zu heben. Deshalb tauchte ich unter in dem schon hohen Gras zwischen dem blühenden Wiesenschaumkraut; ich kroch ein Stück durch die Grashalme zu einem Weidengebüsch und versteckte mich dort. Ich konnte den Mann jetzt genau sehen, aber er mich nicht, wenn er nach oben blickte. Und doch – wenn es Gott war, nützte es gar nichts, sich zu verstecken. Er würde einen doch immer sehen, auch wenn Er tausendmal gegen den Wind anfuhr. Der Mann war jetzt bei einer der drei Brücken über den Fluß angekommen, die zu einer Deichauffahrt führte. Er hielt, lüftete den Hut, wischte sich den Schweiß von der Stirn und sah dann aufmerksam den Deich entlang, zuerst noch in Richtung von Blikken Loods, dann rückwärts in meine Richtung. Ich duckte mich tiefer ins Gras, lugte durch die Grashalme und sah ihn dort stehen, wie er immer wieder den Deichrand absuchte, den Kopf immer wieder hin und her wandte und jedesmal den Hut lüftete, um sich den Schweiß abzuwischen. Ich wußte plötzlich sicher, daß es nicht Gott sein konnte, Gott würde genau wissen, wo ich war, brauchte nicht den Deich entlangzustarren. Ich war mir auch sicher, daß der Mann mich suchte, und das machte mir angst, und doch war da zugleich der beruhigende Gedanke: In jedem Fall ist es nicht Gott, Gott sei Dank. Der Mann schob das Fahrrad die Deichauffahrt hinauf auf den Deich, starrte lange auf den Weg in Richtung Blikken Loods, stieg auf und fuhr dann in meine Richtung. Ich kauerte mich noch mehr zusammen hinter dem Weidengebüsch, und er kam sehr schnell vorwärts, weil er jetzt mit dem Wind fuhr, und ich sah, wie er die Deichböschung nach einem Lebenszeichen absuchte. Für einen Augenblick schien es, als schaffte er es doch noch, mich zu finden, denn er zögerte, als er ganz nah herangekommen war – vielleicht weil das Gras am Abhang zertreten war –, fuhr aber weiter, sich schwarz abzeichnend gegen den Himmel, der von meinem Platz aus nur eine Kante zu sein schien. Er schwebte über dem Grasstreifen, über dem Wiesenkerbel – der untere Teil seiner Reifen war nicht einmal zu sehen, und er pfiff eine unruhige Melodie, ein aufgeregtes Liedchen, das nun wirklich keinem Psalm glich. Aber ich wußte ja schon, daß es nicht Gott sein konnte. Das schwarze Federchen wiegte sich im Wind, und ich dachte: Was soll ich jetzt machen? Ich wagte nicht, den sicheren Schutz des Weidenbusches aufzugeben, aber ich konnte da auch nicht liegen bleiben. Zurück konnte ich nicht, er würde mich mit seinem Fahrrad immer einholen können, mit oder ohne Gegenwind. Weitergehen in seine Richtung? Niemals. Ich kroch langsam durch das Gras nach oben, schaute den Deich entlang und sah ihn über den weißen Beton verschwinden, womit der Deich planiert war. Ich wagte nicht aufzustehen, erkannte ihn vor dem Horizont nur noch als schwarzen Umriß, der aus dieser Entfernung gar kein Tempo mehr hatte, sondern immer kleiner wurde. Er fuhr eine Abfahrt vor dem Tol hinunter. Was würde er jetzt tun? Wieder auf die Weverskade fahren, gegen den Wind? Ich wartete nicht ab, überquerte hastig den Deich, rannte an der dichten Weißdornhecke entlang, bis ich zu einer Öffnung kam, und zwängte mich hindurch. Auf der anderen Seite der Hecke war ein schmaler Streifen Gras zwischen Acker und Weißdorn, und auf diesem Streifen rannte ich an der Hecke entlang, die mich den Blikken all derer entzog, die auf dem Deich fuhren oder liefen. Ich hatte den Wind im Rücken und konnte schnell weiterrennen, spähte aber doch immer wieder kurz durch die seltenen Öffnungen in der Hecke über den Deich. Ich sah ihn nicht und rannte weiter, obgleich weiter hinten Leute Unkraut verbrannten und ich wieder für einen Augenblick an den brennenden Dornbusch denken mußte. Mir war klar, daß der Mann sehr wohl auf die Idee kommen konnte, ich würde hinter der Weißdornhecke laufen. Aber ich mußte weiter, ich war jetzt viel näher beim Garten meines Vaters als bei uns zu Hause.

Auf der Höhe vom Tol angekommen, schaute ich lange durch eine kleine Öffnung in der Hecke. Ich sah den Mann nicht und überquerte vorsichtig den Weg, ließ mich auf der anderen Seite des Deichs ins Gras fallen und spähte über die Weverskade. Kein Radfahrer in Sicht. Nichts als wiegendes Schilfrohr neben einem schmalen Weg. Dennoch wagte ich nicht aufzustehen. Ich schaute in den Westgaag – der sich schlängelnde Weg lag hell und still in der Sonne. An seiner rechten Seite, im Fluß, erhob sich zwar hohes Schilfrohr, aber darin würde ich mich nicht verstecken können. An der linken Seite war ein atemberaubend hoher, schräger Abhang, der schon gemäht war. Auch da würde ich mich dem Blick des Mannes nicht entziehen können, für den Fall, daß er hinter mir her war. Was nun? Ich lag im Gras, die Sonne schien auf mich herab, als ob alles in Ordnung wäre, und überall wiegten sich die Baumkronen. Da sah ich auf dem Bauernhof, der links von der Straße lag, eine Kutsche. Sie erinnerte mich zuerst an die beiden Kutschen, die ich an diesem Tag gesehen hatte, aber das kleine hellbeige Pferdchen vor der Kutsche hatte keine Ähnlichkeit mit den beiden stattlichen Pferden von vorhin. Es stand da, den Kopf gesenkt, wie die Statue eines Ponys, und ich erkannte das Tier, bevor ich die Kutsche erkannte. Auf dem Hof liefen friedlich Hühner herum, eine weiße Gans watschelte vorbei, und man sah ein kleines Mädchen mit weißer Schürze und einer Schleife im Haar. Ich rutschte auf dem Gras hinab, lief hastig über die Brücke, auf der früher einmal ein Zollhäuschen gewesen sein mußte, und schlenderte auf den Hof. Außer dem Mädchen und den Hühnern und der Gans waren zwei Männer dort. Und mitten auf dem Hof standen zwei Schweine, so ruhig, als hätten sie schon seit Stunden so gestanden. Das eine, größere Schwein lag auf dem Rücken des anderen und winkte mit dem Schwänzchen. Es war fast, als würde es mit seinen beiden Vorderpfoten das andere Schwein umarmen. Einer der Männer, der ältere von beiden, sagte zu dem Mädchen: »Jetzt mußt du genau hinsehen, wie oft Berend blinzelt, dann weißt du, wie viele Ferkel kommen.«

Ich betrachtete aufmerksam das Schwein, das so selbstbewußt auf dem Rücken des andern lag. Seine Augen waren weit aufgesperrt, und es zwinkerte nicht ein einziges Mal mit den Lidern. Dann stieg es plötzlich herunter und schnaubte entrüstet, lief dann zur Kutsche und zu dem alten Mann. Der Eberbauer (ich hatte ihn schon erkannt) lief hinterher und sagte: »Das hast du wirklich gut gemacht.«

Das Tier grunzte wie zur Antwort und sprang so, aus dem Stand, in die Kutsche. Der Eberbauer schloß das schwarze Türchen, und ich hörte ein gutmütiges Grunzen, das der Eberbauer mit einem fröhlichen Lachen beantwortete. Dann sah er mich.

»So, so, was machst du denn hier? Wo ist dein Vater?«

»Im Garten.«

»Wie kommst du dann hierher?«

»Zu Fuß.«

»Ganz vom Garten her?«

»Nein, von zu Hause.«

»Sollst du denn zum Garten? Ist etwas mit deiner Mutter?«

»Nein, ich wollte einfach zu meinem Vater gehen. Darf ich ein kleines Stück mitfahren?«

»Natürlich, setz dich mal neben mich auf den Bock. Ja, vorsichtig aufsteigen, so, erst den rechten Fuß, dann den linken, nein, deine Hand hier, ja, jetzt den anderen Fuß nachziehen, ho, ho, warte, ich heb dich eben hoch, ich komm rum, ja, gut so. Wie ein Fürst, was, wie ein Fürst sitzt du da. Jetzt ich noch, und dann geht's los. Hü! Alter, hü!«

Er schüttelte die Zügel, und das Pferdchen hob den Kopf, blieb aber ruhig stehen. Er schüttelte nochmals, und nun setzte das Pferd zögernd seine Beine in Bewegung, und wir zockelten langsam in den Westgaag.

»Das hier hat seine beste Zeit wirklich hinter sich. Aber Berend, Junge, Junge, was ist der noch in Form. Na, besser das Tier hinter mir ist in Form als das Tier vor mir – da kann Berend sich nämlich schön erholen, wenn wir hier in so einem Zuckeltrab durch den Westgaag fahren, denn ich hoffe, daß er heute noch eine Sau decken kann, zwei wäre wohl zuviel verlangt, aber eine geht noch, was, Berend?« Er schlug mit seinem linken Arm leicht hinter sich auf die Kutsche.

Wieder hörte ich das beruhigende Grunzen, das der Eberbauer mit den Worten beantwortete: »Es gefällt dir auch noch immer, was, in deiner Kutsche? Soweit ich weiß, sind da noch zwei Sauen heiß, also, wenn es irgend geht, was, Berend?«

Er schwieg einen Augenblick, wandte sich dann an mich: »Was hältst du davon, Sohn von Pau, meine Frau sagt zu mir: ›Du mußt die alte, abgetakelte Kutsche ausrangieren, du mußt ein Auto kaufen und so einen kleinen Viehwagen dahinterhaken, und dann nimmst du zwei Eber mit statt einem, dann kriegst du viel mehr fertig an einem Tag. Während der eine sich erholt, läßt du den anderen dekken, immer abwechselnd sozusagen, du kommst schneller voran, verdienst mehr.‹ ›Ja‹, sag ich dann, ›aber du brauchst nicht zu denken, daß du zwei Eber in einen Wagen setzen kannst. Nur wenn es Brüder sind, die von klein auf zusammen aufgewachsen sind, geht's.‹ ›Dann stell doch eine Trennwand in den Wagen.‹ ›Ja, das ginge schon‹, sag ich dann, und ich find auch was dran, aber ich kann doch meine Kutsche noch nicht aufgeben, ich kann mich noch nicht von ihr trennen, es ist ein so ruhiges und angenehmes Arbeiten, verstehst du, mit nur einem Eber, und ich verdien ein gutes Zubrot damit, was will ich mehr?«

»Ich würde nie ein Auto nehmen«, sagte ich.

»Nun hörst du es mal aus Kindermund, was, Frau, nie ein Auto, siehst du wohl. Und warum nicht?«

»Na, ich finde solch ein Pferchen so schön.«

»Willst du die Zügel mal halten?«

Er drückte mir das Geschirr in die Hand, und das Pferdchen lief ruhig weiter und schien gar nicht gemerkt zu haben, daß jetzt jemand anders die Zügel hielt.

»Ja, du, dieser neumodische Kram, das ist nichts. So 'n Auto – du mußt erst deinen Führerschein machen, na, und dann ich noch in meinem Alter, ich gehör schon seit zwanzig Jahren zum alten Eisen, ich hab schon Kinder, die größer sind als ich, Piet, mein Ältester, überragt mich so um fünfzig Zentimeter, nein, ich schaff es noch bis an mein Grab mit dieser Kutsche, warte, gib mir eben die Zügel rüber, da will ein Fahrrad vorbei.«

Und da fuhr er, der Mann mit dem braunen Jägerhütchen. Direkt neben uns. Er hätte mich bequem anstupsen können, aber er sah nicht einmal zu uns her, hielt nur seinen Hut fest und schlingerte am Pferd entlang, das den Mann ungerührt vorbeifahren ließ. Ich schaute hinauf zu den Wolken, und es war, als sähe ich Gott auf Seinem Thron sitzen, und Er sah mich auch, Er wunderte sich über mich, weil ich die Zügel schon wieder festhalten durfte, Er winkte Seinem einzigen Sohn und sagte: »Sieh mal dort, das Pünktchen im Westgaag, das ist die Kutsche vom Eberbauern, genau dort in der Mitte zwischen Tol und der breiten Autostraße, ja, da zwischen dem Schilfrohr am Fluß mit den Seerosen und den grünen Seerosenblättern. Es geht zwar langsam, aber sie kommen doch voran, und das kleine Jungchen lenkt das Pferd.«

Ich sah es vor mir, so deutlich, als wäre es Wirklichkeit, und ich hörte das Schwein grunzen und den Eberbauern kichern, und das Schilfrohr räusperte sich. Weiter vorn radelte der Mann mit dem braunen Jägerhütchen, und er hatte sich noch kein einziges Mal umgeblickt. Wir fuhren und fuhren, ohne viel voranzukommen, und der Eberbauer redete noch immer.

»Acht Eier kriegt Berend jeden Abend, stimmt's, Berend? (Er wandte den Kopf zur Kutsche.) Und er schluckt sie runter wie Lakritze, ach, er ist doch ein guter Kerl. Nur daß er so ungeschickt schraubt, man würde doch meinen, daß er allmählich Erfahrung haben müßte, aber von wegen, jedesmal wieder diese elende Arbeit. Als ob er die Öffnungen in den Sauen nicht richtig finden kann; vielleicht haben sie die alle an einer anderen Stelle. Weißt du, springen tut er wie sonst keiner, trotz seines Gewichts, aber das Schrauben ist immer noch nicht das Wahre, nun ja, bei den Menschen wird es nicht viel anders sein. Es ist schon ein Job, du bist immer unterwegs, und manchmal ist keine Sau in der ganzen Region mehr, die brünstig ist, dann hast du eine Zeitlang Ruhe. Es ist verrückt, was, aber so ein Tier, so ein Eber, der verschleißt von diesem Schrauben. Meiner Meinung nach mußt du es sachte angehen lassen, so als Mann, du verschleißt davon.«

Er schwieg wieder und schüttelte bekümmert den Kopf.

»Berend ist schon ganz hübsch fertig, ich denke nicht, daß er es noch lange macht. Ich müßte ihn kastrieren lassen, damit sein Fleisch genießbar bleibt, aber ich glaube nicht, daß ich Berend jemals aufessen kann. Und ich verkaufe ihn auch nicht. Man hängt an so einem Tier, weißt du, vor allem an Berend häng ich sehr. Er ist immer guter Laune, ist nie krank, ist munter, obwohl er älter wird, und seine Verdauung ist noch immer in bester Ordnung – ich hab noch nie einen Tierarzt geholt –, nur dieses Schrauben, weißt du, das ist sein Schwachpunkt. Nun ja, es macht nichts, besser er schraubt schlecht, als daß er dabei so schreit wie Klaas, mein voriger. Der hatte ihn genauso schnell drin wie wir früher unsere Hand im Klingelbeutel, wenn wir extra Geld brauchten, aber dann fing der vielleicht an zu schreien. Ganz Maasland konnte es hören, wie er das genoß! Oh, Klaas, Klaas, du hast dich zu Tode gebürstet, ach, ach … verflucht noch mal, da haben wir den schon wieder auf seinem Fahrrad. Gib mir mal eben die Zügel, ja, du lenkst, als hättest du nie was anderes getan, aber es ist doch besser, wenn ich sie mal kurz nehme. He, du Zappelphilipp, willst du immer weiter so besoffen hin und her schwanken? Es ist das letzte Mal, daß ich dir ausweiche.«

Der Mann mit dem braunen Jägerhütchen fuhr wieder an uns vorbei, jetzt in entgegengesetzter Richtung, und er sah mich und schaute mich zuerst überrascht an, dann winkte er mir strahlend zu.

Wir waren dicht an der Autostraße, mußten lange warten, denn der Eberbauer wollte sie erst überqueren, wenn kein Auto mehr zu sehen war. Da standen wir, im Sonnenlicht und im Schatten, das Pferdchen ließ den Kopf sinken, und die seltenen Autos flogen vorbei. Immer war, entweder von links oder von rechts, ein Auto in der Ferne zu sehen, und deshalb warteten wir geduldig auf den einen, ruhigen Augenblick, der einfach nicht kommen wollte. Es war, als schliefen wir ein, als würden wir für immer mit dem Westgaag verwachsen und mit dem hohen Schilfrohr am Weg. Der Eberbauer rutschte nach hinten, sein Mund öffnete sich, ein Bläschen zerplatzte auf seinen Lippen. Behutsam zog er die Mütze über die Augen und sagte noch: »Zieh einfach an den Zügeln, wenn überhaupt nichts kommt«, und dann schlief er, und nochmals zerplatzte geduldig ein Bläschen. Ich sah die Straße entlang, fest entschlossen, nicht zu fahren, auch wenn kein Auto in Sicht sein sollte. Wir standen da, und wieder sah Gott auf uns herab, und Er wunderte sich darüber, daß wir nicht weiterfuhren. Dann grunzte plötzlich das Schwein, und ich erschrak so, daß ich die Zügel anzog, und die Kutsche setzte sich in Bewegung, während der Eberbauer ruhig weiterschlief. Wir überquerten die Straße, und ein Auto bremste vor uns mit beängstigendem Quietschen, ein zweites sah uns rechtzeitig ankommen und fuhr langsamer, um uns vorbeizulassen. Der Fahrer des ersten Autos stieg aus, schrie etwas und stieg wieder ein. Es erschien alles so unwirklich, als schliefe ich auf dem Bock und träumte. Aber es war der Eberbauer, der eine Bläschen blies, das einfach nicht platzen wollte. Wir fuhren weiter auf dem noch schmaler werdenden Weg, und ich blickte auf die fensterlose Mauer eines Bauernhofs, auf die die Sonne schien und die Äste eines Apfelbaums schwarze Schatten warfen. Weiter vorn gleißte die Sonne auf dem niedrigen Glas der Melonengewächshäuser, so daß man die Augen zukneifen mußte, und daher schaute ich zum Polder hinüber, der auf der anderen Seite des Flusses lag. In der Ferne erhoben sich die beiden Türme von Maasland, und ich sah auch, daß der Wind abflaute, denn ein Stück weiter hingen die Wolken schon still am Himmel, und über mir eilten sie auch lange nicht mehr so schnell dahin. Das Pferd zuckelte weiter, bis ein zorniges Gegrunze aus der Kutsche zu hören war. Ich blickte mich um und sah einen Schweinefuß in einer der vielen Ritzen in der Kutschenwand. Das Gegrunze weckte den Eberbauern zwar nicht, machte aber seinen Schlaf unruhig; die Bläschen verschwanden, und statt dessen murmelte er etwas, und zugleich drückte der Eber in der Kutsche das Türchen, das nur oben mit einem Klotz verriegelt war, so weit auf, daß ich seine Schnauze sehen konnte. Ich stieß meinen Nachbarn an. »Er will raus«, rief ich.

»Was, wer?«

Die Mütze schob sich nach oben, und der Eberbauer wachte auf, blickte erstaunt um sich, runzelte kurz die Stirn, lachte dann aber fröhlich.

»Da wären wir fast bei Stien vorbeigefahren. Ja, Berend, du hast recht, mein Lieber, wir sind schon zu weit, wir fahren ein Stück zurück, es ist doch was, so 'n Tier, da weiß er doch glatt, und das, obwohl er in einer dunklen Kutsche sitzt und nichts sehen kann, daß wir schon am Stall von Stien vorbei sind, und es ist doch schon wieder ein paar Monate her, daß er sie gedeckt hat. Aber er hat nun mal immer schon eine Schwäche für Stien gehabt, ja, ja, Berend, nur ruhig, wir fahren zurück, nur noch etwas weiter, denn hier können wir nicht wenden.«

Das Schwein protestierte nichtsdestoweniger laut, als wir weiterfuhren, und drückte mit aller Kraft gegen das Türchen, so daß der Klotz auf einmal nicht mehr hielt und der riesige Kopf sich nach draußen schob, während das Gegrunze noch lauter wurde und zorniger klang als vorher.

»Noch einen Augenblick Geduld, Berend, mußt du nun unbedingt das Türchen wieder kaputtmachen? Denk dran, ich reiß das runter, und dann kriegst du Regen auf deinen Kopf und stehst im Zug, wenn wir losfahren. So, wir sind da, ich werd dir erst mal eben runterhelfen, es ist für dich jetzt nur noch ein kleines Ende, und wir fahren dann zurück. Nein, laß dir doch helfen, Dickkopf, du hättest dir die Beine brechen können, grüß deinen Vater.«

Ich sauste davon, sowohl um den letzten Teil meines Ausflugs so schnell wie möglich hinter mir zu haben, als auch aus Angst vor dem lauthals quiekenden Schwein, aber als ich um die Kurve war, lief ich langsamer. Der Wind hatte sich gelegt, und durch die Luft zogen zarte Frühlingsdüfte, die einen taumelig machten. Ich wanderte ruhig weiter, hier waren überall Häuser; wenn der Mann mit dem dunkelbraunen Hütchen wiederkommen würde, konnte ich sofort auf einen Hof laufen und um Hilfe rufen. Komisch, dank dieses Mannes hatte ich weniger Angst vor der Begegnung mit einem wandelnden Gott. Es war sogar, als würde ich nun niemals mehr Angst haben vor Gott auf der Straße, als wüßte ich nun, daß es so etwas einfach nicht gibt und auch nie gegeben hat, außer in den Tagen von Henoch. Gott, der einfach wie ein ganz normaler Mann über die Straße geht. Nein, das gibt es nicht, vor einem solchen Gott hatte ich keine Angst mehr. Aber ich wußte auch, daß ich fortan immer Angst haben würde vor Männern wie dem Radfahrer mit dem braunen Hütchen, und ich wußte außerdem, daß Gott auch unsichtbar gegenwärtig sein konnte. Ja, es war schon, als wandelte ich mit Gott, denn der Wind hatte sich gelegt, und es duftete unaussprechlich schön nach Leben und Frühling, so daß ich immer kleiner wurde, ein Punkt in einer immer weiter werdenden Landschaft. Die Türme von Maasland wichen zurück, der Polder wurde immer breiter und größer, und ich wurde nichtiger, kleiner als das kleinste Insekt, ich schrumpfte zusammen, ich war schon fast unsichtbar in einem riesigen Raum. Und dieser Raum, dieser immer größer werdende Raum, das war Gott. Mein Herz klopfte, und mein Atem pfiff, ich rannte wieder am Wasser entlang und am Schilfrohr und den gelben Schwertlilien. Ich wußte, daß ich mich beeilen mußte, denn es würde jetzt nicht mehr lange dauern, bis ich hinweggenommen würde. »Und Henoch wandelte mit Gott, und auf einmal war er nicht mehr da, denn Gott hatte ihn hinweggenommen.«

Da war das Haus von Frau Poot, der Eigentümerin des Gartens, den mein Vater gepachtet hatte. Ich rannte über das Grundstück, am Haus vorbei, sah meinen Vater vor einem der Gewächshäuser stehen, rannte an der Lore vorbei, vorbei am Misthaufen, vorbei an den Treibhäusern. Mein Vater sah mich, und er blickte erstaunter, als ich ihn je hatte blicken sehen. Noch immer war ich ein Pünktchen in einem unermeßlichen Raum, bis ich seine Beine umklammerte und mein Gesicht an seine Manchesterhose drückte, nicht nur um meine Augen an dem Stoff abzuwischen, sondern auch um vor ihm zu verbergen, daß Tränen darin standen. Gerade noch rechtzeitig, dachte ich, gerade noch rechtzeitig, und ich wußte, daß ich verloren hatte und Gottes nicht würdig war, denn, das war mir klar, ich liebte meinen Vater mehr, viel mehr als Gott.

»Wo ist deine Mutter?« fragte er.

»Zu Hause«, sagte ich so laut wie möglich zu dem schwarzen Stoff seiner Hose.

»Bist du denn allein?«

»Ja, ich bin zu Fuß gekommen.«

»Zu Fuß, das ganze Ende? Ganz allein?«

»Ja.«

Er hob mich plötzlich hoch, und ich wußte nicht, ob er es tat, weil er wütend oder weil er besonders froh war. Aber er schien weder wütend noch froh zu sein, er rief lauthals: »Arie, Arie, nun hör dir das mal an, mein Sohn hier, kommt ganz allein aus Maassluis gelaufen, ist das nicht unglaublich?«

Ich hörte den Stolz in seiner Stimme und sah, wie erstaunt Nachbar Van der Hoeven mich, so hoch in der Luft schwebend, anblickte, und doch war ich selbst überhaupt nicht stolz – nur erleichtert und zugleich unglücklich, weil ich mich unwürdig wußte in den Augen Gottes, der mich beinahe hinweggenommen hätte und jetzt böse zusah, wie mein Vater mich zu Ihm emporhob, als wollte er Ihm zeigen, daß ich sein Besitz und nicht Sein Besitz war.

»Du kommst übrigens gerade noch rechtzeitig«, sagte mein Vater, »ich wollte eben zu Ai Kip gehen, einer seiner Knechte ist krank, und er hat mich gefragt, ob ich zum Melken komme. Wenn ich schon dagewesen wäre, hättest du mich ganz schön verpaßt.«

»Nachbar Kraan ist weggebracht worden«, sagte ich.

»So«, sagte er.

»Und Onkel Job hat mich ausgeschimpft, weil ich die Pferde angeguckt habe.«

»Dieses Ekel! Da hast du zwei jüngere Brüder, noch dazu Zwillinge, und der eine, Huib, ist ein netter Kerl, aber der andere ...«

Er trug mich, hoch über seinem Kopf, durch den Garten. Ich erzählte von der Kutsche, von Nachbarin Kraan, von dem Federchen, und alles, was ich sagte, war nicht nur an ihn, sondern auch an Ihn gerichtet, der alles so gut sehen konnte, weil ich in der Luft schwebte. Erst beim Haus von Frau Poot setzte er mich ab, um mich einen Augenblick später wieder hochzuheben und vorn aufs Fahrrad zu setzen. Und sofort kamen wir im jetzt sonnigen, windstillen, schattenreichen Westgaag in Fahrt.

Mein Vater sang:

> »Ach, Mutter, schenk mir einen Spielball,
> Den hatte ich immer so gern,
> Wie herrlich könnte ich dann spielen
> Dort droben bei unserm lieben Herrn.«

Während er sang, rückten die Türme von Maasland näher und der Polder wurde kleiner. Die Wolken eilten nicht mehr so unwirklich hoch über den Himmel, und ich dachte: Nun sieht Gott mich hier fahren, und Er hätte mich beinahe hinweggenommen, hier, bei den Schwertlilien. Was wird Er jetzt denken? Jedes Wort aus dem Liedchen meines Vaters vergrößerte den Abstand zwischen Gott und mir; jeder liebevolle Puff meines Vaters in den Rükken, jede schnelle Bewegung seiner rauhen Hand über mein Haar verminderten die Angst vor Gott. Ich dachte: Wenn Er jetzt genauso zuschaut wie vorhin, als ich vorn beim Eberbauern saß, sieht Er bestimmt, daß mein Vater mich so sehr liebt, daß er mich gar nicht entbehren kann.

Bei Ai Kip angekommen, fuhren wir auf den Hof. Mein Vater bremste mit den Holzschuhen im Kies ab, und das machte so viel Lärm, daß die herumlaufenden Hühner davonstoben. Mein Vater stellte mich über den Fahrradlenker hinweg auf den Boden. Wir gingen zu dem eingezäunten Stück hinter dem Stall. Mein Vater nahm einen Melkschemel und begrüßte Ai Kip und Thijs Loosjes, den ältesten Knecht. Er setzte sich unter eine rotgescheckte Kuh, und das wunderte mich, denn ich hatte ihn immer sagen hören: Die Roten und die Blassen, die kannst du lieber lassen, aber vielleicht war keine andere Kuh da. Ich schaute den sicheren Griffen zu, mit denen er die Zitzen des Euters bearbeitete. Er bewegte beide Hände abwechselnd auf und ab, und jedesmal spritzte ein feiner, weißer Strahl in den Eimer, und die schäumende Masse aus dicken Blasen, die nie platzten, wurde immer höher. Und über dem

Schaum, diesem Fest aus großen Blasen, hing ein feiner, durchsichtiger Nebel, der immer wieder für einen Augenblick dem weißen Strahl auswich. Bei der zweiten Kuh, einer schwarzgescheckten, durfte ich auch melken. Ich hatte das schon einmal gemacht, aber wenn ich allein unter einer solchen Kuh saß, hatte ich noch immer Angst vor dem peitschenden Schwanz und vor den ungeduldigen Bewegungen, womit sie den Kopf dann schräg zurückwarf. Ich traute mich nur zu melken, wenn mein Vater in unmittelbarer Nähe war, und dann war es wie ein Wunder, denn man wußte nicht, warum gerade diese Bewegung – kurz die Fingerspitzen mit einer gewissen Kraft an den Zitzen entlang von oben nach unten bewegen und hier und da besonders drücken, und immer eine bestimmte Geschwindigkeit beibehalten – die Milch in den Eimer spritzen ließ. Es waren Tausende von Bewegungen denkbar, aber nur eine davon brachte Erfolg, und diese eine Bewegung konnte man nur lernen, wenn man nicht allzuviel Angst und viel Geduld hatte. Neben uns melkte Thijs Loosjes viel ruhiger als mein Vater.

»Noch keine Heiratspläne?« fragte ihn mein Vater.

»Nein, warum sollte ich?«

»Mann, du bist schon zwanzig Jahre verlobt.«

»Viel länger.«

»Gut, also länger. Ich begreif das nicht.«

»Es verlangt auch keiner von dir, daß du das begreifst.«

»Hast du denn überhaupt keine Lust, mit deinem Frauchen mal unter die Decke zu kriechen?«

»Wenn man sie zu sich ins Haus holt, will sie vielleicht mit einem am selben Tisch sitzen.«

»Na, und was ist dabei?«

»Ich halt das nicht aus, es ist gerade richtig so, sonntags sehe ich sie zweimal, wenn ich mit ihr zur Kirche gehe, und das ist mehr als genug, und das übrige – nicht mit mir.«

»Früher, als ich hier noch gearbeitet hab und du noch auf dem Leeuwenhof erster Knecht warst, hatten wir hier einen Stier, den man beim besten Willen nicht dazu kriegen konnte, eine Kuh zu bespringen. Zuerst sieht man sich das ein paar Jahre an, denn man denkt: Solche Launen gehn vorüber, aber sie ging nicht vorüber, und Ai Kip sagt zu mir: ›Pau, wir müssen das Tier schlachten, wenn man ihn behält, haben wir das Problem in fünfzig Jahren noch.‹ ›Nun‹, sag ich, ›besser, du schlachtest ihn nicht jetzt, du mußt nämlich alles gleich zu den Moffen bringen, besser, du gehst zum Tierarzt und bittest ihn, daß er ihm den Führerschein abnimmt, dann kannst du ihn bis zur Befreiung mästen.‹ ›Nein‹, sagt er, ›wir schlachten ihn schwarz.‹ Na, wir ihn im Stall schwarz geschlachtet und auf einen Wagen geladen, und ich eine Kuhle gegraben, um ihn aus dem Weg zu haben, und das Tier raus zur

Kuhle, und ich spring in die Kuhle, um die Erde noch etwas eben zu machen, und da krieg ich doch auf einmal einen auf die Birne. Ich dachte sofort: Da hast du die Moffen. Aber da war gar nichts los: Die Vorderhaxe von dem Stier war vom Wagen gerutscht. Wir haben gut davon gegessen: Ab und an gruben wir ihn aus und schnitten ein Stück ab.«

»Was willst du damit sagen?«

»Nichts, ich erzähl dir das nur, weil dieser Stier genauso war wie du. Hast du wirklich vor, niemals mehr daraus zu machen als nur eine Verlobung?«

»Ja, ich heirate niemals.«

»Niemals ist aber ein langer Tag. Ich hab auch immer gedacht, daß ich nie wieder bei einem Chef arbeiten werde, und nun hab ich doch Pläne, mich abzusetzen.«

»Was hast du denn vor?«

»Ich hab mich bei der Gemeinde beworben, für die Grünanlagen. Oder auf dem Kirchhof.«

»Auf dem Kirchhof?«

»Ja, früher, wenn ich als kleiner Junge mit meiner Mutter am Friedhof bei Boonersluis vorbeiging, hab ich immer zu ihr gesagt: ›Wenn ich groß bin, will ich da arbeiten.‹«

»Haben sie dich denn schon angenommen bei der Gemeinde?«

»Ich muß nachher hin. Mit den Herren reden. Ich denk, daß ich nach dieser Kuh mal Schluß mache.«

Als wir am Tor standen und Ai Kip meinen Vater für das Melken bezahlte, sagte der Bauer plötzlich: »Ich hab noch so ein hübsches Brett, ich sah dich da ankommen, mit deinem Sohn vorn auf der Stange, wenn du nun aber das Brett von mir auf die Stange montierst, kannst du deinen Sohn hochherrschaftlich draufsetzen, ich brauche das Brett sowieso nicht mehr.«

»Gib mal her«, sagte mein Vater.

Ai Kip verschwand im Schuppen und kehrte mit einem runden Brett zurück, das mein Vater im Handumdrehen auf die Stange montiert hatte. Dann hob er mich auf das Brett, und Ai Kip sagte: »Dann mußt du auch noch die beiden Fußstützen dranmachen, die hab ich auch für dich, hier, unter den Lenker mußt du sie montieren.«

Und auch die Fußstützen wurden an das Fahrrad montiert, und dann fuhren wir los. Ich saß so fürstlich auf dem Brett, wie ich noch nie gesessen hatte. Ich konnte mich jetzt viel besser mit den Händen am Lenker festhalten, und ich sah links und rechts von mir die riesigen, behaarten Pranken meines Vaters. Ich schaute seine rechte Hand an, die so locker den Griff des Lenkers festhielt. Wie harmlos sah diese Hand aus, aber ich wußte, daß mein Vater nichts lieber tat, als anderen Leuten damit die Hand zu drücken, und ich sah vor mir, wie er, freundlich lächelnd, jemandem, der ihn nicht kannte, zum erstenmal die Hand schüttelte und wie der andere plötzlich mit schmerzverzerrtem Gesicht versuchte, seine Hand aus der großen Faust meines Vaters zu befreien, und wie ihm das nicht gelang.

»Was ist denn?« fragte mein Vater dann. »Dir scheint plötzlich irgendwas weh zu tun.«

Sogar Gott, dachte ich, sogar Gott würde Sich vielleicht in die Hose machen vor Schmerz, wenn mein Vater Ihm die Hand drückte, und ich seufzte, es war ein so vergnüglicher Gedanke, daß auch Gott meinem Vater nicht gewachsen war. Wir fuhren direkt auf die untergehende Sonne zu, bis wir zum Tol kamen. Als wir auf den Deich hinauffuhren, konnten wir die Sonne zuerst nicht sehen, weil die hohe Weißdornhecke den Weg säumte. Ich sah mich wieder hinter der Hecke rennen, und ich sah noch Rauch aufsteigen von dem Feuer, das kein brennender Dornbusch gewesen war, und bei jeder Betonfuge, die das Fahrrad kurz erschütterte, widerstand ich dem Bedürfnis, meinen Vater anzusehen. Nein, er wußte nicht, was passiert war, wußte nur von Nachbar Kraan und Onkel Job und dem Federchen. Ich sollte es ihm auch besser nicht erzählen, er würde dann bestimmt sagen: Warum bist du so bange, du brauchst niemals vor niemandem bange zu sein, ich bin das auch nicht. Ich sah auch die Stelle im Gras, wo ich gelegen hatte, um nach dem Mann mit dem braunen Jägerhütchen Ausschau zu halten, und es war schön, daß ich noch sehen konnte, wo ich das Gras zertreten hatte. Dort war es gewesen, und nun fuhr ich mit meinem Vater daran vorbei, und ich konnte hinsehen, ohne Angst zu haben. Wir fuhren ruhig weiter, und ich zählte, wie lange wir von Betonfuge zu Betonfuge brauchten. Beim Blikken Loods hörte die Hecke auf, und da hing die Sonne über dem Fluß – schon rot jetzt, so daß man hineinsehen konnte, ohne geblendet zu werden. Auf dem Fluß fuhr ein riesiges Schiff mit schlaff hängenden Flaggen in Richtung Meer, und auf den Bahngleisen, die den Polder zwischen dem Deich und dem Waterweg in zwei Teile schnitten, fuhr lautlos ein Zug. Ich hörte nur das Sirren der Fahrradreifen, ich hörte nur die Stimme meines Vaters, wie er mit einer gleichmäßigen, trägen Gemütlichkeit die Worte sang: »Ach, Väterchen, ach, Väterchen, kommst du wieder nach Haus.« Die Sonne fuhr mit uns, und ich dachte einen Augenblick: Sollte Gott die Sonne sein? Die Bibel erzählte ja, Gott sei ein Feuer, das blind macht. Wenn Gott die Sonne war, müßte Er jetzt wieder sehen, daß wir dort fuhren, mein Vater und ich, und daß kein Platz war für einen Dritten, daß es so gut war und nicht anders. Henoch wandelte mit Gott, und ich fuhr auf dem Fahrrad, auf der Höhe des Häuschens von Marie, mit meinem Vater, und vielleicht war ich Gottes nicht würdig, weil ich meinen Vater mehr liebte als Ihn, aber es konnte mir gleich sein, dort, hoch oben auf dem Deich, vorn auf dem Fahrrad, mit den Händen am Lenker und meinen Füßen so bequem auf den Fußstützen, den Blick einmal auf den riesigen Feuerball auf der gegenüberliegenden Flußseite gerichtet und dann wieder auf die langen, langen Schatten von meinem Vater und mir, die neben uns dahineilten über den weißen Beton und viel schneller voranzukommen schienen als wir und uns doch nie einholten. Es war, als würden wir bis an das Ende aller Zeiten dort zusammen fahren, mein Vater und ich, und als würde die Sonne immer so niedrig über dem Wasser stehenbleiben. Aber plötzlich waren unsere Schatten fort, als wir in die Stadt hineinfuhren und die Sonne nicht mehr sahen, weil die niedrigen Häuser am Deich im Weg waren. Wir fuhren durch die Hoogstraat, und mein Vater sagte: »Ich stell dich hier um die Ecke an die Mauer, du kannst runterkommen, du kannst auch sitzen bleiben, ich geh kurz und rede wegen meiner Bewerbung.«

Er lehnte sein Fahrrad gegen die fensterlose Mauer des Rathauses, genau vor der Treppe, die zum Hafenkai hinter den Häusern der Hoogstraat führte. Ich konnte die Sonne jetzt wieder sehen. Sie hing so dicht über dem Wasser, daß nicht einmal mehr Platz war für das kleine Boot von Dirkzwagers Schiffsagentur, das ausfuhr, um die letzten Nachrichten eines großen Schiffs zu hören, das auf dem Weg zum Meer war. Das Boot nahm für einen Augenblick einen Teil der Sonne weg; ich konnte es sehen, weil sowohl die Eisenbahnbrücke als auch die Kippenbrug offen waren. Das Boot verschwand, und die Sonne berührte das Wasser, und der Hafen wurde ein Flammenmeer. Ich hatte so etwas noch nie gesehen, denn die Eisenbahnbrücke und die Kippenbrug hatte ich noch nie in dem kurzen Augenblick am Spätnachmittag, wenn Sonne und Wasser sich berührten, geöffnet gesehen. Dort, am Eingang des Hafens, stand die Sonne wie ein zorniger Wächter, und ich mußte an den geheimnisvollen und beängstigenden Bibeltext denken: »Und er vertrieb den Menschen und stellte östlich vom Garten Eden die Cherubim auf und des blinkenden Schwertes Flamme, den Weg zum Baum des Lebens zu bewachen.« Ich wußte plötzlich, daß die Sonne für mich dort stand, daß Gott sie dorthin gestellt hatte, weil ich mich an dem Nachmittag, genau wie Adam, von Ihm abgewendet hatte. Ich blickte auf das Wasser, das rot glühend an die Kaimauern schwappte, und ich dachte, erstaunt und voller Schuldbewußtsein und dennoch gleichzeitig zufrieden über meine Erkenntnis: Also das ist nun das Wasser des Lebens, das herfließt vom Thron Gottes und vom Lamm.

Der Monitor

Während die Möwe das Junge gierig verschlang, knipste jemand, der unsichtbar blieb, eine Lampe neben der Wandtafel an, und eine schreibende Hand erschien in dem runden Lichtkegel. Das Bild des weißen Vogels verschwamm; die Beinchen des Kükens, die noch aus dem Schnabel heraussahen, verblaßten, und die Möwe schien mit dem Herunterschlucken zu warten, bis die Hand an der Tafel ihre weißen Worte abgeliefert hatte. Die Hand konnte die Mitteilung nicht genau in den Lichtkegel plazieren; das Wort »Telefon« war unvollständig und weniger gut lesbar als: »'t Hart, Leiden, dringend ans ...«, und es wurde wieder dunkel im Saal. Die Ehrung von Niko Tinbergen wurde mit der Vorführung seines Films *Signals for Survival* fortgesetzt. Ich eilte nach vorn, schon da völlig sicher, was der Grund für die Störung war. Mein Schwager war am anderen Ende der Leitung: »Ich habe eine traurige Nachricht für dich. Dein Vater liegt im Krankenhaus. Es ist sehr ernst. Ob du sofort kommen könntest.«

Ich rannte zum Bahnhof und fragte mich ständig,

ob ich nicht besser eine Straßenbahn oder ein Taxi nehmen sollte. Als ich endlich im Zug saß, dachte ich: Nun ist es schon zwei Monate her, daß ich versucht habe, ihm etwas zu erzählen, und die ganze Zeit über ist nichts passiert. Aber warum habe ich nicht gewagt, wenigstens etwas anzudeuten? Weil ich mir vorgenommen hatte, bis zu den ersten Krankheitssymptomen zu warten? Aber von Krankheit war auch nach dem dritten Oktober nichts zu merken gewesen. Oder hatte es etwas mit der Geschwulst zu tun, daß mein Vater in den vergangenen Monaten immer böser geworden war? Vor allem nachts, hatte ich von meiner Mutter gehört, konnte er beängstigend zornig werden. Er richtete sich dann im Bett auf und schrie: »Ich bring sie alle um, alle, all diese Lumpen, die versucht haben, mich unterzukriegen.«

Er rief das im Schlaf und weckte sich selbst damit, weinte dann über alles, was ihm angetan worden war. Alle von Kindesbeinen an unverarbeitet gebliebenen Demütigungen kamen hoch, er wendete wieder jeden einzelnen Käse, den er in seiner Kindheit hatte wenden müssen, er sah wieder vor sich, wie er mit dreizehn Jahren das Haus verlassen hatte und beim Abschied von seinem Vater zu hören bekam: »Ich bin froh, daß ich diesen Mitfresser los bin.« Wenn er soweit gekommen war mit seiner nächtlichen Geschichte, folgte in der Regel eine Prozession reicher maasländischer Hofbesitzer, und zum Schluß erschien das größte Monster, der Gärtner Poot. Auch ich wurde in die Wut mit einbezogen, denn ich mochte zwar »ein heller Kopf« sein, war aber dennoch vom Glauben abgefallen und hatte eine Frau geheiratet, die nicht nur zu klein und zu mager war und ein Brille trug (und vor allem das war merkwürdig, denn meine Mutter hatte auch eine Brille getragen, als mein Vater sie kennenlernte), sondern außerdem ungläubig war.

Ich dachte während der Bahnfahrt an den Geburtstagsbesuch. Gut eine Woche vorher war er bei uns gewesen und hatte, als er mir zum Geburtstag gratulierte, gesagt: »Du machst dir nichts, aber auch gar nichts daraus, daß wir hierherkommen, um dir zu deinem Geburtstag zu gratulieren, wir könnten genausogut wegbleiben, du bist froh, wenn wir wieder abhauen.«

Er hatte den ganzen Nachmittag unbeweglich auf einem Stuhl mit Armlehnen gesessen, ungewöhnlich schweigsam für seine Verhältnisse und mürrisch vor sich hin starrend mit diesen grünlich flackernden Augen, mit denen er Hunde so anblicken konnte, daß sie zuerst anfingen zu jaulen und sich dann, den Schwanz zwischen die Beine geklemmt, pfeilschnell davonmachten. Nur ab und an hatte er den Mund geöffnet, um etwas zu sagen: »Wenn ich immer auf solchen Stühlen sitzen müßte, wie du sie hier hast, hätte ich's schnell im Rücken, bei mir auf dem Friedhof sitzt man sogar auf einer Bahre besser.«

Danach hatte er wieder lange Zeit geschwiegen, um plötzlich, unerwartet, zu bemerken: »Warum hast du hier eigentlich nirgends ein Foto von deinem Vater und deiner Mutter hängen?«

»Warum denn?«

»Wir sind sicher zu gering, genau wie in dem Buch von Bordewijk, dieser Anwalt hat ganz kleine Porträts von seinen Eltern auf seinem Schreibtisch stehen und ganz große von seinen Schwiegereltern.«

»Ich habe hier auch keine Porträts von meinen Schwiegereltern hängen.«

»Nein, weil du zu feige bist zuzugeben, daß du dann große von ihnen und kleine von uns aufhängen würdest.«

»Wie kommst du darauf?«

Er hatte nicht geantwortet, hatte nur wütend vor sich hin gestarrt und mit regelmäßigen Unterbrechungen leise, aber anhaltend gepfiffen. Vor allem dieses Pfeifen, das ich so gut von früher kannte, war beängstigend gewesen, und jedesmal wenn ich ihn ansah, hatte ich gedacht: Er ähnelt doch genau dem Vater von David Schearl in *Call It Sleep*. So ein Mann ist er, aber man merkt es meistens nicht, weil er seine Wut normalerweise in den ihm eigenen Humor umsetzen kann.

Ich war tatsächlich froh gewesen, als er am Ende des Nachmittags gegangen war; in unserem Haus hatte ein Geruch von gekochter Milch und schwerem Van-Nelle-Tabak gehangen. Beim Abschied hatte er drohend gesagt: »Du bist jetzt genauso alt wie ich, als du geboren wurdest.«

Ich hatte nach seinem Weggehen Fenster und Türen geöffnet. Ich hatte damit die Gerüche vertreiben können, aber mein Groll war geblieben. Ich hatte gedacht: Die ganzen Monate habe ich mir Sorgen um ihn gemacht, habe mich stellvertretend für ihn damit auseinandergesetzt, daß er bald sterben würde. Aber es ist alles umsonst gewesen; er ist nicht krank geworden. Ich habe im Dunkeln vor meiner Musikanlage gesessen; ich habe einen alten Mann umgefahren und bin ins Binntal gereist und habe Laub geharkt, alles um seinetwillen. Aber er hat mich betrogen; es kann gar nicht die Rede sein von einer schrecklichen Krankheit. Das einzige, was passiert, ist, daß er hierherkommt und pfeift. Ja, die Gerüche hatte ich mit frischer Luft vertreiben können, aber das Pfeifen war im Zimmer hängengeblieben, denn es war schon vorbei gewesen und konnte daher nicht durch ein geöffnetes Fenster vertrieben werden.

Ich saß im Zug und wunderte mich über meinen Groll von vor einer Woche. Unbegreiflich! Ich war nicht darüber erleichtert gewesen, daß er nicht krank geworden war, nein, es war Rachsucht gewesen. Wenn er nur nicht gepfiffen hätte, dachte ich, wäre mir der Gedanke, betrogen worden zu sein, gar nicht gekommen. Aber ich hörte wieder meine

Tirade gegen Gott nach dem Gebet meines Vaters am dritten Oktober und war mir dessen doch nicht ganz sicher.

Ich sah hinaus auf die Polder im Regen und wunderte mich, daß es so früh am Nachmittag schon so dunkel war. Ich schaute zum Horizont, der sich kaum veränderte, und dachte wieder an die täuschende Ferne von Dickens, wußte plötzlich, daß sie in *Dombey and Son* beschrieben wurde, dachte daraufhin an Tom Pinch in *Martin Chuzzlewit*. Es schien, als müßte der Bemerkung meines Vaters: Du bist genau wie Tom Pinch, auf einmal eine tiefere, bisher noch nicht ausgelotete Bedeutung zugestanden werden. Pinch hatte Pecksniff nicht durchschaut, war der einzige, der ihn anerkannt und bewundert hatte, während alle anderen wußten, daß der Architekt ein scheinheiliger Schurke war. Verhielt ich mich meinem Vater gegenüber genauso wie Pinch gegenüber Pecksniff? War mein Vater ein vulgärer, unkultivierter Mann, der sich hinter banalen Scherzen versteckte, und ich der einzige, der das nicht wahrhaben wollte?

In Leiden sah ich Hanneke im Regen auf dem Bahnsteig stehen, und ich war froh, daß ich nicht allein zu meinem Vater zu fahren brauchte, denn es war, als könnte ich die Scham über meinen Groll nicht verbergen, wenn ich mit ihm allein wäre. Sie wußte, in welchem Krankenhaus er lag, wußte jedoch nicht, weshalb er so überstürzt eingeliefert worden war. Ich wunderte mich auch darüber: Konnte ihm die Geschwulst in der Bauchspeicheldrüse so plötzlich und so stark zu schaffen machen? Die ganze Zeit über war nichts passiert, hatte es ausgesehen, als sei er eher auf dem Weg zum Mutterschoß denn zum Grab, und nun sollte akute Lebensgefahr bestehen? Es fiel mir schwer, das zu glauben, und ich konnte mich schon gar nicht darüber freuen, daß es auf einmal doch passierte, auch wenn das dem Kummer der vergangenen Monate wieder einen Sinn gab.

Wir nahmen nach meiner Zugfahrt gen Süden ein Taxi zum Krankenhaus, und es war halb sechs, als wir dort eintrafen. Ich hatte erwartet, daß ich sofort zu meinem Vater gelassen würde. Aber das war keineswegs der Fall. Anderthalb Stunden vor der Besuchszeit, was ich denn dächte! Ganz aus Amsterdam gekommen und mich beeilt? Sehr gut, denn wenn der Zustand sich plötzlich verschlimmerte, müßten wir alle in der Nähe sein. Aber jetzt bestand keine akute Lebensgefahr, und daher durfte ich nicht zu ihm. Der Arzt sei bei ihm, und danach brauche er Ruhe, es sei sogar die Frage, ob wir ihn um sieben Uhr überhaupt besuchen dürften. Aber trotzdem dableiben, auf keinen Fall nach Hause gehen, denn er konnte jeden Augenblick wieder in Lebensgefahr sein.

Wir saßen auf einer Bank auf einem dunklen Flur im ersten Stock, ganz in der Nähe der Intensivstation, und ich dachte: Das Schreckliche ist noch dazu, daß sie einen in Zimmern unterbringen und sterben lassen, die so heißen.

Von meiner Mutter erfuhr ich, was geschehen war. Um halb neun, gerade als Quaavers sich bei ihm im Haus für die Totenbahren aufhielt, war er plötzlich auf den Boden gestürzt, bei vollem Bewußtsein übrigens. Er war aufgestanden, hatte sich auf einen Stuhl gesetzt, und ein eilig von Quaavers herbeigerufener Arzt hatte sofort festgestellt: Herzanfall, gleich ins Krankenhaus. Er hatte dagegen mit der ihm eigenen Heftigkeit protestiert, wollte in jedem Fall die Zusicherung, daß er in einer Woche wieder nach Hause dürfe, um seinen Geburtstag zu feiern. Zu meiner eilig verständigten Mutter hatte er gesagt: »Ich will bei dir bleiben«, und er hatte sie so kräftig in den Arm gekniffen, sozusagen als Liebkosung, daß der blaue Fleck noch im Dämmerlicht des Flurs zu sehen war. Dennoch hatten sie ihn mit heulender Sirene weggebracht. Am Nachmittag war sein Herz stehengeblieben, aber durch Massage wieder in Gang gebracht worden.

Als meine Mutter das alles erzählt hatte, zögerte ich keinen Augenblick. Ich berichtete von dem Besuch beim Arzt an jenem schönen Frühlingsmorgen, von der Geschwulst an der Bauchspeicheldrüse, und es war geradezu, als erzählte ich es, um sie zu trösten. Um ihr zu sagen: Dieser Herzanfall bewahrt ihn vor einem viel schrecklicheren Schicksal;

und ich benutzte diesen Gedanken tatsächlich als Rechtfertigung für meine wirklich unnötige Geschwätzigkeit. Ich wußte jedoch genau, daß ich es nur erzählte, um von dem Geheimnis befreit zu werden, daß ich es hinausschleuderte, weil es mich erleichterte, darüber zu reden. Es war mehr als nur Erleichterung, es war, als könnte ich endlich wieder frei atmen, und während ich redete, schien es, als wenn das alles nicht wahr sei, nicht wahr sein könne: Mein Vater wäre längst krank gewesen, wenn es sich um eine solche Geschwulst gehandelt hätte.

Kurz nach sechs erlaubte die Oberschwester, daß ich ihn begrüßte. Er lag ruhig im Bett, und neben ihm auf einem Monitor war jeder Herzschlag als grüne, sich auf und ab bewegende Linie sichtbar. Systole und Diastole folgten regelmäßig aufeinander, da war nur ein kleines, bizarres zusätzliches Knötchen zwischen der Systole und der Diastole, eine kleine Unregelmäßigkeit, nichts, worüber man sich Sorgen machen oder vor dem man Angst haben müßte.

»Ich bin heute nachmittag zwei Minuten tot gewesen«, sagte er stolz, »sie haben mich wieder zum Leben erweckt, mit Herzmassage. Ist deine Mutter noch da?«

»Ja.«

»Sie kann ruhig weggehen, es ist nichts.«

»In einer Dreiviertelstunde darf sie dich besuchen, dann ist es sieben Uhr, bis dahin bleibt sie.«

»Sieben Uhr? Das ist unmöglich, es ist jetzt ungefähr drei Uhr.«

»Nein, es ist schon nach sechs.«

»Das gibt es nicht. Weißt du, daß sie mich heute morgen mit dem Krankenwagen und heulender Sirene hierherbefördert haben? Das habe ich noch nie erlebt! Du hast noch nie in einem solchen Auto gelegen, nicht wahr? Ich hab einen Vorsprung!«

»Nein, ich bin nie in einem Krankenwagen transportiert worden.«

»Man hört nichts von der Sirene.«

»Vielleicht weil man ...«

»Nein, du, ich war bei vollem Bewußtsein, und doch hab ich nichts gehört. Nun, danach hab ich hier gelegen, und sie haben sich den ganzen Tag mit mir beschäftigt, und jetzt ist es drei Uhr.«

Die Schwester bedeutete mir, daß ich gehen solle. Ich stand auf.

»Nächste Woche bin ich wieder zu Hause, um meinen Geburtstag zu feiern«, sagte er, »dann bin ich älter als mein Bruder Maarten.«

»Das bist du jetzt schon.«

»Ja, aber dann kann man es richtig sehen, dann bin ich achtundfünfzig, und er ist nur siebenundfünfzig geworden.«

»Ich gehe jetzt. Nachher um sieben Uhr bekommst du wieder Besuch.«

»Deine Mutter?«

»Ja.«

»Gut. Kommst du dann nicht mit?«

»Ich denke schon.«

Aber ich durfte ihn um sieben Uhr nicht besuchen; nur meine Mutter wurde zu ihm gelassen, denn er mußte soviel Ruhe wie möglich haben. Er war der schwerste Fall in dem Saal, lag dem Beobachtungsraum mit den sechs Monitoren am nächsten, die sechs Herzschläge von sechs Menschen anzeigten. Sie alle wären längst tot gewesen, wenn die Technik noch nicht so weit fortgeschritten wäre.

Als meine Mutter kurz vor Ende der Besuchszeit zurückkam, weinte sie. »Hanneke darf ihn noch eben besuchen«, sagte sie, »er hat mit mir gebetet, er hat so meine beiden Hände genommen und sie über seinen gefalteten Hände gefaltet, und dann hat er laut gebetet, daß er wieder gesund werden darf. ›Ich will noch so gern eine Weile weiterleben, für meine Frau und meine Kinder‹, hat er zu Unserm Herrn gesagt, ›aber nicht mein Wille, sondern Dein Wille geschehe.‹«

Während sie das erzählte, war es, als würde das Pfeifen von vor einer Woche auf einmal völlig unwichtig werden und mein Groll verschwinden. Das war mein Vater, *das war mein Vater*, der Mann, der allem und jedem die Stirn bot, der ohne Scham in einem Krankenhaussaal so laut gebetet hatte, daß andere es hatten hören können.

Hanneke kam zurück, sagte: »Er hat mich gebeten, ihm zu vergeben, daß er immer so unfreundlich zu mir gewesen ist. ›Es ist gut, du‹, habe ich zu ihm gesagt.«

Die Oberschwester erschien: »Einer der Angehörigen kann heute nacht hier schlafen, die andern müssen nach Hause.« Mein Bruder wollte bleiben, ich wollte bleiben. Ich blieb, weil ich der Ältere bin. Die anderen gingen. Ich saß in einem kleinen Wartezimmer, ich hatte nichts anderes zu lesen als diese langweiligen Illustrierten. Draußen auf der Schnellstraße raste der Verkehr vorbei, und das störte mich. Es war nicht still in dem Gebäude; immer schlugen Türen, und man hörte Schritte näher kommen, und jedesmal dachte ich, die Schritte seien auf dem Weg zu dem Wartezimmer. Ich setzte mich aufs Bett und sagte leise alle Gedichte von Bloem auf, die ich kannte. Es waren vielleicht dreißig, und es war erstaunlich, wie schnell ich alle dreißig geschafft hatte. Aber ich begann aufs neue, und sie wurden fast zu Beschwörungen, diese Gedichte, es war, als seien sie eigens für diese Situation geschrieben worden. Ich murmelte auch andere Gedichte vor mich hin, aber sie hatten bei weitem nicht die Kraft der Gedichte von Bloem, nicht einmal die Gedichte von Emily Dickinson. Immer wieder hörte man draußen das Rauschen eines vorbeirasenden Autos. Einmal führten die näher kommenden Schritte im Flur tatsächlich zu meinem Wartezimmer.

»Sie dürfen Ihren Vater noch einen Augenblick

besuchen, er ist jetzt ruhig, aber denken Sie daran, nur ganz kurz bleiben, nur gute Nacht wünschen.«

Ich ging über den Flur. Er war ganz nahe, zwei Türen weiter. Ich öffnete die Tür. Er lag still auf dem Bett, als schliefe er. Sogar die Unregelmäßigkeit zwischen Systole und Diastole war verschwunden, sein Herz schlug ruhiger als meines. Ich ging zum Bett, tippte vorsichtig mit einem Finger an seine Hand. Sofort öffnete er die Augen.

»Bist du noch da?« fragte er.

»Ja.«

»Bleibst du hier?«

»Ja.«

»Kannst du hier schlafen?«

»Ja, in einem kleinen Wartezimmer, gleich hier, zwei Türen weiter.«

»Ist deine Mutter nach Hause?«

»Ja.«

»Gut so, sie hat ihre Ruhe auch dringend nötig.«

»Ich wollte dir gute Nacht sagen.«

»Schön, ich glaub überhaupt noch nicht, daß ich sterben werde.«

»Nein, du siehst wieder sehr gut aus. Schlaf gut.«

Ich wollte schon wieder gehen, die Krankenschwester hatte ja deutlich gesagt: »Nur gute Nacht wünschen.« Außerdem wollte ich vermeiden, daß ich ihn auch nur im geringsten anstrengte. Jetzt mußte er Ruhe haben – die erste Nacht, darum ging es, die mußte er überstehen.

»Bleib noch eben«, sagte er.

»Nein, ich gehe, du mußt soviel Ruhe wie möglich haben, tschüs, gute Nacht.«

»Junge, bleib doch noch ein bißchen.«

Aber ich ging weg, ich winkte ihm zu, und das Mädchen in dem Beobachtungsraum lächelte mich an. Er schloß die Augen, er schien sofort einzuschlafen, und vielleicht war das auch so, denn er konnte von einem Augenblick auf den anderen einschlafen, und ich dachte: Das wird ihn retten, daß er so gut schlafen kann.

Als ich in mein kleines Zimmer zurückging, war ich davon überzeugt, daß ich ihn am nächsten Morgen quicklebendig vorfinden würde, und dann hatte er es geschafft. Ich wußte, daß bei einem Herzanfall die ersten vierundzwanzig Stunden kritisch sind. Ich ging also ins Bett, wie früh es auch sein mochte, was sonst sollte ich tun? Es reute mich etwas, daß ich mich so hatte einschüchtern lassen von der Schwester und nicht länger geblieben war. Aber es war besser so, er mußte still liegen und schlafen, und dann würde er die Nacht wohl überstehen. Ich lag im Bett, aber konnte nicht einschlafen. Ich murmelte abermals die dreißig Gedichte von Bloem vor mich hin, überschlug dabei jedesmal *In Memoriam*, wie wunderschön ich es auch fand, weil noch nicht die Rede war von *In Memoriam* und ich auch nichts davon wissen wollte. Doch dachte ich auch: Wenn es nun wahr ist, das mit dem Pankreaskopfkarzinom, dann ist es besser, wenn er jetzt an einem Herzinfarkt stirbt, als daß er am Leben bleibt und später auf eine entsetzliche Weise endet. Aber es war eine Überlegung, die etwas Bleiches, Schemenhaftes hatte, es war, als müßte man zwischen zwei abscheulichen Alternativen wählen, und wenn er diese Nacht überstand, würde er in jedem Fall noch einige Zeit am Leben bleiben, zwar mit einer Geschwulst an der Bauchspeicheldrüse, aber diese Geschwulst schien zu schlafen, oder vielleicht hatte sich auch ein Wunder ereignet. Das gab es ja, wenn auch ganz selten, bei einem Krebskranken, den man schon aufgegeben hatte.

Und währenddessen rauschten die Autos vorbei. Sie hinderten mich an einem Schlaf, der sonst auch nicht gekommen wäre. Immer wieder sagte ich mir leise die dreißig Gedichte von Bloem auf, und ich bedauerte, daß ich nicht mehr kannte, nahm mir vor, alle anderen Gedichte von ihm ebenfalls auswendig zu lernen, bestimmt, wenn mein Vater am Leben bleiben würde, denn dann würde ich sie später vielleicht noch bitter nötig haben. Ich müßte auch andere Gedichte auswendig lernen, ich überlegte, welche das sein würden, und das erste Gedicht, an das ich dachte, war selbstverständlich *Joun* von Obe Postma. Aber kannte ich das nicht schon auswendig? Ich versuchte, es aufzusagen. Es zeigte sich, daß es in meinem Gedächtnis vollständig gespeichert war, aber ich wußte nicht, wie ich alle diese friesischen Worte aussprechen mußte, und deshalb stieg ich aus dem Bett und schrieb es auf, hinten auf das Programm der Tinbergen-Ehrung.

Ich betrachtete das Gedicht wie ein Gemälde und wußte, daß es soviel für mich bedeutete, weil es von meinem Vater und meiner Mutter und mir selbst zu handeln schien, als ich noch bei ihnen gelebt hatte. Da war der Abend immer um das stille Haus gegangen, und wir hatten gelauscht, jeder mit seinem eigenen Traum, und alles, was längst versunken war, war wieder auf dem Strom des Lebens gesegelt. Hatte meine Mutter auf etwas gewartet, wie es in der zweiten Strophe hieß? Blüten waren da sicher gewesen; ich sah meine Mutter vor mir, so jung noch, und sie war »maienschön« gewesen. Und mein Vater war, während der Wind über den winterlichen Hof strich, losgezogen, auf stürmischen Pfaden. Stürmisches Wetter war es auch gewesen, als ich zu ihm gewandert war unter ächzenden Baumkronen. Und richtig war auch, daß ich, das Kind, über einem bunten Bild geträumt hatte, einem Bild, auf dem nicht ein Prinz und eine Fee abgebildet waren, sondern ein Boot. Es war das Bild eines kleinen Schiffs in der Obhut Jesu, das mein Vater auf Sperrholz geklebt und zu einem Puzzle zersägt hatte. Aber warum trieben mir die beiden letzten Zeilen immer wieder Tränen in die Augen?

Und wagt in seinem leichten Boot
Sich fort auf unbekanntes Meer.

Mit den beiden letzten Zeilen versuchte ich, mich in den Schlaf zu wiegen. Aber immer wieder ließ mich dieses »Jeder hat seinen Traum« aufschrecken. Welches war der Traum meines Vaters? Onkel Klaas beim Billard zu schlagen und einen Bauernhof zu haben mit Kühen und Äckern? Warum störte es mich, daß das so weit weg war von meinem eigenen Traum? Was war mein eigener Traum? Ich wußte es nicht einmal, aber das war auch gleich, wichtig war nur, daß es ein ganz anderer Traum war als der meines Vaters. Wenn unsere Träume besser aufeinander abgestimmt gewesen wären, hätte ich sehr wohl etwas sagen können nach dem Besuch beim Hausarzt, hielt ich mir vor. Oder war ich einem Geständnis oder dessen Anfang feige aus dem Weg gegangen? Oder hatte ich vielmehr sprechen wollen, um von dem Geheimnis befreit zu werden, während es besser war zu schweigen, und fühlte ich mich deshalb schuldig? Ich war im Frühjahr mit dem Fahrrad zu ihm gefahren und hatte im Herbst Laub bei ihm geharkt, aber dennoch war ich zurückgeschreckt, etwas auch nur anzudeuten, von dem ich einfach nicht wußte, ob ich es hätte sagen sollen oder nicht. Und jetzt hatte ich mich, bevor er etwas sagen konnte, zurückgezogen. »Junge, bleib doch noch ein bißchen.« Weshalb war ich nicht geblieben? Aus Angst vor der Schwester? Aus Angst vor dem, was er zu sagen hatte? »Wenn er diese Nacht stirbt«, sagte ich laut, »wie soll ich dann jemals damit fertig werden, daß ich weggegangen bin, als er mich bat, noch einen Augenblick zu bleiben?« Schon allein deshalb schien es ausgeschlossen, daß er in dieser Nacht starb. Sogar als ich damals als kleines Kind zu ihm gewandert bin, dachte ich, habe ich das Wichtigste vor ihm verschwiegen, habe ich ihm nicht erzählt, was auf dem Deich geschehen war. War das vielleicht der Anfang gewesen von so vielem anderem, das verschwiegen wurde, und kulminierte alles darin, daß ich die Mitteilung seines Hausarztes geheimhielt? Vielleicht hatte immer deshalb eine erstaunlich große Harmonie zwischen uns beiden bestanden, trotz des großen Unterschieds unserer Träume, weil ich soviel verschwiegen hatte. Ich hatte ihn geliebt, hatte deshalb geschwiegen und weil man so schwer an ihn herankommen konnte, weil er sich so sicher verschanzen konnte hinter seinen Späßen und Geschichten. Außerdem war da noch zusätzlich die Schwierigkeit seines Berufs – ich konnte nicht mit ihm über den Tod sprechen, weil er darin Herr und Meister war, weil er doch täglich mit ihm umging.

Ich sah die Linie auf dem Monitor wieder vor mir. Er wird es sicher schaffen, dachte ich, und dann habe ich noch Meere von Zeit, um mit ihm verschiedener Meinung zu sein, anstatt seinen Späßen und fröhlichen Geschichten zuzuhören. Er wird wieder gesund werden, und es kann gar nicht die Rede von einem Pankreaskopfkarzinom sein, das geht einfach nicht, dann wäre er schon längst todkrank gewesen, ja, er wird gesund werden, und dann werde ich ihm zeigen, daß ich kein Tom Pinch bin, dann werde ich ihm die Hölle heiß machen, und er mir, und dann wird es mehr Reibungspunkte geben als die beiden über Hitler und *Karakter*, dann werden wir uns gegenseitig in die Mangel nehmen, und vielleicht wird das auf Kosten der Harmonie zwischen uns beiden gehen, des Gefühls gegenseitigen Vertrauens, dieses: Wir zusammen gegen den Rest der Welt, aber wir werden besser wissen, was wir aneinander haben.

Ich lag da, wartete auf Schritte und döste ein. Träumte ich, oder war ich dabei, alte Erinnerungen wachzurufen? Ich schaute mit meinem Vater einen prächtigen Strauß weißer Lilien an, die von einem kräftig gebauten Mann abgegeben worden waren, dazu die Mitteilung, sie sollten auf die Grabstätte der Besatzung der *Volharding* gestellt werden. Der Mann war anschließend sofort weggegangen. Mein Vater hatte eine Zinnvase gesucht und diese auf das Feld mit den Kastanien gestellt, währenddessen sang er von dem Mädchen, das einen Spielball geschenkt bekommen hatte und in die Gracht fiel und ertrank.

»So ein prächtiger Strauß«, sagte mein Vater,

»und dieser Kerl will nicht einmal sehen, wohin sie gestellt werden, geht gleich wieder weg, wenn ich sie sofort weggeworfen hätte, wäre es ihm auch egal gewesen.«

Es war Herbst. Den ganzen Tag war strahlendes Wetter gewesen, und über dem Grabstein des Kapitäns der *Volharding* hing ein Wölkchen kleiner, trauernder Mücken. In den Hecken der Beete vor den Grabsteinen zirpten hier und da noch Grillen, und ein kräftiger Wind raschelte in den Birken. Beim Rhododendronbusch erklang das leise Trillern eines Rotkehlchens, und in der Luft zwitscherten die Schwalben, die sich zum großen Zug sammelten.

Mein Vater sah zum Himmel und sagte: »Kann sein, daß wir Nachtfrost kriegen.«

»Ja, es ist schon frisch genug«, sagte ich.

»Besser, diese Lilien heute nacht ins Haus für die Totenbahren stellen.«

»Ja, sonst sind sie morgen vielleicht verwelkt.«

»Oder sollen wir sie zu Hause übernachten lassen? Es ist schon soviel Kälte in der Luft, daß sie sogar im Bahrenhaus erfrieren könnten.«

»Du hast recht, es ist nicht bewölkt, also kann es durchaus mal tüchtig frieren.«

»Na, das kann man wohl sagen«, sagte er, und er wischte sich den Schweiß von der Stirn.

Mein Vater nahm die Lilien aus der Zinnvase, ging damit zum Ausgang, und ich folgte ihm. Es war warmes Herbstwetter, und ich hörte die Schritte meines Vaters auf dem Kies, weil er in schweren Holzschuhen darüberstampfte. Dann schlug eine Tür, noch immer waren Schritte zu hören, und jemand klopfte an die Tür meines kleinen Zimmers.

»Ja«, rief ich.

Eine unbekannte Krankenschwester öffnete die Tür.

»Es geht Ihrem Vater doch nicht so gut, gehen Sie lieber zu ihm, er kämpft mit dem Tod.«

Ich sprang aus dem Bett. Sie gab mir ein Handtuch und Seife.

»Sie können sich hier nebenan schnell frisch machen, und rufen Sie dann zuerst Ihre Mutter an.«

Ich wusch mich und zog mich an. Es war kurz vor fünf, sah ich auf meiner Armbanduhr. Ich rief meine Mutter an. Sie nahm sofort den Hörer ab, es war, als hätte sie die ganze Nacht neben dem Telefon gesessen.

»Ich hab hier im Zimmer auf dem Fußboden gewartet«, sagte sie.

»Komm schnell«, sagte ich, »es geht doch nicht so gut.«

Ich ging über den Flur ans Fenster. Ich wollte zwar zu meinem Vater gehen, aber ich hatte das Gefühl, es wäre unangemessen, wenn ich allein ginge. Es gehörte sich, daß ich auf meine Mutter wartete. Deshalb sah ich hinunter zur Auffahrt.

Aber die unbekannte Schwester kam zu mir, sagte drängend: »Gehen Sie jetzt zu Ihrem Vater.«

Ich ging in das Zimmer, in dem er lag. Als ich die Tür öffnete, schaute er kurz auf, murmelte etwas, vielleicht meinen Namen, und versuchte dann, die Infusion aus seinem Arm zu reißen. Die Schwester, die neben ihm saß und seinen linken Arm festhielt, hinderte ihn daran. Er versuchte, die Decke abzuschütteln, versuchte, seine Beine aus dem Bett zu schieben, und die Schwester sagte ebenso flehentlich wie streng: »Bleiben Sie doch ruhig, bleiben Sie liegen, bleiben Sie liegen.«

Ich hielt seine rechte Hand fest, und er versuchte mit aller Kraft, sie frei zu bekommen. Er hatte noch viel Kraft, trotz dieser merkwürdigen, flackernden grünen Linie auf dem Monitor, die sich wild über den Bildschirm bewegte und manchmal gar nicht mehr darauf erschien. Er murmelte unaufhörlich vor sich hin, aber ich konnte nicht verstehen, was er sagte, meinte nur manchmal das Wort »weg« zu hören. Das Murmeln war seltsam beängstigend. Aber seltsamer noch war der Ausdruck seiner Augen. Es war, als sähe er nichts, als läge ein Schleier darüber. Wir mußten ihn immer wieder mit sanfter oder manchmal nicht einmal mit ganz so sanfter Gewalt ins Bett zurückdrücken, und er kämpfte und rang, um sich zu befreien, nicht von uns, sondern von irgend etwas, wovor er weglaufen wollte, und das sagte er manchmal auch, obwohl das Wort »weg«

dann kaum verständlich war. Immer wieder sank er zurück in die Kissen, und immer wieder richtete er sich auf. Es war merkwürdig ruhig im Raum; ich konnte die fünf Bildschirme der anderen Monitore in dem Beobachtungsraum sehen. Die Kurve meines Vaters war nicht die einzige, die unregelmäßig war, und doch konnte man in all den anderen Linien wenigstens noch eine Systole und eine Diastole erkennen. In der meines Vaters nicht mehr. Manchmal bewegte er seinen Arm, als müsse er gegen einen Strom schwimmen, manchmal hatte er plötzlich doch beide Beine auf der Bettkante, immer an der Seite, wo die Schwester saß, und die drückte sie dann zurück, und sie sprach mit ihm, wie man mit einem ungezogenen Kind spricht. Wieder warf er die Decke von sich, zerrte an dem Schlauch mit der Infusion, rang mit einem unsichtbaren Gegner, der ihn zurückstieß. Noch einmal richtete er sich auf, schob verzweifelt die Decke weg, die die Schwester schon wieder ordentlich hingelegt hatte. Dann glitt er plötzlich zur Seite, zu mir herüber, fiel rückwärts auf den Rand der Kissen und atmete noch zweimal einen Lufthauch aus, genauso wie ich es ihn früher so oft hatte tun sehen, wenn er Rauchkringel blasen wollte. Auf dem Monitor wurde die Linie plötzlich flach und ruhig und kroch zu einem grünen, heller werdenden Punkt zusammen, der schließlich zur Mitte des Bildschirms trieb und leise, aber doch immer dringender um Aufmerksamkeit pfiff.

Hastig schaltete die Schwester den Apparat aus und sagte: »Es ist vorbei.«

Sie ging weg. Ich blieb sitzen. Er lag noch immer mit halbgeschlossenen Augen auf dem Rand der Kissen, sein Kopf war zur Seite geneigt, seine Hände noch verkrampft. Ich schob ihn in die Mitte des Bettes, und dann kamen zwei Schwestern, die verschiedene Schläuche abnahmen und ihn unter meinen Händen wegfuhren. Ich ging auf den Flur, ans Fenster mit dem Blick zur Auffahrt, und wunderte mich darüber, daß mein Vater, so kurz nachdem ich hereingekommen war, gestorben war. Ich blickte auf das matte Licht der Lampen in der Auffahrt. In diesem Augenblick bog ein Auto um die Ecke, und die Scheinwerfer schwankten über den nassen Asphalt. Zu meinem eigenen Erstaunen hörte ich mich selbst mit einem gleichgültigen Ton in der Stimme sagen: »Genau zu spät.«

Meine Mutter stieg als erste aus, mein Bruder und mein Schwager folgten. Sie gingen in einen Seiteneingang, ich lief ihnen entgegen, die Treppe hinunter.

»Er ist nicht mehr«, sagte ich zu meiner Mutter.

Wir stiegen schweigend die Treppe hinauf, gingen schweigend zu dem Zimmer, wohin das Bett gefahren worden war. Mein Schwager öffnete die Tür, und wir sahen zwei Schwestern an seinem Bett; die eine winkte ungeduldig: »Tür zu.«

»Oh, sie waschen ihn gerade«, sagte meine Mutter.

Nach ein paar Minuten durften wir zu ihm. Die beiden Schwestern schlossen die Tür hinter uns, und wir standen um das Bett herum, und er sah ganz anders aus als in dem Augenblick, als er die beiden letzten Atemzüge tat. Da war es gewesen, als hätte er gekämpft und mit Würde verloren, jetzt war er so verfallen, so entsetzlich tot, daß ich mir die bittersten Vorwürfe machte, ihn die paar Minuten allein gelassen zu haben. Wir standen einfach nur da, schauten ihn an; ich schaute seinen Mund an, der in dieser kurzen Zwischenzeit so eingefallen war. Dann gingen wir langsam über den Flur zur Treppe, wir sprachen noch kurz mit der Schwester, die mich geweckt hatte und die uns kondolierte und fragte, ob wir einer Autopsie zustimmten. Ich nickte. Wir gingen die Treppe hinunter, gingen durch den Flur, der zum Nachteingang führte. Es war ein erstaunlich langer Flur, ich hatte das Gefühl, als brauchten wir Stunden, und auf halbem Wege kamen uns in dem spärlich erleuchteten Dunkel drei Menschen entgegen, die sich in die Richtung bewegten, aus der wir kamen. Sie lachten fröhlich. Vor allem die junge Frau, die in einem Krankenstuhl saß und mit beiden Händen ihren kugelrunden Bauch festhielt, lachte fröhlich. Sie wurde von einem jungen Mann geschoben, der auch so vergnügt war, und die junge Krankenschwester, die mit kleinen Schritten daneben lief, lächelte der jungen Frau ermutigend zu und redete fortwährend mit ihr. Im nächsten Augenblick waren sie vorbei: Meine Mutter, so zeigte sich später, hatte sie nicht einmal gesehen.

Anhang

Einige Hinweise zum Text

Der Originaltext des auf den *Seiten 33, 101, 230f., 297f.* genannten Gedichtes *Joun* von Obe Postma (1868–1963), einem westfriesischen Lyriker, lautet:

Joun

De joun giet om it stille hûs;
Hja lûsterje; elts hat syn dream.
'’t Is swalkjens skoft, hwat lang forsonk
Sylt wer op libb'ne stream.

De frou, hwer't hja op wachtsje mei?
O wûnder wurk! Koe noch sa'n bloei
Him iepenteare maitiids-blank?
O joun! O tinzen' licht gedjoei!

De wyn strykt troch it wintersk hôf;
De man giet mèi syn rûzich paed;
Dwylwegen nolk! O wyld bistean!
O frjemde tochten' dippe saed!

De bern dream' oer har bûnte print,
De kleur'ge wrâld fan prins en fee,
En weagje yn har lichte boat
In reis nei ûnbekende sé.

Abend

Der Abend geht ums stille Haus; / sie lauschen, jeder hat seinen Traum. / Jeder schweift jetzt fort, was längst versunken ist / segelt wieder auf raschem Strom. // Die Frau – worauf mag sie wohl warten? / O Wunderwerk! Kann denn noch einmal / solche Blüte maienschön aufgehen? / O Abend! O sinnend zartes Spiel! // Der Wind streicht durch den winterlichen Hof; / mit ihm zieht der Mann auf stürmischen Pfaden; / Irrpfade süß! O wildes Sein! / O seltsam Treiben in fremdem Bann! // Das Kind träumt vor seinem bunten Bild, / der farbigen Welt von Prinz und Fee, / und wagt in seinem leichten Boot / sich fort auf unbekanntes Meer.
(Dt. von Marianne Holberg)

Bei den Zitaten »Und eines Abends …« auf *Seite 25* und *26* handelt es sich um die Anfangs- bzw. Schlußzeilen des Gedichtes *Op een avond* des niederländischen Dichters Han G. Hoekstra (1906–1988).
Mit dem »zweiten Komponisten« *(Seite 100)* ist Johannes Brahms gemeint. Die »Stimme«, die seine Lieder singt – »O Tod, wie bitter bist du …« aus

den *Vier ersten Gesängen*, op. 121, 3 und »In goldnen Abendschein getauchet ...« aus den *Zwei Gesängen*, op. 91, 1 – ist die der englischen Mezzosopranistin Kathleen Ferrier, die 1953 an Krebs gestorben ist.

Die auf *Seite 101* zitierten Gedichtzeilen stammen von dem niederländischen Lyriker J(akobus) C(ornelis), gen. Jacques, Bloem (1887–1966).

Der auf den *Seiten 122, 140, 171, 286, 301* genannte Roman *Karakter* des niederländischen Schriftstellers und Juristen Ferdinand Bordewijk (1884–1965) erschien 1938 und wurde 1998 von Mike van Diem verfilmt und als bester ausländischer Film mit dem Oskar ausgezeichnet.

Der auf *Seite 128* erwähnte niederländische Autor Jacob (Bob) den Uyl (1930–1992) verfaßte kurze Erzählungen, die meist von der Sinnlosigkeit des Daseins handeln.

Den Film *Signals for Survival*, der auf *Seite 283* erwähnt wird, wurde von dem Ethologen Nikolaas Tinbergen (1907–1988) gedreht. Tinbergen erhielt zusammen mit Konrad Lorenz 1973 den Nobelpreis für Physiologie und Medizin.

Der auf *Seite 286* zitierte Roman *Call It Sleep* stammt von dem amerikanischen Schriftsteller Henry Roth (geb. 1906) und erschien 1934 und 1970 u. d. T *Nenn es Schlaf* auf deutsch.

Von Maarten ’t Hart liegen in der Serie Piper vor:
Das Wüten der ganzen Welt (2592, 4553)
Die Netzflickerin (2800, 4884)
Die schwarzen Vögel (3023)
Ein Schwarm Regenbrachvögel (3273)
Bach und ich (mit CD; 3296)
Gott fährt Fahrrad (3404)
Das Pferd, das den Bussard jagte (3827)
Die Sonnenuhr (4072)
In unnütz toller Wut (4669)
Die Jakobsleiter (4808)
Ein Schwarm Regenbrachvögel/Gott fährt Fahrrad
(Doppelband, 4827)

Maarten 't Hart

Die Sonnenuhr

Roman. Aus dem Niederländischen von Marianne Holberg. 336 Seiten. Serie Piper

Leonie Kuyper führt ein bescheidenes Leben als Übersetzerin – bis ihre beste Freundin Roos, die Laborantin mit den knallroten, superlangen Fingernägeln, an einem Sonnenstich stirbt. Roos hat sie zur Alleinerbin bestimmt, allerdings unter einer Bedingung: Daß sie für die drei geliebten Katzen sorgt und in ihr Appartment zieht! Als Leonie sich auf diesen Deal einläßt, entdeckt sie nach und nach verwirrende Geheimnisse im Leben ihrer Freundin. Maarten 't Hart, der große Erzähler und Meister witziger Dialoge, hat einen komischen und höchst spannenden Roman geschrieben.

»Maarten 't Hart, ein wunderbar altmodischer Erzähler, offenbart in diesem Krimibubenstück lustvoll seine komödiantische Seite.«
Der Spiegel

05/2042/01/L

Maarten 't Hart

Die Jakobsleiter

Roman. Aus dem Niederländischen von Gregor Seferens. 256 Seiten. Serie Piper

Immer am Deich entlang wandert der junge Adriaan, vorbei an Rapsfeldern und blühendem Klatschmohn. Zusammen mit seiner Cousine Klaske wird er einen paradiesischen Sommertag verbringen – doch an dessen Ende steht ein Unglück, das Adriaans Leben in eine neue Bahn lenkt. Ein weiteres Meisterwerk des niederländischen Schriftstellers Maarten 't Hart.

»Die ›Jakobsleiter‹ enthält alle Elemente der Erzählkunst des niederländischen Meisters: Sinnlichkeit, Poesie, Genauigkeit, menschliche Wärme trotz köstlicher Ironie, und eine Art, Landschaft und Natur zu beschreiben, wie es nur ein Liebhaber und Kenner kann.«
Buchkultur

05/2043/01/R

SERIE PIPER

SERIE PIPER

Maarten 't Hart

In unnütz toller Wut

Roman. Aus dem Niederländischen von Gregor Seferens. 352 Seiten. Serie Piper

Die junge Lotte Weeda ist Photographin und will in einer kleinen katholischen Ortschaft die zweihundert markantesten Persönlichkeiten porträtieren. Kaum einer kann der Bitte einer so verblüffend schönen Frau widerstehen. Doch nicht nur Abel, der Graf, soll bald bereuen, ihr eine Zusage gegeben zu haben …

Elegant, leichthändig und unerhört spannend erzählt Maarten 't Hart diese augenzwinkernde Geschichte und zeichnet ein skurriles Porträt der Bewohner, die offensichtlich nicht nur der Liebe, sondern zunehmend dem Wahn verfallen sind.

»Mysterienspiel aus der niederländischen Provinz, ein literarischer Krimi und als solcher einer der besten des Jahres. Doch das Buch ist viel mehr.«

Focus

05/2044/01/L

Maarten 't Hart

Die Netzflickerin

Roman. Aus dem Niederländischen von Marianne Holberg. 448 Seiten. Serie Piper

Dies ist die Lebensgeschichte des Apothekers Simon Minderhout aus dem südholländischen Maassluis und seiner kurzen, leidenschaftlichen Liebe zu der Netzflickerin Hillegonda während der deutschen Besatzungszeit. Sie ist zugleich die atemberaubende Geschichte eines alten Mannes, der Jahrzehnte danach dem Teufelskreis von Denunziation und Verrat kaum entkommen kann.

Wie ein spannendes Stationendrama liest sich die Lebensgeschichte des Apothekers Simon Minderhout, der Hauptfigur in Maarten 't Harts neuem Roman.

»Maarten 't Hart erweist sich erneut als großartiger Erzähler, dem es gelingt, Schicksale so authentisch zu schildern, daß der Leser einfach Anteil nehmen muß.«

Hamburger Abendblatt

05/1047/01/R

Maarten 't Hart

Das Wüten der ganzen Welt

Roman. Aus dem Niederländischen von Marianne Holberg. 411 Seiten. Serie Piper

Alexander, Sohn des Lumpenhändlers im Hoofd und zwölf Jahre alt, lebt in der spießigen Enge der holländischen Provinz, in einer Welt voller Mißtrauen und strenger Rituale. Da wird der Junge Zeuge eines Mordes: Es ist ein naßkalter Dezembertag im Jahr 1956, Alexander spielt in der Scheune auf einem alten Klavier. In seiner unmittelbaren Nähe fällt ein Schuß, der Ortspolizist bricht leblos zusammen, Alexander aber hat den Schützen nicht erkennen können. Damit beginnt ein Trauma, das sein ganzes Leben bestimmen wird: Seine Jugend wird überschattet von der Angst, als Zeuge erschossen zu werden. In jahrzehntelanger Suche nach Motiven und Beweisen kommt er schließlich einem Drama von Schuld und Verrat auf die Spur.

05/1048/01/L

Maarten 't Hart

Bach und ich

Roman. Aus dem Niederländischen von Maria Csollány. Mit CD, zusammengestellt von Maarten 't Hart. 261 Seiten. Serie Piper

Welche Rolle der Leipziger Thomaskantor Johann Sebastian Bach für das Leben und Schreiben des Schriftstellers Maarten 't Hart spielt, kam schon in seinem Roman »Das Wüten der ganzen Welt« zum Ausdruck. Kenntnisreich rekonstruiert der Autor nun die Biographie Bachs, nähert sich vorsichtig, seriös und dennoch sehr persönlich seinem Lieblingskomponisten, beschäftigt sich mit der Legendenbildung und vor allem mit der Musik des großen Meisters. Eine fundierte und liebevolle Hommage an den Bach der Kantaten, der Kammermusik und der Konzerte.

»Ein einzigartiges, faszinierendes Buch, das nacheinander Irritation, Bewunderung, Stirnrunzeln, Faszination und so etwas wie Rührung hervorruft.«
Die Welt

05/1050/01/R

SERIE PIPER

SERIE PIPER

Maarten 't Hart

Die schwarzen Vögel

Roman. Aus dem Niederländischen von Marianne Holberg. 314 Seiten. Serie Piper

Jenny mit den langen, schwarz lackierten Fingernägeln verschwindet, und natürlich gerät unter Verdacht, wer zuletzt mit ihr gesehen worden ist: Thomas Kuyper, Pharmakologe in einem Tierforschungslabor. Seine Frau war eine Woche verreist, er hatte nicht der Versuchung widerstanden – nun sieht sich Thomas mit den Scherben seiner Ehe und Existenz konfrontiert. Grandios komponiert der Bestsellerautor Maarten 't Hart die Themen Liebe, Ehe, Eifersucht und möglicherweise Mord zu einem ungemein fesselnden Roman.

»Nur so viel: Maarten 't Hart hat eine Geschichte erzählt, der auch der Leser begierig erliegt.«
Die Zeit

05/1049/01/L

Anja Lundholm

Geordnete Verhältnisse

Roman. 304 Seiten. Serie Piper

Neugierig, eigenwillig und manchmal auch ein bißchen vorlaut ist die neunjährige Ruth, die am Vorabend des Dritten Reiches in »geordneten Verhältnissen« aufwächst. Sie sehnt sich nach Zärtlichkeit und Anerkennung, die sie weder von ihrem außerordentlich strengen Vater noch von der Mutter bekommt. Die Konflikte in der Familie spitzen sich zu, als die SA auf den Straßen aufzumarschieren beginnt, denn Ruths Mutter ist Jüdin, was dem deutschnational gesinnten Vater höchst unangenehm ist … Einfühlsam, eigenwillig und mit Humor erinnert sich Anja Lundholm in diesem Roman an ihre Kindheit.

»Ein bemerkenswertes Buch: aufrichtig, klar, unbarmherzig, wo es sein muß, eine berührende Mischung von Wahrheitssuche und unerfüllten Geborgenheitswünschen.«
Neue Zürcher Zeitung

05/1433/01/R

Koos van Zomeren

Eine Tür im Oktober

Roman. Aus dem Niederländischen von Thomas Hauth. 341 Seiten. Serie Piper

Das Leben des renommierten Galeristen Walter in Den Haag ist rundum angenehm, aber vielleicht ein bißchen langweilig. Doch das ändert sich eines Tages gewaltig: Eine bildhübsche Frau betritt die Galerie und läßt sich von Walter die »Geheimgalerie« im Keller zeigen. Und wenig später taucht der genialische, aber notorisch geldgierige junge Maler Eddy Paas auf, um wieder einmal einen Vorschuß zu verlangen. Leider verliert Walter für einen kurzen Moment die Kontrolle, und auf einmal hat er ein großes Problem ...

»Ein zauberhaft leichter Roman über lange im Dunkeln vergrabene und durch die Liebe ans Tageslicht gezerrte Leidenschaften, ein Genrebild von leiser, fast intimer Meisterschaft. Eine wahre Entdeckung also, und ein literarischer Höhepunkt aus unserem platten Nachbarland.«

Süddeutsche Zeitung

05/1435/01/L

Koos van Zomeren

Lord Byron war auch hier

Roman. Aus dem Niederländischen von Thomas Hauth. 156 Seiten. Serie Piper

Pieter, erfolgreicher Biologe mit dem Fachgebiet Schlangen, und der Schriftsteller Bruno machen Urlaub in den Schweizer Bergen. Die beiden Brüder verbindet zeitlebens eine Haßliebe, und schon bald sind sie wieder da, die alten und unvermeidlichen Verhaltensmuster aus der Kindheit. Doch dann gesteht Bruno seinem Bruder den Mord an einem jungen Mädchen ... Lakonisch und witzig erzählt Koos van Zomeren einen spannenden Roman mit einer völlig unerwarteten Wendung.

»Van Zomeren spielt mit den Elementen des Krimis und des psychologischen Romans und demontiert beide; das macht ihn spannend zu lesen bis zur letzten Zeile.«

Neue Westfälische

05/1437/01/R

SERIE PIPER

SERIE PIPER

Dai Sijie

Muo und der Pirol im Käfig

Roman. Aus dem Französischen von Giò Waeckerlin Induni. 400 Seiten. Serie Piper

Nach Jahren im französischen Exil kehrt der scheue Psychoanalytiker Muo zurück ins Reich der Mitte, um seine große Jugendliebe »Vulkan des alten Mondes« aus politischer Gefangenschaft zu befreien. Dafür muß er Richter Di bestechen, der für seine Dienste eine ungewöhnliche Gegenleistung verlangt.
Nach dem überwältigenden Erfolg von »Balzac und die kleine chinesische Schneiderin« Dai Sijies neues Meisterwerk.

»Dai Sijie hat ein wildes, böses Buch geschrieben, das sich heiter und bunt in den Kopf des Lesers einschleicht.«
Die Welt

05/1952/01/L

Dai Sijie

Balzac und die kleine chinesische Schneiderin

Roman. Aus dem Französischen von Giò Waeckerlin Induni. 200 Seiten. Serie Piper

Zwei pfiffige chinesische Studenten, die zur »kulturellen Umerziehung« in ein abgelegenes Bergdorf ans Ende der Welt verschickt wurden, merken bald, daß sie nur eine einzige Möglichkeit haben zu überleben: Sie müssen in den Besitz jenes wunderbaren Lederkoffers gelangen, der die – verbotenen – Meisterwerke der westlichen Weltliteratur enthält. Denn nur mit ihnen können sie den Widrigkeiten ihres Daseins entkommen – und vielleicht am Ende das Herz der Kleinen Schneiderin gewinnen.

»Dies ist die schönste Liebeserklärung des Jahres: an die Literatur, an das Leben, an die Ironie, an eine Frau: Es ist außerdem die frechste, charmanteste Lektion zum Thema Freiheit … Wenn Sie nur einen Roman dieses Jahr lesen wollen, lesen Sie diesen, er wiegt hundert andere auf.«
Le Figaro Magazine

05/1449/01/R

SERIE PIPER

Simonetta Agnello Hornby

Die Mandelpflückerin

Roman. Aus dem Italienischen von Monika Lustig. 320 Seiten. Serie Piper

Bittersüßer Mandelduft und rauhe Landschaft, verfallende Palazzi und elegante Herren mit schwarzen Sonnenbrillen: Das ist das Sizilien der Mennulara, einer armen Magd in den Diensten der Alfallipes. Ihr Tod bringt in das Städtchen Roccacolomba Argwohn und Mißgunst. Er zieht alle – den Arzt, den Pfarrer, Kommunisten und Lebemänner – in einen Strudel aus Gerüchten und Beschuldigungen. Hat sie das Rätsel ihres tragischen Lebens mit ins Grab genommen? Simonetta Agnello Hornbys Roman wurde in Italien als Literaturereignis gefeiert und mit Camilleri, Verga und Tomasi di Lampedusa verglichen.

»Man kann in vollen Zügen das pralle sizilianische Leben genießen.«
Buchprofile

05/1951/01/L

Elia Barceló

Das Geheimnis des Goldschmieds

Roman. Aus dem Spanischen von Stefanie Gerhold. 96 Seiten. Serie Piper

Celia, die Frau, die er nie vergessen konnte, seit sie ihn verführt und wenig später fortgeschickt hat: Ihr widmet der erfolgreiche Schmuckdesigner die schönsten Stücke seiner Kollektion. Und wenigstens ein einziges Mal muß er Celia noch wiedersehen … Kann die eine große Liebe die Gesetze der Zeit sprengen, die Realität besiegen? Mit ihrem melancholischen Roman gelang Elia Barceló nicht nur in Spanien ein fulminanter Überraschungserfolg.

»Die Spanierin Elia Barceló hat ein Schmuckstück an Textkunst geschmiedet. Geschickt verflicht sie die Zeitebenen, schürt sie die Sehnsucht, bis man es glaubt: Wahre Liebe stirbt niemals.«
Brigitte

05/1953/01/R

SERIE PIPER

Antonio Skármeta

Die Hochzeit des Dichters

Roman. Aus dem chilenischen Spanisch von Willi Zurbrüggen. 311 Seiten. Serie Piper

Auf der winzigen Mittelmeerinsel Gema bereitet man sich auf die Hochzeit des Jahrhunderts vor: Hieronymus soll die schöne Alia Emar bekommen, von der so viele junge Männer träumen und die auch Stefano schon seit geraumer Zeit den Schlauf raubt. Doch die alte Welt befindet sich im Umbruch, und schließlich macht Stefano sich auf in eine bessere Zukunft jenseits des Atlantiks. Eine Liebeserklärung an das alte Europa, voll vitaler Sinnlichkeit und Melancholie.

»Jemand wie Roberto Benigni könnte einen Film aus diesem Buch machen, das voll ist von unaufdringlicher Weisheit und von aufdringlicher Qualität.«
Tagesspiegel

05/1481/01/L

Max Aub

Die Stunde des Verrats

Das magische Labyrinth IV. Roman. Aus dem Spanischen von Albrecht Buschmann und Stefanie Gerhold. Herausgegeben und kommentiert von Mercedes Figueras. 367 Seiten. Serie Piper

Im März 1939 gerät in Madrid die Welt aus den Fugen: Das Chaos in der Stadt ist unvorstellbar. Fast jeder wird zum Schuldigen oder zum Verräter, die Republikaner zerfleischen sich gegenseitig – keiner kann dem anderen mehr vertrauen. Trauer, Schrecken, Grausamkeiten, Liebe: Max Aub setzt die dramatische Lage eindringlich in Szene – ein authentisches Panorama der letzten Tage des republikanischen Madrid.

»Der Ruhm dieses Findlings der Weltliteratur hat sich bislang lautlos verbreitet – die deutsche Ausgabe wird dazu beitragen, daß er weiter wächst.«
Der Spiegel

05/1543/01/R

Hiner Saleem

Das Gewehr meines Vaters

Eine Kindheit in Kurdistan. Aus dem Französischen von Sabine Schwenk. 128 Seiten. Serie Piper

Eine Kindheit im Irak – mit dem Vater, der ihm die Lieder der Kurden vorsang, mit der Mutter, die Mann und Söhne nie aufhielt, wenn sie in den Kampf zogen. Kurdistan, das Land der Granatapfel- und Maulbeerbäume, deren Früchte die Kinder für Cola an die Soldaten verkauften. Hiner Saleems Kindheit waren aber auch zerstörte Dörfer, zerbombte Schulen, Flucht und Vertreibung. Paradies und Gefängnis zugleich – eine Kindheit, die der erfolgreiche Filmemacher Hiner Saleem auch im Exil niemals vergessen konnte.

»Der schmale Band ist die Würdigung eines bedrängten und betrogenen, eines freiheitsliebenden kleinen Volkes und zugleich ein eindrucksvolles Dokument der Menschlichkeit … Ein trauriges und poetisches Buch zugleich.«
Deutsche Welle

05/1912/01/L

Arabella Edge

Der Unmensch

Historischer Roman. Aus dem Englischen von Heide Steffen. 349 Seiten. Serie Piper

Anno 1628: Nach dem Untergang der »Batavia«, dem Flaggschiff der niederländischen Ostindienflotte, vor der Westküste Australiens ernennt sich der menschenverachtende Apotheker Jeronimus Cornelisz zum Anführer einer kleinen Gruppe auserwählter »Jünger«. Für die Schiffbrüchigen beginnt unter sengender Sonne ein schrecklicher Albtraum …

»Aus der Spannung zwischen Faszination und Ekel vor dem Dämon gelingt Edge ein großartiges Buch.«
Frankfurter Neue Presse

05/1948/01/R

SERIE PIPER